王外马甲＝著

战场上的
蒲公英

一个国民党伞兵的军旅记录

山东画报出版社

图书在版编目（ＣＩＰ）数据

战场上的蒲公英/王外马甲著.—济南：山东画报出版
社，2009.4
ISBN 978-7-80713-779-5

Ⅰ.战… Ⅱ.王… Ⅲ.纪实文学-中国-当代 Ⅳ.I25

中国版本图书馆 CIP 数据核字（2009）第 015782 号

责任编辑　秦　超
装帧设计　宋晓明
主管部门　山东出版集团
出版发行　山东画报出版社
　　　　社　　址　济南市经九路胜利大街 39 号　邮编 250001
　　　　电　　话　总编室（0531）82098470
　　　　　　　　　市场部（0531）82098479　82098476(传真)
　　　　网　　址　http://www.hbcbs.com.cn
　　　　电子信箱　hbcb@sdpress.com.cn
印　　刷　山东新华印刷厂临沂厂
规　　格　170×240 毫米
　　　　　27 印张　7 幅图　400 千字
版　　次　2009 年 4 月第 1 版
印　　次　2009 年 4 月第 1 次印刷
定　　价　38.00 元
　　　　如有印装质量问题，请与出版社总编室联系调换。

序 人血不是水

李克威

说来惭愧，我本一中原布衣，流落海外，却蒙书作者厚托为其大作写序，实感难以胜任。但友人盛情却之不恭，又无架子可摆，不得不硬着头皮出丑。

诚实讲，至今我和作者黄晓峰（笔名王外马甲）未曾识面，仅通过两次电话，说朋友不知是否算得上，但我自认是他的"粉丝"，几乎堪称铁杆。黄晓峰的前一本书《中国骑兵》曾令我爱不释手，后因朋友公司要改编电视剧，我写了个策划，竟被黄先生引为知己，此活儿也就在劫难逃了。

该书稿是数月前得到的，当时作者还有几万字未收尾，我已先睹为快。上周他全部脱稿，尽数发来，四十多万字的巨著，数月内需对着电脑屏幕连读两遍，难免让人暗暗叫苦。可一旦读进去，仅数页之后，我便再一次忘乎所以，深深沉湎于那血与火的军旅记叙中。

记得在孩提时代，我也常常纠缠大人，不厌其烦地求讲打仗的故事。那时没有电玩游戏，男孩物以类聚，想身体力行过把战斗瘾，就人以群分，用棍代枪，以土为弹，打得鼻青脸肿，不亦乐乎。

男人黩武之性与生俱来，这是森林物种兽性的遗传，是基因内嗜血密码的重温，更是现实生活中求生存的必备本领。君不见，跨入二十一世纪的人类社会，其弱肉强食、优胜劣汰的森林法则堂皇有效！自人类有史以来，战争一天都没有停止过，山姆大叔正是靠六千亿军费豢养的大兵，才雄霸全球，并竟能以两周时间，几乎零伤亡代价打败一个中等强国，不屈者又奈何？愤以皮鞋袭击，还被人家总统闪过。

话似乎扯远了，但偏爱军事，喜欢兵器，实在算是男孩的通病，也是人类割舍不掉的原始本能。人类社会能有今天成就，几乎全与军事技术的开发有关，电脑研发于美军事单位，施与民生，结果几乎是革命性的。纵观全球，哪一件民用产品能与武器比酷，那卓越的性能和冷酷又性感十足的外观，实在让人惊叹之至，迷恋不已。

军事优势是人类亘古追求的目标，战胜对手是每一代人的终极愿望！由此，战争尽管酷烈无情，捐躯者则得到了永远的凭吊，战场上的每一滴血，都散发着光荣与骄傲，这就是杀戮与人类，战争与和平。然而我这里敢说，哪怕你是骨灰级的军迷，无论你多么向往沙场，只要你阅读了这本书，掩卷之后将会重新认识战争，人血不是水，血色一点也不浪漫。人类由战争中进化，亦从战争中返祖，战争把兽升华成人，又把人还原为兽。

这里要指出的是，黄晓峰并非战争残酷论者，他不以突出人性丑恶和战争的凶暴来惊骇或折磨读者。恰恰相反的是，在他笔下，硝烟弥漫的战场富有人情味和幽默感，读起来不但无沉重感，时不时还令人发笑，其细致平和的描述，如同你从战场轻松走一遭。这一遭，胜读十年书！任何一位军迷都不应错过此书，所有读者都将获益匪浅。

那么，本书的魅力何在？黄晓峰讲述了一个什么不一样的战争？

该书的体裁很值得玩味，它不属于小说，作者严格尊重史实，从过程到细节，全部来自战场的回忆和记述，无一杜撰。作者的笔法几乎是超自然主义，其真切实感，如挟读者亲临其境，战火硝烟，厮杀呻吟，耳濡目染着你。话说回来，它也不能算是传记，为让读者更广泛地体验战争，黄晓峰将数个人物原型的素材通用，时空剪接，兼采小说和传记之长，超真实地还原一个战争全过程，这是作者的创举，也是该书的特色所在。

书的主人公叫蔡智诚，出身于贵州殷实之家，抗战后期参加国军，当上一名空降兵，经历了惨烈的松山战役，获得战斗勋章。后在国共内战中，他又亲历豫东战役和淮海战役，九死一生，负伤被俘，逃脱后再被裹挟起义，直到1949年退役返回故乡。书以"战场上的蒲公英"为名，既是伞兵空降战场时浪漫凄美的生动写照，更寓意战争年代的普通军人命运之飘零无助。

古今中外的军事著作浩如烟海，优劣各异，但在敌我之分上面，没有含糊的，皆是小葱拌豆腐，一清二白。作者无论实写或虚构，重点不外乎突出我方勇敢顽强和敌方的凶狠残忍，撩拨读者热血沸腾或感慨流涕。然而此书在这一点却给颠覆了！共产党人反手写国民党，主视角出自战争中的敌军官，敌人眼中的敌人才是神圣的我方。一个人物位置的调换，读者找不着北了，敌我难辨，爱恨拧巴，情感无从代入，当敌我界线消失，战场上的持枪者全是龙的传人了，每一粒夺命的子弹都让人战栗，所有倒下的身影都让人痛惜，真是别有一番滋味在心头。

如今台海两岸关系缓和，国共两党为民族的和平昌盛而开展第三次合作，抚今忆昔，再捧起这部书更让人百感交加。

上世纪中叶的三年解放战争，是毛泽东作为军事家的黄金时段，其规模最大的淮海战役当属解放军之荣耀，也是粟裕将军的骄傲，它以六十万歼敌八十万而彪炳史册，一役决定江山易手。同时，它也是人类史上最大的内战，同一民族，为鹿死谁手，两党摆开了百万大军。正如书中描述，双方指挥官多是同学，士兵是同乡，他们服装相近，武器相仿，语言相通，脸庞相似，为相互区别，不约而同在手臂缠上白毛巾。他们中不乏同村、同宗，甚至是同胞兄弟，一母所生，血浓于水，却切齿以对，拼得你死我活。

寒冬的徐州原野，皑皑白雪被热血消融，遍地冤魂英魄，徘徊不去，他们都是春闺梦里人，为何非要鱼死网破！丧钟又为谁而鸣？

该书之大手笔，不在于作者才华几斗，也不在其观念的标新立异，更没有惊世骇俗的爆料或揭示，其过人之处是作者对史实的严格把握。在黄晓峰看似轻松平和甚至语带诙谐的文字中，读者看到的是对战争场面的工笔复制，是对军旅生活的真切还原。在数十万字的记述中，黄晓峰严谨仔细，不带感情色彩，无论是战役布局，战斗细节，无不谨慎下笔，从未想当然，更不大话欺人。一个日军拉孟守备队长之死，作者都要小心考证。

所谓真善美，真为之首，天地间大德曰真，一切事物不失其真才能至善，才是最美。惟有真实才最接近真理，最真实也就是最客观的、最有生命力和最动人的，这就是该书的特质。它以求实出发，展现了一场不一样的战争，这所谓不一样，恰是战争的实况和本来面目。

中华民族经历的战火最多，数千年内忧外患，深受战争之痛。但愿天佑我中华，让苦难的年代一去不返，让中国在和平中崛起，和平中统一。

目　录

　　1944年初夏，二十二岁的蔡智诚不想上学了，他要去当兵。军校教官的几棍子，不仅敲破了俞副教授的脑袋，也把蔡智诚打糊涂了。他想，军队教官的素质尚且如此，士兵的野蛮又该到了何等地步，让这些流氓一样的军人保护国家，社会的文明还有什么前途可言？

　　王光炜当了好几年的"补充团"团长，吃尽了招兵的苦头，现在突然遇到一个自愿入伍的冤大头，不由得十分开心，连连称赞"年轻学生有觉悟"，谈话的兴致也就格外的高。

　　在新兵训练营里，没有亲切的交谈，没有笑声，没有歌声，除了长官的呵斥就是士兵的哭叫。这让蔡智诚觉得很难受，他实在无法习惯这种压抑的氛围。幸好，教导队并不干涉蔡智诚的自由，他可以随时溜出营地去散心。

蔡智诚没有想到，几个月后，戴之奇又改任"青年军第1师"的师长。不过他并没有因此而后悔，因为虽然他错过了201师，却赶上了另一场名留青史的战斗——松山攻坚战。

看到的是骇人的鲜血，闻到的是呛人的尸臭，耳朵里听见的尽是凄厉的枪声。顿时，恐怖的窒息紧紧地揪住了蔡智诚的心头。这一刹那，他知道死亡的感觉了，他说不出话来，他迈不动步子，他小腿抽筋、浑身哆嗦，他脸色苍白、满头大汗……他害怕了。

射击口依然被烈火遮挡着，鬼子的机枪隔着火焰盲射，照样把试图突击的敢死队员拦阻在阵地前沿。可是，这时候，日军的地堡却和先前不大一样了——厚实的顶盖上热气腾腾地冒着烟，看上去就像包子铺里的大蒸笼。

进攻的途中不时有人中弹倒地。244团的人一受伤就躺在地上哭嚎，可荣3团的士兵都是伤愈以后再次复役的老角色，意志品质比较坚强。他们的伤兵捂住伤口咬牙挺着，愣是没有谁吭声。

慰问团经常提到一个问题："军队里像你这样的学生兵多不多？"蔡智诚总是回答："有很多，现在他们都执行任务去了。"可他心里知道，营房里别说学生兵，就连壮丁兵也没剩下多少，经过一场松山血战，103师几乎被打残，三个团都成了空架子。

蔡智诚心里清楚，青年军207师，那才是自己该去的地方。提到青年军，自然就会联想到"十万青年十万军"的口号，于是很多人就以为这"十万军人"全都是青年学生，其实并不是这样。

日本小小的……"小贩乐呵呵地摸着鬼子兵的脑袋说："娃仔，你们要早晓得这个道理就好了嘛。"

　　于是，何应钦就命令日军投降代表退场。八个日本人站起身来就走了。蔡智诚看着他们消失在大门外，心里有点莫名其妙："怎么回事？先前打了八年仗，现在又搞了这么大的排场，随随便便鞠个躬就放他们走掉了？"

　　在客厅里，蔡智诚听见这几个高官正在议论什么"平准基金"的事情。好像是中央从美国弄来了一笔款子，有几千万美金，官面的牌价是20法币兑换1美元，这简直就像是中了彩票一样。这几个人来找何副局长，就是商量着如何才能多弄到一点美金指标。

　　西南联大的洋教授在教室里拍桌子大骂："独裁！专制！"军官队的土丘八就在操场上叉着腰跳脚："此处不留爷，自有留爷处。处处不留爷，爷爷投八路！"教授们在屋内声泪俱下："民主无望，水深火热。"失业军官在外面挥舞拳头："活路走不通，去找毛泽东！"

　　几个月来，物价飞涨，民不聊生，1945年9月的一百法币可以买两只鸡，1946年1月却只能买两个鸡蛋，到了3月份就只够买两粒煤球了……人民群众的情绪从欢迎政府回归时的兴高采烈逐渐转变为极度失望和怒不可遏，"想中央，盼中央，中央来了更遭殃"，连小孩子见到国军官兵都躲得远远的，现出一副厌恶的表情。

　　在那段时间里，五花八门的抗议活动是南京城里的寻常风景，参加游行示威甚至成了一些人捞取外快的发财手段。

蔡智诚亲眼看见一个士兵的双腿都被打没了，只剩半截身子戳在地上，可他却仍然坚持着举枪射击！事实上，在他身体的周围尽是燃烧着的火焰，他根本就看不见前方的目标。可他还是端起武器，一枪一枪地打着，直到最终倒下。

凌晨三四点钟正是容易犯困的时候，蔡智诚在阵地上跑来跑去，发现有谁打瞌睡就抽一皮带。正忙着，忽然看到游营长慌慌张张地跑过来，阴沉着脸对大家说："不好了，司令和参谋长都跑了。"

战场上枪声大作，一伙伞兵夹在双方阵地的中间，他们翻壕沟、越弹坑，拖着那红色的"重要箱子"连滚带爬。弹雨在他们的耳边呼啸，攻方和守方的枪弹在他们的身旁飞过来撞过去，每一瞬间都有可能要了他们的性命……

双方在暗夜中较量，虽然322团准备充分屡占便宜，但华野11师却不屈不挠地坚持采用凿墙攻坚的办法向前推进。街道两侧的房屋里不时发生激烈的枪战，时不时地会有国军官兵从房门里冲出来，在大街上连滚带爬地奔逃。

在这样"美好"的日子里，蔡智诚的衣兜里正好揣着立功受奖的犒劳费。那时候，金圆券的钞面只有五元的和一元的，五百块硬扎扎的新式钞票把小伙子的口袋塞得鼓鼓囊囊，也撑起了小伙子的享乐欲望。于是，他就财大气粗地一头扑入了夜上海的纸醉金迷之中。

这时候，地面的火力不停地射向空中，机枪子弹时不时地击中飞机的外壳，发出"呼呼嘭嘭"的声音。机组乘员都用焦躁的眼光盯着跳伞小组，那表情就好像恨不得一脚把他们都踢下去似的。

情况。他歇斯底里地扯掉了东北各省的地图，扯掉了北平，扯掉了河北、山东、河南、江苏……

蔡智诚没有想到会在段仲宇这里遇到戴杰夫和刘农畯，在这之前，他根本不知道伞兵部队也在上海。从闲谈中得知，伞兵一二团已经转移到福建，只剩下伞三团还没有出发，航运部门的办事效率太低，调派的轮船总是不合适，所以只好请段仲宇出面协调。

顿时，蔡智诚的胸口像是被什么东西猛然堵住了一样，脑袋"嗡"的一下就大了，他连衣服也来不及穿，拎起披风就冲上了甲板——果然，轮船已经掉头，没有驶往南面的福建，而是转向了北方。

"中字102"实施了灯火管制，客舱里的男女老少在一片漆黑中鸦雀无声，就连病号们也趴在床上竭力压抑住呻吟，仿佛每一次喘息都有可能惊动那艘遥远而可怕的军舰。

蛋蛋女士一大早就去了工地，到傍晚时候才收工回来。她没有穿旗袍，原本日常必备的耳环项链和口红香水雪花膏也全都没有了踪影。忙碌了一天，女人的脸上却丝毫不显得疲倦，满嘴里唱着："咱们工人有力量，嘿！咱们工人有力量……"

引 子

　　小时候就知道蔡智诚先生当过国民党军官，因为我曾经看见他被捆起来游街，头上戴着高帽，胸前挂着大牌子。

　　后来又听说他平反了，得了"起义证书"，还补发了好多工资，忽然变得特别有钱。那时候电影院里正在演《野火春风斗古城》，大人们在看完金环和银环的故事之后回来就说："老蔡原来是和'关团长'一样的好人呵！"于是就有许多热心的大妈大婶给蔡先生介绍对象，动员他续弦。而我们这些小孩则屁颠屁颠地跟在他身后嚷嚷："大炮一响，黄金万两！"——蔡先生只好尴尬地笑。

　　再后来，蔡先生就退休了。一个人在家里种桃树、养兰花、喂金鱼，侍弄一些不吵不闹的小玩意，孤孤单单，自得其乐。再再后来，当我偶然得知这位安静的老头儿居然曾经是中国军队最早的空降兵，不由得大吃一惊，急忙和几个朋友找上门去："伞兵呵！特种部队呀！老蔡先生，给我们讲讲故事吧！"

　　这时候，老人家已经得了帕金森病，语言和行动都有些障碍。他坐在藤椅上，看看院子里的花，又望望天边的云，许久许久才嘟哝了一句："这伞兵嘛，就像是战场上的蒲公英……"

第一章　不想上学了

1944年初夏，二十二岁的蔡智诚不想上学了，他要去当兵。

蔡智诚是贵州人，家住遵义老城琵琶桥（今贵州省遵义市红旗路）。他家的斜对面就是黔军高官柏辉章^①的公馆，如今那里已成为举世闻名的遵义会议会址。

蔡智诚有两个哥哥、一个姐姐和一个妹妹，大哥蔡智明1938年在武汉战役中牺牲了；姐姐蔡智慧已经出嫁，在"美国援华协会"当医师；二哥蔡智仁毕业于陆军辎重兵学校，是国民党交通二团的营长；而蔡智诚的孪生妹妹蔡智兰初中还没毕业就跑出去参军，结果在战场上失去了音讯。

1944年，蔡家的年轻人中只有蔡智诚还在学校里读书。这倒不是因为他不想工作或者胆子小，而是父母觉得家里应该留一个"守门的"。蔡老四是长辈们公认的最乖巧听话的孩子，应该老老实实地把大学念完，然后成家立业才对。

蔡家祖上是湖北人，清朝乾隆年间来到贵州，先是在官府做幕僚，后来又经营盐号。贵州是个不产盐的地方，食盐完全依靠川滇两省供给，而遵义这里是川盐入黔的集散地。蔡家在城里开办"恒升永"商号，兼营盐业、布匹和杂货，很快发了大财。但正所谓"富不过三代"，到了蔡智诚的父亲蔡式超这一辈，蔡家的家道就渐渐衰落了。

蔡式超是厦门大学的第一批学生，在华侨创办的大学里受过几年的"商学"教育，虽然没学到多少经商的本事，却树立了"实业救国"的思想。回到家乡就

---

①柏辉章，贵州遵义人，抗战期间曾任国民党102师师长、88军副军长、赣南师管区司令等职，后赋闲在家，1949年在遵义参加起义。

下定决心当农场主，向陈嘉庚先生学习。刚开始，他和厦大同学何辑五①一起改良茶种，开办了一个很大的茶场。在当时，贵州种植茶叶的人很少，蔡同学与何同学希望用茶叶这种"新型经济作物"替代盛行于贵州的鸦片。他们觉得这既能挽救家乡风气，又能振兴地方经济，真算得上精神文明和物质文明双丰收。

从理论而言，两位大学生的思路是可取的，但实际上却根本办不到——兴办农业需要长期稳定的社会环境，可贵州一带却战事频繁。黔军、滇军、川军、中央军、民团、土匪、青帮和洪帮来来去去，今天这个拔苗，明天那个刨坑，试验农场的苗圃里好不容易长出了几片茶叶，还没等收获就被别人抢跑了。折腾了几年，不仅茶园毫无收获，就连何辑五也在军阀混战中被赶出了贵州，原本雄心勃勃的农业改革试验于是就此收场。

做不成农场主，只好改当企业家。蔡式超先是开了家肥皂厂，希望帮助乡亲们养成讲卫生的好习惯。结果造出来的"卫生肥皂"黑不溜秋，根本卖不掉，只得关张。接着他又开设酒精厂，初衷是想用工业酒精替代汽油，"甩掉贫油国的帽子"。但是，酒精纯度要到95度以上才能够开汽车。蔡式超搞了几十个大铁皮罐，蒸馏来蒸馏去，怎么也超不过94度，只能当医药酒精用——不过这也歪打正着。抗战爆发了，前方需要大量的医用酒精，蔡老板于是不计成本地把一批批的产品送往前线。没过几年，家业就被他折腾得差不多了。

时间到了1944年，大后方物价飞涨、人心浮躁、社会混乱，民众对政府极不信任。

其实，抗战之初的情形并不是这样的。那时候的国军虽然一败再败，但国民党的表现还算不错，军人不怕死，官员也耐得住艰苦。所以，尽管局势严峻，但社会各界却很团结，人民积极支前，踊跃参战，处处呈现出蓬勃向上的精神面貌，蒋委员长的形象也空前的伟大。

可后来就不行了。自从美国参战以后，国民政府就像是松了一口气，所有的老毛病都回来了。争权夺利、拉帮结派、腐化堕落……"前方吃紧，后方紧吃"，各种投机倒把、贪污盗窃的行径比过去有过之而无不及。官员们的嘴里动不动就是"美国朋友"什么的，好像打日本不是为了自己的国家，反倒是帮美国人开辟第二战场一样。

---

①何辑五，贵州兴义人，何应钦的四弟，曾就读于贵州讲武堂、厦门大学，历任国民党第1军管理处长、中国航空公司副董事长、贵州省民政厅长、建设厅长、贵阳市长，1949年逃往台湾。

老百姓并不怕吃苦受罪，怕的是当权者没志气。官员的堕落、政府的腐败、军队的无能，使人民对前途失去了信心。于是，先前的那种毁家救国、同仇敌忾的景象难以见到了，取而代之的是怨声载道和灰心失望。

这期间，云南和四川都爆发了大规模的学潮，学生们走上街头游行示威，抗议国民党当局的独裁和腐败。可是，浙江大学电机系二年级的学生蔡智诚却从来没有参加过"闹事"。在遵义，他不仅没有上街游行，就连抗议的标语也没见到过。

抗战时期，贵州是"政治模范省"，浙江大学也是"模范学校"。全体师生埋头学习，钻研业务，对政治运动敬而远之，校园内外显得风平浪静。

浙江大学是1940年迁到贵州遵义的（1946年回迁），当时的校长是竺可桢。

竺校长十分爱护学生。1942年，西南联大在昆明反对孔祥熙，邀请遵义的浙江大学也起来响应。当时，军警部队已在校外荷枪实弹，极有可能发生流血冲突。浙大的老师努力阻拦学生，结果却没拦住，被学生们冲出去了。于是，竺可桢校长举起一面小旗走在了游行队伍的最前头。他说："我不赞成学生的行为，但既然年青人上了街，我就要保护他们的安全。"

大学校长带头游行！这破天荒的举动惹得蒋介石大怒，竺可桢差点因此被撤职。可从这以后，浙大的学生们就很少再参与政治活动了——他们不愿意给校长添麻烦。

虽然是在战争期间，但浙江大学的学习条件还是很不错的。

首先是书多、仪器多。浙大内迁的时候，全部图书资料和实验设备都完好地转移到了遵义，浙江方面还把"文澜阁四库全书"等珍贵文献也交给他们管理，这在内迁学校中是绝无仅有的优势；再就是钱多。蒋总裁是浙江人，有许多江浙籍商人和官员可以给浙江大学提供经费，使浙大有能力实施科研项目，还能定期从国外购买学术资料，物质条件得天独厚。

当然，更重要的是师资力量雄厚。浙大主张"文理兼修"，规定所有的名教授都必须上基础课，在大学一年级的讲坛上，可以看见校长竺可桢、文学院长梅光迪、理学院长胡刚复、工学院长李熙谋、农学院长卢守耕、研究院长郑宗海，还可以见到陈建功、苏步青、王国松、王葆仁、李寿恒、马一浮、何增禄、王淦昌、贝时璋、谈家桢、卢嘉锡……全是名震学界的大师精英。

抗战时期，遵义没有遭到过日军飞机的空袭，所以浙大的师生不必像其他学校那样"跑警报"，可以十分从容地在教室里或者小河边专心读书。于是后来，在遵义读书的两千多本科生里，有四十多人成为了中科院的院士——这其中当然没

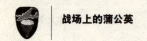

有包括蔡智诚，因为他刚读到二年级就去当兵了。

1944年6月，蔡智诚正跟着俞国顺副教授建造"发电厂"。

当时，遵义没有电力设施，教师备课、学生看书只能使用桐油灯，每个人的眼睛和鼻子都被灯烟熏得黑黑的，看上去十分不雅。电机系实验室的俞主任于是决定搞一个小型火电厂，利用当地的煤炭资源发电照明。

发电房的"核心设备"是一台15千伏的交流发电机和一台四缸45马力的煤气机，都是从云南淘来的二手货。几个人"叮叮咣咣"地修了一个多月，好不容易让它们派上了用场。

试运行的头几天，厂房里来了一个中央军校（抗战期间，国民党的陆军中央军校设在遵义）的教官。他说自己要结婚了，让发电厂给他的新房装两盏电灯。可是，这位军官的住宅与浙大的校舍是反方向，给他装电灯非得专门拉一条回路不可，于是俞国顺就没同意。这下子，教官火了，抄起军棍"乒乒"几下，把俞教授的脑袋敲了个洞。

秀才遇到兵，有理说不清，教授被教官打了一顿也只能忍气吞声。俞国顺躺在病床上长吁短叹，说"百无一用是书生"，还说"看来雷海宗先生的理论是正确的，没有真正的兵，就没有真正的国民……"

俞国顺提到的这位雷海宗，是西南联大的历史学教授，他写过一本书——《中国的文化与中国的兵》，在当时影响很大。

雷先生的观点大概是：中国旧文化是"无兵的文化"，偏重文德，使人文弱。士大夫对兵戎之事不了解，不关心，致使流氓无赖充斥行伍，军队的素质低下，不能满足文明社会的要求。雷先生认为，"无兵的文化"使得国家"没有真正的兵，也就是没有国民，也就是没有政治生活"。所以他主张有知识的人应该去当兵，因为"文武兼备的人有比较坦白光明的人格，兼文武的社会也是坦白光明的社会"。他倡议知识分子应该修炼"武德"，修正畸形的"文德"，以此来振兴民族的风气。

雷海宗的这个理论多少有点尼采的味道，虽然要求社会变革，却不反对军事独裁，所以得到了蒋总裁的赞成。当时，主管贵州党务的张道藩①拿着雷教授的

①张道藩，贵州盘县人，当代政治家、艺术家，曾任国民党宣传部长、海外部长，1968年病逝于台湾。

书到浙大来搞宣传；"青年军"的政治部主任蒋经国也到学校来作演讲，提出了"十万青年十万军"的口号，鼓动青年学子们去当兵。

可是，在浙江大学鼓动了半天，却没有人报名参军——这一方面是因为国民政府《兵役法》规定，在校读书的学生可以免除兵役；另一方面，浙大的校长和老师也反对学生从军。

浙大的教授们觉得，雷海宗的理论近似于"法西斯蒂"，是"以军国主义对抗军国主义"，不会有什么好结果。他们主张青年学生应该好好读书，认为只有掌握先进的科学知识才是实现中华民族振兴的最佳途径……

蔡智诚原本也是准备听从老师的教导，好好学习，天天向上的。可是，军校教官的几棍子，不仅敲破了俞副教授的脑袋，也把蔡智诚打糊涂了。他想，国军教官的素质尚且如此，士兵的野蛮又该到了何等地步，如果让这些流氓一样的军人保护国家，社会的文明还有什么前途可言？

那天下午，蔡大学生带着这个困惑回到家里，没想到却又遇到了另一件烦心事——姐姐被乱兵打伤了。

1944年夏天，国军在豫湘桂战役中一败涂地，大溃退引发了难民潮。当时，在四川避难的人听说湖南湖北败了，认为重庆很危险，就想往贵州和云南跑；在贵州避难的看见日军进了广西，担心国军抵挡不住，又想往云南和四川跑；而云南边境也在打仗，滇缅公路被日军切断了，昆明的人也觉得危险，也想往外跑……于是乎，位于云贵川三省要道的遵义县就成了难民聚集的中心。

遵义设置了许多"难民救济站"，五花八门。

一类是政府的民政机构。他们在衙门里办公，有赈灾款，可以征用民房，还能调动警察维持秩序。但他们要检查求助者的身份证、难民证和疏散证，对证件不全的不予理睬。逃难的民众大多没有携带证明文件，因此只有极少数人能够从政府那里得到帮助。另一类救济场所是各省的"同乡会"。他们在庙宇祠堂里实施救济，不查证件，却要分辨口音，只有自己的老乡才能有饭吃，有地方住。

"美国援华协会"也在路边搭建了"救济棚"，设有治疗室、厨房、浴室和厕所。他们不查证件也不辨口音，每天提供两顿饭，但只接待老人、妇女和儿童，对青年男子概不欢迎。

蔡智诚的姐姐蔡智慧在"救济棚"里当医生，负责救治女性患者，她的工作区域是不许男人进入的。可就在那天上午，棚子里突然闯进来几个国军士兵，翻箱倒柜，吵着要什么"盘尼西林"。蔡智慧一边赶他们出去，一边解释说这里只是个救济站，没有那么贵重的药品。当兵的火了："美国人的地方，怎么会没有西药？"还说，"老子在前方打仗，你们把贵重东西都偷去卖了！"骂了许多难听的话，还把蔡医师给打伤了。

蔡智诚赶到医院的时候，看见姐姐的病床前聚着许多同事，好些人气得直哭。"援华协会"的负责人马力（Mariotte）先生正冲着遵义县县长大吼大叫："中国的军队太糟糕！中国的军人太野蛮！"那倒霉的县长只有连连点头，保证一定"严惩肇事的歹徒"。

看到这个场景，蔡智诚的心里十分难过。他觉得，马力先生骂县长，实际上也是骂了所有的中国人。

当天晚上，在留给父亲的信中，蔡智诚这样写道："国家沦落到如此地步，军队堕落到如此地步，处罚几个犯罪的士兵有何成效？而今看来，雷海宗先生所言极是，知识者应投身行伍，努力改造旧军阀之流氓习气……需要以文明之思想兼勇敢之精神建立起新式高尚之军队，方能切实承担保护国民之重责……"

于是，这个二十二岁的大学生拿定主意不念书了，要去"改造旧军队"。

第二天，他跑到教务处办理退学手续。浙大的训导长费巩①听蔡智诚说准备去参军，考虑了一阵，在申请书上批示："准予休学。"——算是给他保留了学籍。

就这样，1944年6月，浙江大学电机系二年级的蔡智诚弃笔从戎，满怀着救国救民的愿望，走上了抗日的战场。

---

① 费巩，江苏人，牛津大学政治经济学博士，抗战期间担任浙江大学训导长，1945年被军统暗杀。

第二章 去云南投军

离开学校，蔡智诚就琢磨着到哪里去报名参军。

按理说，招兵的地方多得很，县、区、乡各级公所都在办理兵役。遵义当地就有个"师管区"，下设好几个"补充团"，隔三岔五地往前线送人。可蔡智诚却不愿意在那里报名，因为"遵义师管区"的新兵是补充到黔军部队的，这不符合蔡智诚的志向。蔡大学生的理想是参加"青年军"——蒋经国主任在浙大演讲时说过："青年军是高素质的现代化军队，是民族的精英，国家的希望。"

想进"青年军"，最简便的办法是去找柏辉章。

1944年，柏将军正在家里赋闲，手里无职无权。但是，他先前担任赣南警备区司令的时候，赣南专员蒋经国是他的副司令。蔡智诚心想，如果请柏辉章写张条子，到青年军去找如日中天的蒋主任一定没有问题。

蔡家与柏家是街坊，两家大门距离不过四十米，彼此都是熟人。蔡智诚到了柏公馆，说明来意之后，柏辉章笑了笑，二话不说就磨墨捉笔准备写介绍信。可正在这时候，柏家的大爷柏继陶从楼上下来了。他对柏二爷说："这事搞不得。蔡家老大在你手底下阵亡了，蔡家的幺妹也不见了，如今蔡老二还在前线扳命，你再把老四送上去，万一出了闪失，老街坊的脸面不好看。"

这柏继陶是个酱菜铺的老板，在琵琶桥边上卖豆瓣酱和熏腊肉，"柏家七杰"中只有他这个当大哥的没出过门也没当过官。可也怪了，柏家兄弟对这位土老财哥哥却十分敬重。就拿柏公馆来说，漂漂亮亮的一栋楼，柏辉章和弟弟们住楼下，楼上却只住着柏继陶一家人，真的把他当做了家长。

柏继陶对蔡智诚说："蔡四娃，想当兵，请你爹来讲，年轻人不要东跑西跑的想精想怪。"

他这么一发话，柏辉章就放下毛笔伸懒腰，再想批条子，门都没有了。

没有介绍信，还可以到省城去想办法。

"贵州军管区"也有青年军的报名点，可蔡智诚却不敢去贵阳。因为这时候的贵阳市长是他父亲的老同学何辑五，蔡式超自己也正在省城的"管理委员会"当巡视员。蔡四娃倘若胆敢进城，被老爹"巡视"见了，非给抓起来送回学校不可。

无奈之下，只有另打主意——直接去云南投军。

只是，去云南并不容易，公路上聚满了难民，绝大多数是准备去昆明的。这时候的客车车票要用金条来换，用钞票都买不到座位。蔡智诚当然没有黄金可以买客车票，他给父亲留了一封"告别信"，收拾起行装，然后就和普通难民一样在路边招手，找机会搭乘过路的货车。

路口上每过来一部卡车，都有无数的人拥上去讨价还价。货车的位置和客车一样紧俏，蔡智诚尝试了好多趟，次次无功而返。

折腾了一整天，傍晚的时候，终于让他等来了一个熟人——杨三。

这位杨三原先是蔡家老大蔡智明的马弁，蔡老大牺牲之后就跟着蔡老二蔡智仁学开车，然后又在交通二团当了个班长，从此不用扛枪冲锋还得了个发财的机会，因此对蔡家兄弟感激得不得了。

杨三的卡车正好要去云南的保山，听说"四少爷"想搭车，这家伙立刻就张大了嘴，露出一脸半哭半笑的表情。蔡智诚安慰他说："你不用怕，该付多少钱我照给，总之不让你吃亏，反正在四楼给我留个位置就是了。"

"四层楼"是汽车兵的术语。抗战时期车辆紧俏，军车出差时超载到了匪夷所思的地步。通常，车厢的底部隐藏着一些违禁物资，这些走私品大多是长官交办的，沿途关卡心照不宣，只要不被人看见就好，这叫"一楼"；一楼的上面覆盖着规定运输的物品，这是"二楼"；在"规定运送物"的上边又摆放着各"公司商号"托运的零散物件，被称为"三楼"（三楼的运费是运输单位的外快，大家可以分成）；车厢的最顶上就是"四楼"，全都是些搭乘顺风车的大活人。由于货物堆得太高，所以必须把这些乘客绑在架子上，要不然，汽车一颠簸，人就会掉下来。

蔡智诚有个当汽车营长的哥哥，当然懂得这里头的名堂。可他这么一说，杨三反而更加尴尬了："四少爷坐车是我的运气，我高兴都来不及，肯定请你坐驾驶室，哪里敢收钱。只不过刚才接到了命令，有个什么上校也要坐这辆车，不知道他同不同意搭上你一起走……"

既然如此，只好看情况再说了。

晚上九点多钟，杨三的卡车来到了约定的路口。

只见卡车车厢堆成了一座小山，顶上还有个木头架子，密密麻麻绑满了人。

驾驶室里的上校探出头来看了看，然后就有个中尉副官拎着皮带爬上车顶，老老实实地把自己捆起来，留出车头的位置给蔡智诚坐。

上了车，定睛一看，才发现这位上校原来是自家的熟人，老街坊王光炜①，难怪这么客气。

王光炜原本是"遵义师管区"补充团的团长，这时奉调到远征军第8军军部，正准备去云南保山报到。蔡智诚一听说"远征军"就兴奋起来，攥着王上校，非要他介绍自己进青年军不可。

开车的杨三这时才晓得蔡智诚不是去昆明玩耍，而是要参军，顿时吓坏了，立马就想掉头把他送回家去。

幸亏王光炜上校十分支持大学生的爱国热情。他告诉小蔡，青年军这时尚处于组建阶段，招录的大中专学生要先经过"三青团"的审查，如果稀里糊涂地跑去，人家是不收的。不过，他建议蔡智诚先跟他到103师入伍，再由第8军推荐去青年军。他还说，到时候，无论是205师还是207师，想进哪支部队都可以一

---

①王光炜，贵州遵义人，黄埔7期毕业，当过国民党师长，1949年12月率部起义，解放后担任贵州省政协委员。

王光炜有个哥哥叫王光樾，黄埔3期的，是个有意思的人物，可以说一说。

王光樾从小就特别聪明，是个语言天才，在遵义念书的时候年年英语考第一，可以和洋神甫谈论《圣经》的原文。按道理这种人应该去读外国语学院才对，可他偏偏要去考黄埔。到了军校，又迷上了俄语，开口苏沃洛夫、闭口库图佐夫，没过多久就能和苏联顾问聊天了。蒋校长一看，人才啊！于是就把他送到了莫斯科中山大学，陪蒋经国读书。

到了苏联，王光樾继续发挥天才优势，开始自学德文，结果居然能看懂原版的《资本论》，评论起马克思主义头头是道。更绝的是，他写外国字，用的却是毛笔，一行行清秀的铁线文就连洋人们见了都觉得稀奇，弄得各个班级办墙报都来找他帮忙。他英文、德文、俄文都会，世界各地的学生都可以交流，文的武的都懂，样样都能来一套，真是大受欢迎，出尽了风头。国内的蒋介石校长对他十分满意，奖励给他100卢布和一块金表。

1927年，王光樾奉召回国，这时候国共两党已经闹翻，王光樾既是国民党员又是共产党员，坐在从海参崴到上海的轮船上左右为难。船近黄埔港，他突然把随身的行李扔进了海里，然后就和几个俄国水手打起架来。打着打着就被打昏了，醒来以后直喊头疼，没过几天，他就疯了。

这一疯就疯得很彻底，不仅先前学的外国话全部忘光，就连中国话也不会说了。

蒋介石亲自到医院去探望他，王同学张着嘴："嗬嗬嗬，喔喔喔……"蒋校长不知所云，只好

——这可把蔡智诚乐坏了，于是拿定主意，先去保山参军再说。

王光炜当了好几年的"补充团"团长，吃尽了招兵的苦头，现在突然遇到一个自愿入伍的冤大头，不由得十分开心，连连称赞"年轻学生有觉悟"，谈话的兴致也就格外的高。

在路上，蔡智诚向王上校坦陈了自己对军队现状的看法，也解释了自己对未来的打算。王光炜却不置可否，他给蔡新兵算了一笔账：

遵义是贵州的大县，有五十一万人口，按通常比例，符合服役条件的人最多不过五万。抗战几年来，遵义县的服役人员已超过四万三，当地的征兵总量已达到极限。可现在，"师管区"和"军管区"给遵义下达的壮丁指标却提高到每个月一千，完不成任务就要受处罚。怎么办？只有乱抓，看到青壮年男子就拖进兵营。

过去的规定是"三丁抽一"、"逢五抽二"，现在不论了，只要够条件就拉走；《兵役法》要求壮丁入伍前必须进行"国民军事训练"，现在也顾不上了，绳子一捆就往前线送。最早只是在乡下抓"黑脚杆"（农民），到后来，店铺的伙计也抓，工厂的工人也抓，无业的市民甚至外乡的难民也抓，反正遇见合适的就拉来。

为了躲避兵役，有的年轻男子把自己的脚搞断，把手指头剁掉，还有的装聋作哑、装疯卖傻。1943年，"遵义师管区"准备到兵工厂里抓壮丁，被厂方知道了，工人把大门一关，就在厂房里和军队打了起来。结果当场打死四十人，接着又判了十二个死刑，最后只征到了八名兵。这样的新兵送到部队，怎么可能提升军队的素质？但不送这些人去，又能有什么办法？

王光炜对蔡智诚说，你希望改善军队的风气，我也赞成。但这个事只能等到打完仗以后慢慢搞，素质问题要从小娃娃抓起，现在的兵都是些"棒棒脑壳"，教

留了几百块大洋，又在他的衣兜里塞了张字条："王光樾同志，我来看你，你不说话。我们的敌人已经消灭，请你放心，安静养病。"

其他师生也跟着学，都来给王光樾送钱、塞字条。

从1927年到1949年，王疯子住遍了广州、南京、重庆、上海的各大医院，反正中央军校的薪金册上有他的固定开支，他可以衣食无忧，轻松自在。据说，他平时和医生护士还是有说有笑的，可一遇到正经人就变成"嗬嗬嗬"了，谁也拿他没办法。

解放后，王光樾被丢在了大陆，这下子，轮到中山大学的共产党同学去看望他了。结果见了面，老王还是"嗬嗬嗬，喔喔喔……"无奈，只好再写字条："王光樾同志，我们的敌人已经消灭，请你放心，继续养病吧……"

于是他继续养病，最后在遵义老家寿终正寝。身后留下两个谜：其一，1927年的时候，他扔进海里的行李中到底装了些什么？其二，王光樾这家伙到底是个疯子还是个天才？

也教不会，就像石头窝窝里的"赖包谷"一样，整不出好菜来。

王上校还说，你入了军队，早晚也是当干部，要时刻保持威严，不用去和当兵的讲道理。军队和学校不是一回事，"棒棒脑壳"不开窍，你客气，他就以为你好欺负，七七八八的事情都惹出来，兵就不好带了。带兵就是要打要骂，再不行就枪毙，猛将手下出好兵，打仗的时候哪有时间去讨论思想问题……

蔡智诚一边听着前辈的教导，一边却在心里犯嘀咕。虽然还没有正式入伍，他就已经觉得军队的实情和自己原先想象的不太相同。但转念又想，王光炜说的是旧式军队，也许"青年军"这样的新式部队会有更为高尚的精神面貌吧。

7月3日，卡车开到了云南保山。

快进县城的时候，在路上遇到了一支正在行进的队伍，这是103师的309团，于是就停下车来打招呼。

309团的团长是陈永思①，他与王家和蔡家素有来往，这时见到熟人当然十分高兴。

陈团长说，309团原本是驻守祥云机场的，刚接到移防的命令，大概是要向松山方向增援。接着，他拍了拍蔡智诚的脑袋，笑着问："大学生，逃课不读书，跑到这里来干什么？"

王光炜说："蔡四娃想参加青年军，我准备在103师给他挂个号，然后就转到昆明去。"

陈永思说："那没问题，蔡家的事给何军长说一声就行了，好办得很。不出意外的话，四娃明天就可以拿着介绍信去昆明。"

可这时候，蔡智诚却改变了主意。他让杨三把车上的皮箱拿下来，不坐车了，并且十分坚决地宣布："我不去师部挂号，我要跟你们去松山打鬼子！"

---

①陈永思，贵州遵义人，曾任黔军王家烈部参谋，国民党103师309团长，103师副师长、代师长，49军249师师长，1949年率部起义，解放后任贵州省政协委员。

第三章　国民党的新兵营

蔡智诚的参战愿望遭到了大家的反对。

陈永思说："你现在还是个老百姓，怎么能够上前线？"

蔡智诚立刻表示："那么你赶紧收我入伍！"

王光炜乐了："入伍总要办个手续。再说，即使你当了军人，是否上前线也要听从官长的命令，哪能想去就去的。"

蔡智诚很不服气，心说："人家那些'棒棒脑壳'、'黑脚杆'，绳子一捆就当兵打仗了，怎么到了我这里就这么麻烦？"

可是，王光炜和陈永思都不理睬他，自顾自走到一边商量起公事来。蔡智诚郁闷得不行，只好找个话茬把开车的杨三骂了一顿。

公路上，309团的队伍还在行进。这时候，队列里忽然有人喊："四少爷！"蔡智诚循声望去——咦？是他以前的"小跟班"游湘江。

游湘江是蔡家厨师的儿子，比蔡智诚大两岁，小时候跟蔡智诚一起上学，每天帮四少爷背书包。不过他这个书童读起书来既不聪明也不刻苦，所以后来就辍学到工厂里当学徒，再后来又进了何知重①办的军士队，打了几年仗，如今已升为上尉连长。

跟班遇见少爷，当然要聊几句。游连长听说蔡同学是来当兵打仗的，立刻大摇其头："我们这些粗人打打杀杀是理所当然，你这个搞科学的贵重人也跑出来冒险，损失太大了……"

---

①何知重，贵州遵义人，王家烈的表弟，曾任国民党103师师长、86军军长、46军军长，抗战后赋闲在家，1976年病逝于贵州。

蔡智诚最听不得这种话，当即就嚷嚷起来："国家是全体中国人的，你可以上前线杀敌，我也有义务报国！"几句话搞得游湘江和杨三都不敢再吭声，大家不欢而散。

下午，队伍进了保山县城。王光炜径直去军部报到了，陈永思团长则带着蔡智诚去103师的师部。王光炜原先在103师当过团长，这次到云南，估摸着自己可能是要接替这个师的师长，所以刻意"避嫌"，不想和现任师长打交道。

那么，蔡智诚这么个小青年参军，为什么一定要通过师部呢？——这和他的家庭背景有关系。

民国时期，贵州军政界的显要人物要么是遵义人（比如王家烈、柏辉章），要么是兴义人、安顺人（比如何应钦、谷正伦），前者比较"土"，后者比较"洋"。蔡家是遵义名门，与当地的土军阀素有来往，而蔡式超又在外面读过书，与何应钦的两个弟弟何辑五、何纵炎是同学，所以能够在"土""洋"两边都说得上话。蔡式超本身是个"办实业"的局外人，与争权夺利没有什么关系，但传话送信的事情干多了，军界上层也都知道有个"爱管闲事"的蔡老板，多多少少总要给他点面子。

蔡家与何家是世交，蔡家的孩了称何应钦为"世伯"。而这时在保山，第8军军长正是何应钦的侄子何绍周[①]，所以蔡新兵与何军长可以算是世家兄弟，办理他入伍的手续当然就需要由师一级的单位经手了。

在国民党的大员中，何应钦的"私人势力"并不算强，直到抗战中期才拉起一支黔军班底的第8军。老何自己没有子女，因此就把第8军交给了侄子何绍周。可陈诚却看不过眼，愣是把李弥[②]派到第8军来当副军长，从中掺上一把沙子。

第8军下属三个师，按战斗力的排列依次为——荣1师、103师和82师。

荣誉第1师是由湘西和贵州籍伤愈士兵组成的部队，算是半个黔军。但这个师一直处于"陈诚系"的掌控之下，从师长到团长、营长都是陈诚和李弥的人，何军长根本就调不动；

①何绍周，贵州兴义人，黄埔1期生，曾任国民党税警第一总团团长、103师师长、第8军军长、昆明警备司令、第19兵团司令等职，1980年病逝于美国。
②李弥，云南人，黄埔4期生，历任国民党保安16团团长，96师268旅旅长，荣誉第1师师长，第8军副军长、军长，第13兵团司令等职，1973年在台湾病逝。

82师是贵州部队，师长王伯勋[1]是何应钦的亲信。这个师虽然听从何绍周的指挥，但本身的战斗力太弱，所以何军长在第8军真正能指望的主力只有103师。

103师的前任师长就是何绍周自己，现任师长是熊绶春[2]。这熊绶春也是陈诚的亲信，因此，何军长就总是琢磨着要换掉这个师长。他给103师下命令的时候，经常越过师部，直接传达到各团，生生把熊师长给架空了。

这样一来，第8军总共三个师，一个不买军长的账，一个不买师长的账，还有一个实力太弱。其战斗力可想而知。

不过，蔡智诚当时并不知道这些派系纷争。在师部，他看见三十多岁的熊绶春师长愁眉苦脸，心事重重，外表比实际年龄老得多。

陈永思给熊师长介绍了蔡同学，说了句"这是何军长的亲戚"，接着就和103师的副师长郭惠苍[3]商量起来，建议"先在师部安排一个书记官的职务，然后报送军部，推荐到青年军去任职"。

团长和副师长自作主张，师长熊绶春不置可否，皱着眉头一言不发，一副很不高兴的模样。

看见这个情形，蔡智诚心想："熊师长一定把我当成了投机钻营的小人。"于是就主动表态说："两位师长，你们现在很忙，我本不该来此打扰。蔡智诚到军队是来帮忙的，不是来添乱的，大战将至。个人的小事不劳长官费心，只要派我上火线杀敌就行了。"

听到这番话，熊绶春的脸色明显开朗了许多，态度也和蔼起来。他询问了蔡同学的情况，用沙哑的嗓音说道："你还没有接受过军事训练，最好先去教导队锻炼一下，这样对你有好处。至于是留在本师还是去青年军，等训练完毕以后再作决定吧。"然后又和气地握了握这个新兵的手："年轻人，好自为之，我们还指望你给军队帮忙呢。"

熊绶春的手软软的、湿湿的，说话的语调不高。这时候，蔡智诚还没有养成行军礼的习惯，心里一激动，本能地给师长鞠了个躬。这不伦不类的礼节惹得在

---

①王伯勋，贵州安龙人，曾任国民党82师师长、103师师长、整编第8师师长、39军军长、19兵团副司令，1949年12月起义，解放后任贵州省交通厅厅长、省政协副主席。

②熊绶春，江西南昌人，黄埔3期生，曾任国民党103师副师长、师长，整编第10师师长，第14军副军长、军长，淮海战役中阵亡。

③郭惠苍，贵州遵义人，曾任国民党103师副师长，92军21师师长，1947年在东北被解放军俘虏。

场的人都笑了起来。

蔡智诚不会想到，几年以后，在双堆集，他和熊绶春还将会有一次告别——依然是软软的、湿湿的手，依然是低沉沙哑的语调，依然没有敬军礼而是鞠了一个躬——只是，他没能实现自己的诺言，最终也没能帮上熊绶春的忙。

103师教导队实际上就是新兵训练营。蔡智诚在这里不知道算是个什么角色，他每天东游西逛，想干什么就干什么，没有人管束他，更没有谁安排他站岗出操。

教导队里有一群新到的壮丁。据说本来有两千多人，可是从师管区送到这里就只剩下了一千三，一路上有的跑了，有的死了。侥幸走到兵营的也被折腾得气息奄奄像活鬼一样，离死也差不了多远。

在以前，蔡智诚没怎么接触过贫苦农民，第一次近距离观察这些人，他首先的印象是"真能吃"——几十个大木桶装满了糙米饭，没有菜也没有汤，一眨眼的工夫就吃完了。壮丁们抹抹嘴，东张西望，一副意犹未尽的样子，好像再来几十桶也照样能干光。

除了吃，别的本事就不行了。出操站队连前后左右都分不清，光是"向左转"和"向右转"就学了两个钟头。教官再喊一声"向后转"，这些家伙却不知道转身，居然"咚咚咚"地倒退几步，把蔡智诚的肚子都笑痛了。

蔡智诚也尝试着与壮丁们交谈，说些"你家在哪里？""家里有哪些人？"之类的话。可这些新兵要么把脑袋埋得深深的，要么就睁着惊恐的眼睛不言语，仿佛不是在谈心而是在应付审问，弄得蔡智诚十分没趣。

隔了两天，教导队的许大队长找蔡智诚谈话，要他不要和壮丁们那么亲近。

"为什么？"蔡同学十分纳闷，他还一门心思地准备教育新兵，提高他们的精神素质呢。

"老弟，在教导队就必须严、必须凶。你想，新兵都是些老百姓，不对他们凶一点狠一点，他们就觉得像在家里一样，吊儿郎当，如何能养成服从上级，遵守纪律的习惯？再说了，我们这里太客气，让他们把心放宽了，日后进了部队，遇到厉害的带兵官，这些人就会觉得受不了。到时候他们有武器有技术，一旦生了反骨就容易打黑枪、闹哗变，后果不堪设想……"

许大队长还说："常言道，心慈不带兵。军队本来就是个舔血吃饭的地方，大家的脑门上顶着个'死'字，个个都是打骂出来的。蔡老弟呀，天底下能有几个人像你有这么好的福气。"

队长的语气很委婉，可眼神却是冷冰冰的。蔡智诚能够感觉到，那眼神中其实还藏着另一句潜台词："别忘了，你自己也是个新兵，少来这里冒充教官……"

于是，从这以后，蔡智诚只好离壮丁们远远的，再也不主动套近乎了。

新兵营里每天都有人死亡。

那些犯了过错的新兵，有的被吊起来打军棍，有的被拉到操场边上，"砰"的一枪毙掉了，没有审判也没有记录，谁也弄不清弃尸坑里埋的是什么人，一条人命就这么消失在荒野之中。

又过了几天，教导队给新兵发枪，开始练习实弹射击。

靶场的四周架起了机枪，这是为了防备新兵借机哗变。在这样的氛围下，人们的心情十分紧张，各种事故也频频发生。

正在上子弹的时候，"砰"的一声，操作失误，后排的人把前排的打死了。新兵们顿时惊慌失措，吓得四散开来，谁也不敢站在前头。教官拎着军棍冲过去，劈头盖脑一顿猛揍："怕什么！今天不死明天死，上了战场都是这样，不是打死别人就是被别人打死。"随即下令把尸体拖走，继续射击。

没过多久，"砰！"又是一声，又是什么人动作失误，自己把自己打死了……练了几天枪，每天都要发生好几起类似事件。到最后新兵们都麻木了，死了人也无所谓，趴在血泊边上继续打枪。

于是，蔡智诚渐渐明白了军人们野蛮粗鲁的缘由——因为他们就是被这种粗暴的方法训练出来的——这样的训练，能够形成服从、恐惧和仇恨，却不能培养出忠诚、团结和友爱。

在新兵训练营里，没有亲切的交谈，没有笑声，没有歌声，除了长官的呵斥就是士兵的哭叫。这让蔡智诚觉得很难受，他实在无法习惯这种压抑的氛围。幸好，教导队并不干涉蔡智诚的自由，他可以随时溜出营地去散心。

教导队是跟着103师行动的，两个月来，他们从保山县城移动到了惠通桥附近，已经能够听见松山阵地上的炮声了。

新兵营旁边就是第8军的野战医院，每天都有担架队在这里进进出出。但蔡智诚从没有进医院去看过。这时候的他还有点怕见血，怕听到伤兵的哭喊声。

蔡智诚比较喜欢到惠通桥头去看高射炮阵地。

阵地上有三门高射炮，每门炮都有一个美国兵负责指挥。因为日本飞机难得飞来一次，所以这些炮兵也就无事可做，整天躺在草地上晒太阳。过路的老百姓开玩笑，冲他们嚷"美国佬，快起床，日本鬼子打来了！"洋人们就"OK、OK"地爬起来，先跑到大炮跟前装模做样地用嘴巴发出射击的声音，然后又装成日本飞机的样子摇摇晃晃地栽倒在草地上。大家哈哈一乐，他们就继续晒太阳，睡大觉。

蔡智诚很喜欢这几个美国人，他觉得这几个外国士兵对中国老百姓的态度，比我们自己的军队还要显得和善得多。

在惠通桥附近，来来往往的老百姓很多，而且他们好像也不怕打仗。

在民国时期，中央政府行使权力的基本单位是保甲。保甲制度执行得严厉的地方，兵役任务重，税收负担也重。可云南这里的土皇帝是龙云，不怎么买中央的账，保甲制就有点行不通。云南人当兵只进滇军，不补充老蒋的部队，所以这里的征兵数量并不大，税赋也不多，到处可以看见青年男女逛来逛去，嘻嘻哈哈。

让后勤单位最头疼的就是当地的年轻人，因为他们会偷东西。军车停在路边，稍不注意就被搬空了，连车轮子都被卸掉推走。虽然很快就能在地摊上找到这些失窃的物品，可那需要再花钱买回来。龙云十分袒护云南人，蒋委员长当时也不敢得罪这个土皇帝，所以中央军也就拿偷东西的人没办法，只有自己多加小心，注意防范。

当然，当地民众还是积极支援国军抗战的，松山前线的弹药物资全靠云南马帮进行运输。腾冲这里少数民族比较多，男女平等，所以马帮队伍里既有小伙子也有大姑娘。男男女女打扮得花枝招展，有说有笑，一副开开心心的样子，知道的晓得他们是要上前线，不知道的还以为他们去赶集呢。

有一段时间，马帮运送的全是炸药。没过几天，就听男女青年们回来说"好厉害的爆炸哦，整座山都蹦起来了"。那份高兴劲，就像是看了一场精彩的大戏一般——蔡智诚这才知道，82师实施坑道爆破，把松山主高地打下来了。

82师拿下了松山主高地，而103师却仍然在打攻坚战。

几乎每天都有军官到教导队来征调补充兵，新兵营里的壮丁几乎被调光了，可蔡智诚却还是闲着——许队长就是不点他的名。

不过，蔡智诚也不是无事可做，那些日子里，他正在研究"新式武器"。

8月份，103师装备了一批火焰喷射器（当时叫"喷火枪"），新兵训练营也领来了几支。在这以前，教官们谁也没见过这玩意儿，都不知道怎么操作。好在箱子里有一本英文说明书，蔡智诚能看懂，折腾了一阵就把所有的机关都弄

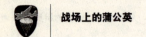

明白了。

"喷火枪"的原理其实很简单，就是两个15升的罐子，一个装凝固汽油（普通汽油中加入凝固粉），另一个装压缩空气，油料经过软管压迫进喷枪，击发点火之后就喷射出去，火焰的温度超过了600度，虽然不能把钢铁融化，但是能把铁烧红。

蔡智诚反复试验了好多次，发现教导队的这几把喷火枪都不合标准。说明书上说可以喷射80米，实际射程只能达到40米；书上说标准射击能重复八到十次，而实际最多只能击发六次。这大概是由于压缩气瓶不过关，造成压源的力量不够，所以实战中需要配一个助手，背着补充气瓶跟着跑。

9月初的一天，蔡智诚正在教导队门口闲坐，突然看见王光炜上校跑过来冲着许队长直嚷嚷："你这里还有多少兵？全都给我拉出来！"

这时，新兵营里只剩下几个傻头傻脑的"歪瓜劣枣"，让他们上前线简直就是送死。蔡智诚急忙扯住王光炜，一个劲地要求："带我去！带我去打仗！"

"你去干什么？学会放枪了么？"

"我早就会打枪了，我还会用喷火器，比他们都强！"

听说蔡智诚懂得使用火焰喷射器，王上校想了想，就同意了他的请求："带上喷火枪，跟我走。"

于是，从这一天起，新兵蔡智诚就正式踏上了战场。

第四章 大战前夕

来教导队的时候，王光炜带了一封信，是蔡智仁写给蔡智诚的。

二哥在信里责备了弟弟擅自离家的"卤莽草率"，并且告诉他，自己已经受荐担任戴之奇①的副官，因此让蔡智诚立刻搭乘交通二团的军车返回贵阳，以便兄弟俩一同前往18军。

蔡智诚问："戴之奇是谁？"

王光炜介绍说，戴之奇刚刚被提升为18军的副军长（军长胡琏）。这18军属于"中央嫡系王牌"，胡军长和戴副军长都深得蒋总裁的器重，追随他们应该是很不错的选择。

可蔡智诚却显得满不在乎："18军又不是青年军，没意思，我不去。"

王光炜不禁笑了起来："那好吧，你就带上喷火枪，跟着我们杂牌军去打仗。"

蔡智诚没有想到，几个月后，戴之奇又改任"青年军第1师"（201师）的师长，自己当时的这个决定反而是错过了参加青年军的机会。不过他并没有因此而后悔，因为虽然他错过了201师，却赶上了另一场名留青史的战斗——松山攻坚战。

如今，"松山战役"已成为抗战史上的经典范例，战役的背景、过程、战果，甚至双方的伤亡数字，在书上有、报上有、电视上有，网络上更容易查到，所以也就用不着我在这里再罗嗦了——只不过，很少有人知道，攻克松山、歼灭日军的中国军队，并不是蒋系的"精锐王牌"，而是杂牌黔军的一帮贵州兵。

---

①戴之奇，贵州兴义人，黄埔4期生，曾担任陈诚的随从参谋，历任国民党103师副师长、121师师长、18军副军长、青年军201师师长、整编第69师师长，1946年12月战败自杀身亡。

松山战斗是于1944年6月初打响的，首先担任攻击任务的是71军（代军长陈明仁）的新28师。这个新编28师也是黔军，由黔南六县保安团改编而成，虽然号称"远征军"，其实战斗力很一般。他们攻了一个多月，伤亡很大，进展很小，于是就调来第8军的贵州老乡接着干。

贵州的山多，老百姓出门就爬坡，所以黔军的山地作战能力相对比较强。抗战期间，无论是在湖北、湖南还是在江西、广西，贵州部队不是攻山头就是守山头，反正总是与山隘阵地打交道，因此让第8军来啃松山这样的"硬骨头"，的确比较合适。

松山阵地周围25公里，防御体系分为松山顶峰、滚龙坡、大垭口和长岭岗四个部分，但其实这几个区域的日军碉堡、坑道都是彼此连通的，可以互相支援。

第8军于7月中旬接替攻坚任务，战斗力最强的荣1师主力随即被李弥带去增援龙陵方向，只留下一个荣3团（团长赵发毕）。可如果没有李副军长发话，何军长也指挥不动这个团。所以，攻打松山阵地，主要还是靠103师和82师。

103师负责攻击松山滚龙坡、大垭口和长岭岗。7月底攻下了滚龙坡，但是把307团打残了；8月初再攻下大垭口，又把308团拼光了；最后还剩下个面积最大的长岭岗，何绍周留着103师309团，舍不得打了。

82师的战斗力本来就比较弱，他们围着松山顶峰冲了一个月，死了好多人，就是上不去。到最后，82师副师长王景渊[1]想出个主意，在松山主峰底下挖坑道，埋上五六吨炸药，搞了次抗战史上规模最大的工兵爆破，"轰隆"一下掀去半个山头，把子高地上的日本鬼子全震死了，终于于8月20日拿下了松山顶峰。

主峰拿下了，剩余的日军就全部集中到了长岭岗。而这时，103师和82师也已经筋疲力尽，何绍周只好把副军长李弥请来当"松山前线总指挥"，意思是让他把荣1师带回来打松山。

李弥回来了，但没带部队，而是指派103师309团担任攻坚。

8月26日，309团付出三个营长全部伤亡的代价，总算冲上了长岭岗。部队刚杀上山头，李弥就向卫立煌报告："我军收复松山！"可他刚放下电话，日军一个反击，309团又被赶下来了。李副军长恼羞成怒，指责309团团长陈永思"擅自放弃阵地"。远征军总部随即打来电话，命令第8军枪毙陈永思，即日收复松山。

---

①王景渊，贵州贵阳人，曾任国民党103师副官主任、团长，82师副师长，85师师长，49军副军长、军长，1949年12月起义，解放后担任贵州省政协副主席。

部队打光了，亲信团长还要被枪毙，何绍周军长顿时火大，当场把电话机给摔了。于是，卫立煌就写了个条子给他："绍周，切勿以熟相欺。"——意思是说你别以为自己有个陆军总司令叔叔就了不得（何应钦是何家老三，何绍周的爹是何家老二），完不成任务照样军法从事。

何绍周也知道这事情开不得玩笑。蒋委员长已经下了死命令，"9·18"国耻日之前一定要拿下松山，否则团长师长军长统统吃不了兜着走。

于是，第8军就拼凑起最后的部队，有309团、307团的残部，还有荣3团和82师246团的余部，总共两千人左右，先锋官是谁呢？——王光炜。

王光炜这时候还在军部闲着，没有职务。他的资历比团长高一点，比师长低一点，既是黄埔生又是贵州人，担任这个突击队长倒是挺合适的。并且，他当先锋官还担着一个责任——何绍周暂时压着"枪毙309团团长"的命令不办。如果王光炜能把松山拿下，陈永思的命也就能保住；如果这一仗打输了，两个遵义老乡的脑袋一起搬家。

蔡智诚就是在这样的情况下，稀里糊涂地跟着王光炜来到了309团。

309团驻守在松山大垭口。一走进团部，陈永思团长就迎了上来，紧紧攥住老王和小蔡的手，热泪盈眶，连声说："好朋友啊！真是自家兄弟啊……"一副感激涕零的样子，把蔡新兵弄得莫名其妙。

在团部，王光炜告诉大家："这次行动，309团只接受何军长的直接调遣，除了军长本人，军部和师部所有的电话都不要理睬。"——这等于是把前敌总指挥李弥抛到一边去了。

陈永思和309团的军官此时正恨透了李副军长，对这个指示当然十分拥护。

按照王光炜的计划，此次攻坚，由309团率先发起进攻，先攻克长岭岗的竹影山，其他部队再陆续投入战斗。

陈永思团长说，他已经把309团的剩余兵力编成了五支敢死队，除了他自己亲自上阵，副团长周志成也带一支敢死队。王光炜听了以后笑着说："好啊，给我一个队，我也当个敢死队长。"

然后，几个人就趴在地图上开始算账：冲到这里还有多少人，冲到那里还剩多少人……一边算，一边还在纸上记数字。

蔡智诚在旁边看了半天，看不懂，于是就问："你们怎么知道到什么地方有多少人？"

陈永思说:"你以为只有上大学才需要数学呀,打仗也要靠计算。"他拿着一把尺子在图上比划起来:"你看,根据地形,在这么长的距离上,第一冲击波将会损失百分之八十,第二冲击波会损失百分之六十,第三冲击波……然后再继续攻击这一段,第一冲击波又将损失百分之六十……"

蔡智诚顿时觉得地图上的数字太可怕了——那些百分比对于指挥官来说只是胜负的概率,可对个人而言可就是百分之百的性命呀!

过了一阵,309团的军官们来开会了。因为前几天的损失太大,今天到会的只有两个副营长和七八个正副连长。

陈永思团长说:"这一次,我准备战死疆场,王老兄和蔡老弟是生死朋友,他们特意赶到这里与我共患难,你们愿不愿意陪我一起死?"

营长连长们都说愿意死。

王光炜安慰大家:"打了胜仗就不会死。"根据他的解释,日军已经筋疲力尽,肯定挡不住五个波次的攻击。如果我军第一、二波接近阵地后坚决顶住不后退,第三波就能够站稳阵脚,等第四波到达的时候,战局就赢定了——他还说这是法国拿破仑的打法,绝对没有问题。

王光炜说,古代孙武子吴宫练兵,妇女尚且能上阵杀敌,何况我们这些男子汉,大家要精忠报国,置死地而后生。并且他宣布:"在战斗中,如果哪位兄弟发现我临阵退缩,可以打死我而不算犯法;反过来,如果你们有谁畏缩不前,同样枪毙,绝不宽恕……"

接着,王光炜又当着大家的面给各部队打电话,约定第二天拂晓前发起攻击。他要求战斗开始后,协同进攻的各团首先实施佯攻,掩护309团的突击队,当309团的第三波(王光炜本人在这一波突击队)冲进敌阵地时,打出三发红色信号弹,其他各团随即转入主攻,一举攻克长岭岗。

军官们开会的时候,蔡智诚也坐着旁听。他觉得经过陈永思的精确计算,再加上王光炜的科学布置,打赢这一仗完全没有问题,心里十分踏实。

散会以后,蔡新兵被安排去游湘江的那个连。

从团部出来,游连长就开始埋怨:"哎呀哎呀,你来这里干什么哟?"再看到蔡智诚肩上的喷火枪,更是叫苦不迭:"哎呀哎呀,你怎么扛这个背时的东西!"

"怎么啦?这是新式武器呀。"

"武器是新式的,可惜射程短啊,要和敌人抵拢了才能开火。你说,叫我怎么保护你嘛！"

"谁要你的保护？"蔡智诚有些不耐烦了，"我自己会打仗，你给我派个助手就行了。"

到了连队，游连长安排一个老兵帮喷火兵扛汽油罐子，并且一再叮嘱："今天晚上好好休息，保存体力。明天冲锋时一定要跟紧我，千万不能乱跑啊！"

夜深了，四周的人都已进入梦乡，可蔡智诚却睡不着。他在想，明天自己会不会死？死的时候是什么感觉？闭着眼睛想了好久，想来想去都是别人死掉的样子，横竖揣摩不出自己阵亡的状况，折腾了好一阵，干脆爬起来检查武器装备。

旁边的助手发现他在黑暗中摆弄喷火枪，连忙问："出什么事了？"

"没事没事，复习一下。"蔡智诚解释说，自己有个临考紧张的习惯，原本学会了的东西，一到考场就忘光了，要过好久才能想起来。明天是他头一次上战场，就像进考场一样，上阵之前再把武器熟悉一遍。

听到这个说法，助手也赶紧过来帮他复习功课。真是的，考试考砸了最多不过挨顿打，这打仗打砸了小命就报销，不能不引起高度的重视。

蔡智诚的这位助手名叫"罗烟杆"，是个老兵。他参加过武汉会战，在田家镇战斗中被日军俘虏过，跑回家乡后又被抓了壮丁，接着当兵。

"罗烟杆"其实并不抽烟，只是因为他曾经当过烟具作坊的学徒，专门制作烟枪，所以才得了这么个外号。在军队里混久了，这家伙也成了兵油子，会来事，发觉蔡智诚的派头和别人不一样，于是就对他格外的殷勤，有一搭没一搭地陪着新兵说话。

心里想着打仗的事，蔡智诚就问罗烟杆："军队冲锋的时候，什么位置的伤亡比较小？"

"太靠前了容易挨枪打，太靠后了容易遭炮轰，靠边的位置比较安逸。"

这和陈永思团长的计算公式不大一样呀？蔡智诚的心里有点儿打鼓了，接着又问："你说，日本鬼子打仗怎么样？"

"霸道。凶得很。"

"怎么个凶法？不怕死么？"

"不是怕死不怕死的问题"，罗烟杆回答，"要说的话，我们打急了也不怕死，可还是和他们不相同。日本兵打起仗来，有一种已经死过了的感觉，像鬼像野兽，反正不像人。和他们打仗就像是和僵尸打架一样，即便打赢了，心里也怕得很……"

一席话说得蔡智诚直发毛。在这以前,他活的死的日本人全都没见过,当然更无法想像僵尸一样的日本鬼子是什么模样了。

1944年9月2日凌晨6时,松山前线还笼罩在夜色之中。

拂晓前,第8军的炮兵部队开始向日军实施炮击。同时,307团、荣3团和82师的阵地上也响起了剧烈的枪声,各掩护部队纷纷用密集的火力压制长岭岗,分散敌人的注意力。

竹影山上,爆炸的闪光连成了一片。

许久,当炮火停息时,天色已蒙蒙亮了。放眼望去,日军阵地上硝烟弥漫,寂静无声,敌人没有还击。

"第一队,前进!"

"第二队,前进!"……晨雾中传来了军官们的号令声。

蔡智诚随着身边的战友跳出战壕,一步步向前走去,心里想着:"要开仗了,这就开始了么?"

二十米、三十米、五十米……

前方的日军阵地依然如死一般沉寂。

"天晓得,那上面究竟还有没有活着的日本兵?"

第五章　战场初体验

在蔡智诚的记忆中，1944年9月2日的早晨，天亮得特别快。

炮击开始时，四周围还是漆黑一片，而当炮声平息的时候，天色已渐渐亮了。士兵们从战壕里跳出来，走进淡淡的晨雾。不久，竹影山就清晰地出现在了人们的眼前。

竹影山，日军战史上称为"西山阵地"。它是长岭岗的制高点和屏障，在它的背后就是黄家水井，那里是松山日军的最后巢穴——"横股阵地"。

以前，这里长满了松树、核桃树和麻栗果，后来这些树木都被日本鬼子砍去修工事了。现在山坡上光秃秃的，晨曦中，只看见被炮火犁过的泥土正飘散出阵阵硝烟。

远远望去，敌人的阵地一片寂静，看不到有人活动的迹象。蔡智诚心想："山顶上还有活着的日本兵么？如果有，他们一定正看着我吧，他们的枪口一定正瞄准我吧……"想到这里，他用力地挺起胸膛，努力地在脸上挤出微笑，做出几分骄傲豪迈的表情。

其实，并没有人注意蔡新兵的神态，大家都在默默地向前走着。

按照王光炜的计划，突击部队分为五个波次，每个突击队又排成四列横队，相互间隔三十米。想象起来，进攻队形应该像层层的海浪一般，有次序地向前滚动。可实际上却不是这样，五个突击队的出发阵地有远有近，阵地前的地形也各不相同，士兵们要在途中攀爬峭壁和陡坡，走了不一会，队形就乱了，各部队都混在了一起——不知军官们是否还能做到心里有数，反正蔡智诚根本就弄不清自己的位置属于第几波次。

泥泞的道路十分难走。9月份正是云南的雨季，红土被雨水湿润成了胶泥，又粘又滑，一会儿咬住士兵的鞋子，一会儿又滑溜得站不住脚，弄得大家跌跌撞撞，步履艰难。

蔡智诚被肩头的钢罐压得喘不过气来。这之前，他虽然学会了使用喷火枪，但从来没有全副武装的行军过，现在身负重荷，攀登陡坡，渐渐就有点力不从心。最烦人的是，背上的两个罐子还不一样重，弄得他的重心总是往一边倾斜，好几次都差点摔倒。

连长游湘江始终关切地看着蔡智诚，他命令说："罗烟杆，把喷火兵的东西接过去！"

游连长的胳臂上扎着一根白布条——那是"先导官"和"示范兵"的标志，打仗的时候如果搞不清怎么办，就照着"白布条"的样子学，跟着他们跑就行了——说起来，当官的真是舒服，一手拎着手枪，一手拿着军棍当拐杖，显得轻松自在。这和小时候刚好倒过来，那时候可是蔡少爷空着手在前头跑，游跟班背着书包在后面跟随。

听到连长的吩咐，罗烟杆就伸过手来想帮忙，蔡智诚却把他推开了。哪有打仗冲锋让别人背武器的道理？蔡新兵不愿意头一次上阵就搞得这么特殊。

这时，阵地上的硝烟散尽了，日军依然没有动静。

敌人不开枪，气氛反而更加压抑。进攻的人慢慢地走着，没有人说话。大家都知道敌人早晚会开火的，大家都在默默地等待第一声枪响，猜测着自己会不会头一个倒下。

终于，枪响了。

就像在暴雨中行走的人忽然听到了一声炸雷，所有的战士都耸起肩膀，加快了步伐。军官们吼叫起来："散开些，不许后退！"

"跑起来，不要停下！"

"前面的，动作快点！上！上……"

蔡智诚也在努力地奔跑。

游湘江在前面时不时地拉他一把，还安慰说："跟我来，不要怕，没事的。"

这让蔡四少爷很不高兴，他气急败坏地说："滚开些！我才不怕呢，走你的，少来烦我！"

上尉长官被新兵顶撞了一顿，弄得连长十分尴尬。

不过，这时的蔡智诚确实不害怕，因为这时候他还没有对战场的情况反应过来。虽然前面不断有人倒下，但因为距离比较远，只瞧见他们身子一歪睡在地上，就好像崴了脚似的，仿佛过一会就能爬起来继续前进，所以并不让人感到恐怖。

可是，几分钟以后，一切都不同了。

翻过陡坎，爬上山坡，牺牲者的尸体突然出现在蔡智诚的面前——血！好多血！雨后的红土地上到处是暗红色的鲜血。

蔡智诚从来没想到人的身体里居然能涌出那么多的血。云南的泥土粘性很强，渗不进土壤的血水就顺着山坡往下流淌，淤积在死者的周围，一汪一汪的，似乎能让人漂起来。

更可怕的是，除了刚刚战死的士兵，山坡上还躺着许多早些天的阵亡者。9月的云南天气炎热，这些尸体都已经腐烂了，再被炮弹的冲击波掀过一遍，灰白的、残缺的肉体在潮湿的土地上发出阵阵刺鼻的恶臭。

看到的是骇人的鲜血，闻到的是呛人的尸臭，耳朵里听见的尽是凄厉的枪

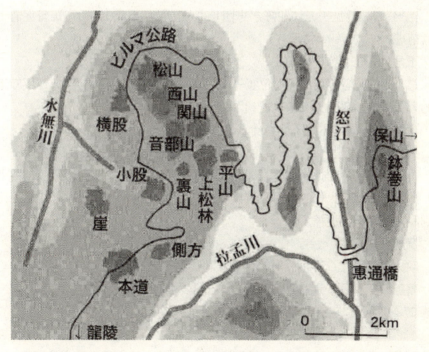

日方绘制的松山地形图

对于松山战役中的防御阵地，中日双方的称呼各不相同。大致说来，我方所说的"松山"，就是日军记载的"拉孟"（腊勐是松山附近的一个村子）；我方称"滚龙坡"，日军称"本道阵地"；我方称"大垭口"，日军称"音部山阵地"；我方称"松山主峰"（或"子高地"），日军称"关山阵地"；我方称"长岭岗"，日军称"横股阵地"……

声。子弹从头顶飞过，"嗖——嗖——"地鸣叫，从身边擦过，"嘶——嘶"地呼啸，就像是有无数的魔鬼正在身旁疯狂地追杀着、吼叫着，让人心惊胆战。

顿时，恐怖的窒息紧紧地揪住了蔡智诚的心头。这一刹那，他知道死亡的感觉了，他说不出话来，他迈不动步子，他小腿抽筋、浑身哆嗦，他脸色苍白、满头大汗……他害怕了。

游湘江和罗烟杆一个在前面扯，一个在后头推，七手八脚把蔡智诚拉进了弹坑。

游连长还是那句话："跟着我，不要怕。"

"开什么玩笑？怎么可能不怕？"蔡智诚心想。

四周尽是些已死的和快死的人，不断有人中弹倒地，死去的人无声无息，受伤的人大声地哭嚎。可军官们却不理睬那些伤者的哀嚎，只是急切地命令："上！快上！"蔡智诚看见王光炜和陈永思团长也从陡坡底下爬上来了，正督促着士兵继续前进。

于是只好在恐怖中向前走。

最可怕的是看不到敌人的位置——只瞧见身边的人不断地死去，却不知道开枪的人在哪里，那感觉真像是遇到了鬼一样。

蔡智诚问："日本鬼子躲在什么地方啊？"

"他们在坑道里，这里看不见，走近些就能看见了。"游湘江回答。

再走近些？这里距离日军阵地差不多有二百米，再往前走还要被打死多少人？蔡智诚想起喷火枪的射程只有四十米，不由得暗暗叫苦，他觉得自己一定等不到和鬼子交火就死掉了。

罗烟杆说："蔡兄弟，你歇歇气，我来背东西吧。"

喷火兵这一次没有再反对，他顺从地让助手接过了自己的装备。

蔡智诚空着身子走路都有些打晃，看见罗烟杆背着三个钢罐（气罐23公斤，油罐27公斤）健步如飞，不由得十分佩服。

再往前走，弹坑越来越多，死尸越来越多，敌人的枪弹也越来越密集，进攻的队伍只能跳跃着、躲闪着，曲折前进。蔡智诚紧跟着游湘江，他这时候已经没有脑子了，连长喊趴下就趴下，连长喊跑就赶紧跑，就这么冲了一大截，倒也平安无事。

跑着跑着，前面有一个炸弹坑，游连长的手一指，说："快，到那里去！"蔡智诚立刻撒腿狂奔，纵身跃进了弹坑。

弹坑里有一些积水，这没什么，弹坑里有一具尸体，这也不要紧。可怕的是，蔡智诚跳进弹坑的时候，不小心正撞了尸体上。更可怕的是，当他撞上那具尸体的时候——那个死人居然尖叫了起来！

"啊！…………"蔡智诚被吓晕了。

刹那间，他失去了听觉，视觉也没有了距离感，眼前的人和景物就像照片似的，变成了一个平面。再接着，他就失去了知觉……

等他清醒过来的时候，人还在弹坑里，那具尸体早已经搬走，罗烟杆坐在汽油罐子上，笑眯眯地看着他。

根据罗烟杆的解释，蔡智诚其实并没有昏迷过去，只是发出了一声惊天动地的惨叫，然后就睁着眼睛发呆，任凭别人怎么摇晃都没有反应。游连长说蔡新兵这是吓丢了魂了，于是派罗烟杆在这里等候他的灵魂回来，自己到前面冲锋打仗去了。

魂回来了，面子却没有了。蔡智诚觉得十分不好意思，挣扎着站起来想继续出发。罗烟杆却让他再休息 会，并且说这是连长的命令。游湘江交待过，如果蔡新兵出了什么纰漏，就要找罗老兵的麻烦。

这时候，敌人的大炮响了。爆炸溅起了泥水，更掀起了一阵尸臭，蔡智诚闻到那股味道就忍不住呕吐起来——这弹坑的周围正是前几天309团攻上阵地、又被反击下来的地方，所以遗弃的尸体特别多——冷静下来之后，蔡智诚也明白了刚才"死人尖叫"的原因。那是由于尸体腐败之后有大量气体积聚在腹腔和胸腔，他跳进弹坑的时候，正好撞在了死者的肚子上，身体内的气体被挤压到喉部，因此就发出了尖锐的"叫声"。

虽然明白了这个道理，可还是忍不住恶心。

这尸体让蔡智诚想起了一件事。昨天，在团部的时候，王光炜的副官曾经约蔡智诚一起去医疗队打针。他说阵地上的尸体太多，容易引起瘟疫，所以美国人准备了药品，要求所有上松山前线的人员都要打预防针。蔡智诚当时正对旁听作战会议感兴趣，结果就把这件事给忘记了。到现在，他才感到几分紧张：自己和这么多腐尸挨在一起，不知道会不会染上瘟疫？

但转念一想，头顶上炮弹在炸、耳朵边子弹在飞，在枪林弹雨包围中的弹坑里担心自己是否会得传染病，这未免有点太滑稽了——想到这里，蔡智诚又忍不住笑了起来。

看见蔡新兵一边呕吐一边笑，罗烟杆觉得十分莫名其妙。这老兵抱怨说，松山阵地上的日军原本有十几门大炮，打了两个月就只剩下两门了。但这两门炮不知是怎么隐藏的，第8军用上百门火炮进行轰击，美军还派飞机来轰炸，却无论如何也消灭不掉它，这可真是奇了怪了……

吐了一阵，炮声突然停了，枪声也稀疏了。蔡智诚觉得自己的脑子清醒了，心头也舒服多了，于是站起身来说："走吧，我们打仗去。"

竹影山的日军阵地共有三个高地，这时候，309团已经攻克了第一个，部队又继续向前延伸。

陈永思团长正在观察被捣毁的日军炮兵工事。只见大炮旁边倒着一个残缺不全的日本兵，看样子，这家伙的双腿断了，他先把手榴弹塞进了炮膛，然后又趴在炮口上，连炮带自己一起炸了。

蔡智诚问团长："我们连长呢？"

"你是说游湘江么？他在前面。快去通知他抓紧时间，敌人的另一门炮也不响了，可能是出了故障，要利用这个机会拿下山头。"

游湘江正在进攻敌人的第二高地。这是一个六十度左右的陡坡，坡上是日军的阵地，坡下是一堆乱坟岗，蔡智诚他们赶到的时候，游连长正靠在·块墓碑的后面指挥着士兵往坡上爬。

蔡智诚远远地喊："连长，我们来了。"

游湘江转过头，做了个手势，意思是让他原地呆着，不要过去。蔡智诚观察了一下，发现连长的前后左右有好多尸体，而自己的周围却什么也没有，看样子自己这里确实比他那边要安全得多。

突击队组织了几次冲锋都失败了，最长的一次在坡顶上停留了大约十分钟，但最终还是退了下来。

一帮军官正商量着如何继续发动进攻。突然，坡顶上出现了几个鬼子兵，他们抱着100毫米榴弹炮的炮弹就往下扔。那炮弹蹦跳着滚下山坡，撞上乱坟岗里的石碑、石块立刻爆炸。坡底下的国军官兵急忙四散逃开，游湘江跑得慢了点，被当场炸死了。

游湘江是蔡智诚相识多年的朋友，虽然他过去并不太看得起这个小伙伴，但自从从军以来，特别是开战后的这几个小时里，游连长却用诚挚的关怀表达了他对以往友情的珍重。这也使得蔡四少爷突然领悟到，无论是早年的跟班还是现在的连长，游湘江始终都在关心着自己、照顾着自己，而自己其实并没有替他做过什么，只不过是依靠了家庭的关系，无偿地享受着别人的热情。

就在几分钟前，蔡智诚已经决定要亲口对童年的伙伴说声谢谢，并希望从此以后共同维护一种平等、坦诚、相互尊重的友谊。但就在这时，他却亲眼看到游湘江牺牲在炮火之中。这让他十分伤心，因为他再也不能够对自己的朋友说出内心的感受，再也不能为自己先前的虚荣和骄傲向朋友道歉。

对游湘江的歉意成为了蔡智诚心里永远的遗憾，这份遗憾使他开始变得坚强，也使他的军旅生涯逐渐成熟起来。他总觉得，应该在战场上为自己的伙伴和连长做点什么。

日军的炮弹给309团造成了很大伤亡，突击队不得不重新组织兵力，重新委派指挥军官。一个多小时以后，新的攻击部队再度集结起来。这一次，由309团副团长周志成亲自带队。

蔡智诚全副武装，参加了新一轮的突击。

开始的情形和前几次一样。国军爬坡的时候，日军没有射击，等突击队员攀上坡顶，枪声就一齐响了，士兵们立刻中弹滚了下来。王光炜和陈永思团长守在坡底督战，催促着大家继续往上爬，这样反复了几个回合，攻击部队终于在坡沿上站住了脚。

蔡智诚是在罗烟杆的帮助下好不容易才爬上去的。上到坡顶，他发现六十米开外就是敌人的阵地，有战壕，还有一大一小两个地堡。战壕里的鬼子已经被我们的机枪火力压制住了，可大家对日军的碉堡却没有办法。

地堡露出地面一人多高，大碉堡有三个射击孔，小碉堡有一个，四挺重机枪喷出的火舌覆盖了整个阵地前沿，打得谁也无法直起身来。十几个国军射手用枪榴弹进行攻击，可枪榴弹或者打在射击孔的旁边落了下来，或者砸在地堡的顶上爆炸，对日军的工事根本不起作用。

国军爆破队用死尸当掩体向前推进，刚爬了不到十米，尸体就被打烂，爆破队员也给打死了。

309团的喷火兵试图把火焰从敌人的射击孔里打进去。他们在火力的掩护下滚过来，爬过去，好不容易把位置调整到了地堡的正面，可还没来得及举起武器就被日军击中了。重机枪打穿了士兵背上的压缩空气瓶，爆炸产生的气浪把他们的尸体掀起来好高。

严酷的局面使得毫无战斗经验的蔡智诚措手无策，"天呐，我该怎么办呀？"他急得直挠头。

对国军来说，火焰喷射器是个新鲜玩意，不仅在松山才开始装备部队，而且这之前的一个月，它只是在清理战场、消灭残敌的时候发挥过威力，还从来没有谁在攻坚战斗中使用过这种武器。因此，蔡智诚身边的老兵们也不能给他提供什么合适的战术建议，大家只好趴在地上干着急。

"小蔡，快过来！"

不知什么时候，陈永思团长也来到了阵地上，他正在坡沿向蔡智诚招手。

"也许团长能有什么好办法。"喷火兵赶紧朝着长官爬去……

第六章　拿下竹影山阵地

　　蔡智诚懂得如何操纵"新式武器"，但他的兵器知识却是照着说明书自学的，对实战技巧一窍不通。因此，当309团的喷火兵冲上去的时候，蔡新兵就想先看看老兵如何行动，希望从中学到点经验。可惜，还没等他瞧出门道，老兵们就牺牲了，这让新兵蛋子觉得十分沮丧。

　　突击队被压制在阵地前沿。人堆里，蔡喷火兵背着两个大铁罐，还带着副手，模样显得十分夸张。周围的士兵都望着他，意思是说："你有这么威风的武器，还不赶紧想个办法……"蔡智诚急了，一咬牙，就准备照着前辈的样子朝碉堡前面滚。

　　罗烟杆连忙拽住他："不行！没有火力掩护，一上去就是死呀。"

　　这话说得有道理。蔡智诚赶紧请示长官："掩护我！我冲上去喷火。"

　　"小蔡，快过来！"不知什么时候，陈永思团长已经到了阵地上，他蹲在周志成副团长的旁边向蔡智诚招手。

　　"你看见没有，那里有一个弹坑"，陈永思指着大地堡的侧面，"我们组织火力掩护，给你十秒钟的时间，能不能冲过去？"

　　"能过去。"蔡智诚看见了五十米外的弹坑，那里距离日军碉堡只有三十米左右——可是，喷火枪在那个位置根本无法瞄准敌人的射击孔，而地堡的侧面又没有门窗或者孔洞，跑到那里能有什么用处？

　　"你不用把火焰打进碉堡，只要在地堡前打出一道火墙，挡住敌人的视线就行了。我带爆破队上去炸了它！"

　　陈团长说他带爆破队，真不是说大话。九个敢死兵分成了三个组，陈永思也拿着爆破筒准备一起上，周副团长立刻就急了，嘴里嚷着"你不要上，换我上"，伸手就去抢爆破筒。

陈永思说："有什么好争的？今天拿不下阵地，回到山下也是死，还不如让我死在山上痛快些。"

蔡智诚和爆破兵们顿时十分激动："团长，要死大家一起死。我们先上，等我们死光了你再上去。"

罗烟杆在旁边悄悄地问："蔡兄弟，我上不上？"

"随便你。"只打一个碉堡用不着后备气罐，喷火兵的副手上去了也没用。

"那……我还是跟你一起吧。"罗烟杆说。

周志成一声令下，机枪、步枪和枪榴弹的火力一齐射向了大地堡。爆破兵立刻跃出坡沿，滚翻爬跳，冲向各自预先选定的掩体。

蔡智诚也朝着"自己的"弹坑奔去。他没有做复杂的战术动作，因为他从来没练过那些技术，只是勾着腰猛跑，心里想着"千万别绊倒、千万别摔跤……"——肩上扛着沉重的钢瓶、手里拎着喷枪，再加上长长的油管，要是一不留神摔倒了，一时半会还真没办法爬起来。

十秒，只有十秒。在这十秒钟里，全副武装的喷火兵要跑过被炮火肆虐得坑坑洼洼的五十米泥地。这五十米冲刺所付出的毅力和体力，超过了蔡智诚以往在学校操场上的所有运动的极限。

当他终于扑进弹坑的时候，觉得自己紧张得快要虚脱了。可是他不能停下休息，短暂的火力压制以后，那些爆破兵已经被日军的弹雨拦阻在阵地上了，他们正等待着喷火兵的掩护。

这是一个很小很浅的弹坑，勉强能够趴下两个人。日军已经发现碉堡侧面上来了两个突击队员，战壕里的步枪手立刻向这里射击，子弹"嗖嗖"的从头上飞过。

蔡智诚挪动身子，悄悄观察碉堡的位置，心里计算着应该使用多大的喷枪压力。

就在这时候，忽然听见身后"嘎——嗤"的金属撞击声，他转头问副手："你的钢盔被打中了？"

"没有啊……"罗烟杆疑惑地检查了一下："妈吔，你的油罐子被打了一枪。"蔡智诚吓了一跳，这玩意要是被打爆了，两个人的样子可就不大好看，他赶紧把钢罐卸下来摆在身边。

一切准备就绪，在弹坑的边上刨出个缺口，伸出枪口，扣动扳机，"噗——噗——噗——"，灼热的火龙飞出了掩体。三秒种的标准射击之后，蔡智诚探头看了一眼，暗暗夸奖自己的数学水平真不赖。

喷枪的角度和气压的计算非常正确。凝固汽油从斜侧方喷出去，划出一道完美的抛物线，正好浇在碉堡正面的外墙上，熊熊的火焰立刻把射击口遮盖得严严实实。

日军的机枪停顿了。蔡智诚得意地对副手说："行了，我们的任务大功告成，就等着他们炸碉堡了。小心点，别让崩起的石头砸到脑袋。"

两个人捂着头在弹坑里趴了老半天，却丝毫没有感觉到爆炸的震动，到最后终于忍不住探出脑袋张望——咦？奇怪了……

射击口虽然被烈火遮挡着，但鬼子的机枪隔着火焰盲射，照样把试图突击的敢死队员拦阻在阵地前沿。可是，这时候，日军的地堡却和先前不大一样了——厚实的顶盖上热气腾腾地冒着烟，看上去就像包子铺里的大蒸笼。

原来，松山日军碉堡的材料并不是钢筋混凝土，而是用几层木头铺上泥土搭建而成的。经过长时间的炮击，泥土震散了，木头也震松了，凝固汽油喷上去就可以渗进木架的缝隙。松山当地的木料不是松木就是核桃木，所含的油脂比较多，遇到灼热的火焰，木头里的油脂和水分就被迅速蒸发出来，使碉堡的顶盖变得烟雾缭绕，云蒸霞蔚，呈现出一派颇为美妙的景象。

鬼子的地堡可以燃烧？那就好办了。蔡喷火兵二话不说，抬起枪口接连打了两个"三秒"，这回也不必考虑落点，只管加足压力，把凝固汽油直接喷到墙壁上就是了。

很快，随着"嘭、嘭"的爆裂声，浓烟里窜出了一股股火苗——不错不错！大蒸笼变成了烽火台。

这时候，山顶上正起风，风从地堡的射击孔灌进去，就像生炉子一样，把"烽火台"烧得噼哩啪啦直响。到这个地步，小鬼子再顽强也没办法还击了，阵地前沿的国军官兵都高兴得欢呼起来。

干掉了大地堡，还剩下个小地堡就好办多了，四五挺机枪同时开火，把它唯一的射击口封锁得严严实实，一粒子弹也打不出来。陈永思团长兴奋得嗓门都变了调："喷火兵，点了它……给我把它点了！"

好说！又是两个标准射击，小碉堡就变成了大火炬。

蔡智诚正在得意，突然，不知从哪里窜出一个日本兵，恶狠狠地扑上来，伸手就抓住了喷火枪。

刚射击过的枪口灼热得直冒烟,可鬼子兵却不管不顾,虽然攥住枪头的那只手被烫得"滋滋"作响,可另一只手却夺过喷枪扣动了扳机——幸亏,这家伙不懂科学——喷火枪的扳机只是个点火装置,射击之前要先调动气压旋钮和供油阀门,光扣扳机是打不出火的……

愣了一下,蔡智诚才从最初的惊恐中清醒过来,随即和这个日本兵厮打在了一起。可怜的喷火兵背负着沉重的装备,被敌人压在地下翻不过身来,脸对脸地看着小鬼子凶神恶煞的模样。蔡新兵急了,张嘴狂叫:"老罗哥呀!快来帮我呀……"

这喊叫还真管用,"砰"的一声,小鬼子仰面倒下了。背后的罗烟杆威风凛凛,手里拎着个压缩空气钢瓶——谁说打碉堡用不着后备气罐?到这里就当狼牙棒用上了。

罗烟杆扶起蔡智诚,嘴里讷讷地解释道:"我怕不小心打到你……我听说你有武功的……"意思是他没有及时帮忙还挺有道理。

说蔡智诚有武功那是游湘江连长在乱吹牛,练过功夫的其实是蔡四娃的大哥和二哥。小时候,哥哥们举石锁、蹲马步、耍花枪,成天折腾得不亦乐乎,而蔡老四却总是躲在屋里看书,遇到吵闹打架的事情一概敬而远之。在家里,他除了能欺负姐姐蔡智慧,就连妹妹蔡智兰也打不过……谁知道,今天刚上战场,遇见的头一个小鬼子就要找他贴身肉搏,这不是哪壶水不开提哪壶么?蔡智诚觉得十分郁闷。

309团的将士们呐喊着冲进敌人的战壕,竹影山二号山头拿下了。

蔡智诚跟着大家东跑西跑了一圈,发现这里实际上是个日军的炮兵阵地。

阵地上有几门100毫米榴弹炮,从道理上讲可以用来封锁远处的惠通桥,但这些大炮早已经被国军的炮火所摧毁,弯七扭八地变成了一堆废铁。让人意外的是,有一门步兵炮却是完好无损的——日军用木头做了轨道,轨道的前端是射击掩体,后端是一个很深的防空洞,打仗的时候把大炮推出去打两发,然后再拖回洞里藏起来,难怪国军的炮火和美军的飞机都拿它没办法。

找来找去,二号山头上好像只有十几个日本兵,最多不超过二十个人。可就是这么点兵力,却把五百多人的进攻部队阻挡了六七个小时。究其原因,日军的"玉碎"精神和防御工事固然起到了主要作用,可国军方面的战场分析工作也太不够细致了——如果早知道日军堡垒是木头做的,用不着打那么多高爆弹,丢几枚燃烧弹就可以省事得多。

攻克阵地，王光炜上校兴冲冲地举起信号枪，朝天上打了三发红色信号弹，通知其他部队向竹影山高地汇合。随后，他命令309团留下部分人员修筑工事，自己带着大队人马继续杀向三号高地。

王上校决定"加固二号高地的工事"是十分明智的举措。前几天，309团攻克阵地以后，就因为没有做好防御准备，结果被日军一个反扑打了下来。伤亡惨重不说，陈团长还几乎被枪毙，这可是个血的教训。

三号高地距离二号高地不远，没有大的火力点，只有个炮兵观察站还算是座堡垒，但也被国军的炮火摧毁得差不多了，看起来应该不难攻克。

实际情况也是这样，进攻部队轻而易举地踏上了高地，没有遇到多大的抵抗。蔡智诚站在山头东张西望，心想："难道日本鬼子都跑光了？这场仗就这么打完了？"

这时候，有人呼喊："喷火兵，快过来！"

三号高地的与众不同之处是它的坑道特别深，一般的地方在三米左右，有些地段甚至达到了五六米。坑道的侧壁上还挖了防炮洞，防炮洞的直径有一米宽、一米五高，能弯着腰进进出出，从洞口看进去，里面黑乎乎的，不知道有多长。

"喷火兵，烧一下。"军官们指着防炮洞。

"里面有人么？"

"有个伤兵，跑不掉了。"

"那……叫他出来投降吧。"当时，远征军司令部有指示，抓住日军俘虏有奖赏。

"你做梦呢！他们不会投降的，鬼子兵都是死硬分子。"

这倒也是实话，松山阵地上随处可见日语传单，那都是些规劝日军放弃抵抗的劝降书。美军飞机撒了两三个月的宣传品，也没见一个小鬼子下山交枪。

既然如此，那就放火烧吧。接连打了七八枪，小半截坑道都着火了，只听见几声歇斯底里的咒骂和惨叫，却没看见日本兵出来。不过，蔡智诚也只有宣布就此停工，因为他的气罐子空了，凝固汽油也用光了。

阵地上有个炮兵观察站，有人说这是日军炮兵指挥所，还有人说这是113联队的司令部，也不知道是真是假。反正那时候国军的各个团队只要攻克了山头，

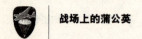

都报告说自己打下了敌人的总司令部。

这个碉堡原本还是挺大的，现在已经被炮弹和炸弹轰掉了大半边，塌下去的地方露出个洞口，一群国军官兵正朝里面扔手榴弹。王光炜上校也在这里，他看见蔡智诚就喊："小蔡，快来，点把火。"

"点不成了，没汽油了。"

"哎呀哎呀，哪里还有油？"

"我不知道。"

"军部有个喷火大队，正在子高地那边清理战场"，陈永思团长说。

于是，王光炜上校就与何军长通话。军部很痛快地答应说，立刻把喷火队调过来。

这时候，三号阵地上到处都在扔手榴弹，没过多久就把铁疙瘩全甩光了。可那些坑道口、地道口却还是黑乎乎的深不可测，大家都不敢进去查看。王上校说："算了算了，等喷火兵来吧。"

也只好这样，309团的官兵们都随地坐下休息，等待后续部队的到来。

等了好一阵，喷火兵没有来，火头兵来了。

做好的饭菜装在竹筒里，用绳子捆上，竹竿子一穿，就成了挑子。火夫在前面领路，十几个挑夫在后面跟着。蔡智诚说："这些老百姓也真够大胆，敢到战场上来送饭。"

"要钱不要命"，罗烟杆说，"前些日子，日军阵地还能向惠通桥开炮的时候，国军的汽车被打翻了，老百姓就蜂拥上去抢东西，炮弹落在身边爆炸也不怕"。

"这算什么"，陈永思团长接着讲，"滇缅公路被阻断以后，路上到处是死尸，这些人就跑到敌后去拣东西。地摊上卖的那些美式军用皮靴都是他们扒回来的"。

"可是，滇缅公路也是这些人修的啊。我听说，连美国的罗斯福总统都十分佩服呢"，蔡智诚说。

"佩服什么？还不是一样。钱呗！给钱就干。"陈永思显得不以为然。

于是就问火夫，送这一趟饭要给民工多少钱？火头兵却笑嘻嘻地回答："他们不要钱嘞，男的女的都欢欢喜喜，抢着来帮忙。"

这让大家十分意外。

竹筒米饭的味道不错，里面还有几片肉。蔡智诚想起一路上遇见的那些尸体，就有点吃不下去，他把肉片拣出来递给罗烟杆，并且发誓说："今后再不敢吃肉了，我要向和尚方丈学习。"

旁边的人都笑："你还想当和尚？也不想想你今天烧死了多少人……"

吃完饭，又等了好久，不见军部的喷火队上山，也没见到其他团的部队。难道他们没有看见红色信号弹？难道他们没有接到协同作战的命令？

蔡智诚正觉得纳闷，却看见王光炜上校很不高兴地骂骂咧咧，陈永思团长拉长着脸一声不吭，只有周志成副团长在阵地上喊着："集合集合！跟我走！"

原来，王上校和李弥副军长吵架了。

"竹影山"和"松山子高地"是长岭岗旁边的两个制高点，一个在东边，一个在北边。这两个地段的位置都远远高于长岭岗，所以，无论从哪个高地向日军最后的"横股阵地"发起总攻，作战效果都差不多。

王光炜先前的计划是把总攻部队集中到竹影山，从东向西攻，因为竹影山是309团拿下的，这样做等于是"乘胜追击"，103师以及他个人的功绩都显得比较突出。可这时候，李弥副军长却通知变更计划，要求各团在松山子高地集结，改成从北向南攻——李副军长认为按他的做法更科学、伤亡比较小。但在王光炜看来，李弥这是要和他抢"最后胜利"的大功劳，当然就不肯答应了。

据蔡智诚说，李弥这人打仗还是有　套的，可就是太自私，而且性格刚愎自用。在他的影响下，荣誉第1师（李弥是该师的前任师长）也显得十分骄傲，动不动就是"老子当年在昆仑关"如何如何，不把同一个军的其他两个师放在眼里，搞得彼此之间的关系很不融洽。松山战役中，103师和82师都付出了惨重的代价，荣1师的伤亡却相对较小。可仗打到最后，他们突然要来抢总攻的主导权，这自然会使得103师有些想不通。

王光炜在电话里先是说"仗打到一半，临时改变计划行不通"，后来又讲"我与何军长约定过，只听他一个人的直接指挥，请副军长不要插手……"气得李弥摔了电话。由于这番通话是用无线通讯机进行联络的，所以等于是让全军的团以上单位都旁听了一遍，这事情就闹得有点大了。

何绍周军长当然也听见了。何绍周打仗的本事比较差、性格也有点"面"，凡事都听参谋长梁筱荣的。这时候梁参谋长帮着李弥说话，他也就软了，自己不好意思出尔反尔，就让103师副师长郭惠苍来和稀泥。郭惠苍也是遵义人，老乡、老兄兼老板，309团不好不听他的招呼。王光炜和陈永思无奈之下，只好让副团长周志成带领一帮人马向子高地靠拢。

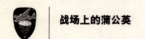

战场上的蒲公英

蔡智诚没有跟副团长走,他和其他三十多人陪着王上校和陈团长留在了竹影山。

两个长官正在气头上,当兵的谁也不想去讨这个没趣,大家躲得老远,东一堆西一堆地躺着休息。

喷火兵和副手趴在弹坑里闲聊天,听罗烟杆从小时候的贫寒讲到现在的艰险,从头到尾都是"苦啊苦啊"。不过,老兵最后说:"看样子,明天用不着我们上阵了。不管怎么样,这一仗你我都算幸运,没受伤更没送命。大难不死必有后福,说不定我老罗就要开始转运了……"

天渐渐黑了,战士们疲倦了,头一次上阵的蔡新兵听着罗烟杆的罗里罗嗦,不知不觉睡着了。

半夜里,阵地上突然响起激烈的枪声。

蔡智诚从睡梦中惊醒过来,支起身子,满耳朵都是日本人的喊叫声。他顿时有点懵了:"天哪,从哪里钻出来这么多鬼子兵?"

四周围黑漆漆的一片,既看不见敌人在哪里也不知道战友在什么地方。两个人在坑里躲了好久,没有听见长官出来下命令。蔡智诚急了,起身想去找团长,可罗烟杆却一把按住他:"别乱跑,你在这里趴着,我去看看情况。"说着,离开弹坑向那座炮兵指挥所爬去。

老兵走了,留下新兵一个人蹲在坑里。端着毫无用处的喷火枪,听着枪声和日军的吼叫,蔡智诚的心里紧张得要命,暗暗嘀咕着"被鬼子兵发现了怎么办",一个劲地后悔小时候没有跟哥哥们一起练武术。

也不知道过了多长时间,罗烟杆终于跌跌撞撞地回来了。他一把拽起蔡智诚:"丢掉这些破罐子破枪,赶快跑!"

"怎么了?团长他们呢?"

"不知道,指挥所里空空的。"

"其他人呢?"

"不知道,也许都死光了吧。"

妈吔……

俩人连滚带爬逃回到二号高地,遇见了值夜岗的哨兵。那家伙问:"你们怎么回来了?不是说明天要发起总攻么?"

"我吓!阵地都丢了,还总攻个屁!"

……

42

第七章 松山大捷

竹影山高地遭到夜袭，阵地丢了。

实施反击的敌人来自何处？在当时是个引起争执的问题。根据李弥的判断，进行夜袭的应该是残留在坑道里的日军，于是军部命令309团立即夺回阵地；而309团的指挥官则坚持认为三号高地上出现了敌人的援兵，并且还在逐步加强之中，因此要求上级给予增援。

从表面上看，这场争论是对敌情的判断有所不同，但实质上是在推诿责任。因为，如果三号高地上的敌人没有增兵，说明是309团清查战场不彻底，警惕性松懈；反过来，如果确实有援兵，则说明李弥副军长临时变更计划，把进攻主力调离竹影山的做法是错误的。

可惜，由于阵地上的日军最后都死光了，所以这场争论也就不了了之。

当然，309团也是在找借口。因为那时候，整个松山阵地上能够动弹的日本兵最多也只有两三百人，日军即使组织增援也派不出多少兵力来，问题的关键还是在于国军应付夜袭的本事太差了一点。

说起来，在以前，夜袭本是国军的常用战术，那时候日军的装备好，国军白天打不过敌人，只好在晚上进行反击，103师的不少战绩都是通过夜袭获得的。然而到了松山战役期间，国军换上了美式装备，枪炮多、弹药多、兵力多，还掌握了制空权，飞机大炮追着日军打，情况就倒了过来，国军白天威风，逼着日军开展夜袭。

依马甲我的看法，世界上没有哪个国家的军队是真心喜欢夜战的。战场上的夜袭其实就是赌博，进攻方的态度虽然很积极，但战斗胜负的决定权却是掌握在防御方手里的——如果被攻击方的责任心强、警惕性高、经验丰富，那么进攻方的主动行为就无异于自投罗网。

夜袭，考验的是防御方的心理素质和应变能力，可惜国军恰恰在这个方面比较差劲。松山战役期间，日军几乎每一次夜袭都能够获得成果。小鬼子只要凑齐十几个没受伤的人就敢在晚上进行反击，甚至可以越过前沿，跑到第8军的炮兵阵地上把大炮炸了，搞得国军一到天黑就十分紧张。

其实，9月2日夜里，竹影山阵地上只有四个国军士兵遇袭身亡，其他人都是被吓跑的。蔡智诚和罗烟杆逃到二号高地已经算是很不错了，有的人则更绝，直接跑回了早晨的出发阵地。

天亮以后，蔡智诚见到了王光炜，王上校在弹坑里趴了一晚上，浑身都是泥水；中午的时候，陈永思团长也来了，陈团长当时没有往二号高地退却，而是向子高地的方向"突围"，转了一大圈才跑回来。

蔡新兵觉得有点纳闷，王上校和陈团长头天夜里不是在一起的么，怎么打起仗来却各跑各的了呢？

得知三号高地得而复失，军部和师部下达命令，要求309团再把阵地夺回来。王光炜很不高兴地说："要是按照我原先的计划行事，何至于弄到现在这个地步。"他随即起草报告，说明事情的原委，叫蔡智诚送到军部交给何绍周——既替自己辩解，顺便也把李副军长告了一状。

蔡智诚并不认识何绍周，而且他也不愿意介入长官之间的纠纷。可是，王上校交办的任务却又不能不执行。

当天晚上，他来到第8军军部，报告说自己是从竹影山阵地来给军长送信的，人家值班军官根本就不理睬他。第二天，蔡智诚好不容易才找到何绍周的副官，干脆说自己是何丽珠的表哥，有重要的信件要呈交何军长。那个副官吃了一惊，连忙接过信函递进去了——何丽珠是何辑五的女儿，因为何应钦的夫人不能生育，所以就把她过继给三伯当了继承人。在当时，"何总长家女公子"的招牌还是比较管用的。

这么耽搁了一天，等蔡智诚再回到前线的时候，已经是9月5日的下午。

阵地上还是老样子，309团守住二号高地，日军控制着三号高地。说起来，国军已经占领了大半个竹影山。但日军只要控制住这个最后的山头，就可以掩护背后的长岭岗，使得"子高地"上的国军部队无法顺利地发起总攻。

309团先后向日军发起过四次攻击，全都以失败告终。战斗中，团长陈永思腹部中弹，被送到救护队去了；王光炜上校肩部负伤，仍在坚持指挥。蔡智诚在阵地上转了一圈，没有看到罗烟杆，问了几个人，有的说他死了，有的说他受伤了，众说纷纭，不得要领——这时候，309团只剩下四十多个战斗人员，能够守住既有阵地已经不错了，根本无力再发起新的进攻。

事情到了这一步，李弥副军长也急了。他亲自赶到一线督战，要求9月6日一定要实施总攻，三天之内必须拿下松山。

9月5日傍晚，荣誉3团和82师244团奉命接管竹影山二号阵地。他们带来了六个喷火小组，一帮美军顾问也跟着来了，其中有位少校还是个黑人，让中国的士兵们觉得十分稀奇。

根据李弥副军长的指示，第二天的攻击任务由荣3团的赵发毕团长负责指挥。这时候，阵地上虽然集结了三个团，但总兵力加起来也只有一千五百人左右。不过，三个团聚在一起，立刻就能看出荣3团的装备要好得多。244团和309团的武器都是"万国牌"，而荣3团却是清一色的美式步枪、美式机枪，还配备有高射机枪和直瞄火炮。

那天晚上，哨兵们一直在阵地前打照明弹。这种照明弹是美军顾问团提供的，样子就跟枪榴弹差不多，可以用步枪发射，打到天上就炸出个小降落伞来，晃晃悠悠，明光瓦亮，就像在半空中挂了一盏汽油灯，能有效地阻止日军的夜袭企图。

9月6日清晨，国军炮兵首先对竹影山阵地实施炮击。接着，美军的飞机也来投弹轰炸。上午9点，爆炸声尚未平息，攻击部队就发起了冲击。担任主攻的是荣1师第3团，82师244团和103师309团配合协同，蔡智诚、王光炜就和244团的曾元三①团长一起在二号阵地上观摩学习。

说实话，人家荣1师平时牛皮哄哄，打起仗来也确实有气派。

荣3团冲锋时的架势就和杂牌部队不一样——后面有高射机枪和重机枪掩护，前面有轻机枪手抱着"303"（路易斯轻机枪）开道。军官们一律穿着美式军用雨衣，手上端着冲锋枪，大模大样，嘴里喊着："小鬼子不行了，弟兄们上啊！"当兵也纷纷响应："上啊！上啊！"排着队，挺着腰板往前冲。

进攻的途中不时有人中弹倒地。244团的人一受伤就躺在地上哭嚎，可荣3团的士兵都是伤愈以后再次复役的老角色，意志品质比较坚强，他们的伤兵捂住

①曾元三，贵州松桃人，历任82师连长、营长、团长，后升任103师师长，1949年10月率部在广东三水起义，解放后担任贵州省民革副主任。

伤口咬牙挺着，愣是没有谁吭声——人家荣3团的卫生兵也有个规矩，谁哭谁叫就不给谁救治，因为能哭喊的人就说明还有力气，要先去救那些体力不支的。

所以，难怪82师和103师虽然对荣1师满肚子意见，可论起打仗却不得不佩服他们。不说别的，光是人家冲锋陷阵的这种劲头，自己的部队就学不来。

那天上午，几个团轮番攻击了好几次，都失败了。中午的时候，李弥副军长从子高地那边打电话来警告说，当天下午必须拿下竹影山，否则军法从事。长官们顿时急了，荣3团赵团长和244团的曾团长都亲自上阵组织冲锋，终于在下午3点钟左右杀进了日军阵地。

根据以往的经验，攻上山头只能算任务完成了一半，如果不及时肃清残敌，日军一个反扑就有可能把阵地夺回去。于是，包括美军顾问在内的所有军官都跑到阵地上去督战。

蔡智诚跟着王光炜爬上三号高地，看见国军部队正在逐一清剿坑道——残余的日军隐藏在防炮洞里。这些地洞外表不大，内部却很复杂，有的还分成好几层，不知道里面躲了多少人。

阵地上，国军的步枪手掩护着喷火小组搜索前进，发现地道洞口就甩手榴弹。甩手榴弹还有个讲究，如果一次只扔一两个，容易被敌人反扔出来，因此必须集中力量，同时甩进去七八个，搞得小鬼子没办法拣。先用手榴弹清理了洞口的敌人，喷火兵就接着往洞里喷火，或者干脆实施坑道爆破，朝里面扔爆破筒，连炸带烧的，把所有的地洞都整塌，日本兵不被烧死也被闷死了。

有的小鬼子在洞里憋不住，狂吼乱叫着往外冲。坑道两侧早就守着国军的冲锋枪手和机枪手，鬼子兵刚一露头就遇到枪林弹雨，根本就没得跑。

这样的打法真可谓干净彻底，唯一的毛病是无法统计具体的歼敌数字。到头来，谁也弄不清有多少日本兵被烧死、炸死在地道里，大家只好胡乱估计着汇报战果。

按照蔡智诚的叙述，松山日军的"最高头目"金光大队长就是被荣3团打死在竹影山阵地的——这件事值得分析一下。

关于日军"拉孟守备队长"金光惠次郎少佐（后来追授为大佐）的死亡地点和死亡时间，并没有确切的定论。

日军方面把金光队长的阵亡时间定于1944年9月7日，这不能算数。因为日本军部把大部分松山守军的死亡日期都笼统地定在最后一天,目的是为了强调其"玉碎"的规模——金光身边的人都已经死得精光了,鬼子大本营也不可能知道他究竟是怎么死的。

国军方面对这事有发言权,可国军各部队的说法不一。有说他被打死了,有说他被炸死了,还有说他是剖腹自杀的,虽然绘声绘色,但其实都没有确凿的证据。这是因为国军这边谁也弄不清金光少佐长得是啥模样,只要发现一具被烧成焦炭的尸体,旁边再有把指挥刀,都可以说成是这个家伙。所以各个团队都声称自己击毙了"日军守备队长",金光少佐的死亡时间和地点也就有了好几个版本。

按马甲个人的看法,我倾向认为金光少佐是于9月6日死在了竹影山,也就是日军所称的"西山阵地"。

松山阵地的守备部队主要属于步兵113联队(松井联队),而这个金光惠次郎却是第56炮兵联队(西村联队)第3大队的大队长,并不是113联队的军官。当初,之所以由他担任"拉孟守备队长",一方面是由于他的军衔高,另一方面是因为当时松山阵地的任务是"封锁滇缅公路和惠通桥",而炮兵是实施这个任务的主角。

7月份,当松山阵地已经被中国远征军包围,特别是松山阵地上的大型火炮被国军摧毁之后,鬼子的炮兵也就失去了原有的作用。松山日军的作战目的从"封锁交通线"变成了"固守待援"。这样,战斗的实际指挥权应该就由炮兵主官转到了113联队的步兵军官手里。换句话说,7月份以后的金光惠次郎少佐只能算是名义上的松山最高指挥官,他的任务不过是鼓舞士气,然后找个合适的时间和地点战死罢了。

松山日军原本有两个炮兵阵地,一个在滚龙坡(本道阵地),已于7月份被国军占领,另一个就在竹影山(西山阵地);金光惠次郎队长曾经有两个指挥所,一个是大垭口(音部山阵地)的113联队总部,那里已于8月份被国军攻克,另一个就在竹影山炮兵第3大队的队部——因此,如果金光惠次郎能够自行决定的话,9月6日,也就是全军覆灭的前一天,死在竹影山的炮兵大队部应该是十分理想的选择。

当然,这只是马甲的猜测,我并没有确切的材料能证实这件事。

9月6日那天,蔡智诚也只是听见荣3团的副团长用无线电话机向军部报捷:"我团攻克竹影山阵地,占领日军指挥部,击毙敌松山守备队长……"

在荣誉第1师的编制中有一类特殊的职务——政治副团长和政治副营长,这是他们的老师长郑洞国模仿苏联军队搞出来的名堂。荣1师的老兵多，兵油子也多，有了这个制度就等于在营一级单位上设立了军法官，对整肃军纪、鼓舞士气是有帮助的。

荣3团的政治副团长是个白面书生，瘦瘦的，戴着眼镜，外表挺斯文。因为赵发毕团长受伤挂了彩，所以在一线指挥部队的实际上是这位教授模样的军官。在蔡智诚的印象中，政治副团长很爱说话，做事也很负责，总看见他在阵地上跑来跑去，一边检查情况，一边叮嘱这叮嘱那，生怕有谁清剿战场不仔细，放过了日军的地洞口。

可惜的是，这位副团长第二天在长岭岗阵地上不小心踩到了地雷，牺牲了。

蔡智诚没有参加9月7日的战斗。攻克竹影山之后，309团就算完成了任务，当天下午就移交阵地，到后方休整去了。经过十多天的苦战，309团最终能够自己走下山头的只剩下三十五人，这其中还包括了他这个"编外人员"。

9月8日上午，蔡智诚正在屋子里给游湘江连长的家人写信，突然听见外面人声鼎沸，原来是远征军总部宣布：国军已于当日凌晨4时收复松山，全歼了日军守备队。

可是，得知这个消息之后，大家并不觉得特别欣喜，因为部队的伤亡太大了，幸存的人想高兴也高兴不起来。103师是参战各部队中损失最惨重的，师部雇佣了十几队民工到阵地上收容牺牲者的遗体，最后分成三个大坑掩埋了，还在松山上建了一座"103师阵亡烈士纪念碑"。

日本方面一直宣称"拉孟守备队全军玉碎"，中国军方也没有做过反驳。但按照蔡智诚的说法，第8军在松山阵地上还是抓到了日军俘虏的。因为103师回保山休整的时候，卡车上就带着日本战俘。那几个家伙的耳朵好像被震聋了，押运人员把各项指示写在纸上，他们看了就乖乖照办，一点也不反抗。

同时带到保山的还有十多个慰安妇，这都是些朝鲜人，不能算是战俘。她们先是被安排在昆明的美军医院里工作，后来就被"朝鲜光复军"的人接走了。

在保山休整期间，国民政府下达了对松山战役参战部队的嘉奖令，103师得到了一面"大功锦旗"。据说这种锦旗全中国总共只有十面，是非常高的荣誉。

有意思的是，在嘉奖令中，蒋委员长除了表扬远征军，还号召全体国军向日军松山守备队学习，学习他们"孤军奋战至最后一兵一卒"的精神；远征军司令卫立煌也称赞日军是"世上最顽强之军人"，并且承认"我军取胜实属不易"……

这俩人一唱一和地"吹捧敌人"，其实是有说不出的苦衷。

1944年9月，国军虽然在滇缅战事中略有斩获，但同时，内地的豫鄂湘桂各路部队却被日军的"一号作战"打得一败涂地，遭遇了抗战以来的第二次大溃退。败局震动了大后方，弄得社会各界人心惶惶。在这种时候，蒋委员长确实希望自己的部下能有几分"战至最后一兵一卒"的勇气，能够在敌人的进攻面前坚决顶住；而刚刚打了胜仗的远征军也必须"谦虚"一点，只能尽量美化日军的"强悍"，以便给在东边连吃败仗的同僚们找个台阶下。

因为获得了"大功锦旗"，社会各界给103师送来了不少慰劳品。吃吃喝喝二十多天之后，10月初，第8军接到命令，转移到云南陆良休整。

蔡智诚不愿意跟着队伍一起走，他希望借这个机会离开103师，去投奔青年军，于是就去找王光炜帮忙。

在军部，王上校的伤口还没有痊愈，却已经穿上了少将的军服。他笑着告诉小蔡："别急，想进青年军没有问题，不过要再等几天，先把你的勋章领到手再说。"

"勋章？"蔡智诚愣住了，"我只打了一天的仗，能有个什么勋章？"

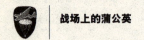

第八章　休　整

继中国远征军宣布收复松山之后,日军也公开承认"拉孟守备队全军玉碎"。

国民政府随即公布了日本方面的"战败声明",蒋介石委员长、何应钦陆军总司令,以及远征军的卫立煌司令官相继发表讲话,高度评价了中国远征军的英勇业绩,赞扬他们"完成了神圣的使命,为全军树立了光辉的典范"……

实事求是的说,参加松山作战的国民党军队是配得上这个赞誉的。

1944年下半年,中国的抗日战场正处于十分窘迫的境地。东线的战事吃紧,豫湘桂战役中国军接连失利,损失兵力近七十万、丧失国土二十余万平方公里、丢失城市一百四十六座,不仅整个"大陆交通线"被日军打通,而且大溃败的局势几乎迫使国民政府迁都西昌……然而,在西线,远征军却是一路凯歌,不仅攻克了腾冲和龙陵,而且在随后的追击作战中相继收复芒市、瑞丽、畹町,接着又杀入缅甸境内与"驻印军"会师,并最终打通了滇缅公路和中印公路,一举解除了日军对西南大后方的威胁。

虽然国军在松山战役中的伤亡很大,并且,西线收复的国土远不足以弥补东线的丢失。但在当时,滇缅战役的胜利不仅在军事上使得军队避免了全面崩溃的危险,而且在政治上挽救了中央政府的国际声誉,更在精神上极大地鼓舞了大后方军民的抗战信心。从这个意义上来讲,松山作战所付出的巨大牺牲是必须的,也是值得的。

我们知道,抗日战争中,在中国战场并没有一个可以称得上是"转折点"的战役,但如果硬要找个"近似的转折点"的话,以马甲个人的意见,1944年的松山之战比较具备类似的特征——因为,远征军的一系列胜利是从松山开始的。在松山,中国军队攻克了抗日战场上最为坚固的防御体系,并且第一次创造了全歼整编制日军部队的记录。自松山战役之后，国军在西线的攻击作战连连得手，三个月后，东线国军也开始转入反攻。从此以后，日本侵略军在中国战场上完全处于被动的守势，直到战败投降，再也没有能力组织起大规模的进攻行动。

因此，虽然从战术而言，松山之战还存在着许多不如人意之处，但从战略的角度来看，国军在松山取得的胜利确实是十分及时、十分辉煌的，能够得到社会各界的高度赞誉并不为过。

松山战役的另一个效果是使得参战的国民党官兵直观地感受到：只要和美国人在一起，手里就能有先进的武器、战场上就能有充足的弹药、天空中有招之即来的飞机、地面上有压倒对手的大炮；只要获得了美国人的支持，部队的装备就能比日军更加优良。因此，只要国军的表现不让美国朋友失望，就可以变得越来越强大。

在1944年的滇缅前线，比任何"精神训话"更有说服力的，是成百上千辆的美国汽车，是那些道奇、福特、司蒂倍克、奇姆西、威力斯……以及那些卡车上装载着的枪支弹药、机器设备、汽油柴油、药品食物、牛奶咖啡巧克力、羊毛毯子牛肉罐头……当各式各样新奇的、先进的物资装备源源不断地从境外运进来，堆积在人们面前的时候，就仿佛有一种无声的语言不容置疑地告诉大家——只要拥有了美国这个盟友，这场战争，中国赢定了。

中国能赢，这没问题。可日本鬼子什么时候才会认输？大家却没有把握。

松山战役，日本军人用他们的顽强和死亡，给获胜的对手留下了痛苦的记忆。

其实，驻守松山的第56师团并不是日军最精锐的部队，他们的士兵大多是入伍时间不长的"乙类补充兵"。并且，松山阵地也没有真正被包围，始终有一条通道可以撤往缅甸方向。但在这样的情况下，三个月的时间里，以一敌十的松山守备队硬是打到全军覆没也没有弃阵逃跑，这给参战的国军官兵们造成了极大的困惑。

在这以前，中国战场上都是日军攻、国军守，现在终于轮到国军主动攻击了，可一仗下来，大家却发现日本人的防守竟然比他们的进攻更加可怕。腾冲和龙陵只不过是云南西部边陲的两个不起眼的小城镇，如果收复这一小块国土就需要耗费如此长的时间、承受如此巨大的伤亡，那么，要消灭全部日寇、实现"打到鸭绿江"收复全部国土的目标，战争还将持续多久？还需要牺牲多少人？

在当时，蔡智诚和身边的战友讨论过这个问题，比较得到公认的观点是："少则五年、多则十年，拼光我们这一代人，干掉日本的全部男人，这场战争才能够结束。"

于是，刚刚踏上战场的蔡智诚就开始预测自己还能够生存多久。他觉得自己不大可能活到抗战胜利，只是希望坚持到反攻武汉——如果能够看到大哥蔡智明牺牲的地方被国军收复，自己就可以死而无憾了。

不管战争还要持续多久，当兵的只要敢于牺牲就行了，可当官的却必须不断地学习新知识，掌握新的战法。

松山战役之后，针对日军防御战术的特点，国军组织了大规模的观摩研讨活动。一时间，各战区都派了高级军官到松山阵地参观考察。军委会的初衷本来是希望大家认真研究"攻克阵地"的办法。可有意思的是，这些黄埔系的军官们到阵地上看了半天，进攻的新方法没有想出来，却被鬼子的坚固工事吸引住了，觉得大开眼界，纷纷认为自己掌握了"防御的精髓"。

只可惜，这个防御的本事学到手的时间太晚了一点，因为此时的日军已经没有能力再做进攻了，所以直到日本投降，"松山经验"也没能在抗战中派上用场。

不过这却留下了一个后遗症——在后来的内战中，许多国军将领总是惦记着"松山经验"，遇到两军交锋，动不动就扎起马步，埋头修工事，一门心思地想表演"松山第二"，结果却轻易地放弃了自己的机动能力，不是被解放军围点打援、就是被各个击破，很少能够守出一点名堂来，真是丢尽了日本师傅的脸——当然，这是后话了。

上级军官考察业务，轮不到蔡智诚这样的小兵操心，他的任务是接待来访的民间团体。

松山战役之后，云贵川社会各界组织了大批慰问团到前线劳军。一般情况下，军方不允许这些团体越过惠通桥进入松山，原因是战区里还有许多未清除的地雷和未清理完毕的尸体，无法保证民间人士的安全。

于是，热情的人们就跑到部队营房的门口，送烟送酒送火腿，握手拥抱拍照片，献花献匾献锦旗，敲锣打鼓放鞭炮。

第8军当时正在云南保山休整。蔡智诚每天穿着崭新的军服站在军营的门口，看到中国人就说"你好"、遇见外国人就说"哈罗"，然后再把国军将士英勇杀敌的光辉事迹背诵一遍。

慰问团里比较活跃的人物，或者是白发苍苍的名士乡绅，或者是如花似玉的太太小姐，他们对文质彬彬的蔡智诚的印象十分不错。听完学生兵讲述的战斗故事，白发苍苍激动得胡子直翘，纷纷挥毫疾书，"高歌慷慨赴疆场，壮士弯弓射虎狼"、"三山五岳擎天柱，万古千秋不世名"……而那些如花似玉们则纷纷要求合影留念。于是蔡智诚每天都要对着镁光灯摆弄十几次造型——镜头里，他手中端喷火枪，面前摆着汽油罐，一大帮浓妆艳抹的旗袍女人依偎在前后左右，真是飒爽英姿，莺歌燕舞，既威武又风流。

慰问团经常提到一个问题："军队里像你这样的学生兵多不多？"蔡智诚总是回答："有很多，现在他们都执行任务去了。"可他心里知道，营房里别说学生兵，就连壮丁兵也没剩下多少，经过一场松山血战，103 师几乎被打残，三个团都成了空架子。

营房里人员稀少，医院里却人满为患，所以遇到空闲的时候，蔡智诚就去看望伤员。

陈永思团长在病床上躺着，精神却很好。一颗子弹把他的肚子打了个对穿，却没有伤到什么重要器官，算起来运气真不错。

有一次，蔡智诚说到松山日军的顽强精神让人畏惧，陈团长却有不同的看法："日本兵也是人，他们也会怕死，松山守备部队之所以始终没有撤退，不过是因为他们以为会有援军来救援。过去，我们在上海、湖北、湖南与日军交战，周围哪怕只有鬼子的一个小队，他们也会拼命赶过来支援，所以小日本只要知道附近有自己的队伍，他就不害怕，死缠着和你打。可这次却不同了，打到最后也没见一兵一卒来帮忙，这说明什么？说明日本人不行了，明知道松山顶不住，硬是把他们丢下了！我给你说，这样的事情只要多出现一两次，军心就懈了，再不会有部队愿意死拼死守。照这样下去，小日本距离最后完蛋也就不远了！"

"人在江湖上闯荡最怕什么？怕没有朋友"，陈永思接着说，"军队在战场上拼杀最怕什么？怕没有友军协作。敌人再凶狠也不可怕，我们可以鼓起勇气和他们对杀，可怕的是我们自己彼此间不信任，互相算计，见死不救。这样的话，仗还没有开打就先泄了气，拳头捏不紧，终究会被别人掰断了手指头……"

事后想来，陈团长的这番话显然是有感而发，只不过在当时，新兵蔡智诚还没有这个体会罢了。

在医院，蔡智诚找到了罗烟杆。

罗烟杆的脸上中了一枪。子弹从耳朵旁边打进去，又从嘴巴里面飞出来，枪弹进去的时候撕掉了半边耳廓，出来的时候扯掉了一块嘴唇，搞得罗烟杆破了相。不过，这个伤势虽然会使得他今后吃饭喝汤或者娶媳妇相亲出现重大困难，却不影响他当兵打仗，所以罗烟杆伤愈之后，还必须继续扛枪上前线。

在当时的国民党军队，普通士兵并没有正规的档案，所以伤兵痊愈之后也许回到原部队，也许就不回去了。一般情况下，受过伤的老兵具有战斗经验，各个部队都是抢着要的。

医院的门口摆着好几张桌子，各路人马都在那里招揽老兵，有的喊："到这里画押啦！见面发一个月军饷！"有的嚷嚷："伤兵补助！当场兑现！"……就像吆喝买卖的一样。

第8军的部队中，只有荣誉第1师的经费最为充足，既不拖欠军饷，也能兑现伤兵抚恤。他们的桌子上码放着一摞摞的钞票，十分具有诱惑力，引得有些伤员伤口还没有痊愈就跑去领钱了。103师没有那么多现钱，军饷是"分期付款"的，战伤补助也需要用实物替代，所以时常可以看见一些出院的伤兵背着半麻袋大米沿街叫卖，活像个二道贩子。最惨的是82师，要啥没啥，他们的办事人员只好扯着嗓子乱许愿："伤兵归队，官升一级！"咋呼了老半天也没有几个人愿意投奔他们。

当兵吃粮，天经地义。按道理，只要穿上二尺半就应该领军饷，只要在战场上受了伤就可以得到抚恤金，可事实上却做不到这样，不同等级的国军部队有不同的拨款标准，杂牌部队的经费似乎永远也不够用。在这些部队里服役，伤愈之后能够继续扛枪打仗的军人还勉强可以挣到几个钱，而那些因伤致残，无法复役的伤兵就惨了。

后方医院的旁边有一些低矮破烂的平房，那里被称作"陆军某医院某某组"，里面住的全都是伤残的荣军。

这些荣军伤员的"标准装束"就是一件病号服——那时候的"病号服"并不是现在电影里演的"竖条纹的两件套"，而是一条薄薄的棉毛毯，中间挖三个洞，把脑袋和胳膊伸进去就成了一件"无袖披肩"，在病号服的胸口位置用小布条缝着一个红十字，表示该病员是一位光荣的伤兵。

无论其腿部是否有残疾，荣军的胳臂底下永远都夹着一根三角拐杖，那是他们的标志，也是他们的武器。伤兵闹事的时候，满大街的拐杖如林，再加上"老子们早就不想活了！"的叫骂声，的确是气氛悲壮，声势慑人。

说起来，这些伤残荣军真是既可怜又可恨。可怜的是，他们住在潮湿阴冷的土屋里，医院方面除了按日子送去一点糙米、隔几周去喷洒一遍消毒药水，就没有人理睬他们了。这些伤兵与原先的部队失去了联系，抚恤费和军饷都没有着落。他们的生活难以自理，手脚伤残的人连洗衣服做饭都很成问题，有的人躺在床上什么时候死掉了都不知道……可恨的是，这些人却把自己的痛苦转嫁到无辜的平民身上，他们经常祸害老百姓，不是偷鸡摸狗就是调戏妇女。有的伤兵手里拿着瓶红药水守在路边，看见有人从身边经过就撞上去，瓶子一掉地，就说人家"打翻了贵重药品"，非要赔偿多少多少钱不可，说不通就开打，还嚷嚷着"要不是老子们在前方卖命，哪里有你们的太平日子！"老百姓对他们真是避之不及。

说起来，管理正规、服务周到的荣军医院也是有的，比如昆明的陆军总医院，那里窗明几净，设备完善，男医生女护士来往穿梭，细心周到，社会各界的慰问团络绎不绝，就连蒋宋美龄女士也多次造访，问寒问暖。不过，那个地方可不是一般人能够进去的，要具备一定的资历和资格，起码要立过战功、有勋章的军人才行。

勋章这东西，有的人打了一辈子仗也没有见到过，可蔡智诚刚上阵不久就弄到了一枚。

10月份的时候，有消息说第8军要从保山转到陆良去休整，蔡智诚就想借这个机会离开103师，转投当时正在组建的青年军。谁都知道，国军的部队是"后来居上"，越晚筹建的越吃香，地方老牌部队不如中央军，先前的中央军又比不上"驻印军"和"远征军"，而现在刚成立的这个"青年军"号称是"太子军"，无论装备还是兵员素质都高人一等，更加是嫡系中的嫡系。

于是，蔡智诚就跑到军部去找王光炜，请他兑现当初的诺言。

王上校这时已经升为了少将，一颗金星照得面孔神采奕奕，见了小蔡，王少将乐滋滋地说："别急别急，想去青年军那还不简单么？先等着参加表彰大会，把你的勋章领到手再说。"……一席话，搞得蔡新兵又惊又喜。

松山战役，第8军大出风头，所以中央政府除了奖励"大功锦旗"，还要给表现优异的参战人员授勋。

第8军共有四个人被授予"青天白日勋章"。头一个是军长何绍周，另外三个是荣1师荣3团团长赵发毕、82师244团的营长谢梦熊（贵州遵义人，在松山战役中阵亡），再就是王光炜。

要知道，这"青天白日勋章"可不一般，它是中华民国最高荣誉勋章，相当于古时候的"免死金牌"，从1929年到现在总共只颁发了209枚（001号的得主是张学良，209号由陈水扁发给了李杰）。"青天白日"不分等级，但一般情况下很少授予师级以下军官，除了马歇尔、史迪威这样的老外，在驻印军和远征军中，能得到这种勋章的都是孙立人、戴安澜或者宋希濂之类的猛人。王光炜的这枚"青天白日"是130号，从编号上看，比胡宗南、杜聿明、蒋宋美龄等人还要早一些。

有趣的是，王光炜此时并没有在第8军担任职务。严格地说，他还属于贵州的遵义师管区，根本不算是第8军的人，所以何绍周军长在填写表格的时候只好把他写成是"309团代理团长"。可这么一来，以后介绍松山战斗的材料就出现了混乱。在有的文章里，309团在战场上同时出现了团长和代理团长，让人莫名其妙，有的文章又把王光炜说成是"103师补1团团长"，其实103师哪里有什么补1团。补1团在遵义，王光炜是跑到松山前线临时客串"前敌指挥"的，可惜这个"前敌指挥"的差事又被李弥副军长中途收回去了，王团长也就变成了一个不伦不类的人物。

同样"不伦不类"的还有蔡智诚，这位大学生也是自己跑来"客串"喷火兵的。王光炜觉得不能亏待了自己的小兄弟，决定也给他弄枚勋章挂一挂，可填写材料的时候却也犯了难——军衔填成什么？说他是个小兵吧，好像太委屈了一点，说他是个军官吧，又没有任何凭据。想来想去，最后写了个"技术准尉"，正好介于官和兵的中间。

这份请功材料给蔡智诚带来了一枚六等云麾勋章，虽然比不上"青天白日"和"宝鼎勋章"，但仍然算得上是很高的荣誉，毕竟当时的国军官兵中能得到这种奖励的人并不多。

奖章一时半会的还不能到手，要等到召开表彰大会的时候才能颁发，这当然无关紧要，大家依然很高兴。

最高兴的莫过于王光炜了，得了"青天白日"，又荣升为少将，103师师长的位置看来已经是十拿九稳。王少将虽然一再叮嘱大家"不许胡说"，但终究还是掩饰不住满脸的得意。

这时候，有传闻说，第8军的某位首脑将要调任昆明警备司令。底下的军官们普遍猜测要调走的人一定是李副军长，因为李弥是云南人，由他出任云南省会的警备司令是顺理成章的事情。只不过，在云南这个地界，地方大权掌握在龙云的手里，军队调派控制在杜聿明的手上，所谓"警备司令"根本是有名无实，远没有在部队担任主官来得痛快——以李弥的性格，如果到了那个位置上，一定是够难受的。

蔡智诚暂时留在了103师，他在营房里盼望着自己的勋章，同时也等待着新任师长王光炜的到来。

谁晓得，等到11月份，忽然从军部传来消息，调任昆明警备司令的居然是何绍周，李弥升任第8军军长。这么一来，王光炜的师长职务就泡汤了。

12月初，盼望已久的授勋表彰大会终于召开了，即将离任的何绍周军长在昆明给第8军的立功人员颁发勋章。蔡智诚穿着崭新的制服，云麾勋章在胸前闪闪发亮——按照规定，准尉阶级的军人最高只能颁发第六等的勋章。"六等云麾"的个头虽然小一点，只能"襟授"，没有绶带，但它同时配发勋标，即便是穿常服的时候也能在衣领下边别起一个小牌牌，随时告诉别人自己是个有战功的英雄，还真是挺威风的。

王光炜没有参加表彰会。李弥升任军长以后，不仅没有让他当师长，反而宣布他为"荣誉军部附员"，那意思是不承认他是第8军的正式军官。这可把王少将气得不轻，他连"青天白日"也懒得领，径自回贵州享清闲去了。

不过，李弥军长对陈永思团长还是挺不错的，把他提升为103师的副师长，弄得老陈十分开心。可王光炜少将临走的时候却恶狠狠地说："别高兴得太早，等他稳定好部队，早晚会来收拾你们的！"果不其然，一年以后，包括陈永思、王景渊在内的一帮师长、副师长全都被解除了职务，直接赶出军队，打发回家去了……（直到1948年底，老蒋的"嫡系将领"们在全国战场或者被击毙或者被俘虏，被消灭得差不多了，国民政府才想起重新起用这批"赋闲人员"，给他们升官加爵，让他们招兵买马。然而，这些"临危受命"的将领们早就对"党国"寒透了心，手握兵权之后要做的事情就是——起义。）

长官们的这些事，蔡智诚既管不着也不关心。表彰大会之后，他没有返回103师的营地，而是留在昆明等着军部给他出具推荐信，以便能够参加当时正在组建的青年军207师。

12月中旬，军部推荐信终于到手了。那封信里面把蔡智诚吹捧得天花乱坠，夸奖他是个身家清白、忠于党国、品德高尚、智勇双全的大好青年——凭着这份鉴定，别说去青年军，估计进国防部都没有多大问题。

第九章 青年军207师

送推荐信的这位副官来自103师师部。说起来，他已经是第二次帮蔡智诚带信了。

上次送来的是蔡家二哥蔡智仁的便条。当时，戴之奇已经由18军副军长改任青年军201师师长，蔡智仁也随着戴将军去四川璧山上任。在信中，哥哥邀请弟弟到他那里去，并且说201师是"青年第1师"（青年军各师的番号由201至209），兵源素质和武器装备都可以得到优先保证，完全能够满足蔡大学生的从军理想。他还说201师已经和103师方面打了招呼，蔡智诚用不着开具"推荐信"，只要搭乘交通二团的军车去四川就行了。交通二团是蔡智仁的老部队，当时正承担着西南地区各兵站之间的长途运输任务，只要向兵站站长提起蔡营长的名号，搭个便车应该没有多大问题。

二哥安排得很周到，可蔡智诚却不想去201师。

在103师的这段经历使蔡智诚有了一个体会：在部队里，熟人多了有好处也有坏处。比如，他原本并不想介入长官之间的纠葛，但却因为熟人和家庭背景的关系，身不由己地被卷入了派系斗争的漩涡之中——蔡智诚投身行伍的志向是希望"建设一支纯洁的、高尚的新式国防军"，而这种充满了封建旧习气的"一荣俱荣、一损俱损"的裙带之风正是他这个饱受民主自由思想熏陶的大学生极端厌恶的东西——所以，他不愿意再去依附哥哥，再去享受那些亲属关系庇护之下的特殊照顾。

在103师的经历也使蔡智诚感觉到，军队的种种陋习并不像他原来预想的那样简单。不良现象的根源，并不仅仅在于士兵的愚昧无知，更主要的还在于领导阶层中遗存着的旧军阀传统——以第8军为例，虽然手里操纵着现代化的美式装备，可干部的思想却仍然停留在半封建的状态，信奉的依旧是清朝时候的曾国藩式的教条。在这些军人的观念里，忠于"国家"和"主义"的口号其实是虚幻的，效忠于某一位长官或者某一类势力才是最实际的行为准则——在这样的观念的指导下，军队不可能真正成为国家和民族的保卫者，只能沦为极少数"精英"表现其个人声望、谋取小团体私利的工具。

蔡智诚虽然能够认识到这一点，但他却不知道如何去改变这个状况。对于一个入伍不久的小兵而言，一切都显得无能为力，他只得期望自己能够通过改换门庭，找到一个新型的"好的"部队，能够与志同道合者一起努力，真正实现军队和国家的进步。

蔡智诚的这些想法，103 师的那位姓王的副官却并不理解。

吃饭闲聊的时候，王副官更多的是羡慕蔡四少爷有那么好的家庭关系，并且抱怨自己的命运不济。

按照王副官的说法，云南、广西、四川等西南各省都有属于本地方的集团军，而贵州部队却从王家烈倒台之后就被拆得七零八落。国军里头虽然有十多个"贵州师"，在战场上的表现也不算坏，却总是在各个军之间调来调去，无法捏成一块。第 8 军原本是贵州籍军人唯一的希望，现在何军长调走了，换了个云南人李弥来掌权，各师的师长也被调来调去，再也形不成气候……王副官悲伤地感叹道："何老总在中央有那么大的权势，怎么就连家乡的一支军队也保不住呢？"

然而，蔡智诚却比较赞同何应钦的豁达大度。他认为，以地方势力为基础的建军方式根本就属于封建陋习，必须进行彻底的改革。像以往"湘勇"、"淮军"那样的做法是不符合民主社会的要求的，军人的理想归根到底应该是为国家和全民族而战斗，是否编成同乡团体、或者由谁来领导其实并不重要。蔡智诚说："你看，我们贵州人在云南打了胜仗，还不是一样能够得到全体民众的褒奖？黔军不黔军的又有什么区别？"

"你这是站着说话不腰痛"，王副官有点急了，"你是个大学生，打几仗、立个功，然后还可以回去接着读书搞学问。我们可是军校出来的，当兵扛枪是一辈子的职业，没有一个可以依赖的团体，将来的升迁甚至谋生还能有什么指望？"

"我就不信全天下的军队都要讲关系"，蔡智诚十分不服气，"我偏要找个凭本事吃饭的地方"。

"但愿青年军是你想象的那种部队……"说到这里，王副官忽然想起了什么，"听说昆明有个单位，比 207 师更加威风，你想不想去？"

"哦？什么部队？在什么地方？"蔡智诚很感兴趣。

"我也不知道地点在哪里，只晓得叫鸿翔部队。"

"鸿翔部队？干什么的？"

"鸿翔嘛，还能干什么？坐飞机打仗的呗。"

"哇——哈！戈曼德！"

那时候，蔡智诚还不知道世界上有"伞兵"这个兵种，但他对"戈曼德"却早有耳闻。

"空中红魔戈曼德"是英国特别空勤团的代号，该部队创建于1941年，是现代特种部队的鼻祖之一。在德军"闪电战"肆虐欧洲的时候，只有几支"戈曼德"部队能够深入敌后展开特种突袭，虽然战果有限，却对鼓舞同盟国军民的战斗意志起到了重大作用。因此，当时的中国报刊上也时常宣传"戈曼德"的英雄业绩，把他们吹嘘得神乎其神。

蔡智诚其实完全弄不清特种作战是怎么回事，但他和所有的小青年一样，对这种"坐着飞机去杀敌人，凯旋归来接受鲜花"的传奇军旅十分神往，觉得那才是真正的天兵天将。

蔡智诚没有想到国军之中也建立了"戈曼德"，但他知道，能够参加特种部队的一定都是百里挑一的精兵强将，属于十八般武艺俱全，既能上天揽月又能下海捉鳖的角色。蔡大学生虽然胸怀壮志，却也清楚自己只有几斤几两，所以对这个传说中的"鸿翔部队"也只能咽咽口水，徒抱敬仰和羡慕之心，不敢有加入其中的奢望。他心里清楚，青年军207师才是自己该去的地方。

207师的师部设在云南曲靖，当时的师长是方先觉。

提到青年军，自然就会联想到"十万青年十万军"的口号，于是很多人就以为这"十万军人"全都是青年学生，其实并不是这样。在当时，青年军中的"知识青年"数量最多只能覆盖到班长一级，基层士兵甚至许多部队骨干并不是"文化人"。

以207师为例，该师下设三个步兵团、两个炮兵营，另有通信营、辎重营，以及警卫和卫生单位。干部来源主要包括两个方面，一是由第5军（中国第一个机械化军）指派的有战斗经验的军官；二是蒋经国主办的各类"干部训练班"的毕业生（这些训练班毕业的干部有的打过仗，有的人根本没有摸过枪，素质参差不齐）。士兵之中，老兵主要来自新28师，新兵则是从四川送来的壮丁。

207师的"学生兵"大部分是陕西人，另外也有来自江西、安徽等沦陷区的青年学子，其中有大学生、中学生，还有失业人员。在这些人中，"抗日救国"当然是大家共同的也是最主要的从军动机，但也有部分人抱着其他目的——按当时的规定，青年军的服役期限为两年。"知识青年"服役期满之后，如果选择继续读书，可以保送进中央大学、武汉大学、复旦大学等名牌学府，学费由国家承担；如果选择参加工作，可以由政府安排合适的岗位——这样的优惠条件，对贫困青年无疑具有极大的诱惑力。

学生被青年军录用以后，要经过相应的培训。

大学生（包括大学在读生）和高中毕业生有权利"选择专业"。可供挑选的内容有三个，一是"机炮大队"，毕业后分配到炮兵营和各步兵团所属的迫击炮分队担任基层骨干；二是"辎汽大队"，学成后分配到辎重营或者通信营从事技术工作；三是"社会组"，那里是培养基层教员和政治军官的地方。

蔡智诚选择的是机炮大队。松山阵地上的那些猛烈的炮火给他留下了深刻的印象，他认为大炮一定是今后战场上的主角，自己应该掌握这方面的技能才对。有趣的是，申请表格递交上去的第二天，分配通知书下来了。别人领到的只是一张小小的卡片，而蔡智诚得到的却是一份委任状，上面写着的职务是——机炮训练大队少尉教员。

蔡少尉顿时急了，连忙跑去找政治部主任谢刚升，分辩说："我什么都没有学过，啥也不会，怎么能当教员，还是改成学员吧。"

谢刚升想了想，就在"教员"前面加了"见习"两个字。

蔡智诚还是有点不踏实，又询问道："我这个职务是以'见习'为主，不是以'教'为主的，对不对？"

谢刚升乐了，挥挥手："是的是的，赶紧去报到。你就是个见习员，好好学习吧。"

蔡见习员这才放心了。

"机炮大队"的训练部设在昆明的北校场，这里也是 207 师战防炮营的驻地。

通常情况下，部队的训练单位都是培养带兵官的。但是，由"学生兵"组成的青年军训练大队却有所不同，它的主要目的是使学生养成遵守军纪的习惯，教学内容也侧重于各种典、范、令。

训练队的制度是每天早晨 4 点半起床，整理内务、点名、出操、唱"党歌"、背诵"总理遗训"，7 点钟吃早饭，8 点钟开始上室内课，午饭后休息一小时，下午在训练场学习军事术科，晚餐后自由活动一小时，然后又是两个小时的自修课，晚上 9 点熄灯睡觉。

枯燥乏味的生活使得初入行伍的青年学生们觉得很不耐烦，再加上班长组长区队长们都是些老军棍，遇到不顺眼的学员不是打就是骂，这更让大家对军事管理产生了抵触情绪，一些不安分的人就找机会惹事捣乱。晚饭后自由活动，几个调皮鬼把拖拽大炮的军马骑出去玩，结果在大街上撞倒了行人。第二天上炮术课的时候，又有几个家伙不按照指令行事，教官正在讲解要领，底下已经把炮弹"咣当咣当"地发射出去，还推托说是"走火了"。教官气得直哆嗦："老子干了十几年炮兵，从来没有听说过大炮会走火……"

区队长召集训话："原以为你们这些学生是军队的希望，现在看来尽是一帮乌合之众！甚至连乌合之众也不如，乌合之众至少是一种颜色的。依我看，你们中间除了白的黑的，还有赤色分子……"

结果，把几个特别捣蛋的学员当作"共党嫌疑犯"送交军法处了。

大部分学员还是能够适应新军队的规则的，倒是有些教官一时半会适应不了。

青年军中有许多专职教官，有的传授专业知识、有的负责政治教育。这些人原先大多是教书先生或者文人政客，虽然佩带着校官军衔，其实根本就没有当过兵。上课时，教官进入教室，值日官（这是蔡智诚的差事）就大声喊"立正！"然后跑到教官面前敬军礼，报告应到和实到人数，待教官还礼后再转身下令"坐下"。遇到这种情况，好些文人教官被吓得手足无措，一边鞠躬点头、一边满脸陪笑："各位不必客气，不必客气……"

与文人相比，行伍出身的教官却是另一种风格。他们一般不大懂得细致的理论，随便讲几句就让大家自己看书。教官说不出门道来，还不愿意学员提问，于是就安排学生兵去跑步，绕着操场一圈接一圈地猛跑。他们站在操场中间，发现有谁偷懒就冲上去揍几棍子，搞得学生们头疼死了，暗地里骂这些人是"跑步教官"。

训练队的理论课程中，政治课的内容首先是"三民主义理论体系"，其次是"秀才当了兵，有理说得清"（讲解青年军人的责任和义务），这些都很容易领会；与军事有关的内容，除了弹道学、火药学之类的教材外，因为207师是机械化部队，所以还必须掌握内燃机、电机工程和无线电方面的知识。

这些内容对文史类的学生是一大难题，他们对高等数学、矢量、燃烧值之类的概念简直一窍不通，每天都要熬夜研究各种莫名其妙的数据。而这些功课对于浙江大学电机系的蔡智诚同学来说却是易如反掌。于是，他可以把大部分精力集中到炮兵术科的训练上去。由于具备松山战役中的切实体会，蔡智诚在很多方面比从未上过战场的其他学员有着更强的感悟能力。因此，他各科的成绩不是"佳"就是"甚佳"，很快就成了全大队数一数二的优等生。

这样的学习生活持续了不长时间，训练基地忽然变得动荡起来。

首先是伙食水准急剧下降，每天萝卜青菜、青菜萝卜，不仅没有肉，菜汤里连油星子也见不到，到后来甚至连糙米饭也吃不饱了。按照政府的宣传，青年军的士兵待遇和后勤供应标准应该比其他军队高一个档次。现在可好，别说是高水准，就连保安团的饭菜都比不上，各单位的官兵纷纷鼓噪起来。

不久，师部附近的"社会组"的学员就开始闹事，因为他们发现"方师长每天要吃一只小乳猪"。于是，愤怒的学生兵殴打了后勤主任、师部副官和勤务兵，"社会组"率先罢课，并且提出了"驱逐贪污腐败的方先觉"的口号。很快，其他两个学兵大队也响应号召，实行罢课抗议。

训练队的教官们被弄得啼笑皆非："见鬼了，从来只听说学校罢课，这回居然遇到军队罢课，真正是滑天下之大稽。"

"罢课风潮"持续了一个多星期。搞到最后，方先觉师长真的被调走了，闹事的军人们也没有受到任何处分。

其实，这场风波有着更深层次的原因。

当时，云南是远征军的大本营，不具备远征军或者驻印军背景的高级军官根本就别想在这里带兵。方先觉虽然算得上是位抗日名将，而且是正宗黄埔生，资历也够老，可他从来没有在远征军或者驻印军里混过，因此，想在云南掌管精锐的207师注定是困难重重。

在上层人物的指使下，云南各兵站断绝了对207师的物资供应，接着又有人撺掇着学生兵起来闹事（207师的军官大多来自杜聿明的第5军）。事情越搞越大，最后闹到了中央，蒋委员长也无可奈何，只好把方先觉调到陕西担任206师的师长，改派远征军出身的罗又伦担任207师师长。

罗又伦是杜聿明第5军的老人，而且当过200师（杜聿明的老底子）的师长。自从他上任以后，米有了、面有了、猪肉香油都有了，部队伙食大为改善。

可消停了没多久，军营里又开始闹事了。

学兵训练即将结束的时候，杜聿明提出，把207师辎汽大队的学生兵补充到

63

印度的汽车团。罗又伦师长是杜长官的老部下，当然遵命照办。"铁打的营盘流水的兵"，对于被调动的人员来讲，似乎也只有服从军令的本分。

但这一次却不同。207师是青年军，驻印度的军队是远征军，两者间的待遇是不一样的，政府在招兵的时候就明确规定了不同的政策。所以，把青年军里的学生调到远征军去，相当于"政府违约"了。辎汽大队的学员们可都是具有维权意识的知识分子，立刻就闹腾起来，使用的还是先前的那一招——罢课抗议。

其他两个大队也觉得唇亡齿寒，兔死狐悲。毕竟，大家都是奔着青年军的招牌来的，谁也不愿意自降一格变成了远征军，一旦丢掉了青年军的名号，那些上大学、找工作的优惠待遇不就全部泡汤了么！更何况，当时还有个传言，说杜聿明准备撤销207师的番号，把所有人员和装备分散到远征军各个部队去。这下子大家都愤怒了，于是纷纷响应辎汽大队的号召，罢课，示威。

训练基地的教官急得昏天黑地。有位老先生跑到寝室里动员大家到教室去复课，他老泪纵横，一双手在胸前比划着："同学们，不能这么闹啊！这样闹下去，等你们的胡子像我这么长了，国家还是没希望呀……"

可自始至终，没有人理睬他。

这时候，上峰送来了准备发放给"精锐部队"的美式军服。但没有人去领那些衣服，更没有穿戴新式服装。

夜里，不知道是什么人在操场的旗杆上升起了几只美式步兵靴，还在墙上张贴了两幅标语，一条写着："我是中国人，不穿美国衣"，另一条是"驱逐出卖207师的罗又伦，恭迎方先觉师长回滇重掌旧部！"

——嗨！这不是瞎折腾么。

折腾到最后，罗又伦没有被驱逐，辎汽大队的学生兵终于还是去了印度。但上级同时又补充了一个政策，规定被征调到远征军的青年军的官兵还可以继续享受青年军的各种优惠待遇，这才算是平息了各方面的怨气。

因此，在国军之中，真正能够被称做"青年远征军"的只有207师。这支青年军性质的部队没有被撤销，而是被编入新6军，成为了远征军的一部分。抗战胜利后，207师被杜聿明带到东北，是青年军中最先投入内战的部队。后来，这支国军"王牌主力"在辽沈战役中被解放军第四野战军全歼……

当然，这一切和蔡智诚并没有多大关系。

因为他这时已经离开207师，参加伞兵部队去了。

第十章　鸿翔部队

"吃菜要吃白菜心，当兵要当新 6 军"，这是 1946 年流传在东北地区的一段民谣，意思是夸奖新 6 军的服装好看模样帅、文武双全素质高——说实话，新 6 军打仗的水平暂且不论，仅从外表上看，确实比"土八路"东北联军漂亮得太多。在当时，沈阳街头身穿美式军服、挎着女学生逛马路的"抗日功臣"，有许多就是 1945 年初在云南"罢课闹事"的青年军学生。

大家都知道，新 6 军号称国军的"五大主力"之一。其实，"五大主力"时期的新 6 军，下辖的应该是新 22 师、14 师（黄仁宇先生曾经在这个师当过排长）和207 师，这三个师合在一起的实力确实很强，解放军还真的没有在他们手里占到过什么便宜。可后来，14 师调出去组建了新 3 军，207 师分出去扩充了第 6 军，只剩下一个新 22 师支撑门面，新 6 军再自称是"五大主力"就有些勉强了。

辽沈战役的时候，207 师是个"加强师"，下辖三个旅，每个旅三个团，实际上相当于一个军。3 旅（许万寿旅）编入了廖耀湘的"西进兵团"，该旅最终在胡家窝棚附近被歼灭；1 旅和 2 旅留守沈阳和抚顺一带，在战役末期，这两个旅是"守备兵团"中唯一进行过顽固抵抗的部队——说起来，207 师也算是对得起老蒋和小蒋的一番栽培——因此，蒋委员长后来在台湾又重新组建了"青年军 207师"。当然，这已经和抗战期间投身行伍的那帮青年学生没有多大关系了。

每当想到这支部队的结局，蔡智诚总是很庆幸自己及时地离开了 207 师——要不然，他肯定就和训练营里的许多同伴一样，将自己年青的生命徒劳无益地葬送在东北的黑土地上了。

1945 年春节过后，蔡智诚在 207 师炮兵营的公告墙上看见了"第五集团军"的招兵通告——招募单位是"陆军突击总队"，招收对象是"具备初中以上学历"

的步、炮兵种的士兵——当时，谁也弄不清这"突击总队"是干什么的。不过，通告上有个比较吸引人的条件是"薪饷从优"。

这个告示并没有引起蔡智诚的注意。在那个时候，军营内外经常可以见到这样那样的招募广告，有"军统"的、"三青团"的，甚至"别动军"的。昆明是个学校云集的地方，这些广告上也常常提出各种各样的学历要求，蔡智诚最初还以为这个"突击总队"也是个什么"别动军"之类的组织，所以就没太在意——他对当特务、打游击什么的不感兴趣。

在那段时间，蔡智诚经常到炮兵营去。207师战防炮营与机炮训练大队共用一个操场，学兵们上课的时候使用炮兵营的装备，下课以后如果希望"加练"，炮兵营可以提供"教具"，但陪练人员则要靠自己解决。一门战防炮需要三个人才能操纵，因此，蔡智诚总是去找潘崇德想办法。

潘崇德是战防炮营的通信兵，云南本地人，家境比较贫寒。他参军入伍的目的很简单，就是为了赚钱养家。那时候，当兵的月饷比一般店员伙计的收入要高得多，只要部队不欠饷，自己又不怕死，用卖命钱来贴补家用也是穷人的一条活路。小潘个子不高、头脑灵活，每当蔡智诚需要"陪练员"，他总能拉几个人来帮忙。当然，人家也不能白干活，需要付一点酬劳，或者给包香烟，或者给一点钱——这是他们捞外快的方法。

春节过后没多久，潘崇德就跑去参加"陆军突击总队"了。这很好理解，因为那里的"薪饷从优"，对小潘这样的士兵具有很大的吸引力。

4月底的一个星期天，蔡智诚又在操场上遇见了潘崇德，这小子穿着一身新制服，正兴高采烈地和老战友们吹牛皮。蔡智诚问他："小潘，你们那个突击总队是做什么的呀？"

"伞兵"，潘崇德指了指自己胳膊上的臂章："鸿翔部队。"

"鸿翔部队？！"蔡智诚的脑瓜里如同响了一声炸雷："戈曼德啊！老天，我怎么错过了这个机会！"

"鸿翔"是"陆军突击总队"的代号。

1944年1月，第五集团军司令杜聿明受到德国在欧洲战场使用伞兵的战例的启发，在第5军的建制下设立了"第1伞兵团"，这是中国历史上第一支空降兵部队。

"第1伞兵团"对外称"鸿翔部队"，下辖三个营，兵力有一千人左右。但是，由于军界的高层人物对伞兵这个新事物并不了解，伞兵第1团也就始终得不到各方面的支持。自组建以来，不仅没有得到过任何空降设备，更没有跳过伞，每天只能进行普通的步兵训练。所谓的"伞兵"也不过是有其名无其实，所以大家都弄不清这个"鸿翔部队"到底是做什么的。

就这样混到了1945年的春节。有一天，昆明市举办"迎春社交舞会"，杜聿明在舞会上遇到了昆明美军参谋长麦克鲁少将，于是就拉着他诉苦，说自己有个伞兵部队，多么多么重要，又多么多么可怜。麦克鲁少将正在兴头上，立刻就转告给中印战区总参谋长（兼驻华美军总司令）魏德迈将军。魏德迈大概也是香槟酒喝高了，当场就答应帮杜聿明解决伞兵的装备问题，并且交代由第14航空队（司令陈纳德）负责办理此事。

这个魏德迈，根本没有问清楚第5军的伞兵有多大规模，稀里糊涂就承诺负责"包圆"。您想，杜聿明是多精明的一个人呀，岂能放过了这个机会。从舞会上回来，他马上命令伞兵团扩大编制，将原有的三个营十个连扩充为二十个队（加强连），部队规模立刻翻了一倍多。

编制扩大了，人员从哪里来？赶紧招募呗！于是春节刚过，昆明附近的兵营里就出现了招兵广告，各路精兵都涌进了伞兵团。

二十个加强连的队伍，再称为"第1团"就不好意思了，于是改名为"陆军突击总队"（不直接叫伞兵是为了保密）。虽然挂上了"陆军"的招牌，却仍然在第五集团军的建制之内，说穿了就是杜聿明手底下的一个伞兵旅。

这其中的玄机奥妙，蔡智诚当然无从知晓。但是他既然知道了"突击总队"就是自己向往已久的"戈曼德"，就一定要想办法参加进去——有潘崇德的榜样摆在面前，蔡智诚已不再担心自己不够格。因为小潘的综合素质并不比自己强，他能进"鸿翔部队"，自己就更应该能够做得到！

可这个时候，"鸿翔部队"在207师的招兵工作已经结束了，只在昆明的宪兵部队还有最后一场面试，蔡智诚就赶紧带着申请材料跑到了宪兵13团。

招募现场里除了蔡智诚之外的其他人都是宪兵，主考官看见宪兵司令部里钻进来一名陆军少尉，不禁愣了一下，解释说："我们只招收士兵，不招录军官。"

蔡智诚挺着胸脯回答："学生投身国防，并不是为了升官发财。如果能够加入鸿翔部队，我甘愿放弃军衔，从普通士兵干起。"

主考官似乎很满意，拿起蔡少尉的简历看了一遍，又问了问207师学兵训练营的几位长官的名字，然后递给他一张表格："根据你的情况，应当先经过207

师政治部的批准。给你一天的时间，办完相关手续再来报到。"

蔡智诚拿起表格就往师部跑。值得庆幸的是，这时候207师的师部已经从曲靖搬迁到了昆明，距离并不远。更值得庆幸的是，这时候的各学兵大队正在罢课闹事，嚷嚷着"驱逐师长罗又伦"，政治部的人对一帮学生兵头疼得要命，听说有人想走，真是求之不得，立刻签字盖章，在所有的栏目都填上"同意""同意"，好像生怕有谁反悔似的……

就这样，1945年4月底，207师机炮训练大队的少尉见习教员蔡智诚，终于正式加入第五集团军陆军突击总队，成为了一名国军伞兵技术上士。

从207师参加鸿翔部队的士兵很多，主动降衔的人物也不止一个。但蔡智诚却是207师最后一个报到的，而且，他也是唯一的一个来自学兵训练大队的学生兵。

蔡智诚参加"鸿翔部队"的时候，陆军突击总队已经组建一个多月了。

说来有趣，美国人原以为第5军的伞兵不会有多少人马，顶多不过是一支侦察部队，因此认为从第14航空队随便弄点装备就足够打发了。谁知道杜聿明的胃口居然那么大，翻开花名册一看，林林总总将近四千人！这么大规模的队伍，陈纳德的航空队哪里应付得下来。

魏德迈总参谋长吃了个哑巴亏，答应过的事情又不好反悔，郁闷了半天，最后只得派飞机空运物资，把原本为印度军队预备的空降装备先送给中国伞兵——不过从这以后，魏德迈将军再和中国军方打交道，凡事就都要签个备忘录，先把细节讲清楚，这也算"吃一堑，长一智"吧。

话又说回来，美国人的装备也不白给。他们派遣了一支三百多人的"顾问团"，团长是考克斯中校，美方顾问不仅要负责中国伞兵的训练和考核，就连部队的作战调遣也要参与指挥。因此，这支陆军突击总队实际上是由杜聿明和美军司令部共同领导的队伍。

伞兵的训练方式果然和普通步兵大不相同。

蔡智诚属于突击总队的"第四期补充兵"，训练营设在昆明东南的宜良机场。报到的当天，军需部就送来一大堆长枪短枪，有狙击步枪、冲锋枪、卡宾枪，还有四五式手枪和勃郎宁轻机枪。负责训练的美军顾问是个大胖子上尉，他并不组织新兵射击，而是一人发给一张雨布，铺在地上让大家练习拆卸，把这些枪支拆了装、装了拆，足足折腾了一整天。

第二天上射击场，刚加入伞兵的这些"新兵"其实都是老兵了，本以为实弹射击没有什么稀奇。可到了现场才知道，美军的训练要求和国军的《步兵操典》根本不一样。就拿射击姿势来说，美军顾问特别强调步枪背带的使用，卧姿、跪姿用"套背带"（loppsling），站姿用"挽背带"（hastysling），射击完毕之后还要清洗枪具。而国军部队里决不会允许把枪背带弄来弄去，更不允许用肥皂水擦洗枪支零件——在当时，《步兵操典》被奉为国军的金科玉律，也只有这些美国人敢于打破规矩，另搞一套。

令蔡智诚印象最深的是美军顾问十分重视训练安全。实弹射击的时候，每个射手身后都有检查员，反复核查操作程序。在打靶场练了好些天，用各种枪支从50码、100码，打到200码，弹壳堆成了小山，接着又练投弹、练爆破……从来没有发生任何事故，这和103师的新兵营简直有天壤之别。

不过，美国佬也有出事的时候。

蔡智诚刚到宜良基地没几天，训练营里就发生一件大事——负责指导汽车驾驶的美军教官（一个中士）伙同翻译和油库看守，把十几桶汽油拉出去卖了。

在当时，后勤的口号是"一滴汽油一滴血"，盗卖军需油料属了严重的犯罪。中国军方侦破此案后，决定枪毙翻译和油库看守，没有处罚美国兵。可美军司令部却认为那个翻译是美军顾问团聘请的人员（西南联大的教员，不是军人），应该由美方审判，又把翻译从刑场上救了下来。结果，根据美国人的调查，盗卖汽油的主谋应该是教官和看守，于是就把那个美军中士判了死刑，却把中国翻译给释放了。

那时候，美国军人的事情只有美军自己可以管，中国方面无权干涉。大街上经常可以看见醉醺醺的美国兵，摇摇晃晃、嘻嘻哈哈、疯疯癫癫，根本不把中国军警放在眼里。可他们也有害怕的人，那就是美国宪兵。

美国宪兵系着白腰带，手拿短军棍，钢盔上写着"MP"。他们发现酗酒的士兵后就在路边画个圆圈，让醉汉在圈子里罚站。宪兵写个小纸条，注明处罚开始的时间和结束的时间，贴在违规士兵的军服上，然后就走了。那醉汉站在圆圈里东摇西晃，一个劲地看手表，却始终不敢离开，老百姓在周围喊"哈罗"、喊"OK"，他也懒得答应，一副沮丧的模样，真是又可怜又好玩。

美国的宪兵威风，中国的宪兵就差劲多了。蔡智诚所在的"第四期补充兵"就是从宪兵3团和13团招来的，绝大部分都是中学毕业生，这些人都没有打过仗，突击总队也没打算让他们上火线，准备把他们训练成"摺伞兵"，补充到后勤单位。

5月10日，总队训练处主任李宜年（朝鲜人，黄埔生）到宜良基地视察新兵。"第四期补充兵"列队接受长官的检阅。

李上校走过蔡智诚面前的时候，发现了小蔡胸口上的"云麾"勋标，就问："你在哪里得的勋章？"

"报告长官，在松山。"

"松山？你不是宪兵么？"

"报告长官，我不是宪兵，原先在103师，后来在207师。"

"噢……"，李宜年点点头。

于是，检阅之后，蔡智诚就离开了宜良机场，转到巫家坝机场接受跳伞训练去了。

在昆明，陆军突击总队有三个训练场，"第四期补充兵"所在的宜良基地是基础训练营，"岗头村基地"是战术训练营，巫家坝是伞兵营地。当时，"一期兵"已经能上天了，"二期兵"属于机降部队，在岗头村训练，蔡智诚到了巫家坝，和"三期兵"一起在地面练习跳伞动作。

刚开始，蔡智诚接受的考核比较简单，单杠、跳马、立定跳远，这些都是中学体育课上的内容，很容易完成。后面的项目就比较新鲜了，"天桥行进"是在一根晃晃悠悠的木板上走来走去，目的是为了练习平衡能力，免得以后在飞机里遇到颠簸就动弹不了；"高台跳跃"是从一个三米左右的台子上往下蹦，主要练习跳伞的落地动作；"机舱跃出"是在一架假飞机里坐好，挂好伞钩，检查伞包，然后根据指令跃出机舱，目的是为了练习离机动作；再有就是"吊伞架"，背着伞包吊在三角架上，练习操纵方向——这些内容也不算难。

让蔡智诚比较头疼的是"空中飞跃"和"连续飞跃"。前者是从一根木桩上起跳，抓住两米开外一个晃来晃去的吊环；后者更夸张，一长溜木架子上挂着十多根绳子，抓住第一个绳索荡过去，再抓住下一根绳索荡起来……如此循环反复，像只猴子一样荡悠到终点。蔡智诚总是从绳子上、吊环上摔下来，练了两个星期，整得鼻青脸肿，好不容易才算过了关。

不过，令大多数人最为难的"高塔跳下"，蔡智诚却觉得很无所谓——那是一座四十多米高的垂直塔架，顶端有间小房子，一根钢丝绳从塔顶连接到地面，伞兵挂着安全带、顺着钢丝滑下来，中途还要做几个技术动作——这其实没有什么危险，但问题是新兵们从塔顶的小房间里钻出来，一探头看见脚下离地面那么远，顿时就慌了，站在门口不敢动。再加上教官又在旁边狂吼："one second, two second, three second, gogogo！"更是紧张得不知怎么办才好，好多人都是在这个环节上卡了壳。

"高塔跳下"之后就来真格的了，上飞机跳伞。

空中训练之前，地面的考核项目必须全部合格。蔡智诚是1945年5月30日首次上天的，这时候，许多与他同期的、比他早期的补充兵，甚至许多"伞兵一团"时期的老兵都还在地面上练习，没有取得上飞机的资格。

有资格上飞机的人也不一定能过关——按美军的规定，跳伞考核实行的是"自愿原则"。在进行装具准备的时候，教官就告诉大家"不想跳伞的人可以出列，既不受处罚也不会失去下次再跳的资格"，临出发的时候又说一遍，上了飞机还这么说，于是就有人卸下伞包离开了。带队官急忙朝机舱外面嚷嚷："还有座位！谁来参加？"跟着就有其他伞兵自愿补充进来……

飞机升空，先转悠两圈，让大家放松情绪。

黄灯亮是准备跳伞，伞兵起立检查挂钩和伞具，绿灯一亮就开跳。这时候，有人顶不住了，死活不肯往前走，哭得满脸鼻涕眼泪。教官是不能逼着新兵往下跳的，只好让他们再坐着飞机回去——第一次出现这种情况可以原谅，但如果下次还是这样，就只能转到其他部队，没资格当伞兵了。

头一次跳伞，蔡智诚也害怕。最紧张的是从座位走向舱门的那段路，按条例规定，伞兵跳伞时手掌的四指应该放在舱门的外侧，可走到机舱门口，大部分人都不由自主地用双手顶住机舱的内壁。遇到这种情况，教官只好把这人拉回来重新排队，反正他一旦采取了这个姿势，你想推他出去也办不到。

事实上，只要把手伸出机舱之后就不会再感到害怕，反而会产生跃跃欲试的冲动。教官一拍头盔，伞兵的身子就往前扑，怎么蹦出去的都不知道。

刚离开飞机的时候，强烈的气流刺激着眼睛，让人觉得很不舒服。可不一会，"嘭"的一声，背后震动一下，伞衣打开了，降落伞随即漂浮在空中。伞兵们在天上哈哈大笑，冲着地面狂吼乱叫，真是兴奋极了。

抗战期间，国军伞兵只具备强制开伞（挂钩跳伞）的手段，没有装备备用伞（有也不会用），所以一方面，士兵跳出飞机以后只能听天由命，如果主伞出毛病就死定了；这另一方面也使得伞兵的空降高度几乎是固定的，从600公尺处跳出机舱，就等于有 400 公尺的距离要任凭地面火力"打活靶"。

不过在当时，蔡智诚他们并没有感觉到这其中的可怕。跳伞成功的喜悦盖过了一切担忧，每个人的心情都沉浸在"天兵天将"的幸福和自豪之中。

跳伞成功之后就可以正式编入伞兵分队，蔡智诚当天就被分配到伞兵二队的第二分队。

陆军突击总队下设二十个队（以后又增设了一个特务队和两个补充大队），每个队的兵力相当于一个加强连，火力却超过了普通的步兵营。

以蔡智诚所在的伞兵二队为例。该队编制 208 人，下设 6 个分队（排），1、2、3 分队为伞兵分队，4、5、6 分队为机降分队。每个伞兵分队 36 人，配备火箭筒 3 门、轻机枪 3 挺、狙击步枪 3 支、冲锋枪 9 支、卡宾枪 18 支；4 分队（炮兵分队）配备 60 迫击炮 6 门；5 分队（机枪分队）配备 0.50 英寸气冷式重机枪 4 挺；6 分队（工兵分队）配备扫雷器、爆破设备和建筑器材。

伞兵二队配备有美式吉普车（机降车辆），各分队配备了电台和对讲机，组长以上军官配发望远镜。此外，每个伞兵都备有指南针、伞兵刀和四五式手枪。

伞兵二队队长是姜键少校，第二分队队长是周之江上尉，蔡智诚是二分队的技术上士，任务是负责设备维护。二分队的传令兵是他的老熟人——207 师战防炮营的通信兵潘崇德。

突击总队的各个队都有自己的代号，一队"诸葛"、二队"伏波"、三队"世忠"、四队"武穆"，这四个队是"鸿翔部队"最早完成训练科目的连队——不过，说是"完成训练"，其实有点打马虎眼，比如蔡智诚只跳过一次伞，连伞兵证章都没有得到，也算是合格的军士了。

根据美国人的规矩，无论官兵，必须连续跳伞八次（每次的考核内容都不一样）全部合格，才能颁发伞兵证章。如果中间有一次不过关，或者两次之间的间隔时间超过一个月，都必须从头再来。按照这个标准，别说伞兵二队，就连全突击总队也没有多少人能拿到伞兵证章。

当然，这事也不能怪当兵的。伞兵证章是个椭圆形的胸牌，上面画着个带翅膀的降落伞，蔡智诚做梦都想得到那个东西，一有空，他就抱着伞兵装具、揣着跳伞成绩表跑到机场上，等着带队官喊："还有座位！谁来参加？"可等来等去也没等到机会。

1945 年 6 月 6 日下午，蔡智诚和几个同伴挤在一辆摩托车上，准备去机场当

"替补"。车子刚到路口就被拦了下来，几个带白箍的哨兵摆着手说："回去回去，机场戒严了。"

伞兵二队的几个士兵只好往回走，一路上还议论着："机场戒严是怎么回事？是不是有什么大人物要来视察了？"

回到军营，看见传令兵潘崇德正跑来跑去地通知大家："今天下午开澡堂，要洗澡的赶快去。"那时候，连队澡堂的锅炉是烧柴油的，通常只在晚饭后开放一两个小时，现在居然让大家下午去洗澡，肯定是遇到什么事了。

晚饭后，兵营里忽然来了一伙美国军官。蔡智诚还在想："今天又戒严又洗澡的，难道就是为了迎接这几个美国佬？"可就在这时，分队长周之江传达命令："各组进入战斗准备，即刻领取战备物资。"

伞兵分队下设三个战斗组（班），组长都是些中尉、少尉。他们跑到库房里来领弹药，一边议论着："要打仗了，打什么地方呀？"

"嗨！谁在乎那个，咱们伞兵坐上飞机就直奔战场，到哪里打仗？跳下去就知道了。"

夜里10点，蔡智诚和他的战友们乘车前往昆明巫家坝机场。

——看过《兄弟连》的朋友应该知道，101空降师506团2营E连的官兵是在佐治亚州训练了 年多以后才奔赴欧洲的，并且又在英国经过了多次演习才踏上战场。而国军第五集团军陆军突击总队第二伞兵队，组建时间不到三个月，接触伞兵装备只有两个月，大部分战士的跳伞经历不超过四次，没有进行过任何演习，可他们同样登上飞机，义无反顾地投身抗日战场了。

伞兵们陆续走进机舱的时候，美军顾问赫斯少校对中国小伙子说："年轻人，我为你们而自豪。今天以前，只有同伴知道你们的名字，明天以后，你们的名字将会是中国军队的骄傲！"

第十一章　空降敌后

　　1945年6月6日夜间，"陆军突击总队"第二伞兵队进入"红色战勤（登机）准备"，各分队根据作战条例的规定领取军需物资，这下子可把蔡智诚忙坏了。

　　蔡智诚是分队的技术上士，主要职责是保证武器装备的正常使用——这并不难做到，因为伞兵的武器、弹药、给养、装具……从枪炮到子弹、从头盔到鞋带，样样都是美国货，而且全是崭新的。

　　说起来，"技术上士"其实并不需要多高的技术水平——美国人的装备，只要是用箱子装的，里面都有本说明书——手雷箱子里的说明书告诉你"保险插销"安装在什么地方，罐头箱子里的说明书不仅提示你如何正确地打开铁皮盖子，还叮嘱你注意牛肉的保质期。所以只要能看得懂英文再具备一点基本常识，谁都能当这个"技术上士"。

　　技术含量虽然不高，可杂七杂八的事情却不少，临战之前更是手忙脚乱。

　　按照美军的规矩，士兵的日常装具是训练时用的，宣布"红色战勤"之后要另发一套新装备，这其中包括：

　　一个伞兵头盔（防震盔，里面配一顶船形帽）、一双跳伞鞋（短腰皮靴）、一双作战鞋（帆布胶鞋）、一个作战行囊（里面装有一条军毯、一套新衣服、一件尼龙雨衣、一包香烟、一包巧克力、两个肉罐头、两包饼干）、一个急救包（里面装着消炎药、消毒药、止血药、止痛剂、止腹泻药片……）、一把伞兵刀、一把折叠铁锹、一只手电筒、一个军用水壶（带饭盒），还有一个基数的弹药（四枚手雷、50发手枪子弹、200发步枪子弹）。除此之外，伞兵们还需要携带其他弹药，比如地雷、炸药、机枪子弹或者火箭筒弹……

　　这些东西（包括香烟、饼干）全都是美国货，需要"技术上士"把各种说明书统统念一遍，而且上述的这些内容只是最低携带量的装备，如果有谁的力气大，愿意多背多扛，无论是弹药还是食物药品都可以随便拿——因为伞兵与普通步兵不同，一旦投入战场，后勤供应就难以保证，最可靠的办法是把必要的东西都随身带着，所以有些人就拼命领东西，再把降落伞包和武器背在肩上，几乎都站不起来了。

分发装具的时候，"技术上士"还要给每个人一个防水袋，那里面装着一张照片和一张军人登记卡。美国兵的脖子上有"军牌"，咱们国军没那玩意儿，只好用这小袋子代替。

趁这个时候，大家还要把平时积攒下来的军饷交到"技术上士"的手上，逐一登记家庭地址。这样"如果有谁回不来了"，部队也知道应该把钱和书信寄到什么地方去。至于作战期间的开销就用不着士兵们操心了，军官那里不仅有敌占区的钞票，而且还准备了现大洋——那可是硬通货。

忙完这些事已是夜里 12 点，伞兵们乘车前往机场。

巫家坝机场上停着十多架美军运输机，有 C46，也有 C47。蔡智诚他们在飞机翅膀底下坐着。过了一会，机场外呼啦啦开过来好多辆卡车和吉普车。从车下跳下几十个美国兵，七手八脚地往飞机上装运箱子。

突击总队的司令官李汉萍[①]少将也来了，和他一起的还有几个美国军官，其中就有赫斯少校。

在当时，突击总队的美军顾问来自两个方面，一部分是第 11 空降师的，为首的是顾问团团长考克斯中校；另一部分来自第 14 航空队，赫斯少校就是他们的头。第 14 航空队的这批人其实并不是正规的伞兵，但他们在中国呆的时间长，对国军的情况比较了解，所以担负了机降部队的训练任务。赫斯少校原先是在"美国志愿航空队"搞后勤维护工作的，现在当了考克斯中校的副手，这个人四十岁左右，能讲一口流利的中国话。不过，因为他平日里不大接触伞降训练，所以伞兵分队的官兵们对他并不十分熟悉。

在这一天的夜里，上级长官对士兵们格外客气。李汉萍司令挨着个与大家握手，司令部的军官还把战士们逐一扶上舷梯（伞兵的装备太重，爬梯子必须有人协助）。赫斯少校拍着中国伞兵的肩膀，大声说道："年轻人，我为你们自豪。今天以前，只有同伴知道你们的名字，明天以后，你们的名字将会是中国军队的骄傲！"

---

①李汉萍，湖南长沙人，黄埔 6 期生，曾任国民党团长、师参谋长、第 24 集团军参谋处长、陆军突击总队司令官、邱清泉兵团参谋长，淮海战役中被俘，1966 年获特赦，1972 年病逝。

蔡智诚和伙伴们登机的时间大约是在凌晨4点左右。

队长的安排是让大家在机舱里抽空睡一觉，可战士们哪里睡得着，于是就唱起歌来："握紧手中枪，擦亮手中刀，报仇雪恨的时候到，舍身杀敌在今朝……"

一架C47只能运送三十名伞兵，因此，三个伞兵分队的士兵就占用了四架运输机。

机舱门没有关上，战士们不断地向外张望，一会儿说："看呐，机降分队登机了"，一会儿又喊："看啊，看啊，美国兵也上飞机了。"

大家都在猜测空降作战的地点。有人开玩笑说："美国人一起去，弄不好是要攻打东京哟！"

其他人都乐了："这个主意不错，让咱们降落在日本皇宫，把昭和天皇抓起来，战争立马就可以宣告胜利了！"

七嘴八舌，议论纷纷，十分开心，时间很快就过去了。天色蒙蒙亮的时候，飞机滑出跑道，在巨大的轰鸣声中飞上了天空。从巫家坝机场起飞的十五架飞机，伞兵二队队部乘坐了一架，另外有四架运载伞兵分队、五架运送机降分队和美国人，其余五架满载着军需物资。

运输机在天上转了一圈，又等来了二十四架护航战斗机。接着，庞大的机群迎着太阳升起的方向，浩浩荡荡地向东飞去。

飞机升空以后，机舱里立刻安静下来。大家闭着眼睛养精蓄锐，其实都在默默地想心事。

蔡智诚一遍又一遍地回忆着跳伞程序的各个环节。毕竟，这之前他只跳过一次伞，业务生疏，倘若还没见到敌人的影子先就把自己给摔死了，那可实在是太冤枉。

太阳出来了，阳光透过驾驶室照射到机舱里，照到人们的脸上。伞兵们睁开眼睛，好奇地打量着驾驶舱里的飞行员，晴空里的晨晖在驾驶员的身上涂抹了一层灿烂的光晕，使他们看上去就像仙灵一般的神秘庄严。

机舱里的每个人都在猜测，那驾驶员手里的方向盘将把自己带到什么地方？可是却没有人敢开口问一声。周之江分队长一个劲地看手表，他走到驾驶舱门口对飞行员说："请你们比规定程序再提前十分钟亮黄灯，我们的动作还不太熟练，早一点做准备比较好。"

飞行员答应了。飞机的领航员是个中国小伙，他站起来对机舱里说："没问题，一定让你们准备充分。空降地域的天气状况良好，很适合跳伞的条件，请大家放心吧！"

伞兵们一面欣慰地点着头，一面在心里暗骂："小兔崽子！空降地域到底在什么地方，你倒是先说出来呀……"

1945年6月7日上午9时，机舱里的黄灯亮了。

"全体起立！跳伞准备！"周之江分队长大声地吼叫起来——这喊声意味着，中国军事史上的第一次伞兵空降作战即将拉开序幕。

可是，在当时，机舱里的伞兵们并没有意识到这是多么重要的历史时刻。提前十分钟亮起黄灯准备灯，也就是要让战士们背着沉重的行囊多站立十分钟。不过，大家对此并没有异议，全都认真地、一遍又一遍地重复检查着牵引索挂钩和自己的伞包。

有意思的是，蔡智诚这时候丝毫没有考虑运输机会不会遇到敌人战斗机的拦截，也没有去考虑地面上是否有敌军的炮火。他满脑子担心的只是降落伞能不能顺利地打开，或者，自己会不会掉到一个人迹罕至的奇怪地方，找不到同伴了。

"跳伞的时候要抓紧时间！"分队长继续吼叫着，"不许在门口停留！飞机上磨蹭一两秒钟，落到地上就差了好几里路，要害死人的！"

这句话很有道理。大家情不自禁地向机舱门口挪动了几步，生怕被前面的人给耽误了。

蔡智诚的身上不仅背负全套伞兵装备，还携带着五十节干电池（手电筒和火箭筒都需要这玩意儿），沉重的行囊压得他喘不过气来，他很担心自己能不能及时地跳出舱门。

扭头看看身边的潘崇德，蔡智诚不禁乐了。传令兵挎着步枪，背着降落伞包和作战行囊，胸前还挂着"美式步话机"，那家伙有三十多斤重，即使拆开来装在挎包里也是好大的一堆。潘崇德的个子本来就不高，浑身上下被几个大包袱夹着，只露出半截伞兵钢盔，看上去就像个能移动的帆布口袋。蔡智诚幸灾乐祸地想："这小子一离开飞机，肯定就跟个大秤砣一样直接掉下去了，多结实的降落伞也不管用。"

"嘀——嘀——嘀"，跳伞铃突然响了起来，头顶的绿灯亮了。

机舱门被打开，分队长喊叫着、士兵们相互催促着："快跳，快跳！"

舱门边的伞兵一个接一个地蹦了出去，快要轮到蔡智诚的时候，飞机忽然转了个弯，机身猛地向右倾斜，弄得他失去了平衡，一下子跪倒在地。分队长也顾不了那么多，托起背包，硬生生地把他推出了舱门。

蔡智诚几乎是大头朝下从飞机里倒栽葱摔出来的。他心想："完蛋完蛋，伞绳一定打结了，这回我死定了……"可没过多久，"嘭"的一声，降落伞在他头顶上张开了。抬头看一看，蓝底子、绿条纹的大伞花开得真是漂亮。

降落伞在天空中飘飘荡荡，可伞兵的滋味却比不上先前训练时的轻松自在。跳伞之前，全部的装备行囊都固定在腰腹以下的胯带上，先前背着这些东西的时候还没感到有什么不合适，现在被吊在空中，所有的重量都集中在下半身，蔡智诚觉得自己的屁股都快要被扯掉了。

低头朝地面看看——真不错，没人放枪也没人开炮，一望无际的田野里种满了水稻。

"这肯定是在南方了，是在南方的什么地方呢？管他呢！只坐了三个小时的飞机，反正不会真的飞到了日本"，蔡智诚心想。

身上的装备不仅重，而且鼓鼓囊囊地影响了方向操纵。快落地的时候，蔡智诚才发现地面上有好多水塘，他急坏了："老天保佑，千万别落进水塘里呀！浑身上下这么多东西，掉进水里就直接沉底了，绝对爬不上来的……"（一周后的"广东开平空降"，伞兵一队的士兵就掉进鱼塘里淹死了一个。）

还好，老天爷真的开眼了。蔡智诚落在一块田埂上，他紧跑几步解开了伞包——伞降成功！

但其他人却没有这么幸运。稻田里覆盖着好多张降落伞，一个个人形的怪物在伞布底下拱来拱去，就是钻不出来，有个家伙急得大嚷大叫："来人呐！救命啊！"田埂上的人赶紧去救他的命。

喊"救命"的人是火箭筒手海国英。他是个回民，平时最爱干净的，一天要洗十几次手，活像个外科大夫。可这小子现在的模样却凄惨极了，浑身上下全是烂泥，脖子上还粘着一只小动物，拽了半天也拽不下来。

"这是什么东西？有毒么？"海国英龇牙咧嘴地问。

"是蚂蟥，吸血的。"

海国英的脸都吓白了——也难怪，西北的回民地界上没有这个歹毒的玩意。

好不容易把水田里的人都拉上来了，可是却不知道如何处理那些降落伞。

平常的时候，伞兵队的降落伞都由"摺伞兵"负责管理，跳伞兵只管跳不管收拾。现如今，战场上的伞兵们面对着铺天盖地的降落伞顿时弄不清该怎么办了。

有人提议："走吧走吧，不管了。"

别人不管还可以，但蔡智诚是技术上士，对武器装备负有责任，他不管可不合适。正在为难的时候，田埂上走来了几个老百姓，蔡上士就和他们商量："朋友，帮我们收拾这些降落伞，国军付钱给你们，行不行？"

那几位老百姓挺痛快地答应了。蔡智诚又问："朋友，这里是什么地方呀？"

"洪市。"

"什么洪市？哪个省哪个县呀？"

"湖南省衡阳县。"

嗨！原来是跑到湖南来了。

这时候，天上的运输机和战斗机全都没有了踪影，只留下一些红色的、黄色的降落伞继续在空中飘荡。按伞兵的规矩，士兵的降落伞是蓝底绿条纹，军官的是白色，这些红色、黄色的降落伞携带的都是武器弹药和军需装备。

这么多武器装备，该怎么收拾？收拾以后又该怎么办？没有人知道——当务之急是赶紧找到部队的长官，弄清楚下一步的任务是什么。

放眼眺望，远处树起了一面白色的召集旗，大家连忙朝那里奔去。

"召集旗"跟前站着分队长周之江上尉，传令兵潘崇德正在旁边组装那台步话机。这小子不但没有"像秤砣一样"的摔死，而且身上连一点儿泥水也没粘上，真是够有本事的。

举手敬礼报到："报告队长，上士蔡智诚归队！"

周队长点点头，又接着东张西望。过了一会，他才悄悄地问蔡上士："你在路上看见部队的人没有？"

"没有啊，怎么了？"

"嗯，他们好像是飞回去了……"，停了停，周之江又问："这里是什么地方？"

"是湖南衡阳——怎么？你不知道？"

"见鬼！我怎么会知道？"周队长显得气急败坏。

蔡智诚不禁愣住了——天呐！那么，现在有谁知道，我们坐着飞机跑到湖南的这片稻田里来，到底是为了做什么？

第十二章　洪罗庙

"中国伞兵首次空降作战"的殊荣本来并不属于第二伞兵队。

早在1945年5月份，突击总队就拟定了一个"袭击罗定机场"的计划。当时有情报显示，驻海南岛的日军航空队正陆续向大陆方向转场。广东的罗定是他们主要的中转途径，并且这个机场也是日军飞机支援广西战场的重要基地。突击总队因此决定，由美军顾问团团长考克斯中校亲自率领第一伞兵队（队长井庆爽）对罗定机场进行突袭，破坏敌机场设施，摧毁其作战能力。

第一伞兵队是陆军突击总队中最先完成科目考核的队伍，他们有机会进行比较充分的针对性训练，担任"首发"任务也就理所当然（所以直到现在，仍有许多人认为"广东空降"在"湖南空降"之前）。

但是，战场局势变幻莫测，计划经常赶不上变化的节拍。

就在第一大队紧锣密鼓地实施准备工作的时候，1945年5月下旬，"雪峰山会战"进入了最后的"决胜阶段"。国民党第四方面军王耀武部与日军第20军主力经过一个多月的激烈交战，第74军（施中诚部）、100军（李天霞部）牢固地控制了武冈、新化、安化三个战略支撑点。5月底，从第六战区调来的第18军（胡琏部）自辰溪一线展开反攻。6月5日，从云南赶来的新6军（廖耀湘部）也陆续投入战斗。至此，国军的"五大主力"有三支聚集在湘西，完全掌握了战役的主动权。

这时候，美国空军的轰炸机、战斗机正在战场上空轮番出击，忙得不可开交，而运输机部队却显得十分清闲——他们把新6军从昆明送到湖南芷江以后就没有多少事可干了。

6月6日，陆军总司令何应钦（他的司令部在昆明）、美军"作战司令"麦克鲁离开昆明前往湖南安江的前线指挥部。这两位司令是能够支使中国伞兵和美国空军的人物。临行之前，他们要求"陆军突击总队"派遣部分兵力配合雪峰山战场的决战，但具体应该打哪里或者应该怎么打，却没有做明确的指示。

由于第一伞兵队正在准备实施"袭击罗定机场"的计划，前往湘西参战的任务就只能交给第二伞兵队来承担了——于是，"中国伞兵首次空降作战"的殊荣，鬼使神差地落到了蔡智诚和他的战友们的头上。

事实上，到1945年的6月，除第一伞兵队之外的其他伞兵都没有进行过实战演练。但事已至此，必须立刻派遣一支部队投入战场——从某种角度而言，伞兵参战的象征意义远远超过实际的战术价值。

第五集团军和美军顾问团并没有和第二伞兵队打招呼，当天就确定了作战方案。他们把伞兵的空降地点选定在湖南衡阳的洪罗庙。

洪罗庙位于衡阳市西北约五十公里，它并不是一座"庙"，行政地名应该叫"洪市镇"。在当时，衡阳县城已经被日军占领，这个洪市镇就成了国民党县政府的所在地，因此这里可以算是国民党军在敌后的一块抗日根据地。

之所以选择洪罗庙作为空降地点，除了由于"根据地"的环境比较安全，还因为这里靠近衡宝公路（衡阳至宝庆，宝庆就是现在的邵阳）。以洪罗庙作为出击跳板，可以封锁敌后方交通线，阻挠衡阳、零陵的日军向主战场进行增援，并拦阻从雪峰山败退下来的敌人；另外，还有个最重要的原因是，洪罗庙附近有一个简易机场，伞兵二队的4、5、6分队可以借助这块场地完成机降作业。

那个时候，国军没有装备滑翔机，所谓"机降"其实只能是坐着运输机降落。洪罗庙机场是第10军（当时的军长是方先觉）修建的一个备用机场，1944年4月份破土动工，刚修了没多久，衡阳就沦陷了，从此就再也没有人管理，现在能不能起降DC-3之类的运输机，谁都不知道。

不过，凡事都应该从好的方面着想，美军顾问还是制定了实施机降的计划，并确定由赫斯少校负责指挥这次行动，伞兵二队的姜键队长担任他的副手。

有意思的是，也许因为伞兵空降这种作战方式对中美军人来说都是个新鲜课题，上级机关把这次行动搞得非常神秘——从6月6日中午起就封锁了巫家坝机场，对内对外一点口风也不露，甚至连姜键队长都是夜晚临上飞机前才知道作战方案的，其他人当然全都被蒙在鼓里了。

7日凌晨起飞，机群飞进湖南。

到达芷江机场上空的时候，地面指挥塔通知伞兵指挥官："据侦察报告，洪罗庙机场的跑道严重受损，不具备机降条件。"赫斯少校一听这话，立刻调头返回昆明，带走了美国兵、三个机降分队和伞兵队的队部（队部的人员也是属于机降的）。另外，还有一架运送伞兵的C46也稀里糊涂跟着飞回去了，那上面装着三分队的两个组和他们的分队长。

这么一来，只有八架运输机飞到了洪罗庙的上空，其中三架空投大活人、五架空投武器装备，最后落地的战斗人员包括伞兵二队的第一第二分队和第三分队的一个组。

刚刚降落到洪罗庙的时候，蔡智诚根本不知道以上这些情况。所以，听见周之江队长说"队部的人好像飞回去了"，他不禁吓了一跳。

这期间，不断有军官和士兵前来报到，有二分队、三分队的，还有一分队的。大家都说不但没有遇见姜键队长，就连两个分队长也找不到了。在场的人不免有些惊慌，纷纷嘀咕着："现在应该怎么办呀？"

周之江连忙安慰部下："不要慌，先把武器装备收拢过来。只要有枪有弹药，走到哪里都不怕。"

说不怕是假话。不过事到如今，即便是害怕也没有办法了。

分队长指派机枪手担任警戒，让其他战士都到稻田里、山坡上寻找散落的装备。蔡智诚卸下行囊，身上挂着把手枪，跑来跑去地又搬东西又做记录，忙得不可开交。

快到中午的时候，蔡智诚一抬头，看见姜键少校和一分队队长刘盛亨上尉沿着田埂走过来了。在他俩的身边还跟着一群挑着饭桶、端着菜盆的当地汉子。领头一个官员模样的人笑嘻嘻地冲着大家挥手，嘴里嚷着："弟兄们辛苦了，先掐饭（吃饭）、先掐饭吧！"

伞兵们不由得喜出望外。

原来，在昆明登机的时候，姜键并没有和他的队部在一起，而是上了一分队的飞机。机降分队返航后，姜队长按计划率领伞兵分队空降到洪罗庙。可刚一落地，他就拉着刘盛亨去联络当地官员了，弄得手下人都不知道他俩在什么地方。

湖南这地方有个现象叫做"十里不同音"，各地区的方言差别很大，有时候甚至连湖南人都听不懂湖南话。姜键是东北吉林人，对这些复杂的南方语调当然就更没有办法，只好让刘盛亨来当翻译。刘盛亨是中央军校第17期毕业生，湖南零陵人，自称"精通各种湘音"，有他在旁边，沟通起来就容易多了。

刘翻译确实有本事，没花多大功夫就打听到地方官的下落。衡阳县县长王伟能听说国军伞兵从天而降，连忙吩咐手下准备饭菜，又带着一帮随从把鸡鸭鱼肉送到现场"慰劳弟兄们"。

在蔡智诚的印象中，这位王县长，三十多岁的年纪，能说会道，办事挺热情。

蔡智诚记得，在洪罗庙的田埂上"掐"的这顿饭，味道真不错——主食是米粉，荤菜是腊鸡、腊鱼和腊肉。

王伟能县长在边上一个劲地客气："本县准备匆忙，委屈弟兄们了。先将就一下，晚上再请各位掐酒，我派游击队站岗放哨，让大家放心睡大觉！"

一席话哄得伞兵们十分开心。

姜键队长比较关心空投物资的回收情况，一边吃饭，一边让蔡智诚给他报告统计数据。

"60迫击炮弹十箱（100发）……可是，我们现在没有迫击炮。"

"嗯，先挖个坑，埋起来。"

"12.7毫米子弹十箱（40条弹链）……可我们现在没有重机枪。"

"嗯，先埋起来。"

"帆布胶鞋四袋、军用毛毯……"

"嗯？……怎么会有这些东西？"

也不知道美国人是怎么考虑的，空投物资里面除了弹药，还包括两百多双作战靴，甚至还有许多毛巾和毛毯——不过，这些东西用不着考虑如何处理，因为它们刚落地不久就被当地老百姓拿光了。

伞兵们搜寻空降物资的时候，田间地头聚集了许多围观的群众。

刚开始，老百姓只是远远地看热闹，后来就有几个胆大的人拿起镰刀，偷偷地把伞绳割了下来。那尼龙绳既结实又轻巧，确实深受农民朋友的喜爱。接着，发觉伞兵们并不怎么干涉，老百姓的兴致就越来越高，不仅明目张胆地割绳子，就连降落伞都被他们抱走了。到最后，"果里果里！（这里）——阿里阿里！（那里）……"，田野中、山坡上，到处都回响着人民群众兴高采烈的呼喊声，老百姓搬运物资的干劲比国军将士们高涨多了。

乡民们不敢触动武器弹药，可一旦发现鞋子、毯子、毛巾之类的"小东西"就毫不客气了。面对他们的所作所为，国军伞兵除了大声呵斥也没有其他办法，只好眼睁睁地目送着满载而归的男女老少扬长而去。

"惭愧、惭愧，此地民风彪悍，本县长治理无方啊"，县太爷连连道歉。

"算了算了，没啥关系"，姜键少校也只好表示大度——强龙不斗地头蛇，人家衡阳的腊肉米粉岂能白送给你吃，做出一点贡献也是应该的。

接下来的一段时间，伞兵分队就驻扎在洪罗庙。在这以前，洪市的老百姓从没见过如此器宇轩昂、相貌堂堂、衣甲鲜明、从天而降而且还挂着外国手枪的大兵，顿时十分羡慕、十分好奇。而有的伞兵也不自觉，有事没事就和房东家的姑娘乱吹牛，五迷三道的，把自己说得像是个脚踏风火轮的哪吒一般……"湘女多情"呀，想一想就知道，乡下大姑娘哪里经得起这么忽悠，三下两下就弄出点故事来了。

于是，房东老头拎着棍子猛揍自家闺女："哈里哈气，蠢起甲猪一样，人家是穿降落伞的兵，搞完事开起飞机就跑了，未必你还追得到他！"

这事闹得有点尴尬，甚至连当地的游击队员都对伞兵们产生了怨气。姜键队长担心引起矛盾，就把队伍拉上了牧云峰。

牧云峰距离洪罗庙大约两公里，风景很不错，据说明朝文人王夫之先生曾经在这里读过书写过字。山上有座牧云庵，是个尼姑庙，伞兵队的指挥部就设在庙里头。于是有的士兵就觉得不甘愿了："姜队长不许我们和细妹子说话，可他自己倒好，和小尼姑住在了一起……"

当然，伞兵在敌后也不尽是这样瞎胡闹，还是要办正经事的。

空降洪罗庙的当天，美军的联络小组就找到了伞兵队。其实这个联络小组并不是专为伞兵服务的，刚成立不久的陆军突击总队还没有这么大的权威。

湘西的芷江机场是中美空军的重要军事基地，有"远东第二大机场"之称（宣告结束抗战的"洽降会议"就是在这里举行的）。1945年2月，随着中美空军进一步加强了对日军的空中打击力度，在湖南战场上空失事的盟军作战飞机也就相应增多。为及时营救遇险的飞行员，芷江空军基地就向敌后派遣了若干组"盟军联络员"——与伞兵打交道的就是其中的一个小组。

这个小组里有四个美国人，组长叫拉汉，另外还有个姓伍的翻译，是个印尼华侨。他们的任务是联络各地游击武装，搜寻并营救遇险飞行员，负责的范围是衡阳至祁阳之间，这正好是伞兵选定的空降地域。

一般情况下，美军联络小组并不从事情报侦察工作，但如果有紧急需要，他们也必须尽其所能。比如这一次，拉汉小组就接到了紧急任务："探查洪罗庙机场是否适合DC-3飞机降落。"于是他们立即赶赴洪市，通过现场考察，及时传回情报"机场跑道严重受损，不具备机降条件"，从而使得赫斯少校迅速调头，避免了一起重大安全事故的发生。

可是光报告"跑道受损"是不够的。机降分队终究还是需要降落，必须尽快把跑道修好才行。

在这方面，伞兵是外行。姜键少校是中央军校出身，以前当过炮兵和战车兵，论起破坏跑道很有心得，但对修复跑道却一点招数也没有，只好拜托"美军联络小组"多多指教。拉汉他们这帮人其实也是半吊子，但毕竟是在空军基地领工资的人物，没吃过猪肉也看过猪跑，事到临头无可推脱，只好一咬牙，赶鸭子上架，由"谍报组长"变成总工程师了。

"洪罗庙简易机场"位于洪市镇的太山村，这地方如今已变成了一片橘子林。可在当时，那里还是一片坑坑洼洼的开阔地，面积大约有五百亩。

空降后的第二天上午，"跑道修复工程指挥部"的一帮人来到施工现场。

姜键队长负责勘查周围环境，他拿起望远镜四处张望了一番，然后回来对大家说："弟兄们呐，看来，开工之前还得先打一仗才行哟。"

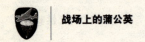

第十三章　伞兵游击队

　　所谓"洪罗庙简易机场"其实是一片面积约五百亩的开阔地。在这片场地中间有条尚未竣工的跑道，20米宽、600米长，如果修整完毕，应该可以满足运输机的起降需要。可问题是这机场在去年曾经遭到过敌机的轰炸，一年来没有进行过任何维护，再经过春夏季节的雨水冲刷，跑道上遍布大大小小的水坑，有的地方甚至形成了沟堑，要想在短时间修复这条荒废的跑道必须需要动用相当的人力。这样一来，如何保证施工人员的安全就成了首先应该考虑的问题。

　　机场所在的太山村靠近衡宝公路，三公里外的公路旁有个日军的检查站。姜键队长决定，在工程开工之前先拔掉这个鬼子据点。

　　预定的作战计划是由伞兵分队主攻敌人据点，游击队则在公路两端设伏，防备可能出现的援兵。姜队长反复向大家强调："攻击速度要快，不能给敌人以固守待援的时间，争取在一个小时内拿下据点。"

　　队长多虑了。实际上，伞兵们不到十分钟就解决了战斗。

　　日军的检查站方圆两亩半，外面是个大院子，围着砖墙和铁丝网，里面有个三层高的炮楼，住着七八个日本兵。

　　6月9日上午，伞兵从太山村出发，分两路向敌据点逼近。由于公路两侧没有遮蔽物，蔡智诚他们一上公路就被敌人发现了。可那些小鬼子也真怪，伞兵都跑到离院墙不到一百米了，他们也不敢开枪，好像不愿意打仗，指望国军大摇大摆走过去就算了。

　　一分队的刘分队长问姜键："要不要劝他们投降？"

　　刘盛亨这人除了"精通各种湘音"，还会说几句日本话，不仅是个"内语"专家还是个外语人才，一有机会就想显摆一下。

"劝个屁！打他狗日的。"姜队长对劝降不感兴趣。

于是就开打，火箭筒首先开火，"通！通！"两下就把据点的院墙炸出个缺口。国军官兵们发一声喊，全都冲了上去。

蔡智诚和潘崇德紧跟着周之江队长。周分队长一边跑一边说："这帮鬼子是新兵，枪打得不如从前了。"

鬼子的枪法确实不行，炮楼里的机枪"咕咕咕咕"响了半天，国军这边连一个受伤的也没有，子弹都不知飞到哪里去了。

冲到院墙跟前，周之江指着鬼子炮楼，命令道："火箭筒，打掉射击点！"

海国英从院墙缺口向里面探了探脑袋："太近了，不能打……"

周队长顿时火大："距离太近就退远一点，钻到这里来干什么！"海国英抱起火箭筒就跑了。

其实，火箭筒手也为难。这小炮楼的个头太矮，离远了被院墙挡着，凑近了又顶在面前，确实不容易找到合适的射击角度。

在机枪火力的掩护下，战斗组长和几个战士冲进了院子，他们准备直接登上炮楼消灭敌人。可这小炮楼造得太奇怪，它的入口没有建在楼底，而是开在了楼顶上，平时放个梯子下来，打仗的时候把梯子一收，什么人也爬不上去。五六个伞兵绕着炮楼转来转去，干着急却没有办法。

这时候，一分队的人也从另一个方向冲进了院子，他们带着两个炸药包，事情立刻就好办多了。可正当突击手们紧张地摆弄炸药包的关口，海国英却不知从什么地方找到了射击角度，"轰"的一下把炮楼打了个洞，楼顶的土块石块噼哩啪啦直往下掉，吓得底下的几个伞兵抱着脑袋猛叫唤："别开炮，还有人在这里呐！"

引爆炸药，炮楼塌了，日本兵全被压在废墟里头。再用机枪、冲锋枪、卡宾枪来回扫射，一个活的也没留下。算一算，从枪响开始到结束战斗，总共不超过十分钟，大家都说"这帮小鬼子真不经打"。

蔡智诚仔细观察了日军尸体，发现这些人的体格都很瘦弱，有几个简直就是半大孩子。他因此认为："日本男人剩下的不多了，抗战胜利大有希望。"

战斗结束后，伞兵分队没有收缴战利品，而是把它们全都留给了游击队。可游击队员们见识了美式武器的威力，居然得陇望蜀地瞧不起日本装备了，非要弄几件美国枪炮不可。姜键被缠得没办法，只好向上级请示，最后总算替他们空运来了一批物资。

洪罗庙一带的游击武装名义上归"保安司令"王伟能领导，但实际上分为几股势力。这其中，王伟能的后台最硬、路子最广、实力最强，既有县政府的招牌还能在"根据地"发行自己的"金库券"，有钱又有势，衡阳县周边比较弱小的地方武装都被他以"通共"的名义剿灭了。除去王伟能，其次就要属"挺进军突击总队"，这支队伍的头领是黄埔4期的毕业生夏建寅。夏司令与张灵甫是同学，头上有顶"74军少将高参"的官衔，寻常人奈何他不得。剩下的其余各路则统称为"两衡游击司令部"，人马虽多，但属于草台班子，号召力比较差。

这三股势力虽然规模不等，号令不一，但抗日的愿望还是很强烈的，对国军伞兵也十分支持。解决掉日军据点后，他们纷纷组织力量，帮助国军修复机场。

工程施工没有什么机械设备，全靠锄头铁锹扁担箩筐，美国人拉汉担任总工程师，工人就是那些游击队员。蔡智诚他们不用干活，偶尔出去转一转警戒瞭望，大部分时间都在屋里打扑克。

说起来，施工的进展还是很顺利的，跑道上的大坑小坑陆续被填平了。就在这时候，从祁阳方向来了四个美军飞行员。

这几位美国空军是B-25轰炸机组的乘员，其中有个上尉受了伤。他们原本应该有六个人，可有两位跳伞以后就不知飘到什么地方去了，是否被日军俘虏了也弄不清楚。拉汉"总工程师"听说这情况，立刻放下施工业务，带着伍翻译到祁阳去找人了。

据说，美军飞行员都随身带着一本小册子，开篇第一句话是"我是美国空军，帮助中国人抗战"，再就是"请问教堂在什么地方？"、"这里有懂英语的人吗？"之类。另外还有"东南西北"、"山坡河流"、"房屋桥梁"、"五公里十里地"等等，有一两百段句子。书写的格式为左边是英文、右边是汉字，美国佬指着左边，中国人就能明白右边的意思，反过来也一样——四位美军飞行员就是依靠这个办法从祁阳找到了衡阳，也真够难为他们的。

拉汉走了以后，就由美军联络组中一位叫"加纳"的人接着指导施工。可没过几天，这位加纳又生病了，发烧呕吐说胡话，必须赶紧送到后方治疗。这时候，机场已经修复得差不多了，于是美国人就发电报，让空军派飞机来接他们。

第二天，天上飞来一架能坐10个人的DC-2，刚一落地就栽到跑道上，把推进器给撞坏了。原来是简易机场的土质太松软，承受不了飞机着陆时的冲击力。伞兵们赶紧把受损的飞机拖去隐藏起来，游击队员则重新返工，往跑道上铺垫石子——这下可好，想走的美国兵没走成，反而又增加了三个新伙伴。

到了6月底7月初的时候，跑道的加固工作终于大功告成。美国人又派来一架新飞机，这一次很顺利，不仅接走了加纳和飞行员，还把姜键少校也一并带走了——伞兵队长奉命回昆明汇报情况。

这架飞机还带来了两样东西——新的《国民党党章》和国民党第六届全国代表大会的文件《本党同志对中共问题之工作方针》。从这些文字里，蔡智诚第一次意识到：抗战胜利之后还要和共产党打仗。

1945年的5、6月份，国共两党都召开了"历史性的会议"。国民党这边开"六大"、共产党那边开"七大"，国民党修改《党章》、共产党也修改《党章》，蒋介石在重庆连任了国民党总裁、毛泽东在延安当选了共产党主席。

这时候，希特勒德国已经投降，日本鬼子眼看也支撑不了多久，政治家们都把注意力投向了战后的局势。在这一边，蒋总裁发表讲话："今天的中心工作在于消灭共产党。日本是我们国外的敌人，中共是我们国内的敌人，只有消灭中共，才能达成我们的任务"（见蒋介石的"六大"开幕词）；而在那一边，毛主席则发表文章："中国人民将要在中国共产党领导之下，下定决心，不怕牺牲，排除万难去争取胜利"（见毛泽东的"七大"闭幕词——《愚公移山》）……双方都已经作好了再动干戈的心理准备。

所不同的是，共产党的"七大"是一个团结的大会，确立了毛泽东思想的地位，决定了党的路线"是放手发动群众，壮大人民力量"；而国民党的"六大"却吵得不可开交，在各方面的压力下，蒋介石不仅辞去了行政院长的兼职（由宋子文继任），并且允诺在1945年年底之前召开国民大会，政坛一片混乱。

经过八年抗战，原有的政治格局已被战争所打破，先前的政界大佬有的日薄西山，有的当了汉奸，而一大帮"政坛新秀"正初露锋芒、跃跃欲试。这个时候，谁都希望在即将召开的国民大会中占有一席之地，为战后的政治前途谋取一个制高点。于是乎，大家相互讥讽谩骂，前方的指责后方"腐化堕落"、后方的揭露前方"谎报战绩"，当权的坚决反对"联合执政"、在野的就游行示威"抗议独裁"……抗战还没有胜利，人心就已经乱了。

政坛上争权夺利，吵得很热闹，可处于前线的湖南战场却十分平静。自从6月9日攻克日军据点以后，伞兵们就没有再打仗。而且，不仅洪罗庙这里平息了战火，就连集结在湘西的国军精锐也停止反攻，纷纷转入了休整。

不打仗就赌钱，牧云山上的尼姑庙顿时变成了赌场。

伞兵在昆明训练基地的时候是不允许赌博的，但现在姜队长不在，两个分队长带头打牌，当兵的也就放开了手脚。

参与赌钱的还有游击队的小头目们。说起来，赌桌上是个语言交流的好地方，蔡智诚他们在输赢的过程中也掌握了不少衡阳方言。当地有个口头禅，叫做"妈拐"，这其实是句骂人的脏话，但重复的次数多了也就不再令人反感。大家听来听去，到最后，伞兵二队的每个人都能熟练使用这个单词，以至于几乎成了他们的标志，比任何暗号都管用。如果在战场上忘记了口令，只要嚷一声"妈拐！"对面的哨兵就立刻会笑着说："哈！自己人回来了。"

蔡智诚也参与过赌博，但他更多的时候是去钓鱼。洪罗庙这里有一条湘江的支流，叫作蒸水，在小河边垂钓一天，总能收获十几条鲫鱼或者鲢鱼。

渔具是向别人借的，蔡智诚的"钓友"名叫周治，是王伟能手下的连长。这家伙外表忠厚木讷，本事却不小，曾经把方先觉军长从衡阳城里营救出来。

1944年8月，守卫衡阳的第10军在付出巨大牺牲后终于战败。军长方先觉被迫投降，接着又接受伪职，出任了伪"先和军"军长。但方将军身在曹营心在汉，10月份，他通过衡阳青帮的关系联络上在郊区活动的王伟能游击队，提出了逃离牢笼、重返国军部队的愿望。在报经戴笠老板批准之后，王伟能就着手实施营救计划，派周治到衡阳城里开展活动。

当时，"先和军"里已经有好几个师长、团长跑掉了，所以方先觉军长就被日本人盯得很紧，几乎没有单独行动的机会。"先和军"的军部在衡阳天主教堂，日军司令部在罗家祠堂，方军长每天除了来往于这两个机关之间，唯一能去的地方是伤兵医院。第10军的伤兵医院设在衡阳小西门外的莲湖学堂，老长官来这里看望部下是理所当然的事情。于是周治就伪装成杂役混进医院，从锅炉房的墙角挖地道，一直挖到医院高墙外的"西湖"边。

1944年10月底的一天（农历的九月），方先觉以安抚伤员的名义来到莲湖学堂，然后趁敌人疏于防备的时机钻进地道。这时候，湖边早就有游击队员装扮成采莲人，而且预备了竹排和小船，人一出来，立马就走。当天正下着大雨，脱逃人员又是沿水路出城的，日本的警犬根本追踪不到行迹。于是方军长就经层层护送来到洪罗庙根据地，又从这里前往芷江机场，坐飞机去重庆了。

方先觉成功脱逃之后，民国的各大报纸都发表头条评论表示祝贺，也有文章透露说这是军统局的杰作。可有谁知道，报纸上所谓神秘的"特工人员"其实就是周治这样的"土鳖"游击队呢？

因为这个功劳，周治得到了军统戴老板奖励的一根金条，王伟能也奖给他十万元"金库券"——这种"金库券"蔡智诚也有，伞兵刚到洪罗庙，王伟能就给每个人发了好多张。这种纸币的票面是粉红色的，有一百元和五百元两种面额，其实就是王县长自己印刷的私钞，只能在衡阳县的几个乡镇使用。伞兵们赌钱时赢来输去的全是这玩意儿，谁也没把它认真当回事。

　　日子一天天过去，转眼到了7月中旬。

　　这时候，战场上的枪炮声突然激烈起来，全国各地的国军部队纷纷向当面的日军发起进攻，就连伞兵部队也陆续出动了。

　　7月12日，准备已久的伞兵一队终于在广东开平实施了空降。本来，他们应该在6月份就执行这项任务的，可当时偏巧遇到第14航空队的司令陈纳德将军正与上级闹矛盾，吵着要辞职（结果还真的辞职了），弄得大家临上飞机又宣布"待命"，整整被延误了一个月。至于"袭击罗定"的伞兵一队为什么要在两百公里以外的开平空降？原因和二队相同，因为开平是"敌后根据地"，那里还有个小机场。可是，这个"进攻跳板"也选得实在太远了，伞兵部队一路被敌人追着走，根本不可能达成对日军机场的"突然威胁"，最后只好把任务改成了"对西江渡口进行骚扰"。

　　7月18日，伞兵8、9、10队在柳州实施空降，任务是袭击位于广西平南县的日军丹竹机场（这里以前是个美军机场）。在当时，陆军突击总队完成科目训练的只有1、2、3、4四个队，所以这8、9、10队其实不会跳伞，只能机降。柳州是6月30日被国军收复的，机场保存完好。三个伞兵队在柳州落地以后，与一队同样，也需要奔波两三百公里才能够赶到目的地——不过这回还不错，打了场恶仗，完成了破坏敌机场的任务。

　　1945年7月，国民党军在抗日战场上掀起了战略大反攻的高潮。国军在广西、湖南和华东各地展开凌厉攻势，相继收复桂林、嘉兴、温州等大中城市，并且夺回镇南关，切断了东南亚日军与中国大陆的联系，一连串的胜利极大地振奋了全国军民的抗日意志。

　　国军这次大反攻的举措是有其背景原因的。

　　1945年2月，美、英、苏三国背着中国政府秘密签署了一个《雅尔塔协定》，内容包括将日本在中国东北的种种特权转让给苏联，目的是换取苏联尽快向日本宣战，以减少美国在亚洲战场上的伤亡——美国人这么做，确实有点缺德。可话又说回来，1945年2月份以前的国军的表现，特别是"豫湘桂战役"的大溃败，也真让美国人觉得中国军队靠不住，非得请苏联人援手不可。

　　但无论如何，《雅尔塔协定》的这个内容是有损于中国权益的，对同一条战线上的中国盟友是不公平的。于是，1945年6月中旬，新任美国总统杜鲁门就把协议中的有关内容透露给了中国政府，立刻在国内外引起了轩然大波。蒋介石当即派专使与三国首脑交涉，断然拒绝这个不平等协议，社会各界也纷纷举行抗议活动。

这件事在一定程度上刺激了军事高层的自我反省。弱国无外交，国家利益之所以会被外国出卖，归根结底还是因为自己的军队没能表现出强大的战斗力，而这个时候，国民政府又获得情报，美、英、苏三国近期内还将再次举行会晤（波茨坦会议），依旧是把中国抛到了一边。大家顿时预感到，这一次如果再不能展现出中国军队的能力，不知又将导致什么不堪的后果。因此，何应钦等人率先提出了"抗战第一，胜利第一"的口号，鼓励国军集中一切力量向日军发动进攻，以战场上的佳绩换取外交谈判上的主动。

事实证明，这次军事行动是卓有成效的。战役的战果和透过战斗表现出来的高昂意志，不仅使中国政府收复了大片失地，提高了国际威望，而且还促使英、美、苏三国在8月初公布的《波茨坦宣言》中签署上了并未出席会议的中华民国的名字，使得积弱多年的中国在刹那间跻身"世界四大强国"之列，陡然增添了国人的民族自豪感。

当然，此时身在洪罗庙的蔡智诚还无从知晓这些事情。他只是听说湘西的国军部队已经开始向衡阳方向进攻，并且听说伞兵第三队已空运到了芷江机场，准备配合二队作战（这个队后来参加了"芷江洽降仪式"）。

7月26日，伞兵们接到总队电令："中美联合部队"将在洪罗庙地区实施空降，各分队着即向洪市周边区域展开警戒，以确保空降行动顺利完成。

当天夜里，蔡智诚和战友们拔营出发，沿公路向两翼布防，分别警戒北边的双峰县和南面的衡阳县城方向。

阵地上静悄悄的，大家时不时地向西边的天空仰头眺望，心里想：中美联合部队，那该有多少兵力呀？

第十四章　台源寺之战

7月26日，根据总队的命令，伞兵分队加强了对洪罗庙周边地域的警戒防御，而当地游击队则承担起接应空降人员和物资的任务。可是，游击队员对设置空降场地的"业务"并不熟悉，需要给他们提供技术指导。蔡智诚因此就被派到了周治的那个连。

王伟能游击队各部的番号很奇特。他们以连为基本单位，不按照数字编序，而是给每个连赋予一个挺漂亮的词语作为头衔，比如"光荣"、"勇敢"、"坚强"、"胜利"之类。"周治连"的漂亮名称叫什么不知道，反正大家都喊他们"瞌睡连"——因为这个连队的主要任务是搞侦察和夜袭，官兵们平日里总是显得迷糊困顿，一副还没有睡醒的模样。

"瞌睡连"的战士到了晚上就来精神，所以夜间守候的差事就交给他们了。

其实，这帮家伙对飞机并不陌生。湖南衡阳是抗战期间中日空战的主战场之一，从1938年起，这里的天空就布满了各类飞机的航迹，中美混合大队首次击落"零式飞机"的战绩就是在衡阳上空创造的，1944年底的"衡阳大空战"更是号称"空中皇军的末日"，一举终结了日军在华南战场的制空权。

抗战八年，"瞌睡连"见过的飞行员太多了，苏联的库图佐夫，美军的戚布，中国的吴国梁、曾家栋……扳起指头可以数出一大串，全是从天上掉下来的。不过最让大家津津乐道的还要属1945年元月份的那一次，一架给第三战区送军饷的运输机坠落在樟树山——"妈拐！八个大箱子全都装着钱，地上铺满了新崭崭的钞票。啊哟哟！就像是冲梦（做梦）一样……"

关于"中美联合部队"空降的情况，伞兵们当然不能直接透露给游击队，只是告诉他们说："姜键队长在上峰面前讲了好话，美国人答应空投一批武器装备，请大家准备接收。"——这让队员们十分高兴，大家立刻情绪激昂地投入了各项准备工作。

空降场地很快就布置好了。可是，26 日晚上飞机没来，27 日也没来，等了两三天，有些人就开始发毛了："拐！莫是拿老子们耍宝，逗霸场的吧……"

"莫性急，耐点烦。人家从美国飞到中国，总要花费几天时间不咯。"还是周治连长比较有水平。

7 月 29 日凌晨，天还没有亮，远处隐约传来了飞机的引擎声，嗡嗡嗡、嗡嗡嗡……起初像蚊子叫，后来像苍蝇响，守候了一整夜的人们纷纷站起身来仰头眺望。

"来了！来了！果下子只怕是来了。"

"加把火，赶紧加把火。"蔡智诚急忙指挥大家往篝火里添加柴草。

"看呐！是飞机，一架、两架……"这时候，夜空中的运输机也发现了地面的指示，开始投放降落伞。

"是果里啦！对准果里丢啦！"游击队员们手舞足蹈，欢呼雀跃。

"姜队长够霸气！美国人说话上算！"

"老子们打仗，再也不用害怕小鬼子了。"

……

29 日这天，除了王伟能游击队，还有另外几支游击武装也得到了美军的空援物资。因此，一个月以后，衡阳街头就出现了这么一伙人马——穿着草鞋、叼着旱烟，可手里却拎着卡宾枪、腰上挂着小手雷、肩上还扛着火箭筒——气得国军 74 军的官兵直跳脚："哪里来的游击队？比我们王牌主力的装备还要好。"

可在当时，蔡智诚却顾不上替游击队员们高兴，他趁大家忙着收拣降落伞的时候赶紧跑回自己的阵地，打听这个"中美联合部队"到底有多少兵力。

潘崇德告诉他，所谓"联合部队"其实只有伞兵二队的 3、4、5、6 分队和三十多个美国兵，总共一百多号人，姜键队长和三分队是跳伞下来的，其他人员都是机降。不过，由于天黑看不清地面，有两个伞兵在降落时崴断了腿，立马又坐着飞机回去了。

"中美联合部队"降落以后就驻扎在牧云峰。但伞兵一、二分队却没有回到先前的兵营，他们奉命向渣江村（今渣江镇）方向转进。

渣江村位于洪罗庙以东二十公里。如果把蒸水作为一条航运纽带的话，这条小河经洪罗庙向东流淌，在渣江村附近转了个九十度的弯，又继续向南奔流二十公里，就到了台源寺镇。从地图上看，渣江村、洪罗庙和台源寺这三个地方正好处在等边三角形的三个顶点上。

当时，洪罗庙附近有两个较大的日军据点，一个是西南方向的金兰寺镇，一个是东南方向的台源寺镇。接到"转进渣江村"的命令，伞兵们立刻就明白下一步将要攻打台源寺了。

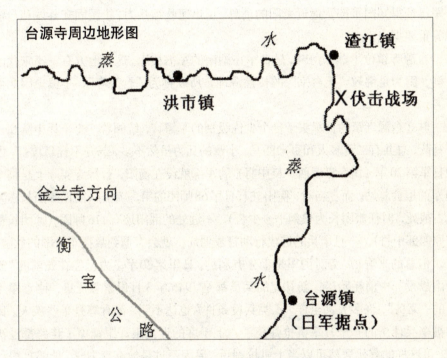

这时候，部队重新进行了编组。一、二分队编为一队，三、六（工兵）分队编为二队，迫击炮分队、重机枪分队和美军合为三队——显然，这是预先制订好的作战计划，蔡智诚他们的任务是绕到台源寺的左翼实施突击。

7月30日上午，一二分队向渣江村搜索前进，走到蒸水河上的一座公路桥附近，担任尖兵、领先本队将近一公里的战斗组（班）发现前方出现了日军的汽车，随即在桥头埋伏下来实施阻击。

不一会，敌人车队到了。伞兵的火箭筒首先开火，把开在最前面的卡车掀到桥底下去了，接着又是一阵猛烈的枪弹扫射……战斗进行得很顺利，等蔡智诚他们赶到现场时，三辆满载稻谷的军车都已经报销，随车的六个鬼子兵也被打死了。

这之后还发生了一件趣事。一分队的刘盛亨队长用电台向姜键少校报告战果，顺便提到战斗中有个日本鬼子叫喊"别开枪，别开枪"，好像是东北口音。刘盛亨原本是想炫耀自己分辨各地方言的本事，却没想到姜键听了以后很不高兴，埋怨道："明知道是东北人，你还打死他干啥？"——刘盛亨这才反应过来，原来那家伙不是个"能讲中国话的日本兵"，而真的是姜队长的老乡。

当天中午，一二分队进入渣江村，发现村里的鬼子兵都已经撤走了。很明显，日军已经得知国军部队逼近衡阳的消息，正迅速收缩兵力，企图固守县城和台源寺等重要据点。

台源寺镇位于蒸水河畔，是日军在湖南的军需粮库。这个地方有一座宋代的古刹，因为是佛教"天台宗"的传播源地，所以称为"台源寺"，小镇也因此而得名。

驻守台源寺镇的日军头子是个少佐级别的军需官，统领着一个步兵中队和一个马队，总共有二百多人和百来匹马。小镇的兵力虽然不多，却并不容易攻打，因为日军第20军（司令官坂西一良中将）的军部就设在衡阳，台源寺实际上是整个20军的粮食总站。而在当时，衡阳驻有日军68师团的第57旅团（前任旅团长志摩源古战死，时任旅团长为黑獭平一少将），不远处的邵阳还有116师团（师团长菱田原四郎中将），一旦伞兵的进攻行动打成僵局，就会有遭到敌援军合围的危险。

但总的来看，局势对国军是十分有利的。日军第20军主力已经在先前的"雪峰山战役"中消耗殆尽，新补充的兵员都是1945年3月份紧急征集、刚参军不久的"菜鸟"，许多人甚至连"乙类兵役条件"也达不到，简直算是半残疾人。比如被伞兵俘虏的一个日军机枪弹药手，上千度的近视眼，眼镜掉了连路都没法走。可这样的家伙居然可以当上机枪副手，原因不过是他有点力气，能够扛得动子弹箱，那么其他人的本事也就可想而知了。

这个时候，国军74军已封锁了衡宝公路，第100军正在攻击衡阳县城。伞兵部队的任务是迅速夺取日军粮食总站，只要攻克了台源寺，敌20军的三个师团和四个独立混成旅团就都得饿肚子了。

台源寺战斗是在1945年8月2日凌晨打响的。攻击部队分成三路展开进攻，一路是"中美联合部队"的国军和美军共一百七十多人，外加王伟能部的几个连；一路是夏建寅率领的"挺进军突击总队"以及"两衡游击司令部"的人马；另一路是伞兵一二分队，配合他们行动的是周治的那个"瞌睡连"和"洪市青年坚强连"。

一二分队进入攻击位置的时候天还没有亮，四下里非常安静，只是隐约能听到从二十多公里外传来的阵阵炮声，那是100军正在轰击衡阳的日军阵地。

与往常一样，蔡智诚和传令兵潘崇德依然紧跟在周之江队长的身后。不过这一天他们的旁边还多了一个人，那是狙击枪手陈保国。

陈保国是湖北人，以前是当阳玉泉寺的和尚。1940年，日军在湖北当阳枪杀寺院僧众，还纵火烧毁了玉泉寺。小和尚走投无路，一气之下就脱掉袈裟当了兵。他只记得自己俗家姓陈，却不知道本名是什么，于是就给自己取了个豪情万丈的称号，叫做"保国"。只可惜军队里却没有人理会这个响亮的招牌，上上下下都喊他"唐僧"，因为《西游记》里的唐三藏原本也是姓陈的。

书上的唐三藏爱念紧箍咒，这军队里的"唐僧"也很啰嗦。那段时间，伞兵们手里攥着许多王伟能派发的"金库券"，生怕用不掉，所以每天都买鱼买肉，杀鸡宰鸭，在大快朵颐的同时也整得乌烟瘴气，满地荤腥。"唐僧"对此很看不惯，人前人后总是唠叨着"作孽、罪过"之类的难听话，搞得大家颇不耐烦，都不愿意和他在一起吃饭。

周之江队长的饮食比较清淡，也不知是因为信佛还是为了养生，他隔三岔五地就要吃一吃素。这个习惯倒是十分符合和尚的要求，于是就把"唐僧"喊来搭伙。分队长的身边也就因此多了个狙击兵，正好可以凑成一个战斗小组。

8月2日凌晨，二分队和一分队绕到了台源寺的东面。

台源寺镇没有城墙，外围设有一道水壕和一道铁丝网，路口处有两个土垛子。小土垛上建了个炮楼，大土垛上建有明的、暗的几个碉堡。

清除水壕障碍是游击队的任务，"瞌睡连"很快就在壕沟的内壁架上了梯子——据游击队员自己神吹，他们的周治连长用"无声手枪"干掉了一个鬼子哨兵，也不知是真是假，反正蔡智诚没有见过那个传说中的稀奇武器。

解决了水壕，接下来就该对付"电网"。游击队把所有的铁丝网统统称为"电网"，无论其是否带电一概不愿意招惹，这个任务只好交给国军自己去办理。伞兵派出几个尖兵，在铁丝网上布设了炸药包，开辟前进通道的准备工作就算完成了。

天色蒙蒙亮的时候，天空中升起了三枚黄色信号弹，战斗正式开始。

首先发起攻击的是伞兵一二分队（由东向西攻）和夏建寅"挺进军突击总队"（由南向北攻），西侧的"中美联合部队"暂时没有动作。

伴随着炸药爆炸的巨响，铁丝网被撕开了几个大缺口，蔡智诚和战友们迅速跃过壕沟，突破封锁，呐喊着向日军阵地冲去。

小土垛上的炮楼很快就被摧毁了——它突兀地立在铁丝网的旁边，五六枚火

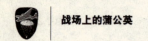

箭筒弹同时打上去，这座小砖塔当场就断作了几截。

可是，大土垛上的碉堡群却不容易对付。土垛的两侧垒筑着沙包，还挖掘了战壕，日军凭借着掩体和工事，用猛烈的火力把伞兵们拦阻在两百米开外。火箭筒这玩意儿，距离远了就没有准星可言，再加上地堡的目标本来就比较小，海国英他们天一发地一发地打了老半天，就像是在放焰火，整来整去也不见成效。

分队长没办法，只好呼叫炮兵支援。

四分队开火了，可炮兵阵地的距离太远，60迫击炮从两公里外打过来，弹着点根本就没个谱，有的落在碉堡后头，有的又砸到了游击队的头上。气得周治连长直骂娘："开大炮的是汉奸！"

"周连长，指挥炮兵的是美国人。"潘崇德赶紧提醒他。

瞌睡连的头头把眼睛一瞪："妈拐！美国人也是汉奸！"

不过这阵炮火倒是起到了掩护的作用。趁日军的注意力受到迫击炮的干扰，周之江队长借着弹幕的遮蔽，带领五六个战士绕过路口，从侧翼迂回到了镇子里面。

周队长在前头冲，蔡智诚就跟着猛跑，跑着跑着一扭头："咦？怎么钻到大土垛子的后面来了？"——他自己也弄不清是如何突破敌人火力封锁的。

这一招果然奏效。日军的防御工事全都集中在正面方向，碉堡后头只开了一个入口，背面的墙体上居然没有预设枪眼。这时候，小鬼子们突然发现伞兵转到了自己背后，只能倚在门边射击，或者从胸墙上探出半截身子开枪，顿时成了狙击手的活靶子。

周之江一边命令潘崇德"去把火箭筒喊过来"，一边命令狙击手上房顶。

蔡智诚也趴在房脊上用卡宾枪猛烈开火，他的战斗位置名义上是"掩护陈保国"，说穿了就是准备当狙击手的替死鬼。不过这个替死鬼也不能白当，狙击兵干掉五个目标之后，他也跟着打倒了一个——这是蔡上士在战场上真正用枪打死的头一个敌人。很久以后他还记得，那家伙是个军官，上身穿着军服、下身穿着条短裤衩，被子弹击中胸部位置，当场就毙命了。

打中这个鬼子的时候，敌人已经醒过味来了。他们不再死守在土垛子上与民房对射，而是组织起一帮人冲出碉堡向街道反扑。敌人太多了，几个伞兵根本就抵挡不住，周之江只好掉头往巷子里跑，蔡智诚和陈保国也赶紧从房顶上溜了下来。

几个伞兵撞开房门，躲进一间民房。周队长说："守住这里，我们的人很快就来增援了。"

这户人家有四口人，一对夫妻和两个小孩。那个小男孩一点也不认生，瞧见伞兵手里的枪，高兴得直扑腾，嘴里还嚷着"吧公，吧公，嘟嘟嘟……"，逗得当兵的哈哈笑。可两位家长却惊恐得要命，抱着孩子一个劲地打哆嗦。

陈保国的"唐僧脾气"又犯了，他一边张罗着让主人家往床铺底下钻，一边还劝导说："唉呀，人到这个时候，什么也不要想了，只管掩护好自己，不被枪弹打到就是万幸……"

屋子里有两孔窗户，蔡智诚正趴在其中的一个窗沿上向外张望，"唐僧"又跑过来劝他："兄弟呀，莫要在这里望，这个位置容易被人发现……"

蔡智诚被他连哄带吓唬地扯到了一边，那感觉真是哭笑不得，心里想："这和尚可真够罗嗦的，难怪大家都对他不耐烦。"一回头却又看见周之江队长也把脑袋凑到了那扇窗子跟前，蔡智诚正琢磨着要不要奚落"唐僧"两句，忽然听见"砰"的一声，队长一个跟头就栽倒在地上了。

子弹打中了周之江的脖子，鲜血像喷泉一样的往外涌。大家连忙打开急救包，把止血药、止痛剂、棉花绷带全都用上了，还是解决不了问题。这时候，外面尽是小鬼子，几个伞兵能守住屋子就不错了，想冲出去求救是根本办不到的事。

顶了半个多小时，其他伞兵和游击队才陆续冲进镇了。刘盛亨分队长听说周之江负了伤，赶紧跑过来探望，一看见他的伤势就立刻吩咐："赶快往西边送，那里有美国军医，也许还能有救。"

蔡智诚和陈保国把周队长绑在一副床板上，抬起来就往"中美联合部队"的方向跑，任凭敌人的子弹在身边飞来飞去也不管不顾。只可惜，等他俩好不容易跑到目的地，美国军医检查之后却摇摇头，宣布周之江上尉已经牺牲了。

蔡智诚瘫软在地上，带着几分后怕对陈保国说："唐僧啊，真的要谢谢你，你今天救了我一命。"

陈保国却叹了口气："唉，我应该再提醒队长一句的……"

这时候，三个攻击方向的伞兵和游击队都已经冲进了台源寺镇，小鬼子龟缩在据点里死守顽抗。

日军在镇子里修建了三个"堡垒群"，式样基本相同，都是外围一圈铁丝网，再加几处沙包掩体和一段战壕，中间一个大地堡和两个小地堡。这样的防御体系虽然有助于敌人固守重点目标，但却存在着一个致命的弱点，就是各防御点之间无法进行联系，缺少相互配合支援的机动兵力。国军部队只要围住这三个地方、逐个实施攻击，就能一口一口地把鬼子吃掉。

日军虽然在地堡的顶部加盖了钢板，增强了工事的防炮能力，而且他们的前沿掩体也能够有效地阻拦火箭筒手接近阵地，但他们显然不知道伞兵们还拥有另一样新式武器——大口径重机枪。

蔡智诚事先也没料到重机枪居然能有这么强悍的威力。四挺大口径机枪布设在距日军据点二百米远的阵地上，由几个美国兵亲自操纵。当时，周围的国军还有点犯嘀咕："美国人的胆子小，离那么远怎么能打中目标？"可等到机枪"通通通"地一开火，顿时把大家都吓了一跳。

12.7毫米枪弹像一条凶猛的火龙直扑向敌人的堡垒，火舌舔到阵地前沿的掩体，那些装满泥土的沙袋立刻就被子弹撕开，沙土和破碎的布片四处飞扬，可怜的掩体眨眼间就散了架；火龙又继续冲向地堡，强劲的子弹居然能够穿透砖墙，直接钻进地堡里去！貌似坚固的防御工事在几挺重机枪面前显得完全不堪一击，经过一番恣意肆虐，大小碉堡就如同破火柴盒一般，墙体内外都被打成了筛子。因此，当国军士兵们欢呼着冲杀上去的时候，阵地上的日军守敌已基本失去了抵抗的意志。

下午1时许，台源寺战斗胜利结束。国军全歼守敌二百余人，其中击毙一百七十人，俘虏了六十多名日军官兵。这个俘获比率在以往的战例中是十分罕见的，显然，美式武器的威力在摧毁敌人斗志方面发挥了巨大作用。

在这场战斗中，中美伞兵部队阵亡6人，负伤10人。

说起来，伞兵在台源寺镇的伤亡损失并不算大，但对二分队的影响却不小，因为他们的周之江队长牺牲了。

在那段时间里，蔡智诚的心情特别沮丧。参军整一年，算起来只打了两仗，头一仗在松山跟着连长，结果牺牲了游湘江；这一仗在台源寺跟着分队长，结果又阵亡了周之江，而且这两人的死都多多少少和自己有点关系。

他把这些事情讲给陈保国听，唐僧和尚的判断是"蔡老弟的命太硬"，并且还玄的虚的解释了一大堆，搞得"蔡凶神"的心里十分忐忑。于是，继任的分队长还没有指派下来，蔡智诚就开始成天价提心吊胆，暗自嘀咕着："别又遇见一个水字边的呀，再让我克掉可就太惭愧了……"

幸好，还没等新的倒霉蛋露面，电台里先就传来一个好消息——日本鬼子投降了！

这激动人心的喜讯顿时冲走了蔡智诚脑海中的一切阴霾。

第十五章　进驻长沙

台源寺战斗结束之后，伞兵二队就撤离了战场，把清缴武器、转运军粮以及处置战俘之类的事情都交给了游击队。

曾有读者问马甲：国军是如何处理和对待日军战俘的？国共双方所俘虏的最高级别的日军将领是什么级别？说实话，我在这方面也属于孤陋寡闻。但既然被提问了，也只能抛砖引玉地讲几句，希望能够得到大家的指教。

应该说，国军对待日军战俘还是很不错的。广西和湖南战场上被俘的日军士兵一般都送到贵州镇远的战俘营，这个建筑群就设在镇远县城里面，如今是个旅游景点，里面有宿舍教室、礼堂操场，还有"反战同盟俱乐部"什么的，比一般的军营漂亮多了。

被俘士兵中的"朝鲜日本兵"一般都不算作战俘，甄别之后单独组队，经过整训穿上新军装——草绿色制服、船形帽——编入金九领导的"光复军"。这些人于1945年10月在天津集中，然后就由美国海军陆战一师用军舰送回朝鲜去了。

至于"国共双方所俘虏的最高级别日军将领"，以马甲所知，八路军方面，晋东南分区的武工队在正太铁路炸火车的时候，俘虏了一个"中将旅团长"铃木川三郎，时间是1945年的1月中旬。但后来又有人说这个"铃木中将"是伪山西省政府的行政顾问，属于"文官挂军衔"，因此这个"中将"难免有点儿含糊；不过，国军方面就更含糊了。据称，他们俘虏了一个少将军官，而且还正是在这次台源寺战斗中抓获的，讲得有鼻子有眼，是个"副师团长"，名字叫三木郎……可马甲我觉得日军编制中好像没有"副师团长"这个职位，而且我在1945年的湖南日军将官名册中也没找到"三木郎"是个什么人物，所以不免有点疑心是不是有人把少佐的肩章误看成少将了——除此之外，马甲就没听说过在战场上还俘获过其他的将军级别的日军军官。

伞兵部队之所以迅速撤离台源寺镇，是因为担心日军增援部队有可能进行反扑。"陆军突击总队"从建立之初就被定位为"攻击兵团"，训练和作战的重要原则之一就是"不停留、不防守"。换句话说，打防御战就不是伞兵们应该干的活。

部队回到了洪市镇。"中美联合部队"的营地设在机场旁边的太山村，一、二分队则与大队人马隔着蒸水，单独驻扎在河对岸的邓家台。

周之江阵亡以后，二分队没有任命新的分队长，而是统归一分队的刘盛亨队长指挥。对伞兵而言，这样的指挥方式是十分正常的。因为空降作战的时候，官兵们经常会在战场上散布得七零八落，所以在平时就十分强调"服从军衔"的理念，只要是几个伞兵聚在一起，谁的军衔高谁就是领导——前些日子空降洪罗庙的时候，大家一时找不到姜队长和刘分队长，就纷纷向周之江靠拢，现在周队长不在了，服从刘盛亨的命令也就成了理所当然的事情。

在这段时间里，伞兵们每天的任务就是大吃大喝。

听说国军收复了台源寺，四里八乡的老百姓都来表示祝贺，慰劳品成筐成担地送进军营，大红纸上写着"鬼子肉"，实际上全都是猪肉。于是乎，当兵的整天捧着肉丸子、红烧肉，从早吃到晚，由于油水太大，搞到最后都拉肚子了。

蔡智诚发现陈保国也在大口大口地啃猪蹄，不由得十分奇怪："喂，唐僧，你怎么也喜欢吃肉啊？"

"是啊是啊，吃鬼子肉属于超度，没有罪过反而有功德。"这家伙倒还蛮会找理由。后来相处久了才知道，陈保国这个和尚只是单纯反对杀生，对喝酒吃肉却是很愿意接受的。

刘盛亨队长每天都要用对讲机与队部联系。有一天，他听到一个好消息，说美国空军在日本扔了两颗"新式炸弹"，日本鬼子顶不住，已经打算投降了。

美国人的武器厉害，那是所有人都亲眼见过的，可要是说才丢两颗炸弹就能把小日本炸得喊投降，大家的心里多少还是有点儿不相信。打了八年仗，谁都知道鬼子兵是一帮多么亡命的家伙，岂能够如此轻易就投降认输。

可到了第二天，也就是8月11日下午，姜键队长开着一辆美式中吉普跑到邓家台来了。这种吉普车是和机降部队一起着陆洪罗庙的，总共有两辆，在攻打台源寺的时候没有使用，现在另一辆由美国兵驾驶，这一辆就成了姜队长的

102

座乘。姜键少校站在车子上得意洋洋地宣布：奉上峰指令，伞兵即刻开赴长沙，协助国府特派专员洽谈受降事宜。伞兵二队将成为收复湖南省城的第一支部队！

姜队长说："在执行任务的过程中，大家要注意维护国体，不卑不亢，小心审慎，既不可信口开河也不许讥笑谩骂对方，遇到重要问题应及时向带队长官报告。"他还提醒部下："为壮观军容，每个人都必须准备一套干净礼服，以便在进城的时候向长沙市民展现我军的蓬勃士气。"

这下子，大家终于相信日本鬼子投降了，抗战胜利了。

那天晚上，几乎所有的伞兵都没有睡觉。官兵们擦洗枪械、熨烫军服，不停的讲话，还一个劲地傻笑，其实谁也没注意别人在嚷嚷什么，甚至自己也不知道自己在说些什么，反正每个人都在喊叫，每个人都在用激动的声音向全世界宣告："我们在这里！我们赢了！我们是胜利者！"

8月12日上午，伞兵二队启程前往长沙。一、二分队乘坐三辆卡车紧随姜键队长的中吉普在前头开路，其他人员的汽车则间隔一两公里跟在后面。

这些道奇十轮卡车是通过"潭衡战区指挥部"调集过来的，开车的司机好像还不大弄得清状况，疑疑惑惑地问道："是长沙的日军要投降了，还是整个湖南的日军都要投降了？"

伞兵们告诉他："是全中国的日军要投降了！是全日本的鬼子全部都要投降了！"

卡车司机撇撇嘴："切！空起吹……"

车队开过湘潭附近的时候，天上出现了几架盟军的飞机。那几架战斗机在空中盘旋了一阵，又猛地俯冲下来向城里的日军据点"哒哒哒"地扫射。

看见这个场景，卡车司机难免有点儿担心起来："喂！你们知道日本要投降，可那边的日本人知不知道自己要投降呀？"

对这个问题，伞兵们也有点吃不准了……

汽车开到长沙南郊的杨家山，正式进入了日军控制的区域。

公路边有个日军兵营，一大帮小鬼子正光着膀子在场坝上操练，"嗨哟——喔哟"地整得蛮起劲，对轰隆隆开过来的国军部队不理不睬。于是，姜键队长就把吉普车停下了，伞兵们也纷纷下车，机枪、冲锋枪、卡宾枪全都对准了这群光膀子。

很快，从据点里跑出来一个日军大尉，手扶着军刀，撅起屁股敬礼。姜键少校就给他讲解我军的任务和政策，他讲一句，那鬼子就"哈咿"一声，从头"哈咿"到尾，却还是一脸的茫然，一句话也没听懂。

只好让刘盛亨分队长来做翻译。没想到刘盛亨这位"外语人才"是个半吊子货，平时模仿两句"枯啦"、"八嘎"还将就，一旦遇到这种专业性较强的政策词汇就傻了眼，吭哧了老半天，鬼子大尉越听越迷糊，最后还是把汉奸翻译官叫来才把事情说清楚了。

原来，驻扎在杨家山兵营的是日军第11步兵大队（大队长高宫正辉），他们已经接到了"国军洽降官员护卫队"将要进入长沙城的指令。但日军司令部原以为车队要8月13日才能到达，却没想到伞兵们提前来了。因此，这位高宫正辉大尉就征求姜键少校的意见，是否需要立刻通知司令部派"引导车"来迎接国军？

姜键赶紧通过电台请示上级。国府特派专员的意思是"天色已晚，此时进城恐怕惊扰市民"，让伞兵二队原地休息，明天一早再进入长沙。

原地休息，在哪儿休息呀？当然是在日本军营里。

姜键对日军大队长说："我看你的兵在操场上练得挺来劲，很好很好。这样吧，你们完全可以在训练场上歇息，营房就腾给我们住了。"于是乎，当天晚上，伞兵们就在日军炮楼里东蹦西跳地寻开心，留下一群光膀子的鬼子兵坐在场坝里"咿呀——哭哇——"地唱日本歌。

第二天一早，日军司令部派来一个叫大西的中佐联络官，伞兵们兴高采烈地进了城。而那些在操场上哼唧了一宿的小鬼子却像霜打的茄子，再也没有继续操练的劲头了。

说起来，姜键队长对第11步兵大队算是很客气了。几天以后，杨家山兵营来了几支"别动军"游击队。一大群穿草鞋的农民不仅收缴了高宫大队的武器弹药和军需物资，甚至把皇军身上的衬衫都扒了下来，活生生把几百位"太君"抢成了丐帮——那模样才真叫做凄惨呢。

伞兵进长沙的时候，国民政府的特派专员已经在城里了。

其实，这时候的长沙城里已经聚集了好几拨"洽降代表"，有第四方面军王耀武长官指派的18军（胡琏部）高魁元小组、有第九战区薛岳长官指派的99军（梁汉明部）王相国小组。另外，防线离长沙最近的93军（韩浚部）以及湖南省政府都派出了联络组，就连失踪一年多的前长沙市长王秉丞（1951年被镇压）也突然露了面，在岳麓区的新军路挂起了办公的招牌。

伞兵二队奉命协助的这路"特派专员"的旗号是"中央军事委员会"，组长是军统湖南站的站长金远询，副组长是蔡智诚的姐夫罗照。罗照这个人虽然是黄埔1期的毕业生，但却没怎么带过兵。他底子上属于中统，先是在"战地党政委员会"里搞政工，后来当了"军法执行总监部"的督察官，现在又跑到长沙来担任"接收大员"。

蔡智诚对自己的姐夫并不十分在意，他比较感兴趣的是联络组的另一位专员——挂着少将军衔的向恺然。

说起"向恺然"，也许知道的人很少，可提起他的笔名"平江不肖生"，名声可就响亮多了。向恺然是现代武侠小说的鼻祖，而且这位大侠和金庸先生还有所不同，人家本身是会武功的，笔下的一招一式全都有来历。向恺然是留学日本出身的，日语呱呱叫；他是湖南人，还担任过"长沙自卫团"的团长，对当地情况十分熟悉，而且这时候他正在报纸上发表连载小说《中国武士道》，说明其对武士道精神也颇有研究。因此，由他来出任这个"洽降专员"真是再合适不过了。

不过，让大家感兴趣的并不是向先生的学问，而是向大侠的武功。所以，每当遇到给向专员当扈卫的差事，伞兵们都抢着去，一个个兴致勃勃，聚精会神，亦步亦趋地跟在他身后，生怕一不留神，这位大侠就蹿到哪家的房顶上去了。

刚进城的头两天，伞兵们的任务主要是担任"洽降专员"的仪仗。

在当时，长沙城各路大员中最威风的人物，一拨是伞兵扈卫着的这一组，另一拨是18军高魁元[①]的那一组。因为这两个组不仅配备有美式装备的卫队，而且还有美国军官当随员。想象一下就知道，当时的长沙街头，前面开着敞篷中吉普，后面跟着十轮大道奇，身边还坐着美国大鼻子——那是个什么派头！

城里的牛鬼蛇神也瞧出了其中的门道，纷纷假借各种渠道向特派专员"表达敬意"。罗照督察官在长沙北正街看中了一套房子，人还没过去，房契就已经送到了手上。等他一进门，喝！连家具都换成新的了。

蔡智诚曾经在姐夫那里遇见过伪"长沙市长"唐令欧。这位唐市长又名唐天德，是日本士官学校17期的毕业生，曾经当过何键部的团长。日军占领长沙后，

---

①高魁元，山东峄县人，黄埔4期生，曾任国民党395旅旅长、99师师长、18军参议官、18军118师师长、18军军长，到台湾后历任陆军政治部主任、陆军总司令、参谋总长和国防部长，1968年升至陆军一级上将。

他不仅担任了伪长沙市长、"复兴会主任"，还署理过伪湖南省长。可他这时候却找到军法督察官，解释说自己是奉军统密令出任伪职的，还表白自己有惩治汉奸、救助美军飞行员等等大功劳。

罗照当面敷衍说："很好很好，你们地下工作者都是无名英雄。"可等到唐令欧出了门，他就在屋里破口大骂："戴雨农这家伙，自己干了缺德事，却让我来给他擦屁股！"

后来，唐令欧名义上被判了五年徒刑，实际却没进监狱就到香港定居去了。他虽然能够化险为夷，得享天年，却也送了不知道多少礼，光是蔡智诚就从姐夫那儿转手捞到了一块"劳力士永动型金表"，也就是不用上发条的自动手表，在当时是十分新潮高档的玩意儿。

1945年的8月份，守备长沙城的日军部队是第2独立旅团（代号"开部队"），下辖从第7到第12总共六个步兵大队。可在8月15日以前，日军好像对是否投降还颇有点拿不定主意。因此，不仅第20军的首脑不愿意与"洽降专员"正式接触，就连长沙市的警备司令冈岛重敏少将也躲起来不露面，只派出一个中佐级别的大西参谋，人前人后地上窜下跳胡乱应酬。

这种状况维持了没儿天，形势就发生了变化。

1945年8月15日，日本天皇发布《终战诏书》。8月16日，久不露面的冈岛重敏司令官终于出现了，他跑来向国民政府的"洽降专员"报告：长沙日军已经接到了派遣军总部的投降命令，自即日起停止一切军事行动，并严格遵从中国政府的各项指示——这下好办了，专员们再也不必"洽谈"什么，直接下命令就可以了。

那一天，整个长沙城都沸腾了。

抗战期间，长沙城经历了"四战一火"的劫难和日寇占领的蹂躏。昔日繁茂的古城早已变得满目疮痍，城市的大部分建筑只剩下了断壁残垣，湘江两岸满是焦土废墟，处处是一片破败荒芜的景象。可是，在8月15日这一天，街道上却聚满了欢呼雀跃的人群，人们跳着、叫着、笑着，把瓜子、花生和茶水塞到伞兵们的手里。一个被日军毒气熏瞎了双眼的伤残军人扑上来，摸着伞兵的衣服和武器，嘴里说着："打得好，你们打得好啊。"蔡智诚还看见，一位白胡子的老人家趴在地上嚎啕大哭，一定要给国军将士们磕几个响头……

路边的树上挂满了鞭炮，有的鞭炮很长，在树杈上绕了好几圈，伞兵们走到哪里，爆竹声就响到哪里。整整一天，蔡智诚的耳朵里都充满了这喜庆的"噼啪"

声，许多年以后他还幸福地回忆说："从来没有听到过那么多鞭炮，湖南人就像爆竹一样的热情刚烈，湖南省真是个花炮之乡。"

从这一天起，伞兵二队就担负起新的任务，他们首先接管了日军宪兵队。

长沙日军宪兵队设在教育会坪（今湖南省农业厅），队长是古川武大尉。8月16日，姜键少校正式宣布接受日本宪兵的投降，命令对方提交人员、武器、装备器材和军需物资的清单，并提供军事设施和办公机构的位置图，同时强调不得藏匿、隐瞒任何档案材料，更不得毁坏、丢弃任何武器装备。

日本宪兵队里除了日本人还有中国汉奸，并且还兼管着伪警察局。对这些人，伞兵二队当时的措施是：把日本兵转移到军营里管理；把宪兵队里的外省人（主要是跟随"开部队"进入长沙的湖北人，他们大多是武汉"复兴会"总部的汉奸）羁押起来（这批人后来都被枪毙了）；而宪兵队和警察局里的长沙本地人则继续留用，照常上班。

这个办法显得有点偏袒本地人，但却也是无可奈何的事。伞兵们都来自于外乡，连长沙的街道都认不清，不依靠本地警探就没办法维持正常的治安——比如"八大汉奸"之一的邓笃恭，日军到来之前他就是警察局长，长沙沦陷期间他也是警察局长，日本投降以后他依然当着警察局长，真是捧上了铁饭碗。

蔡智诚的主要工作是清理核查物资。

日本人实在是讨厌，他们的清单内容十分庞杂，连一双竹筷子、一个破脸盆都要罗列上去，真是烦琐得要命。可对方既然写出来了，自己就必须查验，于是蔡智诚就被这些鸡毛蒜皮搞得焦头烂额。可检查了几天之后，蔡上士才突然发现，表面上很细致的日本人原来并不老实，他们把许多装备物资，甚至一些秘密仓库都隐瞒起来，没有开具在清单里。

弄了半天，小鬼子原来是想利用脸盆筷子做掩护，企图瞒天过海呀！蔡智诚气得拍案大骂，当即报经金远询专员批准，把古川宪兵队长关了禁闭。

宪兵的手里除了物资清单，还有人员名单。监狱犯人的档案全都移交到军统的手上，由金远询站长决定放谁或者不放谁。

在那段时间里，警探们不停地抓人，又不停地放人，头天接到举报说某人是汉奸，隔两天又说证据不足让他回家了。蔡智诚埋怨说："这不是瞎折腾么？"而潘崇德却看出了其中的门道："你别看这些人进进出出，来去匆匆，可只要在大堂上走一道，留下的就是钱呀……"

还真是这样。

比如，长沙城里有这么两个人物，一个叫张芝文，原先是杂货店的老板，一个叫凌云卿，是黄包车工会的头目。1944年日军占领长沙时，这两个家伙就打着"欢迎皇军"的旗号主动上门讨好。据说，他俩的初衷是想得到日军的许可，组织人手收埋在攻城战斗中遗弃的尸首（当时城里的尸体确实很多）。可没想到，日本太君一高兴，就让张芝文当了"治安维持会"的会长，让凌云卿当了副会长，这两个家伙也就变成了汉奸。

国军接管长沙警务之后，张、凌两人当然就被抓了起来，可没过几天又被释放了，说是证据不足。蔡智诚对此很不理解，在姐夫面前发牢骚："他们都当上维持会长了，还有什么证据不足的？"可罗照却笑着说："你不懂的就不要议论。"

原来，这两个维持会长有"立功表现"——他们透露了日本"亚光公司"秘密仓库的地址，那里面存有不少日军从湖南各地掠夺来的贵重物品——接收大员们因为这个情报收获颇丰，光是罗照的手里就分得了四十多部珍版古籍，其中有一本手书的曾国藩日记，后来送给了谷正伦。

伞兵们只负责监管日本宪兵，对其他日军部队的事情，除非是正巧遇上了，一般并不主动管理。

长沙市东区的二里牌有一个停放日军骨灰的"神社"。在以前，中国老百姓从那里经过的时候都必须对着房门三鞠躬。现在日本投降了，大家就邀集起来去砸烂那些牌位。

那天上午，伞兵的车队正巧经过二里牌，看见几个日本兵正和一群市民在"神社"门口对峙，其中有个鬼子军曹的手里还握着军刀，"咿呀哇啦"得十分歇斯底里。日军官兵在兵营之外持有武器是违犯规定的行为，姜键队长立刻没收了这把军刀。不一会，日军大队长也赶来了，一照面就"噼哩啪啦"给了军曹几耳光，逗得围观群众呵呵直笑。

第二天，伞兵们又从二里牌路过，看见"神社"门前横眉竖眼地站着一伙日本兵，四周的群众却畏畏缩缩地不怎么敢靠前。一打听才知道，原来是昨天的那个军曹在小屋子给自己开了膛，剖腹自杀了。

姜队长觉得再这样闹下去不是个办法，就通知日军大队长把那屋里的坛坛罐罐全都清理干净，再用粗绳子拴在房柱上，道奇卡车一发动，立刻就把这座混蛋"神社"给拽倒了。

不过，日军中像这个军曹一样的死硬分子毕竟是少数，大部分都还比较守规矩的。

那时候，在日军兵营门口站岗的还是日本兵，只不过手里没有枪，而是挂着一根两米长的细木棍，看见有人来了就站得笔直，立正敬礼。

日军的军需仓库都被查封了，兵营里很快就断了粮。国民政府的接收专员懒得理睬这些事，小鬼子就吃了上顿没下顿，最后饿极了就学着"做买卖"。在那段时间里，长沙市民晚饭后的一大乐事就是去逛"日本夜市"——鬼子兵出卖的物品，除了大衣、毯子、床单之类，还有食盐（湖南是个缺盐的省份）和"旭光牌香烟"，老百姓就用食物来交换。

伞兵和警察也不愿意眼瞧着日本人被饿昏了闹兵变，所以对这类买卖并不制止，反而还帮着他们维持秩序。

蔡智诚看见一个卖"炸糕"的小贩用大米换了一床毛毯，看看日本兵可怜，又白送给他几块"油炸粑"，把那小鬼子感动得直鞠躬："中国大大的，日本小小的……"，小贩乐呵呵地摸着鬼子兵的脑袋（日本兵都剃光头）说："娃仔，你们要早晓得这个道理就好了嘛。"惹得周围的人都哄堂大笑。

日本兵容易对付，游击队却不大好办。

长沙城外有几十路游击武装，什么"自卫团"、"别动军"、"正义军"、"挺进军"、"复仇队"……五花八门，从8月15日以后就自发地进城来接受投降。

这些人进到城里，见到物资就搬，见到好房子就贴标签，甚至连中山东路的何键私宅也挂上了十七个单位的接收条。国民政府的特派专员们顿时着急了，连忙在各个路口张贴布告："各地下军速回原地驻防待命，在指定区域等候国军先遣军入城……"伞兵二队也因此增添了一个新任务——"劝阻"地下军。

"劝阻"的基本程序是，先把游击队的一帮豪杰们请到饭馆里喝酒（当然是由长沙商会负责买单），在酒桌子上详细讲解中央政府的方针政策。吃饱喝足之后，如果觉悟提高了，就由伞兵派大卡车把各位英雄送出城去；如果继续执迷不悟，对不起，伞兵的美式装备也不是吃素的，守住饭馆门口缴掉枪械，照样押送出城。

游击队没防备国军会来这一套，所以刚开始这"劝阻"的办法还比较有效。可这帮人物哪里是这么容易听"劝"的，这一拨刚哄走，那一拨又来了。到最后，干脆嚷嚷着要"武力进城"……

简直是无法无天！政府官员们气得直拍桌子。

游击队想进城，政府高官可以发脾气，伞兵们也可以尽量"劝阻"。可正规国军部队也想进城，大家可就拦不住了。

99军想进长沙，因为他们奉有第九战区薛岳长官的指令；93军也想进长沙，不仅因为他们距离长沙城最近，而且还因为他们都是湘中子弟，在历次保卫长沙的战斗中付出了巨大牺牲（长沙市里现在还有93军的阵亡将士墓）。这两路人马开到城下，伞兵也好，专员也罢，统统没有办法。

小官没办法，大官却有办法。王耀武在蒋总裁面前告了一状，薛岳长官的老脸终究比不上嫡系的学生，只好收兵撤退——于是，王司令长官一声令下："湖南全境由第四方面军负责接收，第18军开进长沙受降！"

王牌主力第18军开过来了。没想到，刚开到长沙城边却又出了事。

按18军军长胡琏的意思，首先进城的应该是他最亲信的第11师（陈诚、黄维和胡琏都担任过这个师的师长，这时候的师长是杨伯涛）。可谁知道，半路上杀出个程咬金——18军118师师长戴朴是个长沙人，眼看到了自家的大门口，心里一激动就忘了天高地厚，居然带着自己的人马抢到了11师的前头，大摇大摆地准备衣锦还乡了。

城里的高魁元参议官见此情形赶紧给胡琏发电报。胡军长是个陕西人，哪里会在乎戴师长的乡情，立马命令118师停止前进。戴师长不服气，胡军长就立即上报方面军总部，直接撤了戴朴的职——倒霉的戴朴后来只好投奔了湖南老乡廖耀湘，辽沈战役时的青年军207师师长就是这位想抢11师风头的仁兄。

于是乎，1945年9月7日，"土木系"的灿烂招牌、国军精锐中的精锐、嫡系中的嫡系、号称驰骋疆场无敌手、打了胜仗很正常打了败仗纯属意外的"中华民国国民革命军陆军第18军第11师"，在他们的英明领袖、那位得到无数后人景仰崇拜和怀念的、料事如神英明勇武即使全军覆没也能孤身突围的、攻无不克战无不胜最后成功守住金门岛的——胡琏胡伯玉陆军少将的带领下，迈着威武雄壮的步伐，浩浩荡荡地开进了长沙城。

而就在11师进城的当天，伞兵二队也接到了开拔的命令。

第十六章　南京受降

如果留意一下1945年8月的"中国各战区受降单位分配表"就可以很容易地发现两个现象：一个是，在这张分配表中没有共产党领导下的八路军和新四军的受降份额；另一个是，国军的受降单位除了"战区"以外还有"方面军"，似乎是来自于两个系统。

抗战时的"战区"制度是在1937年的南岳会议上确定的，从那时起直到战争结束，虽然各战区的划分有所调整（从最初的五个战区，到最多时的十二个战区加两个游击区），但指挥模式却基本没有发生过变化，始终是由"最高军事委员会委员长"通过军政部下达各项指令。

到了1944年的下半年，军委会又在军政部的管辖之外另设了一个"陆军总司令部"，由何应钦出任总司令，意图是为"实施战略反攻"做准备。如此一来，管理战区事务的军政部（部长陈诚）就被人们称为"防守指挥部"，而新出炉的这个"陆军总司令部"则被叫做"反攻指挥部"——把战略进攻和战略防御分成互不隶属的两个摊子，这样的主意恐怕也只有蒋委员长才能想得出来。

总的来看，军政部领导着各大战区，兵力多、地盘大。而陆军总司令的人马虽然少一些，但显得更加精锐，武器装备也比较好。"陆总"下辖四个方面军，一方面军卢汉、二方面军张发奎、三方面军汤恩伯、四方面军王耀武，另外还有杜聿明领衔的"昆明防守司令部"（基本部队为"远征军"）——在当时，绝大多数"美械师"都集中在"陆总"的麾下，番号为"陆军突击总队"的国民党伞兵当然也属于"反攻指挥部"的一份子。

抗战胜利后，军政部方面，除第八战区（甘青宁战区）以外的其他战区都参与了对日受降；而"陆总"方面，四个方面军也都分配到了受降区域，两大系统的地位基本相等。因此，在这时候由谁代表中国军队接受侵华日军最高指挥官的投降就成了双方共同关注的焦点。

军政部长陈诚当然希望能够获得"受降总代表"的荣誉，但蒋委员长最终还是决定把这个美差交给陆军总司令何应钦。据说这其中有几方面的原因：

首先，陈诚的性情刚硬，为人比较刻薄，而何应钦做事谨慎，是个好好先生，由何总司令出任受降代表，更能体现蒋总裁"以德报怨"的慈悲胸怀。

其次，何应钦是"士官学校"出身，所谓"一黄埔，二陆大，三士官"，陈诚占了其中的两条，而何应钦却是三样俱全。在国民党高级将领中，何应钦属于既有日本军校背景，又与黄埔系有着深厚渊源的人物，不仅日语流利，并且熟悉日军的编制和管理习惯，比较有利于开展交流工作。

另外还有很重要的一条。1935年，蒋介石曾经派何应钦与日本华北驻屯军谈判，最后签订了臭名昭著的《何梅协定》。在当时，老何不仅在梅津美治郎面前受了一肚子窝囊气，而且还被全国舆论骂得狗血淋头，搞得里外不是人。但老何够义气，打落牙齿和血吞，所有的骂名都自己扛了，没有像张少帅那样把蒋委员长给牵扯进来。所以老蒋这次再派老何出任"受降代表"，既算是对他的一种补偿，也可以说是给了他一个恢复名誉的机会。

既然是由"陆军总司令"出面受降，当然就不能让第三战区的部队跑龙套，可"陆总"的精锐兵马此时都在大西南后方，怎么送到南京去呢？只有空运。

蔡智诚他们是9月7日接到开赴南京的命令的。当时，18军11师正在举行入城式，姜键队长在办理移交手续的同时，又命令管理人员必须在一天之内把手头的"剩余物资"处理掉，这可把蔡智诚愁坏了。

所谓"剩余物资"其实是日伪仓库里的库存品。别人手头的物品还好办，可蔡智诚管理的那单物资中有五十吨锰矿砂。这原本是日军从湘潭矿区搜刮来准备运往日本的军工原料，到了现在这个时候，谁也不会愿意花钱买这种没用的东西。蔡上士把自己的难处讲给长官们听，可队长和分队长都不肯罢休："再难办也要办，赶紧想办法，能卖几个钱算几个，不然留给别人也是浪费……"

想办法，还能有什么办法？只有去找几个冤大头。

这时候，监狱的事务还没有移交完毕：蔡智诚连忙把伪商会（万昌商社）的四个汉奸买办从号子里提出来，对他们说："只要把这些锰矿砂买过去，就算是有立功表现，可以放你们回家。"

那四个家伙有点儿不放心："锰矿是军需物资，被别人知道了难免还是要被抓的。"

"笨蛋。你们先把矿砂拿过去，回头再交给18军，岂不是又立了一大功？有谁还会再抓你们？"

汉奸买办想了想，觉得这个破财免灾的办法还是比较划算的，于是就拍板成交了。

等蔡智诚从金远询专员那里弄来放人的批条，汉奸家属也已经把款项筹集到手了，整整一万块现大洋。

按当时的长沙市价，一块大洋相当于四百元法币。姜键少校看见一大堆没用的矿砂变成了四百万现钞，顿时乐得合不拢嘴，连连夸奖"老弟聪明！真能办事！"

1945年9月8日凌晨，伞兵二队从长沙北部的新河机场登机，分乘六架C46，直飞中华民国的首都——南京。

早晨8点，飞机降落在南京明故宫机场。这时候，已经有一位陌生的中校军官在跑道旁边等候大家。他就是突击总队的新任参谋处长刘农畯。刘处长是伞兵二队空降湖南以后才调来的，所以连姜键队长也不曾见过他。不过，这位中校处长待人挺和气，伞兵们对他的印象都很不错。

刘农畯是湖南邵东人，有的资料介绍他毕业于中央军校某某期，其实并不准确。当年他就读的是国民党军事交通技术学校——这所学校后来被并入了中央军校，刘农畯因此拥有了"相当于黄埔"的资格。

在机场旁边的库房里，伞兵一边整理军容，一边听候刘农畯布置任务。

刘处长说，伞兵部队这一次的使命是担任中国战区受降签字仪式的仪仗护卫。原先计划调集的是两个队，前些天，伞兵三队已经由芷江飞抵南京、四队也从昆明来到这里——这两个队都是第一批通过考核的队伍，集中训练的时间最长、专业技术水平也最高——但"陆总"却觉得他们在组建之后没有打过仗，比起新6军派来的"百战雄师"略有不足，所以又临时要求增加一个具有战绩的队伍。而这时，伞兵一队已确定要参加第二方面军（张发奎部）在广州的受降仪式，因此，到南京看岗村宁次投降的美差就落到了二队的头上。

刘处长说："你们有战功、有杀气，由你们出马，一定能镇住日本人！"

伞兵三队的李海平队长也说："何总司令的飞机等一会就要到了。本来我们三队已经做好了迎接专机的准备，但现在你们来了，露脸的机会就交给你们二队。"

一席话说得大家好高兴。

收拾完毕，伞兵二队在刘农畯处长和姜键队长的带领下，迈着整齐的步伐走向停机坪。

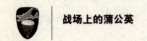

这时候，明故宫机场已经聚集着来自社会各界的上万名群众，他们手持鲜花和锣鼓，挥舞着国旗和欢迎条幅，个个兴高采烈。

停机坪上排列着新6军的仪仗队和军乐队，伞兵二队就和他们站在一起。

新6军是从湖南芷江机场空运南京的。他们这次派来了两个师，第14师（龙师）担任南京市区的守备任务，新22师（虎师）接管镇江和扬州。另外，74军的57师（虎贲师）也临时抽调给新6军指挥，负责常州和无锡的防务。

临近中午的时候，从候机楼里走出一大帮高级官员。走在前面的海军司令陈绍宽穿着白色的上将礼服，看上去特别显眼，在他身后还有顾祝同（第三战区司令、江苏省主席）、汤恩伯（第三方面军司令、京沪卫戍区司令）、郑洞国（第三方面军副司令、京沪卫戍区副司令）、廖耀湘（新6军军长）、牟廷芳（94军军长）……

过了一会，何应钦的专机在九架战斗机的护航下飞临南京机场。

飞机并没有立刻降落，而是在南京市上空盘旋了好几圈。机群每低空盘旋一次，地面上的民众就欢呼一阵，真是热闹非凡——何总司令的受降专机很有讲究，前一回他从重庆到芷江洽降，乘坐的是"中正号"，这一回到南京签字，座机又换成了"美龄号"，的确是面面俱到。

1点钟左右，专机终于落地，何应钦走下舷梯，与他同机抵达的有谷正纲（社会部长、接收委员会主任）、贺衷寒（社会部次长、甄审委员会主任）、丁惟汾（社会部次长、抚恤委员会主任）、李惟果（国民党宣传部副部长），另外还有伞兵部队的老熟人、美军作战司令麦克鲁中将等人。

这时候，机场上锣鼓喧天、军乐悠扬、彩旗飞舞、花束摇动，伴随着万千民众的呼喊雀跃，顿时变成了欢乐的海洋。南京市的女学生向何总司令献上了一束鲜花和两面锦旗，一面旗子上写着"日月重光"、另一面写着"党国干城"。一大帮记者涌上前去拍照，把舷梯口堵得水泄不通。

折腾了好久，何应钦才"突出重围"，在陈绍宽和顾祝同的陪同下检阅了新6军和伞兵仪仗队。

检阅之后，原本以为何总司令将会发表重要讲话什么的，可没想到他在队伍前面站了两分钟，一句话也没说，就匆匆忙忙地朝候机楼方向走了，弄得大家莫名其妙——后来才知道，原来岗村宁次也到机场来迎接何应钦了，因为不方便出头露面，正在候机室里等候大驾呢。

从机场出来，伞兵二队乘车前往预先安排好的驻地。刚到中山北路的招待所,蔡智诚就被队长喊去开会。原来,他已经被选中担任受降签字仪式现场的"场内警卫"工作。

能够成为受降会场内部的仪仗护卫是十分难得的际遇。分配给伞兵的名额总共只有12个,其中4名军官、8名士兵。蔡智诚能够得到这个机会大概有两方面的原因,一是由于他有战功(那枚云麾勋章又起作用了),二是因为他懂英语,可以和外国人打交道。

担任"内卫"的人员必须在"陆军总司令部"集中住宿,姜键队长开着他的吉普车,一定要亲自把大家送过去。蔡智诚疑惑地问:"你刚到南京,能找到地方么?"姜队长哈哈大笑:"放心吧!闭着眼睛也能开到那里。"

原来,举行受降仪式的"南京陆总司令部"其实就是原先的中央军校。抗战之前,中央军校在南京先后开办了八届(从6期到13期,其中6、7两期仍称为黄埔),伞兵部队的绝大多数军官都是这期间的学员,姜键本人就是第11期的毕业生,所以他当然知道母校的位置。

汽车开到中山东路和黄埔路的交叉处,看见路口上立起了一座大牌坊。

牌坊分为三层,顶端悬挂着中英美苏"四大强国"的国旗,中间镶嵌着国民党党徽,底下是一个横匾,写着"和平永奠"四个大字。整座牌坊被彩条花束和苍松翠柏装饰得十分漂亮,牌坊底下还站着威风凛凛的卫兵。

从这个路口进去,经过中央军校大门、军校广场,直到军校大礼堂,沿途的牌坊一座连着一座,而且每隔不远就立着一根旗杆,上面依次悬挂着联合国51个国家的国旗。第二天,也就是1945年9月9日,这些旗杆和牌坊下面都守卫着头戴钢盔的哨兵,一侧是新6军14师的战士,肩负背包、手持步枪;另一侧则站着伞兵,戴白手套、端着冲锋枪——只不过有很多人(包括记者)都不知道那是伞兵,把他们误当成宪兵了。

吉普车开到军校门口就不让进了,姜键少校只好掉转头回去。蔡智诚他们则被领到礼堂东侧的一座二层小楼里接受面试审核。担任考官的是"典礼总指挥"、新6军的副军长舒适存[①]。他捧着报名材料反复查看,问来问去的十分仔细,好像生怕混进了什么不良分子。蔡智诚当然经得起审查,十分顺利地过了关。

---

①舒适存,湖南平江人,早年曾参加红军,担任红八军黄克诚部和红三军团彭德怀部的参谋处长,1932年叛逃,历任国民党荣1师副师长、新1军副军长、新6军副军长、74军副军长,去台湾后曾出任"台湾防卫副总司令"。

面试之后，发给大家一张特别通行证，并进行了任务分工。分派给蔡智诚的差事是担任"记者区"的警戒服务，在这个岗位上可以走来走去，比死站在一个地方的仪仗兵要舒服多了。

晚上安排大家看电影，影片内容是欧洲战场上的受降仪式。先放映英美部队受降，场面比较轻松，美国人很随和，与德国兵有说有笑就像朋友一样。指导官解释说："这代表了军人的绅士风度。"接着又演苏联部队，那场面就严肃多了，俄国大鼻子板着面孔发表演讲，"叽里咕噜"地把德国兵整得像灰孙子一样。指导官评价说："这反映了欧洲人民对法西斯蒂的深刻仇恨。"——总之都有道理。

都有道理，那么我们照谁的样子学呢？蔡智诚提议："我们对法西斯蒂也有深刻的仇恨，我们明天也羞辱日本人一番。"大家都拍手叫好。

可指导官却不同意，他讲解了实行"以德报怨"政策的重要性和必要性，大致是说中日两国一衣带水，战争过后还要长期共存，保持彼此之间的和睦亲近是实现长久和平的前提……最后，长官还提醒大家务必遵守纪律、爱护名誉、洁身自好、尊重对方，如出现玩忽职守的现象，定当严惩不贷。

会后，指导官又把蔡智诚叫到一边，叮嘱说："蔡四娃，别人都不吭声，你站起来乱冒什么皮皮？以后注意一点……"

这位指导官名叫夏禄敏[①]，也是蔡家的街坊。

夏禄敏是遵义三中（今遵义师专）的学生，他们这个班出了两个外交人才，一个是共产党的韩念龙，当过新中国驻瑞典大使和外交部副部长；另一个就是夏禄敏，二十多岁就出任中华民国驻苏大使馆的武官。这时候，夏武官是"陆总"的总务处长，负责受降仪式的后勤管理和业务指导。

幸亏指导官是熟人，蔡智诚被教训几句之后就没事了。否则，就凭他刚才的那番信口开河，能不能参加第二天的受降典礼都很难说。

1945年9月9日早晨6点钟，全体内卫人员进入签字大厅进行各项准备工作。举行受降签字典礼的场地，当时的正式名称是"陆军总司令部礼堂"，原本是国民党"中央军校大礼堂"，现在是解放军南京军区大礼堂。

礼堂大厅的一面墙上布置着国民党党旗、国旗和孙中山像，画像下端还镶嵌

---

①夏禄敏，贵州遵义人，黄埔8期生，曾任国民党中央防空学校区队长、中国驻苏大使馆武官、蒋介石侍从室参谋、陆军总司令部总务处长、联勤司令部总务处长、19兵团办公室主任，1949年起义，解放后任昆明参事室参事。

着一个英文字母"V"和两个中国字"和平"；另一侧的墙上挂着中英美苏四国领导人的画像以及这四个国家的国旗；天花板上挂着彩条，悬挂着联合国51个国家的国旗，代表全世界人民大团结。

大厅北面是受降席，摆着一排宽大的长桌和五张带扶手的椅子，桌面上摆着一个文具盒和中央广播电台的麦克风；南面是投降席，摆着一排比较窄的长桌和七张没有扶手的椅子，桌面上也有一个文具盒；西面是贵宾观礼席，东面是记者观礼席，只设了几排座位，没有桌子。

另外，东西两侧的楼上还有观礼台，那上面由新6军的警卫负责管理，蔡智诚没有上去过。

蔡智诚的岗位在记者席的一侧。当时，东、西两面观礼席的前面都用蓝布围起了屏障，他的任务就是提防着有什么人冲过帐幔，跑到签字场地中间去。

担任内卫的伞兵都佩带着手枪，但蔡智诚腰间挂着的其实是空枪，至于那些军官的枪里是否有子弹，他就不知道了。

上午8时整，中外记者检录进场。

因为以前曾经发生过刺客假扮记者到会场行凶的事件，所以这次的受降典礼仪式对记者的盘查特别严格。会场的入口处设置了两个检查台，左边的台子查身份、右边的台子查设备，进到大厅里面再由蔡智诚他们核对采访证，指定观礼座位。

只有少数官方新闻单位能够获得现场采访的资格，中国记者主要来自《中央日报》、《扫荡报》、《大公报》和"中央社"，外国记者来自美国、英国和澳大利亚，总计88人。

与记者打交道之后，蔡智诚才明白要让这些人老老实实地坐着是件多么困难的事。他们根本就不理会什么座次表，全都蹦来蹦去地东张西望，像群猴子一样没有一刻安生，恼得伞兵们恨不能找个笼子把他们固定起来。

嘉宾们也在陆续进场，进会场观礼的门槛很高——武职军衔需少将以上、文职级别需"简任官"（相当于现在的厅级）以上——具备这样资格的人物都是老谋深算的家伙，不会有谁愿意在这时候抢风头接受记者的采访。于是记者们只好自己采访自己，中国记者问外国记者有什么感想，外国记者问中国记者是什么心情。有个美国人向蔡智诚打听："这里有没有日本记者？"看见伞兵摇脑袋，他就觉得十分失落："遗憾遗憾，太遗憾了。"

过了一会，这小子又突发奇想，拉着中央社的记者提建议："日本战败了，经济肯定破产。你们可以把读卖报知社（现在的《读卖新闻》社）买过来，这样立刻就能获得一个亚洲最大的新闻社团……"周围的人听了直笑，心想："真是个傻老外，中国人自己的一摊子事情都没有搞清楚，哪里还有闲工夫去管日本的报纸。"

记者们闲扯的时候，观礼嘉宾都已经入席了。在大厅西侧就座的除了汤恩伯、郑洞国、廖耀湘、牟廷芳、谷正纲、贺衷寒等中方高级官员，还有美军的麦克鲁中将、英军的海斯中将，以及法国和澳大利亚的什么官员。楼上的观礼台也挤满了来宾，两层楼加起来大约有三百人。

8点40分，岗村宁次等七名投降代表乘坐三辆黑色轿车来到大礼堂外。记者顿时激动起来，纷纷挤向大门口，举起照相机"噼里啪啦"地拍照。那几个鬼子军官倒也挺配合的，规规矩矩地站了几分钟，让记者们爽了个够，然后才沿着走廊进到休息室里面去了。

在门口拍够了，记者们又跑回到会场里。他们本来是有固定座位的，可这时候也没人管了，你挤我、我挤你地抢占有利地形，满大厅就看见他们在乱折腾。蔡智诚急得满头大汗，其他的卫士也来帮忙维持秩序，可根本就没人听他们的。这些记者都是关系通天的人物，别说区区一个蔡上士，就是换成蔡上校也没人放在眼里。

8点50分，楼上楼下的灯光全部打开，整个大厅一片通亮。

陆军总司令何应钦一级上将从北面入口走进会场，在他身后跟着的是海军司令、海军上将陈绍宽，江苏省主席、陆军二级上将顾祝同，空军作战指挥部参谋长、空军上校张廷孟，陆总司令部参谋长、陆军中将萧毅肃，以及担任现场翻译的军令部二厅科长王武上校（日本士官学校毕业生）。

全场起立，鼓掌欢迎，记者们又是"噼里啪啦"的一阵忙乱。蔡智诚这时候已经顾不上什么"固定座位"，只要没有人冲进布幔屏障里去就算阿弥陀佛了。

8点55分，岗村宁次带着七个部下从正门（南门）走进大厅。七名投降代表身穿夏季军服，没戴军帽，没带武器，另外还有一个穿浅灰色西服的翻译官。

在八个日本人的身后跟着八个新6军的士兵，荷枪实弹，就像是押送俘虏一样。①

---

①有文章描述，岗村宁次在投降仪式上向何应钦呈交了军刀，这个情节并不存在。

七个日本军官的佩刀全都留在汽车里，进入大厅的时候，手里只抓着自己的军帽——不许投降代表带刀进入会场是中国方面的要求，原因是担心有人在签字大厅里当场自杀、影响受降仪式的瞻观——直到第二天（9月10日），岗村宁次才又派人向何应钦转交了军刀。另外，日军参谋长小林浅三郎中将的军刀交给陆总参谋长萧毅肃中将，日军参谋副长今井武夫少将的军刀给了陆总副参谋长冷欣少将——这都是事先商量好了的。

岗村宁次等人进入会场后，首先列队，向受降席鞠躬。经何应钦点头示意之后，他们才走到投降席落坐，那个翻译官（木村辰男）独自站着。八位新6军的士兵在他们背后排成一列，担任看守。

1945年9月9日上午9点，受降签字仪式开始。程序很简单，也很简短。

何应钦问："贵方的证明材料带来了没有？"王武翻译接着说一通日语。

岗村宁次回答："是，带来了。"木村辰男翻译再说一遍中文。

其实，何应钦的日语很流利，岗村宁次也是个中国通，翻译的话都是讲给别人听的。

然后，日军中国派遣军总参谋长小林浅三郎中将捧着日本政府和大本营的授权投降文书，走到受降席前面，准备呈交给何应钦审阅。

可是，就在这个动作上出了点问题。当时，何应钦的面前摆着一个中央广播电台的麦克风，小林浅三郎正好杵在跟前，如果他的腰弯得太深，就会碰倒那个玩意，所以只能半欠着身体。日本人的手太短，受降席的桌子又太宽，搞来搞去够不到何应钦，何总司令一着急就伸手去接文件，结果就出现了那个"俩人互相鞠躬"的场面。

接过证明文件，何应钦坐下，装模做样地看了看，然后就从公文包里拿出两份《投降书》，推到桌子面前。小林浅三郎双手接过《投降书》，鞠躬、转身，回到岗村宁次那里让他签字盖章。

就是这副模样，怪寒碜的——但这事也确实不能太责怪何应钦，人家也是头一回受降，缺乏经验，相信咱们中国下次再受降的时候就不会发生这种遗憾了。

办完手续，还是由小林浅三郎把文件呈交回来，这一次是由萧毅肃参谋长接过《投降书》。他的面前没有碍事的麦克风，完全可以让小林使劲弯腰。老萧的模样长得帅，动作也很潇洒，只可惜记者们好像只对总司令感兴趣，不大乐意给参谋长拍照。

签完《投降书》，再签《中国战区最高统帅蒋中正第一号命令》，递来递去的程序基本相同。那些记者的镁光灯闪烁不停，拍下来的画面其实都是一个样。

忙完这些事，时间是9点15分。何应钦起立宣布："自本月9日起，取消贵官'中国派遣军总司令官'的名义，由10日起改称'中国战区日军善后总联络部长官'，任务是接受或传达本司令部的命令，不得擅自发布任何命令……"

岗村宁次站起来鞠躬，答道："我完全接受这个命令。"

于是，何应钦就命令日军投降代表退场。

八个日本人站起身来就走了。蔡智诚看着他们消失在大门外，心里有点莫名其妙："怎么回事？先前打了八年仗，现在又搞了这么大的排场，随随便便鞠个躬就放他们走掉了？"

记者们也有点弄糊涂了，全都眼巴巴地望着受降台，等待着还会有什么精彩节目。

只见何应钦总司令从公文包里掏出一份讲稿，开始大声朗诵："敬告全国同胞及全世界人士，中国战区日本投降签字仪式已于中华民国34年9月9日9时在南京顺利完成……"

于是，大家终于确信这个仪式真的结束了。

何总司令没有关注周围的听众，埋着头念着自己的讲稿，他这时的演讲对象其实只是面前的那个麦克风。稿子不长，很快就念完了，何应钦随即离开了会场，他没有接受任何媒体的采访，的确是个十分谨慎的人，是个十分低调的人。

蔡智诚看看自己手腕上的劳力士自动表，时针正指向9点20分。

整个仪式满打满算不超过半个小时，真够高效率的。

受降仪式结束了，可蔡智诚他们的工作却没有结束。在接下来的一段时间里，"陆军总司令部大礼堂"对社会各界民众开放，每天都有无数的群众到会场来参观，卫士们依然需要留在现场维持秩序。

不过，这时候的"受降现场"比先前漂亮多了，司令部不知道从哪里弄来了许多日本刀、日本枪和日本膏药旗，摆在走廊里好大一排，老百姓看了以后特别提精神。

参加受降仪式的官兵都获得了一枚纪念章，内卫人员还得到一张纪念卡，上面写着——民国34年9月9日9时南京受降纪念，末尾有何应钦的签名。

9月中旬，伞兵二队的全体官兵也来参观受降仪式会场，蔡智诚就想趁这个机会归队。

他到"典礼指挥部"去找夏禄敏办理调动手续。可是，夏老乡却笑着对他说："别急别急，今天晚上跟我去个地方，让你先瞧瞧几样好东西，也不枉到这里来忙碌一趟。"

第十七章　接收大员们

1945 年 9 月中旬的那段时间，蔡智诚一直在"励志社总部"里吃住。

励志社总部就在中央军校的旁边，大致相当于一个高级俱乐部。当时，人们都把这栋建筑叫做励志"斌"馆，意思是这里实行文武结合，是武官们开展文娱活动的好地方。

"斌"馆的条件很不错，白天有美味的膳食，晚上有跳舞会。华灯初上的时候，南京城的社交名媛在大厅里袅娜穿梭，姹紫嫣红，莺歌燕舞，一片快乐升平的景象。不过，蔡智诚很少参加舞会，他一个当小兵的，不大愿意去凑那个热闹。

小兵不在意，当官的却很向往。

9 月 20 日上午，姜键队长带领伞兵二队参观投降签字仪式现场。活动结束之后，一大帮中央军校的毕业生就站在励志社的大门口咬牙切齿："娘的，老子当年读书的时候成天盼望着有朝一日能进去开开眼界，现在总算逮着机会了！"于是豪情万丈，纷纷发表雄心壮志："今天中午在这里吃！下午也在这里吃！晚上还要跳个西洋交际舞！"

蔡智诚只好去帮队长们办手续——励志社可不像"马祥兴菜馆"，不是想进就能进的。女人必须脸蛋漂亮，男人必须要有出入牌。

那天刚好是 1945 年的中秋节，到总务处开条子的人特别多。蔡智诚找到总务处长夏禄敏，趁他批条子的时候提出请求："反正现在已经没有什么事了，你干脆让我归队吧。这样的话，我也可以陪队长他们痛痛快快地喝一回酒。"

可是，夏禄敏却说："今天不能喝酒，晚上跟我去个重要的地方。"

"什么地方？非要今天去不可？"

"你别管，去了就知道"，夏禄敏还说，"你有西服没有？赶紧去找一套"。

蔡智诚是从湖南战区空降到首都的，哪里会带着什么西装。从总务处出来，把"出入卡"交给姜键队长后，他就去寻找卖西服的成衣店。

南京是京城，京城的居民永远是世界上知识最渊博的人物，上知天文，下知地理，从国家大事名人佚闻到街井传言鸡毛蒜皮，无一不晓。京城的居民也是世界上最乐于助人的人，蔡智诚站在路口，刚把自己的意图讲了个大概，立刻就有一大帮男女老少围了上来，七嘴八舌地向他提供各种线索。

三分钟过后，蔡智诚就弄明白了：第一、西服应该到夫子庙去买，又好又便宜，保证不吃亏；第二、应该选定"亨生"、"培罗蒙"之类的优质品牌，而且必须认准是柯招才或者李宏德等"红帮大师"的作品，既海派又挺括；第三、不要怕砍价，高档西服进了成衣店就像千金小姐做了姨太太，没有那么尊贵了，一万块法币就可以敲定……

于是乎，蔡乡巴佬胸有成竹，跳上洋车直奔夫子庙而去。

夫子庙是当时南京城里最重要的商业区，这里既有高档的西餐馆，也有摆地摊的大排档，处处人头攒动，熙熙攘攘。

京城的人们总是显得很悠闲，早晨起来泡茶馆，一个烧饼一壶茶就可以从上午对付到下午，这叫"皮包水"；白天磕瓜子、听说书、品弹词、看杂耍，傍晚再去澡堂了里泡 泡，这叫"水包皮"，多么轻松自在。

京城的人们也很热情，看见国军上士就亲切地打招呼："回来啦？辛苦啦。"好像蔡智诚是他们的老街坊似的。小孩子围着身穿美式军服的伞兵，兴奋地又唱又跳："美国凶、美国狠，美国帮我打日本；一打打到日本家，日本急得喊妈妈；一打打到日本去，日本国里发瘟疫……"

自9月9日的受降仪式以后，新6军就解除了南京日军的武装，并且把他们全部移送到城外的战俘营里集中。这时候，首都的街道上到处耸立着庆典的牌楼，到处飘扬着胜利的彩旗，到处张贴着"和平"、"复兴"、"日月重辉"的标语，再也看不到日本鬼子的踪迹。昔日的汉奸走狗更是惶惶不可终日，京城的市民们又一次骄傲地站立在自己首都的地面上，人民在扬眉吐气的同时，对凯旋而归的政府和军队充满了深深的感激。

蔡智诚在人群里东钻西窜，终于找到了一家成衣店。这店铺的门面不大，口气却不小，招牌上写着——南口北口皮货兼备，东洋西洋服饰俱全。

进了门，老板听说国军将士要买西装，立刻说："啊哟哟！铺面上的不要看，统统配不上先生的气派……"接着就从柜台底下掏出个皮箱，打开一看，正是"培罗蒙"西服。

"道地上海货！英国料子，红帮师傅手艺"，老板吹嘘道。

"培罗蒙西服都是量身定做的，你这里怎么会有成衣呢？"

"嗨！这衣服都是那些人（汉奸）订做的，现在你们回来了，他们只好跑路，哪里还敢穿这么高级的衣裳……"

订做一套新的"培罗蒙"需要三两黄金，即便是成衣铺里的二手货也价值一万法币，相当于一根"小黄鱼"。不过，这是名牌服装，倒也物有所值。

穿上新行头回到励志社，人人见了都喝彩："哟！好一位漂亮的小开。"

傍晚，蔡智诚跟着夏禄敏出了门，他看见轿车的座位上还放着一个大木头箱子。

"咱们去哪里？"

"斗鸡闸4号。"

斗鸡闸4号位于汉口路附近，是何应钦的公馆。这栋别墅在战争期间曾经受到过飞机的轰炸，抗战胜利后，听说负责受降的人是何应钦，日本人连忙对何公馆进行维护装修，意思是想拍一拍马屁。可经过小鬼子这么一折腾，何总司令反而不好意思住进去了，到南京以后就搬进了西流湾8号的周佛海公馆，把斗鸡闸的公馆空闲了下来（后来租给了美军顾问团）。

中秋之夜，何公馆灯火通明。虽然何总司令并不住在这里，可楼上楼下照样聚满了贵州老乡，大家都在这里开"同乡会"。

楼上的客厅里坐着何纵炎[①]，他是何应钦最小的弟弟，也是蔡式超的同学，蔡智诚喊他"幺叔"。"何幺叔"是刚从贵阳来到南京来的，看见小蔡很高兴，说了几句长高了长壮了有出息了之类的客套话。

客厅里还有谷正纲[②]、牟廷芳[③]、刘健群[④]，以及其他几个陌生人。蔡智诚虽

---

①何纵炎，贵州兴义人，曾就读于厦门大学和美国西南大学，历任国民党邮政储金汇业局经理、常务副局长、局长，1949年去台湾后担任邮政总局局长等职。

②谷正纲，贵州安顺人，柏林大学博士，曾就读于莫斯科中山大学，历任国民党中央组织部副部长、社会部部长、京沪杭总司令部政务委员会主任，1949年去台湾后任内政部部长、国民大会秘书长等职，1993年病逝。

③牟廷芳，贵州遵义人，黄埔1期生，毕业后受派赴日本深造。曾任国民党121师师长、94军副军长、军长，天津警备司令，1947年弃戎闲居，1953年病逝于香港。

④刘健群，贵州遵义人，早年任何应钦的机要秘书，后历任武汉行营办公厅主任、中央军官学校政治主任、军委会政训处处长，参与创建复兴社和三青团并担任复兴社的书记长，1948年后当选"立法院"副院长、院长，1972年卒于台北。

然没有和这些人打过交道,但知道他们都是当时炙手可热的人物——谷正纲就不用说了,他是中央政府的"接收委员会主任";牟廷芳也不得了,94军奉命接收上海,接收完上海又去接收天津,两个大肉包子都让牟军长一个人啃,真是富得流油。另外,刘健群当时正主管"甄别"和"肃奸",一言九鼎,手握生杀大权。

至于何纵炎,那更是财神爷。

抗战期间,蒋委员长可以独揽政治和军事,但却控制不了经济。当时,全国的金融机构(四联总处)分为七大块,中(央)、中(国)、交(通)、农(业)四家银行,储汇(储金汇业)、中信(中央信托)两个局,另外还有个"合作金库",而这个何纵炎就是储金汇业总局的常务副局长。

在客厅里,蔡智诚听见这几个高官正在议论什么"平准基金"的事情。好像是中央从美国弄来了一笔款子,有几千万美金,官面的牌价是20法币兑换1美元,这简直就像是中了彩票一样。于是,不仅孔、宋两家带头抢购,就连其他官员也都想分一杯羹。这几个人来找何副局长,就是商量着如何才能多弄到一点美金指标。

蔡智诚上楼的任务是帮助夏禄敏抬箱子。这时候把大木箱打开,才知道里面装着的是岗村宁次上缴的物品。

箱子里除了字画和书籍,最显眼的有四样东西。一把日本军刀,上面标有金质的菊花纹饰和岗村宁次的名字,看样子是日本天皇赏赐给他的;一柄西周时期的青铜戈,已经断成了两截;一个镏金的老虎雕塑,不知道是哪个朝代的;还有一副镶嵌着菊花徽章的马鞍子,大概也是御赐的物品。

客厅里的几位官员一边欣赏,一边发表评论,这表示岗村宁次已经决心马放南山,止戈罢战了。

高官们鉴赏战利品,蔡智诚既不能插嘴也不方便围观,于是就到楼下去玩。

楼下大客厅里十分热闹,一帮老乡正聚在一起煮火锅、吃螃蟹。餐桌上的中心人物是首都警察厅厅长韩文焕①和军令部二厅副厅长龚愚②,另外还有何绍周的

---

① 韩文焕,贵州安顺人,黄埔3期生,曾任国民党宪兵3团副团长、宪兵司令部警务处长、军委会政治部第二厅厅长、南京(首都)警察厅厅长、贵州任省保安副司令,1949年在香港寄居,1986年病逝于加拿大。
② 龚愚,贵州遵义人,四川大学毕业,后赴英国学习炮兵技术,曾任国民党炮兵学校教官、炮兵团长、蒋介石侍从室参谋、军令部第二厅副厅长、陆军第六署署长,去台湾后担任步兵学校校长、陆军参谋长、三军联合参谋大学教育长等职,1976年病逝。

大舅子黄瀛，是个少将。

在这群人当中，韩文焕的路子最广，他是管抓人的，手里有全南京市的日伪档案，所以大家都向他打听"在哪里能找到汉奸的汽车和房子"。韩厅长嘻嘻哈哈地不肯说实话，还搪塞龚愚说："你已经接收了十几栋房子二十多部车，怎么还嫌不够？"

龚副厅长连连叫屈，扳起指头细数着这个司令那个总长的名头，辩解说自己虽然弄了不少房子和车子，可那都是"放牛娃儿牵缰绳——帮东家老爷干活"，忙碌到现在，他这个少将副厅长的头顶上还没有一片瓦呢！

说来说去，轿车洋房的数量毕竟有限，大家更关心的还是如何抢购物资。

在当时，也不知道是谁定的规矩，法币与伪币的兑换比价是一比二百。这样一来，南京上海的物价就要比西南大后方便宜得多。以黄金为例，昆明的金价是六万五千元一两，而南京的一两黄金才卖一万块，蔡智诚的月饷是两万法币（相当于新6军的中尉），在云南只能买个手镯子，到南京却能换两根小金条。

其他东西也便宜，什么棉纱、丝绸、煤炭、粮食……价格都只有云南四川的四、五分之一，人人都知道这些东西很快就会涨价的，现在多买一点，过些天就能有几倍的利润。可是，接收大员们到南京来的时候最多也不过带了几十万块钱，采购一番就囊中羞涩了。于是，大家一边吃螃蟹一边又商量着怎么找何纵炎贷款。

蔡智诚这时才明白了何家这场聚会的含义。原来，楼上的那几个人是来找美金指标的，而楼下的这一帮人是来弄法币贷款的，什么"同乡聚会"，其实是"千里做官只为财"呀。

整栋房子里只有一个女人对"金子"、"房子"、"车子"和贷款之类的事情毫不关心，她跑来跑去的为大家端菜斟酒，笑盈盈地奉承这个奉承那个，就连蔡智诚也被她夸奖了好几句。

蔡小伙子被这份突如其来的热情弄得莫名其妙，悄悄打听："这女人是谁呀？"

龚愚笑得很暧昧："你当然不知道了。人家是早年的遵义城关一枝花，年轻的时候俏式得很呢。"

原来，这女人也是遵义老乡，她的丈夫是陈群（国民党内政部长，附逆后出任汪伪政府的考试院长）的秘书，抗战期间跟着陈群当了汉奸，曾经担任过江苏什么地方的专员。日本投降后，陈群自杀了，专员大人也吓得躲起来不敢露面，只好让自己的老婆四处钻营，托关系帮他消灾，真是既可笑又可怜。不过，经过太太的一番努力，该专员还真的化险为夷了，不仅没有判罪，还被派到台湾去当了个教育局长——到底是"城关一枝花"，办交际的能耐确实不小。

在这个中秋的夜晚，蔡智诚的肚子吃得很饱，心里却很不舒服。

从何公馆出来，坐在汽车里，夏禄敏笑着问他："怎么样？没想到在南京有这么多贵州老乡吧？"

蔡智诚没有回答，心里却暗自嘀咕着："什么老乡？南京城里还有个更著名的贵州老乡马士英①呢，再这样搞下去，大家全都跟他一个样！"

参加受降仪式的仪仗兵大多都留在了"陆总"，但蔡智诚却选择了归队。当时，他正考虑着要不要退伍，所以对养尊处优的司令部后勤工作不感兴趣。

回到二队，姜键队长十分高兴，他拍着蔡智诚的肩膀说："好兄弟，真不错，快换上西装，我带你去阅兵！"

阅兵？阅什么兵？

十几个人挤在一辆中吉普上，径直冲到了夫子庙。军官们嘻嘻哈哈地走向码头，登上一条大号的楼船，蔡小伙这才明白，原来是要"艳游秦淮河"。

蔡智诚以前没有来过南京，但他很早就已经从诗歌和散文里知道了秦淮河的名声。在他的想象中，秦淮河应该是迤逦的画、哀婉的歌，是俞平伯笔下的"灯月交辉"和朱自清文中的"烟霭朦胧"。而且，秦淮河的歌女也应该是清雅的、娇柔的、才艺兼备的，粉白黛绿之中还带着几分书卷气……

可刚走到河边，蔡智诚就失望了。放眼四周，所谓"蜿蜒的"河道其实是狭窄的水沟，所谓"碧阴阴"、"厚而不腻"的河水其实黝黑一片，还咕嘟嘟地泛着泡沫，散发出令人生厌的恶臭。登上画舫，甲板前聚集着一群女子，尖利的嗓门、傻傻的笑，艳红浓绿吵闹泼辣，哪里显得出"袅娜的倩影"和"梦幻般的情丝"，简直活脱脱的一个人肉市场……蔡大学生几乎快要崩溃了。

不过，姜键他们倒显得非常满意。一帮人翘着二郎腿坐在太师椅上，饶有兴趣地视察着妓女们在老鸨的吆喝下列队而过……

哦，闹了半天，这就是"阅兵"呀！

---

①马士英，明末奸臣，贵州贵阳人，他卖官鬻爵，贪赃误国，南明政权覆灭后被清军擒杀。据史书记载，马士英的官邸就在南京市鸡鹅巷。

伞兵们在秦淮河"阅兵"挺开心，可没过几天，何应钦总司令也要阅兵了。

1945年的10月10日，是抗战胜利后的第一个国庆节，国民政府决定在首都南京举行隆重的庆祝仪式，内容就包括大阅兵。

那天早晨，伞兵部队在南京大校场机场集合，分成三个批次登机，然后飞到明故宫表演空降。机场上来了许多记者，"喀嚓喀嚓"地拍相片。据说，在伞兵们降落的地方还有电影公司等着拍电影，这让蔡智诚觉得十分好笑——自己总共只跳了三次伞，第一次是训练，第二次是打仗，第三次就可以上电影了，真是进步神速。

只可惜，蔡智诚当天的落地很不理想，他掉到机场外面去了，等他好不容易跑到召集旗跟前，新6军已经开始操练分列式。

"双十节"这天，南京市中心的新街口广场上树立着中美英苏四国领导人的巨幅画像。画像前面搭了一个巨大的检阅台，在台上校阅部队的是陆军总司令何应钦上将。

担任阅兵指挥官的是新6军新22师师长李涛（后任新6军军长，辽沈战役中被俘），新22师的全部人马都参加了分列式。整整一个师的部队在大街上开步走，场面确实十分壮观。

受阅队伍从明故宫机场出发，走到新街口检阅台，实际上就是沿着中山大道行进了三公里。走在队列前头的是军旗护卫队和师长、副师长，然后依次是军官队、骑兵队、步兵团、战防炮营（由24辆吉普车牵引）、山炮营（用骡马拖拽）、通讯营、辎重营（战车部队）……伞兵部队乘坐着卡车接受检阅，经过标兵位置的时候，军官大吼一声："敬礼——"顿时军乐大作，全体官兵向校阅台行持枪礼，那架势真是有模有样。

新6军第14师的部队在中山路两侧担任警戒，三步一岗，五步一哨，个个威风凛凛。拍照片的记者和拍电影的摄影师在人群之中跑来跑去，气氛激动人心。后来，这些场景都被收进了一部记录片，片名叫做《还都南京》。

第十八章　抗战后的昆明

1945年的"双十节阅兵"也许是何应钦宦海生涯的最顶峰，从这以后，如日中天的何总司令就开始走下坡路了。

老何之所以倒霉，根本原因是由于他此时的声望过高，已隐隐地对蒋委员长构成了威胁。但其中还有一个导火索——在年底的"整编会议"上，何应钦提议把陆军总司令部迁移到北平。这个建议得到了许多黄埔系将领的支持，使得蒋介石觉得"何婆婆"有另立山头的企图，所以当机立断，撤销陆总司令部，改派陈诚接替参谋总长，并且把何司令准备带到北平的精锐部队统统打发到东北去了。

于是，1946年，何应钦只好带着老婆和五个随从"出国考察"。在美国住了一年多，何家老两口别的没学会，却双双皈依了基督教，并从此成了虔诚的基督徒……

当然，这些都是后话了。

1945年10月10日，就在伞兵部队参加南京"双十节阅兵"的这一天，国民党和共产党在重庆签订了《国共双方代表会谈纪要》，也就是历史上著名的《双十协定》。

事实上，在这之前，蔡智诚他们已经知道毛泽东主席到了重庆，正与蒋介石总裁一起商讨国家大计。当时，大家都对谈判的进程十分关心，都盼望着国共双方能够谈判成功，盼望着劫后余生的中国再也不用打仗。

在进行和谈的那段时间里，南京四郊的枪声依然没有中断。国民党军和新四军2师（罗炳辉部）在苏南地区多次发生武装摩擦。刚开始，新6军和74军都不知道如何对付游击队，几次冲突都吃了亏。汤恩伯（京沪卫戍区司令）顿时火大，紧急起用汪伪政府的"首都警卫军"，并且以这帮"清乡专家"为主力，实施突击扫荡，这才把溧水和句容地区的共产党武装打跑了。①

当时，伞兵部队的主要任务是担任南京江浦方向的侦察警戒。10月底，先前十分活跃的新四军逐渐销声匿迹，失去了踪影，南京城周围也显得太平了许多。于是，三支伞兵队就奉命返回昆明基地进行休整。

临离开南京之前，蔡智诚又去了趟何公馆，向何纵炎先生道别。"何么叔"问他今后有什么打算，小蔡回答道："准备回学校继续念书。"何先生就说很好很好，还说"回去劝劝你家老爹，社会形势变化了，脑筋不要那么死板……"蔡智诚这才知道父亲与何家兄弟闹翻了。

事情是这样的。1945年，蔡智诚的父亲蔡式超在贵州邮政储金汇业局分管邮政储蓄业务。这时候，通货膨胀现象已经十分严重。面对严峻的形势，银行系统采取了应对措施：一方面努力吸纳社会存款，另一方面尽量减少对外放款。可是，就在蔡式超竭尽全力推行"爱国储蓄"、"有奖储蓄"、"节约建国储蓄"的同时，何纵炎等人却依然肆无忌惮地大量放款。

抗战胜利之后，政府高官们几乎是在一夜之间就成立了成百上千家"实业公司"。这些公司打着"农业补助"、"恢复制造"之类的"民生"旗号，申请的全都是低息，甚至无息贷款。可事实上，他们一拿到钱就去采购物资、囤积商品，没有一分一厘用于实业建设。这样一来，少数有权有势的官僚借着"接收"的机会大发横财，而市场物价却直线飙升，通货膨胀的势头再也难以抑制。

为了这件事，蔡式超多次与何纵炎发生争吵，但始终不见成效。1945年10月，蔡经理发现，从9月中旬到10月初的这段时间里，贵州储汇局的放款金额达到了创记录的120亿法币，而该局在1944年全年的存款总量也不过400亿而已。老蔡先生再也按捺不住，当即在墙上贴了一张告示，宣布与何家兄弟断绝往来，然后挂印而去，回遵义老宅睡大觉了。

就这样，蔡何两家从此中断了私交。以后，蔡家人留在故乡自食其力，何家

①顺便说一下。汪伪政府的"首都警卫军"是伪军的精锐，下辖三个师，装备水平和训练水平比较高，有"清乡专家"和"支那第一军"之称。他们在日本投降后没有被缴械，而是直接受"陆总"的指挥，后来，伪警1师被编入74军51师（即整74军51旅），伪警2师则被编入74军57师（整74师57旅）——所以，被消灭在孟良崮的整编74师的官兵并不全都是"抗日英雄"。

当然，共产党这边也有类似的情况——伪警3师师长钟健魂（解放后曾任上海铁路局副局长）对国民党的改编方案不满，于是率领一个团投奔了新四军2师。后来，这七个连被编入华野7纵55团（该团的1营有红军底子），从而使55团一举成为7纵的头号主力。而这个7纵55团，就是后来的11纵31旅91团、解放军29军85师253团——也就是在金门岛被国民党军吃掉的徐博团。

则移居到了海外，继续发展和发财。

1945 年 11 月，蔡智诚回到昆明。

这时候，昆明城里的气氛十分紧张。因为就在前不久，国军嫡系精锐在杜聿明的指挥下用武力解决了滇军警卫部队，把"云南王"龙云赶下了台。

龙云是蒋介石的拜把兄弟，18 年来，云南地面上的政治、经济、军事、行政都由他说了算。抗战时期，不仅中央嫡系不敢招惹龙主席，就连美国人也要对这位土皇帝礼让三分。当地警察不仅敢揍中央军，就连军统特务也敢抓；地方保安团在路上设个关卡，国军过去要收费，美军过来也要交钱，真是在老虎头上拔毛的角色，实在霸道。

于是，抗战刚结束，蒋总裁就对"龙大哥"下了手。他先把滇军的四个军调到越南去受降，然后指派第 5 军（军长邱清泉）对昆明城里的几个警卫团实施突袭，再把龙云弄上飞机，送到重庆去当了个有名无实的"军事参议院院长"，从此软禁了起来。

"昆明事变"的总指挥是杜聿明，而杜聿明的临时指挥部就设在昆明岗头村的伞兵总队司令部。在此次"战役"中，伞兵部队的任务是担任总预备队，由于行动进展比较顺利，这支预备队最终没能派上用场。

蔡智诚他们没有赶上"昆明事变"，但大家对事变的后果却有着深刻的印象——昔日趾高气扬的滇军军官如今已变成了落翅的凤凰。国军巡逻队只要遇到云南口音的官员和商人就进行盘问搜查，稍有不顺，抬手就是一巴掌，张嘴就是"老滇票，真混蛋！"

"滇票"是龙云发行的云南货币，原先比法币坚挺，可如今已经宣布取缔，成了一堆废纸——这时的云南人就和他们的纸币一样，不再值钱了。

不过，在 1945 年 11 月份的昆明，社会舆论最热闹的话题依然是《双十协定》。这个协定其实并没有什么切实可行的措施，但从内容上看，国共双方一致赞同"和平建国"的基本方针，同意通过"党派平等合作"的途径"建设独立自由和平的新中国"，同意整编军队、削减武装力量……这让许多人对未来的和平充满了希望。

到了 11 月中旬，《新华日报》公开发表毛泽东的《沁园春·雪》，几乎所有的报刊都转载了这篇诗作。一时间，昆明各界文人政客纷纷唱和，有赞扬的也有反对的。蔡智诚虽然不太懂得诗词，但也觉得这篇《沁园春》写得很有气势——

以往印象中的"流寇首领"居然能有这么好的文采，实在出乎许多人的意料。

可是，一些敏感的人却从这篇诗词里读到了另外一种意味。

《沁园春·雪》所表现出来的豪情气魄，显示了毛泽东是一个不愿意屈人之下的政治领袖；而蒋介石则同样是个权力欲望极强的铁血枭雄，他连自己的副手都要提防，对自己的把兄弟都不肯放过，更惶论与敌对势力握手言和了——当这两个人同时站在政治角逐场上的时候，内战肯定是无法避免的。

因此，《双十协定》签订之后仅仅一个月，在伞兵内部就形成了一个共识："放弃和平幻想，做好战争准备"——也正是因为这个原因，在随后的"整编退役"活动中，陆军突击总队没有削减任何一名军官。

当时，蔡智诚也认为和平的希望十分渺茫。在他看来，达成"和平"的唯一途径是国共两党都放弃对军队的领导权，真正实行"军队国家化"——而这根本就是不可能的事情。

大街上依然还有人努力地呼唤着"和平"，真心地期盼着"民主"和"自由"的到来——这些人大多是象牙塔里的学生。

在昆明，热衷于"和平民主运动"的学校主要是西南联大以及云南大学、联大附中和昆华女中，因为这几所学校里"民盟"的教师比较多，经常举办一些讨论会和演讲会。蔡智诚曾经去旁听过几次，发觉他们除了批评和责备，并没有提出什么可行性的意见，所以渐渐地就不再去了。

虽然离开校园的时间并不长，但一年多来的经历，特别是在南京时期的所见所闻，已经使蔡智诚明白了政客们都是些什么样的东西。他不相信上层官僚会因为几句理想主义的空谈就放弃自身的贪婪，更不相信一纸提纲挈领的《双十协定》就可以限制个人私欲的蔓延。蔡智诚认为，只有权力才能够制约权力，只有武装才能够解除武装——可是，怎样的机制才能让权力和武装得到合理的运用？什么样的措施才能使国家向着好的方向发展？他百思不得其解，始终找不到答案。

在这个时期，陆军突击总队的领导层进行了一些调整，最重要的变化是原先的李汉萍司令调走了，由"军政部战车兵处"的处长马师恭少将接任伞兵部队的指挥官。

马师恭是黄埔1期生，陕西人，与杜聿明既是同学又是同乡，资格老，面子也大。他一上任就大搞论功行赏，伞兵队许多人的军衔都升了一级，刘农畯中校成了上校，姜键少校升了中校，就连蔡智诚上士也变成了蔡智诚少尉，大家都很高兴。

其实，刚开始，蔡智诚并不愿意当这个少尉。这倒不是因为他清高，而是由于上级有规定：具有青年军背景的士兵可以申请退伍，而在册军官则必须继续服役。蔡智诚是从青年军207师过来的，如果照旧当上士，他可以回浙江大学接着读书，可一旦成了少尉，他就只能留在军队里了。

让蔡智诚决定继续服役的原因是一张布告。那布告上说，伞兵部队计划挑选一批文化程度高、英语基础好、有培养前途的军官参加"留美预备班"，先在国内集中培训一年，然后送到美国空军学院进修三年——这个消息给了蔡智诚极大的鼓舞。一直以来，他都心存"建设高素质军队"的美好愿望，他觉得，如果有机会到美国的军校去学习，一定可以在那里找到"使权力和武装得到合理运用"的好办法。

11月份，参谋处宣布了"留美预备班"的大名单，名单上总共有四十多个人，而最终能够到美国军校进修的却只有十六个名额。这意味着预备班的学员有一大半将会被淘汰，竞争十分激烈。在这些"预备留学生"中，蔡智诚的资历是最浅的，他的同学中不仅有名牌大学的毕业生、有屡立战功的抗战老兵，还有他的上司刘盛亨分队长，而班上资格最老的学员是总队参谋一科的少校科长钟汉勋。

蔡智诚知道，要想在这些竞争对手中脱颖而出，必须付出最大的努力才行。

"留美预备班"的校舍设在昆明北校场，也就是先前的青年军207师机炮大队的训练基地。年初的时候，蔡智诚曾经是这个地方的"少尉教员"，年底回来的时候却又成了"少尉学员"，而且这两次的少尉肩章都是崭新的——世事真是难以预料。

选择北校场作为预备班的校舍，是因为这里距离西南联大比较近（联大校址在昆明市西北，今云南师大附近）。

"留美预备班"的基础课程当然应该以英语为主，除了学习语法、锻炼听写、翻译作文之外，还要了解美国的社会情况和生活习俗。受聘给军官们上课的是西南联大的教授，这些从美国回来的大知识分子都有股子美国派头，走上讲台，刚解释几个单词就开始批评时弊，从乡长骂到总长、从上士骂到上将，用中文骂了再用英文骂，骂够以后，摔门就走了。

面对着同一个中国，在国民党的眼中是"江山如此多钱"（出门搞"接收"、处处能发财)，在共产党的笔下是"江山如此多娇"（语出毛泽东《沁园春·雪》），可到了教授的嘴里就成了"江山如此多黑",简直一无是处。

这样的教学方式当然不能符合军方的要求,于是只好换人。可换来换去,留洋教授的脾气都差不多,几乎没有哪个人能够连续上满三节课。搞到最后,军官学员们总结出一条经验,叫做"铁打的教室,流水的先生"。

其实,大学教授们并非特意和军人过不去,只不过因为这么些年里他们都是这样抨击时事的,已经骂习惯了,一时半会地刹不住车。

抗战期间,云南在政治上有三大特色:地方军政、"民主堡垒"和学生运动。说起来,龙云这个人对知识分子还是比较尊重的,只要不干涉"土皇帝"的执政方略,大学教授高谈阔论、青年学生游行示威,他都持以宽容和保护的态度。所以,昆明的各大中专院校也就逐渐养成了一个习惯,除了龙云主席,对其他人统统可以乱骂。

虽然都是骂,但教授们各自的特点却并不一样。

一类是"正统派",比如蒋梦麟、梅贻琦、张伯苓、查良钊(金庸的堂兄)、雷海宗之类,他们都具有国民党的身份,有的还是中央委员或者监委,所以发言的时候经常批评延安,很少指责重庆;另一类则是"自由派",逮谁骂谁,既骂共党也骂老蒋,其中有钱端升、杨振声、伍启元、华罗庚和冯友兰等一大帮;专骂执政党的"激进派人物"其实并不多,但号召力却很大,他们主要是抗战期间从香港回来的"民盟"成员,风头最健的要属李公朴和闻一多,每次演讲都是人山人海,挤得会场内外水泄不通。

骂人不好,可话又说回来了,当时的政局也确实让人心烦,不仅惹得秀才开骂,就连丘八们也在骂。

在昆明北校场,除了伞兵的"留美预备班",还驻扎着另外一个训练单位,名称叫做"第二编练处军官总队"——顺便说一句,有的文章把他们说成是"第二军官总队",这不准确,真正的"军政部第二军官总队"应该在四川合川——"第二编练处军官总队"属于陆总昆明司令部,编练处长是何绍周,总队长是盛家兴(后任93军军长,在锦州被俘),所以又被称为"周兴部队"。

当时,社会上有个"五毒"的说法,即所谓"国大代、军官总、青年从、新闻记、伤兵荣"。这"军官总"指的就是军官总队的学员,他们的特色是经常打架闹事,"不上前线打仗,专在后方打人"。

"军官总"的成员主要来自三个方面:一是被撤销编制的部队的军官,二是部队整编时淘汰的军官,再就是因个人原因不能随原部队移防的军官,总之都是些"失业军官"。

过去，国军的惯例是"吃空额"，部队的士兵实数只有编制的一半。抗战胜利后，政府整编军队，把以前的水分挤一挤，结果是当兵的不够数、当官的却有富余，于是就把这些多余的军官集中起来，培训一番，另行分配。

至于分配的方向，少部分人或许有可能进入军警系统，而大部分人都必须回老家，参加"返乡军人会"。可问题是，"返乡会"的薪水只有军队里的一半，按当时的通货膨胀水平，连自己吃饭都要饿肚子，就更别指望养家了。这个待遇使得失业军官们十分不满："丧尽天良！打仗的时候让我们卖命，发财的时候就不要我们了……"

于是乎，在北校场训练基地，蔡智诚他们每天都可以观赏到"骂人表演"。

联大的洋教授在教室里拍桌子大骂："独裁！专制！"军官队的土丘八就在操场上叉着腰跳脚："此处不留爷，自有留爷处。处处不留爷，爷爷投八路！"教授们在屋内声泪俱下："民主无望，水深火热。"失业军官在外面挥舞拳头："活路走不通，去找毛泽东！"

真是好玩极了。

不过，"军官总"虽然能和读书人骂成一堆，却走不到一块去。1945年11月25日，西南联大的学生在校园里开大会，邱清泉第5军的政治部组织了一帮特务军人去捣乱，用对天鸣枪的手段驱散了聚会民众。第二天，昆明各大中学校举行罢课抗议，为了防止第5军再来搞破坏，学生们关闭了校园大门，还组织了纠察队。

西南联大的新校区位于北校场以南，刚好处在训练基地与昆明市区之间。12月1日上午，"第二编练处军官总队"的一伙人准备到昆明城里去玩。他们经过联大校门的时候，学生纠察队以为这些军官是来捣乱的特务，就趴在门楣顶上骂他们。

这还了得！"军官总"原本就是一帮无所事事、无事生非的角色，正成天琢磨着到哪里找岔打架呢，他骂别人还差不多，岂能让别人稀里糊涂地骂几句。于是，双方就打了起来。

刚开始，"军官总"砸石头、学生们丢砖头，双方势均力敌。可打来打去，不知哪个混蛋二百五掏出几颗手榴弹，一家伙就扔到校园里去了，结果当场炸死三个学生和一个教师，炸伤了十几个——这就是震惊全国的"一二·一昆明血案"。

学生被杀，事情闹大了。昆明城里的校长和老师们全都站了出来，无论是正统派、自由派还是激进派，大家异口同声：“还我学生，还我孩子！”

蒋委员长没有办法，只得命令昆明军方限期破案。

第5军主管军训的赵家镶参谋长跑到北校场来追查凶手，“军官总”又端枪又抬炸药包，堵住大门瞎起哄，差点没把赵参谋长给绑架了。邱清泉没办法，只好找了两个死刑犯冒充“军官总”，还让他们招供说是共产党给了经费什么的……

可知识分子也不是那么好欺骗的。几个搞法律的、搞心理学的教授随便问一问，立刻就把那两个家伙问得露了馅。于是，大报小报全都登出号外——假的！假的！——邱清泉一着急，干脆把嫌疑犯提前枪毙了，想来个死无对证。西南联大对此当然不答应，双方闹到最后，昆明警备司令关麟征和云南省长李宗黄都被撤了职，这件事情才算告一段落。①

被“军官总”这么一折腾，伞兵们也没有办法安安心心学英语了，只好先到巫家坝机场练跳伞。

到美国空军学院进修的人必须具备“伞兵证章”的资格。当初，蔡智诚只跳过一次伞就上战场了，自然没有得到那个椭圆形的胸牌。现在，钟汉勋、刘衣畯他们这批新调来的军官正在进行训练，蔡智诚也就跟着大家从头学习。

其实，重练一遍是很有必要的。因为“留美预备班”的器材换了新装备，由

---

①关于“昆明一二·一血案”，有书上写的是“国民党省市党部、三青团省市团部、云南警备司令部便衣队、军官总队部分学员，第5军688团部分军人和鸿翔伞兵部队少数人员组成的队伍，分头出发，进攻各学校……”，怎么还有伞兵啊？

对此马甲试着解说几句。

一、国民党党部、三青团团部、中统云南站，以及“云南警备司令部”是镇压学生运动的主要力量，但事发的时候，他们并没有在血案现场。

二、第5军没有688团（该军下辖200师598、599、600团，45师133、134、135团，96师286、287、288团），这个“688团”估计是96师288团之误。当时在西南联大附近确实有第5军的兵营，“军官总”闹事的时候，这个军营里的士兵还用板车帮着“军官总”运石头（这群混蛋，纯属添乱），那几颗手榴弹说不定也是他们送的。

三、肇事的凶手是“军官总”，这已经勿庸置疑。

而资料中所称“鸿翔伞兵部队少数人员”指的是蔡智诚他们。其实，“留美预备班”的这四十多个人并没有参加闹事，他们只是和军官总队住在一起，所以就受牵连了。

直到今天，“一二·一血案”的“真相”依然是个争论的话题。在马甲看来，这件事，如果往深里分析，时代背景和政治原因确实十分复杂，可如果往简单里说，就是“秀才遇见兵，有理说不清”，遇到“军官总”，更加说不清。

原先的 T4 型伞换成了现在的 T5 型伞。

T4 和 T5 都是二战早期的美式降落伞。T4 是世界上第一种可以利用伞绳操纵方向的军用降落伞，但它有个明显的缺点：伞包体积太大、分量也太重。T5 伞改进了结构和材质，轻巧了许多，但由于它的伞面较小、下降速度比较快，对伞兵的操纵技能和降落动作的要求更高一些。

在"预备班"的学员当中，蔡智诚是跳伞次数最多的几个人之一，一周之内就跳了 16 次，次次成绩为"优"，顺利地获得了"伞兵证章"。可是，跳完规定动作之后，美国顾问又鼓励大家跳"备份伞"，这不免让伞兵们感到几分恐惧。

T5 伞的结构轻巧，伞兵在背负伞包之后，还有余力和空间加装其他装备。因此，T5 是世界上第一种能够携带备份伞的军用降落伞。从道理上讲，备份伞是在主伞失效之后的救生设备。但事实上，备份伞的伞面更小、结构更简单，完全依靠手动开伞和抛伞，对操作技能的要求极高，稍有失误就完蛋了。

在当时，包括美国伞兵都是使用强制（挂钩）跳伞方式作战的。可几位美军顾问却认为，利用手动开伞实施空降，可以降低空降高度，更快地进入战场，因此建议大家掌握这个"先进的作战手段"——这理论虽然听起来不错，但实践起来却很困难，"切！进入战场快，死的就更快，老了才不干呢"。

鼓励动员的效果不明显，美国教官就决定亲历亲为。他们登上飞机进行示范表演，让中国兵坐在草地上看效果。

C47 在机场上空盘旋了几圈，不一会，从飞机里跃出十个黑点，没有使用主伞，降落速度确实很快。可是，其中的一位实在太快了，直接自由落体，"嘭"的一声在地面上砸起一溜烟尘，摔得惨不忍睹。

这一下，现场观看的人们更加害怕，就连美军顾问也觉得十分尴尬，不敢再怂恿中国兵玩特技了。

马师恭司令发觉气氛不对，就走到美国佬身边，显出一副若无其事的样子："这个……训练中出事故是难免的，我们当军人的，时刻都面临着危险。"然后就指着预备班的学员说："来十个军官，上飞机照着练。"

全伞兵总队的军官中，估计只有马司令自己没有跳过伞，现在却跑出来说什么"直面危险"，真是站着说话不腰疼。

可人家是司令，说出来的话就必须执行。全总队派十个人，伞兵二队这样的"战功单位"无论如何也必须凑个份子呀。蔡智诚看看刘盛亨分队长，发现他正用殷切热情的目光注视着自己，没办法，只好一咬牙豁出去："行！我上吧。"

披挂装备，后面背着主伞，胸前挂着备份伞，爬进机舱的十个倒霉蛋不言不语，都在默默地记忆着操作程序。

飞机在天上转了几圈，黄灯亮了。美国顾问说，大家可以自己选择强制跳伞或者备份伞跳伞，他对任何一种决定都表示同意——话音刚落，立刻就有四个人把挂钩挂上了。

蔡智诚犹豫了一下，没有碰挂钩，因为他看见李行和莫永聪都坐着没动。

李行是西南联大地理气象系的学生，莫永聪则毕业于中央大学体育系，这两个人的经历与蔡智诚有点儿类似，在预备班里也是竞争对手。三个学生官彼此间铆着劲，硬要比一比谁的胆量大。

绿灯亮了，没带挂钩的人首先跳了出去。

一离开舱门，蔡智诚就努力提醒自己保持镇定，并竭力调整身体的平衡。可这并不是容易做到的事情，人在空中翻滚，自由坠落，连自己的手在什么地方都不知道了。折腾了半天，蔡智诚总算解开了背带，把主伞包从身上卸了下来（早期的备份伞在结构上不够完善，如果不先抛掉主伞，副伞就会与主伞绳相互抽打、缠绕，使备份伞破裂或者失去作用）。

可是，抛主伞的动作花费了太多的时间。蔡智诚有些着急："不知道还够不够时间开副伞？"

坠落时间越长，开伞速度就越大。开伞速度一方面有利于降落伞迅速展开，但另一方面也会增强空气对伞面的压力。因此，越晚开伞，对伞兵的技术要求就越高。

抛开主伞之后，蔡智诚伸手去抓副伞拉环。

"抓住拉环，沿侧后方向扯开保险锁销，待确认备份伞已经拉出后，朝顺风方向抛撒……"蔡智诚一边默念着操作程序，一边暗自嘀咕："鬼才知道哪边是顺风，我连东南西北都搞不清了。"

凄厉的寒风扑面而来，刺得蔡智诚睁不开眼睛。凭感觉，他知道自己此时的下降速度已经超过了三十米，也就是每三秒钟下坠一百米的高度。

"开伞、赶紧开伞，一百五十米以上必须开伞，不然就死定了。"蔡智诚闭着眼睛在身上乱摸一气——可就在这时候，他发觉副伞的拉环不见了！

第十九章　混乱的和平（上）

　　抛掉主伞包，蔡智诚立刻去抓副伞拉环。但是，他的右手在胸前摸来摸去，却总也找不到那个救命的机关。

　　备份伞伞包的外形有点像是西式的信封，包袱皮从四面对摺过来，中间的位置上装有一个拉环，只要撤除锁销，拽动拉环，就可以把副伞扯出来。副伞包的体积比主伞小得多，用十字带绑在胸前，正常情况下，右手往肚皮上一摸，正好可以抓住拉环。可问题是，T5型降落伞和备份伞都是按照美国佬的胸围设计的，而中国兵的个子小、肩膀窄，瘦得前胸贴后背，这十字带挂在身上就变得松松垮垮。蔡智诚是第一次穿戴这个玩意，缺乏经验，在空中翻了几个跟头，那个小伞包就溜到左边的胳肢窝后面去了——他闭着眼睛用右手摸，哪里能够摸得到。

　　伸手抓了个空，蔡智诚吓出了一身冷汗，心里一着急，眼睛也睁开了。低头看一看，发现十字带还在身上，连忙顺着绑带往下捋，这才找到了那个要命的拉环。

　　他一把扯开锁销，也不管顺风不顺风了，拽出伞衣就往外抛。

　　从理论上讲，逆风抛伞，伞衣很有可能会被吹回到自己身上，可蔡智诚现在的下坠速度实在太快，侧面的风力已变得无关紧要，伞布从包裹里挣脱出来，滑过他的胳膊，嗖嗖嗖地向上窜。很快，一股巨大的力量猛地拽住了蔡伞兵，强烈的震动扯得他五脏六腑都移了位，差点没有吐出来。

　　与主伞相比，备份伞的伞面小，稳定性和可操纵性也比较差，伞衣打开之后，伞绳和吊带依然抖动个不停。几秒钟之后，还没等蔡智诚调整好自己的着陆姿态，他就一头扑进了水田里。

　　幸好那块水田刚经过翻犁，土质比较松软，蔡伞兵翻了几个跟头，虽然摔得七荤八素却没有伤筋动骨。他坐在泥地里，头脑还十分清楚，先按照程序用伞兵刀割断伞绳，把副伞留在降落点，然后爬上田埂抬头张望，这才发觉自己居然是头一个降落的。

不一会，教官开着吉普车跑过来了，美国佬兴高采烈，竖起大拇指一个劲地喊叫："顶好！顶好！"夸奖中国伞兵的技术高超。

"哼！随便你怎么吹，反正老子坚决不跳第二回了。"蔡智诚拿定主意不再冒充好汉。

不过，美国人也聪明，懂得见好就收，从这以后，他们再也不提备份伞的事情了——因此，直到1949年，整个伞兵总队只有"留美预备班"的六个人具备手动开伞的资历，其中就包括了蔡智诚。

说起来，1945年底的这次集训是美国第14航空队解散之前的最后一项任务。这T5伞、备份伞以及这次跳伞训练，都与《租借法案》有关系。

《租借法案》是抗战期间的同盟条约，其核心内容是由美国向中国军队提供30个师的武器装备和训练指导。这个方案从1943年开始实施，刚装备了20个师，日本就投降了。从道理上讲，战争结束后法案就应该废止，可中美双方又搞了一个《处置租借法案物资协定》，把尚未交付完毕的军用物资继续提供给中国政府。

美援装备的总数到底有多少？有说30个师、39个师的，也有说45个师、64个师的，各执一词，就连国民党自己也没有定论。这说不清楚的原因，主要是由于国军的物资分配没有明确的计划，通常是派系斗争的结果。因此，除了少数的"全美械师"，还有许多"半美械师"，而那些"半美械"部队的武器配置标准不一，数量不等，非常混乱，很难确定他们到底算不算是真正的"美式装备"。

当然，不管怎么算，伞兵部队都应该属于正宗的"全美械"。可话又说回来了，"全美械"也有"全美械"的难处。

首先是开销大。美军教官可不是白求恩，干活是要收钱的。他们每上一次飞机的"勤务补贴"是50美金（中国官兵是两美金），办一个月的培训班，光是这笔开支就要耗费四万多美元，把伞兵总队整得直喊受不了。

而且，花了钱也不一定就能得到好东西。比方说，当时比较先进的降落伞是T7型（《兄弟连》里101空降师用的就是T7），可美国人只肯提供T5。伞兵部队需要400瓦的大功率无线电发射机，他们也不愿意给，最后还是通过蒋宋美龄女士亲自说好话，才从第14航空队弄到了一台。

抗战时的《租借法案》期间，美国人提供的武器全是崭新的，可到了抗战胜利以后，《处置租借法案物资协定》移交的装备大都是些旧货和次品——大炮不配炮弹，战车没有配件，机枪的枪机也经常是断裂的，汽车和飞机都要先经过修理才能够使用。机场上，B29 之类的先进战机一架也不给，状况好一点的 B24、B25 全都飞走了，留下的主要是 C46 和 C47 运输机。

"租借"到这样的"新式装备"，紧接着就需要维修，可机器设备和各种配件都堆放在美军仓库里，需要另外花钱购买。

美军基地存放着大量的剩余物资，有油料、弹药、被服、机械设备、零件配件以及各种型号的发电机和电动机，甚至还有做饭的炊具，崭新的锅碗瓢盆和铁皮炉子堆积如山，用几十辆卡车也拉不完。

这些东西都是从太平洋那边空运过来的，现在再运回去也不划算，美国人就寻思着卖给中国政府。刚开始，国民政府挑三拣四，报价给得很低。美国人一生气，就在设备物资上浇汽油，放火烧掉了不少。昆明雷达站有几十匹军骡，平时由中国老百姓负责饲养。美国兵撤走的时候，先付清房东的草料钱，然后对准骡子脑袋就是两枪——真是够缺德的。

这么折腾了一阵，国民政府只好认怂，签了个《剩余物资购买协定》，用一亿七千万美元的价格把价值九个亿（美国人的估价）的剩余物资全都买了下来。

这笔买卖看起来挺占便宜，可细算起来却不一定——"剩余物资"其实都是美国的洋垃圾，除了舰船、汽车和飞机的零配件外，更多的是牛奶、香烟以及过期的水果罐头。南京码头堆着几万吨美国水泥，是塞班岛基地的剩余物资，运来的时候就已经失效，国军再拿去修工事，解放军的炮弹落在阵地旁边，那混凝土碉堡就被震垮了。

这些"洋破烂"充斥中国市场，让中国政府欠了不少外债，让中国的政局越来越混乱，却对中国人民的生活没有任何帮助。从这个时候起，老百姓对美国人的印象不那么好了，觉得这些外国大鼻子见利忘义，全都跟奸商恶霸似的，充满了帝国主义的味道。于是，昆明的大街上开始出现了反美标语——"Go home Yankee！"、"USA 滚回去！"

不过，这时候的蔡智诚还没有什么反美觉悟。当时，他正盼望着出国留学，对美国人的生活方式充满了兴趣。

昆明市有一条晓东街（在南校场附近），是个著名的繁华地段，街上有家"南屏电影院"，专门放映好莱坞大片。那时候的美国电影都是"原声片"，也没有字幕，所以剧场就安排一男一女两个翻译拿着话筒进行同步解说。

1946 年元月份的一天，蔡智诚跑到晓东街去看《出水芙蓉》。这是当时的热门影片，电影院里人山人海，座无虚席。银幕上正演到男主角混进女人堆里瞎胡闹，剧院的女翻译忽然在扩音器里大声嚷嚷："蔡智诚先生，请您立刻出去！"

蔡少尉顿时十分郁闷："美国人干的风流勾当，关我什么事？"

稀里糊涂走到门口，却看见刘盛亨队长坐在吉普车上嘎嘎怪笑："快回家吧，孟姜女来哭长城了，你还在这里出水芙蓉……"，一副幸灾乐祸的模样。

原来，事情是这样的。

蔡智诚在遵义老家有个未婚妻，那女孩姓陈，父亲与蔡式超是好朋友，两家很早就定了亲。蔡小伙虽然知道这门婚约，可他从来也没往心里去，不仅退学参军的时候没有和人家商量，当兵以后也没有给别人写过信，压根就把这件事情给忘记了。

蔡哥哥上前线打仗，陈妹妹就在家里等情郎。可是等到抗战胜利也没见未婚夫回来，反而听说他报考了什么"预备班"，眼看就要去美国了。大姑娘顿时觉得情况不妙："这伞兵成天飞来飞去的已经够麻烦，如果再飞到美国去，怎么可能找得回来？"情急之下，揣着地址就追到昆明来了。

到了昆明城，瞧见满眼的美国海报，画片上的女人袒胸露乳；再看见满大街的美国兵，车上坐着风情万种的"吉普女郎"——陈未婚妻的心里更加慌神："在昆明就这么荒唐了，到美国去还怎么得了？"于是进了兵营就开始哭，哭得姜键中校手足无措，只好立下军令状："本队长一定让小蔡与你成亲，不先结婚决不让他去美国！"

于是乎，等"蔡留学生"回到营房，姜键队长已经把休假手续办好了。长官命令蔡智诚少尉立即回家娶媳妇，"不把婚事办妥不许归队！"

就这样，1946年的春节，蔡智诚就成了已婚男人——在以后的人生岁月里，蔡老先生从来不曾后悔自己娶了一位聪明果敢的妻子，他只是有点埋怨刘盛亨没有让他把《出水芙蓉》看完，"害得我几十年都不知道电影的结局"。

结婚休假期间，蔡智诚在遵义住了40天。新婚燕尔的这段日子，他并没有觉得特别快乐。

父亲蔡式超对时局不满，动不动拍桌子发脾气，甚至看见儿子身上的美式军服也觉得不顺眼："没有自尊就不能自强，靠别人援助的国家成不了强国，穿外国衣服的军队太没有志气！"

姐姐蔡智慧也显得很郁闷。有传言说当接收大员的姐夫在外面"接收"了一个什么女人，这消息弄得她成天心神不安。

二哥蔡智仁娶了一位苏州女子，新媳妇从照片上看很漂亮，却不知道命相如何？蔡家妈妈对此事十分担心，找了若干个算命先生研究这个课题，结果似乎不大理想。而更让母亲感到难过的是大儿子蔡智明的骨骸还没有找到，小女儿蔡智兰也没有下落。当时，家里人都认为妹妹多半是不在了，却只有当妈妈的坚信自己的直觉："幺妹肯定还活着，她是遇到了什么难处回不来。"

刚刚过去的一场战争，使原本富裕安康的生活日渐窘迫，也使得原本人丁兴旺的家庭七零八落。而眼下，又一场战争即将来临，未来的前景让蔡智诚忧心忡忡。

1946 年的 3 月，伞兵总队移防到了南京，部队编制也发生了很大的变化。

这时候，因为何应钦的"陆军总司令部"被撤销了，伞兵部队就划归空军司令部领导，名称也由"陆军突击总队"改成了"空军伞兵总队"。

伞兵总队进行了整编，原先的二十个队合并成四个大队和一个补充队，新来了一大批步兵军官，部队的指挥层也进行了重大变动。各大队的主官全都是新调来的生面孔，个个都不会跳伞，更没有空降作战的经验，而抗战时期训练出来的军官却只能担任副职，有的甚至被调出了伞兵部队——蔡智诚始终不大明白马师恭司令为什么要这样做，因为这个举措的后果完全是颠覆性的：主官不懂业务，伞兵总队也就失去了伞降作战的能力，从此由一支特种兵变成了普通的轻装摩托化部队。

伞兵整编以后，蔡智诚被分配到总队参谋处，职务是参谋三科的附员。总队参谋处总共有四个科，二科负责情报、三科负责作战，"留美预备班"的学员全都集中在这两个科里。之所以这样安排是因为这一期留美学生的进修方向是"参谋业务"，留学之前必须具备一年以上的参谋阅历（由陆军选送的著名历史学家黄仁宇先生也是这一期的"预备生"，他也是先当了一年参谋，然后才进了美国陆军参谋学院）——因此，总队参谋处的"附员名单"也就成了留美预备班的花名册，如果有谁被派到基层单位去当带兵官就说明他已经被淘汰了。

伞兵总队的队部设在南京市郊的岔路口（今解放军空军气象学院），四十多个"参谋附员"聚集在参谋处里，其实并没有什么事情可做。

工作太清闲，参谋们就不务正业。一帮人为了迎接"国民大会"就鼓捣出了一首"新中国伞兵"歌，后来还真的成了国军的《伞兵进行曲》。并且，蔡智诚他们还被"三青团"借调出去，干了一些乱七八糟的事情。

1946 年 3 月的南京，已经和举行受降仪式的时候大不相同了。

几个月来，物价飞涨，民不聊生，1945年9月的一百法币可以买两只鸡，1946年1月却只能买两个鸡蛋，到了3月份就只够买两粒煤球了……人民群众的情绪从欢迎政府回归时的兴高采烈逐渐转变为极度失望和怒不可遏，"想中央，盼中央，中央来了更遭殃"，连小孩见到国军官兵都躲得远远的，表现出一副厌恶的表情。

这时候，南京城里每天都在举行各种各样的群众运动，有以市民为主体的，也有以学生为主体的。

市民闹事的主要目的是"反失业"。

沦陷期间，南京市里有六百多家大小工厂，这些企业虽然在不同的程度上具有日伪性质，但员工是中国人、车间厂房也在中国的地面上，抗战胜利后，只要稍加整顿就可以恢复生产。但是，国民党的接收大员来自四面八方，"接收"行为就如同哄抢一样毫无计划，这个收仓房、那个收原料，今天搬机器、明天割电缆，甚至出现了"一辆汽车五个人接收"的笑话（一个人接收车身，其他四个接收汽车轮子）。经过这么一折腾，好端端的工厂被拆得七零八落，最终能够恢复运作的还不到一百家。南京市里的大部分工人被迫失业，生路断绝的市民们不得不走上了抗议斗争的道路。

而学生闹事，则是为了"反甄审"。

沦陷期间，南京市里仍然有"中央大学"等院校在日伪的教育体系下继续开课。抗战胜利后，真正的"国立中央大学"回来了，国民政府就把"伪大学"撤销，改称"南京临时大学"，并且不承认"伪校学生"的学籍，要对他们进行"甄审"——"甄审"的办法就是考试，基础课补考英语，政治课补考蒋介石的《中国之命运》，考试过关以后才能够重新入学——这么一来，南京城里的"伪学生"们就不干了，他们游行示威，绝食抗议，坚决不参加"甄审"考试，并且针锋相对地提出："丢失首都的责任不在学生身上，甄审的对象应该是政府的官员。"

1946年3月，原"昆明警备司令"关麟征正在南京述职，他因为"一二·一血案"丢了差事，正等着接受新的任命。这时候大概是希望自己"从哪里跌倒，再从哪里爬起来"，关将军看见南京学生闹事，居然决定亲自去校园训话，开展思想工作。

走进中央大学（当时叫"南京临大"），学生们正在集会。大家一看见这位披斗篷、穿马靴的将军就发出了阵阵嘘声，再听说他就是"昆明血案"的罪魁祸首，更是骂声四起。"关铁拳"一介武夫，说话全无遮拦，在昆明的时候就信口开河，说什么"学生有示威游行的自由，当兵的有开枪的自由"，结果被赶出了云南。现在到了中央大学，他登上讲台，开口就说："和你们学生打交道，真比对付十万敌人还麻烦"，还说"你们学生一张嘴，没道理也变成了有道理……"

学生哪里肯吃这一套，立刻群起高呼："我们学生是讲道理的，你这个反民主的刽子手才是真正的强词夺理。"然后一阵阵口号震耳欲聋，骂得关麟征瞠目结舌，真的变成了"红脸关公"，最后只好跳下讲台落荒而逃。

"关铁拳兵败大学校园"的典故一时成为京城的笑谈，弄得蒋委员长也无可奈何："关雨东的政治是弱项……"可没过多久，老蒋居然任命关麟征为中央大学的教育长（关麟征也因此成为继蒋介石之后的第二任黄埔校长），真不知道他是怎么想的。

关麟征去中央大学的时候，蔡智诚他们也在场，关司令被哄走以后，伞兵军官却没有走。大学生冲着他们喊："军人滚出校园去！"蔡智诚就报出自己原先的学校、专业、年级和老师的名字，并且说："我们是军人也是学生，大家都是中国的青年，总可以坐下来交流的嘛。"学生们这才不起哄了。

虽然不起哄，却仍然无法沟通。

蔡智诚的"说服对象"是工学院的学生，他解释说，自己在后方考大学的时候也考了英语和《中国之命运》，所以"甄审考试"并不是什么大不了的事情。而学生联谊会的代表却认为"甄审"的实质是对沦陷区青年的侮辱，必须取消这种不公平的待遇，并且撤换不称职的教育官员——双方各讲各的道理，最后谁也说服不了谁。

蔡智诚他们是到校园里来"点火"的。

抗战胜利后，东北就处于苏联军队的控制之下。按照《中苏友好条约》的规定，苏军应该把东北地区移交给南京中央政府，并且在1945年12月1日以前完成撤军。可是直到1946年，苏联人都没有撤出的迹象。

1946年1月中旬，"东北行营"的八名官员在抚顺被枪杀。这件事在全国引起了轰动，一时间，要求苏联撤军的呼声越来越高。

当时的中国老百姓对苏联的印象很不好，这不仅有历史上的原因，也有现实的因素。苏军占据东北，并且不断压迫国民政府在外蒙问题和新疆问题上作出让步，在本质上伤害了中国的主权，这就深深刺伤了中国人民最敏感的神经——于是，当国民党当局借中共和苏联的关系与苏联的沙文主义联系起来的时候，当蔡智诚他们指责"某党为了实现武装割据，不惜出卖国家利益"的时候，一场全国性的学生运动就不可避免地被点燃了。

　　"为了国家主权，不惧赴汤蹈火"、"只知有国，不知有党"——这是1946年反苏运动的主要口号。

　　国民政府选择在这样的时候提出这样的口号有一个重要的原因。1946年3月，正是美国总统特使马歇尔将军到中国主持调停的时候，马歇尔一下飞机就听到了如此"民主的、爱国的呼声"，立刻就对苏共和中共的行为提高了警惕。于是，随之而来的政治胁迫和国际压力不仅迫使毛泽东决定"让开大路、占据两厢"，放弃了"独占东北"的计划，也迫使苏联最终从东北撤了军。

　　1946年3月的这次"点火"可以称得上是国民党和三青团最为成功的政治运作之一。在这场学生运动的影响下，大批青年先是走上街头，继而又走上了内战的战场。而与此同时，由中共主导的"声援一二·一学生运动"和"反甄审"运动却被完全压制，学生中的共产党员陷入了两难的境地，中央大学的闹事学生也最终被迫服从政府的安排，到上海念书去了。

　　这次进校园，蔡智诚他们的功劳不小。但事实上，仅凭蔡智诚他们这一伙军官是不可能"点火"成功的，真正在运动中发挥作用的是混杂在学生中的"人民服务队"——也就是"五毒"中的"青年从"。

　　所谓"青年从"，简单地说就是"青年从军退役人员"。前面讲过，"十万青年十万军"时期有个政策，青年军从军人员退役以后可以选择进学校读书，由国家提供学费。现在抗战结束了，一大批拿政府薪水、受三青团领导的"青年从"就涌进了各大校园。他们的学习基础不好，学习成绩更加不妙，但却可以不在乎学校的考试、不在乎学校的纪律，作为流氓学生和学生特务，成为当时社会的一大公害。

　　"青年从"有点像是"军官总"的孪生兄弟。在校园里，他们的组织性不亚于学生会，攻击性却更加残暴，他们兼有学生的轻率和兵痞的野蛮，却失去了理想的单纯，犯起浑来无法无天。他们可以打老师、打同学、大闹课堂，可一旦对上级不满，他们也敢打警察、骂官员、围攻政府。

　　1946年4月，刚刚在"反苏运动"中立下汗马功劳的"青年从"就转而大闹南京总统府，有个家伙居然还在总统府的墙上画了个大王八。而这位敢在蒋委员长办公室的大门口表现漫画才能的傻大胆，就是蔡智诚的老朋友潘崇德。

第二十章　混乱的和平（下）

1946 年 4 月之后的南京，就像是政治闹剧的大舞台。

一方面，报纸上接二连三地登出各种各样的"好消息"，另一方面，大街小巷间却充满了天怒人怨，集会游行和抗议漫骂此起彼伏——而有意思的是，这些不满的情绪又往往是因为那些"好消息"引起的。

比如，有好消息说，苏联从东北撤军了。

可是，外国的撤军并没有换来中国的和平，苏联人前脚刚走，国共两党后脚就打了起来，4 月份以后的东北地区成了军事冲突最激烈的战场。而就在这时候，南京城里的东北人也纷纷上街请愿。

抗战胜利后，大批的东北籍军人、学生和阵亡将士遗属滞留在国统区。他们无法返乡，没有经济来源，生活窘困不堪。中山大道上每天都有东北军人举着"要回家，要工作"的牌子申请救济，还有的孤儿寡母打着招魂幡讨要抚恤金，个个面黄肌瘦，衣衫褴褛，就像叫花子一般。

姜键的母亲是位心善的东北老太太，她经常守在兵营的门口，遇到军官就问："孩子，您有没有用不上的东西呀？都送给大娘吧。"……然后就踮着一双小脚去救济老乡。姜键这时候是二大队的副队长，他自己不好出面办这种事，却也经常在私底下发牢骚，责怪政府亏待了东北人。

当时，与东北有关系的共产党人几乎全去了"满洲"，一般人并不知道东北民主联军的司令是林彪，却都知道张学思出任了辽宁省主席，借着"张大帅"的名头招兵买马，号召力很大。于是许多人都认为国民党只派"外乡人"去东北是搞不过中共的，最好的办法是把张学良放出来，让他带着老部下去和中共争地盘——凭着张少帅的影响力，且不说能不能赶走"民主联军"，至少能够让共产党发展不起来——这样的话，中央政府在东北既不花钱，也不费力，国军可以把精锐部队集中在平津地区，先南北夹击，解决华北问题，再图谋恢复东北……

这个想法或许有道理，但实际上根本就行不通。抗战期间，东北受到的破坏比较小，比中国其他地方富裕得多，为了能去"满洲"发"接收"财，中央嫡系自己都争破了头，谁还会让这个美差落到"东北破落户"的头上？更重要的是，1946年，正是蒋总裁满怀壮志准备一统江湖的时候，他刚刚把拜把哥哥龙云软禁起来，又怎么可能再把拜把弟弟张学良放了出去。

因此，盼望回家的东北军人们只能留在南京城里苦苦煎熬。一直熬到1947年底，陈诚顶不住了，政府才赶紧组织"回乡总队"，把这两万多人送回沈阳去打仗。可这些人早就对"党国"寒透了心，一回家就去找共产党，还没来得及整编就跑光了，就连总队长张国威都投了林彪，打老蒋的劲头比正宗的八路还要猛。

1946年4月，"第一届国民大会"（制宪国大）的代表选举工作即将完成，这对渴望"民主"的人们来说也是个好消息。

其实，早在1946年1月10日，全国各党派就在重庆召开了"政治协商会议"，当时的代表名额为国民党8人、共产党7人、青年党5人、民主党派（民盟、民社党、救国会、职教社、村治派、第三党）9人、无党派贤达9人。这样，共产党和民主人士的联合力量就超过了国民党和"青年党"。结果，执政党提出的议案经常被在野党否决，而在野党的主张又得不到执政党的履行，这就使得所谓的"政治协商"流于形式。于是，制订宪法、召开"国大"就成了当务之急。

即将在年内举行的"制宪国大"的名额为国民党220名、共产党190名、民主党派120名、青年党100名、社会贤达70名，再算上按地区分配的1350名代表（国统区的面积比解放区大），国民党的势力就远远地超过了共产党。

于是，共产党人就反对召开"国大"，认为这违背了"政治协商"和"党派平等"的原则，是要搞"蒋记独裁"。而事实上，国民党内部也有许多人不愿意"制宪"，他们觉得在大战当前的时候搞一部《宪法》只会束缚政府的手脚，不如沿用战时条例，先消灭了"共匪"再说。可美国人却坚持要求中国走"民主"的道路，他们认为制定宪法、建立西方式样的议会是帮助中国"溶入国际社会"的最佳途径。为此，马歇尔将军甚至采用了"经济制裁"和"武器禁运"的手段压迫国民政府就范，这就更让共产党人觉得国民党是美帝国主义的走狗。

"国大代表"的政治地位和经济待遇十分优厚，这使得各地士绅纷纷踊跃参选。为了当上这个"军机大臣"，候选人之间拉帮结伙、漫骂诬陷、威胁利诱、打群架下黑手，什么卑鄙手段都用尽了。4月份之后，当选的代表们跑到首都准备"进内阁"，落选的家伙也赶到京城来抗议"选举舞弊"。一时间，南京里的大报小报成天刊登各类"内幕消息"，把国大代表们祖宗八代的丑事全都抖露了出来——结果是"国民大会"还没有召开，国大代表的名声先就臭了街，弄得"国大代"也成了"社会五毒"之一。

当然，1946年4月，最让大家高兴的"好消息"莫过于"全民涨工资"了。

抗战结束后的物价飞涨使国统区人民的生活陷入了困境，引起了城市居民的强烈不满。为了平息民怨，政府就决定给公务员和军人增加薪水，甚至还给私营企业的职员和工人规定了最低收入线。

"全民涨工资"虽然是通过加印纸钞实现的，但人们手里的钞票多了，毕竟感觉不错。就拿蔡智诚来说，伞兵少尉的军饷从两万法币猛增到十万，揣在挎包里沉甸甸的一大坨，顿时觉得自己成了个财主（当时的汇率为一美元兑换三千五百法币，十万法币大约相当于三十美元）。

然而，"涨工资"让职员和工人们高兴了，却让资本家觉得受不了。当时，南北交通阻断，城乡道路隔绝，民营企业失去了农村市场，正面临着难以为继的困境。一方面本土的原料价格高昂，商品销售不畅；另一方面大量美国货物涌进中国，从汽油到汽车、从电灯到电影、从面粉布匹到棉纱白糖、从女人的口红丝袜到男人的领带皮鞋，甚至连铁钉和香烟都是USA……而现在，政府的一纸公文就让工人的工资提高了好几倍，更是大幅度增加了资本家的经营成本，使得民营企业在洋货面前毫无还手之力。

于是，私营业主也走上街头游行抗议。抗议不见效果，他们就把厂子关了，放弃实业、投资商业，大家都去炒黄金、炒美元、囤积外国货。这样一来，就更加剧了物价的飙升，结果是工资涨得再快也赶不上物价攀升的速度……

在那段时间里，五花八门的抗议活动是南京城里的寻常风景，参加游行示威甚至成了一些人捞取外快的发财手段。

"青年从"的无赖们就是这样——三青团出钱打学生，他们就动手；地方士绅出资"揭露选举舞弊"，他们就上街游行；资本家雇佣人手"抗议政府压制民营企业"，他们就跑到总统府门口静坐……这帮家伙今天装学生、明天扮职员，举着各种各样的横幅，喊着乱七八糟的口号，简直成了政治闹剧中的龙套演员。

潘崇德也是这样的"群众演员"，只不过，他演着演着就演砸了。

小潘这个人太贪财，只要遇到"客串"的机会就不放过，有时候一天要跑好几个场子，从早到晚都在中山大道上跳来跳去，时间一长就被军警们认熟了。有一天，他刚参加完"上海商界"的抗议，又来参加"河南士绅"的请愿，胸前还挂了个"民意代表"的牌牌。总统府的门卫拦住他问："你到底代表什么地方的民意？"潘代表答不上来，门卫官就骂他无理取闹，是个王八蛋。

潘崇德恼羞成怒，顶嘴说："当兵的是王八蛋，当官的就是王八。"为了增强表现效果，他还用粉笔在总统府的墙上画了个大乌龟——军警们显然对这幅绘画作品十分不满意，当即就把"潘王八蛋"抓起来，关了几个月。

在公共场合乱涂乱画当然是不文明的表现，但潘崇德的看法也并非完全没有道理。在当时，瞎扯淡的事情实在是太多了。

报纸上每天都要发布"军事调停组"的声明，国共的代表都讲着同样的话——都在呼吁和平、都喊自己委屈、都在指责对方、都在"自卫反击"……一边说不忍心打仗、一边又不惧怕牺牲；一边要求停战、一边又集结军队，一帮代表拉着马歇尔这里瞧瞧、那里看看，也不知道是在忽悠美国人还是在忽悠中国人。

民主党派也很活跃，大讲合作、大谈和平。许德珩发起成立"九三学社"，居然在这个时候提出"各党派解除武装"、"实现思想绝对自由"、"完成国家工业化"……就连卖菜的小贩都觉得是在痴人说梦，可一帮专家教授却喊得十分起劲，真不知道是他们被别人忽悠了，还是想要忽悠别人。

1946年6月，"上海人民和平请愿团"的11名团员到南京请愿，刚下火车就被"苏北难民团"的人围殴，马叙伦、雷洁琼、阎宝航等人被打伤，酿成了历史上著名的"下关事件"。事件发生以后，周恩来、冯玉祥等人立即赶到医院慰问伤员，蒋介石也严令追查凶手，一时间，各地的声援、抗议、谴责、质问铺天盖地。可南京城里的老百姓却显得无动于衷，因为谁都看得出这里面的名堂——事实上也是这样，伪装"苏北难民"的是中统特务，而"上海人民请愿团"的11位代表中有3个是中共地下党。

大家都在装模做样。有人义正言辞地"支持民主"就有人大张旗鼓地"救助难民"。8月份，杜月笙在上海举办"选美大赛"，打出的旗号就是"赈济苏北民众"。

这次选美号称是中国历史上第一次由"良家妇女"参加的选美比赛，从电影明星到社交名媛都踊跃报名，比赛不设门槛，实行"海选"制度，选票要花钱买

（一万元一张），投票次数不限，谁的背后有大款撑腰谁就是冠军，和现在的"手机短信投票"是一个道理。

1946年的8月20日是"上海小姐总决赛"的日子。经过激烈的拉票竞选，"名媛组"的冠军由王韵梅（"傻儿师长"范绍曾的姨太太）获得，"名星组"的冠军是京剧花旦言慧珠，而"歌星组"的冠军是韩箐箐（就是后来嫁给梁实秋先生的韩箐清），都是些不得了的风云人物。

"上海小姐"比赛选出了"上海太太"，有钱的大款很开心，没钱的观众也觉得很好玩。但不管怎么样，"选美大赛"为苏北难民筹集了九亿法币的赈灾款，终归是一桩善事。蔡智诚也花了五万块钱去投言慧珠的票，他觉得，借着难民的旗号选美总要比借着难民的旗号打架更为合适一些。

蔡智诚是特意请假到上海看望二哥蔡智仁的，这是他们兄弟俩分别几年后的第一次聚会。蔡二哥来上海的目的是带着新媳妇买衣服，蔡智诚也因此见到了自己的嫂子，觉得她模样很漂亮，却有些娇滴滴的，好像不大适合嫁给军人。

蔡家兄弟在上海的开销全部都由杨三负责承包，这位蔡大哥的马弁、蔡二哥的部下、送蔡四少爷上战场的杨司机如今可大不一样了，成了上海滩的暴发户。

抗战胜利后，杨三随94军接收上海，然后就退役留了下来，开始"做买卖"。他干的营生其实就是投机捐客，每天都去交易所里折腾"期货"——市场的物价越没有谱，期货交易的生意就越火爆。卖家在台子上喊"三天后的棉纱一个……"或者"十天后的汽油一个……"，底下的人就拼命出价竞争。由于物价的涨幅总是比捐客的预期更加"理想"，所以做投机买卖的人都发了大财。

可是，干这种买卖是需要现金本钱的，杨三的办法是到乡下去"揽会"。

"揽会"也叫"搭会"，属于私营的金融活动——大家凑份子，轮流当"会头"，"会头"请会友们吃顿酒，大家就把钱交给他，其实是一种民间的集资方式——当"会头"的次序有先后，待遇也不一样。比如一个一百万的会，第一个会头只能收八十万、第二个八十五万，依次类推，越靠后的钱越多，最后一个能收到两百万也说不定。乡下人的眼皮子浅，都喜欢排在后面收大钱，可杨三却永远是抢头一个，他一拿到现金就去炒期货，三两下就赢得了暴利，而后面的会友却倒了霉，排在最后的甚至连会费都不敢要，因为物价涨得太厉害，等到"收两百万"的时候恐怕连"请会酒"的饭钱都不够了……

炒期货的人比一般百姓更关心时局，杨三就经常向蔡家兄弟询问："内战会不会真的打起来？"

1946年的8月，按如今中学课本上的说法，解放战争已经爆发了。可是在蔡智诚的概念中，当时并没有正式开打，因为这时候共产党的报纸还在国统区里发行、共产党的军队还叫作"国民革命军"（八路军）、"军事调停小组"还在继续工作、"国民大会"的筹备名单中也依然有共产党人的名字……

这时候，社会各界也没有放弃和平的最后希望。蔡式超老先生给孩子们写信，讲来讲去都是"避免战乱、休养生息"的大道理，甚至还引用了赵藩的名言："能攻心则反侧自消，从古知兵非好战；不审势即宽严皆误，后来治蜀要深思。"蔡家的两个儿子看了以后哭笑不得，心说："打不打仗，岂是我们这样的小军官能够决定的，恐怕就连蒋委员长也没有多少办法。"

在当时，政府面临的最大困境是共产党阻断了华北的交通线——从上海到北平或者天津只能乘坐轮船和飞机，江苏的陆路到不了山东，济南到青岛的铁路也无法通行，政府官员出了首都只能向南走，因为苏北就属于共产党……交通的堵塞使国民经济陷入瘫痪，解放区开展的土改运动又使大批地主逃离家园。于是，南方的资本家和北方的地主都在叫苦连天，纷纷要求中央"采取行动，改变现状"。

改变现状的最佳途径是进行谈判，可国共双方的谈判总是不见成效。国民党要求"恢复交通"，共产党就要求政府"先承认交通沿线的解放区的民主政权"；国民党说政权问题要由"国民大会"决定，共产党就反对召开国大，要求"先进行充分的政治协商"；国民党要求中共军队进行整编，中共同意整编，但要求国军先"退回到1月13日（调停小组成立时）的位置"，也就是要国军撤出关外；蒋介石急了，一家伙撕毁停战协定，还发布"最后通牒"，可毛泽东却不怕，写文章说"美帝国主义及其走狗都是纸老虎"……

于是，蔡智诚和蔡智仁都认为内战已经不可避免了。他们觉得，事情闹到这一步其实不是哪一方或者哪个人的一厢情愿，而是国共双方基于各自目的的共同选择。

但是，在1946年8月的上海，蔡智诚和蔡智仁都没有想到今后的内战将会演变成席卷全国，并最终夺取政权的全面战事。

他俩以为，所谓"国共内战"，无非是围绕着交通线的打打谈谈。顶多用上半年时间，国军就可以完成军事目的，把各条铁路线贯通起来，到时候共产党没有了讨价还价的本钱，解决问题就容易多了。

虽然都是国军精锐部队的基层骨干，但蔡家兄弟其实对自己的对手一点也不了解。他们只是想当然地认为，国军的力量比八路军强大得多，无论如何是不可能失败的，这场战争如果打得好了可以所向披靡，即便打得不好也可以把八路军赶到山里去打游击，以后再慢慢"剿匪"就是了。

兄弟俩的心里很清楚，以国民党当时的状况，不仅没有在政治上做好全面战争的准备，在经济上也难以承受长期的战事。但他们也同时认为，国民党无法办到的事情，共产党就更不可能办到，所以这场战争一定是短期的、局部的。

"打就打吧，眼下的局面这么难堪，打一打试试看，或许还可以打出点希望来。"蔡智诚记得，这是他二哥最后的观点。

9月1日，蔡智诚送哥哥上轮船。

在码头上，蔡智仁拍了拍弟弟的脸，笑着说："赶快到美国读书去吧，打仗的事就用不着你操心了。"

蔡智诚也叮嘱道："二哥，在战场上要小心一点。"

"放心吧，我在军部当差，就像进了保险箱一样安全。"

蔡智仁耸耸肩膀，转过身，米黄色的风衣就混入了拥挤的人群。从此以后，这件风衣的颜色就和二哥匆忙的背影一起，永远地留在了蔡智诚的记忆中。

1946年11月15日，"制宪国民大会"在南京召开，中国共产党和民盟党派联合抵制了这届由国民党包办的、不民主的大会。

当月，中共代表宣布不再接受美国政府的军事调停，周恩来等人随即离开南京，返回延安。

——在蔡智诚的观念中，从这个时候起，全面内战爆发了。

第二十一章　双十节阅兵

1946年9月中旬，参谋总长陈诚、陆军总司令顾祝同和空军总司令周至柔视察了岔路口伞兵总部，并且告诉大家一个好消息——国民政府准备在双十节那天举行阅兵仪式。并且，阅兵演练的主角已经选定为"空军伞兵总队"，这对军人而言是个莫大的荣誉。

这个突如其来的"荣誉"确实出乎所有人的预料。因为当时的伞兵虽然名义上属于空军编制，但实际上不仅指挥体系不统一，而且驻地也很分散——司令官马师恭带着副官处和六个主力分队去了沈阳，马司令本人兼任"东北行营警备总队司令"，只听从杜聿明的调遣；而其他的战斗分队则散布在南方宁沪铁路沿线的各个火车站，有的受汤恩伯指挥、有的受陈大庆指挥，留在南京城里归空军领导的只有副司令张绪滋和参谋处的几十号人——什么阅兵、什么演练，根本就无从谈起。

这个时候，"空军伞兵总队"的军心很不稳定。大部分基层官兵愿意留在空军，因为空军的待遇比较好，也显得比较威风漂亮；可高级干部们却希望回陆军，因为马师恭、张绪滋以及大部分处长和队长都是从第5军出来的，他们都愿意跟着杜聿明而不大乐意在周至柔的手下（周至柔是11师、18军出身，属于陈诚的"土木系"）。所以，部队的归属问题正处于模棱两可的状态，如果不搞这次国庆阅兵，伞兵部队还真有可能被拆散了。

"双十节阅兵"是蒋介石委员长钦定的重头戏，这个"天字号的任务"就连杜聿明和汤恩伯也抵挡不住。因此，空军总司令部借着这个理由召回了驻东北的伞兵，守卫火车站的各个分队也迅速回到南京。参谋总部接着又从"无锡中训团"（第17军官总队）抽调了五十多名军官担任伞兵的各级骨干。自此以后，国民党伞兵部队就渐渐脱离了杜聿明系统，成为由国防部和总参谋部控制的机动兵团。

当权者勾心斗角，可基层官兵却并不关心部队受哪个派系的指挥。这个时候，蔡智诚只是对即将到来的阅兵典礼充满了喜悦，他热心地期盼着能够亲眼见到蒋介石委员长。

阅兵演练的场地设在南京明故宫机场，从9月份以后，机场周围就成了伞兵们的训练营地。9月下旬，伞兵训练营里来了一位陆军指导官，他就是蒋委员长的二公子、装甲兵战车1团的副团长蒋纬国少校。

蒋纬国曾经当过德国兵，在军事训练方面很有一套，毕竟是在外国军队里闯荡过的人物，他的行为举止都有些洋气。比如，国军的敬礼姿势应该是"五指并拢、掌尖指向太阳穴"，而蒋少校却是用手指头在额头中间碰一下。刚开始的时候，大家都搞不懂他为什么要这么做。后来，蔡智诚看见邱清泉军长也是"碰脑门子"敬礼的，这才明白蒋副团长其实是想表现自己的"德国派头"。

不过，除了有点"洋派"，蒋公子并没有特别的纨绔习气。在明故宫机场训练的那段时间里，这位高干子弟和伞兵们一起值班一起出勤，对人对己的要求都十分严格。

当时，训练营门口的路面不太平坦，右边高，左边低，低洼处经常积水。于是伞兵就把哨位设在了大门的右侧。蒋纬国到任的第一天就发现了其中的弊端。他说，哨位处于大门右侧，当哨兵向来宾敬礼的时候，如果长官还礼，抬起的右手就会遮住自己的面孔和视线，这样不仅有损于首长的仪态，也使得哨兵无法看清进门者的相貌，既不礼貌也不安全。伞兵这才把岗哨的位置换过来。

有天夜里轮到蔡智诚在大门口值哨，天上突然下起了倾盆大雨。当时，几位军官的家眷正巧从城里回来，瞧见蔡少尉被淋得十分可怜，就借给他一把雨伞。过了没多久，蒋纬国开着吉普车给哨兵送雨衣来了，发现门卫官打着伞，就训斥他不应该接受路人的物品。蔡少尉辩解说："那几个家眷都是熟人……"蒋少校回答道："熟人也不行，军队的规则都是用血的教训换来的。在战争环境下，一个送东西的小举动就可能要了哨兵的命！"然后就脱掉雨衣站在门口，冒着大雨亲自给值班军官做警卫示范，那副严肃认真的劲头还真有点像是个"德国军人"。

蒋纬国是坦克军官，对伞兵的业务其实不大懂，但他见过的洋玩意儿比较多，所以总是能够想出一些新鲜招数来。照以往的规矩，伞兵检阅无非就是跳伞表演——飞机在天上转几圈，把降落伞丢下来就算完事了——可蒋少校却认为伞兵既然是"突击部队"，就应该加上"进攻演练"的内容。他为此特意设计了一个实弹演习的方案，还说是德国党卫军的办法，既有观赏效果又有实战意义。

"在蒋委员长阅兵的时候搞实弹进攻演习"，若是别人想出这么个傻主意非被长官骂死不可，可这建议是蒋公子提出来的就大不一样了，伞兵总队只好向上级作请示。没想到，陈诚总长还真的批准了。

1946年10月10日，通往明故宫机场的道路上聚集了十多万南京市民。中山大道两侧人头攒动、彩旗飞舞、鼓号喧天，那场面比头一年的双十节还要热闹。

蔡智诚站在观礼台的前面，全副武装，衣兜里揣着党证、伞兵证、《军人手册》和《总理遗训》。伞兵总队没有派"留美预备班"的学员参加演习，而是让他们在观礼区担任仪仗，这一方面是为了向记者们提供咨询服务，另一方面也是为了应付蒋委员长的考察。年青参谋们熟悉业务，举止得体，在大人物面前能够稳得住心神，不至于捅出什么篓子来。

上午10点钟，蒋委员长在军乐声中登上了检阅台。这是蔡智诚第一次见到蒋介石，他的心情十分激动。当时，阅兵场上的照相机和摄影机的镜头全都对准了全身戎装的特级上将，人们兴奋地鼓掌欢呼，有的人还流下了幸福的热泪。在那个时候，虽然社会上"反蒋"的呼声很高，但依然有许多人十分崇敬蒋介石，依然有许多人把拯救国家、振兴民族的希望寄托在这位党国领袖的身上。

那一天，在观礼台上的人还有宋美龄、于右任、蒋经国、蒋纬国、国防部长白崇禧、参谋总长陈诚、陆军总司令顾祝同、海军总司令桂永清、空军总司令周至柔……以及南京政府的一大帮要员。蒋宋美龄女士还把张绪滋的夫人拉上了台，因为张副司令今天将要第一个跃出机舱，在蒋委员长面前表演高空跳伞。

嘉宾登台的时候，两架侦察机引导着九架运输机和九架战斗机已经在天上兜圈子了。随着蒋总裁一声令下，跳伞表演立刻开始——刹那间，天空中伞花绽放，飘飘荡荡，有的降落伞扯出了国旗、党旗和军旗，其他伞兵则纷纷开打信号枪，红的、绿的信号弹漫天飞舞，既像天女散花，又像神仙下凡，场面煞是好看。

在伞兵空降的同时，地面上炸起了烟雾弹，演练场很快就被笼罩在一片浓雾之中。降落伞刚刚落地，演习总指挥周至柔就向主席台报告："空降部队准备完毕，请求发起进攻！"蒋总裁把手一挥："开始攻击！"顿时，冲锋号响起，枪炮声大作，嘉宾和记者们纷纷赞叹："动作真快呀，真是神兵天降。"

其实，这个"行动神速"的过程是哄人的，表演跳伞的和表演进攻的并不是同一批战士。伞兵空降以后的散落面比较广，在短时间之内根本就不可能完成战术集结。部队于是就在演练场四周挖了许多战壕，空降人员落地以后只要借着烟雾跑进附近的战壕里趴着就行了，"攻击行动"则由预先准备好的机降分队负责实施。

随着烟雾逐渐散去，实弹演练场露出了狰容。

"战场"上布设了八道屋顶式铁丝网，1.2米高、100米长、40米宽，铁丝网的前面是壕沟，壕沟的前沿是"敌方阵地"。也就是说，突击部队将要通过八道铁丝网，越过八道堑壕，攻破八个防御阵地，最后占领敌方据点。

攻击令发出之后，伞兵们从己方战壕出发，采用"低位进攻"的姿势，以滚、爬动作钻进铁丝网。与此同时，轻重机枪、火箭筒和火焰喷射器的火力掠过他们的头顶，猛烈地射向敌方标靶，迫击炮也开始轰鸣，打得对面工事上的木头和砖头乱飞。攻击部队通过铁丝网，跃入堑壕之后就投掷手雷，然后冲进敌阵地用冲锋枪扫射，再然后，掩护火力又向前延伸，伞兵们又钻进了下一道铁丝网……

外行看热闹，记者们都为那些在枪林弹雨里摸爬滚打的突击队员们捏了一把汗，连连惊呼"真勇敢，真了不起"。但实际上，进攻动作并不难完成，只要有足够的胆量谁都可以去钻那个铁丝笼子，真正考量技术的是实施火力掩护的射手们，机枪和火箭筒的弹道必须控制在1.3米到1.5米之间（这也是战车和"装甲汽车"射击孔的高度），既不能打到铁丝网，还要准确击中敌方目标，真是不容易办到。

40分钟后，伞兵们终于在弥漫的硝烟中占领了敌人的据点。虽然有两位士兵不幸阵亡（一个是被跳弹打死的，另一个是被迫击炮崩起的砖块砸死的），但观礼台上的嘉宾依然对演习的效果十分满意。也许是因为第一次在阅兵典礼上看到实弹演练，记者们对这种"逼真的表演"感到特别新奇，以至于在第二天的报纸上，对"战场景象"的描绘远远超过了对"蒋委员长国庆讲话"的报道。

说实话，那一天，蔡智诚也弄不清楚蒋委员长到底说了些什么。他老先生在台子上满嘴的奉化方言，嘟嘟哝哝地讲了半天，台底下的人却不知所云。蔡智诚只听懂了一句"继往开来，继往开来"，回来以后问李行："除了继往开来，蒋总裁还说了些什么？"李行笑着回答："一个继往开来的任务已经够艰巨了，你还想要怎么样？"——原来他也没整明白。

阅兵之后，别的官员都走了，只有陈纳德将军兴致勃勃地跑到伞兵总队来视察。

不过，严格地说，这时候的陈纳德已经不是将军了，应该称为陈纳德董事长才对。抗战结束之前，原第14航空队司令官陈纳德少将就辞职回国了。在中国的时候，这位飞虎队的领袖一直是民众的崇拜偶像，可回到美国以后居然没有人愿意搭理他，就连他老婆也不把他放在眼里。这让出惯了风头的老头子觉得十分失落、十分郁闷，结果一生气他就离了婚，又跑回中国来了。

这次回来，老陈不知道从哪里弄到了几十架旧飞机，敲敲打打修好了以后又把原先飞虎队的部下召集起来，成立了一个"民用航空公司"（Civil Air Transport），简称CAT，从此不当将军改当了董事长——因为陈纳德名字的起首字母也是C，所以人们弄不清这"CAT"是怎么回事，还以为是"陈纳德航空公司"，再加上老陈头本来就是个喜欢出风头的人物，于是就将错就错了。

可话又说回来，这"陈纳德航空公司"还真不能算是单纯的"民用航空公司"。"CAT"自成立之日起就始终帮着国军打内战，从1946年到1950年，各大战场的上空都有"CAT"飞机的影子，除了没有直接扔炸弹，其他的任务几乎全都参加了。比如这次双十节阅兵，伞兵空投时乘坐的运输机就属于"CAT"，头一架飞机的领航员还是由陈纳德本人亲自担任的。

1946年10月，正值陈纳德董事长"商场情场双丰收"的时候，他到伞兵部队来视察，身边也陪着那位中央社的女记者。陈香梅女士当时还没有嫁给陈纳德，可南京、上海的报纸却早已把这件事情炒得沸沸扬扬，都说是"盖世英雄爱上绝世美人"什么的，搞得一帮年青军官们对故事中的女主角十分神往。等亲眼见到了真容，大家才知道所谓的"漂亮美人"其实是个"美国话说得很漂亮的女人"。

蔡智诚对陈香梅说美国话的本事十分钦佩。因为他的英文水平是只能看不能念的，而11月份，伞兵总队将选派一批参谋到北平参加赴美留学前的集中培训。这时候，如何能听懂美国教官讲授的专业内容就成了困扰蔡智诚的一大心病。

1947年，国民党军计划派遣2200人留美，其中空军的名额就占了将近一半。这些人分属于空军的各个系统，进修的方向也不一样，但却有个共同点，就是大家都只进过中国的学堂，不知道外国学校是怎么上课的。因此，空军司令周至柔就想了个办法，让"留美预备生"在北平集中培训三个月，请美国人当教官，仿照美国军校的模式进行管理，实际上是搞一次出国之前的适应性训练。

伞兵总队最后确定了留美的16人名单，其中有蔡智诚、李行和莫永聪，而刘盛亨等人却落选了。原本挂靠在参谋处的"留美预备班"也宣布解散，蔡智诚由见习参谋改任"总队直属特务队"的分队长，军衔也由少尉升为了中尉。

"军官训导大队"设在北平的南苑镇。当时，北平有两个机场，西郊是民用机场，归"中航"和"华航"使用；南苑是军用机场，有夜航指挥塔，驻扎着空军一大队（B-25C轰炸机大队）和四大队（P-51D战斗机大队）的各一个中队，另外还有个六大队，装备的是日本的轻轰炸机和运输机。虽然机型很杂乱，却一天到晚忙碌得很，每天都载着达官贵人的家眷到东北去倒腾黄金白银。

在蔡智诚的印象中，南苑镇就是个大兵营。这里的驻军很多，既有中国兵也有美国兵，这里的居民也大多是退伍兵或者是军属，与军队有着千丝万缕的联系。由于驻军多，南苑人说话有点南腔北调，没有那么浓的北平味。由于驻军的历史久远，南苑镇的商铺买卖也多与兵营有关。

这里最常见的行当是小饭馆子、大澡堂子和缝补摊子。每天下午训练完毕，吃不惯馒头窝头的南方军官们就到镇上找一家饭馆，点几样酒菜，吃两碗米饭，然后踱进澡堂子里。伙计们自然会把军服送到缝补摊上去，估摸着晚点名的时间快到了，澡堂的老板就把军官请起来，递上一根烟。这时候，洗过的衣服已经烘干了，磨破的袖口已经补好了，揉皱的裤脚也已经熨平了，大家消除了白天的辛苦，穿着锃亮的皮鞋回营去，那感觉真是舒坦极了。

李行和莫永聪能够在澡堂子里呼呼大睡，可蔡智诚却不行，他在那种地方睡不着，所以总是带着一本书，趴在床上看。

训导大队分成十个队，伞兵总队和通讯、气象、防空、警卫部队的人分在一起，所学的课程涉及辎重、工兵、交通、爆破、战术、防毒、地形、情报和无线电等方面。教材是由美国人选定的，采用"混合教学方式"上课，先由中国教官做一遍指导，再由美国教官讲解同样的内容，学员们可以从中揣摩到两国之间的教育方法有什么差异。

训导队的美国教员其实是陆战1师的军官，并不是真正的军校教师。但即便是这样，蔡智诚他们也能感受到中美军队在观念上的不同。比如上战术课的时候，中国教官用三分之二的时间讲进攻，三分之一的时间讲防御，可美国人却用了一大半的时间讲如何撤退，好像他们打仗的目的就是为了逃跑似的。再比如，美国的参谋业务主要是算账，先算算自己有多少物资多少兵力，再算算对方有多大力量，然后再考虑应该怎么办，而中国教官一上来就让大家判断敌人的弱点在哪里、我们的优势是什么，如何以长击短。

1946年年底，正是国军在各大战场"高奏凯歌"的时候，国民党军队大举出击，向中原、苏北、鲁南、冀鲁豫、华北、西北、东北各解放区发动了"全面进攻"，作战目标几乎涵盖了共产党的全部根据地。有一天，陆军大学"战术研究院"主任游凤池①中将到训导队来作报告。他对蒋委员长的"英明决策"评价很高，认为"流寇每获负隅则易成功，一旦流窜则归于失败"，所以必须"中央突破，全面开花，一举铲除共产党的粮食产区和兵源补充地，使其陷入无依托的流动作战"……可是，美国海军陆战队的鲍威尔少校却在小本子上算了一笔账，觉得蒋委员长的办法不科学。按他的计算结果，国民政府只有多少多少资源、只能供应多少多少兵，如果不能围歼主力，只是抢占地盘，哪怕仗仗都成功，最多打个小半年，国军就没有机动兵力了。到时候共产党真的跳出外线"流动作战"，招架不住的反而是国军。

游凤池急了，搬出历史经验教训，从太平军讲到红军、从石达开讲到毛泽东，反复证明"共产党离开根据地就是死路一条"；而鲍威尔就是不服，也找出这个战例那个理论，从恺撒讲到格兰特、从拿破仑讲到麦克阿瑟。两个人在台上争得面红耳赤，就连翻译都不知道该怎么办了。搞到最后，游凤池干脆冲着学员们嚷嚷："你们学习外国理论，先要明白中国的情况，不能什么话都听信洋人的！"鲍威尔弄不懂游中将在嚷些什么，直扯着翻译问"what?what?"惹得大家哄堂大笑，鼓掌不是，不鼓掌也不是。

游凤池先生是贵州陆军学堂培养的土专家，从1924年起就在黄埔军校教书，弟子满天下，国军里的中将少将见了他都是毕恭毕敬的，如今却被一个美国少校顶撞得下不了台，真是气得不得了，离开会场的时候还在一个劲地念叨"真不像话！美国军人不像话"。

美国军人不像话，比鲍威尔少校更不像话的是皮尔逊军士长。

1946年的12月26日下午，蔡智诚正在教室里看书，李行和莫永聪突然从街上跑回来，手里举着份《北平日报》，气愤得大吼大叫。原来，24日夜晚，美国海军陆战队的皮尔逊军士长在东单广场强奸了北大女学生沈崇，报纸上把这件事情给捅了出来。报上说，作案的美国兵跑了（实际上，皮尔逊被抓住了，逃跑的是同案犯瓦伦普利查），而美国军队企图包庇罪犯，阻挠北平警方的刑事调查——这立刻就引起了中国青年军人们的强烈愤慨。

既然是海军陆战队的军士长，皮尔逊就肯定属于美国海军陆战1师。

当天正是圣诞节，训导大队的美国教官们都在南苑大红门舞厅参加联欢会。

①游凤池，贵州贵阳人，毕业于贵州陆军学堂和保定军校，历任黄埔军校教官、中央军官训练团教官、陆军大学战术教官，1949年移居香港，1960年逝世。

蔡智诚他们立即赶往大红门，上百名军官一起闯进了会场。

舞厅里除了美国人，还有许多中国高官和官员家眷。莫永聪一进门就高喊："请各位太太小姐赶紧离开这里，免得被可恶的消息侮辱了耳朵！"李行接着又用英文和中文把"沈崇事件"通报了一遍，并强烈要求美国海军陆战1师交出肇事罪犯——教官们显然事先不知道这个情况，顿时被震得目瞪口呆，鸦雀无声。

过了好一阵，大家才渐渐缓过神来，三三两两地展开议论，有美国人说应该开除军籍，也有的建议判三年五年徒刑，而国军的态度却是异口同声："按中国的军法，枪毙！"

蔡智诚问鲍威尔少校对此事有什么看法。鲍威尔回答说："站在美国人的立场，我感到遗憾；站在军人的立场，我感到羞耻。但我不是司法专业人员，对军事审判没有明确的意见。"

第二天，北平的大学生开始上街游行了。很快，因"沈崇事件"引发的抗议浪潮就席卷了全国，并逐渐演变成为中国近代史上重要的一页。不过，南苑"军官训导大队"的学员们并没有参加其后的活动。

在当时，对"沈崇事件"感到强烈义愤的主要是大学生或者与大学有关的知识青年。行伍出身的军人以及大多数普通百姓都对这桩强奸案则显得比较淡漠，甚至还有些老头老太太表示："大姑娘家，半夜三更四处乱跑是自招祸害。"居然责怪女学生不守规矩。蔡智诚虽然同情沈崇小姐，但他还是觉得这只是个"孤立事件"，与其他美国人无关，只要通过法律程序，实行军法处置就行了，所以他并不认同学生运动所提出的"打倒美帝国主义"的口号。

1946年12月份，蔡智诚收到了二哥的来信，蔡智仁在信上说自己已经随戴之奇调到了整编第69师，担任副官处的主任。

整69师的前身是第99军，属于薛岳的基本部队。他们于1946年7月完成整编，10月份就遭到粟裕部队的重创，三个整编旅报销了两个半，结果师长梁汉明、副师长甘清直双双被解职，于是就改派戴之奇接任师长、饶少伟任副师长。蔡智仁是11月中旬随戴师长到整69师担任副官处主任的，刚到师部不久，部队就接到了进攻沭阳的命令，于是赶在出发前给弟弟写了一封信。

在信中，二哥对即将进行的军事行动很不乐观——整69师的师长和副师长接触部下的时间不到一个星期，只知道旅长的名字，就连身边的参谋都认不全，更无从了解各部队的素质特点。而且，整69师的建制也很成问题，预3旅是从整57师"借"来的，原本属于李默庵的"游击突击队"，以前没有打过正规战；第41旅是从整26师"借"来的，战斗力比较强，但旅长董继陶却性情孤傲，不听从戴之奇的调遣；而第60旅则是由整69师的残部而成，都是些刚吃过败仗的枪底游魂，惊恐未定，军心动荡。在这样的情况下，新上任的戴之奇却抢着要当先锋，不仅声称"一个69师能打共军三个纵队"（结果粟裕真的拿三个纵队打他），还提出"以苏北战绩向国大献礼"——这可真是盲人瞎马，前途叵测。

蔡智诚对二哥的忧虑十分理解，但他却并没有感到特别担心。因为在1946年12月，国民党军正处于全面进攻的高潮时期，半年来，国军已经连续夺取承德、张家口、淮阴等一百多座大小城镇，在华东战场上更是控制苏中、杀进苏北，"成功地"把共产党军队挤向了鲁南。所以蔡智诚觉得，虽然整69师的状况不大好，但完成"追穷寇"的任务应该还是没有问题的。

1947年的1月份，蔡智诚忽然在报上看到了"整69师沭阳受挫"的消息，联想起二哥的那封信，这才开始觉得有点慌神。他连忙四处打探详情，搞了半天终于知道，就在上个月中旬，也就是收到哥哥来信的时候，整69师已经在宿迁附近"遭受了毁灭性打击"，师长戴之奇自杀（他是解放战争中头一个"成仁"的国民党高级将领），副师长饶少伟被俘。①

师长阵亡、副师长被俘，副官处主任也肯定没有啥好下场。

李行和莫永聪帮着蔡智诚分析：以蔡二哥的身份，如果不战死，即使脱逃回家去也躲不过军法处置，唯一存活的希望就是当俘虏——于是，在接下来的两个月里，蔡智诚就诚心诚意地盼望着哥哥投降了，只可惜，一封遗书最终还是断绝了他的希望。

蔡智仁是1946年12月18日自杀身亡的。

从12月15日黄昏时起，整69师师部就被山东野战军2纵（韦国清部）和华中野战军9纵（张震部）包围在人和圩（今江苏省宿迁市宿豫区侍岭镇吴圩村）。战至18日下午5点，9纵突击部队冲进了村内。此时，预3旅和第60旅已被山东野战军1纵（叶飞部）和8师（何以祥部）歼灭，而东南方向的胡琏整11师

---

①宿北战役：1946年12月13日，整编第69师沿宿新公路向新安镇、整编第11师沿宿沭公路向沭阳前进。15日，山东、华中野战军抓住两股敌军行进间隙过大的战机，组织三个纵队零两个师的兵力在晓店镇、嶂山镇地区向整69师发起突击，于19日凌晨将其全歼——这是解放战争初期华东解放军由被动转为主动的转折性战役，也是粟裕大将自叙"平生最紧张的三个战役"的第一次。

（即"五大主力"之一的18军，戴之奇曾经是这个军的副军长）却依然不见踪影，驻守苗庄的董继陶41旅也呼叫不通。

苗庄村在人和圩的北面两公里，连续几天，那个方向都十分安静。①戴之奇于是就命令蔡智仁带着他的手令去苗庄找董继陶，请41旅赶紧来救命。

没有人知道蔡智仁是怎么突破封锁的，反正他于傍晚时分到达了41旅旅部。但董继陶接到命令之后却并不愿意服从，他认为这时候靠近师部等于是去送死（这倒是真的），所以拒不发兵。蔡副官没有办法，只得写了几句遗言，然后对着自己的胸口打了一枪。夜里9点，在人和圩等不到救兵的戴之奇喊了几句忠于党国的口号，也朝自己脑袋开了枪。

19日凌晨4时，整编69师师部被2纵和9纵攻破。

第41旅旅长董继陶最后突围跑出去了，他还算是不错，专门派了个副官把蔡智仁的遗书送到遵义，蔡家人这才知道了二儿子的结局。那封遗书只有一百多个字，主要讲了两个意思：一是说自己已经无力回天，只有以死尽责；二是希望家里人把他妻子接回遵义去，并要求蔡智诚将来过继一个孩子给他的遗孀——看样子，他还是坚信妻子会为自己"守节"的。

可送信的副官却告诉蔡家老人，他已经去找过蔡智仁的太太，初衷是想把她一起带到贵州。可蔡夫人听完丈夫死亡的经过，只说了一句话："他寻死之前没有想到我，死了以后再安排这些有什么用？"然后就收拾东西回娘家，从此就没有了音讯……

1947年2月，蔡智诚结束了北平训导队的学习，准备返回南京。

按计划，这批"留美军官"将在7月份再度集中，并进行最后一次考核，考核时必须呈交一份"业务报告"，大致相当于专业论文。蔡智诚的作战经验不多，所以他选定的研究方向是"伞兵部队的基本训练"。

在当时，伞兵的补充兵员主要来自各军用机场的警备部队，也就是"场兵"。但蔡智诚却对场兵的情况一点儿也不了解。正巧，与他同在南苑训导队学习的有两个济南场站的军官，两位同学热情地邀请蔡中尉到泉城去考察考察。于是，蔡智诚就到空军第二军区（空军训导大队的教务由他们代管）开了张证明，坐上飞机，直奔山东省会而去了。

---

①据《张震回忆录》记载，从16日起，2纵和9纵就集中力量进攻人和圩，只派了少量部队监视41旅。

第二十二章　空军罢工事件

　　1947年2月，蔡智诚从空军训练班学习结业，在由北平返回南京的途中到济南机场中转。当时正值莱芜战役爆发，李仙洲指挥的国军9个师被解放军华野的24个师围住了，双方在山东打得如火如荼。

　　蔡中尉到济南的那天正巧遇到白杨、陶金主演的《八千里路云和月》上映，这是轰动全国的大片，时髦青年是非看不可的。蔡智诚和济南飞行场站的几个军官也到"胜利剧院"（后来的济南新华剧院）去看头场，看完之后都说演得好演得好，感动感动很感动，然后就去饭馆喝酒。

　　喝着喝着，听说有人打架了。

　　原来，济南场站有个姓彭的中士也来看电影。他在胜利剧院门口发现本单位的一伙军官在那里，觉得不好意思，就跑到"大华剧院"（后来的济南军人剧院）去了。头一天上演的大片，电影票哪里是那么好买的。售票窗口人山人海，彭中士也不去凑那个热闹，直接走进剧场，找了个好位置就坐下。谁知道，电影还没开演，来了两个宪兵，查票！那还用说，本大爷当然没有票，于是就吵了起来。

　　飞机场"场兵"招收的是中学以上的学生，而宪兵的来源也是中学生，大家都是"秀才兵"，按道理，辩论的水平应该差不多才是。可惜宪兵入伍以后学习过这个法规那个条例，而"场兵"训练时却没学过法律知识，所以彭中士吵着吵着就吵不赢。他一着急，不当"秀才"当"丘八"，抓起宪兵的钢盔就丢到过道上去了。

　　这还了得！人家宪兵也是特种兵，《宪兵令》上说得明明白白："主掌军事警察，兼掌司法警察和普通警察。"上管军下管民，在国统区有生杀之权，属于见神灭神见鬼灭鬼的人物。那顶带白箍的钢盔更是美军式样的标准配备，是宪兵部队引以自豪的宝贝，岂能随便让人扔到地上去！于是两位宪兵义愤填膺，一人打了"场兵"一拳。

彭中士挨了两拳，恼羞成怒，电影也不看了，跑到胜利剧院去找帮手。可这时候，蔡智诚他们已经喝酒去了。彭倒霉蛋在剧院门口转悠来转悠去，还真让他找到了一个"亲戚"——空军中尉。

这位空军中尉姓李，性格也是个黑旋风。他和彭中士原本不认识，可看见人家胸前的场兵标志，觉得是一家人，当即把袖子一挽："走！咱俩上，两个打两个"。

跑回大华剧院，一开打才觉得不对头，人家宪兵变成了四个人。于是李空军和彭场兵被摁在地上一顿胖揍，空军的脑袋被打破了，场兵的牙齿被打掉了。等他俩七荤八素爬起来，几个宪兵都跑得没了影。

李空军这下子可气坏了，开着吉普车就去"第二绥靖区司令部"找王耀武告状。到了司令长官办公室，王耀武开会去了，只有一个副官在值班。这值星官是个中校，对头破血流的中尉带理不理的。李空军顿时大怒，掏出名片往桌上一扔就走了。这才把中校副官吓了一跳——那个年月可不比现在，不是什么人都能有名片的。

晚上10点多钟，第二绥靖区司令长官兼山东省政府主席王耀武中将回来了。他看见名片也开始伤脑筋，因为这张名片上写着，该名中尉是空军第3大队第28中队的战斗机飞行员。

国军飞行员，那都是些说洋文、吃美国罐头的角色，没有一个是好惹的呀。

王耀武一时也弄不清是怎么回事。他想，不管是谁把空军给打了，先息事宁人再说。于是立刻打电话给济南警备司令吴斌，让他赶紧带着礼品去慰问那个受了委屈的中尉飞行员。这时候已是夜里11点了。吴斌中将心说："不就是个小中尉挨了几拳头吗？急什么，明天再去也不迟。"搁下电话睡觉去了。吴司令是黄埔1期的毕业生，广东茂名人，而且人家进黄埔之前就是孙中山的警卫营长，资格够老，如今已是快五十岁的人了，有这样的想法也很正常。

可他这一睡觉不要紧，空军那边不耐烦了。

李中尉和彭中士从绥靖区司令部出来就遇到了蔡智诚他们，于是大家一起喝酒一起骂宪兵。李空军说："今天不出这口气，老子没个完！"战友们都同意。喝到12点，饭馆打烊了，绥靖区司令部、警备司令部、宪兵司令部统统没见动静。一帮空军顿时火大，上尉中尉少尉都嚷着："回机场去，通知弟兄们，明天给他们点厉害瞧瞧！"

第二天一大早，吴斌司令到机场来了。他自己坐着小轿车，后面跟着辆道奇卡车，满载着香烟、糖果、罐头、苹果和大鸭梨。吴司令下了车，直奔空军指挥官的办公室而去。

济南机场是个小场站，只驻扎着空军28中队的9架P51D（野马）战斗机。人不多，军官的住宿和办公都在一栋三层小楼里。这里也没有固定的指挥官，通常是由北平的空军第二军区司令部（司令徐康良）派处长级别的军官轮流到现场管理。按道理，堂堂一个陆军中将带着礼物来给空军校官尉官们陪笑脸应该没有啥问题才对。可这位吴斌中将却够倒霉的，偏巧遇上这个月在济南值班的是二军区三处（作战处）副处长、空军中校苑金函。

苑金函是河北保定人，他可是国民党空军里大名鼎鼎的人物。

这么说吧，"九次负伤，到退休的时候身体里还有子弹没取出来"，这样的人在陆军里也不多见，在空军更是绝无仅有。因为开飞机的人遇到受伤的时候也就离报销的距离不远了。可这位苑金函勇士就能做到次次大难不死，而且人家还是开战斗机的，你不服都不行。

抗战期间，苑金函也是"王牌飞行员"，打下来日本飞机不少，自己被打下来的次数更多。他受伤的经历十分丰富，就随便说几件吧：

1937年8月14日"笕桥空战"，苑金函也是高志航大队的成员。当天，他第一次参加空战，也第一次被打下来。好玩的是，他跳伞以后正巧落在敌我对峙的阵地中间。一时间，两边的人都眼睁睁地看着他从天而降，中国兵喊，日本兵也喊，就像是迎接大明星一样。降落伞一落地，苑金函撒腿就朝着国军防线狂奔，跑着跑着，被小鬼子一枪打掉半个耳朵，总算是跑回来了。这一仗虽然没有战果，可这一段"五百米越野跑"被无数的望远镜看见了。长官们都夸小伙子的身体素质不错，记者们也很是写了几篇文章，他从此就算是出了名。

8月15日"杭州空战"，苑金函打下一架日本飞机，再次上了报纸。可接着的"8·23罗店空战"，他又被打了下来，还受了伤。红十字会的四名医务人员到战场上抢救他，结果被日军残杀，其中的救护队长苏克已先生是上海很有名的外科大夫。为此，宋美龄女士向全世界发表英语讲话，谴责日军违犯国际公约的行为，红十字会还专门修建了纪念碑，捎带着也让苑金函更出名了。

1942年夏天，苑金函中队长在四川梁山机场值勤，突然接到空中电报，说有一架成都飞重庆的中国飞机被三架日军战斗机缠上了，请求救援。当时，梁山机场只有一架P40还能飞，苑金函跳上"战斧"就上天了，上去就打落一架敌机，自己当然也被打了下来，脸部也受了伤。到了医院才知道，他救的那架飞机上坐的是蒋委员长！这下子可搞大发了，没过多久，苑金函就当上了"中美混合联队"

第三大队的大队长。

"混合联队"是美国陆军第14航空队下设的由中美人员合编的飞行团，辖三个大队、十二个中队，每个队里中美双方各有一个队长。"第三大队"是其中的战斗机大队，苑金函就是中方大队长。在当时，"混合联队"实际上是由美方队长指挥的，但美军的飞行员都对苑金函十分崇拜，就连美方大队长班奈德（Bennett）上校也对苑少校客气三分。理由嘛，很简单，一是他胆大、二是他命大，不服不行。

1947年2月，在济南机场的这个28中队就是第三大队的主力。另外，青岛的美军机场还有一个中队，都要买苑金函中校的面子。

看见吴斌司令来访，苑金函就把受伤的李中尉叫到办公室去了，李小伙头缠纱布，满脸悲愤，见了吴斌爱理不理的。

这时候，蔡智诚住在一楼，看见楼上的飞行官们纷纷跑下来，把警备司令部送来的慰问品往上搬，他也过去帮忙。可是，飞行员拿了这些东西似乎并不准备吃，他们两人一组，有的躲在二楼（办公室）走廊边，有的守在三楼凉台上，好像是突击队一样。

28中队的中队长阳永光上尉说："别急，听信号！"

过了一会，吴斌从办公室里出来了。苑金函倒是没说什么，只听见李中尉在屋里嚷："早干什么去了？现在才来讲这些，我不听，叫王耀武来评理！"接着，办公室的门"砰"地就关上了。

屋子外面，阳永光中队长高呼一声："打！"

好家伙，各种慰问品像雨点一般向吴斌中将飞去。蔡智诚的手里原本抓着个牛肉罐头，想了想又换成了苹果。他是受过特种训练的，要真是一罐头甩过去，非把老吴头当场砸死不可。可怜的吴司令抱头鼠窜钻进车子，他那辆轿车也被砸得一塌糊涂，一溜烟跑了。

空军大获全胜，欢呼雀跃，哈哈大笑，那苑金函也是满脸的得意。

上午9点多钟，苑金函处长下达命令："驻济南空军官兵一律在机场集中，没有命令不得外出，违者军法从事。"蔡智诚也觉得有道理，这时候确实不能再惹事了，还必须防着别人报复。可没想到，过了不一会，办公楼前开来了十辆卡车。一伙军士把车子前面的军牌号和车门上的"空军"字样都用油漆涂掉，还在车头顶上安装了高平机枪。接着，28中队的十名飞行员和十名军械士也挎着航空手枪出了门。蔡智诚登时傻了眼，怎么回事？苑金函这愣小子还想玩真格的呀？

苑金函这家伙，在天上是个浑不怕，在地上也是傻大胆，他还真的要指挥着一帮空军到济南城里搞突袭。按照苑处长的说法，既然打伤飞行员的是宪兵，那就要在宪兵身上把面子找回来。"不把济南宪兵收拾老实了，他们还不知道马王爷头上长了几只眼！"

当时，国民党宪兵部队在全国的分布规律是每个省一个团，在济南市区，除了有个宪兵团部（宪兵司令部），还有个宪兵第一营。人家苑金函毕竟是领导，做事"有分寸"，他说："弟兄们，凡事要讲道理。胡作非为的是纠察队的小兵，宪兵司令部的人不知情，放过他们算了。咱们把宪兵营揍一顿，怎么样？"

大家都表示赞成，于是就听军区作战处的苑副处长布置战术。

苑长官一大早就打电话问过情报了，心中早有计划："宪兵一营的营部在经二纬二路，这地方由本处长亲自带队前去收拾；殴打李中尉的那几个宪兵属于一营二连，连部在经二纬五路，这地方也不能放过，着阳永光中队长负责捣毁；此外，大华电影院是宪兵肇事的犯罪现场，并据可靠消息，自昨晚起就有大批宪兵在那里戒备，企图与我空军将士作对，真是猖狂到了极点，必须予以迎头痛击！这个地方嘛……"

苑金函的眼光就转到蔡智诚头上来了。

蔡中尉心想，面前这一帮人，不是开飞机的就是修飞机的，只有他自己是正牌的伞兵突击队军官，他不带队谁带队？反正事到如今，只有逼上梁山了，当即举手表示："我去。"

苑金函中校点点头，非常满意。

下午6点，十辆"作战卡车"从济南西郊机场出发，向市区疾驰而去。

在驾驶室里紧握方向盘的是空军机械士，在车厢顶上稳操机关枪的是战斗机飞行员——乖乖咙个咚，这可是国军历史上空前绝后的高素质汽车队。

蔡智诚带领的四辆卡车是这次突击行动的主力。

车队来到大华影院，宪兵们果然早有准备，电影院的楼上摆了机关枪，旁边的海岱旅馆、北洋大戏院（这两个地方现在还叫这名字）的屋顶上也架起了机枪。可是，宪兵的这种"三角防御体系"能吓唬住陆军，却吓唬不了空军。因为开卡车的机械士根本就不懂这个，无知者无畏！

还没等蔡智诚看清周围的环境，驾驶员就径直把汽车开到了电影院。紧接着，车头顶上的高平机枪"嘟嘟嘟嘟"开火了，当场把在大门口装模作样、耀武扬威的宪兵们打了个人仰马翻。蔡智诚心里直骂："奶奶的，这帮飞行员，在地面打仗跟在天上一样，想开枪就开枪，想开炮就开炮，一点也不听号令，叫我怎么指挥？"

四挺机枪一阵猛扫，如狂风暴雨一般打死两个宪兵、打伤七八个。然后，突然就没了声音。原来，这几个开战斗机的家伙一扣住扳机就不肯松手，三两下就把子弹全打光了。他们又不会换弹匣，急得在车顶上狂呼乱叫："老蔡老蔡，坏了坏了，没子弹啦！"蔡智诚心说："没子弹了还打个屁呀，快跑吧。"连忙指挥车队加大油门向前猛冲，沿着经一路向西拐了个弯，一溜烟跑回机场去了。

说来也好笑，大华影院原本是宪兵戒备的重点，但他们怎么也想不到空军竟敢这么乱来。飞行员开枪的时候，三个房顶工事也开了枪，可宪兵们全是朝天射击的，等发现空军这边居然是真枪实弹地朝着人打，才连忙掉转枪口还击。可这时候，空军的四辆卡车早已经跑得没了影。

不管怎么样，蔡智诚这一路杀"敌"若干，自己无一损伤，算是大获全胜。

另一边，苑金函率领的队伍也是战果辉煌。

宪兵一营根本没想到空军会来打他们的营部，毫无戒备，眼见三辆架着机枪的大卡车开到，立刻作鸟兽散。苑金函的手下如入无人之境，先揪住一个没来得及跑掉的文书揍了个半死，然后见什么砸什么。最后发现墙脚里有一大箱文具，于是翻出墨水瓶就往墙上摔，红墨水、蓝墨水、黑墨汁，砸得宪兵营的营部像是开了染房，这才高奏凯歌回了机场。

进攻大华影院和突袭宪兵营部的两路人马胜利会师，大家就等着攻击连部的队伍凯旋归来。没想到等来等去，却等来个坏消息。

宪兵二连的连部在经二纬五路的一个巷子里，门口很不起眼。阳永光中队长带着三辆车转来转去好不容易才找到地方，可是那巷子口又太窄，大卡车进不去。一伙空军只好下车偷袭，先打晕了在门口站岗的宪兵，然后撞开大门往里冲。

就这么一会的工夫，大华影院那边的消息已经传到了连部。宪兵们都已知道空军搞的是下毒手的玩法，看见飞行员冲进来，不管三七二十一，掏枪就打。这回就轮到空军没想到对方会开枪了。一照面，稀里糊涂的"突击队"就被打死一个中尉分队长和一个少尉机械士，幸亏阳永光上尉在混战中抢回了战友的尸体，一帮残兵败将屁滚尿流地爬上卡车，逃回机场去了。

"连部攻坚战"的惨败刺痛了空军将士们骄傲的心。

苑金函中校面色铁青，他布置好"阵亡者"的灵堂，走进自己的办公室，奋笔疾书。几分钟后，一篇"声讨济南宪兵残害我空军飞行员和机械士"的控诉状起草完毕，署名是大名鼎鼎的"苑金函"。

济南机场的译电员连夜向全国所有空军单位发送电文。

那一晚上，支援声讨、响应号召的回电如雪片般飞向济南。驻北平、沈阳、西安、重庆、汉口、上海、广州……的轰炸机、战斗机、运输机部队在来电中纷纷表示"宪兵鼠辈的残忍行径，意图何其卑鄙、手段何其毒辣，严重伤害了前线将士的战斗激情"，全国各空军场站、各伞兵部队也来电声援，要求严惩凶手，揪出背后主谋！

"不解决济南问题，决不起飞作战！"——国军空军实施总罢工了！

事情闹大了。可人家苑金函处长稳坐办公室，神态自若，像没事人一般。这份心理素质！真不愧是空军王牌。

第二天中午，大华影院的经理揣着一张百万元支票（相当于十两黄金）到机场来当"调解人"。他戴着玳瑁眼镜、穿西服、拎手杖、坐着小轿车，派头十足。走到办公楼的楼梯上，正好遇见苑金函从楼上下来，苑处长问他是什么人，他就把名片递了上去。苑中校瞄了一眼，一句话没说，抬腿就是一脚，把这位自以为是的经理踹了一跟头，从二楼滚到了一楼。

那家伙爬起来，帽子都顾不上拣，钻进汽车就逃命跑了。

第三天下午，宪兵团的团长（兼山东宪兵司令）也来到机场，"场兵"拦住不让他进办公楼。这位宪兵少将只好站在楼下和二楼走廊上的空军中校对话。宪兵司令的态度还是很不错的，讲了不少好话，最后自责说："我们宪兵绥靖地方很不够……"，谁知道苑金函把眼睛一瞪："呸！你们绥靖地方？你们能绥靖，还要我们干什么？"说完就回屋了，再也没出来。宪兵少将万般无奈，只好灰溜溜地走了。

接下来的几天，莱芜前线请求空军支援的电报一个接一个，可是各飞行部队却都按兵不动。徐州的指挥部也发来电报，在对济南空军的不幸遭遇深表同情的同时，委婉地提出："济南机场能不能先表个态，以战局为重？"

苑中校冷笑一声，把电报丢进了废纸篓。

不过，在这些天里，济南机场的气氛也很紧张。一会儿有传言说，山东宪兵团要出动攻打飞机场，一会又有消息说王耀武要对济南空军下手了。

苑金函对宪兵不在乎，对王耀武还是有点怕。人家王耀武是第二绥靖区的司令，在莱芜前线被围的全是他的部队。万一把王司令搞毛了，还真有可能把济南空军一锅端了。这时候，青岛空军打电报来说："不怕，我们支援你们。要是打不赢，我们这里还有美国的海军航空兵，可以派飞机去接你们。"驻在济南机场附近的陆军第84师也说："不怕，我们保护你们。"吴化文师长一再表示，无论发生什么情况，绝对保证空军的安全。

飞行员们顿时士气高涨，阳永光中队长叫大家做好准备，等一开打，就用P51战斗机去轰炸济南的宪兵司令部，给他们点颜色瞧瞧。

真是好玩极了。

闹了四五天，空军罢工的事情终于传到了蒋介石的耳朵里，蒋总裁就让参谋总长陈诚负责处理这事。陈诚和宪兵总司令张镇的关系本来就不好，这时候当然要拉偏架。他从徐州发了个电报给王耀武，叫王司令长官和空军协调解决，却把宪兵丢到了一边。

于是王耀武就赶紧来到机场办公楼，和苑金函副处长关起门来谈了两三个小时。说了些什么不知道，反正最后达成的条款是：一、"打架阵亡"的飞行员和机械士追认为"烈士"，由第二绥靖区司令部优厚抚恤烈士家属；二、原驻济南的宪兵一营调离济南；三、从今以后，济南的陆、宪、警纠察队都不得盘查空军人员，空军自己组织纠察队，自己管自己；四、济南的各大娱乐场所都必须设立空军专席，专门招待空军人员。

会谈结束之后，苑金函把协议内容告诉大家，飞行员们勉强表示同意。当天，济南机场再次向全国空军单位发出通报，这才恢复了正常的飞行活动。

罢工事件平息后的第二天，蔡智诚中尉乘专机飞往南京。28中队的飞行官们依依不舍地集体欢送，都说："老蔡，好朋友，以后常来玩。"蔡智诚心说："常来玩？多玩两次，老子非上军事法庭不可。"

一个月以后，南京空军总部宣布了对这次"空宪冲突事件"的处理结果：济南机场指挥官、第二军区作战处副处长苑金函中校，受记过处分一次。

1947年2月底，莱芜战役结束。国民党军一个"绥靖"区指挥部、两个军部、七个师共五万六千人被歼灭，第二绥靖区副司令官李仙洲、73军军长韩浚等人被俘。解放军华东野战军创造了开战以来俘敌数量最多、歼敌速度最快的新纪录。国军空军似乎在其中也有一份小小的功劳。

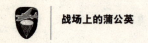

第二十三章　第三快速纵队

1947年3月是第三次国内革命战争的转折点。这时候，人民解放军已经度过了最初的艰难阶段，而国民党军在遭受重大挫折之后不得不将"全面进攻"改成了"重点进攻"。以华东战场为例，1946年年底，粟裕兵团放弃华中根据地，与陈毅兵团共同组成了华东野战军，兵力更为集中、机动范围更大，从而可以攥紧拳头，打击处于分散状态的国民党军——1946年12月，解放军在宿北战役中歼灭整编第69师；1947年1月，在鲁南战役中全歼整26师、整51师和第一快速纵队；2月，在莱芜战役中又一举歼灭整46师和第73军，并俘虏了第二绥靖区副司令官李仙洲，创造了开战以来的新记录。

三个月之内被消灭了十五万人马，薛岳长官明显不是粟裕司令员的对手，蒋委员长无奈之下撤销了徐州绥靖公署，改派陆军总司令顾祝同统一指挥华东和华中（徐州、郑州）的战事。

"徐州陆总"的设立，标志着国民党"全面进攻"战略的结束，也标志着"重点进攻"阶段的开始。

当时，顾祝同有两个任务，首先是"黄河归故"——抗战期间，蒋介石扒开了花园口，决口的黄河水在河南、安徽和江苏形成了千里黄泛区。抗战胜利后，国民政府就计划重新合龙花园口，使黄河恢复故道，让灾民回归家园。

这件事从民生角度来讲是没有多大问题的，关键在于军事上。

黄河改道，原先的河道就断流了。抗战期间，八路军在干涸的故道附近建立了冀鲁豫抗日根据地。而现在，一旦河水"归故"，这个面积最大、人口最多的解放区势必将被分隔在黄河两岸，从而在军事上产生极大的影响。所以，这项工程从"国共和谈"到"全面进攻"时期都没有能够办成，一直拖到"重点进攻"

的 1947 年 3 月才最终得以实现。

"徐州陆总"的第二项任务是对山东发动"重点进攻"。这件事，一开始干得也不错。

在当时，顾祝同的手下真可谓是兵强马壮——24 个整编师、45 万大军，其中还包括了"五大主力"中的整 74 师、整 11 师和第 5 军——这么多的精锐主力集中在一起，采取"齐头并进、稳扎稳打"的策略，呈纵深梯次向前攻击，共产党军队一时还真没有办法对付。于是，临沂、泰安等战略要地相继被国民党军攻占，津浦铁路徐州至济南段被打通，南京的火车终于可以开到北平了。

而就在这时候，又从西北传来了一个更为"激动人心"的消息——3 月 19 日，胡宗南部占领延安！

说起来，进攻延安的事情差一点就与伞兵有关系。

1947 年春节过后，伞兵总队抽调五个战斗队（加强连）的一千一百多人秘密集中，准备对延安实施空降突袭。部队先是在南京进行伞降训练，然后又转到西安郊区进行地面模拟，并针对不同情况拟定了数套作战方案，目的是在地面兵团接近目标的同时，迅速控制延安机场（机场是乘车离开延安的必经之地），并对杨家岭、王家坪等重点目标实施攻击。

3 月 15 日，各项工作准备就绪，配合行动的运输机和轰炸机部队也已经到位。可到了 18 日，地面部队逼近延安的时候，胡宗南只是命令轰炸机起飞作战，却没有让伞兵出动。特种部队最后无功而返，于 3 月底回到了南京。

这次行动夭折的原因，西安绥靖公署的解释是"走漏了风声，延安方面已经有所察觉"——这很有可能是真的。因为从《汪东兴日记》上看，当时，解放军在延安机场挖了壕沟、布置了警戒部队——但直到 18 日下午，毛泽东和周恩来等人依然坚持在王家坪，而且毛泽东最后还是经飞机场撤退的，真是够有胆魄！

当时，伞兵的行动计划十分保密，甚至连参谋处的人都不知道其中的内情，蔡智诚当然也就更无从知晓。从济南回来以后，他就被派到三青团的工作队，参与对付"闹事"的学生。

帮三青团干活属于"特务工作"，可以领取"特别费"。但这笔外快其实并不好挣，社会局势动荡不安，学生们的情绪又很激动，稍微有点良心的军警都会感到左右为难，无从下手。

整个 3 月份，"蔡特务"都在为了沈崇事件和学生们吵来吵去，直到美国强奸犯皮尔逊被判了15年徒刑，大学生才好不容易消停了几天。谁知道，4月中旬，学生们又开始上街游行了，这回的抗议主题换成了"反饥饿，反内战"，甚至连大学教师也参加了进来，还打出一个很有名的横幅——"教授教授，越教越瘦"。

"反饥饿"运动是内战期间国统区坚持时间最长、影响最大也最为成功的民主风潮，被毛泽东称为"有利的敌后战线"。这场运动发端于1947年4月，正式爆发于5月，并一直持续到1948年底，运动的主力军始终是各大学的师生。

大学师生们为什么要带头闹事呢？算一笔账就明白了。

以南京的"国立中央大学"为例。1947年4月，该大学普通教员（助教）的月薪为100万法币（蔡中尉此时的军饷为60万法币），这笔钱如果全部用来买米，可购糙米400斤，相当于今天的人民币600元；如用来买肉，可买猪肉100斤，相当于人民币1000元；但若是用来购买黄金，即便按照1947年"黄金浪潮"的黑市最高价也可换得纯金55克，相当于今天的10000元。由此可见，物价上涨，主要是体现在基本生活物资方面，物价高的情况也主要集中在大城市——而造成这种状况的根本原因就是内战。战争的兵员需求使农村劳动力匮乏，战争的破坏又使农田荒芜，造成粮食产量下降。战争阻断了城乡之间的交通，使农副产品无法进入城市市场，随着战局的恶化，基本生活品的价格也就越来越高。

这样的物价对有钱人的影响不大，肉价再高也触动不到富翁的神经；军政人员也觉得无所谓，因为在军队里吃饭是不花钱的；甚至某些市民在短时间内也有办法，因为只要胆子大一点，多到乡下去跑几趟，就能够买到比较便宜的粮食。真正难以承受压力的是社会工薪阶层和大学的师生们。

1947年，"中央大学"的学费是每学期25万元法币，政府每个月发给学生8万元生活费。在3月份以前，大学生依靠国家补贴就可以满足基本的生活需要。可现在却不行了，随着粮油价格上涨，4月份的伙食费需要10万元（北平各大学1947年夏季的学生伙食费为14万元），这样一来，学生们到了月底就要饿肚子了。

单身汉的大学生吃不饱，需要养家糊口的教授也不得不为了柴米油盐而精打细算。虽然政府向大学教员低价供应美国糖果、牛奶和面粉，但教授们都知道那是嗟来之食，既不能保证长久也不符合道德规范（朱自清先生就坚决不领美国食品），大家都认为解决问题的根本还在于必须停止内战。

于是一场新的民主运动就因此形成了。抗议者提出了十几项要求，有的比较天真（比如要求"将教育投入提升到国家总预算的15%"），有的却合情合理（比如要求提高教师待遇，要求学生的生活补贴费用随物价水平上调）。刚开始的时候，游行队伍还只是在街上转一转，喊喊口号，并没有惹出什么大乱子。可到了

5月份，局面却突然发生了恶化。

5月18日，南京政府出台了《维持社会秩序临时办法》，禁止10人以上的请愿、罢课和示威。得知这个消息之后，学生们的情绪反而更加激动起来，5月20日，南京、上海、苏州、杭州的万名师生齐聚首都，准备到"国民大会堂"举行示威，结果在中山东路遭到军警的野蛮殴打，一百多人被打伤，二十多人被捕，从而引发了历史上的"五二〇血案"。

从这一天起，"五二〇运动"就伴随着那首《团结就是力量》的歌曲席卷全国，运动的口号也在"反饥饿，反内战"之外新增加了一条——"反迫害"。

也就在5月20日这天，从山东传来了张灵甫整编第74师全军覆灭的消息。

自内战以来，整74师一直是华东战场的开路先锋，特别是在"重点进攻"的这两个月里，他们更是攻城拔寨所向披靡，其"勇猛善战"的名声已经盖过了骄傲自负的第5军和谨慎保守的整11师，一举成为国军中功绩最为显赫的王牌主力。蒋委员长赞誉他们"代表了革命军人的精神"，甚至认为"只要有十个74师，三个月内就可以消灭共产党"……可就在前方"连连告捷"的时候，这个"革命军人的标志"却突然被消灭得干干净净，这不免让大家惊愕万分。

整编第74师是在国民党军处于进攻高潮时期被歼灭的，这使得它的灭亡不像其他"几大主力"那样狼狈，甚至还带了几分悲壮的色彩。在当时，伞兵总队组织军官进行了相关讨论，蔡智诚他们并不清楚战场上的详情，只是从通报上看到整74师是"被敌重兵合围""弹尽粮绝""力战而亡"的，因此认为其失利的原因主要在于两个方面：一是友邻部队应变失措，救援不力；二是整74师携带的弹药基数太少，难以应付孤军作战的局面——直到这个时候，军官们仍然不愿意承认，人民解放军已经强大到了可以战胜国民党精锐主力的程度。

伞兵之所以讨论整74师的教训，是因为他们自己也接到了开赴徐州的命令——随着战局的恶化，原本"扈卫首都"的空军特种部队也要被投入战场了。

这道开赴前线的命令也宣告了蔡智诚的留学梦的破灭。

5月22日下午，参谋处长刘农畯传达通知：根据作战任务的需要，伞兵部队原定1947年的留美计划停止执行，留待1948年度另行安排——听到这个消息，会议室里一片死寂。一年多来，"留美预备生"们时刻都在盼望着能够出国进修。谁知道，就在行期临近的最后关头却发生如此变故，真让大家欲哭无泪。

5月24日，伞兵总队奉命离开南京，这时候正值"五二〇运动"的高潮。

这一天，全国各民主党派纷纷发表宣言，抗议国民政府镇压民主的暴力行为，来自华东各省市的学界代表聚集南京，慰问受伤学生、声援民主运动。一时间，中山大道上挤满了游行的队伍，人们用抗议的横幅、用反战的口号、用"向着法西斯蒂开火，让一切不民主的制度死亡"的歌声"欢送"着走出军营的官兵。

伞兵部队在学生的咒骂声中艰难行进，大家都显得灰溜溜的。莫永聪郁闷地问同伴："咱们到底为什么打仗？是为了保护他们，还是为了消灭他们？"

蔡智诚只好苦笑着回答说："为了国家，勉为其难吧……"

"不管民众，只顾国家"，这就是蔡智诚当时的心态。

内战不得人心，这是国统区里的每个人都能够亲身感受到的事实。当初挑起战事的时候，国民党根本就没有做好长期战争的准备，他们原以为半年之内就可以消灭共产党。结果一年下来，前方陷入僵持，后方混乱不堪，政治糜烂、交通阻塞、农业破败、商业崩溃、厂矿企业的开工率不足20%，社会上民不同心，政府里官不同德，经济状况和国民情绪甚至不如抗战最艰苦的那几年。

人民反对内战，因为内战破坏了社会的安定，影响了百姓的生活。许多政界要人也反感内战，因为蒋介石正利用内战排除异己，实行独裁，阻碍了民主的进程。不过在这时候，无论是蒋介石还是其他政客学者都没有料到，这个局面继续发展下去，国民党军队将会遭到全面的溃败，国民党的政权也将会彻底垮台。

这时候的蔡智诚当然更加预测不到历史的未来，尽管已经意识到共产党难以战胜，但他却认为"如果就此停战，中国将面临分裂"，"唯有军事才能够挽救时局"。他觉得，政府虽然陷入了困境，但"党国"的力量依然比较强大，如果再打一打，取得几场"决定性的胜利"，或许就可以使社会局面出现转机。

抱着这样的心态，蔡智诚走向了战场。

1947年6月，国民党空军伞兵总队在徐州编为"第三快速纵队"，由马师恭出任纵队司令官。

由伞兵组成的"第三快速纵队"其实是国民党第一支"全美械机械化部队"。

1947年10月以前，国军中真正的"全美械"部队只有第一批装备的5个师（新1军30师、38师、50师和新6军的14师、22师）以及第二批的4个师（第5军的45师、96师、200师和青年军的207师）——而这三个军也只是实现了"美械化"，并没有达到"机械化"水平，因为他们的大部分人马还是靠走路的——至于那些带"整编"字号的单位，包括整74师和整11师都只不过是"半美械"，也就更谈不上什么"机械化"了。

那时候，国军中的"机械化部队"有个特别的名字，叫做"快速纵队"。它的编制规模通常相当于加强旅，实际上是由摩托化步兵与坦克兵合成的临时结合体。

内战期间，国民党装甲兵总部下设三个战车团。第1团在徐州，全部装备美式坦克，蒋纬国就是这个团的团长；第2团在郑州，坦克为英国的"维克斯"和苏联的T26；第3团先是在北平，后来去了东北，全都是日本坦克。

当时国民党军集中使用坦克的方式就是加入"快速纵队"。在伞兵之前，曾经有过三个快速纵队：第一快速纵队是由整28师80旅和战车1团的一个营联合组建的，这个整28师属于日械部队，所以第一快纵是日本的枪炮加上美国的坦克，不能算作真正的"全美械机械化"，他们于1947年元月在鲁南被歼灭；第二快速纵队是由整27师49旅加上战车2团的一个营合编而成，中国枪、日本炮、日本卡车、英国和苏联的坦克，简直就是个万国博览会，他们于1947年4月在豫北被歼灭；另外还有个"老的"第三快速纵队是由青年军207师第1旅加上战车第3团的一个营组成，美国的枪炮、日本的坦克，所以这个"老三快纵"也不能称为全美械。

就这样，一直到了1947年的6月，国民党伞兵与战车第1团合编之后，国军历史上的第一支真资格的"全美械"快速纵队才算是隆重出炉了。

"第三快速纵队"以伞兵总队为基干，由12个伞兵队（加强连）和4个直属队组成作战集团，另外还配属了汽车团、炮兵营、战车营、工兵营、装甲车连、空中支援大队和兵站部。

汽车团（即辎汽26团，淮海战役中被歼灭）下辖三个营，装备340辆八缸福特和T234道奇卡车，再加上伞兵原有的六十多辆中吉普，部队可以全部乘车运动，实现了摩托化；炮兵营设山炮连（105mm榴弹炮4门）、战防炮连（37mm炮6门）和迫击炮连；工兵营由伞兵的工兵分队组成，担任扫雷、爆破和修建任务；装甲车连配备15辆轮式装甲车。这种"装甲车"其实是由两吨半的GMC卡车（美国通用汽车）改装的，车子前面焊5mm的钢板，另外三面焊3mm的，前头装一挺重机枪，后头架一挺轻机枪，于是就变成了一件攻坚的利器。

当然，真正的"攻坚利器"还是战车部队。配属"第三快速纵队"的是战车1团第1营的两个连，总共有20辆美制M3A3"史都华"——这种M3A3属于轻型坦克，战斗全重12吨半，装备37mm炮一门、7.62mm机枪两挺，标准乘员3人（驾驶手、射击手、弹药手），也可以再挤一个人进去当指挥手——蔡智诚也曾经钻进坦克里面过干瘾，结果在铁罐头里闷了一个小时，出来以后却吐了十多分钟，从此就再也不愿意遭那份洋罪了。

战车1营的营长是赵志华中校，这位赵营长是蒋纬国的铁杆亲信，当时的名声并不大，后来的名气却不小——蒋介石在台湾期间曾经遇到过两次"未遂兵变"，一次的主角是"总统府参军长"孙立人，另一次就是"装甲兵副司令兼第1师师长"赵志华。1964年，赵将军决心发动"湖口事变"，提出"反台独"、"清君侧"（也就是要杀蒋经国）。结果兵变没搞成功，自己却被抓了，害得蒋纬国也丢了兵权，只好远离政坛回家去唱"哥哥爸爸真伟大……"——当然，这是后话了。

在当时，"第三快速纵队"虽然装备精良，兵力雄厚，但指挥系统却是一塌糊涂。

"第三快纵"的主体是伞兵，但汽车、炮兵和兵站属于徐州剿总，装甲车和坦克车属于装甲兵司令部，空军支援大队（两架侦察机、一个战斗机中队）则由空军司令指挥。徐州、装甲兵和空军各派一个代表担任"副参谋长"（蒋纬国也是其中之一）。马师恭司令调动部队的时候必须经过各方面的协商，而这几位"副参谋长"又都是兼职的，平时并不在"快纵"办公。结果遇到紧急情况的关头，找得到这个却找不到那个，打起仗来就难以同时出动，也就更谈不上进行有效的战术配合了。

不过，伞兵是"第三快速纵队"的基干，蔡智诚所在的特务队又是"快纵"直辖的战斗集团，所以每次出动都必须首当其冲，想躲也躲不掉。

1947年的6月，正值夏麦成熟的季节，这时候的国民政府正急需征调粮食供应城市，以解决"反饥饿"浪潮形成的政治困境。因此，伞兵们刚到徐州就接到了"武装护粮"的任务。

"武装护粮"，换个角度说就是"武装抢粮"。而蔡智诚他们的行动目标又恰恰是苏北的"恢复区"，也就是共产党的根据地和解放区。

这事情可就难办了……

第二十四章　鲁南合围

　　整编74师的覆亡并没有抑制住国民党的嚣张气焰，1947年5月下旬，"徐州陆总"重新集结起九个整编师（二十五个旅），对山东解放区发起了第三次"重点进攻"。国民党军自莱芜、蒙阴一线向东北方向推进，企图与华东解放军（二十七个旅）在鲁中地区进行决战，一举打通胶济铁路，攻占烟台和蓬莱，并最终达到切断山东半岛与辽东半岛之间联系的目的。

　　与前两次的"重点进攻"不同，这一次，国民党军在对正面目标发起攻击的同时，也派遣部队对战线后方进行了治安清剿。

　　根据以往的经验，在遇到强势攻击的情况下，共产党主力通常都采取大踏步后退的方式避开国军的进攻锋芒，只留下地方部队在战线后方周旋，袭扰敌方的交通和补给——国民党军在前两次"重点进攻"中吃够了这样的苦头，特别是在5月上旬的孟良崮战役之后，各路将领都把救援不力的原因归结到"土八路的破坏"上。因此，从5月下旬开始，国民党就对山东鲁南军区发动了大规模围剿。

　　6月5日，正在徐州进行整编的第三快速纵队接到命令："沿台儿庄、峄县、枣庄方向搜索前进，寻机歼灭共军鲁南军区张光中①部。"当天下午，蔡智诚他们整装出发——这是快速纵队组建以后的头一次行动，装甲兵和炮兵都没有参加，真正上前线的只有汽车团和一帮伞兵。

　　蔡智诚这时的职务是特务队第3分队的中尉分队长。

---

　　①张光中，又名张耀华，江苏省沛县人，1931年8月加入中国共产党，是鲁南人民抗日武装的主要创始人之一，曾任沛县县委书记、苏鲁人民抗日义勇总队总队长、八路军115师苏鲁支队支队长、鲁南军区司令、鲁中南军区副司令、徐州警备区司令，建国后担任江苏省人民检察院检察长、江苏省政协副主席等职，1984逝世。

"总队直属特务队"下辖五个分队，相当于一个加强连，队员主要来自伞兵2队和16队，全都是抗战期间的老兵。特务队长游乐智少校以前是16队的队长，副队长则是原先的2队队附刘盛亨，而蔡智诚的这个第3分队是以衡阳空降时的2队2分队为基本班底的，海国英和"唐僧"陈保国等人都在这个队里。蔡中尉既可以受到老上司的呵护又能够得到老部下的支持，分队长的差事并不难当。

6月7日，快速纵队通过台儿庄、峄县，沿台（儿庄）潍（坊）公路向北推进，伞兵第7队和特务队共同组成纵队的前卫，交替突前互相掩护。

伞兵7队隶属于二大队（第6至第10队），是有名的"模范单位"，每次竞赛评比不是第一就是第二，战斗力很强。他们的蔡振武队长和特务队的游乐智队长都是湖北黄石人，而且好像还是什么亲戚，两位队长一路上都在对讲机里说说笑笑，"哥哥""弟弟"的叫得十分开心。

相对而言，刘祝多中校的"聊天"就不那么痛快了。刘祝多是参谋三科（作战科）的科长。当时，支援大队的两架侦察机轮流升空，在天上配合伞兵行动。刘科长就带着空地电台跟着前卫部队一起走，专门负责与飞机进行联络——大家都说他这是真正的"聊天"。

刘科长一路走一路对着天上喊话，飞行员每次都回答"一切正常"。到后来地面上都开打了，天上还是"没情况"，刘祝多顿时有点火大，开骂说："瞎眼睛，什么破侦察机。"空军一听见这话就掉头把飞机开回了徐州。结果是临阵耍脾气的飞行员屁事没有，出言不逊的刘中校却挨了个处分。从此以后，谁再担任"聊天"的工作都变得客客气气的了。

其实，6月7日那天有没有侦察机都无关紧要，因为地面部队已经咬住了目标。

下午3点，前锋部队在公路上遇到鲁南军区特务团的阻击，双方打了十几分钟。等蔡智诚他们赶到战场的时候，第7队已经突破了对方的防御。蔡振武少校正在马路边上审讯俘虏，他瞧见游乐智就挥挥手，指着苍山县的方向说："张光中就在前面，你先去追，我马上跟过来。"

听到这个消息，特务队没有下车，直接越过第7队向前搜索。

追到墩村附近，前面的卡车被地雷炸翻了，全体队员立刻展开了攻击队形。

试探性进攻之后，游乐智判断对面的兵力大约是一个连，除了轻机枪以外没有重武器，于是就命令3分队先绕到墩村背后进行拦截，"堵住当官的，别让张光中溜了"，并且说，"给你四十分钟时间，我这里十分钟后发起攻击，半个小时解决战斗"。

蔡智诚答应一声，带着部下就开跑。当他迂回到墩村北面的麦田里的时候，主阵地上的枪声已经响成了一片。

等了半个小时，没看见阵地方向有败兵退下来，却发现从后面来了一群人，有的背着口袋，有的扛着担架，正急匆匆地朝墩村方向走。他们一看到麦田里的伞兵，转身就往回跑。蔡智诚高声喊道："不许跑！谁跑打死谁。"接连打倒了几个不听话的，其他人才丢下东西，站住了。

这群人的布口袋里装着大饼子和煮熟的麦粒，看样子是支援前线的民夫队。队伍里面大多数是老百姓，只有两三个士兵，其中还有个十五六岁的小战士，没有枪，腰间挎着个黄铜军号，大概是个通讯员或者司号员。蔡智诚看见他光着脚丫，腿上划出了血印子，就问他："赤脚大仙，你的鞋子呢？"

"昨天跑掉了……"赤脚大仙低着头，显得有点不好意思。

"那可不行，当兵的怎么能没有鞋子穿"，蔡智诚觉得这小兵蛮好玩的，就叫一个民夫把鞋子脱下来给他。可那小家伙却坚决不干："不要不要，我们不拿群众一针一线。"

"呵呵，小东西还挺懂规矩。"围观的伞兵们全都乐了。

游乐智队长说他半个小时就能够解决战斗，可打了三个多小时也没有突破墩村。蔡智诚听见阵地上传来隆隆的炮声，知道后续部队已经投入进攻了，因为特务队是没有迫击炮的。

天擦黑的时候，伞兵的车队终于从墩村方向开了过来，领头的吉普车上坐着二大队的副大队长姜键。蔡智诚迎上前去报告："特务队3分队奉命拦截溃兵，但没有发现目标。"

姜键中校回答说："本来就没有溃兵，整个连都打光了，这帮共军还真够硬气。"

卡车开到了麦田跟前，那位小"赤脚大仙"却还在一个劲地东张西望，不肯上车："老总，我们连长呢？"

"别找了，打死了。"蔡智诚告诉他。

"王八蛋！把我们连长害死了，你们这群王八蛋。"光脚的小俘虏放声大哭，不顾一切地咒骂起来。

攻占墩村之后，快速纵队兵分两路，主力进攻杨庄。二三大队和特务队继续向东推进，于当天夜间控制了沂河西岸的南北新汪村。①

至此，鲁南区党政军机关和五万多民众就被国民党军围住了。

事情是这样的。

1947年5月，面对国民党前所未有的大举围剿，鲁南区党委、鲁南行政公署和鲁南军区决定分路突围。第一批机关人员辗转到达了渤海区，第二批原准备转移到微山湖西岸的金乡、鱼台一带，结果半路上被整83师给堵了回来。

整83师是由第100军改编而成的，也属于国军精锐。在5月中旬的孟良崮战役中，83师消极怠工坐视74师被歼灭，结果师长李天霞被蒋委员长请去喝茶了。也许是因为受了这个刺激，代理指挥的周志道副师长在这次"清剿"行动中极为卖力，一路穷追不舍。

鲁南机关西行不成，只好退回抱犊崮根据地，但整83师又随即跟了过来。这时候，周围的运河县（今台儿庄以北）、邳县、枣庄、峄县、费县、临西、邹县、滕县、平邑、泗水、临城、双山……等县区乡村的干部、民兵骨干、军队家属和群众积极分子得知总部转移的消息，也全都往根据地跑。逃难民众就像滚雪球一样越聚越多，总数超过了七万人。

行署和军区事先完全没有料到会发生这种情况，但迫于形势，区党委书记傅秋涛（开国上将）和军区司令员张光中只好带着大家一起走。于是，这支编制混乱、拖家带口、规模庞杂、熙熙攘攘的军民队伍就在四面围堵之下，吵吵嚷嚷地东奔西走，既不能保证行动秘密，也无法加快行军速度。

担任掩护的部队只有六个团，除特务团和三分区19团战斗力稍强以外，其他团都是刚由民兵改编的游击武装。部队武器差、经验不足，前突后挡的保护着七万人突围，实在是力不从心。6月7日，逃难大军通过磨山镇的时候还剩下五万人左右。当天夜里，从北边追赶而来的整83师占领了沂河边的东蔡村，南边的快速纵队控制了杨庄至新汪一线，而整33军（冯治安部）则据守在沂河东岸，从而把共产党的干部群众包围在耿墩、涌泉等十几个村子里——既无险可守，也无路可逃，形势危在旦夕。

按计划，国民党军将于第二天凌晨发起三面合击。如果真这样做了，傅秋涛、张光中等人恐怕是凶多吉少。但就在这时，老天开眼。6月8日清早，鲁南地区

---

①《山东革命史》上说，新汪村驻扎着国民党军两个团。其实是伞兵的两个大队，共十一个加强连。

突然迎来了一场历史上罕见的特大暴雨。

蔡智诚从没有见过那么大的雨。

暴雨从拂晓时开始下，刚开始还能分辨得出刷刷的雨声，到后来就变成了一片铺天盖地的水雾，满耳朵尽是"轰隆隆"的嘈杂，四周的一切都被笼罩在银亮的迷茫之中，两三米以外就看不清人了。

士兵们都躲在屋里不愿意出去，各级军官也都纷纷要求取消行动。下这么大的雨，不仅瞧不见目标，就连路也走不稳当，还能打个什么仗？

下午四五点钟，雨小了一些，可部队还是没法出动。苍山县南部一带尽是黏土，大雨之后道路又烂又滑，汽车根本就无法行驶，伞兵的弹药都是由卡车运输的，如果改成徒步作战就必须重新调整装备基数，折腾下来起码需要两个小时，到时候天已经黑了。于是，整整一天，蔡智诚他们都没有出门。

国军各部之所以轻易地推迟原定的合围计划，一方面是因为不愿意吃苦，另一方面也是以为对方反正已经无处可逃，晚一两天动手似乎无关紧要。他们没有料到，6月8日，鲁南数万名党政军群众居然冒雨渡过了暴涨的沂河，并于9日突破了河东岸的国民党军的封锁，完成了山东解放史上艰苦卓绝的"六九大突围"。

9日上午，天气放晴，伞兵们离开新江村，沿着沂河徒步向北搜索前进。

部队刚出发，蔡智诚就发现河岸边有许多从上游冲下来的尸体和物件，于是估计到包围圈里的共产党部队已经冒险渡河了。不过，这时候的伞兵并不担心他们渡河，因为河东岸驻守着整33军的两个师。几道防线密封得跟铁桶似的，突围的人群即便是过了河也没处跑——可没想到，几万军民过了沂河以后，居然立刻就像泥牛入水似的失去了踪迹——直到后来，当蔡智诚知道了33军副军长何基沣①和参谋长张克侠②的真实身份以后，才对当时的一切恍然大悟。

---

①何基沣，河北藁城人，毕业于保定军校，历任冯玉祥部排长、连长、营长、团长、旅长、师长，1938年赴延安受到毛泽东等中共领导人的接见，1939年秘密加入中国共产党，任国民党军第77军副军长、军长，第33集团军副司令，徐州绥署第三绥靖区副司令官，1948年在淮海战役中与张克侠率国民党军第59军、第77军2万余官兵于贾旺、台儿庄防地起义，后任人民解放军第34军军长、南京警备司令部副司令员、水利部副部长，1955年被授予一级解放勋章。

②张克侠，河北省献县人，毕业于保定军校，历任冯玉祥部副官、团副、师参谋长、干部学校校长、集团军参谋长等职。抗战胜利后，张克侠被任命为第三绥靖区副司令官，在国民党军队上层人物中积极开展反对内战、反对独裁的活动，1948年与何基沣一起率部起义，先后担任人民解放军33军军长、上海淞沪警备区参谋长、林业部副部长、中国林业科学研究院院长等职，1955年被授予一级解放勋章。

沿着沂河向北行进，特务队和第7队依然担任前卫。虽然一路上不断发生零星枪战，但此时的对手已经没有什么抵抗能力了。中午，部队接近麻湾（现在叫"马湾"），前哨发现一股部队，几个伞兵分队立刻围了上去。蔡智诚看见十多个共产党军队的战士趴在地上死战不退，掩护着一个领导模样的人朝河里跑。暴雨过后的水流很急，那位领导稍微犹豫了一下，随后就被狙击枪手打死在河边了。从这人的身上搜出了张光中的一个笔记本，蔡智诚还记得上面写着"应该高度重视民兵建设，不能简单地派犯过错误的干部去民兵队伍里工作……"之类的话。伞兵们于是就认为自己打死了共产党的鲁南军区司令员，南京的报纸也很快登出了"击毙鲁南匪首张光中"的消息，特务队长游乐智还因此受了奖。

牺牲在河边的当然不是张光中，因为张光中和傅秋涛已经于头一天夜里渡过沂河了。这位烈士也许是军区或者某分区的干部，也许是行署或者某地委的领导，在当天的包围圈里，这样的人是很多的。

9日中午，快速纵队与83师在麻湾会师，接着又转向西面进行扫荡。

从核桃园、涌泉、耿庄，一直到磨山镇，随处可见丢弃的行李包裹，一路上尽是遇难者的尸体。大部分死者的身上并没有弹痕，很多人都是因为在暴雨和泥泞中长途奔跑，筋疲力尽气竭而亡的。有些人倒在泥潭里，鼻孔和嘴巴上全是黏土，似乎连抹去脸上的淤泥的力气都没有，就这么给憋死了。在旷野里，蔡智诚发现了一百多具担架。担架上的人全都泡在泥浆里死去了，可医护人员却仍然静静地坐在旁边，陪伴着他们。游乐智队长下令不许伤害那几个卫生兵——大家都是扛枪打仗的，谁都希望自己能够遇到如此尽责的护士。

在这一百多平方公里的地段上究竟有多少人遇难，不知道。蔡智诚的印象是"至少上万"，马甲我也没有查到具体的数据——这也许是无法查清的，因为当时的逃难群众并没有统一的编制。对死掉的人，国民党军埋了一些，当地民众埋了一些，共产党回来以后又埋了一些，所以没办法进行准确的统计——但有个数字可以参考：6月8日，仅鲁南军区机关就有二百三十多名干部在突围途中"累死"（不是阵亡）；19团9连是突围成功的队伍，但这样的主力连队也有13名战士"累死"在泥泞里。组织严密的军区机关尚且如此，身强力壮的小伙子尚且如此，那些分区、地委、县区乡的干部，那些民兵、伤病员和军队家属的遭遇也就可想而知了。

但无论如何，总部机关冲出去了，大部分领导干部和党政军骨干也渡过沂河，完成了突围。

现在回过头来想这件事，一场突如其来的暴雨固然是老天帮忙，但担负墩村防御任务的19团7连的艰苦阻击却更为重要。因为，如果没有他们以自己的生命争取到了宝贵的三个小时，快速纵队6月7日下午就可以进抵涌泉村。那将会使得逃难军民无法靠近沂河，第二天的冒雨突围也就根本不可能实现。

防守墩村的是鲁南军区三分区19团3营7连，该连除20人被俘外全部阵亡。3营营长王严文是参加过长征的老战士，他也于第二天，也就是1947年6月8日牺牲。

写到这里，说句题外话。

看电影《集结号》的时候，马甲就在想："在人民解放军的征战史上，究竟有多少个'9连'或者7连一样的队伍呢？"

如果仅仅从"掩护撤退"的角度去看待他们生命的价值，阵亡者的结局无疑是委屈的，但如果从"捍卫信仰"的角度去分析他们的行为，一切都将变得十分坦然——"9连"或者7连、姜茂财董存瑞或者谭嗣同秋瑾，当他们面临牺牲的时候，其实只有一个信念能够真正支撑起他们慷慨的付出，那就是：他们相信，在他们身后，活下来的人将会继续战斗下去，直到共同的理想得以实现——这个高于生命的觉悟，是泛泛的"人性关怀"所无法解释的。

能够安慰死者的不是勋章、不是墓碑，而是他们的信仰是否得到了捍卫，是他们的理想是否成为了现实——斯皮尔伯格懂得这个道理，所以他让大兵瑞恩站在战友的陵墓前说："我做到了，我是好人，一直是个好人"；而《集结号》的导演却似乎没有明白其中的意义，所以，我们只在银幕上看见了血肉横飞和哥们义气，只在逼真的音效里听见了凄厉的军号和狂野的吼叫，却没有领悟出牺牲的目的。

导演其实并不明白"9连"为什么牺牲，所以他让焦大棚提出了一个请求："撤吧，给9连留点种子。"这话听着有点耳熟，因为分明也有人曾经喊过："撤吧，给西北军留点种子"……但是，什么是"种子"？对军阀而言，"种子"是兵、是枪、是番号，所以他要求撤退；而对于献身理想的战士而言，"种子"是精神、是觉悟、是高于生命的信仰，在最艰难的时刻，只有坚持战斗，付出牺牲，种子才有可能发芽开花。

并不是所有的阵亡者都配得上"烈士"的称号的。是否为信仰而战，这是烈士与炮灰的区别。

因此，当烈士逝去之后，墓碑上的名字并不重要，更重要的是，活下来的人们应该扪心自问，先烈的理想的"种子"是否植根在自己的灵魂里了——这才是牺牲的价值，这才是精神的力量，这才是最伟大的人性的光辉。

只是，不懂得理想的崇高，又怎能阐释得出牺牲的真谛呢？

6月9日，总部机关突围了，但仍然有许多人被困在了包围圈里。

快速纵队抓到了一千多名筋疲力尽的被围困者，从中甄别出县委书记、组织部长、区长和民兵"爆破大王"等共产党干部，并随即就把他们移交给了保安团（7月2日，国民党费县县长杨均亚将其中的210名党员干部活埋杀害了）。

伞兵之所以迅速移交手里的战俘，是因为他们又接到了新的命令。

6月，正是夏麦成熟的季节。国军对鲁南的清剿虽然全面告捷，但由于没有建立起组织机构，一时半会还无法进行征粮。而这时候，全国各地的"反饥饿"运动正整得政府焦头烂额。因此南京方面就把希望寄托在了苏北和苏中，指望着用"恢复区"的麦子给城市救急。

苏北和苏中是新四军的老根据地，这时虽然被国军占领了，但共产党的政权仍然在坚持活动。从解放区失陷之日起，淮海区党委就发动群众进行"反征兵、反纳税、反交粮"斗争。进入麦收季节后，又组织民兵武装开展"保麦运动"，使得国民党的征粮计划无法落实。因此，当鲁南清剿告一段落，徐州总部就立即调遣快速纵队赶赴苏北各地"武装护粮"，为地方保安团撑腰打气。

特务队和二大队被分派到了苏北的东海县。

东海县毗邻连云港，在陇海铁路的边上，这里的国民党保安团队有两股势力，一部分属于"还乡团"，他们缺乏训练，只会打人不会打仗；另一部分是原新四军独立旅3团的旧部，虽然有一定的战斗力，但军心涣散，与国军部队貌合神离。

"独3团"的团长刘庆余（刘福龙）原先是青帮出身的土匪，历史上有血债，后在共产党的影响下参加了新四军。1946年，刘部到潼山根据地休整期间，潼山的几十位苦主向人民政府告状，揭发刘庆余曾经杀害过无辜百姓。县委一调查，情况属实，当即就召开公审大会，把刘团长和几个部下都枪毙了。这个举措当然是为受害群众报仇雪恨，但同时也让许多"有案底"的人慌了神，于是他们就拖枪叛变，投奔了保安团。这批当过新四军的国民党保丁与其他国军有隔阂，与"还乡团"也格格不入，所以打起仗来总是患得患失，心不在焉，起不了多大作用。

6月初，东海县保安团组织了11支征粮队，还设置了7个"麦场"。但他们一下乡就被民兵游击队打了个落花流水，结果损失了一百多号人马只收来四斗麦子,把第八行政区的夏鼎文专员气得不行。夏专员是东海县人,还是位国大代表,家乡的征麦情况关系到他的政绩声誉。看到保安团不顶用,他就请整编第28师(李良荣部)的国军帮忙"护粮"。整28师派来一个团(52旅155团),到东海的第二天就被打死了一个营长,立刻就吓得缩在县城不敢出门了。夏专员没有办法,只好再向徐州要求增兵,这才把伞兵部队调到了东海县。

快速纵队是国军精锐,蔡智诚他们刚刚在鲁南打了大胜仗,趾高气扬,根本没把"土八路"游击队放在眼里。一到驻地,军官们就催着问"什么地方需要护粮?"听保安团说东北方向的游击队比较活跃,如果先把那边的麦子收回来将更能够打击共产党的士气,于是就往东海县的东部开去。

几十辆卡车载着六个伞兵队,车队后面还跟着保安团、复仇团以及国民党的区长、乡长们。马车、骡子车排了一长串,踏得马路上尘飞土起,真是浩浩荡荡,威风十足。

行进途中,蔡智诚发现路边的麦子已经被收割了一半,就问那是什么人干的。保安团回答说:"还有谁? 土八路呗,他们出来转一圈,大片的麦子就不见了。"

第二天,队伍来到苏鲁交界处的青湖和沙河。放眼四周,庄稼地里空荡荡的,一颗麦穗也见不到。复仇团的一帮乡绅地主绝望地坐在田埂上哭嚎:"我的麦子哦,我的果园哦,我的房子哦……"

于是,保安团就冲进各个村庄,翻箱倒柜、掘地刨坑,抓人搜粮食。

实际上,当时的国民政府为了对抗共产党的土地政策,已经颁布了《绥靖区土地处理办法》,明确规定"经非法分配的农地,一律由县政府征收,然后再放领给佃农",并要求"地主不得对土地使用者采取报复行为,不得藉口收回土地"。这个《办法》的目的是维持解放区的土改结果,不影响农民在中共统治下的既得利益,并以此与共产党争夺民心——但事实上,这个政策根本就行不通。

共产党是通过"直接发动群众"解决土地问题的,而国民党则恰恰做不到这一点,他们必须通过中间层,也就是通过代表地主利益的地方官吏去实施土地改革。这就走进了一条死胡同——因为,依靠"既得利益群体"对权利集团自身实施改革,无论规划多么完善,口号多么动听,都不会有本质性的效果。

一旦国民党政府恢复了对绥靖区的统治,随之而来的必然是"还乡团"和"复仇团"的凶残暴行。地主武装肆意追讨财产、疯狂杀戮民众,官员则听之任之,军队则助纣为虐,国民党政府的《土地办法》最终也就成了一纸空文,除了加深民众的仇恨,没有任何实际意义。

"护粮"队在沙河住了两天。这两天，保安团在当地追得鸡飞狗跳，所到之处尽是哭喊声和叫骂声。

蔡智诚他们也被共产党的民兵折磨得够呛。国军白天要到各村去"护粮"，到了晚上，游击队却不让他们休息。夜里刚躺下，外面忽然响起了"咣咣当当"的机枪声。大家急忙全副武装地跑出去搜索，才发现是个破铁桶子里面放炮仗。反复折腾了几次，大家也就习以为常了，正准备在鞭炮声中睡大觉，"咣当"一下，真的来了，哨兵被打翻在门口，床上的人只好又爬起来继续搜索……蔡智诚接连两个晚上都没能合眼，整到最后，脑袋瓜子晕晕乎乎的，走路都有点打漂。

忙碌了两天，终于翻出了两万斤麦子，护粮任务总算大功告成。国军凯旋回营，沙河区的区长也要跟着跑。临走的时候，这位区长老爷还四处打招呼："我先把征粮款埋在区公所的院子里，过几天再来发给大家。"

蔡智诚觉得挺纳闷："嚷得那么大声，别人不都知道藏钱的地方了么？"

2分队的队长石家勇笑着说："别信他的，那院子里要是真的有钱，我把脑袋输给你。"

石家勇是从军官总队调来的老兵油子，区长的猫腻当然瞒不过他的眼睛。据他介绍，绥靖区的各个县区都有一笔钱，名义上是"征粮款"，实际上根本就不会发到农民的手里。区长之所以高声透露藏钱的位置，无非是想找个"公证"。等国军开拔、共产党回来，这区公所自然就成了游击队的地盘，逃回县城的区长可以推脱是"共军抢走了粮款"，那笔钱也就合情合理地被他独吞了。

不管怎么样，只要弄到了粮食，这一趟的任务就算是完成了。可虽然是"凯旋"，回城的路途却并不顺当。老百姓在马路中间栽了木头桩子，卡车过不去，只好不断地下车清除障碍，一路上磨磨蹭蹭，走的时间还没有停的时间长。遇到停车的时候，游击队就躲在路边打冷枪，一会儿打中了马，一会儿又打死了骡子，整得卡车上的伞兵也不敢露头，趴在车厢里十分紧张。

车队经过一个隘口，坡坎上站着一个傻小子，鼻涕邋遢，裤子破得露了腚，伞兵们指着他直乐："嘿嘿，瞧傻子嘿。"却没想到那傻小子突然从破裤裆里掏出一颗手榴弹，"嗖"的一家伙就扔了下来。等当兵的反应过来再追上坡坎，人家早就跑得没影了。

手榴弹落在2分队的卡车上，当场炸死了两个人。石家勇上尉气得直骂："这是什么邪门地方，连傻子都会甩手雷！"

在路上，蔡智诚发现先前那些被收割了一半的麦子地现在居然连一颗麦穗也不见了。保安团的人直叹气："坏了坏了，土八路肯定又出来转了一圈。"

这情况让"护粮队"觉得十分沮丧。早知如此，何必大老远地跑到沙河区去穷折腾，把这里的麦子割了，怎么也不止几万斤呀。游乐智队长连忙催促大家："快走快走，快回县城去，别东边的粮食没收到，西边的麦子又被割光了。"

幸亏，东海县西部的麦子还是好好的。可麦子虽然在地里，老百姓却全跑不见了，找不到人收割。

伞兵不会干农活，保安团也不干，还乡团的一帮地主又割麦又打场，成天累得跟狗一样也整不回来几袋粮食。

人手不够怎么办？去抓。一天早晨，有个地主喜滋滋地跑来报告，说他发现了劳动力。蔡智诚立刻带领部队围追堵截，把那些老百姓全抓了回来。原来，这三十多个农民都是本村人，因为逃出去的时间长了，有点不放心家里，所以想溜回来看看情况，结果就被伞兵给逮住了——这下好办了，有了壮劳力，那一天的成果大为增加。

到了晚上，军士长陈保国向蔡智诚请示："这些农民怎么办？要不要关起来？"

蔡智诚说："关老百姓干什么？那不成了绑票的土匪了么？"

于是就让农民们回家睡觉。到了半夜，哨兵跑进屋报告说"村民跑了"。蔡智诚连忙追到村口，看见陈保国正在那里鸣枪警告。他不朝天开枪还好，越打枪，老百姓跑得越快。蔡智诚急了："你这个狙击手，倒是认真瞄准一个呀。"

"唐僧"把枪一收，板着脸回答："杀老百姓？那不是比土匪还坏了么？"

蔡智诚也就没再说什么，回屋睡觉去了。

抓来的农民跑了，只好去招募临时工。

位于东海县和沭阳县之间的潼阳镇是苏北的旱码头，南来北往的流动人口很多。蔡智诚他们就开着大卡车，跑到镇上去招人。一帮伞兵把住路口，先是喊"一天十斤麦子，管吃管喝"，看看没人理睬，又改口嚷嚷："二十斤麦子一天，包吃管饱！"咋呼两个小时，总能忽悠来一卡车民工。

7月上旬的一天，伞兵又去潼阳镇"招工"，吆喝一通之后就到馆子里吃午饭。那天也不知是个什么鬼日子，"唐僧"非要吃斋不可，饭馆子做的素菜他也不吃，嫌人家是用油锅炒的，荤腥味太重，宁愿就这么饿着。

到了下午，军车往回返，经过一个小村庄，看见炊烟袅袅，好像是有人正在做饭。蔡智诚就让车子停下来，钻进屋里问"主人家，有没有素食？"那屋里只有一个老头，他回答说："我家里从来就只有素菜，不见荤腥。"蔡中尉顿时很高兴，赶紧让唐僧到这户人家来化缘。

但是，老头的饭菜还没做好，让整车的人等着唐僧吃饭又不太合适。陈保国就说："你们先走吧，我搭2分队的车回兵营。"那天，石家勇他们也在潼阳镇招工，大概一个小时以后就能经过这里，蔡智诚于是就跳上车走了。

车子一路开得飞快，可蔡智诚却总觉得有什么地方不对劲。陈保国是他的老战友，抗战期间还救过他的命，所以他对这个罗里罗嗦的部下始终带有一种特别的关心。卡车已经快到军营了，蔡智诚还是命令立刻掉头，回去接唐僧。

可是已经晚了。那个小村子空空荡荡的，只有陈保国一个人躺在院子里，脖子被砍断了，步枪也不见了。

蔡智诚说，战争期间，他见过无数的死人，但他只为陈保国一个人哭过；在战争期间，他做过许多坏事，而最坏的一件，就是在那天，他亲手点火把整座村子都烧掉了。

烧房子的滋味并不好过。

那天夜里，蔡智诚想起自己弃笔从戎的初衷，想起自己曾经痛恨过那些殴打平民的军官和士兵，想起自己曾经盼望着投身一支利国利民的高素质军队。而如今，自己却成了一个纵火报复的匪徒，比以前那些兵痞有过之而无不及，内战的疯狂，正使自己一步步走上一条邪恶的不归路。

蔡智诚烧房子的时候，他的部下看见了，2分队的石家勇他们也看见了，大家都知道蔡智诚与陈保国关系比较亲密，所以并没有谁出来阻拦他或者责备他。晚上，姜键大队长还特意跑来安慰小蔡，好像对他的野蛮行径十分理解。

不过，蔡智诚的心里依然很不痛快。他对姜队长说："咱们成天不是抢粮食就是抓老百姓，与其这样折腾，还不如去山东找共军主力干一仗，总比在这里和民兵伤脑筋要强得多。"

两天后，他的这个愿望就实现了。

第二十五章　驰援滕县

1947年6、7月间，国共双方互有攻守，但总的来看，国民党方面的局势更加乐观一些——国军在华东和西北采取攻势，在中原和东北采取守势，攻得精彩，守得也很不错。

先看防守。中原战场，国民党军背靠湘鄂两省与刘伯承部反复拉锯。虽然各有胜负，但自从"黄河归故"之后冀鲁豫解放区就被河水一分为二，随着雨季的到来，中原解放军的"内线作战"变成了"背水一战"，除了退到黄河以北似乎已别无出路。东北方面，杜聿明挫败了林彪的夏季攻势。经过激烈搏杀，国民党军最终守住了四平街，东北民主联军遭受了重大损失，而71军的陈明仁军长则因此荣获了青天白日勋章。

再看进攻，国军的铁拳更显得虎虎生风。在陕北，胡宗南继攻克延安之后又集中六个整编师追击彭德怀部，拉开了浩浩荡荡的"武装大游行"；在华东，国军扫荡鲁南、激战鲁中、攻克沂源、夺占沂蒙山区、控制胶济铁路，陈毅粟裕部队只剩下胶东、滨海、渤海三片狭长地域，大有被"赶进东海喝海水"的态势。

面对着如此的大好形势，1947年7月4日，国民政府颁布了《戡平共匪叛乱总动员令》，决心调集全部力量，一鼓作气荡平共产党的武装力量；同月，中共中央军委宣布"八路军西北野战兵团"改称"中国人民解放军西北野战军"，确认共产党军队的正式名称为中国人民解放军。

至此，已经开打一年的国共内战也终于被赋予了两个历史性的称谓——"戡乱战争"或者"解放战争"。

这时的局势十分微妙。从表面上看，国民党在山东和陕北连连告捷，但仔细分析一下却可以发现：国军"重点进攻"的方向一个偏东、一个偏西，而中间的苏淮直至南京一线却显得空空荡荡，就像个搏击场上的莽汉，双拳伸出去了，胸腹却暴露在对手面前，如果肚子上被蹬一脚，立刻就要栽跟头。

共产党人敏锐地发现了这一破绽。1947年8月，就在华东、西北战事正酣的时候，位于中原地区的刘邓大军果断出击，千里跃进大别山，从河南东部直扑南京侧翼的江淮腹地，打了国民党军一个措手不及，从而彻底粉碎了国民党政府的"重点进攻"，迫使其转入了"全面防御"。

从战争史上看，中原野战军的这次破釜沉舟揭开了解放战争战略反攻的序幕。但细说起来，这场序幕还有个序曲，那就是华东野战军的"七月分兵"。

1947年7月，华东野战军已经得知刘邓大军即将展开对大别山的战略突击。但这时，他们在山东战场上正面临着两大困难，一是战略防御的纵深不足，在国民党的重兵压迫下，可以迂回的地域越来越小；二是国军在进攻中的队形衔接得十分紧密，在"以集中对集中"的情况下，解放军一时找不到各个击破、歼灭敌人的机会。在这种形势之下，陈毅、粟裕决定分兵（这也是中央军委的主张），他们的战略意图是"先分路出击，把敌人扯散，而我军再由分散转为集中，歼灭孤立分散之敌"。

于是，7月1日，华东野战军兵分三路：第一路是主力第2、6、7、9和特种兵纵队，留在鲁中战场与敌人保持正面接触，"待机歼敌"；第二路由陈士榘和唐亮率第3、8、10纵组成"陈唐部队"，挺进鲁西，配合中原野战军行动；第三路则派遣战斗力最强的第1、第4纵队（叶飞、陶勇兵团）迂回鲁南，向敌后的战略要点发起攻击。

"七月分兵"的最初的"把敌人扯散"的目的很快就实现了——原本抱成一团的国民党军被迫在鲁中留下四个师，分出七个师向西追击——可是，扯散了敌人的解放军却也无法立刻"再由分散转为集中"，一时间也只能以分散对分散。而以当时的实力，在国共精锐的捉对厮杀中，华野部队很难占得上风。

兵分三路的华野主力纷纷遇上了麻烦。留在战场正面的第一路先是没啃动胡琏的整11师，接着又没打赢李弥的整8师（也就是松山战役中的第8军，蔡智诚曾经服役过的103师此时是整8师的103旅）；而突向鲁西的"陈唐部队"则被尾随的国民党军一路追着走，简直站不住脚，只有战斗力最强的1纵（叶飞）和4纵（陶勇）表现稍好一些，他们迂回鲁南，攻克了费县、枣庄和峄县。但到了7月中旬，这两个纵队却在邹县和滕县碰上硬钉子，陷入了僵持焦灼的困境。

快速纵队是 7 月 15 日接到增援滕县的紧急命令的。

那天上午，蔡智诚他们正在县城里开会。当时，伞兵在这一带驻扎了一个多月，东海县的麦子被两方各收了一半，"武装护粮"和"保麦运动"打了个平手。这对国民政府而言已经是个不得了的成绩了。夏鼎文专员高兴得满面红光，连连表示要给伞兵弟兄们请功。

会上进行了伤亡统计，特务队三分队死了两个、伤了两个、病了一个，关键是缺了军士长。蔡智诚要求上面再给他补充一位"部队上士"，游乐智却撇了撇嘴："补五个战斗兵好办，想要老总，门都没有。"——这倒也是，在当时，少尉、中尉之类的军官随手就是一大把，可合格的上士却少得可怜，像陈保国那样的老军士都是从死尸堆里淘出来的人物，补充团里根本找不到这样的后备兵员。

一帮人正在扯皮，总部的电报突然到了，命令二大队和特务队立刻赶往台儿庄集结。

7 月 17 日，第三快速纵队和第二交警总队经台儿庄北上，救援滕县。

"快纵"的队列十分壮观，战车来了，装甲车来了，十轮大卡拖着榴弹炮，天上飞机侦察、地面坦克开道，全体官兵清一色的美式装备，浩浩荡荡，杀气腾腾。

相对而言，第二交警总队就显得比较寒碜。他们扛着"万国牌"枪炮，有的乘日本丰田、有的赶马车、有的只能步行，跟在伞兵的后面，走得乱七八糟。

国民党的交警部队是由"别动军"改编而成的治安武装，当初总共十八个总队，到 1947 年 7 月时还剩下十五个。他们名义上属交通部，实际上是军统的队伍，分布在国统区的各条铁路干线上。而这第二交警总队负责把守陇海铁路的徐州至黄口段，总队长是张绩武①。

一般情况下，交警总队的规模相当于一个加强团，兵员大约两千多人，主要装备轻武器，防守能力还不错，进攻能力比较差。但是，这个第二交警总队却与众不同——张绩武总队长原本是汤恩伯的部下，并非正宗军统出身。他对保密局的工作不怎么感兴趣，总想着要把队伍拉进正规国军的编制，混个师长、旅长什么的当当。因此，第二总队的规模扩充得很大，火力也比较强，除了四个大队（其他交警总队只有三个），还有直属队和炮兵支队，兵员将近六千，几乎相当于一

---

① 张绩武，湖北罗田人，黄埔军校第 7 期毕业，历任国民党汤恩伯部 13 军 89 师 265 旅排长、连长、营长、团长、旅参谋长以及第三方面军新兵集训总处参谋长，1945 年受汤恩伯指派加入军统，担任别动军 10 纵队少将总指挥、铁路交警第二总队总队长，后调任津浦铁路中段护路司令部中将副司令，1948 年 11 月在宿县被人民解放军俘虏，1967 年获特赦，1991 年病逝。

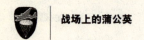

个旅，是军统中战斗力最强的单位。

第二总队的实力再强，伞兵也没把他们放在眼里。

交警总队的军官大多是"别动军"的骨干，所以带出来的队伍也跟游击队一样吊儿郎当。行军路上，这帮人一个个敞胸露怀，满嘴脏话，枪头上挑着鸡鸭，大车上堆满了抢来的粮食和蔬菜瓜果，走到哪里折腾到哪里，打人骂人，骚扰百姓，那副德行就跟土匪似的，其至连还乡团都不如。

军纪差，军容也差。第二交警总队的服装各不相同，军统训练班毕业的骨干穿着美式军服，装备美式武器，被称为"洋狗队"；警察学校毕业的就穿黑制服，领章上还有编号，叫做"黑狗队"；另外还有一帮属于"土狗队"，他们原本是宿县、怀远县一带的还乡团或保安团，穿戴五花八门，武器各式各样，要不是头上有颗帽徽，胸前有个番号牌，还真看不出他们属于正规军队。

你说，这样的人马，怎么可能让"天之骄子"的伞兵瞧得上眼。

不过，伞兵瞧不起别人，别人也看不惯伞兵。

几乎所有与快速纵队打过交道的单位都对伞兵有着相同的评价："傲慢娇气"、"少爷兵"、"花架子"……虽然不中听却是老实话。

伞兵的训练时间很长，实战经验却不多，再加上经常接受这样那样的检阅，一举一动都显得十分洋派。伞兵乘车时，无论站着或者坐着，身体必须挺得笔直（这是飞机机舱里的待命姿态），下车走路也必须保持队列严谨，后面的人踩着前面的脚印（这是为了躲避地雷）。这些日常训练的基本要求在伞兵看来是天经地义，在别人眼里却成了装模做样。

有些举动确实属于装模做样。比如，几乎每个伞兵都在胸前插一支钢笔，而实际上，伞兵作战的时候很少需要写字，这样的做派只不过是为了显示自己是个"高素质的文化人"，除了引起其他部队的反感，并没有任何实际意义；但有些"装模做样"却是情有可原的。比如，伞兵这样的特种部队一般不允许借住民宅，所以他们外出时都携带着美式帐篷和尼龙睡袋，而其他部队的人却不认识这些洋玩意，就指责伞兵"娇贵"，说他们"打仗的时候还带着蚊帐和被褥，不愿意吃苦"。

说起来，最容易引起矛盾的还要算是伞兵的补给。伞兵总队属于空军，物资供应是根据空军的标准发放的。外出作战的时候由兵站部配备给养，从饼干香烟糖果到猪肉牛肉胡萝卜罐头，林林总总一大堆，让陆军看了直眼红——这其实并不是伞兵娇情，而是美国人定下的规矩。按照美军的条例，伞兵不许在战场上就地征粮，就连饮用水都必须预先消毒、烧开、集中灌装，所有吃的喝的不仅有卫生标准还有营养标准——其他部队没有这么多穷讲究,他们看见伞兵刷牙就觉得不顺眼,再看见美国罐头就更加不痛快,认为这帮"公子少爷"的日子过得太舒坦,不是来打仗的倒像是来旅游的。

在战场上,伞兵与周边部队不仅存在嫡系和非嫡系之间的矛盾,还存在着兵种待遇之间的隔阂,所以始终无法与协同单位和睦相处。空军的呆板的条例和伞兵们高高在上的骄傲心态使得第三快速纵队这支装备精良的队伍总是与友邻部队格格不入,难以发挥出应有的作战效能。

不过,在当时,蔡智诚并没有与其他部队改善关系的愿望。他们觉得,保持高傲的架势是自己理所当然的派头。

7月份正是鲁南的雨季,通往滕县的道路泥泞不堪。交警总队的官兵个个都摔得跟泥猴子似的,而伞兵们却披着美式雨衣,穿着高腰皮靴,军容严整地安坐在大卡车上,对路边的叫骂声不屑一顾。

7月19日中午,快速纵队到达滕县以南三十公里的官桥镇,从这里已经可以听见北方传来的阵阵炮声。打开电台,接收机里立刻就响起一片歇斯底里的喊叫——滕县守军不停地央求援兵赶紧向县城靠拢,说他们正遭到解放军主力的围攻,已经快要顶不住了。

位于津浦铁路上的滕县历来是兵家必争之地,抗战期间,这里曾经是台儿庄战役的战场(川军122师师长王铭章在此牺牲)。抗战胜利后,国民党政府接收了滕县。1945年12月,滕县被共产党攻克(八路军山东8师师长王麓水在此牺牲),直到1947年2月,国民党才在重点进攻中夺回县城。而五个月之后,滕县又再次受到华野1纵和4纵的围攻。

这时候,守卫滕县的是整编第20师(杨干才部)的四个团,他们属于杨森的川军,战斗力很一般。不过说来也怪,川军部队在滕县这个地方总是特别能打硬仗。华野1纵从7月14日起发起攻击,打了一天没拿下来,4纵接着加入总攻,又打了四天还是没拿下来——杂牌川军愣是顶住了华野战斗力最强的两个纵队的冲击。

19日这天,抵达官桥的快速纵队如果照常行进,两个小时之内就可以投入战场。可马师恭司令一边要求守军继续坚持,一边却又命令伞兵"以接触队形前进"。这样一来,快速纵队最快也要第二天才能到达滕县。

军队的行进受到多方面的制约。同一支部队在同样的道路上运动,由于任务要求不同、装备携带量不同、战场环境不同、行军队形不同，移动速度会有很大变化——从根本上说，部队能走多快、走多远，并不取决于士兵的素质，更大程度上是由领导的意志决定的。

摩托化步兵正常的接敌距离是五公里，从官桥到滕县县城大约三十公里，如果采取救援急行，一个小时就可以投入战场。但这样的方式警戒性较差，容易落入"围点打援"的陷阱。而在当时，快速纵队并不知道围攻滕县的解放军到底有多少兵力，因此，采取谨慎保守的移动方式是比较稳妥的选择。

所谓"接触队形"实际上是个环形队列，由步兵分队把装甲和辎重包在圈子中间，前卫和侧翼都是徒步搜索的侦察兵，主力集团则相互呼应着慢慢往前挪。

坦克也缩在保护圈里，走一走，等一等，真像是乌龟一样。泥泞的路面影响了战车的性能，那些洋机器开开停停地就出了故障，光冒黑烟不动弹。蒋纬国的部下都是些半吊子，只会开车不会修车。马师恭司令没有办法，只好让伞兵和汽车兵中懂得机电知识的人都去参加"坦克会诊"。蔡智诚也客串了一把修理工，还趁机坐了一回坦克。不过，那铁疙瘩虽然外表很威风，其实并不舒服，蔡修理工在里面呆了一个小时，出来却呕吐了十多分钟，从此再也不愿意遭那份洋罪了。

行军的速度很慢，大部分人都显得十分清闲，只有炮兵们忙得不行。队伍每前进两三公里就停下来备战，等待警戒分队的侦察结果。这时候，炮兵就赶紧把大炮拖到田野里布防，还要挖一条圆形的助锄沟——因为谁也不清楚敌人将会从什么方向出现，所以必须保证360度都能够开炮——等他们把坑刨成，把炮位架好，车队却又开始挪动了，炮兵们只好骂骂咧咧地收拾东西……整个下午都看见他们这样来来回回地瞎折腾，逗得蔡智诚呵呵直乐。他心想，幸亏当初我没有留在207师里当炮兵。

走了一下午，只前进了十多公里，晚上在南沙河宿营，滕县方向的枪炮声响了一夜。

20日凌晨，伞兵们正在吃早饭，头顶上突然"咻—咻"地飞过几排炮弹，吓得蔡智诚丢下饭碗就往队部跑。这时候，直属队的队长们都聚集在司令部的门口。大家相互打听了一番，好像并没有受到什么损失。正琢磨着这几排炮是什么意思，参二官（负责军情的参谋）出来通报说："滕县方向，直接效力炮，看样子共军要撤了。"

所谓"直接效力炮"是指不经过试射修正，直接多炮齐射的炮兵战术。这种方法当然更具备战场打击的突然性，但除非是固定炮位，而且事先预备了精确的坐标，否则根本就没有什么准头。在当时的战争条件下，采取这样的干扰性质的射击方式往往是要弃阵转移的先兆。

得知解放军要撤，国军立刻精神大振，二十辆战车率先冲锋，伞兵在连续击溃华野后卫部队的两道阻击之后终于进入滕县与守军会师。当天中午，快速纵队和整20师向南京和徐州报告了"滕县大捷"的喜讯。

虽然是"大捷"，但滕县的局势其实够玄的。解放军已经炸垮了北门，其他几座城墙也被掏得千疮百孔，摇摇欲坠，援兵如果再晚来一会，整20师肯定就完蛋了。

滕县的城墙是夹层构造，外壳是青石砖，里面包着的是夯土，解放军的坑道穿透了外侧的石墙，再在夯土底下掏药室、埋炸药。通常情况下，炸药一爆，夯土往下塌，城墙也就垮了。可是鲁南这一带的土质特别黏，连日大雨之后，被水浸透了的夯土全都粘成了一块，怎么炸也不塌。这才保住了大段城墙，救了整20师的命。

但即便是这样，解放军也攻克了北门，占领了火车站。快速纵队进城的时候，铁路旁边的仓库全都燃起了大火。马师恭司令赶紧指派第二交警总队的人去救火——他们是铁路警察，干这活是他们的老本行。

战场上到处是弹坑。攻守激战的时候，由于双方的距离太近，国军大炮的射界升到最大仰角都不够，榴弹炮干脆立起来变成了迫击炮——蔡智诚他们瞧见20师的炮兵阵地都吓得直咋舌头："这要是再耸高一点，炮弹出膛就直上直下了，简直跟自杀差不多。"

滕县城里一片狼藉，几乎没有一栋房子是完好的。街道上国共两军的阵亡者都倒在一起，解放军遗体比较集中的地方在20师师部附近——据说华野1纵3师的一个营突破到这里的时候被阻断了后路，既攻不上去又退不下来，结果全部打光了。

守城官兵五天五夜没合眼，全都累晕了，一个个木木呆呆的跟傻子一样。有的人躺在死尸旁边就睡着了，怎么摇也摇不醒，所以清理战场的时候必须先用烟头在鼻孔上烫一下，看看他动不动，要不然真有可能稀里糊涂地把睡觉的人给活埋了。

不过也有睡不着觉的，蔡智诚就遇到一个老兵。他坐在废墟上，拿着一截草根放在嘴里嚼，说自己被硝烟熏得舌头发苦，连酸味甜味都尝不出了。于是蔡中尉就摸出两颗美国水果糖递给他。那糖果是用玻璃纸包装的高档货，老兵从来没见过，他欣喜地端详了半天，却又仔细地用布包好，揣进怀里，说是等回家的时候带给孩子吃。

"你家在什么地方？"

"四川泸州，五年没回去了。"

"……把糖果吃了吧，我另外帮你寄回家去。"

几天以后，蔡智诚按照老兵的地址，用军邮往泸州寄了一包奶粉和糖果。

滕县之战是十分惨烈的，整20师守军遭到严重打击，华野的损失也很大。据《粟裕回忆录》记载，"第1、第4纵队的伤亡各约五千人，非战斗性减员亦各约五千人"——这其中，"战斗伤亡"主要出现在滕县周边，而"非战斗性减员"的情况则比较复杂一些。

7月20日之后的几天，蔡智诚他们尾随着"叶陶兵团"，在滕县、峄县和枣庄一带兜圈子。快速纵队并不担心第1、4纵队在附近打转，只要他们不能到鲁西与"陈唐兵团"会合，不能回鲁中与陈毅主力聚集，等国军的五个整编师赶到鲁南以后，就可以将这两支华野战斗力最强的部队消灭在运河和沂河之间。

那几天，快速纵队始终与"败退的共军"保持着适当的距离，白天接触袭扰，夜晚就后退到解放军的攻击范围以外，用总部的话说就是："不攻坚、不守点、不停留、吃掉多少算多少，打了就跑。"在尾追缠斗的过程中，与伞兵交手比较多的是解放军廖政国部的第1纵第1师。

有天上午，特务队在行进途中遇到一帮从解放军那边跑过来的投诚士兵。问过之后才知道，这伙人原先都是整编第74师的国军，现在又"哗变反正"了。这样的好消息当然使得马师恭司令十分开心，他吩咐特务队腾出帐篷，拿出罐头和饼干，让"起义"的弟兄们吃好喝好休息好。

在安排接待的时候，一个贵州口音的士兵引起了蔡智诚的兴趣。

"兄弟，是贵州人么？"

"是啊，老乡，我叫罗华，镇远的。"那位老兵显然也听出了蔡中尉的乡音。

抗战期间，贵州镇远有个"镇独师管区"，是专门为74军补充新兵的后勤基地，李天霞、张灵甫等人都兼任过这个师管区的司令。1942年，罗华在镇远县入伍，先是在师管区进行了四个月的训练，然后就被编进了58师。在1947年5月16日的孟良崮战役中，这位74师58旅机枪手的子弹打光了，只好举手投降加入了解放军。可到了7月22日，他又携枪逃回了国军。

华野1纵和4纵的"非战斗性减员"究竟包括了多少逃兵，目前没有确切的数据。但根据蔡智诚的回忆，仅由直属队（特务队和侦察队）收容的原74军官兵就超过了四百人。这些脱逃人员大都被送往徐州，编入了重新组建的整74师——但也有例外，比如蔡智诚的贵州老乡就被留下来当了伞兵。

刚开始，参一官（主管人事的参谋）还有点不大同意。因为按照规矩，伞兵缺员只能从补充团里调拨，各战斗队是不许自行招人的，而且这个罗华也不会跳伞，不符合伞兵的标准。可蔡智诚却表示："不会跳伞可以学，容易得很，但打仗的本事是阎王爷教会的，一时半会地学不成。"游乐智队长也说："如果你们参谋处能给我几个1942年的兵，我就不找你们参谋处的麻烦。"

那个参一官犹像了好半天之后总算答应了，罗华于是就成了特务队3分队的军士长。

可是，这位新来的部队上士刚上任就提出一个要求：遇到华野1纵1师的时候，他只参战、不打枪。理由是"人家饶了我一命，我也要放人家一马"——还真有点关云长的味道。

不打枪就不打枪，蔡智诚挺爽快地答应了。这时候，国军的五个整编师已经在鲁南对叶陶兵团展开了围攻。徐州绥总给华野1纵起的代号是"西瓜"，把4纵叫做"面包"，吃西瓜吃面包容易得很，不劳罗华上士动手也没有多大问题。

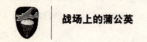

第二十六章 雨中遭遇战

孟良崮战役期间，华野1纵1师的损失很大，据《叶飞回忆录》叙述，在天马山阻击战最危急的时刻，1师师长廖政国的身边只剩下了几个警卫员。所以在战斗结束后，1师补充的俘虏兵最多。

可是，5月份吸纳的俘虏多，7月份逃跑的也就越多。以罗华所在的1团1营3连4班为例，全班8个人有6个来自74师，简直快变成国军部队了，结果一不留神就跑得只剩下班长和副班长。而那个倒霉的光杆班长是谁呢？是"华东一级战斗英雄"、"三级人民英雄"、"全国战斗英雄"、志愿军"特级英雄"、"朝鲜民主主义人民共和国英雄"、中国人民的优秀儿子、伟大的国际主义战士、志愿军的模范指挥员——杨根思。

说起来，连这么优秀的班长都挡不住罗华开小差，这家伙也确实够资格当伞兵的军士长了。

"解放战士"之所以逃跑，首要的原因当然是他们接触革命军队的时间短，受到的思想教育不够，政治觉悟不高；其次也是由于"七月分兵"之后战事频繁、战场条件恶劣，部队在撤退的环境下出现了混乱；而另外还有一个缘故，则在于国共双方"土地改革"的差异。

了解现近现代史的朋友大都知道国民党历史上曾经有一个《反共抗俄战士授田条例》，也都知道那是上世纪50年代国民党政权在台湾期间搞的把戏。但实际上，早在1947年，国民政府就已经出台了《授田法草案》和《"剿匪"区内屯田条例》，声称要把"匪区内的荒地"分给国军士兵——从概念上讲，这些"荒地"是指解放区里的"无主田地"。总面积有多少？不知道，反正它们都在共产党手里——长官们鼓吹"打完仗后享清福，一手领钱（遣散费）一手分田"，哄得当兵的兴高采烈，满心希望着冲进解放区去当地主。

冲来冲去冲到孟良崮，双手一举，地主没当成先当了"解放战士"，罗华他们也总算瞧见了解放区的土地。可看见归看见，却没有他们的份——共产党的土改政策只分田给贫苦百姓，不分给当兵的——罗华问领导："什么时候分地给我们？"指导员笑盈盈地回答："等解放你们家乡的时候就有了。"几个贵州人掐指一算，这里距离老家还隔着十万八千里，轮到自己分田不知还要等到猴年马月去，不如就近开溜，回国军那边混一混或许还来得更快当一些……于是就开路逃跑了。

虽然只当了两个月的解放军，可罗华掌握的情况却不少，分析起政策来也是头头是道，"共产党的土改对我不合适。他们那边分了地，只许种不许卖，实在不方便"——这家伙原本是内河上的船工，根本就不会种地，他"授田"的目的无非是想弄点本钱做买卖，要是让他拿锄头当农民，他才不干呢。

1947年7月24日，快速纵队收复峄县，罗华也在这里穿上了伞兵的制服。

收复峄县其实很容易，因为县城里只驻扎了解放军的粮秣站和宣传队，快速纵队一到就全跑光了，只在街道的墙壁上留下了许多标语口号。

那些日子，叶陶兵团主力基本上不大敢接近城镇或者主要交通线，总是在峄县（枣庄）以北、滕县以东、费县以西的"滕费边"地区游弋。说起来，这"滕费边"原本是抗日老根据地，在抗战时期曾经叫"双山县"，后来为了纪念八路军8师师长王麓水烈士，又改名为"麓水县"，共产党政权的时间很长，所以解放军在这一带运动也应该属于"内线作战"才对。可是，1947年6月份的时候，根据地的干部骨干和积极分子几乎全部参加"六九大突围"跑到滨海区去了，弄得地方组织分崩离析，当地老百姓也对形势有些疑虑了。结果，第1、4纵队在老区活动，既得不到休息也得不到补充，"内线"条件就变成了"外线"，根本站不住脚。

这时，"滕费边"地区既没有共产党的组织也没有国民党的政权，纯粹是个真空地带。快速纵队则充分发挥机动性能较强的特点，成天尾追缠打，搞得叶陶兵团十分难受。

电影上的解放军经常有两句话："我们的两条腿，赛过了敌人的汽车轮子"、"把敌人胖的拖瘦了，瘦的拖病了，病的拖垮了"……这是实情，也是革命乐观主义的表现。但话又说回来了，能够把带汽车轮子的国军拖垮，两条腿走路的解放军也轻松不到哪里去。

伞兵们每天都能抓到许多俘虏。其实，与其说是"俘虏"不如说是"掉队人员"更加准确一些。因为抓来的人全都筋疲力尽，衣不遮体，不是有伤就是有病，个个奄奄一息，有的在半道上就牺牲了。

不过，也有个别精神特别好的。

有天早晨，特务队担任侧翼搜索，突然发现路边的瓜棚里探出几个脑袋。尖兵连忙举枪咋唬："站住！干什么的？"

"看瓜的"，回答得理直气壮。

看瓜的？想蒙冤大头呢——延绵数日的大雨，接二连三的打仗，各乡各村的老百姓跑得精光，西瓜全都烂在了地里，哪里还用得着看守瓜棚——蔡智诚二话不说就把一帮"疑犯"提溜上了车。

上车一打量，四个小孩，两男两女，年龄最大的也不过十四五岁。板起面孔一吓唬，立马就招认了：他们是某纵"娃娃班"的——"娃娃班"其实是个随营学校，娃娃兵们除了学习文化以外，平时还帮着搞搞宣传或者给卫生队打个下手什么的——这几个小孩是一个组，组长是个女孩。头天夜里跟着大部队宿营，组长姐姐睡过了头，爬起来一看，别人都走光了，只好稀里糊涂地乱追，追饿了想找几个西瓜填肚子，结果吃着吃着就遇到了国军……

从这样的娃娃身上也问不出什么情报，只好装模做样教训几句："不老实在家呆着，跑出来捣什么乱？"

"我们不是捣乱！我们是主动出击，消灭蒋匪帮！"

"主动出击？怎么出击到西瓜地里去了？"

几个小家伙干瞪眼不说话，却还是一副很不服气的样子。

罗华以前曾经看见过他们表演节目，这时候挺来劲地鼓动说："娃娃兵唱歌满好听，唱一个，唱一个。"

唱一个就唱一个，四个小解放军亮开了嗓门——

天上下雨地下流，万水千山任我走，

天上下雨地下滑，哪里跌倒哪里爬！

唱得好唱得好，全体国军热烈鼓掌，还拿出饼干和罐头慰劳他们："来来来，吃东西，我们也优待俘虏。"

说是优待俘虏，可蔡智诚的心里却有点犯嘀咕。

对于内战，共产党的定义是"解放"，国军被八路军抓了就等于是"被解放"了，所以有"优待俘虏"的规矩；而国民党方面的定位却是"戡乱"，因此要把战俘当作"叛乱罪犯"对待。从理论上讲，国民党军也反对杀俘，但实际上所有的战俘都要经过军法处的审判。虽然对"胁从人员"的判罚比较轻（有的遣散、有的甚至还补充进军队），但对党员干部和宣传人员的量刑却很重。这几个小娃娃少不更事，口无遮拦，真要被送到法庭上去，弄不好会被判个十年八年的（山东战区的战俘监狱在江西，河南战区的监狱在湖北），那可就太惨了。

蔡智诚私下里和刘盛亨商量这件事，刘副队长也明白他的意思，笑着说："几个小孩子又不是战斗兵，随便处理吧。"

于是，四位可爱的少男少女就从卡车上蹦下来，飞快地跑进田野，只在迷蒙的雨雾里留下了他们稚嫩而坚强的歌声：

"天上下雨地下滑，哪里跌倒哪里爬……"

战争的急流偶尔也会泛起温馨的浪花，但战争的本质依然是残酷的。蔡智诚他们虽然放走了西瓜地里的娃娃兵，却绝对不肯放过更大的"西瓜"——在当时，"西瓜"是华野1纵的代号，4纵的代号是"面包"。

西瓜和面包已经被包围在鲁南的泥泞之中了，等待他们的只有困守和突围两种选择。

困守坚持，没有希望。鲁南根据地的共产党组织已被扫荡得支离破碎，解放军的两个纵队既没有可利用的地形也没有可依靠的民众，绝地游击，断无生机，于是就只剩下了突围一条路。可是，往哪个方向突呢？北边有国军的四个整编师，重兵集结严阵以待；南边是徐州"剿总"大本营，虎视眈眈，守株待兔；西边津浦铁路上的国军部队来往调动迅速；东边的沂河正遇雨季，波涛汹涌形成天堑。

比较一致的观点是"共军只能选择东西两向，极有可能往东走"。道理很明显，首先，6月份的时候，鲁南军区就曾经向西突围过，结果没有成功，最后还是折向东边才跑出去的，"西瓜"和"面包"应该会吸取这个经验教训；其次，东边虽然有沂河挡道，但冲过了沂河就可以进入沂蒙山区，那里是共产党的铁杆根据地，按照以往的习惯，他们"回娘家"的可能性最大；第三，也是最重要的，如果向西突围，即使穿过了津浦铁路，解放军依然处于外线态势，国军照样还可以把他们围起来——刚冲出一个包围圈又再掉进一个包围圈，已经十分疲惫的"西瓜"和"面包"决不会干这样的傻事。

各路国军相继赶到鲁南战区，大家在步步推进的同时都在观察、猜测着叶陶兵团的动向。

7月24日，整7师、整48师与包围圈里的解放军发生交火。老7军和48军都是桂系主力，战斗力比较强，打了一整天，解放军就有些支撑不住了。于是从7月25日起，整57师（段茂霖部）和整84师（吴化文部）两支杂牌弱旅也加入战团，快速纵队就被替换下来返回峄县休息。

可是，刚睡了一晚上的安稳觉，26日上午又接到了指示，说是"西瓜"和"面包"已于25日夜间突破当面防御，正向沂蒙山方向逃窜。"徐州剿总"命令鲁南国军全力追击，务必将其歼灭在沂河沿岸——打了这么些天，答案终于揭晓，解放军果然向东突围了！

蔡智诚记得，那天的天气很恶劣，大雨从头天晚上开始下，下了一整天也没有停下来的意思。快速纵队在雨水和泥泞中艰难行进，不断有车辆发生故障，磨蹭到傍晚才勉强到达齐村镇一带。这时候，前方的道路已经完全被泥浆淹没，根本无法分辨路面，卡车或者翻进了道沟或者被淤泥憋熄了火。无奈之下，全体官兵只得弃车步行，伞兵部队也从摩托化步兵彻底沦为了徒步步兵。

入夜以后，雨更大了。照往常的规矩，部队应该停在原地歇息才是。可这时上级一直催促伞兵尽快探明解放军去向，而伞兵们也记得不久前的遇雨休息而让鲁南军区部队趁夜脱逃的教训，于是稍事休整之后就离开了齐村镇，继续向前追击——这个"坚决的举动"实际上救了伞兵的命。因为就在7月26日晚间，叶陶兵团突然兵分两路：4纵第10师继续向东佯动，吸引追兵，兵团主力则借着雨夜的掩护转头向西，以急行军方式直奔津浦线。而当天夜里，华野两个纵队的六个师就恰好经过了齐村。如果伞兵们还在镇子里面睡觉，非被解放军全歼了不可。

说起来，伞兵总队那天晚上的运气还真是不错。他们在漆黑的夜里一路向东猛走，不仅与掉头西行的叶陶主力擦肩而过，而且还稀里糊涂地超过了4纵第10师，跑到了佯动部队的前头，居然一直没有与解放军遇上面。

相对而言，伞兵副司令张绪滋少将的运气就比较差一点。

那一天，张副司令的身体不大好，在雨地里一瘸一拐地渐渐就落到后卫大队去了。半夜，部下们不知从哪里找来了几匹马，老张就带着三两个随从，骑着牲口追赶中军。走着走着遇到一溜队伍也正朝着同方向行进，人家发觉背后来了骑马的大官，连忙闪在一旁让路。张绪滋还以为他们是伞兵，高高兴兴大摇大摆地就跑到中间去了，等到了跟前一打量："不对呀，头上戴的怎么是日本钢盔？"这才知道是小鬼出门见钟馗——遇上八路了。几个家伙吓得连大气也不敢出，赶紧脱离接触，等好不容易找到了伞兵总部才指着身后大喊大叫："共军！有共军！"

　　说起来，解放军没能认出国军军官是有原因的。一是天黑下雨看不清状况；二是张绪滋他们都穿着雨衣，从头到脚包得严严实实，没有露出领章和帽徽；更主要的是，解放军根本没想到伞兵部队会打破常规在雨夜里出动，他们还以为这时候摸黑赶路的都是自己人呢——结果就阴差阳错地把送到嘴边的少将俘虏给放跑了。

　　在总部，伞兵们听说那路解放军只有七八十号人，顿时十分火大："岂有此理，小小的一个连就胆敢吓唬我们副司令，真是没有王法了。"于是留下侦察队担任警戒，特务队则群情激昂直扑目标而去——为长官雪耻压惊正是咱们直属部队的光荣职责！

　　黎明前的旷野乌漆麻黑，伸手不见五指，幸亏张司令的副官的记性好，带着二百名特务队员三转两不转地就找到了地方。

　　"注意、注意，就在前面……"大家屏气细听。果然，从刷刷的雨声里传来了行军动员时的呼喊，那口号的内容绝对不是国军弟兄的腔调。

　　特务队立刻展开队形，严阵以待，准备开打。

　　"开火！"——"嘟嘟嘟……哒哒哒……噼噼啪啪……"，游乐智队长一声令下，战斗打响了。机枪、步枪、冲锋枪同时射击，十多颗照明弹也升上夜空把对方的阵营照得一片通亮——这不照还好，照明白以后吓死人——前面的旷野里人山人海，哪里只是一个连？起码能有一个团！

　　这下子，伞兵们知道自己惹祸了，也用不着队长下命令，大家扭头就往回跑。一边跑还一边骂那个副官："你的脑袋进水啦？奸细！想害死大爷我啊……"

　　好在解放军那边也没有思想准备，猛的一下让照明弹搞得有点慌了神，还没来得及组织起反击，国军就已经跑了个精光。

　　这以后就热闹了。伞兵各单位不断与解放军发生交火，夜空中这里跳起一颗照明弹，那里飞出一颗信号弹，枪炮声此起彼伏，打开步话机，到处都在嚷嚷："报告，我碰到共军啦！"……"我也遇到共军啦……"

　　黎明前的那一个多小时是最难捱的时候，伞兵们被善于夜战的解放军整得焦头烂额。蔡智诚他们提心吊胆地蜷在地上，两眼一抹黑，只能听见三八大盖在周围响个不停，时而"吧——勾"一声从头顶掠过，时而"的——嘟——"一下窜进泥浆……搞得大家战战兢兢，头皮发麻，不知道哪颗子弹会撞到自己身上。

　　《叶飞回忆录》里说，"敌伞兵纵队向东追击……天亮以后，敌人才发觉追赶的只是一个师，知道中计，赶紧掉头，连即将渡河的彭德清师（应为卢胜师)①也不追了。但敌人失策了，要追上我们谈何容易，已相差整整一夜的路程，我们六个师已乘虚向西突围。而由于敌人改变部署，我们原先估计将受到重大损失的彭德清师（应为卢胜师）完整地顺利渡过沂河，跃入沂蒙山……"

其实，如果仅仅"相差整整一夜的路程"，突围部队并不一定能够甩掉追兵。因为整7师、整48师当天夜间都没有挪窝，而叶陶兵团主力在黑暗和泥泞里一晚上也走不了多远。可问题的关键是，伞兵总队直到第二下午才向总部提交战情通报。这就使得国军各追击部队在天亮以后又继续向东跑了大半天，从而与西向急行的解放军拉开了双倍的距离，于是就彻底追不上了。

说起来，伞兵军官还不至于愚蠢到连"声东击西"的战术也弄不懂。实际上，7月27日清晨，伞兵各队就已经判明当面的解放军只有三个团，分别是华野4纵10师的28、29团和1纵1师的第3团——兵力虽不多，却居然有两个纵队的番号——到底是不是佯动集团？真让战情参谋们伤透了脑筋。

在此之前，参谋部门曾经有一个预案，认为"西瓜"和"面包"如果采取佯动，担任"掩护标靶"的一定是1纵的独立师。理由很充分：一、1纵有四个师，4纵只有三个师，由1纵分兵比较"公平合理"；二、1纵独立师不是叶陶的基本部队，他们原本是中原军区的"皮旅"，并且在"中原突围"时也担负过相同的任务，有类似的经验，这时再让他们牺牲一回，于公于私都"理所当然"——所以马师恭司令要求伞兵各队扩大搜索范围，一定要找到"1纵独立师"的踪迹才敢作定论。

这事情也确实不能怪马司令优柔寡断。要知道，"敌方佯动"的结论非同小可，报晚了最多挨一顿批评，报错了可是要掉脑袋的。于是，蔡智诚他们只好越过4纵10师继续向前追击，一直跑到沂河边上也没有发现解放军的影子，这才赶紧回头报告战情，但时间已是27日的下午4点了。②

---

①4纵10师的师长是广东人卢胜、政委是蔡智诚的遵义老乡韩念龙——叶老将军误记成自己的福建老乡彭德清了，彭德清当时是12师的师长。

②事实上，从现在的各种资料上看，叶陶兵团当时并没有"用番号迷惑敌人"的企图。牵制任务是陶勇主动要求的（叶飞担心其力量不够，又给他们补了一个团），这三个团都是叶陶的绝对主力。在当时，无论是叶飞或者陶勇，都不曾打算用兄弟军区的"非基本部队"去充当自己的"替身"——国民党军之所以产生了"意料之外"的错觉，从根本上说不是军事技能上的缺陷，而是在军队传统和政治觉悟上与共产党人有着巨大的差距。

战场地理位置上的差距可以依靠机械化装备进行追赶，而军队政治素质上的差距是任何一种物质手段也无法弥补的，这就是国共两党武装团体的高下之分。

在确认解放军"声东击西"之后，国军各部纷纷调头，伞兵总队也匆忙向西边赶去。事实上，伞兵此时的位置距叶陶主力最远，无论如何也追不上了。但马师恭司令必须采取这样的姿态，要不然，日后向上峰解释起来，他可就麻烦了。

但是，伞兵放弃当面的佯动部队，并不是忘记了面前的三个团的解放军。当时沂河边上正驻守着整33军（也就是何基沣、张克侠领导的整59师和整77师）的十二个团。所有的人都以为，凭借着雨季暴涨的沂河天险，以四倍的兵力堵截疲劳困顿的小股解放军应该是完全不成问题的。可没想到（就连叶飞和陶勇也没想到），如同"六九大突围"的情形一样，"原先估计将受到重大损失的"华野佯动部队居然未经交战，直接就从33军的眼皮子底下过了河，顺利地进入了沂蒙山区。

整33军是张自忠的队伍，抗战的旗帜，正宗的"西北军的种子"。在当时，对这支部队的任何一项处置都有可能引发非常复杂的政治后果。因此从"剿总"到国防部再到蒋委员长，谁都拿"老西北军"阳奉阴违的做派无可奈何。直到1948年底，黄百韬被他们搞得在碾庄自杀，蒋介石才气急败坏地撤销了59军和77军的番号，最终结束了这支部队的命运。

7月28日深夜，华野叶陶兵团主力冒雨越过了西线的津浦铁路——"西瓜"和"面包"从鲁南跑掉了。

7月30日，快速纵队奉命移防河南商丘，准备对解放军华东野战军的"西兵团"发起合围。

第二十七章　移防商丘

1947年7月28日夜,华野"叶陶兵团"穿越津浦铁路,跳出鲁南,连续强渡滕河、战家河、沙河、泗河,一路向西突围;与此同时,游弋于鲁西南地区的"陈唐部队"也努力摆脱当面拦阻,积极向东接应。8月1日下午,华野的两路外线出击主力终于在山东嘉祥实现了会师。

中共中央对这次会师甚感欣慰,毛泽东主席特意从陕北发来嘉奖电报,称赞"我军实力更厚,领导更强,对于争取新胜利极为有利。中央特向你们致慰问之意,并问全体将士安好……"因此,在以后的党史资料中,通常都把毛主席的这个表扬作为鲁南突围的最终评价,也把叶陶兵团和陈唐部队的胜利会师视为"七月分兵"的完美结局。

但事实上,艰难的战事并没有因此戛然而止——华野外线兵团虽然突破了鲁南的重围,却又陷入了鲁西的合围。国民党正继续调集重兵,准备对叶陶、陈唐部队发起更大规模的进攻。

包围圈里的五个纵队似乎已经"穷途末路"。

自7月初,陈士榘和唐亮率领何以祥3纵、王建安8纵和宋时轮10纵进入鲁西南以来,在二十多天的时间里,三个纵队攻击汶上失利,攻击济宁也失利,减员过半,始终没能建立起稳固的落脚点。而刚刚突出重围的叶陶两个纵队的境况也很糟糕,4纵只剩下四个团,1纵虽然号称四个师,其实也只有五个团还保持着战斗力……所以,这五个纵队合在一起,力量还是不够强大,依旧被各路追兵撵得站不住脚。

更为严重的是,极度被动的华野兵团仍然处于外线状态。伤病员送不出去,弹药和粮秣也无法补充。经过长途奔波和反复征战,部队的体力已经基本耗尽,几乎丧失了机动能力——因此有人认为，陈唐叶陶此时的局面比长征的时候更加困难。因为长征时的红军至少还可以钻进山里去隐蔽躲藏，而这时候的华野外线兵团，上有空中打击、下有地面追逐，部队位置完全暴露，在河岔湖泊之间疲惫招架，战斗力和体力都接近了极限。

另外，困境中的部队还潜在着一大隐患——陈唐的三个纵队起源于山东的八路军，而叶陶则来自于华东的新四军。两路大军虽然在形式上实现了会师，却没有形成具有绝对权威的领导核心，仍然处于各自行动的分散状态——正因为如此，8月4日，中央军委电令粟裕赶到鲁西南指挥部队。粟裕随即回复：一、请陈毅司令员同去，加强领导；二、带6纵同去，加强力量。中央军委立刻就答应了他的要求。

相形之下，国民党的战场形势却显得一派大好。

8月2日，整7师、整48师、整57师和整84师从鲁南追到了鲁西的济宁、兖州一线。与此同时，欧震兵团的整75师、整85师赶来了，"五大主力"的整11师和第5军也赶来了。再加上整32师、整70师、整72师……各路重兵背靠济南、郑州和徐州，凭借津浦铁路和陇海铁路两大交通枢纽，兵员充备，调动灵便，不仅切断了鲁西与外界的联系，并且杀过运河以西，把包围圈里的陈唐叶陶一步步赶向黄河岸边……

在那些日子里，徐州战区捷报频传，快速纵队每天都能听见抓了多少多少俘虏、击毙多少多少敌人的消息。这些消息使伞兵们相信：穷途末路的华野主力很快就会被歼灭，"山东匪患"很快可以解决。不久之后，黄河以南就不会再有大的战事了。

可惜，正在高兴的时候，出事了。

1947年8月12日上午，蔡智诚在商丘"圣保罗医院"（今商丘市第一人民医院）拔牙。刚躺上手术椅子张开嘴巴等着上麻药，罗华和海国英突然跑进来报告说："出事了，整11师造反了。"

天呐，整11师，人家可是五大主力呀！手术室里顿时就乱了套，蔡中尉也顾不上牙疼，连忙捂着腮帮子跑回了营房。

蔡智诚他们是于8月2日移防到河南商丘的。商丘是中州的门户、陇海铁路的战略要点，历来为兵家重地。从古到今，只要中原开战，这里就一定是军需物资的集散地（淮海战役期间的二野总兵站也设在这里）。解放前，商丘分为"商丘县"和"朱集市"两个部分。1947年8月，快速纵队的四个战斗大队就驻守在朱集火车站，而总部和直属队的营地则设在商丘县城里面。

县城是"第六绥靖区司令部"（司令官周岩）的所在地，除伞兵之外，还驻着整11师的118旅33团——118旅就是以前的18军118师，现任旅长为王元直（后升任第11师师长，在淮海战役中被俘）。而这个33团就是在后来淮海战役中"血战大王庄"，给解放军留下深刻印象的那个"老虎团"，当时的团长是李树兰（金门古宁头战役中的118师师长），属于王牌中的王牌，十分强悍。

8月初，118旅从鲁中转到了商丘（整11师的11旅和18旅暂时还没来），王元直旅长在朱集车站下车以后就把"老虎团"留在了县城，让他们敦促着第六绥靖区兵站赶紧往前方运送弹药——按道理，像33团这样的虎狼之师从来都是横着肩膀走路，没有人敢惹的，更何况十多天前他们刚刚在南麻战役中打了大胜仗，此时正显得趾高气扬、意气风发，办理催促军需这样的小事应该不费吹灰之力才对。可谁晓得，连续几天，朱集火车站都忙着为邱清泉的第5军发货，愣是没有人理睬整11师的急切要求，这可把"老虎团"给惹毛了。

说起来，整11师和第5军都位列"五大主力"的榜单之中。但这两支王牌部队在伞兵的眼里是有亲疏之别的——整11师属于陈诚的"土木系"，而第5军则属于杜聿明的"远征军系统"。快速纵队的军官大都来自第5军，就连蒋纬国副参谋长也是从远征军里出来的。因此，伞兵守在火车站，所有的弹药粮秣都往邱清泉那里送，谁也不愿意搭理胡琏的人马。

8月10日，118旅的前锋开到了山东成武，可计划补充的弹药却连影子也没见着。王元直旅长没办法，只好把部队停下来不动了。而在商丘这边负责输送弹药的33团被上司骂得狗血淋头，情急之下就犯了"老虎脾气"。他们干脆在城门口设卡，看见运弹药的军车就贴上"整11师征用"的条子，直接押往曹县……

接连被抢了好几辆车，快速纵队很不高兴——别人害怕整11师，可伞兵就根本不买他们的账——你是"五大主力"，我也是天之骄子，你刚赢了南麻战役，我还刚赢了"滕县大捷"呢！你敢堵着城门抢东西，我就敢派装甲车砸了你的场子。于是，12日一大早，也不知道是奉了谁的命令，第4大队的第20队就开着几辆装甲卡车到城门口去"清除障碍"。没想到那"老虎团"还真够凶猛的，拖出战防炮就是几家伙，当场打翻了领头的装甲车，还打死了二十多个伞兵。

这下子事情搞大了，20队队长李贵田回去就报告说"整11师反了"。朱集火车站的各个大队闻讯立刻出动，坦克车、装甲车、榴弹炮、迫击炮各就各位，把商丘城围了个水泄不通，非要缴了老虎团的械不可。33团发觉情况不妙，赶紧退进城里准备打巷战。而留在城外边来不及招回的一个连就被伞兵一锅端掉了，还当场打死了三十多个人。

战斗大队在城外面闹得欢，可快纵的总部机关还困在城里头呢！司令部和直属队完全弄不清状况，只好垒沙包、架机枪，守住工事，生怕老虎团冲进来报仇。

下午两三点钟的时候，大门外开来几辆大卡车，速度还挺快的。蔡智诚他们也不管来人是谁，"嗵嗵嗵"就是一通机关枪，打得车上的人举着白旗直嚷嚷："别误会！别误会！我们是绥靖司令部的……"

"第六绥靖区司令部"也在商丘城里，司令官周岩是个老行伍，见多识广沉得住气。他亲自出面，上下调停，折腾了一整天才算是达成了协议：快速纵队解除对县城的包围，33团撤出商丘移防曹县，绥靖司令部担保对肇事双方都不追究不处罚——说又说回来了，两支黄埔嫡系闹摩擦，他保定军校出身的周司令就是想追究也追究不了——不过，这件事情却把整11师的胡师长给得罪了。以至于后来到了台湾，胡琏上将动不动就骂国军伞兵是"会飞的猪"。

不管怎么样，在1947年的8月12日，一群"会飞的猪"总算是摆平了整11师的"老虎"，扣了他们的弹药，杀了他们的人，还把他们赶出了商丘城，真是过瘾极了。

8月13日早晨，蔡智诚又去"圣保罗医院"拔牙，刚躺上手术椅子等麻药，罗华和海国英又跑进来报告"出事了！"蔡智诚只好又捂着腮帮子爬起来。手术室里的医生护士啼笑皆非，就连牙科大夫也哭笑不得："蔡先生，看来您这颗牙齿还真不能拔，一拔就要出事情。"

龇牙咧嘴跑到火车站，看见第5队的于振宇少校正垂头丧气地坐在站台上。一打听才知道，原来第5队在陇海铁路上遇到了解放军，打了两小时，只跑回来十多个人，几乎全军覆灭。

说起来，第5队的这场灾祸是他们自找的。

头天夜里，调停纠纷的第六绥靖区周岩司令官带着慰问品到朱集火车站来安抚伞兵将士。正在开茶话会的时候突然接到保安团的报告，说是陇海铁路遭到袭击，张阁（今商丘市张阁镇张阁庄）以东的电话都中断了。本来，这种"游击队袭扰地方"的事件根本用不着快速纵队插手，可周岩因为正在和伞兵们聊天，就随口问了一句："哪位兄弟愿意协助本司令绥靖治安？"在座的大队长和队长们都闷头不吭声，只有5队副队长于振宇站起来大吼一声："有！"——于是，第5队就光荣受命，领衔出击了。

"又不是正职，充什么好汉？"满会场的人都觉得于振宇莫名其妙，只有5队队长段超群是哑巴吃黄连有苦说不出。原来，开会的时候，于振宇睡着了，歪在墙角边上扯呼噜。周岩司令发出"战斗邀请"的那一瞬间，会议室里鸦雀无声。段队长怕别人听见于副队长打鼾，连忙伸手捅了他一下。于振宇猛一醒来，不知道发生了什么事，发现周司令官正盯着他看，还以为是点名呢，稀里糊涂蹦起来答应了一句……于是就惹祸了。

军中无戏言，答应的事情必须干，第5队只好登上列车开始搜索。这"搜索列车"是反过来开的，前面有一节敞篷车和一节闷罐车，后面用火车头推着走。车队"喊哩咔啦"开了二十多公里就遇到了伏击。第5队刚开始的时候还顶着打，可打来打去越打越难堪，敞篷车打烂了，闷罐车也打着了火，眼看快要被解放军活捉了。段超群队长连忙摘掉车厢挂钩，开着火车头就往回跑，跑回商丘再一数人头，只剩下十二个兵了……

于振宇认为自己遇到了解放军主力，可大家却对他的判断半信半疑。因为上级的战情通报里明明说"中原共军主力已退缩黄河以北，华东共军主力已被国军团团包围"，陇海铁路附近根本就不可能钻出解放军的主力兵团来。

虽然不大相信，但第5队的惨状却又是摆在眼前的事实。琢磨了老半天，马师恭司令决定再派队伍侦察一番，点兵点将，特务队也摊上了出门搜索的差事。

这次出动就不敢再坐火车了，伞兵各队分头前进，特务队沿着陇海线北侧向张阁车站方向迂回。

临近中午的时候，蔡智诚他们徒步行进到张阁镇西北面的夏庙村。走进村子一看，各家各户空荡荡的，横穿村庄的道路却被踩得稀烂，一看就知道是刚过了兵。游乐智队长立刻命令展开追击，可军士长罗华却指着路边的茅房犯嘀咕："蔡队长，追不得呀，追不得。"

"怎么了？"蔡智诚觉得莫名其妙。

"你想想看，要有多少人才能把这些大缸子尿满……"——当时，农村的茅房里都有一口粪肥缸，平常情况下，只要粪缸里能凑出一小桶肥料就会被老百姓浇到庄稼地里去。可这时候，家家户户不见人烟，而那些尿缸里却全都装得满满当当。几个伞兵估摸着一算，起码得有上千号兵马才能够在短时间里创造出这么壮观的成绩。

蔡智诚连忙把这个"重大发现"报告给游乐智。游队长考察一番之后也有点发怵，于是，几个校官尉官就愣在茅房门口拿不定主意："该怎么办呢？继续追击搞不好是羊入虎口。就此收兵吧，又好像是被共军的几泡尿就吓回去了，说起来实在难听……"

正在犯愁的时候，忽然从北边和东边传来了"噼哩啪啦"的枪炮声，接着又听见步话机里猛叫唤："我队发现共军，请求支援！"、"遭遇共军主力，请速向我队靠拢"……

支援？靠拢？听那枪声的密度，现在跑去凑热闹恐怕是凶多吉少。可这时候也不能撤退，因为抛弃友邻擅自逃跑是要上军事法庭的。情急之下，还是游乐智队长有经验，他命令机枪手上房顶负责掩护，3分队前出两百米进行试探，1分队后撤两百米布置警戒，2分队则留在村里准备应变——如果局势和缓就往前挪一挪，如果局势不妙扭头就跑，真是可进可退、机动灵活。

3分队的差事比较倒霉，蔡智诚只得领着部下向前搜索。夏庙村的东面有一条自北向南的土路，路旁的洼地里满是茂密的芦苇。军士长罗华钻进去侦察一番，立刻就从芦苇荡里揪出了几个老百姓。当时，陇海铁路附近属于国统区，当地人还是比较亲近中央政府的。那些村民一见到国军就赶紧报告："老总，北边的八路部队开过来了，有好多好多人。"蔡智诚听说这情况吓得更不敢往前走了，于是就在芦苇丛里埋伏起来进行战斗准备。

3分队刚把阵地设置完毕，道路的北边就出现了几百号人马。这支队伍里有男有女，有扛枪的也有挑担子的，队列比较松散，行军纪律也不够严谨，一路吆喝喊叫，嘻嘻哈哈，看上去不大像是正规的作战单位。

解放军的队伍走进伏击区，战斗打响了。夏庙村房顶上的重机枪首先开火，猛烈的火舌"嗵嗵嗵"地在路面上犁出了一道道深沟，50大口径子弹击中人体以后立刻就能把躯干打成几截。刹那间，在枪弹掀起的尘土里，破碎的布条、木屑、纸片和着残断的肢体在血花之中四下飞溅。

马路上的人似乎没有料到会在这里遭到袭击，顿时被打得措手不及。他们惊恐地扑向路边的芦苇丛，可蔡智诚等待的就是这个时机，一声令下，冲锋枪、卡宾枪和轻机枪的弹雨迎面横扫过去，又把他们赶回到了开阔地带。

路面上躺倒了许多人，暗黄色的沙土被染成了一片血红。遇袭的队伍完全乱了套，有的人往回跑，有的人趴在地上还击，还有的被吓慌了神，挺着身体站在马路当中无所适从，很快就被打倒了。但是，在这片血腥的混乱之中却闪现出一群女性勇敢的身影。面对死亡，她们没有躲避，反而一次又一次冲进弹雨之中抢救受伤的战友。女人的力气不够大，她们就拖着、拽着、爬着，带着伤员往急救点的方向挪。那急救点的掩体其实也不过是几处红柳树丛，别说顶不住重机枪的扫射，就连步枪的子弹也抵挡不了。可卫生兵们却全然不顾身边肆虐的死神，一个人倒下去，另一个接上来，毫无畏惧地为伤员们包扎、止血……惨烈的场景给端枪扫射的蔡智诚留下了深刻的印象。

"作孽啊……"，直到多年以后，蔡智诚依然不忍回顾自己在那场战斗中的表现。因为多年以后他才知道，就在那一天，在他枪口下浴血拼搏的女性之中，居然有他的孪生妹妹蔡智兰。

遭遇袭击的解放军部队在经过了最初的慌乱之后，很快就展开了反击。伞兵3分队只有六十多个人，虽然设置了伏击阵地，但由于兵力不足，渐渐地有点难以支持。这时候，1分队发现西北方向出现了解放军援兵。游乐智赶紧命令蔡智诚撤退，夏庙村里的2分队也跑出来接应，掩护着3分队向后收缩。

伞兵刚刚退出阵地，解放军就冲进了芦苇荡。蔡智诚边打边撤，斜刺里突然飞来一阵弹雨，一颗子弹打在冲锋枪的护铁上，"吭"的一下把他的武器砸飞了。他还没来得及弯腰拣枪，又被一颗子弹击中了他的胯部，猛烈的冲击力把蔡智诚撞了个跟头。他心说"完了完了"，可没想到爬起来以后试试身手，居然还能接着跑。

跑回夏庙村，浑身上下摸一摸，前胸后背都没有见血，撩开衣服一瞧，腰间好大一团乌青的血印——原来那颗子弹正打在蔡智诚的枪套上，勃郎宁手枪被打坏了，却救了他的性命。

身体没受伤，嘴巴里却觉得怪怪的，拿舌头顶一顶——咦？两次手术都没能拔掉的那颗牙齿不见了，也不知是吐出去了还是被吞进了肚子里……

这时候，夏庙村的东北和东南方也都出现了解放军部队。幸亏游乐智早有准备，特务队立刻朝西南方向夺路而逃，经袁庄、沈牌坊村，退回商丘去了。

8月13日，特务队在夏庙村附近遇到的是晋冀鲁豫野战军2纵（陈再道部）。与此同时，伞兵各队也发现了刘邓的其他纵队。根据已知情况判断，中原解放军并没有退缩到黄河以北，反而正"突破陇海铁路，向长江流域进犯"。

刘邓大军的行动毫无预兆，完全出乎国民党高层的意料之外。南京、徐州方面一时难以判断解放军的战略企图，又鉴于快速纵队和交警总队根本无法阻拦解放军主力的南进步伐，不得不从山东战场紧急抽调重兵支援陇海路。这样一来，原本已经合拢的鲁西包围圈也就自行解体，陈毅和粟裕领导的华东野战军"西兵团”因此脱困而出，陈唐兵团、叶陶兵团、华野直属机关、6纵（王必成）、特纵（陈锐霆）和冀鲁豫11纵（王秉璋）突出重围，组成了日后横扫豫皖苏战场的华野主力。

　　事实上，在当时，包括蔡智诚在内的许多国民党军官也在分析应对“突变”的办法。

　　有人提议能不能首先集中力量消灭鲁西包围圈里的华野主力，再回过头去追赶南下的刘邓部队，从而实现“各个击破”——但讨论之后的结果却是“不是做不到，而是不能做”。原因一，国民政府是中央政权，这就决定了它在国内战争中只能倾向于建设性而不是破坏性，任何执政党都难以承受放弃经济文化中心城市的政治风险；原因二，经过两年内战，国民党的兵力已严重不足，长江以南基本上没有国军正规部队，如果放任战线延伸到长江流域，江南各省势必要采取全面动员，进入极端状态。这不仅会进一步动摇国民的信心，也将在国际上造成难以挽回的恶劣影响……因此，在蔡智诚看来，刘邓部队跃进江淮，属于“围魏救赵”，攻政府之必救，而国民党军是非接招不可的。

　　且不论蔡智诚们的评论是否正确，毫无疑问的是，刘邓大军挺进大别山是解放战争的重要转折点，中国人民解放军从此拉开了战略反攻的序幕。虽然从时间上看，华东野战军更早一点开展了外线攻击。但华野的“七月分兵”并没有遏制住国军的进攻势头，最终是晋冀鲁豫野战军的破釜沉舟之举才使得国民党军丧失了战略上的主动权，从而陷入了“全面防御”的困境。

　　其实，如果换个角度来看，华野外线兵团先前若是打得好一些，国民党主力则极有可能退守到陇海线附近，那样一来反而会给刘邓大军的南下造成很大困难。可现在，华野部队打得不如人意，结果却把国民党重兵吸引到了山东西部，给趁虚南进的中原野战军留下了绝佳的运动空间。而刘邓的大踏步跃进又反过来化解了华野方面的危机——陈粟丢了山东，却又在豫皖苏获得了空间；刘邓丢了河南，却又在大别山站住了脚跟。共产党的两大主力在被动局面下完成了大区域的战场转换，连同陈谢兵团，在中原战场上形成了“三箭齐发”局面，从而创造了联系更为密切、协作更为灵活的战略态势。

　　战争的规律，有时候真是出人意料，奇妙非常。

　　在1947年8月份以后的那段时间里，蔡智诚一直是稀里糊涂的，不知道局势应该算好还是算坏。

根据"重点进攻"的计划，徐州国军的主要目标是山东，待山东战场大功告成之后，再分兵河南、增援东北——这计划说起来应该没有啥毛病。可莫名其妙的是，眼看着山东的解放军被打跑了，河南的解放军也"逃跑"了，国军大获全胜，却不得不由重点进攻转入了全面防御。

"被打败的共军"跑得到处都是，说他们是"流窜"吧，既抓不住也挡不住；说他们是进攻吧，又不知道到底要攻击哪里，搞得国军处处设防、时刻紧张。打来打去，"山东问题"解决了，可徐州剿总不仅抽不出人马支援其他战区，反而觉得兵力越来越不够用……这可真让蔡智诚们伤透了脑筋——国军到底是打赢了，还是打输了呢？

战略上的局面扑朔迷离，搞不清楚，而眼前的场景却是一目了然的。

8月下旬，整编第11师的大部队开到了商丘。第11旅和第18旅的官兵们早就从118旅那里得知了快速纵队的"暴行"，一下火车，人家就直接控制了朱集车站。一大帮强兵悍将虎视眈眈，把机枪和大炮全都对准了伞兵的营房，搞得蔡智诚他们出门进屋的时候头皮直发麻，生怕从背后的什么地方飞出一颗子弹来。

快速纵队当然不敢和整11师硬碰硬，但伞兵们也有自己的办法。惹不起还躲得起，胡琏不给好脸色，他们就请求调防。于是，没过两天，南京方面就发来电报：即刻移防上海。

商丘呆不住，改去大上海，真是不错啊！

伞兵们兴高采烈，拔营出发，就连仓库里的罐头饼干都不要了——美国大老板又来了一批新的，回去就换，到了十里洋场，那还不是想要什么就有什么嘛。

坐火车，到上海，出了车站又转往港口。蔡智诚看见码头上停着好多军舰，"伞兵总队南京留守处"的一帮参谋们正在舰桥上嘻嘻哈哈地招手。

"又要搞什么名堂？"大家满怀好奇地登上舰船，心里觉得十分好笑——坐了飞机坐坦克、坐了火车坐兵舰，才当过空降兵、摩托化步兵和铁路警察，现在又要充当海军陆战队了。打了几年仗，天上地下海里全都转了个遍，这国军伞兵快要变成"全能部队"了……

第二十八章 普陀军演

在码头上看见军舰，蔡智诚们就知道又有新任务了。可这次是要去哪里呢？大家都猜测是去东北。因为1947年8月份这时候，陈诚正好调任"东北行辕主任"。他是名义上的海军总司令（桂永清是"代理总司令"，到1948年8月才转正），而空军总司令周至柔又是土木系的亲信，所以派伞兵坐兵舰去东北当陈诚的卫队也是顺理成章的事情。

蔡智诚在舰桥上遇到参一科的科长钟汉勋，连忙向他打听："我们这是去哪儿呀？"钟汉勋还故作玄虚："暂时保密，先参加完普陀军演再说。"

"普陀军演"就是在浙江舟山群岛的普陀山表演抢滩登陆，这是国民党历史上的第一次海陆空联合军事演习——水里有军舰、天上有飞机、步兵乘坐登陆艇和冲锋舟，与美国大兵的作派完全相同——可扮演海军陆战队的既不是海军也不是陆军，而是空军的伞兵部队。

这莫名其妙的主意是"伞兵总队南京留守处"鼓捣出来的。

5月份，伞兵总队开赴徐州组建第三快速纵队，在南京岔路口营房留下了一帮处长、科长和后勤行政人员。战斗部队上前线以后，留守处的参谋们没啥事情可做，于是就写文章、吹牛皮，把太平洋战争的资料翻译翻译，再添加几句评论就成了自己的分析体会——二战期间，美国人在亚洲战场其实没有实施过什么像样的空降作战，所以伞兵的参谋们抄来抄去的都是麦克阿瑟的那一套，什么"遮断"啊、"蛙跳"啊、"侧翼打击"啊……结果就和海军搞到一堆去了。

这时候，国民党海军正计划着在山东的长山岛搞一次"蛙跳"行动。

长山岛位于渤海海峡的庙岛群岛，在山东和辽宁之间。在当时，胶东半岛的龙口、蓬莱、烟台都是华东野战军的根据地，而辽东半岛的大连和旅顺则属于苏联红军控制的"自由港",两地之间相隔不过七八十海里,坐上大电船(带马达的帆船)一晚上就可以抵达。所以,辽南的旅大地区几乎就相当于山东解放区的后院。

1947年8月,有情报显示,设在大连境内的"建新公司"将在年内恢复生产,这将会对东北和华东战局产生严重影响——"建新公司"原本是日本人于1905年至1945年期间在大连、旅顺地区建设的一系列重工企业。苏联占领东北后把其中的主要设备拆走了。1946年底,中共华东局派朱毅、张珍、吴运铎等干部到大连,通过民间收集、折价购买、自主研制等办法收拾残局,用一年的时间使陷于瘫痪的兵工厂恢复了运转。到1948年,"建新公司"下属企业的正式员工已超过八千人,淮海战役中解放军消耗的二十万发炮弹和大部分的子弹、炸药全都来自于该公司。所以陈毅同志总结说:"淮海战役的胜利,一是靠山东人民的小车,二是靠大连的炮弹。"

1947年下半年,国民党试图在"建新公司"恢复生产以前切断其水路运输线。但国军海军并不敢招惹大连的苏联人,只好退而求其次,准备占领山东的长山岛,割裂胶东半岛与辽东半岛之间的联系。恰在这时候,他们听说伞兵的一帮参谋正在鼓吹"向麦克阿瑟同志学习",立刻一拍即合,决心实行海空携手,搞一次两栖登陆作战,共创"蛙跳"战例的新篇章。

国军伞兵从前只练过从天上往地下跳,没有试过从水里往岸上蹦——这无所谓,国军海军也没有登陆作战的经验。大家决定在正式开打之前搞一次军事演习,先找找感觉再说。

"普陀军演"名义上的总指挥是海军总司令桂永清,但实际的指挥官是"峨嵋"舰舰长梁序昭和"海军检点长"林遵。

林遵和梁序昭是当时炙手可热的海军干将,他俩都是福建福州人,都是马尾海军校的毕业生,美国人赠送给中国的"九大舰"①也是这俩人一起开过太平洋的。说起来,"普陀军演"或许是林遵和梁序昭的最后一次共事。因为演习结束之后,梁序昭就调到青岛去当海防第一舰队司令,后来又到台湾当了海军总司

---

① 所谓"九大舰"其实有两个含义:一是指1946年由美国政府赠送给中国的九艘军舰;二是指把这些军舰从美国迈阿密开回来的那帮国民党海军技术人员,他们被称为"九大舰系统"。这"九大舰"的吨位其实并不算大,但穿越太平洋把他们开回中国是很需要一点技术的。它们分别是:

峨嵋号供应修理舰,美国Mare Island造船厂制造,1915年下水,美军时代称为"妈咪号"(Maumee)。1946年护送其它八舰由美抵华,美军索性将此舰一并赠予中国,国民党海军随即将其命名为"峨嵋"

令；而林遵则率领海防第二舰队到西沙和南沙宣示主权，后来又率部在南京江面起义，彻底与国民党分道扬镳。

梁序昭和林遵都是马尾系的人物。但其实，国民党海军中除了"马尾系"与"雷电系"之争以外，还有本土系、留美系和留英系之分，梁序昭属于留美系，林遵属于留英系，虽然是同乡却并不是同派。

在当时，与海军接触不多的人或许搞不清"马尾系"与"雷电系"之间的门道，但对于留英系、留美系和本土系的区别却可以一目了然——国民党海军在军舰上的样子差不多，一上岸就分开了。留美的穿着美军制服去美军俱乐部喝可乐，留英的穿着英国军服去英国俱乐部喝红茶，穿着中国军服的本地土鳖只好跑到小饭馆里喝烧酒，真正是泾渭分明——在一个舰队里面可以穿出三个国家的军服，也只有国民党海军能把派系纷争整得如此夸张。

"留美系"掌管着美国军舰，数量多、体系完备（其代表是"九大舰"）；"留英系"则控制着英国兵船，数量虽少，但比较先进（其王牌是"重庆舰"）；而"本土系"的人只好驾驶着日本赔偿的破烂货，显得十分落魄。

蔡智诚乘坐的"黄安舰"就属于本土系。这"黄安舰"是1944年下水的轻

（将原舰名"Maumee"字首的"M"字去掉），首任舰长为梁序昭。该舰排水14500吨，航速14节，在很长时间内为国民党第一巨舰，经常担任蒋介石总统的座乘，1966年除役。

太康号护航驱逐舰，美国波士顿船厂制造，1943年下水，美军时代舷号为"Wyffels"，排水量1200吨，航速19节，1975年除役。

太平号护航驱逐舰，美国费城船厂制造，1943年下水，美军时代舷号为"Decker"，排水量1200吨，航速19节，1954年在一江山岛战役中被解放军击沉。

永胜号护卫舰，原为美国American船厂制造的"钦佩级"(Admirable)扫雷舰，1943年下水，美军时代舷号为"Lance"，标准排水量650吨，最大航速15节，后改名为"玉门"号，1969年除役。

永顺号护卫舰，原为美国American船厂制造的"钦佩级"(Admirable)扫雷舰，1943年下水，美军时代舷号为"Logic"，标准排水量650吨，最大航速15节，后改名为"镇南"号，1970年除役。

永定号护卫舰，原为美国American船厂制造的"钦佩级"(Admirable)扫雷舰，1944年下水，美军时代舷号为"Lucid"，标准排水量650吨，最大航速15节，后改名为"阳明"号，1972年除役。

永宁号护卫舰，原为美国Portland船厂制造的"钦佩级"(Admirable)扫雷舰，1943年下水，美军时代舷号为"Magnet"，标准排水量650吨，最大航速15节，1958年因触礁报废。

永泰号巡逻舰，原为美国Portland船厂制造的PCE型猎潜舰，1943年下水，美军时代舷号为"PCE-867"，标准排水量640吨，最大航速13节，后改名为"山海"号，1972年除役。

永兴号巡逻舰，原为美国Albina船厂制造的PCE型猎潜舰，1943年下水，美军时代舷号为"PCE-869"，标准排水量640吨，最大航速13节，后改名为"维源"号，1972年除役。

型护卫舰，虽然舰龄比较新，但从日本开回来的时候只剩下了动力设备，火炮和鱼雷管都被拆光了。青岛造船厂只好在舰首安装了一门13.5毫米高射机枪，所以这所谓的护卫舰其实只相当于一艘武装运输船。

当时，"黄安号"隶属于海防第一舰队，操舰军官是沈鸿烈的东北海军，而士兵则来自汪伪海军。一帮"土鳖"爹不亲娘不爱的，没有人愿意搭理他们。按理说，海军的待遇应该很不错才是，可这黄安舰上的人却经常饿肚子。他们每天拿着个铁皮盒子按定量分米，然后各自到伙房里蒸饭。开饭的时候餐桌上只有一盆小鱼，几十个人你争我夺地抢破了头。蔡智诚他们觉得挺纳闷："海军想吃鱼，随便钓就是，何必这么抢呢？"那些海员回答道："不是抢鱼，是抢菜盆里的油水呢……"伞兵们这才恍然大悟。

"普陀军演"期间，伞兵各单位分乘登陆舰实施攻击，只有蔡智诚他们搭乘"黄安号"先行登岛，原因是特务队被分配担任演习中的假想敌。

普陀山是舟山群岛中的一个小岛，面积12.6平方公里，是著名的佛教圣地。按军事演习的预想，"守岛共军"的兵力为两个步兵团加一个师属炮兵营，伞兵特务队的官兵就扛着小旗扮演这"五千共军"——用红色小旗代表班、排、连，用黄色小旗代表营部、团部或者炮兵阵地。

岛上除了特务队还有一个"裁判部"。演习开始以后，进攻部队把自己的射击诸元喊出来，岛上的裁判们就跑到相应的地点宣布"被击毙多少"、"被击伤多少"、"被毁损多少"……同样，军舰上也有一个裁判部，每当守岛部队宣称自己向什么地方开火了，登陆部队也要统计相应的伤亡——虽然不开枪不开炮，却搞得像真的一样。

蔡智诚的职务是"共军炮兵司令"，带领六个兵冒充三个炮兵连（8门75山野炮和4门105榴弹炮）。蔡中尉之所以能够担任这项差事，很大原因是由于他曾经在207师学过专业炮兵，对火炮参数比较内行，不至于弄出什么洋相来。但大家都知道这个"炮兵司令"肯定是最先阵亡的角色，游乐智队长还拍着小蔡的肩膀开玩笑说："好好干，临死之前给他们点厉害瞧瞧。"

既然要"给点厉害的"，那就露一手漂亮活。炮兵蔡司令琢磨了一晚上，第二天早晨，演习刚开始，他就制造了一场"弹幕射击"。

按理说，海岸炮兵在实际炮战中是很难对移动目标实施集中射击的，因为各炮连的位置分散，火炮口径不相同，炮弹的射速也不一样。山炮野炮榴弹炮即使都朝着同一个方位打，弹着时也是有先有后的"下饺子"，很难同时击中运动中的军舰——但这个难题在理论上却可以得到解决：目标进入射程之后，各炮位试射一发确定基点，观测手每分钟测一次目标坐标，连测3分钟，然后就可以算出第4点的方位，再把各种炮弹的飞行时间考虑进去，各炮位的射击参数和射击顺序也就可以计算出来了。这时候，只要本方的炮兵阵地还没有被摧毁、对方军舰也没有采取规避动作，那么，全营的炮弹就将在下一分钟同时落到既定目标的头上，从而形成惨不忍睹的"弹幕射击"效果。

实施这个动作需要三个环节的保证，一是敌人不躲不闪不改变行进方向；二是炮兵的战术动作熟练准确；三是计算手的算术能力足够强——这都不成问题。第一，海军舰队排成一溜横队，根本就没打算躲闪；第二，普陀山上本来就没有炮，完全可以把炮兵想象成绝顶高手；第三，蔡智诚是理工科的高才生，"滚加滚乘"的心算题对他来讲是小菜一碟……

不过，虽然理论上什么目标都能打，可实际操作起来还是要斟酌一下的——蔡智诚也明白这只是一场演习，有些船可以瞄准有些船却惹不得。

比如，伞兵司令部设在"中兴"号登陆舰上，而"海权鼎兴、训练建业"这八艘船全是一个模样，在弄不清谁是"中兴"谁是"中权"的情况下，所有的大型登陆舰最好都不要招惹；再比如"峨嵋舰"是这次演习的海军旗舰，总指挥部和总裁判部都在那上面，一旦打了它，"普陀军演"也就泡汤了，这种傻事绝对干不得。

小船不好打、大船不能打，蔡智诚找来找去，终于选中了舰队左翼的一艘驱逐舰。这艘军舰个头不大不小、速度不快不慢、方向不偏不斜，体型优美、彩旗飘扬、威风漂亮，真是做靶船的好材料——"炮兵司令"心中窃喜，脑子里算计了一番，拿起话筒向裁判部报告了射击诸元。

很快，普陀山上的裁判员就在电台里喊叫开了："十二秒！弹幕射击！某某某方位，75口径榴弹8发、105榴弹4发，同时被弹！"

听见呼号，对面军舰上的裁判员拿起望远镜朝目标方向一看，顿时就傻眼了——老天爷！这轮弹幕正好打中"长治舰"，那可是民国海军桂永清总司令的旗舰……

"长治舰"原名"宇治舰"，是日本桥立级江河炮舰的二号舰。"宇治舰"曾经是侵华日军的旗舰，因为这个身份，抗战胜利后桂永清就经常把"长治舰"当成自己的旗舰，即使有了大吨位新型号的军舰也不愿意更换座驾。可蔡智诚哪里知道海军司令的这个习惯，再加上他也不认识海军的官衔标志旗，只觉得这千把吨的铁皮船比较适合瞄准，结果就把它当作目标了。"长治舰"总共只有80米长、10米宽，若是猛地砸上去12颗榴弹炮弹，军舰沉不沉的暂且不论，舰桥上的人肯定全部报销了。只是，裁判部的军官哪里敢宣布"海军总司令阵亡"呀，一帮人愣了好半天才通知普陀山指挥所："喂喂！射击无效，重新演练。"

听说精彩射击不算数，蔡智诚也猜到自己可能是打错了人。他哪里还敢再搞什么玄的虚的，随便报告了几个衍射数据之后，炮兵阵地就被海军的一通舰炮"彻底摧毁"掉了。

"共军炮兵"被消灭，蔡智诚这个"炮兵司令"也就没事可干。他离开阵地，正好可以去普济寺里逛一逛。

浙江普陀山是中国佛教的四大名山之一，这里是观音菩萨的道场，所谓"普陀"在梵语中的意思是观音座下的小白花——《西游记》里的孙悟空一遇到麻烦就翻跟头去找"观音娘娘"帮忙，而"观音菩萨"居住的"仙山"其实就是东海上的这个普陀山——齐天大圣经常造访的地方，伞兵当然也应该探望一下，大家都是腾云驾雾的人物嘛。

按理说，蔡智诚不信佛并不喜欢逛寺庙。但这普济寺却有些与众不同，孙中山先生曾经写过一篇《游普陀志奇》，说他在普济寺看见"仙葩组锦，宝幡舞风，奇僧数十，窥厥状来迎客者……见其中有一大圆轮，盘旋极速，莫识其成以何质，运以何力……"还说当时在场的胡汉民、朱执信都没有发现，只有他一个人瞧见了，真是神乎其神——既然堂堂的中华民国国父能在这里遇到菩萨显灵，其他三民主义的信徒再来此地参礼膜拜也就成了理所当然的善举。

想去普济寺烧香的人很多，罗华也是其中的一个。蔡智诚看见他在"主阵地"上抓耳挠腮，就笑着问道："你死得怎么样了？"罗军士长数了数身边的旗子，十分不耐烦："才死了一个连，还剩两个连，游队长说还要给我增援四个排，不知要到什么时候才能死干净呢……"正嘀咕着，技术上士（军械长）海国英扛着一捆小旗回来了，他在海滩上遇到了飞机轰炸，两个连的人马全体阵亡死翘翘了。罗华羡慕得要命，连忙跑过去求情："老海老海，我替你死一把，你帮我守阵地，好不好？"海国英乐呵呵地表示同意——这老海是个穆斯林回回，真主安拉不允许他和观音菩萨套近乎，既然不能参拜佛寺，多守守阵地也就无所谓了。

一行人来到普济寺，这是一座元代的古刹，庙宇恢弘，建筑雄伟。有意思的是，普天下的寺院主殿当中供奉的都是如来佛，唯有这里的大圆通殿供着观音大士，反而把释迦牟尼挤到了边角旮旯——真不愧是观世音菩萨的老家。

庙里的人都在忙着烧香磕头，只有蔡智诚不理会神仙，一个劲地向和尚讨茶喝。

蔡家的老爷子早年在贵州试办茶场，蔡家子女耳濡目染，也多少懂得一点茶经。蔡智诚知道这"普陀山佛茶"生长在海岛仙山，终日被云雾萦绕，历经千年，不同凡响，茶形似圆非圆、似眉非眉，故称"灵雾凤尾"。此茶一年只取一季春芽，而且全由僧人采制，茶汤明净、气息清馥，平常只在谈论佛经时酬谢施主，闹肆茶坊根本就见不到这世外仙茗——既然有缘来到了观音脚下，菩萨拜不拜尚在其次，这佛茶仙茗却是一定要品尝品尝的。

蔡智诚虽然不礼佛，却也读过《华严经》，知道观世音菩萨的祖籍是印度洋上的"洛迦山"，于是就一边品茶一边与和尚们讨论着观音的行踪。正在神聊的时候，忽然看见伞兵七队的蔡振武队长拎着挺轻机枪走了进来，原来是先头部队已经登陆了。

蔡智诚半开玩笑地说："佛门圣地，当兵的不许入内！"

蔡少校有点儿不服气："不让我进，你们怎么能在这里享受？"

"我们已经死翘翘，是鬼是神仙虽然还说不准，但反正不能算是军人了。"

蔡振武无话可说，只好灰溜溜地退了出去。没过多久，却又见他笑嘻嘻地跑了回来，机枪不见了，手里拎着钢盔（在演习中脱下钢盔就表示已经"阵亡"了），来到茶桌前，乐滋滋地拍出一张纸条，上面写着两个大字——"地雷"。大家纷纷表示祝贺："死得够精彩，来来来，喝茶喝茶……"

从普济寺的山门朝海边望去，登陆部队正在飞机和炮舰的掩护下实施抢滩。普陀湾里布满了世界各国制造的军舰，其中有"中"字头的坦克登陆舰（LST）、"美"字头的中型登陆舰（LSM），"联"字头的步兵登陆艇（LCI），还有"合"字头的通用登陆艇（LCU）——组在一起就是"中美联合"……各路舰队浩浩荡荡，国军官兵杀气腾腾。蔡振武得意地问和尚："怎么样？没见过这个阵仗吧。"

"没有见过"，那位僧人讷讷地回答，"从前，本寺也曾经历过战火。一次是在明朝嘉靖年间，抗倭名将俞大猷率兵登岛，把倭寇包围在普济寺（当时叫宝陀禅寺），血战两天，大获全胜，从而保住了百姓平安；另一次是在清朝康熙年间，荷兰人袭扰普陀山，岛上军民被番鬼杀戮殆尽，普济寺也被一把火烧得精光，现在的建筑都是雍正以后重建的，想起来真是痛心疾首……如今，你们的军容比以前更加壮观，想必各位施主必能抵抗外侮，保护黎民苍生，求得国泰民安"。

一席话弄得伞兵们哑口无言，只好在心里暗自思忖："这老和尚是在夸我们还是在骂我们呢？"

演习仍然继续着，寺院里的钟声却响了起来。

"真观清净观，广大智慧观；悲观及慈观，常愿常瞻仰；无垢清净光，慧日破诸暗；能伏灾风火，普明照世间；悲体戒雷震，慈意妙大云；澍甘露法雨，灭除烦恼焰；诤讼经官处，怖畏军阵中；念彼观音力，众怨悉退散……妙音观世音，梵音海潮音……"

寺院外，舰船的马达声、战机的呼啸声和士兵的呐喊声震耳欲聋；寺院内，《妙法莲华经》的禅音却伴着木鱼的节奏袅袅飘荡，缓慢、轻柔、安详、庄严，优美平和的颂唱之中，普济寺里喝茶的人们不由得有些痴了……

第二天，演习部队离开普陀山，准备开赴山东战场。

1947年9月，胶东半岛战事正酣，国民党军对华野"东兵团"发起了"九月攻势"，陆军副总司令范汉杰率领整8师（李弥）、整9师（王凌云）、整25师（黄百韬）、整45师（陈金诚）、整54师（阙汉骞）和整6师（黄国梁）部的二十万大军，把华东解放军2纵（韦国清）、7纵（成钧）、9纵（许世友）、13纵（周志坚）的十五万人马切割在诸城、胶东的两个狭窄区域内。9月中旬，国军相继攻占日照、平度、掖城、龙口、莱阳、招远、诸城、蓬莱……全面突破解放军防御，大举向烟台和威海进逼。

这时候，华野"东兵团"的态势十分危急。范汉杰判断山东解放军有"渡海流窜辽南"的可能，陆军紧急请求海军采取行动，要求海防第一舰队迅速截断胶东半岛与辽东半岛之间的联系。

接到战报，海军桂永清总司令立即率领"长治舰"和六艘速度比较快的战舰赶赴胶东。不过，他们并不是去打仗的，而是要到山东青岛观看美军的军事演习——当时，青岛是美国的军事基地，美海军陆战1师正在胶州湾进行实弹演练，国民党海军在"普陀军演"之后再去观摩美国人的示范，准备从中吸取经验，进一步提高自身的业务水平。

观摩演习是高级军官的任务，蔡智诚当然没有这个资格。不过，这次演习其实并不成功，美国人出了个大洋相就草草收场了，他们的演练不看也罢——美军的军演刚开始，一架侦察机就出故障掉到解放区的地盘上去了。海军陆战1师的美国兵不知道土八路的厉害，仓促派部队去搜寻飞机残骸和飞行员，结果被东海军分区的两个连伏击，当场打死了几个，被抓了几个。事情告到国民政府，蒋委员长没办法解决。美国人只好和共产党的东海军分区谈判，军分区司令员彭林（1955年中将，曾任海军航空兵政委）非要美国政府公开认错不可。美国人没办法，只得在《青岛日报》上刊登了道歉信，这才把尸体和俘虏要回来，原本轰轰烈烈的军事演习也就此不了了之——这件事，毛泽东主席在《别了，司徒雷登》中是这么评价的："在胶东半岛，美国军队和军事人员曾经和人民解放军多次接触过，被人民解放军俘虏过多次……"，显然十分满意。

相对而言，国民党政府遇到类似的情况就没办法满意了。

普陀军演之后，海军舰队向渤海海峡进发。刚开到青岛海域就接到了返航的命令，同时，收音机里还播放了外交部的声明："前日传闻国军将在长山岛登陆作战，纯属恶意造谣。"

伞兵们听了直纳闷，海空军的作战计划，怎么到外交部的嘴里就变成谣言了呢？

事情是这样的。

还在浙江搞演习的时候，共产党方面就已经掌握了国军的军事计划。舰队刚离开杭州湾，苏联大使馆就向国民政府外交部提出抗议："你们要进攻长山岛，这是违反国际条约的行为，绝对不能允许！"外交部长吓了一大跳，连忙到参谋总部去探听情况。

原来，大连附近有两个长山岛，一个在大连的东边，属于大连市（现在叫"长海县"），当时是苏联远东红旗舰队的锚地，那是绝对碰不得的；另一个在大连的南边，属于山东蓬莱（现在叫"长岛县"），国军的蛙跳目标就选在这里。在当时，这两个地方都叫"长山岛"，外交部的官员只好向苏联大使做解释，我们要攻打的是这个长山岛，不是那个长山岛……

老毛子听得颇不耐烦，不管哪个长山岛，反正大连和旅顺是自由港，周围50海里之内不能受到威胁，否则，我们的红海军绝不袖手旁观！

接到这个警告，外交部、参谋总部和海军司令部只好用海图尺比来比去。测量了半天，大连的那个长山岛当然在50海里范围之内，可山东的这个长山岛居然也在50海里的边上——如此一来，伞兵和海军谋划的"蛙跳"方案就只能中途夭折，悄然作废了。

折腾了一个月，伞兵部队最终还是没有能够当成海军陆战队。

第二十九章　在徐州的清闲日子

普陀岛演习之后，伞兵部队就变更了番号，先前的"空军伞兵总队"改名为"空军伞兵司令部"，先前的大队编制也改为五个直属营和两个战斗团，总队司令马师恭调任整编第88师师长，由副司令张绪滋升任伞兵司令兼快速纵队司令。

马师恭司令变成了马师恭师长，自然希望多带些人马去新部队壮壮声势。可惜那整88师原本是"傻儿师长"范绍曾的川军，虽然被黄埔系接管了却依然脱不了杂牌的底子，实在难以引起伞兵的兴趣，特务队里只有刘盛亨一个人愿意跟着马师长走。虽然也有人给蔡智诚做过思想工作，许愿说过去以后可以连升三级，让他当个少校营长什么的，但蔡中尉考虑了半天还是没有答应——整88师已经重组过好几回了，当兵的早都被解放军吓破了胆，一听见枪声就逃跑，别说是营长，就连团长、旅长也是三天两头的当光杆，确实没有多大趣味。

蔡智诚当时的愿望是想参加第七届全国运动会。

旧中国的全运会是从1910年开始创办的，到1935年办了第六届，以后遇到抗日战争爆发就停办了。事隔十三年，国民政府又计划重整旗鼓，准备在上海举办第七届全国运动会，并以此作为第十四届（伦敦）奥运会的选拔赛。这场"亚洲第一体育盛事"得到了国统区社会各界人士的广泛关注，各省市各军兵种和海外团体都组队参加，场面空前的热闹。伞兵也受邀在开幕式上进行跳伞演练——蔡智诚虽然觉得自己没有上场竞技的本事，却自以为满有资格参加开幕式跳伞，于是就很希望能到上海滩去出出风头。

当时，快速纵队驻防在徐州一带，全运会的跳伞表演是由"伞兵南京留守处"筹备的，经办此事的头头是留守处长刘农畯。可是参谋出身的刘处长对跳伞的业务不太内行，所以只好把经验比较丰富的姜键上校请去当总教官，还挑选了二十几个骨干参加表演队——这些人在参加完运动会之后就留在南京组建"补充团"(即后来的伞兵第3团),由刘农畯当团长,姜键当副团长,其他表演队员则充实为各级军官。

说起来,蔡智诚原本也可以加入伞3团的,因为跳伞表演队的名单里有他的名字。可谁晓得,临出发的时候正巧遇到"徐州陆总"开展"党团合并"活动。上峰一道命令下来,生生地把蔡智诚和其他几个"积极分子"给留住了。

所谓"党团合并"就是解散三民主义青年团,把三青团员并入国民党或者青年党。这件事情原本并不复杂,可当时的"徐州陆总"秘书长是复兴社"十三太保"之一的滕杰,这家伙对"政训"和"民训"工作重视得很,极力主张"借党团合并之东风,完善军队之政治制度"。而快速纵队的张绪滋司令又是个新官上任的角色,滕杰说什么他就听什么,结果就在伞兵部队里设立了"政治指导室",蔡智诚也从中尉连长变成了搜索营的上尉指导员。

国军部队里的"政治指导员"和解放军的指导员并不完全相同——共产党的规矩是"支部建在连上",指导员主管政治,与连长一起上班,各司其职、地位相当;而国民党的"政治指导室"是建立在营级单位的,指导员是隶属于营部的连级军官,平时到各连队去训训话,打仗的时候就帮着营长压阵督战,有点像是个军法官。

国军的指导员当然也要从事政治工作。蔡智诚的业务就分为两大块,一块是"政训",监理军人;另一块是"民训",督导百姓。

"政训"工作的主要内容是纠察和训话。先说纠察,当时,徐州是华东军事中心,不仅兵多官多难民多,各类报社也很多,黑头发黄头发的记者满街乱窜,随便一点小事都有可能惊动社会视听,所以上峰对军纪问题十分重视。大街小巷布满了纠察哨,火车站和汽车站更是指导员们云集的地方。纠察官发现军容不整的要处罚,遇到欺负老百姓的更要严惩。有一次,汽车第5团的一辆大道奇在街上撞翻了人力三轮车。司机一踩油门就想跑,周围的纠察队立即出动,几十部吉普车、摩托车前堵后追的,愣是把那家伙拖回到肇事地点,当众给枪毙了。

训话是政治指导员的基本业务。指导员除了要主持连队的"总理纪念周"(每周一上午的政治例会)领着大家朗诵"总理遗训"之外,还要到有关单位去进行"精神训话"。蔡智诚常去的地方是"青年训练总队"和"青年集训总队"——前者收容着被解放军遣散回来的国民党官兵,后者则关押着被国民党俘虏的解放军战士。

据蔡智诚讲,徐州的政训单位对两边的俘虏都还是比较客气的。比如徐州市长张希道在训话的时候就经常表示:"拿起枪是敌人,放下枪就成了朋友,大家彼此同胞,凡事留点余地,今后总还有见面的时候……",真是态度真挚语气诚恳,搞得大家十分感动。后来探察一番才知道,原来这张市长以前也当过解放军的俘虏，他的这一套全是从共产党那里学来的。

"政训"可以采取集中训话的方式，"民训"工作就必须变点花样才行了。那时候，徐州城里经常遇到上访申冤的外地难民，有时还要搞搞示威游行什么的。每当出现这种情况，蔡智诚他们就穿上便服，装扮成老百姓混在队伍里瞎起哄，手里举着"反对赤色帝国主义"的小旗子，嘴里嚷嚷着"拥护绥靖政策！"、"还我民众安居乐业！"之类的口号，一个劲地把斗争矛头往苏联人和共产党的头上引，企图混淆视听，忽悠人民群众。

说起来，徐州的老百姓还真是十分的淳朴憨厚。这里古称彭城，曾经是楚霸王项羽的根据地，民间习俗也透着一种很特别的文化情趣——比如走道打招呼，遇见年纪大的要喊"大爷"或者"三爷"，遇见年轻的则应该叫"二哥"，因为"大爷"是魏征、"三爷"是徐茂公，都属于多福多寿、智慧贤能的人物，"二哥"武松的形象也很不错，听起来让人觉得爽气。"二爷"不能喊，因为秦琼是吐血死的，不大吉利，而"大哥"就更差劲了，那是武大郎，简直就跟骂人差不多……

内战时期，处于战场中心的徐州是国民党的"政治模范区"。这里的民众不仅自发地组织各类保安武装（俗称"小保队"）配合政府"绥靖地方"，甚至到了国军败退的时候还能够"追随政府"弃家逃亡。这种情况在全国也是十分罕见的，而其中的原因，在蔡智诚看来，一方面是由于国民党对徐州的管理比较不错，另一方面也是共产党人帮了大忙。

1947年下半年，中原野战军千里跃进大别山，陈粟兵团和陈赓兵团也相继挺进豫皖苏。三路大军插入国民党统治区的纵深，为了补给军需，就同时采取了红军时期的"走马点火"政策——部队每到一处，立即开展"斗地主"、"分浮财"运动，把有钱人家的财物分给穷人，并没收地主富农的粮食供应军队——这样的"急性土改"当然可以最快地唤起贫困农民的革命热情，也能够迅速解决部队的临时需要，但它却也存在着一些毛病。首先，这种方法只能是一次性的，经过猛烈的"点火"，下回再来的时候就无钱可收、无粮可征了；其次，这种方法很容易激化社会矛盾，军队"走马"所过之处，中农以上的人家几乎跑光，流离失所的难民纷纷逃往国统区，大量的中小地主和富裕农民被简单地推向了斗争的对立面。

这个时期，四周都在打仗，只有徐州附近还比较平静。于是，短短几个月的时间里，这个小城市（徐州是铜山县县城）的人口就激增了三十万，新开了上千家店铺，设置了近百处慈善机构。城里的街角空地搭满了大大小小的"窝棚"，随处可见神色慌张的难民。

在这样的城市里，泥菩萨和活神仙就成了安慰人们心灵的导师，算命算卦也成了十分热门的职业。黄河故道边的南马路是徐州卦摊最为集中的地方，从早到晚都围满了忧心忡忡的人群。

有一种卦摊名叫"灯下问鬼"，功效是可以通过各路鬼魂探听战场上的消息，因此能够预测失散人员的下落——战争年月的冤魂多，失踪人口也多，这种生意也就格外火爆。

卦摊上摆着签筒，签子上刻有记号，分别代表东西南北各方向的野鬼。算命先生打扮成道士的模样，拿着个拂尘晃来晃去，遇到顾客上门，就开始作法，"急急如律令"，召唤鬼魂来问话。先生作法后顾客就开始摇签了。可也奇怪，如果想探听东边的消息，东边的"鬼魂签"就能跳出来，如果想询问西边的情况，摇出来的肯定是西边的签子。连摇五六次都是如此，弄得顾客对算命先生深信不疑。

算命先生大多都是些老江湖，懂得察言观色，碰到身体结实的顾客，可以适当地弄点玄虚，一惊一诈地多骗点钱；但遇到那种体质不太好的老人，通常就报喜不报忧，赶紧地把人家打发走算了。可也有个别的新手不晓得轻重缓急，逮着主顾就胡说八道，唬得农村老太太连害怕带伤心，还没来得及掏钱就哭死掉了，结果钱没骗到还摊上个人命官司。

蔡智诚从来就不去理睬这些迷信的名堂，但罗华却信得不行。这小子简直是见佛就拜，才跪了观音又求上帝，抽空子还跟海国英念叨几句真主安拉，恨不得上战场的时候能够召集菩萨开大会，从土地公公到圣母玛利亚全都守在他身边。

自从伞兵把大队编制改成了团营连，原先的"军士长"职务就取消了。罗华不愿意留在连队当排长，死缠着蔡智诚，硬是到"政治指导室"当了一名协理员。按罗协理员的说法，连以下的军官都是容易送命的角色，进到营部就安全多了，打仗的时候可以在后面督战，仿佛进了保险箱一样。

说实话，这个时候的蔡智诚他们确实像是在保险箱里。当时，伞兵1团驻守黄口，伞兵2团驻守砀山，经常在陇海铁路线上与解放军发生接触，而司令部直属的搜索营、工兵营、通讯营和辎重营却住在徐州城里，日子过得十分安逸。

当时，伞兵搜索营的任务是保护城里的电力安全，这个差事说难不算难说易也不易。那时候，徐州号称是"马路不平、电话不灵、电灯不明"，让人很伤脑筋——大马路成天被军车和战车碾过来压过去的，想平也平不了；电话局里只有20部交换机，原本不到一千五百门的容量却要应付三千多门电话，遇到前方打仗的时候总机房里就像炸了锅，把交换员累死也没有办法；供电问题就更难办了，徐州原本依靠贾汪电厂供电，那是个日本人建造的厂子，距离徐州60公里，装机容量1250千瓦，不仅电量不够而且还经常被游击队切断线路，弄得电灯时暗时明。为了保证电力供应，徐州"陆总"只好从联合国难民救济署弄来一台1000千瓦机组（是美国军舰上拆下来的旧设备，满出力只能达到800千瓦），在"张勋官邸"（今徐州供电局）开办了一个专用发电房，而搜索营的职责就是保证这个新电厂与"重点用户"之间的线路畅通。

当时，徐州是华东军政中心，各类"重点用户"着实不少。搜索营的游乐智营长考虑来考虑去，先列出一些"重中之重"，然后再委派下属分头负责，蔡智诚承包的是"花园饭店"、"装甲兵之友"和"空军俱乐部"——这倒是三个好地方。

花园饭店建造于1916年，在很长一段时间里都是徐州最高档的酒店。它所在的地方原本叫做按察街，后来因为蒋介石与冯玉祥在这个饭馆里拜把子，俩兄弟一高兴就把"按察街"改名为"大同街"了，意思是说拜把成功，世界大同。可解放以后，人民政府不大同意他俩的说法，于是就把"大同街"改成了"淮海路"，"花园饭店"也改成了"淮海饭店"，以此来纪念淮海战役的胜利——其实，这花园饭店与淮海战役并没有太大的关系，倒是在台儿庄战役期间，这里曾经是李宗仁的指挥部。

花园饭店是各路高官途经徐州的首选下榻之地，一般人是进不来的。不是吹牛的说，1948年的春节，能在这个饭店开房间的少将以下的军官只有两个人，一位是蒋纬国上校，另一位就是蔡智诚上尉——只不过蔡上尉所开的房间是配电房，虽然面积挺大，到底还是寒碜了点。

寒碜归寒碜，照样可以进餐厅吃西餐，并且因为与服务员的关系好，牛排更厚一点也说不定。

当时，徐州"陆总"下辖济南、贾汪、蚌埠三个绥靖司令部和一个（郑州）前进指挥部，来此开会视察或者中转的各类官员络绎不绝。每当遇到王耀武、邱清泉、胡琏、孙元良等重要人物到徐州的时候，"陆总"副司令韩德勤或者参谋长郭汝瑰总要招待他们一顿，而其他官员住店就只有自己进餐厅吃饭了。

军人吃饭是不花钱的，高官们更可以随意点菜。虽然政策一样，但有的人比较节俭，有的人却比较随意。比如有一次杜聿明和王耀武住在花园饭店，开饭的时候一人只点了一碗面条，搞得一帮属下也只好有样学样，个个埋头喝面汤；可吴化文军长就大不相同了，顿顿摆满海蟹湖虾，还要喝法国白兰地，服务员说他一天能吃掉一根金条，饭量真是不得了。

这么高档的地方，一般人能进来逛一逛就觉得很有面子。当时徐州的红灯区在一个叫"金谷里"的地方，据说那儿的妓女如果能到花园饭店里住一夜，宁愿不收嫖客的钱，于是某些随从人员就悄悄带着妓女回来鬼混。有一天，服务员收拾房间的时候笑得半死。原来他在墙上发现了一首打油诗："奔波劳顿到徐州，金谷艳遇把情留。云雨方交正浓厚，长官来到俺床头。垂首立正遭训话，一训就是俩钟头……"，真是个倒霉蛋。

在花园饭店里搞风流是不合适的，但在"装甲兵之友"和"空军俱乐部"却可以和风尘女子们打交道。

"空军俱乐部"是徐州空军指挥部开设的娱乐馆（今徐州市中山堂），"装甲兵之友"是蒋纬国创办的休闲处（今徐州市文化宫）。这两个地方几乎门对门，都是跳舞厅。相对而言，"装甲兵之友"更加热闹一些，因为蒋纬国经常在那里指挥乐队，有时候还亲自操琴表演，引得好些高官都来捧场。蒋纬国的太太石静宜女士也常去那儿助兴，而且每次都带着好多外国糖果，一边分给大家还一边叮嘱说："少喝酒呀，时局不太平，小心不要惹事呀……"就像是哄小孩子一样。

蒋家两口子玩到9点来钟就走了，接下来就可以喊舞女们进场——当时徐州有几个从上海来的交际花，其中最有名的叫做刘茵，是个扬州人，空军和装甲兵都抢着和她套近乎。可人家刘小姐又没有分身之术，只好两头敷衍。约定俗成的办法是：蒋纬国和夫人在"装甲兵之友"的时候，刘交际花尽可以去和空军飞行员打情骂俏，可等到9点钟以后，她就应该来安慰铁甲战士了。

说起来，这刘茵小姐也怪有本事的，开飞机的和开坦克的都是天底下最霸道的角色，真难为她能够应付得下来。

当时，驻徐州的装甲部队是战车第1团，前任团长是蒋纬国，现任团长是赵志华。这赵志华是个只认识蒋纬国，连蒋经国都不买账的二愣子，一帮部下也都是些混账二百五，所以号称是"火牛"；而徐州的空军主力是第3驱逐机大队，这第3大队下辖四个中队，三个在徐州、一个在济南（就是和宪兵开仗闹罢工的那个第28中队），他们的前任长官是苑金函，现在归徐焕升指挥。这徐焕升也是个了不起的人物，曾经开着轰炸机到日本东京去撒传单，胆子可真够大的。

这两路猛人遇到一起，想不出事情都难。

每年的春节前夕，徐州市都要举办"迎新篮球比赛"，往届的冠军都是徐州宝兴面粉厂，他们有几个专业队员，水平着实很高。1948年的这一次，宝兴厂虽然主动把自己分成了甲乙两个队，照样过关斩将，在决赛中胜利会师。可就在这时候，空军和装甲兵突然向主办单位提出了参赛申请。主办方哪里敢拒绝，宝兴面粉厂也只好表示欢迎，于是就派出甲乙两队分头接招。

头一场半决赛，"宝兴甲"领教装甲兵的"火牛队"，刚开场就被当兵的打伤了好几个队员，从此就不敢碰球了，结果是9比105，输得一塌糊涂；第二场开锣，"宝兴乙"干脆弃权当了缩头乌龟，让空军"飞虎队"直接进入了决赛——"火牛"和"飞虎"争夺冠军，这下子就有好戏看了。

比赛的场地设在云龙山体育场。一大早，装甲兵就把战车开到了比赛场，坦克的履带压着球场的白线，场外边还有几辆装甲车来回地转悠。等空军"飞虎队"来到的时候，吉普车就被堵在了铁壁铜墙的外面，非得下车徒步进场不可。飞行员吃了一个下马威，气得不得了，立刻派人回去打招呼。于是天空中很快就出现了两架P51战斗机，来回俯冲低空盘旋就像玩特技一般，机翼卷起狂风呼啸，引擎震得地面乱颤，观众们吓得抱头鼠窜。飞行员却在强大的空中掩护之下得意洋洋地穿过坦克的包围，走进了比赛场——赛前热身，双方打了个平手。

比赛开始，火牛队由团长赵志华领头，拎着宽皮带，穿着大皮鞋就下场了。飞虎队一看对方是这副打扮，知道来者不善，赶紧去取武器，一帮篮球运动员有的把手枪绑在腿上、有的别在腰里。决赛的裁判是体育场的经理刘玉邦，他看见这架势吓得浑身直哆嗦，哪里还敢吹哨子，丢下球跑进办公室，死活也不肯出来了。场地上只留下一群牛和虎还在那里对峙，不像是打球倒像是要打仗。

就这么僵持了好一阵，蒋纬国才赶到了现场。说实话，徐州城里也只有他能吹这场球的裁判。果然，蒋裁判一到，火牛队的皮带和皮鞋就脱掉了，飞虎队也解下了手枪，40分钟比下来，空军赢了装甲兵几分。不过，主办单位倒也是挺会做人的，颁发的冠军亚军锦旗是一个模样，全都写着"勇冠三军"，奖品也完全相同，都是两箱汽水——双方把手言欢，哈哈一乐，亲亲热热上馆子喝酒去了。

1948年春节，蔡智诚收到了一封家书。妻子在信中询问能不能到部队来探望亲人——自从新婚蜜月以后，小两口已经两年没有见面了，她实在很想念自己的丈夫。

对于妻子的要求，蔡智诚犹豫了很长时间。

从规矩上讲，国民党军队并不限制官兵结婚，也不禁止军人家眷到驻地探亲。徐州城里就住着许多军属，有的开心有的不开心，有的看上去很幸福，有的却显得惶恐悲伤。

幸福开心的人总归是少数。在蔡智诚的印象中，最为志得意满的莫过于邱清泉夫妻了。邱军长讲究排场，态度傲慢，走到哪里都绷着个脸，身后总跟着一大群副官和马弁。他的妻子也是夫唱妇随，架子同样大得不得了。这女人姓叶，但不许别人称她为女士太太或者夫人，非要喊作"叶厂长"才行。因为她担任着一个什么被服厂的厂长，大小也算是个干部。"叶厂长"对下属十分严厉，蔡智诚常常看见她在花园饭店的走廊里训人，语调尖利、目光炯炯，开口闭口"我军我军"的，好像指挥国军王牌的不是她丈夫倒是她这个衣着光鲜的贵妇人一样。所以淮海战役之后，蔡智诚一听说邱清泉阵亡的消息，首先想到不是邱军长的下场，而是琢磨着"叶厂长"的眼神是否还会如以前那样的威严慑人了。

相对而言，其他人则要显得谦和得多。那时候邱清泉的副军长高吉人也住在饭店里。有天晚上，高副军长的三岁的儿子突然得病死了。高吉人不等天亮就要派人把小孩的尸体抱出去埋掉，他太太哭着不让送，老高就对她说："我是带兵的人，战场上的弟兄一死就是成百上千，你哭一个孩子没关系，叫我怎么哭大家去……"高夫人听见这话以后，硬是把眼泪给忍回去了。

当然，饭店里面也有终日哭泣的人，比如马励武的太太。马励武是整26师师长，鲁南战役时全军覆没，被解放军给俘虏了。他太太只好带着个六岁的孩子住在花园饭店，成天指望着国军能够打个胜仗把她的丈夫换回来。这孤儿寡母对战局十分关心，遇见军官就打探消息，听说打赢了哭，听说打输了也哭，然后就发誓："以后子孙长大成人，说什么也不让他们当兵打仗了。"搞得大家都不知道如何回答才好。

不管怎么样，能住进花园饭店的都是高官的家眷待遇终归还是不错的，更多的军属则居住在徐州的民房甚至窝棚里，终日提心吊胆惶恐不安。在那些日子里，"陆总"司令部和徐州火车站是这些女人孩子们最常守候的地方。每当前方发生战事，通讯大楼前就围满了彻夜不安的人群，每当有军车从前方归来，火车站的出口就聚满了焦灼盼望的目光。

蔡智诚曾经多次在徐州火车站附近值勤。在这里，他听到过太多的号啕大哭，看见过太多的悲痛欲绝，也感受过太多的生死离别。他当然希望妻子能够陪伴在自己的身边，但他也知道部队在安全岛里养尊处优的时间不会太久，一旦自己再度踏上战场，留给妻子的将会是难以言喻的等待的焦虑和痛苦的折磨——因为了这个顾虑，他迟迟没有给家里写回信，也没有答复妻子的要求。

蔡智诚的顾虑没有错，因为不久以后，快速纵队就接到了增援前线的命令，他很快就随着搜索营离开了徐州。

第三十章 形势急转

蔡智诚在徐州享清闲，伞兵1团和2团却在陇海铁路与解放军交战。

这个时期，刘邓大军虽然已经在大别山站住了脚，但在与国民党军反复征战的过程中损失很大。根据地新开辟不久，恶劣的环境使得解放军既缺少粮草也难以补充兵员。在严峻的形势之下，先前留在河南担任"牵制策应"任务的中野11纵（王秉璋部）只好不断地从老解放区征兵，然后强行穿越陇海线把新兵和军需物资送往大别山区。

第三快速纵队的任务是巡弋铁路沿线，发现目标就予以截击——这个差事并不难办。因为解放军的新兵普遍缺乏训练，不仅战斗素质不高而且每个班只有一杆枪，既打不过伞兵也跑不过伞兵，所以国军每遇上一千人就能截下五百来个，真是费劲不大战果不小，十分轻松愉快。

1948年2月，驻砀山的伞兵第2团又发现了解放军的新兵部队，照旧是一番穷打猛追。可没想到，这次中野11纵派了两个主力团护送这两千新兵，结果伞2团追着追着就追到人家老八路的口袋里去了。两个前卫连被歼灭，担任先锋官的蔡振武中校也当场送了命。

蔡振武原先是伞兵7队的队长。7队是所谓的"常胜冠军"，蔡振武也是赫赫有名的功勋悍将，所以他的死立刻震惊了整个快纵。前线的伞2团一边交战一边呼喊救援，弄得张绪滋司令也慌了神，连忙率领司令部直属营（驻徐州）和伞1团（驻黄口）登上火车奔赴战场。

蔡振武是被地雷炸死的。当时解放军总共只在战场上埋了两颗雷，其中一颗失效了，另一颗就把蔡中校炸上了天。这难免使大家想起普陀山军演期间蔡振武为了混进普济寺里喝佛茶，愣是弄了张"踩地雷"的条子冒充阵亡的事情，不由得感叹这冥冥中的一言成谶……

罗华一边议论一边直喊阿弥陀佛，"罪过罪过，怎么敢在观音菩萨面前开这种玩笑"，可回头突然想起他自己那天也是顶替别人阵亡的，顿时吓出了一身冷汗，一晚上没有睡着觉。

蔡智诚他们赶到柳堤圈（今河南省夏邑县和虞城县之间）的时候，解放军主力已经撤退了。伞兵们四处搜寻只找到百十个掉队的新兵。这些新兵穿着新棉袄，手上没有枪，一人扛着一根枣木扁担，不像是打仗的倒像是一伙送军粮的挑夫队。

虽然没有武器，但解放军新兵的思想觉悟却不低。国军"政治指导室"给他们做"精神训话"，几个俘虏居然反过来搞鼓动宣传。他们私底下扯着罗华拉家常："朋友，看你也是个苦出身。咱们天下穷人是一家，不要为地主老财去卖命……"罗华从小就在船上拉纤，风吹雨打弄得满脸沧桑，看上去确实是一副苦大仇深的模样。可他这人阶级觉悟太低，最不喜欢别人说他穷，被揭了老底之后就有些恼羞成怒："去去去！穷在闹市无人问，富在深山有远亲。老子才不和你们一家人。"

那时候，共产党正在军队里开展"三查""诉苦"运动，也就是查工作、查思想、查阶级，通过"诉苦追根"查出阶级根源，然后"让剥削阶级思想向无产阶级思想投降"，大家再重新站队，全都站到了劳动人民一边……国军军官对这种做法虽有耳闻但却闹不清是怎么回事，于是就组织解放军俘虏进行现场表演，让国民党的政治指导员和政治协理员在边上观摩旁听。

诉苦会的效果真是惊心动魄，震得国军将士目瞪口呆，大家都说共产党的这一招实在太厉害了。

可厉害归厉害，最后还必须批判才行，这讲评的任务就落到了指导员的头上。于是蔡智诚就指出，解放军诉苦的实质不是"哭穷"而是"均富"，这是长毛造反的老招数，解放军把贫穷的仇恨都推到有钱人的身上，把暴力土改当成了让懒人致富的捷径，这分明属于违背社会传统道德的行为……蔡指导员在台上讲得口干舌燥，底下的听众却应声寥寥，因为明摆着的情况是共产党那边欢欣鼓舞，国民党这边怨声载道——不能给老百姓分地分粮食，扯什么传统道德都无济于事。

罗华被解放军的诉苦代表搞得眼泪汪汪，光顾着哭了，结果共产党的宣传没弄懂，国民党的道理也没听清。他懵懵懂懂地问指导员："老蔡啊，我祖上也是有房子有地的，后来被我爷爷耍钱输光了，你说这赌博到底算不算是剥削？"

"……"，蔡智诚也不知该怎么回答才好。

1948年的上半年正处于"戡乱战争"的全面防御阶段。对国军而言，这种形势虽然比较被动却不用太动脑筋——反正解放军没有打来的时候大家就休息等待，等解放军打到哪里再去哪里救火，一切行动听从共产党的安排。

这期间，"徐州陆总"将原先的三个绥靖区增加为十一个，把战区划成了一块块"责任田"。从表面上看是用"点线防御"的办法谋求面面俱到，但其实是处处设防处处分兵，根本无法集结力量。遇到突发情况的时候只好由一两个整编师临时组成战略机动单位（也就是通常所称的"小兵团"）四处应付。结果是遇到小股解放军围不住，遇到重兵集团又吃不消，顾此失彼，疲于招架，几个月下来就身心疲惫士气低落了。

在蔡智诚的印象中，自从1948年的春节过后，突然一下子就不知从什么地方冒出来了好多解放军主力。这个时期，各地纷纷传言"共产党正在全面征兵，青壮年男子都加入了军队"，而乡村道路两旁的赤色标语也从原先的"夺取民主自卫战争的胜利"变成了"打倒蒋介石，解放全中国！"——徐州的形势陡然变得万分紧张，蔡智诚他们在城里也呆不住了，不得不一次次外出作战。

1948年4月，徐州城里的各军政单位正忙着热烈庆祝蒋介石当选"行宪"之后的首任总统。在刚刚结束的国民大会上，老蒋在两千七百多名代表中间得到了两千四百多张赞成票，真正是众望所归如愿以偿，值得全国人民欢欣鼓舞。

可共产党人却一点儿也不给蒋总统留面子。国民政府在南京开大会，解放军的苏北兵团（司令员韦国清，政委陈丕显）就在首都的边上开仗。华野2纵（滕海清）、11纵（胡炳云）和12纵（陈庆先）先是攻克了益林，接着又向盐城发起猛攻，整得国军鸡犬不宁，不得不抽调重兵进行围堵，从而引发了"第二次盐南战役"（也称"盐南出击战役"）。

参加此次战役的国军南线兵团由整4师和整25师组成，司令是黄百韬；北线兵团由整72师和整83师组成，司令是张雪中，第三快速纵队担任战役总预备队，主要在射阳河一带活动。应该说，国民党军在这次战役中的表现还是很不错的，南北兵团两面夹击，到5月下旬就击退了解放军的进攻，夺回了先前丢失的城镇，并且还占领了苏北军区的根据地合德（今江苏射阳），以至于解放军方面也不得不承认"盐南出击战役是一次不成功的进攻作战"。

这次战役失利的原因，华野方面认为是"战线过宽，兵力分散"，但在蔡智诚看来却是苏北兵团的训练水平不够强。苏北兵团是1948年3月刚刚组建的部队，老兵不到三分之一，而且大部分是山东人。这些战士基本上都不会游泳，在南方的水网地区杀来杀去，被淹死的比被打死的还多。双方军队在射阳河两岸穿梭交战，解放军很快就失去了机动能力，跑也跑不动，聚也聚不拢，岂有不吃败仗之理。

不过，土八路虽然走水路不行，但只要离开了河网地带，他们的行军速度就快得吓死人。

第三快速纵队5月27日刚刚占领了合德，31日就得到消息：华野11纵正在围攻黄口！——黄口（今安徽萧县黄口镇，当时属于江苏省）与射阳之间的直线距离大约330公里，行军路途还至少两倍于此。伞兵们实在想不通他们怎么会在几天之内就飞到那边去了？

黄口是伞兵部队的防区，伞1团离开之后就只剩下一些地方武装在那里站岗，凭他们无论如何也挡不住解放军主力的围攻。快速纵队只好赶紧掉头回去增援。蔡智诚他们坐在车上直犯嘀咕："这伙解放军真难缠，刚在东边吃了亏，转眼又跑到西边去捣乱，活像一帮打不死的孙猴子……"

其实，解放军战士并没有钢筋铁骨。几个月来，他们一直是以顽强的意志和牺牲的精神在支撑着自己坚持战斗。先前，苏北兵团不断攻击苏中和苏南地区是为了吸引国民党军主力东移、配合刘邓大军转出大别山（晋冀鲁豫野战军主力于1948年3月转出大别山，5月份在洛阳成立了以刘伯承为司令员、邓小平为政委的中原军区）；而现在他们再度不顾疲倦地发起新的攻势，是为了破坏陇海铁路东段交通，迟滞国民党军西援进程，配合即将展开的豫东战役——蔡智诚他们当时并不知道解放军的战略意图，但即使是知道了，他们也无法理解共产党人的团结协作精神，更无法理解解放军的那种为了全局而甘愿牺牲自己的高度觉悟。

第三快速纵队从合德赶回徐州，再从徐州赶往黄口。这时候，前方的道路已经被解放军破坏了，伞兵的大卡车开着开着就翻下了路坎，各种物资撒得满地都是。无奈之下，大家只好扛着大包小包徒步行进。

穿着伞兵大皮靴走路本来就是件很受罪的事，再扛着沉重的军需装备就更让人举步维艰。这狼狈的模样引得路边观看的整77师指指点点："瞧，一帮公子少爷，出门打仗还带着帆布帐篷鸭绒被，简直不像个当兵的样子……"

整编第77师（王长海部）是西北军冯治安的老底子，原先人马挺多的，如今被老蒋裁得只剩下整37旅（旅长吉星文）和整132旅（旅长过家芳，中共地下党员）。37旅是打响卢沟桥抗战第一枪的29军37师，而132旅就是曾经血战南苑的赵登禹132师，这两支部队依然保留着老西北军的传统，衣着朴素，吃苦耐劳，好多官兵的肩上还扛着大刀。但他们普遍对内战抱有抵触情绪，极不情愿为蒋家王朝卖命。比如这次救援黄口，他们就坚持要求让伞兵在前头开道，自己留在后面负责侧应。

于是，第三快速纵队只好沿着公路向黄口方向攻击前进，伞1团（附战车营）在左翼突击，伞2团（附装甲车营）在右翼进攻。部队从6月4日下午开始与解放军发生接触，之后接连攻克夹河寨、郝寨、沙塘、周庄、北新庄、杨楼、蔡庄、李庄……"计毙匪1900余、俘302名、卤（虏）获步枪机枪冲锋枪掷弹筒等武器弹药甚多，另步话机1台、电话机5部、骡马若干"。战至6月15日，华野11纵主动放弃黄口，第三快速纵队遂告完成救援任务。

在这些天里，蔡智诚没有上前线与解放军交火，但他却碰巧"立了一功"。

6月14日下午，蔡指导员去卫生大队慰劳伤号。正当他带着两个勤务兵走到唐楼村附近的时候，迎面遇到了一男一女。那男的挑着两大桶米饭，女的担子一头装着酱萝卜，另一头盛着白菜汤。俩人一看见国军官兵就吓傻了，愣在那里跑也不是，不跑也不是。蔡智诚发觉情况不对，立刻把他们扣下来进行审问。

男的挺痛快，没费什么事就招供了。他说四五里之外的洼地里藏着两百名解放军，其中有个人给了三块大洋，委托他们两口子置办饭菜，说好了送到以后再给五块洋钱……那男的一头说，他老婆就一头在旁边打岔："老三！不能乱讲，要遭报应的。"

可这老三却不肯住嘴，竹筒倒豆子似的交代得干干净净，一边坦白还一边申明："我可没有说瞎话，长官你可以去核查。"

核查？说得轻巧。蔡智诚他们只有三个人，哪里敢跑到洼地跟前去看一眼。当时共产党苏北兵团的一个连通常不过六七十人左右，这两百号人马差不多就是一个营了，要想核查也必须找大部队来帮忙才行。

离唐楼最近的队伍是132旅的396团，蔡智诚于是就跑去报告情况。那位团长名叫王刚（黄埔6期生），皱着眉头半信半疑的，好像觉得很麻烦。而副团长贾宗周（中共地下党员）却一个劲地泼冷水："诡计、诡计，我看是诡计，八成是解放军的圈套。"蔡智诚也弄不清那位送饭的老三讲的是真话还是假话，只好向两位团长表示："反正我把情况都告诉你们了，该怎么处理你们自己负责。"

王刚团长琢磨了老半天，最后还是决定带部队去看一下。结果396团摸到洼地附近的时候正好遇到解放军往外面走，双方随即展开近距离交锋，一场拼杀下来，解放军吃亏不小。

洼地里的这些解放军属于华野11纵33旅98团一部，他们撤出阵地以后实在走不动了，所以想先找个地方躲一躲歇歇脚，吃点东西再接着赶路，却没想到走漏了风声，让396团拣了个大便宜——在蔡智诚的印象中，当时解放军官兵的鞋子全都磨烂了，一双脚血肉模糊。经过苏中、苏南的数月鏖战再加上从射阳到黄口这几百公里的强行军，即便是铁人也被拖垮了，何况他们只是刚组建不久的新部队，因此败给第三快速纵队这样的精锐嫡系或者132旅这样的百战劲敌也实在是情有可原。

黄口解围之后，伞兵们松了一口气。大家一边和伞1团团长张信卿打趣"好不容易帮你们收回了驻地，快请我们喝酒"，一边议论着司令部将要返回徐州还是将迁到新安镇去。

有天上午轮到蔡智诚值勤，他在大院里遇到整25师（黄百韬部）的一个副官，觉得十分希奇："咦？你们不是去兖州了么，怎么跑到这里来了？"

5月份的时候，整25师和快速纵队都在盐城附近打仗，可打着打着解放军就不见了。接着就听说黄口被包围（苏北兵团"陇海路东段战役"），伞兵连忙回来救黄口；然后又听说华野7纵、9纵和13纵正猛攻兖州（山东兵团"津浦路中段战役"），黄百韬于是赶快跑去救兖州。两路人马就此分道扬镳，却没想到又在这里碰了头。

"唉，刚到兖州的边上就让我们往回走，说是先去河南救第7兵团……"，整25师的副官悻悻地回答。

"啊呀，老兄，你们可真够辛苦的。"蔡智诚显得十分假惺惺。

"呵呵，我们辛苦，你们也清闲不了，反正大家是一起去。"那副官冷笑起来，这倒让蔡上尉大吃一惊。

其实，蔡智诚对河南的情况已有所耳闻。

早在几天前，伞兵就听说开封城防被解放军攻破了，开会的时候张绪滋司令讲起自己的黄埔同学李仲辛（国民党整66师师长，在开封战役中身亡）还眼泪汪汪的。没过两天就听说邱清泉的第5军收复了开封，但区寿年的第7兵团却一不留神又被解放军给包围了……这区寿年也是张绪滋的什么陆大同班，所以7兵团的命运同样惹得张司令牵肠挂肚。

游乐智开玩笑说："张司令流年不利，他的同学都挺倒霉的，不是这个出事就是那个出事。"

但蔡智诚却有不同的看法："你们'正期班'的在战场上好歹还有些同学照应，若是我们这些'养成班'的遇到了麻烦，连个关心的人都没有，那才叫做

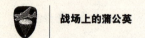

惨呢。"

　　国民党的军官有"正期班"和"养成班"之分。所谓"正期"是指经过正规军校训练的军官，大致相当于职业军人，退休的时候可以得一笔养老金。而蔡智诚这类半路出家，只上过什么培训班的货色只属于"军团养成"，比起"正牌正期"真是差老鼻子了。

　　蔡指导员的一番话激起了游营长的虚荣心："那是，我们正期生一辈子都要在行伍里拼搏，不讲究点精诚团结怎么行？哪像你们养成的，打完仗还可以去干别的行当，不必把军队当靠山。"

　　蔡智诚却只有暗暗苦笑，什么"正期"也好，"养成"也罢，事到如今大家还不是一样的在战场上拼杀。说是打完仗还可以去干别的行当，可天晓得这仗什么时候才能够打完呢？

　　不说别的，眼下的这一仗就躲不过。

　　6月27日，蔡智诚他们接到徐州陆总的正式命令：第三快速纵队配属整编第25师指挥，即刻赶往河南睢县。

　　说实话，伞兵上上下下都不大愿意立刻就出发参加战斗。这一方面是因为部队自4月份以来连续征战太过疲倦，另一方面也是因为经过黄口战役之后军需物资还没有进行补充，各单位的手里都只剩下不到两个基数的弹药，应付小规模冲突还算勉强，仗打大了就肯定不够用。

　　快纵司令部的电报一通接一通地发往徐州，请求等弹药和油料补足了以后再动身。可当时陆军总司令顾祝同在南京办公，徐州的战事都由参谋长郭汝瑰①统筹安排。等了两天，郭参谋长没把物资送来却派来了第一补给区司令朱鼎卿②。朱大军需一个劲地向官兵们保证已经预备好了一万加仑汽油和一万发炮弹，还有弹药粮食什么的，请大家先行出发，物资随后运到……信誓旦旦地讲了老半天，伞兵们这才于29日夜间登上了火车。

---

　　①郭汝瑰，四川铜梁人，黄埔5期生，1929年加入共产党，后因故脱离关系，1944年与中共恢复联系，从此投入隐蔽战线。他历任国民党第14师参谋长、54师参谋长、20集团军参谋长、徐州陆军司令部参谋长、国防部第5厅厅长、第3厅厅长、第72军军长，为我党输送了大量军事情报，1949年12月率部起义，解放后担任南京军事学院教员，并于1980年重新加入共产党。

　　②朱鼎卿，湖北黄岗人，朱怀冰的弟弟，云南讲武堂毕业，曾任国民党13师师长、86军军长、联勤第一补给区司令、第九补给区司令、湖北省主席、第3兵团司令，1949年起义，解放后担任湖北政协副主席。

在站台上，蔡智诚发现战车和装甲车并没有随队出发。打听后才知道，原来装甲部队的行动必须经过蒋纬国的批准，小蒋让部下径直返回徐州休整，就连郭汝瑰也拿他们没办法。

装甲兵可以肆无忌惮地回家睡觉，其他人却没有这个运气。

6月30日上午，军列开进商丘的朱集车站，只见月台上站满了第二交警总队的队伍，一帮穿着五花八门的官兵正等着上火车。这情形让蔡智诚他们觉得十分纳闷：商丘是第六绥靖区司令部的所在地，而现在六区的整75师已经在战场上被包围（区寿年就是第六绥靖区的副司令），如果再把第二交警总队派上去，商丘顿时就变成了一座空城，第六绥靖区司令部不要命了？怎么敢这么干呢？

正在议论纷纷的时候，快速纵队副参谋长罗国英上校给大家解开了其中的玄机——原来这第六绥靖区的司令官是周岩，而被解放军围困在龙王店的区寿年兵团正是周岩的基本部队。老周丢掉这点老本就要成光杆，有道是有兵好做官，没兵就没势，所以他现在拼了老命也要把本钱抢回来，哪里还会在乎商丘是不是空城。

但那第二交警总队是军统的队伍，他们怎么会愿意帮着周岩去扳本呢？罗副参谋长接着解疑答惑："张绩武（交警总队长）哪里是去救区寿年，他只是希望和我们混在　起。想想看，要是连我们都挡不住解放军，他们守在商丘也是死路一条，还不如趁早跟着大部队跑……"

参谋长的一席话说得部下连连点头，大家齐声称赞上校就是上校，确实比少校上尉们站得高看得远。

上校的水平不低，但比起中将就差远了。

据罗国英透露，快速纵队刚编入黄兵团，黄百韬中将就把快纵的炮兵部队统统收了过去，并且还要求伞兵把大口径机枪也全部交给整25师管理。张绪滋司令坚决不答应，结果两人就吵了起来，最后闹得不欢而散。

这消息弄得大家很不高兴。蔡智诚学过炮兵，知道集中使用火炮的好处，但黄百韬要了大炮还想要大口径机枪就太过分了。伞兵已经交出了榴弹炮和迫击炮，如果再连一挺重机枪也没有，那不就跟警察部队差不多了么？

于是立刻有人嚷嚷起来："他黄百韬一个陆军老杂牌算什么东西，凭什么指挥我们伞兵？散伙散伙，不跟他们干了！"

……

就这样，军列在一片嘈杂声中驶向了豫东战场。

第三十一章　豫东战役

6月30日下午，军列到达河南省宁陵县的柳河镇。

站台上守候着整25师的联络副官，他手里拿着一纸手令，十分焦急地通知伞兵张绪滋司令和第二交警总队张绩武总队长立即到程庄的"兵团司令部"去参加军事会议。张绩武很快就动身了，但张绪滋却不乐意从命，他只是打发参谋长戴杰夫①去当自己的代表，而且还满不在乎地说："我们快速纵队是来协同整5军夹击杞县解放军的，不是他黄百韬的部下！"

张绪滋做这番表态是有原因的。

被困在睢县包围圈里的是区寿年②兵团，它的官方招牌是"第7兵团"，这本来是个只有两个整编师（整75师、整72师）的小兵团，规模与邱清泉整5军（整5师、整70师）或者胡琏兵团（整11师、整3师）差不多。豫东战役爆发前，国民党军事高层已经意识到战争的决战阶段即将到来，以往的小兵团编制已经不适合形势的需要，所以决定把属于杂牌性质的区寿年兵团兼并掉，重新组建一个由四个整编师合成的大兵团——这对于掌管兵权的将军们来说当然是个扩充实力的大好机会。可是，由谁出掌未来的"第7兵团"呢？杜聿明提出的人选是邱清泉，而陈诚则推荐胡琏，搞得蒋总裁很是拿不定主意。就在这时，正等着被兼并的区

---

①戴杰夫，湖北仙桃人，黄埔7期生，曾任国民党战区干训团教官、师参谋长、蒋介石侍从室参谋、伞兵司令部参谋长，到台湾后历任第10师参谋长、第2特种作战总队总队长、第10军副军长，1974年病逝。

②区寿年，广东罗定人，早年投身行伍，跟随其舅父蔡廷锴，从文书、排长、连长、营长、团长一直做到十九路军的师长，1933年参加福建事变，任人民革命军第3军军长，1934年流亡欧洲，1936年回国后担任78师师长，以后历任48军军长，第26集团军副总司令、第6绥靖区副司令、兵团司令，1948年被俘，1950年被释放，1957年病逝。

寿年兵团却被解放军给包围了。于是邱将军连忙从北边赶来救援，胡将军赶紧从南边跑来解围，大有点谁先拣到区兵团就归谁指挥的意思。

解放军早就料到这两路人马有可能跑来凑热闹，于是华野部队在杞县挡住了邱清泉，中野部队在淮阳顶住了胡琏。两路援兵连攻数日毫无进展，这就给了黄百韬一个机会。

抗战时期，顾祝同担任第三战区司令长官，黄百韬是他的参谋长。现在老顾正以陆军总司令的身份主管徐州战区，当然愿意找个机会照顾照顾自己的亲信部下。本来，黄百韬已经内定为"第一绥靖区司令长官"，这个职务只有虚名没有兵，还不如整25师师长的位置更实惠一些，所以顾总司令赶紧想办法，提出让黄百韬也参加救援区兵团的竞争。蒋总统一高兴居然就答应了，于是黄师长就兴冲冲地从山东兖州赶回来抢这把"第7兵团司令长官"的交椅。可这时候老黄的手里只有一个整25师，分量明显不如小胡和小邱。于是乎，顾总司令就配上了第三快速纵队和第二交警总队，凑足一个"黄兵团"，准备让他上阵大干一场。

这么一来黄百韬高兴了，张绪滋却很不痛快——堂堂伞兵属于空军的编制，且不论愿不愿意改行当陆军，即便一定要加入什么兵团也是宁愿回到远征军系统的整5军，至少也得归属黄埔嫡系才行，岂能够在杂牌将领黄百韬的手下干事。因此，张司令从一开始就和黄师长磕磕绊绊的，反复强调自己只是"客串"不是"加盟"，搞得整25师的一帮人都很烦他。

现在的许多文章都认为整25师（第25军）是黄百韬的"基本部队"，其实老黄哪里有什么家底。整25师根本就是由不同来路的三个旅拼凑起来的大杂烩，不仅与黄埔嫡系无关，而且与黄百韬自己也没有什么渊源——第40旅是由"财政部税警总团"发展而来的，这个旅的战斗力比较强，是25师的主力；第108旅原先是东北军108师，王以哲的队伍，曾经参加过西安事变；第148旅则属于川军"袍哥部队"，旅长廖敬安是"范傻儿"的把兄弟，这个旅的特长是抽大烟，没有鸦片就不会打仗，搞得黄百韬无可奈何——这样的军队怎么可能让自视甚高的"伞兵精锐"瞧得上眼，他们又怎么可能愿意加入"黄兵团"的编制。在当时，不仅张绪滋对黄百韬爱理不睬的，就连蔡智诚这样的小上尉都不把整25师的中校上校放在眼里，结果弄得两家的关系特别僵。以至于几十年以后写回忆录的时候，黄百韬的随员们还在骂伞兵是"花架子"、"中看不中用"……

说起来，黄兵团的人揭发国军伞兵怕吃苦打不了硬仗，并不完全是瞎话。只不过蔡智诚他们当时并没有认识到自己的外强中干——伞兵自组建以来就一直没有吃过什么大亏，反而还经常撵得解放军到处跑，这使得他们自以为本领十分高强，再加上邱清泉和胡琏这两大"王牌主力"距离战场并不远，所以大家都不认为将会遇到多大的困难。

快速纵队离开柳河车站之后，随即乘车前往逻岗村（今宁陵县逻岗镇）。负责运送伞兵的是汽车第28团，这帮司机也是些势利眼，只愿意给"嫡系精锐"开车却不肯帮黄百韬拉大炮。宁陵、睢县这里属于黄泛区，地面上的黄沙堆积有一尺多厚。整25师装备的是日本武器，大炮都是铁轮子的，一旦陷进沙里就动弹不了。汽车司机不肯帮忙，人家的炮兵只好用骆驼拽。而那些骆驼尽是些抗战以前就"入伍"的老牲口，一个个光秃秃的驼毛都掉光了，孬货拉破车，看上去既可怜又可笑——蔡智诚这才明白黄百韬为什么非要把快速纵队的炮兵装备硬抢过去，因为伞兵的美式大炮是胶皮轮子的，比较轻快，否则光凭着整25师自己的日本家什，等仗打完了炮兵也难以到位。

逻岗村是个很大的庄子，整25师第40旅的旅部就驻扎在这里。一进村，蔡智诚就瞧见几个年轻人正往墙上刷标语："刘茂恩是头大笨猪！"旁边还围着一群国军官兵，都在哈哈地笑。

刘茂恩是国民政府的河南省主席，这么糟践他是怎么回事呢？

原来，这几位青年是开封市的学生。早在6月上旬，省城里就有传言说解放军要发动进攻了，校长们连忙向政府请求转移学生。可刘茂恩主席却拍着胸脯保证"城池固若金汤，共匪断不敢侵犯"，什么预防措施也不肯答应。学校只好继续上课，结果几天以后解放军就围了城，双方大炮猛烈对轰，炸得古城内一片狼藉，好几所学校都变成了废墟。刘茂恩这时候才宣布让大家"自主疏散"，自己也化装成老百姓逃出了开封……学生们死伤惨重，好不容易才脱离战火，心里气愤极了，于是一路写标语臭骂刘茂恩的无能无耻，还扬言要把混在难民堆里的省主席给揪出来，送到南京去公审。

这件事情蛮有意思的，当兵的都觉得挺好玩。蔡智诚看见这几位学生衣冠楚楚、白白净净，显然是殷实人家的子弟，又想起"诉苦大会"上解放军战士对有钱人咬牙切齿的样子，就忍不住问他们："从战区里出来的时候，共产党有没有为难你们？"

那几位年轻人回答说："没有啊，解放军的方针很宽松的，遇到学生就放行，不搜身也不阻拦……"

这个消息有点出乎蔡智诚的意料之外，他想不通共产党为什么会对学生格外的客气。当然，更让他想不到的是，几个月之后，这条随意打听来的经验会在战场上救了他的命。

当天，快速纵队在逻岗村附近宿营，7月1日早晨继续出发。

现在有的文章把黄百韬兵团投入睢杞战场的过程吹嘘得急如星火、雷厉风行，好似天兵天将一般，其实根本没有这么玄。

黄百韬当时的实力并不强——整25师的兵力只有两个旅（148旅没有参加豫东战役），第三快速纵队也仅有两个团（1团和2团），而第二交警总队只不过相当于一个团，因此所谓的"黄兵团"其实就和一个整编师差不多。以这样的兵力去迎战华野的几大主力纵队，当然只敢步步为营，处处谨慎小心。

但出人意料的是，邱兵团和胡兵团被解放军阻击得很厉害，而黄兵团的行动却没有遇到像样的阻拦，黄百韬的部队几乎是兵不血刃就进入了战场。到7月1日傍晚，108旅和25师师部推进到帝丘店（帝丘乡），第二交警总队推进到陈岗村，而第40旅和第三快速纵队则推进到和楼村一线，前锋占领了田花园。

田花园、帝丘店距离区寿年兵团被包围的龙王店和铁佛寺只有十公里远，而这时候，邱清泉兵团也已经推进到包围圈以西二十公里处的过庄、张阁一线。也就是说，区寿年部队的大炮如果向东打，可以直接掩护黄百韬兵团，如果向西打，又可以与邱清泉的炮火连成一片。

仗打到这个份上，连蔡智诚都觉得解放军一定是非撤退不可了。

华野部队是否撤围？对解放军而言，这是关键时刻。

粟裕将军回忆说，在他戎马生涯期间曾经有过三次最紧张的时候，一次是宿北战役，一次淮海战役，还有一次就是这场豫东战役。

综合各方面情况来看，粟裕这一次之所以如此紧张，主要是由于他事先没有料到黄百韬兵团会投入睢杞战场，而且来得这么快。因为事实上，整25师先前已经被山东兵团吸引到兖州去了，而且苏北兵团也已经通过陇海线战役切断了铁路干线。可谁知道顾祝同居然会突发奇想地让黄百韬跑来抢"第7兵团"的交椅，而国民党军在击退华野11纵之后又很快地修复了陇海铁路。这才使得这股"预算外的援军部队"奇迹般地出现在了战场腹地，以至于粟裕一时之间抽不出任何兵力进行拦截，结果让黄百韬兵团轻而易举地靠近了包围圈。

这真是千钧一发的时刻——7月1日这天，区寿年兵团已是穷途末路，但经过开封战役之后的华野各纵队也已经十分疲劳，如果不能迅速解决包围圈里的敌人，解放军很有可能被东西两向的援兵反包围，让国民党军实现"中间开花"。而即便是消灭了区兵团，华野部队也可能被邱、胡、黄的重兵集群团团咬住无法脱身，从而落入被动挨打的局面。

何去何从？危急关头方显英雄本色。粟裕大将断然决定：打！大兵团决战应该改变过去那种"有多少本钱做多大生意"的旧观念，只要战机在握就坚决地打下去！

华野总前委号召全军指战员克服疲劳、不怕牺牲、顽强战斗，不仅要迅速歼灭区寿年，还要痛击邱清泉、消灭黄百韬，以一搏三，夺取豫东战役的全面胜利。

这时的蔡智诚当然不会知道粟裕将军的决心。1948年7月1日的夜晚，他正在睢县田花园村的一所民房里翻看《聊斋志异》。

田花园是豫东乡间极为普通的村庄，当时属帝丘店乡（现在属于董店乡）。村里住着百十户人家，因为打仗的缘故，老百姓几乎都跑光了。伞兵搜索营是作为快纵的前锋部队抵达田花园的，官兵们一进村就忙着号房子，营部的目标自然是全村最大最气派的宅院。

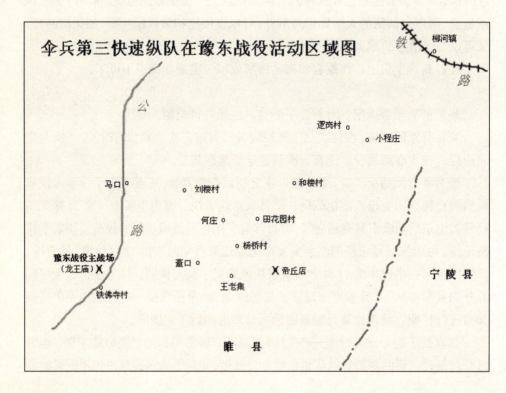

大宅院的主人已经逃走了，只留下一个老长工在家里当看守。这老头是个十分忠心的"义仆"，他院里院外的来回奔忙，这也不许拿那也不许碰。营长想住进上房，老头儿死活也不答应，跪在门口猛磕头，好像非要把他杀了才能够跨过那道门槛。大伙都劝他："等会打起仗来，什么房子也保不住，你何必这么死心眼呢？"可那老头却哭着回话："东家给了一身寿衣，俺知足了！死也要对得起老爷和太太……"

伞兵们被闹他得没办法，蔡智诚只好说："算了算了，人家这也是守土有责。"游乐智营长也冲着老头直竖大拇指："佩服佩服！要是当兵的能有您这份精神，打仗的时候就好办了。"

这么一来，营部的军官就只好住在下房和偏房。蔡智诚住的不知道是什么房间，屋子里摆着一本《聊斋志异》，于是他就拣起来翻看，什么狐仙啊蛇妖啊男魔啊女鬼啊，见到有趣的就念给罗华听，听得罗华直捂耳朵："呸呸呸！在战场上讲鬼讲怪，真是晦气。"

罗华不愿意听聊斋，只好到院子里乱逛。逛了一会又嘻嘻哈哈地跑了回来，说他趴在上房的窗子上往里瞧，发现那老长工穿着一身绸缎衣裳，正直挺挺地躺在宁式床上等死呢。"描金绘银的苏州大床，拔步雕花红木架子，要不是因为我们打仗，这老穷光蛋一辈子也别指望穿上绸缎寿衣，更别想睡上那张床！"蔡智诚赶紧叮嘱协理员："各人有各人的志向，你可不要欺负那个老实人。"

"我才不去理睬他呢！呵呵，这老头是个傻蛋。好死不如赖活着，到时候一刀砍在脑袋上，穿着皇帝的龙袍又有什么用？"罗华仿佛哲学家一样地总结说。

7月2日，烈日当头，空气十分干燥。

上午9点来钟，搜索营到达何庄附近，听见尖兵报告"前方有情况"，几个军官赶紧捧起望远镜仔细打量。大家发现何庄西面的高杆植物都被砍倒了，村口外面还堆着一些新土，很明显是已经有人清理了射界，修筑了工事。

毫无疑问，前面是解放军的阻击阵地，但国军一时还搞不清对方阵地上的兵力。若是有战车部队在旁边，只要把坦克开过去就可以探明虚实了。但现在装甲兵还在徐州睡大觉，所以只好由伞兵亲自去试一试火力。

一连承担了出击任务，士兵们呈扇形队列搜索前进。走到距村口约百米远的地方，何庄阵地上开火了，一连立刻实施还击并组织了两次进攻，效果都不大。游乐智营长在步话机里喊："怎么样？能冲过去么？"

一连长石家勇回答："够呛，不好办。"

游营长于是命令："不好办就回来吧。"

看见国军往回撤，解放军就展开反击，村子里忽啦啦冲出来好几百人，又喊又叫地想抓俘虏。伞兵的机枪阵地立即实施火力压制，十多挺 M2 机枪从一公里之外猛扫过去，生生地在追兵面前竖起了几道火网。蔡智诚一边用望远镜观察弹着点，一边指挥机枪手调整参数。根据他的判断，解放军追出村口的这个营最多只跑回去了一个连。

伞兵一连回到出发地，石家勇气喘吁吁地对二连长说："我们已经玩过了，现在轮到你们上。"可二连长却嬉皮笑脸地回答："我们也不上去，让大部队来玩。"

搜索二连刚才已经侦察过周边的环境，发现这里到处都是解放军的阵地，起码能有一个团的兵力。

何庄、刘楼一带的村落很奇怪，它的民房并不是聚在一起的，而是三三两两的散落成一大片。因此，从地图上看应该是相隔几公里的两个村庄实际上却是十多个连在一起的小建筑群。在这样的地形上很容易囤积重兵，更可以利用民房建立起相互策应的防御体系，让攻击方难以下手。

搜索营本来就不是攻坚部队，它担任前锋的主要任务是侦察警戒，发现目标之后只要先判断情况，然后控制住战术支撑点，掩护后续部队展开就行了。所以蔡智诚他们遇到小股解放军的时候可以打一下，但碰到硬骨头就不敢惹，大家赶紧退到安全的地方，一边向炮兵和空军报告方位坐标，一边呼喊大部队快来帮忙。

过了没多久，1团上来了。张信卿团长笑呵呵地与搜索营的军官们一一握手打招呼，还特意问游乐智营长："怎么样？吃亏了没有？"听说只伤亡了十几个人就高兴地点点头，好像很宽慰的样子。

张信卿上校是黄埔8期生，以前不是当参谋就是当副官处长，心慈面善脾气好，特别关心人，可带兵的本事却很一般。当时的伞兵部队也不知是怎么考虑的，三个团长张信卿、郭志持和刘农畯都是从总部机关选出来的好好先生，而基层出身比较能打的井庆爽（抗战时期的一队队长）、李海平（抗战时期的三队队长）和姜键（抗战时期的二队队长）反而都只当了副团长。

1团摆开架势，噼里啪啦开打了，打下了何庄又接着打刘楼，2团赶到以后就插不上手，闲着没事干。

何庄和刘楼在地图上看隔着一大截，但其实是连在一起的，按照张信卿的那个磨蹭性格，挨家挨户地逐个攻击不知要打到什么时候才能结束。所以张绪滋司令就命令伞兵2团绕过刘楼，迂回侧翼，直接进攻马口庄（殷庄）。

　　下午四五点钟，伞兵1团和2团的战斗仍然陷于胶着之中。这时候接到空军的情报，说是从洼口（皇台村）一带出来了两千多名解放军，正朝着马口（殷庄）方向跑步增援，空军进行了轰炸拦截，但解放军不顾伤亡继续前进……

　　张绪滋司令听见这消息就有点慌了。因为根据以往的经验，解放军是很少在白天进行大规模反攻的，这说明前方局势已经到了十分紧张的时刻。他立即命令罗国英副参谋长率领搜索营去马口支援2团，要求各部队尽最大力量发起总攻击，一定要在天黑之前拿下刘楼和马口庄。

　　搜索营下辖五个连（四个搜索连和一个营部连），除了没有迫击炮之外别的条件都不错。特别是官兵的身体素质非常好，接到命令之后就立刻开始狂奔。对蔡智诚他们来说，十公里以内的负重越野简直属于家常便饭。可罗国英参谋长却不行，他是个大胖子，跑着跑着就落到后面去了。游乐智营长只好让政治协理员罗华去陪着罗上校，除了帮他背东西，还时不时地扶他一把。

　　跑到半路上，斜刺里窜出来一两百个身穿草黄色军服，胳膊上带红袖标的士兵，浑身的打扮就和整25师的108旅一个模样。蔡智诚正纳闷"他们怎么也钻到这里来了？"忽听得前面喊"打！打！"这才明白是遇到了解放军——这伙人是从刘楼阵地上退下来的败兵。

　　于是就开打，冲锋枪像刮风一般的猛扫过去，解放军躺倒了一大片，剩下的只好掉头又往刘楼跑。可就在这时候，天空中出现了战斗机，空军三大队的一帮傻小子把地面的人全当成了解放军，扑下来又是俯冲又是扫射的，把伞兵们打得连滚带爬。蔡智诚他们赶紧掏出反射镜向天上发信号。折腾了老半天，那些瞎捣乱的飞机才晃晃翅膀飞走了。

　　战斗机飞走了，地面上却一片狼藉。搜索一连的损失最大，一连连长和副连长都被打死了。连长石家勇的头部中弹，脖子上还挂着个破钢盔，脑袋却不见了，那样子真是奇怪。游乐智只好让蔡智诚去代理连长，因为老蔡原本就是从一连出来的，对那里的情况比较熟（搜索营一连是由原特务队第二、第三分队合并而成的，蔡智诚曾担任过一连中尉副连长）。

　　蔡指导员成了蔡连长，当然要拉着罗协理员一起回去。可当他好不容易找到罗华的时候，却见这小子一副失魂落魄的样子，迷迷糊糊地报告说："罗参谋长不见了……"

　　说起来，先前游乐智营长派罗华去跟着罗国英其实是个挺合适的安排。因为罗华的体力好、战场经验丰富，而且还在解放军那边混过几天，在乱军之中当个保镖应该是不成问题的。可事情的关键是谁也没有料到国军的飞机会突然跑过来捣乱——罗华是从陆军部队直接过来的，到现在连降落伞都没见过，对飞机就更加害怕。空军将士在天上乱搞一气的时候，这小子埋头翘腚，恨不能挖个洞钻到地里去。等第三大队的战鹰折腾够了，他才抬起头来寻找长官，结果就怎么也找不到了。

国民党伞兵副参谋长罗国英上校到底跑到哪儿去了？没有人知道。国军这边活不见人、死不见尸，而解放军那边也没有发现曾经俘虏过或者击毙过这么个人物，反正从1948年7月2日以后，这家伙就算是彻底失踪了……

总攻还没开始，先把负责指挥进攻的参谋长搞丢了，这事情闹得挺尴尬。

搜索营气喘吁吁地跑到马口庄前沿，游乐智报告说："我部在增援途中遭到空军误击，罗国英上校失踪……"郭志持和李海平听了都是一愣，大家不约而同地望了望天空，好像有点怀疑罗参谋长会不会是坐着战斗机飞走了。

郭志持连忙向司令部汇报这个噩耗，而李海平副团长却阴沉着脸说："不管那些了，抓紧时间准备，十五分钟后发起攻击。"然后就对表。

战斗开始前，团长营长连长们总要对对表，这是规矩。伞兵部队里有手表的人很多，别说是军官，就连士兵也有不少戴表的。不过，打仗的时候永远只有一块表管用，甭管你是什么名牌，谁的官大谁的表就准，蔡智诚的"劳力士永动型金表"也得按照团长的指令调指针。

下午6点05分，又一轮进攻开始了，这次由搜索营和2团的第1营投入战斗。

士兵呈散兵线向马口庄阵地攻击前进，一连代理连长蔡智诚走在队列的中间，在他左侧的是罗华，一连一排长海国英走在他的右边。

前方，尖兵已经用指示牌标出了预先拟定的突破方向。这种指示牌其实是手帕大小的一块布，两端各有一根小棍，插在地上以后，朝前的一面是迷彩，朝后的一面是红黄相间的格子，不容易被对方发觉，本方的部队却看得很明白。

攻击发起之初，伞兵的队形散得很开，解放军的拦截炮火打过来造不成太大的伤害。接着，国军的炮火也响了，远处的飞来的榴弹炮弹显得有些漫无目的，但从近处发射的迫击炮和重机枪却集中倾泻向了预定的突破地段。顿时，马口阵地被笼罩在了一片硝烟之中。

三百米开外，解放军没有还击，两百米以内，零零星星地有些掷弹筒打了过来，到了一百米左右，前方突然闪起一片亮光，伴随着"喀——喀喀——喀勾—

一"的枪声，马口阵地上的守军开火了。

队伍里不断有人中弹倒地，身边不时地响起几声哭嚎或者几句咒骂。蔡智诚觉得这场景很像是在松山，只不过面前的不是他痛恨的日军却换成了他很不理解的共产党人，而他也不再是一个初出茅庐的新手，已经成为了当年的游湘江一样的连长。"打了这么几年仗居然还活着，今天不会死在这里吧？"……他一边想着，一边把拳头举过头顶，上下屈伸了几下，然后指向右前方——全连士兵立刻奔跑起来，冲向了预定的突破口。①

炮火向前延伸之后，原本分散的攻击队伍就集中兵力冲向了预先选定的几个突破口。这时候，担任掩护的机枪也不再直接扫射突破地带，而是转向两侧射击，用火力隔断试图填补缺口的守军援兵。

由于行动迅速，搜索营很快就突破了解放军阵地。蔡智诚看见营部连（特务连）连长马佐相手里拎着一杆三八大盖，正笑得合不拢嘴。原来伞兵冲进马口庄的时候，有个解放军战士守住民房往外打枪，马大个子跑到跟前伸手一捝，居然连枪带人地把那士兵从窗子里给扯出来了……

角落里蹲着几十个俘虏，游乐智正在审问他们："是哪个部队的？村子里有多少人？"

"11纵33旅的，有两个团……"

咦？解放军11纵33旅刚从黄口败退，怎么又跑到这里来了？

再问一遍才知道，原来他们是中原野战军的第11纵（王秉璋部），和先前的华野11纵（胡炳云部）不是同一路。

搜索营攻上了阵地，可2团1营却没能打开突破口。他们被压制在一片洼地里，冲也冲不上去，退也退不下来。从步话机里可以听到周益群营长正一个劲地嚷嚷，老周是个广东佬，国语本来就不好，再一着急就更加乱套了，谁也听不懂他在喊些什么。

罗华说："周营长好像是在哭脸哦。"蔡智诚赶紧打断他："不许胡说！"——不说归不说，但大家都知道老周这时候的腔调其实跟哭也差不多了。

李海平急忙带着2营赶上来支援，团长还一个劲地要求搜索营继续向纵深突

①早先的中国军队很少使用战场手语，因为当时的重火器少、火力不猛、战斗队形也比较紧凑，打仗的时候吹喇叭、吹哨子甚至喊话骂人彼此都能听见，没必要搞得这么费事。不过，虽然用的少，但国民党军队之中仍然有部分训练较好的精锐部队是懂得使用手语的，比如新5军和伞兵。国军的手语是德国式的，蔡智诚的这个姿势的意思是"向我靠拢，快速前进"，说简单点就是"跟我冲"。

击，以减轻1营的压力。

1营的压力大，搜索营的压力也不轻。为了把突破口的伞兵打回去，解放军正不顾重机枪火力的拦截，拼着命地从阵地两侧向缺口冲过来。三连和四连各守一边，几乎快要顶不住了，二连和营部连又补上去帮忙。这时候再听见团部催促"向纵深发展"，游乐智只好说："老蔡，你往里面打打看，能打就打，不能打就赶快退回来。"

一连先前被空军扫射了一通，损失不小，而且蔡智诚这个连长又是代理的，所以游营长一直把一连当作预备队用。可没想到预备来预备去，现在却用在了最伤脑筋的地方——别人在缺口这里守着打，打不赢了还可以退下去。可蔡智诚他们这么稀里糊涂地往里闯，万一背后的突破口被解放军堵上了，整个连就得被关在里面，想跑都没处跑。

头疼归头疼，可军令如山，既然任务派下来了，再怎么样也得去试一试。

越过阵地，伞兵们进入了马口庄，大家小心翼翼地摸索前进，东张西望地寻找着解放军的防御阵地。搜索的基本阵形是"三角换位"，也就是未遇到敌情时两人在前交替侦察、一人在后提供火力支援，发现情况以后就反过来，一人在前开路突击、两人在后面提供支援。这种行进方式需要大家保持相同的步幅、协调一致。可别人都是躬着腰往前走，只有罗华出洋相，走两步就趴在地上，走两步又趴到地上，结果走的时候还没有爬的时候多，搞得和他配合的伞兵都蹲在旁边笑。

蔡智诚在后面看着，实在忍不住火，追上去就踢了他一脚。可罗华不但没有站起来，反而抓住长官的小腿猛地一拽，愣是把蔡智诚掀了一个跟头。蔡连长还没来得及寻思这小子是不是疯了，就听得"嗖——"的一声，一颗子弹从他的头上掠过。蔡智诚吓了一跳，再回头一看，全连的官兵都趴在地上了。

村里的枪声响成了一片。刚开始让人摸不着头脑，但对打一阵之后，蔡智诚就判断出村子里并没有多少部队，而且也没有什么重武器，于是就决定主动发起进攻。

"嘭——嘭——"，火箭筒接连发射，爆炸震起了漫天尘土。未等尘埃落定，喷火枪射出的烈焰就从墙体的破裂处灌了进去。在浓烟、烈火和轻机枪火力的掩护下，伞兵逐屋搜索攻击，很快就占领了半个村子。在一个大院子里，海国英找到了许多纱布、绷带和医疗器械，还发现旁边的墙角处停放着很多尸体——显然，那里是解放军刚刚放弃的急救所。

蔡智诚立刻向上级报告："已查明，解放军未设置纵深防御，现正在撤退过程中，请迅速发起追击。"

得到这个消息，2团3营立刻投入了战斗。

至7月2日傍晚，40旅攻占王老集（王集村）、108旅攻占董口（董店乡）、第三快速纵队攻占何庄、刘楼、马口（殷庄）……黄百韬兵团的前锋距龙王庙和铁佛寺已近在咫尺。

担任阻击任务的解放军中野第11纵队丢失了除柴寨以外的几乎全部重要阵地，并且承受了重大的伤亡。当天夜间，11纵退出豫东战场，转到后方休整，第33旅的番号从此撤销，纵队只保留了31旅和32旅。

1948年7月2日的白天，黄百韬兵团可以称得上是大获全胜。但夜幕降临之后，睢杞战役（豫东战役）却进入了新的转折点。

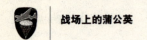

第三十二章　被解放军突袭

1948 年的 7 月 2 日是区寿年第 7 兵团历史上的最后一天。

区兵团是由整 75 师和整 72 师组成的。整 75 师（原第 75 军）起源于周凤歧的浙军。周凤歧是浙江湖州人，但他和蒋介石的交情却十分差劲，老周但凡只要逮着机会就拆老乡的台，搞得老蒋很生气，于是军统就把周凤歧给暗杀了。所以这 75 军虽然属于浙江人的队伍，但蒋介石并不拿他们当乡亲看待，整 75 师也就成了一支杂牌。

整 72 师（第 72 军）原本是王陵基的队伍，川军，这支部队的战斗力不怎么样，但有个贡献却特别突出——三年"戡乱战争"，他们 1947 年在杨文泉的指挥下被全歼一回，1948 年在余锦源的带领下再投降一回，1949 年底又在郭汝瑰的领导下起义了一回——这样算一算，他们在内战期间几乎尽忙着搞重建了，征兵、训练、发饷、发枪，然后就上战场交枪……结结实实地为解放军提供了一个兵团的装备，功劳不大苦劳不小。

区寿年虽然是兵团司令，其实与这两个整编师没有多少关系。

粤军出身的区寿年应该算得上是杂牌将领中比较出色的人物了。说起 1932 年的"一二八"事变，国人都会想起十九路军，想到蔡廷锴和蒋光鼐。但却很少有人知道打响上海抗战第一枪的是 78 师的第 6 团第 1 营，血战三十天，打得日军数易其帅的国军主力是十九路军的第 78 师，而 78 师的师长就是区寿年。

很少有人知道区寿年曾经参与发动了"福建事变"，还担任过"中华共和国人民革命政府"的军事部长；更少有人知道区寿年曾经作为 24 师 70 团的团长参加过八一南昌起义，而当时 24 师的教导队里有一个刚入伍不久的小兵，名字叫做粟裕——所以现如今，当粟司令听说前方抓了区寿年，即便军务再繁忙也要赶紧跑去见他一见。而当了俘虏的区寿年居然也可以大喇喇地教训解放军的司令员："年轻人，你的胃口太大，这种打法不对头……"粟裕也只好将就听着——没办法，人家老区的资历摆在那里，当年他要不是犯糊涂跟着蔡廷锴跑了，自己这司令的位置说不定就是他的。

可话又说回来了，区寿年提出的批评并非完全没有道理。粟裕这一次的动作确实搞得有点"太大"。

当初，华野兵团（华东野战军第1、第3、第4、第6、第8纵队和两广纵队、特种兵纵队及中原野战军第11纵队）南渡黄河、挺进外线的目的是想在豫东找个机会消灭国民党的第5军。可解放军转悠了老半天，邱清泉就是不肯上当。所以粟裕只好临时改变计划，顺手把开封给打下来了。开封当时是河南的省会，这是人民解放军第一次攻克由国民党重兵把守的省会城市。消息传到南京，正在参加"国民大会"的河南籍代表顿时炸了锅，大家纷纷请愿抗议，声讨军事失利，逼得刚刚上任的蒋总统一天三个电报地催促部下"收复失地"。

开封战役属于正面强攻坚固城市，虽然打赢了，华野部队的损失也不小，这时候如果"见好就收"，不仅没有什么风险，结局也显得很漂亮。但粟裕司令却觉得不过瘾——好不容易才把这么多纵队凑在了一起，又是头一次单独指挥整个华东野战军（陈毅这时已经调到中原军区去了），不大干一场怎么可以善罢甘休，于是就接着展开了睢杞战役。

老实说，经过开封攻坚战之后的粟裕兵团想要再打邱清泉已经打不动了，所以只能选择相对较弱的区寿年兵团开刀。但华野各部队实在太过疲倦，以至于打到7月2日晚上，虽然歼灭了龙王店的整75师，却没有能够解决铁佛寺的整72师。而这时候，黄百韬兵团已经突破到包围圈以东三公里处、邱清泉的第5军也推进到包围圈以西二十公里，战局到了千钧一发的时刻。

接下去该怎么办？如果继续攻击铁佛寺，包围圈内的整72师一定会拼命突围，包围圈外的黄兵团和邱兵团也一定会全力向心攻击。战场地域狭窄，解放军根本就没有防御的纵深，很可能被敌人一冲即破，陷入反包围的窘境；而如果就此组织撤退，第5军、黄兵团甚至整72师都会立刻展开追击。华野兵团此时正处于外线态势，远离根据地，长时间作战之后又携带着大批伤病员，在这么近的距离之内想要摆脱第5军和第三快速纵队的纠缠几乎是不可能的。而一旦被缠住，等胡琏兵团再赶到战场，华野各部的后果将不堪设想。

所以，区寿年虽然被俘虏了却依然不服气，他认为粟裕太"贪功"，认为解放军为了"硬吃"第7兵团已经错过了撤出战斗的最佳时机，但区寿年猜错了，他没有料到面前这位从没有进过正规军校的湘西汉子居然还有一记破釜沉舟的杀着——7月3日凌晨，粟裕从龙王店战场抽出了部队、从铁佛寺包围圈抽出了部队，甚至还从阻击邱清泉的阵地上抽回了队伍，他集中一切可以调动的兵力，以迅雷不及掩耳之势，突然杀向了黄百韬——粟裕断定，国民党绝对不会料到解放军的"疲惫之师"会再度发起新的攻势战役。他断定，受到猛烈攻击的黄百韬一定会慌乱、退缩，先求自保；他断定战场中央的整72师即便是在解围之后也会吓得躲在铁佛寺里不敢出来；他断定西线的邱清泉在东线告急的时候一定会犹豫、迟疑、袖手旁观——而华野兵团正可以趁着敌人混乱、观望的机会，一鼓作气消灭黄百韬，以全胜的姿态傲然凯旋。

这是一着妙棋，但这也是一场豪赌。因为如果情况不如粟裕所愿，如果黄百韬不计得失地与解放军对攻，如果整72师在解围之后大举反击，如果邱清泉第5军不顾一切地趁虚杀入侧翼……战场的天平将在顷刻间逆转，华野兵团将不可避免的被切割、被冲乱，将有可能败得很惨——但粟裕将军还是坚决地赌了这一把，他赌的是自己多年来的军事经验，赌的是国军将领的战术呆板、思路狭隘，赌的是国民党军队中嫡系和杂牌之间的深刻矛盾——事实证明，他的见解完全正确，他赌赢了。

1948年7月2日晚上，解放军华野部队在夜幕的掩护下展开了穿插行动。粟裕司令员正处于他军事生涯中最为紧张的时刻，但国民党伞兵的蔡智诚上尉却全然不知道这一切。当时，他正在睢县马口庄的民房里睡觉。

蔡智诚所住的宅院就是解放军先前的那个急救所。半夜里，一阵枪声把睡梦中的蔡连长从床上惊起。循声打探过去，他看见海国英带着几个士兵堵住了一孔地窖——原来，游动哨在巷子里发现了可疑人物。听到查问口令，对方扭头就跑，海国英他们一路追赶下来，结果就追到了急救所后院的地窖里。

这是豫东常见的地窖。睢县这里出产红薯和也特产烟叶，当地的老百姓经常在院子里挖几个地洞来储藏东西。只不过因为先前打仗的时候太匆忙，再加上后院里又摆满了死尸，所以伞兵们谁也没有注意到这里还有个地窖。

地窖的外口很狭小，里面却很深，国军不敢进去，只好从洞口朝里面放枪。

正打着，洞里有人喊："不要打了！有伤员，快要流血流死了。"

"不想打了就投降，把枪丢出来。"

"我不缴枪……让我们走吧，以后再不来了还不行吗？"

"不行，要想出来就先缴枪。"

里面不说话了，于是又接着开打。两颗手雷扔进去之后，洞里的人哭了起来："别打了，别再打了……"

"不想打就出来，缴枪投降！"

"我不出去……你们也别进来……"

"少废话，快出来！再不出来就用喷火枪烧你"，蔡智诚威胁说，"一把火把你和红薯一起烤熟了"。

听见这话，洞里面很久没有动静，可就在大家都以为那解放军战士快要投降的时候，地窖里却传出了一声怒吼："国民党！我操你八辈子祖宗！"

然后就是闷闷的一声枪响……

海国英钻进洞里，拎出来一把驳壳枪，摇着头说："哎呀，还只是个孩子呢。"

这事情弄得蔡智诚一晚上没有睡觉。站在房顶上，他可以清晰地看见三公里外的火光和爆炸的闪亮，可以清楚地听见从龙王店方向传来的枪炮声，那是华野4纵正在对整75师第16旅发起最后的攻击。

在这个夏日的夜晚，几个伞兵在农家宅院的地窖里堵住了一个可怜的小卫生员；而在不远的地方，却有更多的解放军围住了更多的国民党兵。这就是战争，这就是两股素不相识的人群之间的生死搏杀，战争早已让仇恨和死亡变得习以为常，可今晚发生的一切却依然让蔡智诚感到痛苦和迷茫。

地窖里的小战士宁愿吞枪自尽也不愿意投降，他临死之前还在咒骂国民党。可是，蔡智诚却不知道这孩子的仇恨到底来自于哪里，就如他也不明白那些解放军士兵为什么愿意忍受那么大的艰苦，不顾一切地与自己拼杀。"他们恨我们，但我并不恨他们啊！我不恨那个小卫生员，不恨他们中的任何一个人，他们难道不知道，我不过是在尽自己的职责而已呀……"

蔡智诚不理解共产党，他甚至也不大理解国民政府的所作所为。对不理解的东西他既爱不起来也恨不起来，这使得他的心里只剩下了迷惘，只剩下了疲惫和厌倦——在这繁星满天的夜晚，他觉得自己越来越讨厌这场战争，讨厌这场战争中的每一样行为和每一个人，也十分讨厌他自己。

7月3日上午，伞兵们向董口（董店）搜索前进。按照预先的计划，快速纵队当天的攻击方向应该是龙王店。但从头天夜里开始，整75师与黄兵团的联系就中断了。拂晓之前，龙王店附近的枪炮声逐渐平息。这让大家意识到那里的国军可能已经完蛋了，黄百韬于是命令快速纵队向董口阵地的108旅靠拢。

搜索营照例走在纵队的最前面，队伍刚到董口，就看见108旅正稀哩哗啦地往回撤。听他们的旅长杨廷宴（后曾任25军副军长）说，黄兵团的侧翼和后方都遭到了突然袭击，田花园和逻岗镇已经被解放军占领，大事不妙了……伞兵们顿时吃了一惊，赶紧又从董口撤了出来。

关于田花园战斗，有文章是这样说的："伞兵在田花园村附近遭到路边高粱地里的解放军射击。由于事先未做战斗准备，所以枪声一响就慌乱无章。伞兵第1团团长被打死、参谋长罗某（大概是指罗国英）下落不明，整个快速纵队土崩瓦解，田花园村也为解放军所占领。"

文章接下来还说："帝丘店距离铁佛寺不过十五六华里，只因快速纵队把田花园失掉了，黄兵团就被解放军挡住了去路。而要想靠拢铁佛寺营救整72师就必须占领田花园，打通出路以后才能逐次前进。于是，黄百韬将整25师特务营和108旅的两个营拼凑成一个团，自己带队向田花园发起攻击。"

7月4日晨，黄百韬亲自上阵指挥，副帅长、参谋长都劝他不要去，黄说：'我不能把责任推到别人身上，这仗打不好，我们就垮了，我已是50岁的人，宁愿在战场被打死，也不愿意受军法裁判。'部下于是痛哭流涕：'请司令官多加小心，早点回来。'黄亦挥泪而去……"

——这段故事最早的版本出自于黄百韬兵团在豫东战役后的请功材料，"原创者"是整25师的政工处长廖辅仁，这篇文章后来又被多人引用过，流传很广，以至于成了今天某些人颂扬黄百韬，评价伞兵表现的重要依据。所以，马甲我觉得有必要对这份材料稍做评价。

廖处长宏文的篇幅很长，毛病也很多，这里就不一一列举了，只说两条：

第一，丢失田花园阵地的不是快速纵队。

田花园战斗发生在7月3日凌晨，按伞兵的记录，这时候快纵司令部和伞2团在马口（殷庄），伞1团在刘楼，田花园附近根本就没有快速纵队的队伍。

如果伞兵的记录不能够采信，还可以参照解放军的报告。在发起攻击之前的7月2日夜，华野前委、4纵、6纵的敌情通报都显示，田花园和逻岗镇的守敌属于整25师的第40旅。再如果侦察员的报告仍然不足以说明问题，那还有亲历者的回忆，袁俊将军（1988年中将，陆军指挥学院院长，国防大学副校长）当时是4纵12师36团3营营长，在他撰写的《忆田花园战斗》一文中不仅详细地介绍了整个战斗的过程，还明确地指出：7月3日拂晓，攻击并占领田花园村的华野部队是4纵12师的35团和36团，当面之敌是整25师40旅118团。

那么，廖辅仁为什么要撒这个谎呢？道理很简单，"亲自率队反攻田花园"是黄百韬在豫东战役中最为灿烂的"亮点"。但如果承认当初是因为整25师自己弄丢了阵地，这个功劳就显得不那么光彩了。所以，先把责任推到号称"国军精锐"的伞兵头上，再由黄司令亲自去收拾残局，效果就会漂亮得多。

第二，黄百韬反攻田花园的目的并不是为了"要想靠拢铁佛寺"。

田花园的位置当然很重要，要不然黄百韬也不至于亲自出马。但政工处长廖辅仁编出来的假话只能蒙一蒙蒋总统，我们在地图上看一下就知道：田花园并不在帝丘店与铁佛寺之间，它的位置处于帝丘店的北面，正好卡住黄兵团司令部退往和楼、逻岗和柳河镇的道路——也就是说，解放军占领田花园其实是挡住了整25师撤退的通道。所以，黄百韬的反攻之举根本不是为了救援铁佛寺的整72师，他是想朝陇海铁路方向逃跑。

7月4日，黄百韬确实攻下了田花园，但华野4纵和6纵这时候已经占领了和楼、逻岗等地，依然切断了整25师的退路，所以老黄只好又回到了帝丘店……事实上，从7月3日凌晨受到解放军的攻击开始，黄百韬兵团就再也没有朝铁佛寺方向靠近一步，而廖辅仁之所以愣要把田花园和铁佛寺扯在一起，无非是希望把老黄的"撤退"说成是"救援"，想往司令的脸上贴金罢了。

不过，廖辅仁有一点并没有说错：7月3号那天，伞兵1团的确吃了个大败仗——廖处长只是移花接木，把发生在刘楼的事情挪到了田花园。

搜索营是最后一批离开阵地的，大家一边走一边骂骂咧咧。董口这里原本是108旅的地盘，可当兵团侧翼遭到攻击的危险时刻，黄百韬居然先通知自己的人马往回收缩，却让远在马口的快速纵队赶过来掩护他们。这让伞兵们觉得自己既受了骗又受了气，心里当然很不高兴。

好不容易等108旅走光了，上峰才下令让伞兵离开董口——快纵司令部和伞1团转移到帝丘店，2团则后退到杨桥村（杨乔），防守兵团部的右翼。

接到命令，部队开拔。大家的心里虽然对黄百韬充满了怨气，但无论如何，撤退的差事总比进攻的任务更让人乐意接受一些。

可没想到，伞1团就在撤退的时候出事了。

当天上午，1团驻扎刘楼，和他们在一起的还有快纵辎重营和汽车28团的车队。得到转场帝丘店的通知之后，一帮人就乱哄哄地准备动身。按道理，在战场上实施敌前移动应该尽量避免乘车才是。但现在既然是撤退，伞兵们也就懒得走路了，大家纷纷爬上卡车，或者躺着或者坐着，优哉悠哉地享受清闲。就在这个时候，解放军杀来了。

杀进刘楼的是华野6纵王必成部的第16师（张云龙）和第18师（饶守坤）。这两支部队原本是准备在马口村围歼快速纵队总部的，可当他们赶到殷庄的时候，张绪滋已经带着直属营和伞2团转到南边的董口去了。解放军不知道这个情况，凭感觉继续向东追击，于是就在刘楼附近撞上了伞1团。

6纵16师的先头部队最先发现情况。战士们瞧见路口上停着一长溜汽车，还以为是抓到"大鱼"了，没等报告上级就动手开打。后面正在行军的部队听见枪响也全都往前冲，结果是大家蜂拥而上，不但没有人理会什么"主攻""辅攻""战场分界线"，甚至根本就搞不清楚到底有哪些单位参加了战斗，反正是全都杀乱了套。

虽然是"乱杀"，但各位想一想，这伙人可都是王必成"王老虎"的兵啊！就连当年孟良崮上的张灵甫都抵挡不住这些厉害角色，刘楼村的国军伞兵哪里受得了。

说起来也有意思，如果16师的先头部队早一点儿到，伞兵的警戒岗哨还没有撤，可能会提前发出警报；而如果再晚到一点，伞兵的车队就开跑了。可巧不巧的，就在伞1团的全体人员刚刚上车，要走还没有走的时候，几十个解放军突然出现在路口，一通手榴弹就把张信卿团长的吉普车给掀翻了，顺带着还把整个车队都堵在了路上。

伞兵原本是专门突袭别人的，现在却轮到自己被别人突袭，官兵们以前训练的那套本事一下子全都忘光了，有的人胡乱开枪抵抗，有的人跳下车往野地里跑，全团人马都炸了锅。

蔡智诚得知这个消息是在下午1点左右。当时张绪滋司令拎着冲锋枪、戴杰夫参谋长抱着轻机枪，两个人跑到搜索营的队列前大发牢骚，说是伞1团遇到袭击，黄百韬却不肯派兵增援，整25师只图自保见死不救……然后又问："他们不救我们救，弟兄们敢不敢同我一起去？！"

那还用说，大家都喊"同去同去"，于是就同去。

搜索营抵达刘楼附近的时候，四面八方都在响枪，国军和解放军早已经搅成了一团，东一堆西一堆的你追过来我赶过去，根本就分不出哪里是战线。张绪滋司令赶紧命令发信号，"嗵嗵嗵"地几颗信号弹升空之后，情况立刻就发生了变化——伞兵是经过特种训练的，知道那信号是在通知己方的集结地点，而解放军却都是些土包子，看见天上的红色信号弹，还以为国民党兵要发起总攻了呢。他们转身就往村子里跑，决心守住阵地，与来犯的敌人大干一场——这下子，原本被追得像兔子一样乱窜的国军官兵也就化险为夷了。

虽然脱险了，但伞1团的幸存者们却都是一副惊魂未定的样子，就连号称"勇将"的井庆爽副团长也是面如土色，沮丧得抬不起头来。毕竟这是伞兵部队自组建以来吃的第一个大败仗，头天还趾高气扬不可一世自以为可以所向披靡的"国军精锐"转眼之间就被解放军打得落花流水，连怎么输的都没弄明白，这可实在叫人灰心丧气。

井庆爽问张绪滋："我们怎么办？现在去帝丘庄么？"张司令回答说："算了，你们回商丘休整去吧。"于是井庆爽就带着1团的人马撤走了。

现在想来，张绪滋当时之所以做出这样的决定，表面上看是因为伞兵受到重创之后情绪低落、士气涣散，已经无法保持应有的战斗力。根据特种部队的作战原则，的确可以临时解除任务、退出战斗；但实际上更主要的原因是老张在跟黄百韬赌气。张司令觉得既然整25师可以不派部队来救伞1团，他也可以不让1团去帮老黄打仗，这也是保存实力的一种考虑。

其实，黄兵团这时候已经被华野部队包围了，离开战场并不是件很容易的事。但大家都认为井庆爽能够把队伍带出去，因为他在抗战期间就曾经率领伞兵一队在敌后（广东）进行过长距离的大范围穿插，这方面的经验比较丰富——事实上，这一次他也同样做到了。

在刘楼遇袭的伞1团、快纵辎重营和汽车第28团撤到了商丘，原本三千多人的队伍只剩了不到一半，团长张信卿也负了重伤，但更重要的是——刘楼车队的卡车一辆也没能够开出来，快速纵队的全部辎重物资都落到了华野6纵的手里。

失去了卡车上的辎重物资，伞兵们的弹药也就即将告罄了。

部队出征的时候总要根据任务的需要配备弹药，所谓"基数弹药"有的随身携带、有的归营团管理、有的由兵团负责运送。不同部队的弹药基数的具体数量不同、携带的方式也不同，比如整25师的士兵，不管是干什么的，身上要带步枪子弹，挎包里要装机枪子弹，屁股后头还要吊着一枚迫击炮弹……但伞兵却不一样，他们更强调轻装机动，所以冲锋枪手只揣几个弹匣、重机枪手只拎一条弹链，其他的东西全都丢在汽车上。这次到豫东参战之前，快速纵队的弹药本来就没有补足，所以兵团的兵站里一点儿存货也没有，现在辎重营的物资连同卡车一起全部交给了解放军，伞兵们立马就傻眼了。

怎么办呢？只有去找整25师打商量，可张绪滋司令又拉不下这个脸来，只

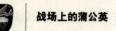

好让戴杰夫参谋长去求情说好话。

　　下午四五点钟，蔡智诚他们退到了杨桥村。张绪滋不愿意去帝丘店看黄百韬的脸色，所以决定带着快纵司令部和伞2团一起在这里守阵地。

　　可是这阵地也不是好守的。傍晚的时候，戴参谋长和工兵营的人还没有把弹药借回来，华野6纵的"王老虎"们却已经杀到了杨桥跟前。

　　解放军的第一轮攻击就上来了三个团，正北面是16师46团、正西是18师53团，再加上从东北方向冲过来的6纵直属特务团……

　　哎呀呀！国军伞兵要完蛋。

第三十三章 华野 6 纵

杨桥村位于帝丘店西北四公里,一条东西走向的公路把村庄分为南北两个部分。这个村子在 7 月 3 日上午曾经被华野 6 纵特务团攻占过,下午又被伞兵 2 团夺了过来。

伞兵进村的时候,村子里空荡荡的,老百姓全都跑光了,不仅看不到牲畜、粮食和农具,就连水井上的辘轳都被人藏了起来——睢县这里在抗战时期曾经是新四军的"睢杞太根据地"。现在,老百姓又用当年对付日本鬼子的办法来对付国民党,坚壁清野,搞得国军将士连一把锄头一根扁担都找不到。

找不到锄头扁担就修不成工事,伞兵正好可以偷懒。

在当时,国民党军队的作战习惯分为两个流派。一类以"土木系"18 军为代表,强调"稳扎稳打",无论走到哪里,队伍停顿下来之后的头一件事情就是建造工事,什么鹿砦陷阱梅花桩、地堡战壕铁丝网,先把阵地搞好了再吃饭睡觉。黄百韬的整 25 师基本上也属于这个路子。他们行军打仗的时候除了要扛枪扛炮,还要带上铁锹洋镐斧头锯子,部队开到哪里,哪里的民房就变成了炮楼,哪里的树木也被砍得精光。

相对而言,"远征军系统"的部队就不太注重建造工事,他们更崇尚火力和机动性,认为那种"背着碉堡走路"的做法是"战略上的进攻,战术上的防守"。因此新 1 军、新 6 军或者第 5 军这样的队伍在行军的过程中很少花大力气修建防御阵地,一旦搞急了就和解放军对攻对冲,冲好了可以大获成功,冲得不好就只有稀哩哗啦一败涂地。

很难说这两种流派哪一个更高级。比较起来,随时随地修工事的办法当然稳妥一些,而且国军确实有不少"经典战例"是靠"守"出来的。但这种"稳妥的"办法也存在着过分耗费士兵体力、制约战场机动能力的缺点,很容易弄得部队筋疲力尽士气消沉，所以也有许多国军主力是被"守死"的。

快速纵队的"少爷兵"都是些宁可被打死也不愿意被累死的角色，他们的作战原则是"不攻坚、不守点、不停留"，只求快不求稳，当然也就用不着修工事。伞兵们以往在战场上能刨个散兵坑就算是很不错了，对挖沟垒墙筑碉堡一点儿兴趣也没有。可这一次，黄百韬愣是给快速纵队派来一个姓王的上校督察官。那家伙成天拿着根木棒子到处跑，一会儿说要在这里堆沙包，一会儿说要在那里挖战壕，简直把大家烦透了。

因此，杨桥村的老百姓把农具全都藏起来的办法真是符合伞兵的心意。蔡智诚他们的折叠铁锹都丢在辎重营的卡车上，连同帐篷被褥和行军锅一起统统送给了解放军。现在官兵们的手里只剩下一把伞兵刀，想刨个单人掩体都困难，更别说挖战壕了。大家看着王督察官无可奈何的样子，都像拣着了什么大便宜一样，开心得不得了。

可惜，开心了没多久，麻烦就来了。

傍晚的时候，蔡智诚带着部下在村子外面破坏老百姓的庄稼——夏至过后，地里的高粱和玉米都已经长到一人多高了，密密麻麻的青纱帐遮挡了视野，非得把它们都砍倒了才能清理射界。

一伙人挥舞着伞兵刀，正忙着左右开弓地糟蹋粮食，忽然看见几个侦察兵慌慌张张地从远处跑回来，嘴里还嚷嚷着："解放军上来了，解放军上来了……"大家一听，扭头就往村子里跑。

跑到村口遇到张绪滋，张司令问："解放军来了多少人？"

"不清楚，听说多得很……"，蔡连长也是稀里糊涂。

于是张绪滋就捧起望远镜这边瞧瞧那边看看，蔡智诚也只好不跑了，陪着他东张西望。

看了老半天，没看见解放军大部队，却发现两公里外有几个人正手脚并用地往一棵大树上爬。张司令就说："让狙击手把他们打下来。"

"狙击手恐怕没把握，不如用重机枪打打看。"

蔡智诚知道张绪滋是想出口恶气。几个小时前，老张在刘楼指挥作战的时候被躲在大树上的解放军战士偷袭了一把，幸亏身边的卫士反应快，扑上来替长官挡了子弹。结果司令官没事，副官和警卫却被打死了，所以老张现在恨透了爬树的人。

搜索营里射击水平最高的要属海国英了，他操起重机枪"嗵嗵嗵"地打了一阵，远处那棵树上的人就掉了下来。这让张绪滋司令觉得十分满意："好好好，就这样打，就这样打。"大家也兴高采烈地夸奖老海干得漂亮。

正高兴着，就听得"啾——"的一声，一颗炮弹飞过了头顶。"榴弹炮——"伞兵们顿时有点傻眼，心说："那几个爬树的人物不会是炮兵的观察员吧……"

紧接着，又一颗炮弹"咣"地炸在了前方——妈呃！两发校正弹，一颗靠后、一颗靠前，接下来的炮火就该要落在自己头顶了。大家知道大事不妙，吓得抱着脑袋四下狂奔……刚跑出去几十米，就听见耳边传来"轰隆隆"的呼啸，就好像从头顶上开过了一列火车。刹那间，沙石飞崩、硝烟弥漫、天昏地暗、鬼哭狼嚎，爆炸的气浪把蔡智诚掀了个跟头，压得他喘不过气来。等他好不容易收拾心神抬头张望，发现村口附近已经被炸平了，海国英的那挺重机枪也消失得无影无踪。

进攻一个不足百户人家的村庄，居然可以动用12门野炮和10门榴弹炮进行火力预备，这是国军精锐部队也难以办到的事情。铺天盖地的弹雨把杨桥村炸成了一片废墟，也把伞兵们先前的吊儿郎当满不在乎的劲头炸飞到了九霄云外。

好在这时候解放军的步炮协同技术并不熟练，炮击停止之后很长时间，步兵都没有发起进攻。伞兵各单位赶紧趁着这个机会检查伤亡，布置防御。搜索一连在这场炮击中伤亡了十几个人，这样再加上先前的损失，蔡智诚的手下就只剩下五十来号人马了。他干脆把一连编成了两个分队，由海国英带一个队，自己亲自带 个队。

本来，让罗华当分队长可能更合适一些。可这小子正发着高烧，眼神迷离，面颊通红，嘴唇上全是火泡，看上去一副要死不活的样子。蔡智诚很担心他是不是染上了瘟疫——7月的豫东，每天都是艳阳高照，地面被烈日晒得滚烫，从马口、刘楼、董店到杨桥这里到处都是腐烂的尸体。龙王店、铁佛寺那边就更不用说了，隔着老远就能闻到刺鼻的臭味。这样的环境特别容易诱发流行病(事实上，豫东战役也确实引起了一场瘟疫)，蔡智诚想起当初在松山打日本鬼子的时候还有美国人帮忙打预防针，可现在在中原腹地打内战，却连一点预防措施也没有，真是无可奈何。他只好派两个士兵紧跟着罗华，免得他头昏脑热的晕倒在什么地方都没有人知道。至于这家伙的瘟病会不会传染给别人，现在是顾不上了。

按照张绪滋司令的安排，伞2团负责防守村北，司令部和直属部队负责防守村南。搜索一连的位置在杨桥村的西南角上，蔡智诚的连部设在一座被轰塌了半边的二层小楼里，这是这一带的制高点。

晚上8点钟，一阵刺耳的尖啸划破夜空，解放军对杨桥的进攻开始了。

据说，华野第1、4、6纵（叶陶王部队）发出攻击指令的方式并不是吹冲锋号，而是用一种经过改造的信号枪不停地射击。当子弹通过特制枪管的时候，这种枪就能发出一段响亮而怪异的声音——马甲我曾经问过几位老人，请他们模拟一下信号枪声的效果。可老人们想了半天，结果却都是摇头："学不出来，反正很怪就是了。"蔡智诚倒是描述过自己的体会，他说："那是一种用尖刀刮骨头的感觉。"

1948年7月3日的夜晚，这种"尖刀刮骨"般的枪声响彻了杨桥村的四周。伞兵2团报告，"东北方向和正北方向各受到了解放军一个团的进攻"。就在大家都以为解放军的主攻方向可能是在村北的时候，正西方向也出现了攻击部队，伞兵观察哨报告，"解放军的规模是一个团"。

好家伙，第一波进攻就上来了三个团，粟裕和王老虎可真够看得起国民党伞兵的。

华野6纵如此慎重其实是有原因的。

在当时，伞兵集团是国民党军"硕果仅存"的一支快速纵队，也是唯一一支从"战略进攻阶段"到"战略防御阶段"都没有受到过重大打击的摩托化突击集群。两年来，第三快速纵队在华东战场上横冲直撞、耀武扬威，虽然没有打过什么硬仗却也没有吃过什么亏，弄得华野各部都不太清楚这伙外表十分夸张的人马到底能有多大本事。

"叶陶王部队"是华野的绝对主力。这以前，伞兵曾经打过1纵，追过4纵，惟独没有和6纵交过手，伞1团今天下午在刘楼与16师和18师的狭路相逢才算是双方头一次照面。

按以往的情况，国民党部队在遭遇战中被解放军的优势兵力包围，肯定立马就一败涂地了。但出乎6纵意料的是，伞1团虽然被冲乱了却并没有溃败——究其原因，一方面是由于伞兵还没尝过解放军的厉害，心气比较足；另一方面也是因为伞兵接受过分散状况下和被动状态下的特殊训练，三五个人靠在一起就能结成战斗组，几个战斗组凑成一伙就敢打反击。所以，虽然从表面上看是解放军追得国军到处跑。但真打起来的时候，一个班甚至一个排的解放军确实还很难收拾这东一堆西一摊的乱兵。折腾到最后，16师和18师又被那几颗红色信号弹欺骗了一把，结果就愣是让"煮熟的鸭子飞走了"。

6纵的"老虎"们哪里受过这份窝囊气，当然是追着撵着也要把逃走的敌人抓回来再揍一顿。可解放军并不知道伞1团已经径直回了商丘，还以为他们跑去和伞2团会合了呢，于是就迅速赶到杨桥，并于当天晚上发起了全面攻击。

杨桥战斗的现场指挥员是华野16师副师长黄光裕（1955年大校，解放后曾任上海警备区副司令员），参战部队有 16 师 46 团、47 团，18 师 52 团、53 团和 6 纵直属特务团，另外还有三个野炮连、两个日式榴炮连和一个美式榴炮连配合作战。在 7 月 3 日晚 8 点发起的首轮攻击中，由北向南进攻的是 6 纵特务团和 16 师 46 团，由西向东突击的是 18 师 53 团——全纵队战斗力最强的 16 师 48 团（老虎团）并没有来，18 师战斗力最强的 52 团（彭冲团）也没有上。这多少说明了王老虎此时对伞兵的能耐还有些吃不准，所以留了一招后手。

在蔡智诚他们当面的是 18 师的 53 团，也就是后来的解放军 24 军 72 师 215 团。

这 53 团其实是很能打的，当初曾经抢占垛庄，立下了"孟良崮战役第一功"。但这个团也有个"发挥不稳定"的毛病，状态好的时候神仙妖怪都挡不住，状态差的时候遇到小鬼也没辙，有点像是篮球场上的"神经刀"。所以，上级总是让 52 团在边上陪着他们，因为 52 团有个特别能干的彭冲①政委，十分善于总结经验。比如抗美援朝期间守上甘岭，"冷枪运动"就是由 215 团最先发明的。刚开始的时候，这帮"神经刀"指哪打哪，战果显赫，可打着打着就突然没状态了，从此再也不开胡。旁边的 214 团（52 团）照着学，边学边琢磨，结果学出了一个"狙击大王"张桃芳，天下闻名，反而是先开张的 215 团什么好处也没捞着。

不过话又说回来了，人家 53 团的状态再没谱也是华野的"大功团"，伞兵的脑袋再硬，让这把"神经刀"砍两下也要喊吃不消。

7 月 3 日的晚上，53 团刚开始进行接敌运动就被伞兵发现了。观察哨借着照明弹的光亮发现了远处晃动的人影，立刻就判断出攻击方的人数和移动目标。随即，快速纵队的迫击炮就实施了密集射击。早在下午的时候，伞兵司令部就对杨桥村周围的地形环境做了现场勘察，预判出各个方向的进攻部队在攻击发起之前可能集结兵力的地点，并测出了相应地点的射击诸元。因此在实战之前，炮兵根本就不需要进行试射，直接就用密集的炮火覆盖了对方的集结点。

这一招果然奏效。从望远镜里，蔡智诚看见解放军的身影暴露在一片火光之中。他们的伤亡惨重，他们在爆炸的气浪下奔跑……但是，这些解放军战士并没有因为炮击而溃散，他们冲出了炮火，虽然队形混乱，却目标一致，不顾一切地

---

①彭冲，福建漳州人，1933 年加入中国共产党，30 年代从事党的地下工作，抗战爆发后加入新四军，任战地服务团大队党代表、新四军第 6 师 18 旅 52 团政治处主任、江苏泰县县委书记等职，解放战争时期任苏中军区独立旅第 1 政委、华野 6 纵队 18 师 52 团政委、6 纵 18 师政治部主任、24 军 72 师副政委，解放后历任中共福建省委秘书长、南京市市长、南京市委书记、江苏省委书记、上海市委书记、上海市市长、中央政治局委员、中央书记处书记、全国人大常委会副委员长。

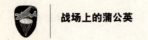

向着国民党军的阵地冲了过来。

信号枪响了，凄厉的尖啸令人胆寒——那是蔡智诚所说的"尖刀刮骨"一样的声音。

照明弹升上夜空，伞兵们开火了。机枪、卡宾枪急促地射击，密集的火网把进攻的人群阻挡在百米开外。53团的冲锋停顿了，但他们并没有就此撤退下去，而是趴在地上开始挖坑。

不一会，一个散兵坑挖成了。再过一会，一个个散兵坑连在一起变成了坑道。刚开始的坑道是杂乱无章的，可不久以后，这些坑道就逐渐靠拢，逐渐向前延伸，一步步接近了伞兵的阵地。

豫东这一带是早先的黄泛区，地面一两米的地方都是浮土，很容易挖掘。解放军战士躲在那坑道里面，国军的子弹打不到，手榴弹又够不着，干着急没有办法，只能眼看着进攻的队伍一点点地向自己靠近。100米、90米、80米，夜幕下的坑道就像几个恐怖的黑色箭头，清晰地指向了防守方的命门要害。伞兵们慌了，他们明白，只要这坑道再前进几十米，解放军就会蜂拥而出。在这么短的距离上，根本就没有实施火力拦截的时间和空间。

就在这时候，那位姓王的上校督察官又跑来了。他依然拎着根木棒子，声嘶力竭地吼叫着："后退二十米！快挖拦阻坑！"

事情到了这份上，原本最讨厌干土工活的伞兵们也不敢再偷懒了，无论当官的当兵的，大家全都七手八脚的忙碌起来。没有锄头没关系，用刀子戳，没有铁锹没关系，用钢盔刨。国军官兵拼尽全力地和解放军比赛施工进度，终于在那几个"黑色箭头"的前方挖出了一道四五米宽、两米来深的堑壕。

1948年7月3日夜间，华野18师53团在进攻杨桥村的战斗中采用了土工掘进的攻击战术。

那天晚上，没有月亮，繁星满天，不时有几颗照明弹窜入夜空，把阵地前沿的开阔地照得一片通亮。

伞兵搜索营在杨桥村南门外担任警戒防御，通讯营则后退20米，在整25师那位姓王的督察官的指导下挖掘"拦阻坑"。伞兵政工处长周世凤上校也带着一群担架兵跑来帮忙。这些担架兵其实是卫生队雇佣的挑夫，虽然穿着军装，却是只干活不打仗的，连枪也不会用。当天下午在刘楼与解放军遭遇的时候，伞兵辎重营和卫生队全都被消灭了，伞1团也损失惨重，反而是这帮拎着木头棒子的家伙一个不少地跑了出来，真是奇了怪了。

周世凤处长抱着钢盔亲自参加刨坑修工事，一边干活还一边给大家鼓劲："解放军已经是疲惫之师，困兽犹斗，他们想要从杨桥村突围，没那么容易！邱军长的队伍马上就会赶到，我们守到天亮就大功告成……"

那时候，伞兵们也弄不清外面的局势到底是国军包围了解放军，还是解放军包围了国军，但大家还是对邱清泉寄予了极大的希望。很多人觉得，以伞兵与第5军的深厚渊源，"咱们邱军长"无论如何都会拼死相救的。但蔡智诚的心里却对国军部队之间的"血缘关系"不太放心。他想起一年前的宿迁战役，当时戴之奇的整69师和胡琏的整11师并肩推进，戴之奇还曾经是胡琏的副手，彼此关系可谓十分亲近。可是当69师被围困的时候，近在咫尺的整11师却没有能够及时救援。结果是戴之奇战死，整69师被全歼，连带着蔡同学的二哥蔡智仁也自杀身亡了……所以现在，虽然第三快速纵队的军官大多来自于第5军，但蔡智诚也不敢指望邱清泉能够采取什么立竿见影的措施。

搜索营在阵地前沿担任警戒，透过照明弹的光亮，蔡智诚可以清楚地看见解放军那边的情况：两条交通壕正一点点地向前延伸，那壕沟弯弯曲曲的，在伞兵的眼中看来就像毒蛇一样的可怕。[①]

这是蔡智诚第一次亲眼看见解放军的土工作业，但他在北平参加培训班的时候就曾经听教官讲解过这种战术。按照美国顾问的说法，坑道掘进是第一次世界大战时期的老套路，属于应该淘汰的东西，因为这种战术存在着致命的弱点：一是进攻方的兵力大部分隐藏在坑道里，虽然相对比较安全，但自身的火力也难以展开，无法实施有效的火力压制，削弱了攻击部队的战斗力；二是交通壕沟限制了进攻兵力的分布和移动，决定了攻击方的运动途径只能是线性的，既无法调整进攻的方向、也无法掌控进攻的波次，只能以"人海战术"强行发起冲锋。而冲锋的出发位置又只能集中在坑道前端的几个点上，容易受到密集火力的打击……

蔡智诚鹦鹉学舌地把这番道理说了一遍，而这时候，搜索营的伞兵们正被解放军的坑道作业吓得半死。听见蔡智诚的讲解，游乐智营长高兴坏了，赶紧让蔡上尉担负起宣传的重任，向广大指战员全面传达美军专家的真知灼见。于是，蔡宣传官在搜索营讲完了又跑到通讯营去讲，搞得弟兄们士气大振，就连政工处长也觉得很提精神。豫东战役结束后，周世凤上校在他的总结报告中还特意提到了

---

①战场上的壕沟必须是弯曲的，否则遇到对方反击的时候一梭子就被打通了。电影、电视剧里的那种笔直的战壕虽然比较好看，其实属于偷工减料的做法。

蔡指导员的这次"精神讲话",称赞其效果"善莫大焉",愣是帮蔡智诚弄到了一枚云麾勋章。

蔡智诚可以东跑西跑的吹牛皮不干活,其他人可就没有这么好的运气了。上峰有令,让搜索营组织突击队,爬出去打反击,骚扰那些正在挖坑道的解放军。

搞突袭是伞兵的老本行,可人家解放军也不是好惹的。突击队刚开始动作,对面的机关枪就开了火,猛烈的弹雨打得突击队们趴在地上不敢动弹——当然,这样的情况在伞兵的训练教程中早有预案。机枪一响,那些在暗夜之中闪烁着的火光立刻就成了狙击手的目标。伞兵的训练水平是比较高的,基本上两三枪就能让对方的机枪哑火。于是突击队员又接着往前爬——但片刻之后,解放军的机枪居然又响了起来。突击队员只好再趴下,狙击枪手只好再射击……几个回合下来,解放军的机枪手被打掉了不少,可伞兵的突击队也全部报销了,搜索营只好无奈地停止了反击。

搜索营在前面搞骚扰,后面的炮兵也没有闲着。当天晚上的第一轮炮击(轰击解放军的出击集结点)之后,伞兵的弹药就打光了。幸好在杨桥村里还有整25师留下的几十箱炮弹。可当炮兵连打开箱子以后才发现,那里面的东西全都是日式50口径迫击炮(小钢炮)的炮弹,与快速纵队的迫击炮不匹配。这种炮弹虽然填进美式60迫击炮里也可以发射,但打出去之后的准头根本就没个谱,东一榔头西一棒的,气得伞兵们直骂。

不过,国军的炮弹没准头,解放军的大炮也差不多。解放军方面的问题估计是出在了炮兵的技术上,白天的几炮打得还不错,可天黑以后就差劲多了,接连两排炮弹都砸到村子前面的开阔地上,把自己人打了一顿之后就再也不敢开火了。

伞兵们前前后后忙活了几个小时,虽然没有能够破坏交通壕,但这几番折腾也确实给解放军造成了极大的困难,华野53团的作业进度明显放慢。并且,为了能够在己方的火力掩护下进行施工,两条交通壕也越挖越靠拢,彼此的间隔还不到十米,这就给国军的拦截阻击带来了有利条件。

子夜时分,解放军的交通壕终于挖掘到了距离阵地前沿五十米远的地方。他们转而向左右两侧掘进,开挖横向坑道。从道理上讲,平行于防御阵地的战壕延伸得越长,进攻部队的攻击正面也就越宽,能够给防守方造成更大的困难——可是,这条横向的壕沟刚挖了大约二十米,也许是因为预定的总攻时间到了,华野

53团就突然地发起了冲锋。

"那些人真是勇敢啊",许多年以后,蔡智诚依然对当时的情形感叹不已。

凄厉的信号枪响起之后,解放军立刻跃出了坑道。第一批跳出战壕的十几个人几乎还没有站直身子就被打倒在土堆边上了,可后面的战士却依然毫不犹豫地冲了上来。

伞兵们拼命地开火。蔡智诚听见游乐智营长声嘶力竭地喊叫着:"机枪压住后面!机枪压住后面!"轻重机枪随即向后延伸射击,死死地压制住纵向交通壕的两侧,逼迫解放军只能从坑道前端那段只有二十米宽的攻击正面发起冲锋。

前面的这段横向壕沟虽然比较短,但却是最接近国民党军阵地的地方。华野53团的战士们通过两条交通壕运动到这里,只要再冲过50米的开阔地就能够突破国民党军的防线,杀进杨桥村——但这50米的开阔地段现在却成了死亡的炼狱,伞兵的冲锋枪、卡宾枪、火焰喷射器、火箭筒,全都对准这里狂扫乱射,攻击的人群一批批地冲上来,又一批批地倒了下去。这段"撕开防线的捷径"很快就铺满了尸体,浸透了血迹。

在疯狂射击的时候,蔡智诚发现冲在前头的解放军士兵几乎全都没有拿枪,手里只拎着几颗手榴弹。这让他在很长时间里都以为共产党是让民兵、老百姓在前面当"挡箭牌"和"替死鬼",觉得真是残忍。直到解放以后他才明白,这其实是土八路的战术习惯,解放军在实施进攻作战的时候经常把部队分成投弹组、火力组、突破组、梯子组……遇到大的攻坚战斗还有投弹排、投弹连,他们的任务就是用手榴弹或者炸药包打开缺口,为后续部队创造突破阵地的条件。

为了快速通过火力封锁区,负责投弹的战士精简了一切有可能妨碍奔跑的装备,甚至包括枪械。从跃出战壕的那一刻起,他们就全力向前猛冲,因为他们完成任务的唯一希望就是在最快时间内接近敌人的阵地(战场上手榴弹的投掷距离一般为25米左右)。许多战士倒在了那50米的地段上,可当剩下的人冲到尽头的时候,才突然发现面前横亘着一条无法跨越的拦阻沟——这才是真正的死亡地带。

这条拦阻沟其实只有三十多米长,可这时壕沟周围都已经被喷火枪打着了,两侧的烈焰隔断了解放军战士的视线。他们根本就弄不清这道堑壕到底有多长,几乎没有人试图冲过火墙,迂回绕道。大多数士兵都站在沟沿盲目地向前甩手榴弹,也有人跳进深坑里喊叫着:"梯子!梯子……"

后面的队伍又继续涌了上来——这就是坑道掘进战术的弱点:观察面窄,后面不知道前面的情况,无法控制进攻波次,难以调整攻击的方式——于是,越来

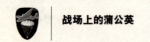

越多的人被堵在拦阻沟前,越来越多的人被打倒在地,而那些冒险跳进堑壕的战士也被伞兵的手榴弹炸得血肉横飞。

　　游乐智营长的传令兵跑来跑去地通知大家:"准备反击! 准备反冲锋!"

　　蔡智诚知道,解放军很快就要垮了,他们在这种情况下不可能不撤退。而在解放军后退的时候立刻发起反冲锋,攻击受挫的队伍绝对来不及躲进那条窄窄的交通壕,必将被伞兵击溃在大片的开阔地上。

　　然而,出乎所有人预料的是,华野6纵18师53团并没有后退。阵地前沿的解放军战士们依然在死亡的呼啸中前仆后继,奋勇攻击。他们用集束手榴弹在堑壕的沟壁上炸出了一道斜坡,试图从这里冲过拦阻沟。蔡智诚亲眼看见一个士兵的双腿都被打没了,只剩半截身子戳在地上,可他却仍然坚持着举枪射击! 事实上,在他身体的周围尽是燃烧着的火焰,他根本就看不见前方的目标,可他还是端起武器,一枪一枪地打着,直到最终倒下。

　　那位解放军士兵倒下了,堑壕四周火势也逐渐减弱了——伞兵火焰喷射器的燃料用完了——攻击部队终于发现面前的拦阻沟其实是很容易绕过的,进攻队形一下子就散开了。

　　阵地上的伞兵们都在喊:"机枪——机枪!"蔡智诚这才发觉,机枪阵地已经有好一会儿没有了动静。

　　"没子弹了——"不知道是谁嚷了这么一声,大家顿时就慌了。伞兵们曾经接受过这样那样的训练,全都是以火力为第一要素的,谁也不晓得没有弹药以后应该怎么办才好。

　　阵地前沿的火焰渐渐熄灭了,四周越来越黑,伞兵的心里也越来越凉。远处,影影绰绰的身影越来越多,没有了机枪火力的压制,攻击部队纷纷跃出交通壕,大张旗鼓地冲了上来。

　　"顶住——顶住!"军官们拼命地喊。可哪里还顶得住,阵地右侧的通信营没过多久就垮掉了。突破防线的解放军随即向左迂回,搜索营的侧翼受到打击,顿时再也支撑不住。这时候听到有人喊:"撤——"所有的人立刻就往村子里跑。

　　蔡智诚刚跑下阵地就遇到了营长游乐智,游营长问他:"是谁让你撤退的?"

　　"不是你喊撤的么?"

　　"我没有命令撤退呀,你们怎么跑了?"

　　"……,……"

　　"算了算了,先回村子里再说吧。"游乐智说完这句话,扭头就跑得没了影。

营长这话是什么意思？蔡智诚愣了半天才想明白——游乐智既想撤退又怕担责任，所以下达命令以后又不肯认账，刚才这一番装模做样的责问其实是想让蔡指导员给他当证人呢——这家伙，真够老奸巨滑的。

相对而言，蔡智诚就没有那么狡猾了。

这时候，由于侧翼的阵地已被突破，搜索营在撤退的途中不得不与解放军搅在了一起。四周围全都乱了套，蔡智诚拎着手枪边打边往前冲。虽然是夜里，但敌我双方的模样还是比较好辨认的，枪头前面亮闪闪的肯定是解放军，而那些没有刺刀的就是伞兵了。

跑到连部附近，看见前面墙根底下蹲着一群人，旁边还站着两杆三八大盖。不用说，这绝对是国军弟兄被解放军活捉了。蔡上尉脚不停步，抬手就是几枪，嘴里还嚷嚷："大家快跑！"一帮俘虏立刻就炸了营，嗷嗷叫着四下里撒了秧子。那两个解放军战士被气昏了头，俘虏也不管了，挺着三八大盖就来追罪魁祸首，"抓住这个当官的！"

说时迟，那时快，蔡智诚几步就窜进了连部的大门，回头扣动扳机，"晕倒！没子弹了"，再看看院子里面，一个人也没有。这才开始后悔不应该多管闲事——救了几个俘虏兵，自己的小命却要报销了。

心里虽然后悔，手脚依然利索。这连部大院里面是个被炸塌了半边的二层小楼，楼梯也垮了，楼板外临时搭了个木头梯子。蔡智诚顺着梯子往上爬，解放军就在后面拿刺刀戳他的屁股。他好不容易才爬到楼上，抬脚蹬翻梯子，再回头一瞧："哎呀完蛋！没路了。"——要说，解放军跟蔡智诚这个小连长费那么大劲干什么，一枪撂倒不就完事了么？这里面有个原因：那一天，别人穿的都是作战服，不大看得出军衔，只有"代理连长"蔡智诚还严格遵照政工督察人员的规矩穿着军官制服。伞兵的尉官服与陆军将校服的面料和颜色十分相似，两位土八路瞧见蔡智诚的肩膀上星星杠杠的一大堆，不知道他只是个破上尉，还以为他是个师长、旅长之类的角色，觉得这家伙比先前的那一帮俘虏兵值钱多了，于是就下定决心要抓个活回去——这是人家解放军自己讲的。

等两个解放军战士上到二楼，蔡智诚已经爬到房顶了。解放军在下面喊："缴枪不杀，举手投降。"国军就在上面答："老子不投降。"两个战士没办法，只好上房顶去抓他。蔡顽固分子抓起瓦片就往底下砸，搞急了连头上的钢盔也扔了出去，嘴里还大呼小叫："党国文天祥，打死不投降！"

——这个混蛋家伙，不投降就不投降呗，干嘛要扯到文天祥的身上去呢？事

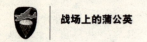

情是这样的：

抗战期间有一部大型话剧，名字叫做《文天祥》（编剧吴祖光）。1948年，国民政府为了鼓舞士气，又把这部话剧拍摄成彩色电影，改名为《国魂》，当作思想教育的大片。按照当时国民党的宣传，共产党解放军是替苏俄老毛子卖命的，相当于帮着元军打宋军的张弘范，那么在战场上总是吃败仗的国军当然就属于文天祥一类的人物了。于是这《文天祥》和《国魂》就在绥靖区轮番上演。话剧的主演是石挥，电影的主角是刘琼，表演水平高，吐词清楚，形象潇洒，让人百看不厌。伞兵驻扎在徐州的时候，一个月要看好几次，看到后来连台词都会背了。

历史上的文天祥是江西吉安人，所以舞台上的文天祥在危急关头说了这么一句话："江西文天祥，打死不投降。"每当人家演员念到这段台词，政治指导员蔡智诚同志就必须带领全体官兵高呼响应："党国文天祥，打死不投降！"以此来表达自己的坚定信念。所以现在，当蔡指导员被两个解放军用刺刀逼得窜上房顶的时候，心里一着急，自然而然地就想起了这句口号，张嘴就嚷了出来。

也别说，这一嚷嚷还真管用。话音刚落，从院门外呼啦啦跑进来十几个伞兵，冲锋枪、卡宾枪的枪栓拉得"喀吧喀吧"直响，一个个穷凶极恶，冲着房顶上猛叫唤："快放下枪、放下枪！不许伤着我们连长。"……

领头冲进院子的是海国英。

从阵地上撤下来后，海分队长带着自己的残部东转西转，既没找到连长也没找到营长。一帮人绕了个大圈才跑到连部，可是又不知道这院子是不是已经被解放军占领了，只好蹲在大门外观察动静。正打算侦察一下呢，忽然听见蔡连长在里面嚷嚷"党国文天祥"什么的，大家顿时胆气十足，稀哩哗啦地全都跑了进来。

两位解放军正在房顶上陪着蔡智诚打瓦片仗，一回头看见那么多杆枪对准了自己，顿时就傻了——这下子，想抓俘虏的人反倒先成了俘虏。不过蔡智诚也没有为难这两个糊涂小子，他觉得人家先前没有开枪实在是很给自己面子，如果自己反过来再虐待别人就显得太不够意思了。所以，伞兵们只是缴了他俩的械，然后就把人给放了。

蔡智诚之所以释放俘虏，是因为他也准备跑了。看眼前的局势，这连部大院肯定是守不住的，而这时候村子北面的枪声十分激烈，说明伞2团那边还没有出太大的问题，蔡连长和海分队长商量一番之后就决定跑去跟他们汇合。

可这时候去找伞2团并不是件容易的事。村南的防线已经被华野18师53团突破了，村北也被16师46团撕开了个口子，第三快速纵队在杨桥村里被分割成两个集团，靠北一点的是伞2团，靠南一点的是快纵司令部和情报队（连）、迫击炮连（炮兵营的两个重炮连被黄百韬调走了，只剩下一个连）。而伞兵搜索营和通讯营的残部则在这两个包围圈的外面东奔西窜，不知道该怎么办才好。

蔡智诚的屁股被刺刀戳了两个洞，鲜血淋漓的，走起路来一瘸一拐。他带着手下人转了一通，始终没有找到合适的路径，只好躲在一个墙角等待机会。墙脚下正好横着一架梯子，不知是谁提议："咱们上房顶吧。"——这倒是个好主意，解放军在路口上跑来跑去，十几个伞兵即便是躲在这角落里也难免被发现，还不如爬到高处更稳妥一些，谁也看不见。

于是就去搬梯子，可摆弄了半天，梯子就是立不住。仔细分析一番才发现，是那几个笨蛋把梯子拿倒了，大头朝上，小头朝下，梯子底端长短不齐的，怎么可能站得稳。正折腾着，忽然听见有人喊："快来人呐！这里有敌人啊！"——原来那房顶上本来就趴着一个解放军，听见旁边嘁哩咔拉的梯子响，探脑袋一看，瞧见底下尽是伞兵的钢盔，立刻就咋呼了起来。

这下子可就麻烦了，伞兵们丢下梯子就开逃。

从路边的民房里冲出几个解放军，还没弄清楚怎么回事就被伞兵打倒了。蔡智诚立刻指着那屋子喊："冲进去！"他知道，这时候如果继续在街上跑，几分钟就会被消灭掉。

但房子里也不安全。伞兵刚进屋，外面就被解放军围上了。子弹从窗子外面嗖嗖地飞进来，几颗手榴弹扔到门口，把木头门板给崩开了，大家只好从外屋退到了里屋。又顶了一阵，听见外面砰砰嘭嘭地响，知道那是解放军在凿墙……四面楚歌，无路可逃了。

海国英抱着冲锋枪，面目狰狞地说："拼了，拼了！谁孬种我打死谁！"士兵们先前就听蔡连长嚷过"打死不投降"，再看见海排长又是这么个态度，也只好咬紧牙关不吭声，纷纷摆出了一副顽抗等死的亡命模样。

第三十四章　向帝丘店撤退

屋外的解放军在凿墙，那"砰砰嘭嘭"的响声在伞兵们听来简直就是末日降临前的丧钟。

屋子里的人眼巴巴地看着连长。蔡智诚当然知道部下正期待着什么，可他这时候既不愿意投降，又想不出逃命的招数，所以只好咬紧牙关不吭声。在这片绝望的气氛中，只有海国英还在说狠话："拼了拼了，谁孬种我就打死谁！"

无路可逃了，生命似乎已到了尽头。十多个人紧缩在狭小的房间里，外面那"砰嘭"的凿墙声仿佛就是死神的脚步。它附在那堵砖墙的背后，几分钟，甚至几秒钟之后，就会随着爆炸的轰鸣和崩塌的灰屑向伞兵们猛扑来……

但就在这时候，凿墙的声音突然停止了。

援兵到了，7月4日凌晨2时许，伞兵工兵营和交警二总队的一大队赶到了杨桥村。

伞兵工兵营是头天下午跟随戴杰夫参谋长去帝丘店领取弹药的。大家原本以为这是件比较容易的事情，但结果却弄到半夜也没有办成，这是为什么呢？

在豫东战役期间，整25师还属于"新日械部队"。也就是说，他们配备的是日本鬼子投降以后上缴的那批武器，其装备水平和日军的甲级师团差不多。[1]按照蔡智诚的观点，"全日式"其实比"半美械"的作战效率更高一些。因为日式装备虽然火力不够猛，但射击精度较高、弹药消耗较慢，对后勤的依赖性比较小，

---

[1] 整25师在豫东战役之前属于日械部队，黄百韬升任第7兵团司令以后将其改为半美械，到了1948年底时候的碾庄，由整25师升格而成的第25军才完全实现美械。换句话说，他们从开始装备美式枪炮到最后覆亡，总共只有不到半年的时间。

更适合黄百韬的这种以防守为主的打法。如果硬要换成外观威风的美式兵器，却又没有足够的时间进行适应性训练，结果反而不太妙。

蔡智诚的观点是否正确暂且不论。但在1948年的7月3日，黄百韬使用的依旧是日本人的枪炮，帝丘店的仓库里根本没有美式的子弹和炮弹。这让戴参谋长觉得十分恼火，因为6月28日临出发的时候，第一补给区的朱鼎卿司令明明向伞兵承诺过"部队先行出发，物资随后运到"，结果却弄到现在还没有运来，后勤部门的这些官僚可真是害死人了。

从帝丘店搞不到弹药，戴杰夫只好去找交警二总队想办法。国民党交警总队是隶属于军统的单位，有"袖珍王牌军"的称号，他们的装备虽然不如伞兵，但比起一般部队还是要强得多。交二总队下辖的四个大队（营）中有一个大队是全美械，弹药应该是比较充足的。

当时，交二总队驻守在马庄和陈岗（今睢县袁王庄东南），总队长张绩武是戴杰夫的黄埔7期同班，看到戴参谋长亲自跑来求情就答应了同学的要求。这时候，从电台里传来了伞兵的呼救声，得知杨桥村正遭到围攻，张总队长索性帮忙帮到底，干脆派交警一大队护送老戴回部队，免得他在半路上被解放军消灭了。

交警一大队的前身是"别动军第一支队"，大队长罗其陶（后接任总队长，1949年5月率交二总队在上海投降），下辖三个步兵中队和一个机枪中队，大约有七八百人的样子。这一大队是交二总队的主力，全美械装备，士兵全是上士级别的老行伍，军官全是抗战时期"游击训练班"的毕业生，曾经接受过叶剑英教育长的指点，属于共产党人的国民党徒弟，战斗力比较强。

更提精神的是，戴参谋长这次还带来了四辆装甲战车。

本来，黄百韬的整25师并没有"战车"，第二交警总队也没有。但徐州边上的安徽宿县却有个国民党的装甲兵学校，而且那里还有个十分乐意上战场建功立业的军统少将，名叫朱庚扬。听说军统的交警二总队要去豫东开仗，这朱特务就带着24辆战车前来助阵。虽然刚到睢县就被黄百韬"借用"了20辆，但朱少将却并不气馁，依然带着剩下的4辆战车打得十分起劲。结果"豫东大捷"之后论功行赏，朱庚扬就被委任为交警第九总队的总队长，从此有兵有权，总算是没有白忙活。

7月4日凌晨2时，在装甲战车的掩护下，伞兵工兵营和交警一大队从东南方向杀进了杨桥村。与此同时，村子里的伞兵也由北向南展开反攻，华野53团在两面夹击之下抵挡不住，不得不退出了村子。这样一来，原本在黑屋子里等死的蔡智诚们就拣了一条命，趁机跑去与司令部会合了。

司令部大院一片狼藉，院墙垮塌了，周围满是弹坑和血迹，国军和解放军的尸体随处可见。张绪滋司令双手叉腰，站在废墟顶上咋咋呼呼，一副盖世英雄的豪迈模样。据说，在战斗最激烈的时候，解放军已经突破外墙冲进了院子，是张司令亲自带队实施反击才把对方赶了出去。

游乐智营长也在院子里，他手中拎着一杆三八大盖，半截枪管子上全是血迹，好像刚和别人拼过刺刀。一回头，蔡智诚发现罗华居然也在这里。这小子浑身脏兮兮的，正有气没力地坐在门槛上，见面就问："老蔡啊，有没有水啊？给我喝一口……"

蔡智诚递过水壶，嘴里没说什么，心里却十分服气——自己带着十几个人转悠来转悠去，差点被解放军消灭了，可罗华这个半死不活的病号却能够顺顺当当地跑进司令部。看样子，即便是接受过美国顾问的特种训练，真遇到紧急情况的时候，他这个伞兵上尉还确实比不上人家74军的老行伍。

工兵营送来了弹药，伞2团打通了与快纵司令部之间的通道，国民党军又重新控制了杨桥村的南部。这时候，只是村北的一个制高点还被华野16师46团占领着，伞兵连续突击了几次都无功而返。

搜索营的士兵抓到了一个解放军俘虏。这人三十出头的样子，腰间系着宽皮带，胸前插着钢笔，看上去是个干部。他的肚子被刺刀扎了个大洞，伤势很重，一帮国军军官围着他又吼又叫，一会儿说："朋友，把情况讲出来，我们给你治伤。"一会儿又喊："再装哑巴就枪毙你！"可那俘虏却只是闭着眼睛不吭声。

游乐智营长蹲在他身边语重心长："兄弟，真人面前不说假话。你的内脏被扎坏了，无论如何都是个死。如果把你们部队的情况告诉我，咱们就给你寻口棺材，写上名字，好让家里人知道你在什么地方。要不然只好把你剥光衣服丢到野地里，那可就成了孤魂野鬼，多冤啊……"

解放军俘虏始终没有言语。但是，当伞兵们动手扒去他身上的军装时，蔡智诚分明看到，有几滴眼泪从这汉子紧闭着的双眼里悄悄地滑落了下来。

打了大半夜，快速纵队遇到过华野16师的番号（46团）、18师的番号（53团），还有6纵直属单位的番号（特务团）。这使得伞兵们一直弄不清村子外面到底还有多少解放军部队，从而给作战部署造成了很大困扰。

长官们聚在司令部里商量对策，有的主张立即向北攻击，收复被解放军占据的制高点，有的则提议向西攻击，击溃已遭到重创的华野53团，掰断解放军"两路合围"的一支钳子……各种主意都不错，可是当罗其陶大队长问到"解放军有没有第二梯队？万一预备队上来了怎么办？"大家立马就傻眼了。

说起来，罗其陶和朱庚扬都不大乐意替伞兵打前锋。因为他俩的任务只不过是护送戴参谋长回家而已，根本犯不着来踩杨桥村这趟浑水。特别是现在又发觉快速纵队当面的敌情非常复杂，自然就更不愿意在这里没事找事地瞎掺合，当即就找出一大堆理由，非要立刻返回陈岗驻地不可。老罗和老朱都是少将，而且人家还是军统的人物，张绪滋这个少将司令也拿他俩没办法，一帮人讨论来讨论去，最后还是让这伙"袖珍王牌军"扬长而去了。

缺少了装甲战车和生力军，先前的"反击计划"只好泡汤。伞兵们又回到阵地上老老实实地整修工事，准备继续防御解放军的进攻。

幸好，工兵营从交警总队弄回来差不多半个基数的机步枪子弹，支撑到天亮应该没问题。工兵营长还特意弄来了二十箱手雷，专门分发给军官——1948 年的时候，美式手雷已经很少见了，就连伞兵们在战场上用的也只是国产的手榴弹。大家看见军统的手里居然还有这么多正宗的洋玩意儿，真是既羡慕又嫉妒。

凌晨三四点钟正是容易犯困的时候，蔡智诚在阵地上跑来跑去，发现有谁打瞌睡就抽一皮带。正忙着，忽然看到游营长慌慌张张地跑过来，阴沉着脸对大家说："不好了，司令和参谋长都跑了。"

没有人知道张绪滋等人究竟是怎么逃跑的。在此之前，蔡智诚一直觉得张司令是个有魄力、负责任的长官。要不是亲眼看到司令部里人去屋空，他还真不敢相信堂堂国军伞兵司令居然会在战场上做出这样丢人的事情。

根据张绪滋自己的叙述，他是跟伞 2 团团长郭志持商议过后才离开杨桥村的。这是个死无对证的说法，谁也弄不清是真是假——事实上，司令官开溜的时候，伞 2 团还在村北与解放军争夺制高点，直属部队则正在村南维修工事，大家都没有接到撤退的命令。而跟张绪滋一起逃走的只有参谋长、副官和几个卫士，就连政工处长周世凤都被蒙在了鼓里，更别说基层部队的其他官兵了。

主帅临阵脱逃，部队的士气遭受了毁灭性的打击。直属部队的几位营长首先就发了脾气，逮着特务连长马相佐开骂："解放军的兵力你搞不清，司令官走了你也不知道，你这个情报队长是干什么吃的？"马大个子被骂得七窍生烟，只好去找机关的主任参谋们发牢骚，埋怨他们办事不认真，怎么会莫名其妙地把司令和参谋长给弄丢了……最想不通的是 25 师的那位王上校，人家王督察官原本是到伞兵部队负责联络协调的，可谁知道联络来协调去，伞兵司令自己逃之夭夭了，却留下他这个"客人"在阵地上顶缸，实在是太没道理了。

　　一帮人又气又急，赶紧向帝丘店报告情况。黄百韬在电台里问："杨桥阵地还能守得住么？"伞兵这边异口同声："守不住！"黄师长只好同意大家撤退。

　　但是，敌前撤退并不是件轻松的事。村南这边还好办，因为华野52团当时正在接替53团的阵地，战场上暂时还比较平静，蔡智诚他们恰好可以借着夜幕的掩护开溜。可村北那边就困难了，伞兵2团正与解放军的华野46团和6纵特务团在制高点附近打来打去，只要稍微往后一退，解放军立马就会跟上来。

　　2团团副梅济南中校跑来请直属部队帮忙，希望他们掩护2团脱离接触。这事情要换在以前肯定是没问题的，但现在直属各营营长们的心情都十分不爽，谁也不乐意帮忙。结果梅团副好说歹说，总算才说动了马相佐——马大个子和梅济南是中央军校14期的老同学，实在抹不过这个情面。

　　梅团副和马连长往村北去了，其他人则朝着南边的帝丘店开拔。照例是搜索营在前头开道，通信兵、工兵和炮兵在后面跟着。

　　伤兵也一同上路，能走的自己步行，不能走的由同伴抬着，可就是没有人愿意搭理罗华。罗华原本就拉肚子发烧，再加上先前的激烈战斗，结果就"瘟病发作"了。这小子躺在个弹坑里，两眼直不愣登，嘴里"咿咿嗬嗬"，张牙舞爪的，好像是疯狗一样。周围的人都弄不清罗华得的是什么传染病，纷纷建议把这家伙丢在这里算了。可蔡智诚却不答应，他把这倒霉的贵州老乡五花大绑地捆在根木杠子上，然后和海国英一起抬着他走。游乐智营长在旁边看了直笑，说在他们湖南乡下，赶集卖猪的时候就是这么个架势。

　　在以往，游乐智是个比较沉稳内向的人，可那天晚上却显得特别激动，东跑西窜，指手画脚地咋呼个不停。部队摸黑行进，走到距离帝丘店不到两公里的地方，大家忽然听见游营长在前面嚷嚷："老蔡！蔡智诚在哪里？快来帮忙修汽车。"

　　路边停着一辆装甲兵学校的战车，不知什么原因熄火了。这东西说是"战车"，其实就是个浑身加装了钢板的美式十轮卡，车头装了一门直射炮，两侧开了机枪射口，但轮子还是橡胶的，所以你说它是"带轱辘的装甲车"也行，说它是"冒充坦克的大卡车"也不错。这玩意儿是上海、南京几家造船厂的发明创造，虽然质量不稳定、规格也不统一，但在中国的战场上却依然显得十分威风。

　　蔡智诚是学机电出身的，懂科学，大到汽车摩托小到收音机手表，他敢拆开也能装回去，伞兵队里的机器出了问题经常会请他去看一看。可现在听见游营长喊他修理战车，蔡连长的心里却是十二万分地不愿意。凌晨4点钟正是夜幕最深的时候，四下里一片漆黑。可那几个装甲兵却打着手电筒检查机器，手电的光亮在暗夜里一闪一闪的就像是灯塔一样，倘若被解放军的射手发现了，谁在那附近谁倒霉——装甲兵学校的学生不懂这个道理还有点儿情有可原，可游乐智这位受过训练打过仗的老行伍也跟着这么瞎胡闹就太不对劲了——所以蔡智诚任凭长官如何喊叫也装着没听见，只是埋着脑袋往前走，拿定主意不陪着营长发神经。

正走着，只听得"咚——咚"的几声响，伞兵们吓了一跳，队伍立刻就乱了。

其实，伞兵中的大部分人都已经猜到那盏亮闪闪的灯光迟早会引来麻烦。可是他们没想到，这首先响起的爆炸声居然来自于几具掷弹筒。大家明白，解放军掷弹筒的射程最多不过一百米——这意味着追兵已经杀到跟前了。

很快，解放军的侧射火力响了起来，刚开始的枪声比较凌乱，似乎是边行进边射击的，但随后就越来越清晰，越来越密集。

一听见枪声，撤退途中的队伍就立刻失控。其实，从张绪滋司令私自脱逃的那一刻起，伞兵经过多年训练所形成的信任、服从精神和"精锐部队"的荣誉感就已经彻底崩溃了。官兵们在弹雨中夺路狂奔，不断地有人倒下，其他人则踏过他们的身体继续奔跑。这时候，伤员的哀号、军官的呵斥都不再发生任何作用，所有人都只顾着自己逃命，真是兵败如山倒。

蔡智诚在逃跑的途中始终抬着罗华。让他惊讶的是，海国英也没有丢弃自己的伙伴。在黑暗中狂奔，两个"抬猪"的人时不时地会被什么东西绊倒在地，可老海每次都是一爬起来就重新把杠子扛在肩头——与海国英一起共事好些年，蔡智诚知道这穆斯林回回是个十分讲究卫生的人。可现在，这位平常间每天换衣服，一天要洗几次手的家伙却不但不在乎罗华的"瘟病"，而且还心甘情愿地扛着这肮脏丑陋的泥猴子在枪林弹雨中穿行，实在是让人倍感意外。

好不容易逃到帝丘店，蔡智诚累得几乎快要虚脱。他虽然没有吃子弹，但屁股上的伤口却裂开了，痛得要命。正趴在地上大喘气的时候，二连连长跑过来说："知道么？营长完了。"

游乐智报销了，这是蔡智诚的第三个顶头上司。他的首任连长游湘江在阵亡前正向他挥手，第二任长官周之江在中弹之前正跟他一起凑在窗户前向外张望，而游营长在临死的时候正满世界地嚷嚷着他的名字……这一切的巧合让"蔡凶神"不寒而栗，他觉得自己或许真是个"煞星"，专门和三点水的长官过不去。

营长死了，但搜索营的损失其实并不大。倒是跟在后面的通信营和工兵营伤亡过半，末尾的迫击炮连更是一个也没有逃出来。更可怕的是，解放军的追击部队就此切断了杨桥村与帝丘店之间的道路——伞兵第2团丧失了南撤的通道，他

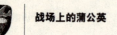

们被包围了。

7月4日中午，伞2团团长郭志持的棺材被抬到了帝丘店。

据说，杨桥村是在凌晨4点过钟被解放军攻陷的，伞兵特务连在村子里硬顶了十多分钟，结果连长马相佐阵亡，伞2团团副梅济南自杀了。但这十分钟却也为其他人争取到了一线生机。当时杨桥村北、西、南三面都被封得很严，无路可逃。伞2团的残余部队只好朝东面突围，可好不容易冲出杨桥跑到田花园附近，又被解放军堵住了。

经过之前的几番攻守，田花园村早已经被打平了，废墟上冲天的火光把暗夜照得十分惨烈。守卫阵地的解放军部队把国民党兵的尸体全都丢在村外的开阔地里，阴森森地摆了一大片。伞兵一瞧见那场面就崩溃了，斗志完全丧失。而这时候，后面的华野46团、52团再追赶上来，两下一夹击，伞2团立刻灰飞烟灭，除副团长李海平和2营长张光汤带着百来号人侥幸脱逃外，1营长周益群、3营长赖晋智被俘，团长郭志持也被打死了。

那些解放军也有意思，他们找到郭志持的尸体之后并不自行处理，而是弄了个棺材装殓起来，又让七八个伞兵抬着，举着白旗送到了帝丘店，意思是想挫一挫国民党军的士气，迫使黄百韬的部下早点投降。

棺材停在一间马棚里，算是灵堂，伞兵残部在那里举行了一个简单的吊唁仪式，张绪滋也来了。

自从到帝丘店之后，张司令就很少露面。他成天呆在整25师的师部里，好像是被软禁了一样。伞兵各直属部队也无法再接受他的指挥，而是根据黄百韬的命令，被安排到阵地前沿担任一线防御。这要换在过去，心高气傲的"天之骄子"们绝对不可能容忍如此"无礼的蔑视"，但到现在却都无所谓了。这一方面是因为伞兵们对自己的司令已经不再像以往那样景仰；另一方面也是因为帝丘店此时正受到解放军主力的四面围攻，生死存亡之际，再去计较这些面子上的得失就显得实在没有意义。

1948年7月4日傍晚，激烈的战斗再度打响。

解放军华野部队在清除了帝丘店侧翼的各个掩护阵地之后，终于对黄百韬整25师师部发起了最后的总攻。

第三十五章　帝丘店的激烈攻防

　　帝丘店位于睢县的东北部，是个二百多户人家的大村落，之所以取这个名字是因为村北有座封土丘，据说是帝"喾"的陵墓。

　　这一带属于黄泛区，遍地积沙，风吹过处尘土漫天迷得人睁不开眼。蔡智诚不明白皇帝老儿为什么要把自己的坟墓建在这么个环境恶劣的地方。参加过郭团长的祭奠仪式之后，他就和海国英坐在沙地上，一边揉眼睛，一边讨论着神仙鬼怪的问题。

　　"灵堂"外的角落里躺着气息奄奄的罗华。自从到了帝丘店，这小子就一直人事不知地昏睡，让大家对他伤透了脑筋——继续捆着吧，怕把他勒死了；松绑放了吧，又怕他醒来以后乱跑；最后把他抬到卫生队，人家军医不但不给治，反而建议"赶紧把这犯瘟病的家伙拖出去埋喽"。伞兵们只好又把他扛回来，丢在"灵堂"（实际上是个马棚）旁边一个阴凉的墙角，等着他自己咽气——那些营长、连长们走过来走过去的时候都要伸头瞧上一眼，然后就惊奇地说："咦？怎么还没死啊，这小子的命真硬！"

　　蔡智诚也在等着罗华"寿终正寝"。他一边忍受着肆虐的风沙，一边挺纳闷地问海国英："我帮罗华是因为老乡的关系，你为什么也愿意救他呢？"

　　海国英的答复十分简单："罗华信菩萨，是个好人。"

　　"哈——那么，我这个不信佛的就不算是好人了喽？"

　　"你当然也不错，不过……"海回回十分认真地建议说，"老蔡，如果这一仗没被打死的话，你还是试着入教吧"。

　　"得了吧，入什么教。我即便是拜佛也绝不去拜你那座菩萨，我吃不惯羊肉。"

　　"没有关系的，信奉什么教义并不重要。虽然通往天国的道路各不相同，但信徒们最后走进的是同一个天堂。"

"哟？……真的吗？"蔡智诚还是头一回听说这样的谬论。

于是，海国英就先知后知、上帝撒旦、神仙妖怪、天堂地狱、轮回转世什么的讲了一大堆，吹得云山雾罩。蔡智诚原本就为了自己"克死上司"的事情而有点儿忐忑不安，再被他这么一通神侃，不由得彻底懵了。

不过，还没等蔡信徒弄明白"真主"和"上帝"到底是不是同一码事，他就接到了新的任务。

7月4日下午，帝丘店被解放军彻底包围了。

村子的东面是华野8纵（王建安）、南面是1纵（叶飞）、西面是6纵（王必成）、北面是4纵（陶勇），四周重兵压境。而村子里头除了整25师师部（黄兵团部）和108旅的一个团之外，就只有第三快速纵队残留的这五百多人。

根据黄兵团司令部的指令，快纵的残部被编成了四个组，分别派往各个方向担任预备队——这说明黄百韬其实还是比较看重伞兵的。因为根据防御作战的惯例，在阵地一线承受首轮打击的往往是素质较差的炮灰，而在二线准备进行反击的却是能力较强的精锐——但问题是这些伞兵毕竟是新败之旅，士气低落，而黄百韬又没有共产党那样的做政治思想工作的本事，所以事到临头只好加派人手进行监督。蔡智诚于是也就成了督战队的执行官，手拿小黄旗、臂戴黄袖箍，在北门方向站脚压阵，发现有谁退缩就是一枪。

在北门附近负责防守的是108旅的322团，蔡智诚到阵地四周转了一圈，觉得这整25师真不愧是擅长搞土建的队伍，修建防御工事的水平确实高出伞兵一大截。

早在被包围之前，25师就砍光了周边五华里范围内的树木和高杆植物，并且破坏了一切有可能成为攻击隐蔽物的房屋建筑。这时候，村外已经挖出了一条深一丈二、宽两丈二的环形外壕，这外壕既难以徒手爬越（太陡），又难以搭设跳板（太宽），是守军防御的重要屏障。322团的一线阵地就紧挨着壕沟，阵地上布满了散兵坑。这些散兵坑全是半月形的，不仅能够封锁正面，也很方便进行侧射，各掩体之间还有交通壕相连，可以相互支援。沿着交通壕又设置了许多暗堡（半截在地下、半截露出地面的低矮碉堡），暗堡的四面都开设了枪孔，不仅可以正射侧射还可以倒打，几乎没有射击死角。

村口处拉起了两道铁丝网，这是一二线阵地的分隔标志，也是督战官的监督线。从原则上讲，村外一线阵地的官兵是绝对不允许退过这条生死线的。

村子里面就是第二道防线。帝丘店的民房院落已经被整25师改建成了一座座防御堡垒，房顶上架着机枪，负责掩护村外的阵地，屋墙四周掏出了枪眼，各种枪械组成的高中低层火力网封锁住了村内的街道。街面上设置了拦阻工事，甚至在街角处和院子里也垒筑了地堡，黑洞洞的枪口从四面八方对准了解放军可能进入的通道……

伞兵预备队的集结点就设在一二道防线之间，他们的任务是根据上峰的指令，或者突出村外实施反击，或者退回村里参与防守。

自7月3日夜间以来，322团已经挡住了华野4纵12师（彭德清部）的多次攻击，这时的阵地上随处可见双方阵亡者的尸体。最为显眼的是，阵地前沿还有一溜塌陷的大坑正冒着青烟，似乎是刚经过爆破——据322团的军官介绍，那是被他们破坏的解放军坑道。

事情是这样的：头天夜里，华野12师的攻击目标一直锁定在帝丘店的东北方向，正北面始终比较平静，这反而引起了322团的怀疑。今天凌晨，侦察兵搜索村北前沿，发觉有几处野地里的草叶子上没有露珠，而把这些干草的位置连接起来就恰好是一条从12师阵地指向帝丘店外壕的直线。国军指挥部于是断定解放军在东北方的佯攻是虚招，目的是掩护在正北面挖掘地下坑道（幸亏如此，因为蔡智诚他们先前就是从正北方向逃进帝丘店的）。

322团的工兵随即实施反向掘进，在解放军坑道的前端设置了爆破室，一下子就炸毁了整条暗道。第12师见"暗渡陈仓"的计划失败，只得强行发起攻击。结果损失很大，最终也没有能够突破国军的外围防线……

蔡智诚来到阵地上的时候，华野12师已经撤退休整了，帝丘店北面的解放军换成了4纵第10师（卢胜部）。虽然打走了一个师又来了一个师，但108旅322团却并不显得害怕，一帮家伙心气十足，跃跃欲试，似乎很愿意与解放军的王牌主力较量一番。

说起来，这108旅和华野4纵算是老冤家了。

华野4纵的前身是新四军总部的"新编第3纵队"，他们曾经在皖南事变中遭受重创，部队被打散，一年之后才重建为新四军1师第3旅。而在当时，攻击茂林新四军总部的国民党主力正是第32集团军108师。并且，在西坑村乌龟山扣押新四军叶挺军长的队伍恰恰是108师的322旅，也就是眼前的这个108旅322团。

108师虽然是东北军出身的部队，但他们在抗战期间一直配属于第三战区，因此基层士卒大多是淮南一带的子弟。刘邓大军挺进大别山之后，这些人的家乡就被解放军"侵占"了，而国民党上层又反复宣传共产党在解放区"烧杀抢掠""涂炭民生"什么的，搞得不明真相的士兵十分愤懑，个个都咬着牙想和解放军拼命。这会儿，政训官和督战官们又满世界地嚷嚷："弟兄们呐！报仇的时候到了，咱们早先就曾经抓了他们的军长，如今再加把劲，把他们的司令也抓来吧！"底下的一帮喽罗顿时兴奋地嗷嗷直叫，好像真可以让皖南事变再重演一遍似的。

国军军官在这边加油鼓气，解放军那边也没闲着。

从对面的阵地上不时地传来宣传劝导的呼喊："张三啊！我是李四呀，解放军这边优待俘虏啊，我现在已经觉悟了，你也别为老蒋卖命了……"、"王二麻子，我是刘老五，咱们家乡解放了，分了粮食分了地，日子过得好极了，你可不要再上国民党的当了……"

从望远镜里，蔡智诚可以清楚地看见对面的情况。4纵第10师正在实施土工迫近作业——战壕从四五华里以外就开始挖掘了，刚起头的地方只有一股道，非常宽，向前延伸一段之后就一分为三，然后再向前延伸又一分为三……这样不断地延伸、不断地分岔，前端越来越多也越来越细。一眼望去，那壕沟网就像是一棵平躺在地面的大树一样，树梢全都指向了帝丘店。

整25师的督导官告诉大家：这种土工作业方式是解放军大规模攻坚时的常用办法。那远端最宽的沟口是他们的师指挥部，接下来的分岔处依次为团部、营部、连部……这样等战斗开始之后，政委或者指导员在岔口上一站，下属部队就只能前进不能后退了，比什么督战的招数都管用。

蔡智诚发现，"树状网"的旁边还有几条比较奇怪的壕沟。这种壕沟不分岔，从头到尾都是两三米宽，就好像是特意挖掘的战场分界线一般。督导官解释说，那是"回撤通道"——网状壕沟是专门用于进攻的，只许进不许退，所以那些往回抬伤兵的担架队就必须另有道路，这一方面是为了避免下撤人员与前出人员在战场上发生拥挤堵塞，另一方面也为了避免攻击部队在遇见伤员之后影响士气。

"那些通道没有战斗兵，来来去去的尽是些伤号，打仗的时候不必理睬它"，督导官讲解得十分详细。蔡智诚听得连连点头："哎呀，这土工作业的名堂还真不少呢。"

步兵对地面的工事很有把握，可对天上的飞机就没有办法了。

几乎整个白天，帝丘店的上空都能够见到国民党的飞机，时而是战斗机飞来扫射几梭子，时而是运输机飞来空投白面大米。那些战斗机飞行员还比较大胆，敢俯冲到低空吓唬解放军。可运输机就差劲多了，一个个飞得高高的，把补给物资扔得到处都是。25师的那位督导官气得直骂，对蔡智诚说："你让他们丢准一点呀，不要都丢到解放军那边去了呀……"可蔡上尉也无可奈何，因为那些运输机飞行员根本就不理会地面的指示信号，他们只管把东西甩出去就算完事，伞兵在阵地上怎么摆弄反光板也不起作用。空军飞来飞去的好像很辛苦，可他们把大部分物资都送给了解放军，简直是在帮倒忙。到了傍晚时分，天上又飞来一架飞机，"刷"的一下又甩出个物件。那东西的降落伞比较小，下坠的速度很快，储物箱是红色的，并且还加装了指示灯。蔡智诚一看就知道肯定是非常重要的特别物品，立刻冲出隐蔽部向外奔去。

"特别降落伞"晃晃悠悠地落到了外壕的外沿，正好处于两军阵地之间。海国英跟在蔡智诚的后面，一边跑一边问"怎么办啊，怎么办？"蔡督战官回答说："什么怎么办，拼了命也要抢回来，绝对不能落在解放军的手里！"

冲出阵地，跳进外壕，几个伞兵又搭起人梯往外爬。可就在这个时候，华野第10师开始了总攻之前的炮击。

支援第10师进攻的共有六个山炮连（10师、11师、12师各两个）和两个榴炮营（4纵、特纵各一个）。45门大炮同时开火，密集的炮弹猛烈地砸向帝丘店，砸向了322团的阵地。那炮弹也落进了外壕，壕沟内外顿时硝烟弥漫，沙石飞溅。刹那间，就连四周的空气也仿佛被剧烈的爆炸挤走了，大家憋得喘不过气来，每个人的胸口都像要被撕裂了一样的难受。

突前的士兵胆怯了，转身就想退回壕沟里。蔡智诚立刻拔出手枪顶住他的后背："给我上！不抢回东西就毙了你。"可怜的小兵万般无奈，只好硬着头皮又爬了出去。

历经折腾，九死一生，几个亡命徒总算找到了那件"特别物品"。这时候，炮击停止了。但紧接着，那凄厉而又熟悉的信号枪声却再次尖啸起来，如同催命的魔咒一般，撕破了短暂的寂静——大家都明白这意味着什么，立刻掉头就跑。

华野第10师发起总攻了。

战场上枪声大作，一伙伞兵夹在双方阵地的中间，他们翻壕沟、越弹坑，拖着那红色的"重要箱子"连滚带爬。弹雨在他们的耳边呼啸，攻方和守方的枪弹在他们的身旁飞过来撞过去，每一瞬间都有可能要了他们的性命……可是，就在蔡智诚好不容易逃回本方阵地、即将跃入隐蔽部的那一刻，他却鬼使神差地站住了脚，并且还回头望了一眼。

在傍晚的昏暗之中，蔡智诚看见——远方有一位解放军的狙击手，正单膝跪地，平端着三八大盖，气定神闲地朝他打了一枪。①

这一枪把蔡智诚打了个跟头，子弹从他的左胸穿过，创口高出心脏位置约一厘米，血流如注。部下们赶紧把他拖进工事，连敷了两个急救包，然后就把他抬到村子里去了。

和蔡伤兵一起被抬回村子的当然还有那个红色的空投箱。

海国英小心翼翼地把这拼了小命抢回来的宝贝送到了司令部。打开以后才知道，里面装的是南京小学生写给前线官兵的慰问信以及"首都妇女界"献给立功将士的小红花。

小孩子的文字很感人，妇女们制作的绢花也十分精致，但这些玩意对蔡智诚来说却没有什么实际用处。

蔡智诚被送进医院的时候，救护所里已是人满为患。

急救站设在一所大宅院内，天井里搭着大棚，煤气灯下摆了三张手术台。从蔡伤兵进入院子的那一刻起，这三张手术台就没有空闲过，头一个刚抬下来，下一个又搬上去。护士们忙得连清理台面的时间都没有，那血水就顺着台布不停地往下滴。大院的各个角落都摆满了等候救治的伤员，全都是血淋淋的。担架上的血和手术台上的血不停地流淌，把地面的泥土染成了一片猩红，整座院子就像浸泡在血泊中一样，走路的时候会发出"呱唧呱唧"的声音。

蔡智诚就在这一片猩红之中看着医护人员忙来忙去。他看见医生划开了一个伤兵的肚皮，用手掏弄了几下，然后就说"肝破了，换下一个"。护士立刻上来把伤员肚子外面那些乱七八糟的东西塞回去，连伤口也不缝就把人搬走了。而那医生则把满是血污的双手在同样满是血污的水盆里涮了涮，又拿起刀片接着给下一个人划肚皮……

在蔡智诚的旁边躺着一个老兵，他大概是被爆炸震伤了内脏，外表没有创口，只是不停地咳嗽，而且每咳一阵就从鼻子和耳朵里流出血来。在咳嗽和吐血的间隙，这老兵总是竭尽全力地央求着："医生，快来看看我吧，快点救救我吧。"

---

①我曾经对这幅画面表示过怀疑，因为根据常识，蔡老头的这段描述几乎是不太现实的。可老蔡先生却十分坚持自己的观点。他坚持认为确实看见了那位向自己射击的解放军战士，不仅看见了他的相貌和表情，看见了他半跪的膝盖下垫着的"像背包一样的东西"，甚至还看见了他扣动扳机的动作……既然如此，我只好把他的感受照录下来。因为这毕竟是蔡智诚在战场上的唯一一次中弹负伤，他能因此而看见什么或者想到什么，都是可以理解的。

可医生、护士跑来跑去忙得不可开交，谁也没有工夫瞧他一眼。慢慢地，这老兵的央告声和咳嗽声也就渐渐停止，他终于彻底安静了。

村外的枪炮声越来越猛烈，救护站院子里的呻吟声也越来越多。入夜以后，帝丘店的四面八方都遭到了解放军的猛烈攻击。随着战事的胶着，不断有新的伤兵被送进了医院，手术的场面也就愈加惨不忍睹。这场面让蔡智诚感到一阵阵的恶心，他觉得宁愿去死也不愿意躺上那张恐怖的手术台。因此，他最终放弃了救治的等待，强撑起虚弱的身体，慢慢地挪出了这地狱般的大院。

救护站的院子外面是一个池塘，虽然面积不大，但在夏日的夜晚也还算是个比较凉爽的地方。池塘边上躺满了伤员，几个医务兵（不具备医士和护士资格的卫生人员）正忙前忙后地给大家喂水，喂止痛药。

也许是因为吃了止痛片的缘故，也许是因为失血过多，蔡智诚觉得自己昏昏沉沉得只想睡觉。7月2日晚上在马口庄，他被地窖里的解放军吵醒之后就没有睡好，7月3日又在杨桥村折腾了整整一宿，现在他终于再也支撑不住了。

迷迷糊糊地喝了几口水，蔡智诚很快就失去了知觉，倒在地上睡得像个死人一样。这一觉就睡过去将近二十个小时，再醒来的时候已经是7月5日的下午了。

把大家闹醒的是整25师的一位中校督战官。这小子的头上缠着绷带，手里拄着根枣木扁担，一瘸一拐地闯进伤兵堆里大吵大嚷："起来，起来！能动弹的都爬起来，阵地吃紧了，都给我上前线拼命去。"蔡智诚坐起来试了试身体，发现左胳膊肿得老粗，右手还能动，再看见自己的臂膀上也挂着一道黄色的督战官标志，顿时觉得不好意思再接着睡觉了。于是他就硬撑起身子，一步一挪地向村北走去。

这时候，所有的人都动员了起来。医务兵给伤号们灌满了水壶之后就扛起了步枪。增援前线的"补充队"里有文书、有马弁、有火夫、有运输兵（国军打仗没有老百姓帮忙，所以必须自备运送弹药的后勤人员）。蔡智诚看见有几个通信兵还带着电线拐子，结果被带队的长官臭骂一顿："把那破玩意儿丢了！换成手榴弹。"的确，战场已经缩到了村子里面，有什么情况随便喊几声就能听见，还要那些电话线做什么。

黄百韬师长也来给这帮补充人员加油打气。他站在队列前，大致说了些"革命军人应该勇敢去死"之类的话。蔡智诚离得比较远，没有听得很清楚。但他觉得，黄师长在这时候能够出来走一走露露面，确实是一个十分英明的做法——因为在目前这样狭小的战场空间里，决定战斗胜负的指挥者其实只是连排长而已，师长旅长们的谋略策划已经失去了意义。在这种情况下，高级军官与其躲在司令部里瞎指挥，还不如走出来跟基层官兵打个招呼，或许对稳定军心、鼓舞士气更有帮助一些。

蔡智诚没有参加补充队，因为他还记得自己的职责是伞兵突击队的督战官，他的岗位在北门。

7月5日下午6点，帝丘店北门的外线阵地已经失守了，322团被迫退进村内的二线阵地。但这时，猛攻了一整天的华野4纵第10师也因伤亡过大而转入休整，改由4纵第11师（谭知耕部）接替攻击。①

蔡智诚回到北门，发现这一带的房屋大部分都被炸垮了，有的院子还着了火，突突地冒着浓烟，阵地上的士兵都显得十分疲惫。这也难怪，照以往的惯例，解放军是很少在大白天发起进攻的。但这次却怪了，帝丘店外围的华野各部从昨天傍晚一直猛攻到现在，这一拨下去了另一拨接着来，没日没夜的，打得国军连吃饭的时间都没有，更别提休息了。

海国英还活着，只不过浑身被硝烟熏得漆黑，脏得像鬼一样。看见蔡上尉回来，这小子高兴得呲牙咧嘴，见面就问："有水没有？"

"有啊。"从医院出来的时候，医护兵刚给灌满了一壶。

海国英接过水壶，自己并不喝，却一转身钻进了街角的地堡里。蔡智诚跟过去一看，才知道是罗华趴在里面。

罗华还是那副要死不活的样子，只是眼睛睁开了，怀里居然还能抱得住一杆枪。

"你怎么把他弄到这里来了？"蔡智诚问。

"不是我让他来的，是他自己醒来之后乱叫唤，结果就被督战队拖到阵地上了。"

这也是没办法的事，像蔡智诚这样胸口中枪的不一样也上战场了么。"可是，

---

①说明一下：从表面上看，帝丘店的整25师108旅以一个团的兵力顶住了华野四纵三个师的进攻，战斗力似乎很悬殊。但实际上，4纵先前已经过了攻克开封和围歼区寿年兵团的长时间连续苦战，部队十分疲劳，病号急剧增多。再加上华野在豫东战役中属于外线态势，缺乏当地民众的有效支援，阵地上每出现一批伤员都需要调动相应的兵力进行救助，这样在攻坚作战时的战斗员现象就特别明显。反之，黄百韬在受到打击之后立刻采取了"以磨为主"的战术，固守待援，一心想把华野主力拖垮，两相抗衡，这才出现了一方攻得急切，一方守得坚决，双方拼老命的情况。

你怎么不让他呆在房子里，这地堡里面多闷啊。"

所谓地堡，其实只是用沙袋垒筑起来的土围子，既低矮又狭窄，里面不通风，在烈日的暴晒之下更是闷热异常。但海国英对此却另有解释："守在房子里不妥当，那些房屋目标大，一炮就轰塌了。老罗的腿是软的，遇到情况跑不动，还不如躲在这沙堆里，即便是被埋了也能够刨出来呀！"

有道理有道理。其实对蔡智诚而言，老海把老罗藏在什么地方并不重要，重要的是两个老朋友都还活着。有了这两位得力部下在自己的身边，他觉得一切都好办多了。

"怎么样？你们觉得还能守得住么？"

罗华哼哼了几声，不表态。海国英却摇摇脑袋："危险，再抵挡一阵还勉强，时间长了怕不行。"

"管他呢，能守多久算多久，谋事在人，成事在天，这次要是真能够活着回去，我就跟着你们拜上帝、信菩萨！"

一番话说得大家都乐了。

只是，能不能活着回去似乎并不取决于上帝，这要看解放军是否答应才行。

7月5日傍晚，激烈的枪炮声再度响起，华野4纵11师对帝丘店北门又发起了新的一轮进攻。

第三十六章　巷　战

豫东（开封、睢杞）战役期间，华野总前委曾经下达过三次总攻击令。除了第一次是针对区寿年的，后两次都是为了黄百韬。

7月2日"一打黄百韬"，华野总前委的命令比较笼统："查敌黄百韬部仅来25师40旅、108旅及快三纵一部、交警二总队"，"我军应乘黄部立足未稳，于本晚（2日）完成包围，随即发起攻击"，"望各首长遵叶司令之部署，务必于明日（3日）晚歼灭黄兵团"——显然，在这个时候，华野总部还没怎么把黄百韬放在眼里，以为猛冲几下就可以很容易地把他吃掉。因此，指挥这次总攻击的甚至不是粟裕本人，而是1纵的司令员叶飞。

猛攻三天没能够歼灭黄百韬，于是再次发布攻击令。这一次不仅由粟裕司令亲自挂帅，命令的篇幅也比先前长得多了——

命　令

"战字第 8 号"（1948 年 7 月 5 日 12 时）

一、为贯彻决心，展开战役，决集中 1、4、6、8 四个纵队主力及特纵 1、2、3 炮兵团全部，坚决围歼困守帝丘店地区之黄百韬兵团，决定于今日（5日）会攻帝丘店，力求速战速决，于 7 日拂晓前解决战斗。兹将攻击部署决定如下：

（一）1 纵负责攻歼帝丘店以西王老集，并由帝丘店西南面(南门含)攻击；

（二）4 纵负责攻歼帝丘店东北何庄、孙庄，并由帝丘店北面(包括东北角、北门含)攻击；

（三）6 纵负责攻歼帝丘店西北王庄，并由帝丘店西北面(西门含，包括西北角)攻击；

（四）8 纵负责攻歼帝丘店东南方向陈岗、袁庄、王庄，并由帝丘店东南面

292

(东门含，包括东南角)攻击；

（五）特纵以四个野炮连配属1纵、三个榴弹炮连配属6纵、三个野炮连及一个榴弹炮连配属4纵、一个榴弹炮连配属8纵，该纵自行控制两个榴弹炮连。除压制敌炮兵阵地外，主要加强突击方向动作；

……

二、为保障作战安全决定：

（一）以广纵并统一指挥总部特务团、骑兵团，迫近宁陵以东，监视、阻击商丘方向可能来援之74师。

11纵调柳河地区整理。

（二）3纵全部并指挥豫皖苏独立团，10纵全部并指挥豫5区71团，仍于现阵地负责阻击5军（注：即整5师）、83师之东援。

（三）刘邓9纵由陈留向5军、83师侧后进击，配合3、10纵正面抗击。

（四）冀鲁豫独立旅负责监视铁佛寺地区之72师并展开政治攻势。

（五）本部仍位混子集指挥。

（六）口令联络信号自本月5日18时改用通字第6号。

……

从这个命令中可以得到几点信息：

1．至7月5日，除在柳河地区转入休整的冀鲁豫11纵之外，粟裕手上已没有预备队（华野各纵当时的伤亡都很大，但唯一获准休整的却是中野的部队——共产党的"派系风格"与国军的区别就在于此）；

2．华野以1、4、6、8、特纵五支战斗力最强的部队围攻只有两百多户人家的帝丘店，只要时间足够，黄百韬必死无疑；

3．华野对帝丘店的围攻时间，在很大程度上取决于外线国民党援军的态势。从粟裕当时的判断来看，有可能对包围圈造成威胁的敌人为两股：一路是商丘方向的整74师，另一路是邱清泉的整5师和整83师（注意，该命令中完全没有提到邱部的整70师）；

4．如果情况没有发生大的变化，根据华野总前委的计划，对帝丘店的攻击至少可以持续到7月7日拂晓。

1948年7月5日19时，也就是华野部队改用"通字第6号"口令之后的一个小时，总攻前的火力打击开始了。

华野的大炮比黄百韬多得多，弹药也更加充足。但在当时，他们的炮火威力却并不太大。这是因为白天的战场上空有国军飞机的袭扰，解放军不敢明目张胆地把炮兵摆出来猛打，到了晚上黑灯瞎火，他们的技术又显得"潮"了点——像帝丘店这么一丁点儿大的地方，四面重兵合围，只要手底下稍有偏差，那炮弹就能飞过村子落到自己人的头上。瞎搞了几次之后，连炮兵自个儿也觉得有点含糊了，夜间开火的时候就不怎么放得开。

不过，解放军炮兵的手艺虽然比较"潮"，但他们的胆子却足够大，敢把105榴弹炮推到距离阵地前沿一两百米的地方，抵近射击——说起来，这还是蔡智诚头一次尝到"大炮上刺刀"的滋味。

7月5日傍晚快7点的时候，322团的一个姓范的营长肚子饿了，打算到团部去弄点吃的。他问蔡督战官要不要一起去，蔡智诚探头望了望，看见那团部设在土坡上的一座楼房里，四周还用沙袋垒起了高高的屏障。蔡上尉受伤之后身体虚弱，一遇到楼梯坡坎什么的就觉得腿发软，所以宁愿饿着也不愿意受那份累，挥挥手让范少校自己去了。

范营长大摇大摆地朝团部走去，身后凝聚着不知多少羡慕的目光。罗华和海国英坐在地堡里直发牢骚："老蔡啊老蔡，你怎么不让他带几个美国牛肉罐头回来嘛。"蔡智诚正觉得好笑，忽听得"轰"的一声，只见322团团部凭空地跳了起来。等烟尘散去以后再一看，哪里还有什么美国罐头，就连那青砖洋灰的二层小楼都没影了。

炮弹是从村外的壕沟里打来的。当天下午，解放军占领322团的外线阵地之后就把几门105榴弹炮通过那条运送伤员的"回撤坑道"拖到了阵地跟前，并且在外壕里设置了秘密炮位。那外壕的位置距离村口不过一两百米左右，榴弹炮在这么近的距离上直瞄射击，真是一打一个准。

当时正值傍晚，解放军的"尖兵"已经借着昏暗的掩护潜行到了村口。他们的手里拿着信号枪，对着322团的防御工事猛打信号弹。后面的炮兵看见信号枪的指示，大口径炮弹随即就跟了过来……105榴弹炮的理论杀伤面积是20米×30米，实战中虽然不见得真那么厉害，但一炮打上来，半个篮球场的范围之内肯定是吃不消。这样搞了没几下，守阵地的国军官兵全都被吓破了胆，只要看见有红色信号弹朝自己飞来，立刻转身就跑，什么碉堡啊据点啊机枪阵地啊统统顾不上了。

不过，话又说回来了，"大炮上刺刀"的威力虽然比较猛，但其实也是有缺陷的。首先，由于距离近，炮弹的速度快，打击砖混目标时的效果还不错。但如果遇上那些土坯房，一炮就贯穿了，除了在墙上留下两个窟窿并不能造成多大的破坏；其次，榴弹炮平射，等于是拿大炮当小炮用，弹道轨迹受到了很大限制，炮火只能摧毁比较高大显眼的建筑，对付地堡之类的低矮目标就没有办法；更为重要的是，重型火炮近距离发射，在提高了自身射击精度的同时也就很容易遭到对方轻武器的反击。105 炮隐蔽在壕沟里，一旦开火就暴露了目标，而且它又不能够迅速转移。等帝丘店里的国军回过神来，迫击炮轻重机枪好一阵猛打，那几门榴弹炮很快就没有了动静。

就这样，华野 4 纵虽然损失了几门炮，虽然损失了那些舍身为炮兵指示目标的"信号兵"，但他们的战术目的却已经达到——他们摧毁了 322 团的主要火力点和最坚固的工事，打开了突破北门的通道。

炮击刚刚停止，解放军就冲了上来。

让大家诧异的是，这些解放军在冲锋的时候居然还推着木架子车，上面装着桌椅板凳之类的东西。刚开始，蔡智诚弄不懂打仗的时候需要这些乱七八糟的家具做什么，可一会儿就明白了——遇到壕沟，解放军把桌子椅子往坑里一扔，立马就能填出通道，遇到铁丝网，把那木头车子翻过来往上面一搭，大队人马立刻就能踩着"跳板"跃过来，真是简单便捷。

与杨桥村的 6 纵相比，4 纵在作战的时候比较喜欢吹哨子敲锣。他们的排长嘴里叼着小铜哨，连长手上拎着小铜锣，这边"喠——喠——喠"地吹，那边"叮咚吭哴"地敲，也不知道传达的是什么信息。

那天夜里，这哨子声和铜锣声始终响个不停。从 5 日傍晚到 6 日凌晨，华野部队先后七次冲进北门、又七次被反击出去。在双方的攻防之中，国军的装甲战车发挥了至关重要的作用。

北门阵地是帝丘店北部的防御重点。战斗刚开始，北门正面的主要据点就被 105 榴弹炮摧毁了，但黄百韬很快就派出装甲部队前来支援（有人说黄百韬本人也来了，但蔡智诚没有看见）。这十多辆"战车"立刻构成了临时的火力支撑点，与残存的地堡和战壕相配合，很快筑起了一道新的防御屏障。

——说起来，黄兵团的所谓"战车"虽然只不过是"冒充坦克的大卡车"而已，但这样的东西在当时的战场上还是十分厉害的。有这么个例子：7 月 5 号的晚上，装甲兵学校的一位教官受了伤，军医检查之后认为没得救了。可战车兵们却不同意，于是几个学生就把老师塞进车子里，径直从帝丘店的东门冲了出去。而这辆"铁壳大卡车"居然能够所向披靡，从睢县一路开回了商丘，解放军的几

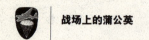

道包围圈愣是没有挡住它，足见其"战斗力"之威猛。

国军的装甲战车虽然厉害，但毕竟数量有限。子夜过后，解放军的围攻一浪高过一浪。6日凌晨4时许，帝丘店的南门被华野1纵突破，装甲车队不得不紧急移防救援。他们前脚刚走，华野4纵就再次对北门发起猛攻，322团抵挡不住，正面防御被突破，解放军插入了北门的阵地纵深。

北门阵地背后的纵深地带是一片民房，这里早已经被国民党守军改建成了防御据点。街道上构筑了拦阻工事，房屋里埋伏了守卫人员，以伞兵为主的预备队也被布置在这里，准备在巷战之中对解放军实施反击。

解放军巷战的特点是"逐屋攻击"，他们并不把部队暴露在街面上，而是首先抢占街头的房屋，然后在里面凿墙，逐间向前推进，一步步地打通整条街道……对此，整25师早有防范。他们事先就有选择地推倒了相邻的建筑，这样当解放军凿通一堵墙之后，洞口对面的不是隔壁的房间而是一块五米宽的空旷地域。而那片空旷地又处于国军的火力控制范围之内，这就使得"凿墙推进"困难重重。

黎明之前是夜色最暗的时候，在这期间，帝丘店的上空几乎一刻不停地闪烁着照明弹。迫击炮打出来的照明弹大概能够在天上挂五六分钟，晃晃悠悠的，可以照见比较显眼的目标却难以看清隐蔽在角落处的身影。夜战是解放军的强项，为了防止他们进行偷袭，国军早就准备了应对的武器。他们把装有辣椒面的布袋子绑在手榴弹上，隔几分钟就朝黑暗处甩两个。如果那附近有人，一定会被这气味呛得咳嗽，各火力点再循着声音集中扫射，效果十分显著。

双方在暗夜中较量，虽然322团准备充分屡占便宜，但华野11师却不屈不挠地坚持采用凿墙攻坚的办法向前推进。街道两侧的房屋里不时发生激烈的枪战，时不时地会有国军官兵从房门里冲出来，在大街上连滚带爬地奔逃。眼看着越来越多的房屋被解放军占领，北门防线的国军指挥官终于下令使用预备队，派遣第一批突击人员进行反击。

第一突击队由伞兵组成，36个人分成四个组，每个组携带两具喷火枪。这些火焰喷射器是7月5日上午空投到帝丘店的，总共60具，有一半配备给了伞兵。突击队的行动方案是事先预谋过了的——解放军的"凿墙攻击"战术虽然简单有效，但它最大的缺陷是放弃了对街道正面的控制。而街面虽然在巷战中显得比较危险，但宽敞的大街毕竟还是最为便捷的机动通道，伞兵就充分利用了这一点——在夜色的掩护下，四个突击组迅速摸到了街道的尽头。还没等解放军反应过来，八管喷火枪就往着墙上喷射油料。等他们再跑回出发地的时候，街道两侧已经被涂上了一层凝固汽油。

自5月份开始，豫东地区已经有两个多月没有下雨，经过盛夏的酷热，干燥的民房几乎是一点就着。几颗照明弹打上去，茅屋土舍在汽油的助燃下顷刻间就蔓延成了冲天的大火。烈焰映红了夜空，照亮了街道，火舌发出"呼——呼"的咆哮，原本躲在屋里凿墙的解放军战士呆不住了，纷纷逃出了房门。

依据事先的设想，解放军在遇火之后肯定是要撤退的。因此，眼见烈焰腾空，预备队立刻按照原定计划展开追击。322团的官兵也跳出掩体投入反攻，将士们斗志昂扬，满以为可以将解放军再次逐出帝丘店。可谁知道，刚刚冲上街道，华野11师那边哨子和铜锣"叮呤咣啷"的一阵响，他们不但没有后退反而嗷嗷叫着向前冲了上来。正准备"乘胜追击"的国军被打了个措手不及，一下子就被冲乱了。

蔡智诚是督战官，起先他的位置在街道右侧的一幢条石基座、青砖墁墙的民房里。在豫东，有很多财主的住宅都是这种样式。为了防御匪盗的侵袭，这类房屋的墙基建得很高，屋墙也很坚固。房顶是平的，上面可以晒粮食也可以存放杂物，国军在房顶上架起几挺机枪，立刻就能用火力覆盖周边的大片地域。

负责防守这个据点的是"人民服务队"的一帮学生。看见国军大举反攻了，这些头一次上战场的新兵蛋子纷纷请教："蔡长官，我们应该怎么办呀？"蔡智诚说："你们先守着，我下去看看。"

好不容易从房顶下到街面，刚走几步就发觉情况不对了。刚才还在追击解放军的伞兵现在却反过来被解放军追着跑，华野11师的战士挺着亮晃晃的刺刀，正从熊熊的火光之中蜂拥而出，冲杀上来。国军士兵被这突如其来的变故吓慌了神，个个像没头苍蝇似的在街上乱跑。这时候，大家的耳边传来了指挥官声嘶力竭的喊叫："展开火力——展开火力——不要乱——给我顶住！"

"展开火力"是指打开全部的火力点。

与一线正面阵地不同，侧翼阵地和纵深阵地的火力点是有明暗之分的，明火力点的功能是掩护、支援主阵地，很早就暴露了，而暗火力点则要到了最危险的时刻才能够使用。暗火力点通常有两类，一类是隐蔽在角落处的地堡暗碉，另一类是隐藏着的射击口。这种"暗射孔"的里侧在事前已经掏空了一大半，等到临要开打的时候再把最外层的一块砖捅掉，枪口就正对着预留的"射击死角"，而那里往往就是攻击部队的聚集地。

"启用暗火力点"对守军而言还意味着另一道指令。那就是从这一刻起，所有的人都必须坚守在现有的位置上，谁也不许撤退或者换防。从这时起，各射击点将向一切移动的目标开枪，无论其是不是自己人，也无论其是官还是兵。

听见"展开火力"的命令，大家都抓紧时间寻找掩体，各就各位，蔡智诚也不例外。他受伤之后浑身无力腿脚发软，再想爬梯子返回先前的财主家的房顶已经来不及。情急之下，他只好匆匆钻进街道正中的一个拦阻工事里——这个位置可不太妙，既显眼又没有退路，完全不是督战官应该呆的地方。可他这时候已经没办法再选择了，只好蜷缩在沙包后面，硬着头皮冒充敢死队。

这街心工事是个"明火力点"，里面搁着几箱机枪子弹，可机枪却不知道被谁搬到什么地方去了。蔡智诚拎着把手枪趴在这里"一夫当关"，眼看着解放军越冲越近，心里又急又慌，一伸手就摸到了身上的手雷。那还是在杨桥村时工兵营送给他的"礼物"，这时候也顾不了许多，拨开保险就投了出去。

美式手雷的触发引信很短，几乎落地就响。冲到近前的解放军士兵以前大概没见过这种圆不溜秋的洋玩意儿，被炸得一愣神，顿时气极了，爬起来用手就甩出一个炸药包："蒋该死！给你尝尝这个。"没想到工事里头的蔡智诚也不服输，又从沙包后面丢出个比手雷还要大一号的圆家伙："土八路，给你尝尝这个。"解放军弄不清那是个什么新式武器，吓了一跳，赶紧散开卧倒。

这个"比手雷更大的圆家伙"其实是蔡智诚的水壶，当然不会爆炸。但解放军的炸药包却是货真价实的，轰隆一下把街心工事崩塌了一块，也把蔡智诚给震晕了过去。[①]

接下来的两个小时，蔡智诚一直躺在那座崩塌的工事里昏睡着。

这期间，他曾经醒来过几次，但他并没有动弹，而是躺在原地继续装死。在模糊的潜意识里，蔡智诚觉得自己似乎已经死掉了，周围的那些呐喊声、枪炮声和爆炸声都已成了别人的游戏，不再和自己有任何关系。冥冥中，他甚至能感觉到自己的身体正随着硝烟和尘土在晨风中荡来荡去，飘飘欲仙，仿佛随时都能够融入通往天国的道路，飞往海国英给他描述过的美丽安详的天堂……

但他终究还是没能够死去。当彻底清醒过来之后，他发觉自己依然还在战场上，依然还留在这残酷的，充满了血与火的人间里。

---

①随着火炮数量的增多，到了1948年7月，电影里的那种夹在腋下的20公斤大炸药包已经很少见了，但后来名震江湖的"飞雷"在这时也还没有普及。当时，解放军最常用的爆破器材是"手掷药"。这是一种装药三四公斤的小炸药包，数个捆扎在一起照样能够摧毁坚固工事，而单独使用时则可以用手抛投，比手榴弹要厉害得多——华野11师让"蔡蒋该死"品尝的就是这么个东西。

天色渐渐放亮，解放军撤退了。

此时的帝丘店北门就如同惨烈的修罗场。遍地都是死尸，解放军的、国军的，完整的、残缺的，横躺竖卧血肉模糊，倒在一起混成一堆；遍地都是弹坑，倒塌的战壕、倒塌的地堡、倒塌的房屋被烈焰烧灼成一团焦黑，铜的弹壳、铁的枪械散落在残垣断壁之间，在缕缕的硝烟中闪着冷冷的光。

一片废墟之中，唯有蔡智诚先前呆过的那幢大房子还突兀地立着，四面的墙壁都坍塌了，只剩下三根裸露的柱子还支撑着一块破败的屋顶，摇摇欲坠。据守在这里的"人民服务队"队员已经全部阵亡，屋里的被炸死、房顶的被震死，一个也没剩下。[1]

在废墟中寻找同僚，蔡智诚发现了海国英。老海的胸部和腹部中了三枪，蜷伏着倒毙在一个牲口棚的围墙下面。他的表情非常痛苦，身后拖着长长的血迹，显然是在重伤之后又爬行了一段距离——他在最后的时刻仍然希望那段矮墙能给自己提供藏身的庇护。这是老兵的战场本能，但他最后的这一番努力显然没有获得什么效果。

罗华还剩一口气。当蔡智诚找到他的时候，这家伙依然窝在街角的地堡里，右手被炸断了，半截身子被崩塌的沙袋压埋着，动弹不得。蔡伤兵也没有力气把他拖出来，只好坐在老乡的旁边，帮他赶走覆在身上的苍蝇。

"老蔡，我的样子肯定很惨吧……"说真的，罗华此时的模样就像一只被夹子钳住的老鼠。

"不算很惨，不过是显得有点傻。"

真的是傻。

看着眼前的罗华，蔡智诚想起前几天在田花园遇见的那位倔强的长工。当时大家都认为那老头蠢笨得不可理喻，可结果呢？田花园村终于被炮火打平了，"傻老汉"也终于如愿以偿地穿着他珍爱的绸缎寿衣死在了红木大床上。但与此同时，"聪明的"罗华却像只待毙的老鼠在沙堆中奄奄一息，爱干净的海国英则浑身污秽地丧命在牲口棚里头，还有那么多人在烈焰和焦土中粉身碎骨，死得甚

---

[1]有人说"人民服务队"是军统的机构，这并不准确。严格的讲，国民党人民服务队应该是国防部领导下的特务组织，最初的成员是抗战后复员的青年军官兵，亦即当时"社会五毒"之一的"青年从"。1948年以后，"人民服务队"开始大量招收反动学生，这些党员学生被授予军衔，派往军队中开展宣传和监视工作，又被称为教员或指导员。当时，伞兵部队里并没有"人民服务员"，但绥靖区和杂牌部队里却有不少这样的人物。黄百韬整25师里的"服务员"大多来自于浙江大学，所以遇到蔡智诚的时候总是"学长学弟"的十分亲热，彼此间关系很不错。

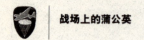

至连尸首和姓名也没有留下——两相比较，究竟是谁更傻一些呢？

海国英曾经说过，通往天国的道路不同，但人们最终走进的是同一个天堂。蔡智诚想，那么，今天早晨，当人世间制造了这么多的牺牲者之后，天堂的门口一定非常拥挤。在那样拥挤的地方，还会不会再发生争斗呢？

天亮了，晨风吹拂。

经过昨夜的枪林弹雨，这充满了死亡和血腥的、寂静的早晨似乎又给幸存的人们带来了一丝生的希望。

就在这时，远处传来了一声鸡叫，那是一阵雄鸡报晓的啼鸣。

"听呐，还有鸡在叫唤。"一瞬间，所有的人都停住了手，抬起了头，充满喜悦地侧耳倾听。

在这个经过生死搏斗之后的战场，在这个遍布残骸的人间地狱，居然还能有一只活着的公鸡在歌唱，居然还有一个蓬勃的生灵正情绪高昂地向刚刚经历了痛苦磨难的大地报告着黎明的讯息——对士兵们而言，这就是神灵的声音，这是比耶稣、安拉或者王母娘娘的旨意更接近天堂的信号。

蔡智诚轻轻地拍了拍罗华的脸颊："老罗啊，要坚持住，要活下去，我们应该比那只公鸡活得更久才对。"

终于能够活下去了。

仿佛冥冥中有天意的安排，7月6日上午，国军官兵等待中的"最后一击"并没有发生。粟裕的部队撤退了，解放军最终没有能够按照原定计划将围攻持续到7月7日，这使得蔡智诚们终于得到了继续活命的机会。

7月8日，快速纵队从帝丘店返回商丘休整。

一周前出发的六千多人现在只剩下了不到两千（含先期退出战场的伞1团），但对于幸存的伞兵们而言，恶梦一样的豫东战役总算是结束了。

第三十七章　在上海养伤

离开帝丘店，蔡智诚被送到商丘医院，他在这里遇见了1团团长张信卿。张团长的腿断了，一张笑眯眯的胖圆脸也变成了瘦长的苦瓜。经过豫东一仗，快速纵队的伤亡惨重，先前出征时的七千人马只活下来了不到两千，劫后相遇的人们彼此面面相觑，长吁短叹，都是一副失魂落魄的模样。

在那段时间里，商丘医院流传着各种各样的传言，有的说第三快速纵队就要解散了，又有的说伞兵即将被空投到"匪区"作战……搞得病房内外人心惶惶。

这些消息并不是空穴来风。

1948年7月2日，襄樊战役爆发，国民党第十五绥靖区（康泽）的三个旅被解放军中原野战军包围在襄阳一带。战至7月10日，国军的外线阵地被突破，康泽急忙向南京求援，并提出调遣伞兵参战——按当时的战场情形，从地面增援襄阳和樊城已经来不及了，由伞兵实施空降倒确实不失为一条捷径——南京国防部觉得康司令的主意实在是高，立刻就批准了这个计划。但这样一来，却让伞兵们犯了难。

那时候，国民党伞兵的头上顶着两块牌子，一块是"空军伞兵总队"，受空军总司令部管辖，另一块是"第三快速纵队"，属徐州剿总的编制，所以调动伞兵的时候光有国防部的指示并不能算数，必须经过空军和徐州方面的协商才行。

周志柔和杜聿明都不同意让伞兵去送死，他们认为国防部的命令根本就是信口开河——当时，徐州这边勉强还能够跳伞的官兵只剩下不过千把号人，大败之后士气十分低落；南京训练基地的人马虽然不少，可那些都是刚在地面练习荡秋千的新兵，若是派他们实施空降，恐怕立刻就会摔死一大半。在这样的情况下派伞兵部队增援襄樊，纯粹属于纸上谈兵——于是国防部、空军司令部和徐州剿总就来来回回地猛扯皮，你说我消极胆怯我说你卤莽愚蠢，一直闹到7月16日襄阳被攻破（康泽被活捉），也没能确定最终的"解救方案"。

但这场扯皮却也给高官们提了一个醒：先前把伞兵部队混入陆军使用的办法其实是很不合理的。令出多门、用非所长，伞兵平时在地面被揍得半死，遇到关键时刻又上不了天，到头来得不偿失。因此从1948年7月下旬之后，"第三快速纵队"就被撤销了，伞兵单位改称"空军伞兵司令部"回到南京进行整补，依然由张绪滋担任司令，下辖三个团，井庆爽任1团团长，赵位靖任2团团长，另外将"南京留守处"改编成伞兵第3团，由刘农畯担任团长。

8月初，原本在商丘养伤的张信卿、蔡智诚等人也奉命回到南京，准备参加"8·15"抗战胜利三周年纪念活动。据说蒋介石总统届时也要到岔路口基地阅兵，还要给豫东战役的立功人员授勋。也许是考虑到伤兵身上缠着的绷带比较容易出镜头，司令部特意让蔡智诚他们在操场上列队演练了一番，意思是想让这帮"挂了花的功臣"为庆典场面增添几分悲壮的色彩。

伞兵们考虑得很周到，可惜老天爷不帮忙。从1948年7月开始，长江中下游地区连降暴雨，水量达三十年不遇。至8月中旬，浙江、江苏、江西和福建各地接连遭受重大水患，首都南京的周围几乎变成了泽国。在这种情况下，国民政府不得不削减了庆典仪式的规模，把原定的"总统授勋"改为给立功人员发放一笔慰劳金。蔡智诚也因此得到了五百块钱金圆券，美滋滋地跑到上海养伤去了。

在上海，蔡智诚养伤的地方是"联勤第二总医院"（今第二军医大学附属长海医院）。当时这里是专为国民党校级以上军官提供医疗护理的高级场所，设备条件好，伙食也很不错。蔡伤兵的床头卡上的官衔是"空军少校"，刚开始他还以为是联勤司令部搞错了，过了几天才知道，他真的已经从上尉变成了校官。

蔡少校的新职位是伞兵司令部参谋处第一科的主任科员兼副参谋长张干樵的联络官。参一科是负责人事、教育和考勤的部门。当时伞兵部队正在进行补充和整训，科里的上上下下一头忙着填写阵亡通知书，一边还要制作新的官兵花名册，谁也抽不出空来，只好委派正在上海疗养的蔡参谋勉为其难，充当新任副参谋长张干樵上校的联络员。

张干樵原本是"东北剿总"作战处长，广东人，中央军校第11期生。他在第5军军部当参谋的时候曾经和杜聿明一起爬过"野人山"，所以深得杜长官的信任。前不久，伞兵的罗国英副参谋长在豫东战役中失踪了，老杜就把张干樵从东北调回来接替他。但张副参谋长抵达上海之后却没有去南京就任，而是径直回广东老家探亲去了。等他从广东回来之后，杜聿明又把他留在上海当幕僚——人家是参谋副长，是参谋处的顶头上司，又是杜老总的心腹，参一科当然不敢打他的考勤，只得委派一个主任参谋级别的"联络官"在上海守着，随时准备替他传传话。

这联络官的差事其实很不错，既没有风险又十分好玩。蔡智诚每天在病床上躺到中午，打针换药之后就跑出去闲逛，一直要折腾到半夜三更才回到医院里，真是自由自在。

1948 年的 8、9 月份，上海市的物价稳定，市场供应充足，可以说是抗战以来日子最好过的时期。

国民政府从 8 月 19 日开始实施货币改革，强制推行金圆券，禁止任何商品涨价，禁止任何人囤积物资。"太子钦差"蒋经国亲自坐镇上海，勘乱建设大队、经济警察大队和"人民服务总队"遍布大街小巷，发现破坏经济秩序的行为立刻严惩不贷。就连荣德生的侄儿荣鸿元、杜月笙的儿子杜维藩以及商界巨头詹沛霖这样的"大老虎"都被抓了起来，其他的黑市奸商更是吓得没了踪迹，刚刚发行的金圆券顿时就成了统治十里洋场的硬通货。

这个时期的金圆券真的很值钱。按照行政院的条令，三百万法币兑换一元金圆券，二百元金圆券价值一两黄金，两元金圆券等于一块银洋。尤其不得了的是，使用金圆券购物的时候，任何商品的价格都必须保持在"8·19"（金圆券发行日）当天的水平上。这样一来，一块钱可以买回五六斤上好的大米，四元金圆券就相当于一个美金，并且所有的物价明细表都已经事先刊登在政府的布告上。如果有哪个商贩胆敢缺斤少两，讨价还价，立马可以通知警察把他抓起来，这可真是板上钉钉，童叟无欺。

在这样"美好"的日子里，蔡智诚的衣兜里正好揣着立功受奖的犒劳费。那时候，金圆券的钞面只有五元的和一元的，五百块硬扎扎的新式钞票把小伙子的口袋塞得鼓鼓囊囊，也撑起了小伙子的享乐欲望。于是，他就财大气粗地一头扑入了夜上海的纸醉金迷之中。

在这个时候，蔡智诚迷上了跳舞。当时，上海滩的各类舞厅星罗棋布，一流的舞厅聘请菲律宾乐队，一块钱的舞票能跳三曲舞；二流的舞厅使用白俄乐队，一块钱可以跳五六曲；三流舞厅的乐队是中国人摆弄的，花一块钱跳个整晚上都没问题。

高档舞厅的乐队好，舞女漂亮，但红舞女的架势也不小。她们擅长的是"摸衣领、贴脸蛋、搔手心"，纤纤玉指搭上客人的肩头，一摸衬衫领子就知道是穷鬼还是阔佬，那态度立马就不一样。蔡智诚懂得这里面的名堂，他早就从"联勤总医院"的门口淘来了全套的行头。当时，虹口头坝浪（今吴淞路）的潮州帮贩子专门做电影演员的典当生意。他们的货箱里从各类新旧洋装到真假"派克"钢笔、"浪生"打火机，应有尽有，只要花上个三四十块钱，打扮成"小开"的模样绝对没有问题。

舞厅里时兴"标准舞"，也就是现在的探戈、狐步之类，而最时髦的舞步叫做"强丁巴"，几个男男女女对头对脑地抽肩膀。这些舞姿其实是很累人的，但蔡智诚却满不在乎，他上窜下蹦地满场飞，拎着威士忌和舞女疯闹，不喝个烂醉不罢休，折腾够了之后再出去狂吐。低头一看，胸前的伤口又挣裂了，鲜血浸红了衣衫。

这样的日子一直持续到了10月份。有一天，老战友罗华到上海来向蔡智诚告别——他失去了一只胳膊，终于可以退伍还乡了。老蔡请老罗吃西餐、喝洋酒，又带他去舞厅里娱乐，但这土包子却一点儿也不开心。

夜里，两个老战友漫步在灯红酒绿的街道上。罗华突然停住脚，十分严肃地对蔡智诚说："喂！你这样下去可不行，要把自己搞垮的。"

"管他呢，早晚不过是一死。反正我不相信你的菩萨，我也不想进海国英的天堂，与其被别人杀死在战场上，还不如死在这东方的巴黎、死在美酒和女人中间更好一些。"即便是在喝醉了以后，蔡智诚依然记得田花园村的那个长工，依然能够想起帝丘店的那个凄惨的清晨。

"老蔡啊，那天晚上，他们朝你扔炸药包的时候，我在旁边看见了的……"沉默了许久，罗华才又接着说道：

"刚开始，我不知道那工事后头的人是你，等看见你甩出来的大水壶，再开枪已经来不及了。他们后来就发现了我，炸毁了地堡，然后又炸掉了周围的房子。我看见他们在街面上杀来杀去，看见海国英被他们追着打，可我却被压在沙袋底下一点也动不了。当时，我以为你已经死了，还以为自己也要死了。但是当我醒来的时候看到你居然坐在我的身旁，看见太阳正从你的背后升起来，我真的觉得你是菩萨派来的人……

"我以前拜佛求神的时候总是祈愿发财啊享福啊什么的，但直到那天早晨我才突然明白，菩萨拿走了我的一只手，就是让我不用再去打仗了。他让我能够活下来，让我从今以后可以安安稳稳地过日子。这是菩萨给我的恩惠，是比升官发财更大的好处。

"老蔡啊，你是有学问的人，你不相信菩萨。但菩萨的道理其实对谁都是一样的。菩萨让你活，你就应该好好地活下去，经过战场的人每活一天都是上苍赏赐的。你不要辜负了老天的好意，不要再去糟蹋别人，更不要糟蹋了你自己……"

显然，罗华看不惯蔡智诚的醉生梦死。他的理论很简单，但这浅显的话语却给蔡智诚带来了极大的震撼。

一直以来，蔡大学生都是以"军队中的士大夫"而自居的，他理所当然地认为自己的认知能力和道德水平要远高于罗华之类的同僚。对于近些日子的所作所为，他觉得自己的"荒唐"无非是在发泄内心的郁闷，这在某种程度上近似于魏晋才子的风流，甚至还带有几分高雅脱俗的情趣。可万万没有想到的是，罗华这个船工出身的、粗陋的下属恰恰就站在"道德"的角度批评了他。

"不要糟蹋别人，更不要糟蹋了你自己。"蔡智诚当然知道自己在舞厅里的放纵表现是一种自虐，但他却忘记了这样的自残其实是建立在欺辱比自己更为弱小的女性的基础之上的。罗华没有多少文化，更没有经过系统的修养训练，但他却基于最朴实、最人性的立场，一针见血地指出了"蔡士大夫"道德上的漏洞，这让伞兵少校觉得无地自容。蔡智诚这才意识到，经过了战场的血雨腥风，经过了几年来的近朱近墨，他已经从一个"立志建设新式军队"的理想主义者沦落成为了旧军队中的兵痞。他的军衔和职务并不意味着对社会的贡献，他的伤口和勋章对于平民百姓和那些舞女而言，丝毫也没有任何值得骄傲的成分。

于是，从这一天起，蔡智诚就再也没有踏入过风月场合。

在医院里，他给家乡的妻子写了一封46页的长信。在这封厚厚的家书中，蔡少校讲述了自己几年来的战场经历和心路历程。他觉得对自己而言，终老天年已经成为难以奢求的梦想，等待他的命运恐怕只能是横尸荒野。因此，他建议妻子应该认真地考虑今后的生活，并且无论她做出什么样的决定，自己都会表示理解和支持……

送走罗华之后，蔡智诚的行为安定了许多。但是，他个人的生活安静了，社会环境却开始变得日益不安。

10月中旬，经警大队在上海迈尔西爱路（今茂名南路）查到了一家非法囤积物资的大仓库。报纸上立刻披露说那仓库属于孔令侃的扬子建业公司。这下子社会上可就热闹了，大家都在等着看蒋经国将如何处理他的表哥。过了几天，报上同时刊登出两则消息，一是东北锦州失守，二是孔令侃坐飞机去了香港。结果，"金圆券"与"袁大头"的比价当天就从二比一变成了二十比一，银行的门口也立刻排起了挤兑的长龙。

11月初，蒋经国发表《告别上海父老兄弟姐妹书》。广播电台的余音未了，金圆券与银圆的比价已经变为了四十五比一，大米从每袋二十一元猛升至两千元，暴涨一百倍，各种商品价格也全面大幅上扬，经济崩溃从此一发不可收拾。

到这个时候，一元五元的钞票已经变成了辅币，市面上全是些一百元面值的金圆券。而国军各精锐部队就连"百元大钞"也拒绝使用了，蔡智诚的军饷基本上都以银圆作为结算单位——不过，也有一次比较例外。1948年的11月份，他从杜聿明的办事处那里领到的津贴居然是黄金。

当时，杜聿明的公馆设在上海的愚园路，那是一栋砖混结构的三层小楼，西洋式样，南侧有个大花园。杜长官一般都不在家里，楼上住着杜夫人曹秀清，楼下就是张干樵等一帮亲信幕僚办公的地方。蔡智诚因为是张干樵的联络官的缘故，所以时不时地也要去那个地方点个卯。

第一次进杜公馆是1948年的中秋节（9月17日），大家一起吃团圆饭。正在"但愿人长久，千里共婵娟"的时候，电报员忽然送进来一张条子。冯石如（此人被俘的时候是"徐州剿总"办公室副主任，在上海时的职责类似于杜府的管家）打开一看，是王耀武发来的——"解放军主力开始围攻济南，东侧茂岭山阵地正在激烈争夺之中……"——饭桌上的人立刻就没了食欲。

过了几天再去愚园路，一进门就看见冯石如拿着张电报在那里发抖。打听之后才知道又是王耀武发来的消息："吴化文部叛变，机场失守，74军无法降落。现商埠已失，普利门、大水沟仍在激战中……"大家都说王佐民这回恐怕是要完蛋了。

张干樵从广东探亲回到上海之后，蔡智诚去杜公馆的次数也就更加频繁。高级幕僚们商讨军机的时候，他时不时地也能够旁听几句。

10月底至11月初，国民党的侦听机构发现解放军的几十部电台正由济南向临沂方向移动，判断其有进攻徐州的倾向。当时，国防部应对此类状况的既定对策是"以主要城市为战略要点，同时以精锐主力组成机动应援兵团"。按照这个方针，徐州战区的骨干主力当然是邱清泉兵团和黄百韬兵团，辅助力量是李弥兵团和孙元良兵团（李、孙兵团当时只有两个军，而邱、黄兵团各有四个军）。可一旦将这四个兵团都收回徐州，东侧的第九绥靖区就孤悬在外了，原本驻守在连云港的第44军就必须立即撤退。

第 44 军撤退的方式有两种选择,一是沿陆路向西,直接朝徐州靠拢;二是由水路船运上海,再经内线回徐州归建。愚园路的一帮幕僚们趴在地图上琢磨了半天,觉得走陆路的距离太远,肯定会遭到解放军主力的侧击,于是就给杜聿明上了一个条陈,建议让 44 军走水路。

但问题是当时"徐州剿总第一副司令"杜聿明正在葫芦岛指挥东北的败军撤退,并不在徐州指挥部,而"剿总"的正司令刘峙又是个装门面的泥菩萨,什么事也做不了主。于是,参谋总长顾祝同和国防部的作战厅长郭汝瑰就赶到徐州客串指挥。他们主张让第 44 军从陆路返回徐州,并提出将该军(原属李延年第 6 兵团)划归第 7 兵团建制。

听说这个情况,张干樵立刻就问蔡智诚:"你跟黄百韬打过交道,觉得他会怎么办?"

蔡智诚回答说:"黄百韬是最喜欢抓兵的,给他一个军,他什么都会答应。"

果然,11 月 5 日,从徐州那边传来消息,黄百韬表示支持"陆路方案",并且同意让自己的第 7 兵团暂时停止行进,在原地等候第 44 军归建——这样一来,有可能受到解放军侧击的就不止是 44 军了,还包括整个黄兵团——杜公馆的幕僚们顿时急得跳了起来:"不好了,这会害死黄百韬的……"

到了这个时候,有可能促使计划改变的只有杜聿明本人,张干樵他们急忙找了架飞机,当天就赶往葫芦岛去了……以后的结局尽人皆知:杜副司令长官最终没有来得及修正方案,黄百韬虽然等到了第 44 军,但他也因此失去了向徐州收缩的时间。1948 年 11 月 22 日,第 7 兵团在碾庄一带被解放军华野主力全歼,淮海战役由此拉开了序幕。

11 月中旬的时候,蔡智诚最后一次去愚园路杜公馆。当时,公馆里只剩一位姓何的秘书在收拾文件。他看见蔡少校就说:"张干樵已经发表为徐州剿总的作战处长了,叫你自行回原单位去。"

蔡智诚问何秘书为什么没有去徐州,他指一指楼上:"夫人的身体不好,需要照顾。"然后他又说:"徐州那边不去也罢。你看,原本的计划是主动出击、先发制人,现在搞得一开始就忙着救援黄百韬,以后还不知道会怎么被动呢。"

接下来,他就给蔡少校结算这几个月的"差勤补助费"。起初准备给"袁大头",但银圆的比价在那段时间里变来变去的,不知道该怎么换算才好,只好决定给黄金。算盘珠子噼里啪啦,得出的结果是九钱多一点。于是俩人就找出戥子和剪子,又称又夹地忙得不亦乐乎。

"我早知道市面会大乱，谁也顶不住"，何秘书的手里忙活着，嘴里的话还挺多，"你想啊，国家全年的总收入还不到五千万美金，可一年之中光是军费的开支就要超过一个亿。即便是别的事情全都不管，把政府的全部收入都拿来打仗也只够支撑半年的时间，剩下的日子都要靠印空头钞票来对付，怎么会不出现通货膨胀？市面怎么可能不混乱……"

的确，要想稳定社会就必须停止内战，这已经是国统区的所有人的共识。

但大家同时又感觉到，只要蒋介石还在总统的位置上，共产党就不会答应和国民党谈判。在当时，可能促成谈判、争取和平的途径只有两条：一是在军事上打个大胜仗，逼迫解放军接受和谈；二是在政治上压迫蒋介石下台，让共产党同意和谈。作为蒋系嫡系部队的成员，蔡智诚他们一方面实在不希望内战再继续下去，另一方面又期望老蒋在政治上能够保持比较有利的地位，所以大家的内心里虽然十分厌倦战争，却又暗自期盼能在战场上出现什么转机。

而在1948年的11月份，"转变时局"的救命稻草似乎正掌握在两个人的手里————一个是北平的傅作义，一个是徐州的杜聿明，前者需要挡住林彪，后者必须顶住刘伯承和陈毅。

但是，仅仅一个月之后，这两根救命的稻草也明显地靠不住了。

1948年12月，蔡智诚的职务是"南京陆军训练处"的中校教官。

南京陆军训练处又称"第一训练处"。在国民党军队中，这样的训练机构有两个，一个在台湾的凤山，一个在大陆的南京。凤山的那个训练单位其实比南京的更早一些，创办者是陆军副总司令孙立人，其机构的名称十分响亮，叫"陆军训练司令部"。1948年的下半年，另一位陆军副总司令关麟征也要在南京设立训练机构。他大概是不愿意让自己的牌子比孙立人的显得寒碜，所以也给这个新单位取了个不错的名号——"陆军总司令部第一训练处"。

孙立人是美国军校的留学生，所以他的"凤山军校"十分洋派，不仅有美国顾问，就连中国教官也以留学生为主，训练的时候叽里呱啦的全是英语。

"南京军校"则比较土气，从主任到职员都是国产货。但关麟征是黄埔第1期的老大哥，他是杜聿明的同乡、同窗兼好友，有关大铁头在南京办学堂，不仅关系到哥们义气，还关系到黄埔的声誉，大家自然应该全力帮忙。于是伞兵就把自己的岔路口基地让给"第一训练处"当铺面，并且还派了好多军官去关老板那里当伙计。

蔡智诚刚从上海回来就被调到了训练处。也许是因为空军的军衔要比陆军的更值钱一点，所以伞兵的蔡少校在改换工种之后就变成了陆军的蔡中校。

但蔡中校并不是正规军校毕业的，能在这学堂里教点什么，就连他自己也不知道。

南京陆军训练处的学员其实都是溃败部队的军官。这些人有的是从战场上逃回来的，有的是被俘虏后又释放的，所以不来则已，一来就是成拨成批的。因此，军校的"生源情况"完全取决于人家解放军的战绩，这里与其说是个训练处倒不如说是个收容队。

在这样的地方当老师，心理辅导的内容恐怕比军事教育更加重要。在蔡老师上课的那几天里，他每天的工作就是陪着学生在院子里聊天，顺便还抬头望一望飞机——第一训练处的旁边就是岔路口机场，前往淮海战场空投粮食和弹药的飞机每天起起落落，来来往往，引擎声震耳欲聋。运输机飞出去的时候都关着机门，回来的时候却是机门敞开，这让学员们觉得十分好奇。蔡老师反正也是闲着没事可做，于是就随口给大家讲了讲跳伞的故事。

可没想到，这一讲，讲出麻烦来了。

第三十八章　空降淮海战场

1948 年 12 月初，淮海战役进入了第二阶段。

在那些天里，收音机里成天讲的都是"守江必守淮"，从早到晚都在阐述"淮河流域对于长江防线的重要意义"。各大报纸更是连篇累牍地报道淮北战场上"国军大捷"的消息，并且对各路豪杰的"蓬勃进取精神"大加赞扬，就好像杜聿明放弃徐州的举措不是军事上的失利，反而是战略上的什么高招似的。

中央社的这些鬼话当然欺骗不了明白人。第一训练处的校舍紧邻着岔路口机场，运输机震天动地的轰鸣声早就暴露了前方战局的窘迫。在这个时期，各种各样的传闻不绝于耳，今天说黄维兵团被包围在宿县以南了，明天又说杜聿明集团被堵截在宿县以北了……坏消息一个接着一个，搞得人们忐忑不安，惶惶不可终日。

战局难堪，士气低落，教官们只好另寻话题来鼓舞学员的情绪。于是，当过远征军的就猛讲缅甸和越南的趣闻，干过别动军的就乱吹打游击的事迹。在各种话题中间，大家比较感兴趣的内容有两个，其一是听龙骧上校批露武林秘闻，其二是听蔡智诚中校传授跳伞技法。

龙骧[①]是训练处的副官长兼"高级进修班"的班主任，他出身于武术世家，既当过警察也搞过缉私，闯遍大江南北，会过黑白两道，对江湖上的名堂十分知晓。而蔡智诚则是在天上飘过的人物，既跳过挂钩伞也跳过手抛伞，对那种晃晃悠悠的体会十分深刻。因此这两个贵州老乡就你一段我一段地瞎吹牛，一个把自己在地面的本事说得空前绝后，一个把自己在天空的经验讲得神乎其神，逗得大

---

①龙骧，贵州松桃人，苗族，曾任国民党宪兵 6 团中队长、上海保安 1 团大队长、盐务缉私局主任、陆军训练司令部副官处长、南京陆军第一训练处副官长、91 师参谋长，1949 年参加起义，1983 年病逝。

家不亦乐乎。

可没想到，忽悠来忽悠去，忽悠出事情了。

1948年12月9日，被围困在双堆集的黄维兵团决定突围。得知这个消息之后，装甲兵司令部的蒋纬国参谋长立刻将一部地空电台送到了岔路口，准备把这玩意儿空投给战车第2营。

当时，蒋纬国的装甲部队只剩下了两个营，其中战车1营的25辆坦克配属给第96师（战车团长赵志华，师长邓军林），结果随杜聿明被困在了永城县的陈官庄；战车2营的22辆坦克配属于118师（营长龙海涛，师长尹钟岳），结果随黄维兵团被围在了濉溪县的双堆集。这四十多辆M3A3是小蒋最后的宝贝疙瘩，战役期间他经常坐飞机去视察战况。而战车2营现在即将充当突围行动的开路先锋，蒋参谋长自然就更需要加强与部下的联系。

空投电台的差事非伞兵莫属。但问题是伞兵的战斗部队当时并不在南京，他们到安徽铜陵帮助第88军"协防"去了——第88军原本是"傻儿师长"范绍增的队伍，这支部队的袍哥气息很浓，对四川籍以外的长官毫不买账。解放战争期间，安徽人方先觉曾经当过该军的军长，指挥不灵，于是又换成了山东人高魁元。可高军长没过两天就被气病了，军长的职务只好再派给陕西人马师恭。马师恭同样也玩不转这群袍哥，但他曾经当过伞兵的司令，可以请老部下来帮忙。所以伞兵部队就奔赴铜陵，用武力威慑的办法去帮助马军长开展"整顿改革"……

伞兵总部12月9日才接到通知，但匆忙组建的行动小组需要过好几天才能从安徽返回南京（该小组由李行少校带队，他们后来于12月16日伞降陈官庄，给战车第1营送去了地空电台），而这时双堆集的第12兵团马上就要开始行动了。眼见铜陵那边的远水解不了近渴，情急之下，有人就想起了陆军训练处里的从伞兵部队调来的一帮教官。

从名义上看，"陆军总司令部第一训练处"的主任是关麟征，副主任是王敬久，但具体的事务其实都由参谋长方先觉①一人操办。

---

①方先觉，安徽省宿县人，毕业于黄埔军校第3期步兵科，曾任国民党预10师团长、师长，第10军军长，1944年在衡阳战役中被日军俘虏，三个多月后在衡阳自卫军司令王伟能的帮助下脱逃回重庆，历任第20集团军副总司令、青年军第207师师长，旋又调任第206师师长、第88军军长、陆军第一训练处参谋长、福州绥靖公署副主任、第22兵团副司令官、东南军政长官公署高参，1949年底逃往台湾，任澎湖防卫副司令官、第一军团副司令官，1968年退役后出家为僧，1983年在台北病逝。

12月9日下午，方将军召集办公会议，现场询问："可知我处教官之中，谁的跳伞技术比较好？"

副官长龙骧上校立刻起身禀报："鄙人同乡蔡智诚，该小伙身高体壮、面阔额颐、口齿伶俐、武艺精通、历经百战、业绩不凡……实有万夫不挡之勇。"众幕僚亦皆连连点头赞同。

方将军闻讯大悦，随即吩咐："开中门！传蔡壮士进帐！"

于是乎，陆军教官蔡牛皮就临危受命，被打发去跳伞了。

1948年12月10日清晨，南京岔路口机场的塔台亮起了绿色的导航灯。十二架C46运输机在跑道上鱼贯滑行，迎着凛冽的寒风飞上了天空。

这十二架飞机隶属于"陈纳德空运队"，也就是简称"CAT"的"民用航空公司"。当时，国民党空军的运输部队大都用于北平和太原方向，淮海战场的空中补给工作就只好请陈纳德来帮忙。"CAT"公司号称拥有中国天空技术最优秀的飞行员，但他们的设备却非常破烂，这些运输机都是由冲绳、关岛或者马尼拉的废旧部件拼凑而成的，能够在天上飞来飞去简直就是奇迹。

蔡智诚乘坐着的是"杜蒂"号，这大概是机长的某位女性亲友的名字。

机长是个美国佬，红头发绿眼睛，精力十分旺盛，这家伙一边喊哩咔啦地搬弄着操纵杆，一边还咿哩哇啦地唱着歌："我们去看大法师，了不起的大法师……"但别人却没有他那么好的兴致。

运输机的引擎有毛病，左边的一台不时地发出刺耳的尖啸，右边的一台却不停地咳嗽，好像随时都会熄火似的。机械士十分紧张地趴在舷窗前看来看去，生怕这要死不活的"杜蒂"在半道上断了气。

机舱里冷得要命，伞降小组的三个人被冻得缩成一团。本来，跳伞的时候应该穿防风夹克才对，可方先觉参谋长却非要让部下穿上陆军的常礼服。方将军在抗战期间曾经有过被包围而且当俘虏的经验，根据他的理论，困境中的军队最重要的是保持秩序和尊严。伞降小组代表的是陆军总司令部，所以在这个时候必须拿出上级机关的派头来，以严整的军容给战场上的官兵们提提精神。

蔡智诚头戴钢盔，身穿毛呢制服，肩章领章腰带皮鞋擦得铮光瓦亮，另外两位跳伞员的打扮也差不多。所不同的是，蔡中校仅仅在胸前挂了个副伞包，而其他两个人却背着体积很大的主伞。

伞降小组的成员之中，只有蔡智诚跳过备份伞。相对而言，主伞（挂钩伞）比较容易操作、承载的负荷也比较大，但挂钩伞的问题是离机一秒钟之后就强制开伞，降落距离很长，而且下降的速度非常慢，这在被围困的战场上空就极容易被当成活靶子。因此，蔡智诚在反复考虑之后还是决定采用操纵难度较大的副伞（手抛伞），他宁愿摔死也不乐意被人打死。

空降小组奉命携带的电台是用电子真空管制作的，外表有点像是七个灯八个灯的收音机。这种100～156兆赫的"甚高频地空通信机"是美国军队的最新装备，据说只售给中国十多台，每台价值上万美金。现在，这机器被分成了三摊，蔡智诚负责携带发信机，其他的收信机、共用器、收缩天线以及一些乱七八糟的东西就交给了另外两个人。每个人的背囊上都挂着几颗手雷，有命令说如果在降落时发生意外，必须引爆炸弹破坏设备——这是美军顾问的要求。

机舱里还堆放着准备投放到战区的军粮。空投的时候，这些粮食不用系挂降落伞，直接从飞机上扔下去就行。为了不至于摔坏，大米和面粉被分装成了一个个小口袋。可这些袋子全都是湿漉漉的，再经过飞行过程中的颠簸和积压，甚至能够淌出水来。

蔡智诚听说过其中的名堂——在岔路口机场，负责管理空投物资的是"伞兵军械所"。这军械所原本就是伞兵的摺伞处，下辖百来号官兵，日常的工作一是给弹药箱子捆绑降落伞，二是把粮食装进军用空投袋。从美国进口的大米和白面是一百磅一包装的，每包九十来斤重，军械所在拆散分装的时候就往粮食里掺水，这样实际只装了八十斤不到。他们再把克扣下来的大米和白面拿到黑市上去卖，于是就发了大财。

空运队的机组人员显然也得到了克扣军粮的好处，所以他们对机舱地板上的积水熟视无睹，满脑子里只关心着战场上空的云量。听见无线电里通报"空投地区的云量为1"，陈纳德公司的雇员们立刻手忙脚乱地穿上了防弹衣。

云量为1，意思是云层只遮盖了天空的百分之十，这样的气象条件当然可以实施空投，但地面上的机枪同样也能够瞄准天上的飞机。"杜蒂"号的美国机长一边继续唱着："我们去看大法师……"一边把带有钢片的防弹背心垫在屁股底下。蔡智诚向他打听空降点的风力是多少，这家伙耸耸肩膀，表示不知道。

上午9时，运输机群抵达目的地，十二架C46从双堆集的东南方向进入战场上空。

舱门打开了，蔡智诚探头向下望去，只见茫茫的大地上连一棵树也没有，尽是一团团的灰色和白色。那白色的是积雪，灰色的是被炮火翻犁过的土地，在这灰与白的色块之间还有一道道暗褐色的细线，那是战壕，是攻方和守方几乎连在

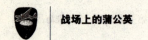

一起的坑道。

空中的气象晴好，地面的标志物十分容易判断。双堆集周边的地形一马平川，只有两座三十来米高的土堆，一个叫尖谷堆，一个叫平谷堆（这一带当时叫做"谷堆集"，双堆集是解放后取的新地名）。第12兵团的空投点就设在土堆的东北面，这片空地上原本有一条简易跑道可以供"蚊式"飞机起降。可自从陈赓的中野4纵于12月9日攻克沈庄（沈家湖）之后，这个小机场就处于解放军的炮火射程之内，无法继续使用了。

运输机群的飞行高度为1200米（规程要求是800米，但民航飞机通常都飞得很高）、航向10点，十二架C46保持队形，以相同的速度沿着东南—西北轴线相继跟进。领航机投下第一袋物资后，其他飞机也开始把机舱里的货物往下扔。这"CAT"公司是只送粮食不送弹药的（淮海战场负责空运弹药的是空军第10大队），所以从飞机上丢下去的东西全都没有带降落伞，成百上千的物品从舱门里倾泻出来，密密麻麻，一串接着一串，就像投炸弹一样。蔡智诚他们当然不敢在这个时候实施跳伞，否则非被米袋了或者面袋了砸死不可。

扔完货物，机群开始爬高返航，只有"杜蒂"号单独向右转向，从双堆集的东北方再次进入战场——现在该轮到伞降小组行动了。

这时候，地面的火力不停地射向空中，机枪子弹时不时地击中飞机的外壳，发出"嘭嘭"的声音。机组乘员都用焦躁的眼光盯着跳伞小组，那表情就好像恨不得一脚把他们都踢下去似的。

终于又能够看见双堆集的小土堆了，蔡智诚一挥手，两个部下就接连跃出了飞机。这俩人使用的全是挂钩伞。那时候的T型降落伞没有引导伞装置，拉绳一端的弹簧钩挂在机舱钢缆上，另一端连着伞包锁。伞兵离舱后由拉绳直接把主伞拽出来，人在开伞时的身体姿态是倾斜的，甚至还会被拽得翻跟头，所以经常出现伞衣打结，人变"粽子"的情况。

四秒钟之后，两位组员的降落伞都张开了，蔡组长这才亲自跳进了空中。

蔡智诚的背上没有系拉绳，跃出舱门之后，水平惯性和飞机气流的力量使得他接连翻了好几个筋斗。但这时候的蔡中校已经不是昆明军训时的那个小少尉了，他立刻张开双臂，很快就将不规则的翻滚转变成了垂直坠落。

从理论上讲，使用手抛伞时的最佳速度为每秒40—50米（也称平衡速度）。通常情况下，经验丰富的跳伞员应该能够通过调整身体姿态将自己的下坠速度维持在这个水平上。但蔡智诚这时却难以办到，这一方面是因为他已经很久没有练习跳伞，另一方面也是因为他的背上正驮着一台通信机。那个挂着手雷的累赘弄得他在空中的动作十分别扭，也使得他的下坠速度越来越快。于是，在仓促之间，蔡智诚终于忍不住扯开了伞包的拉环。

手抛伞很快就打开了，开伞位置距离地面还有三四百米，时机的选择显然是太早了一些。但这样的高度已经比别人的状况理想多了，因为这时候，另外两名组员的降落伞还在八百米以上晃悠呢。

几乎就在开伞的同时，蔡智诚感觉到了强劲的风力，一股来自西南方向的气流正把他的降落伞向北面推去——从一般规律而言，冬季的华中平原通常是刮北风的，所以伞降小组在不了解地面风力的情况下就选择了从战场的东北角离舱。因为这样既可以利用飞机航行的惯性，也可以借助东北风的吹送向包围圈中心移动，正好可以落在空投点的附近——可谁知道，1948年12月10日的上午，双堆集的天空刮起的居然是西南风！

这下子可就麻烦了。抬头望去，高空中的两朵伞花正斜斜地飘向北边的解放军阵地方向，蔡智诚一眼就断定他俩已经没救了。

上世纪40年代的降落伞虽然已经配备了方向操纵装置，但效果其实是十分微弱的，伞降的轨迹主要还是取决于空中的气流。特别是像绳拉伞这样的主伞，伞面是圆的，投影面积接近七十平方米，遇到气流就乱飘，遇到上升气流甚至还会往上飞，抵御风力的能力非常差。所以按照当时的规定，风力4级（和风，每秒6米）以上就不能实施伞兵空降。而在12月10日这天，蔡智诚他们遇上的竟是每秒10米的5级劲风！

迄今为止，能够有效抵御每秒10米风力的只有翼型伞（这种运动伞是上世纪70年代才发明的，蔡智诚当然没有用过），而40年代的手抛伞是圆形的，它的伞面只有二十平方米，受风力的影响不像主伞那么明显，而且由于伞面小，操纵索可以更容易地改变伞布的形状，所以操纵性能比大伞要好一些。

降落伞的操纵原理其实很简单——当拉下伞布一侧的时候，空气就会从朝上翘的另一侧排出，降落伞在反作用力的作用下就朝着倾斜的一方飘移。所以一拉左边绳子降落伞就往左边跑，一拉右边绳子降落伞就朝右边跑。（两边一起拉？你不想活啦？！）

也别说，蔡智诚当时确实就是两边绳子一起拉的。

由于风力过大，操纵方向已经失去了意义，降落伞无可控制地朝着北边飞去。在这种情况下，唯一有可能避免被俘的办法就是尽量加快降落的速度，在飘到解放军阵地上空之前就落到地面上。于是，蔡智诚只好孤注一掷地同时拉下了两侧的操纵绳。手抛伞的伞面本来就小，再把四角朝下一拽，空气阻力面就更小了，降落伞立刻呈半坠落的方式往下掉，并且出现了摇摆和旋转现象。这在伞兵的术语里叫做"侧滑"。根据条例，侧滑的速度不能超过每秒12米，而且伞降人员必须在150米高度以上改出侧滑。但蔡智诚这时已经顾不上那么多了，他在80米的高度仍然没有放手，下坠的速度达到了每秒30米以上。

说实话，蔡中校之所以如此玩命，并不是因为具有"党国文天祥，摔死不投降"的决心，他实在是没有办法——从飞机上蹦出来的三具降落伞中，只有蔡智诚最接近地面。人家步兵打伞兵的习惯从来就是"打低不打高"，所以地上的步枪机枪全都对准了这倒霉蛋。而蔡伞兵在空中的位置又正好处于解放军阵地的前沿。等他下降到二百来米的高度时，解放军发觉想抓住这个俘虏恐怕有点玄了，当即就开了火。顿时，半空里的弹雨横飞，二十平米的伞面立刻被穿了十七八个洞，要不是降落伞正在侧滑，而且又摇摆又旋转的，蔡教官也许早就被打成了筛子。所以，在这么多催命的子弹面前，他怎么敢放松下降的速度。

虽然没有被打死，但弄不好却是会摔死的。伞兵规定的安全着陆速度应当控制在每秒八米以下，但蔡智诚此时已经超过了上限的三倍。他自己十分清楚这样摔下去会有什么后果，所以也在拼命地寻找着救命的方法。正当降落伞距离地面只有八十米左右的时候，他发觉右前方出现一片反光，好像是个水塘，于是立即就松开了左操纵索，孤注一掷地朝着右边俯冲过去……

幸好，那里还真是个水深一米多的池塘，蔡智诚一头扎进了塘底。等他再从水里面爬出来的时候，从头到脚全是腥臭的淤泥，活像一只黑色的落汤鸡，先前的那副"能够代表陆军总司令部"的漂亮军容也就彻底失去了踪影。

池塘边上围满了国军官兵，个个脸上都带着幸灾乐祸的表情。

蔡智诚问："这是什么地方？"

"杨围子。"

"你们是哪个部分的？"

"第14军。"

"这里离兵团部有多远？"

"四公里，可是现在过不去。"

虽然暂时去不了第12兵团部，但毕竟只有四公里的距离了。

蔡智诚解开身上的背囊，发现里面的发信机完好无损。可当他抬头仰望天空的时候，却看见那收信机、共用器以及收缩天线之类的东西已经飞得越来越远，渐渐飘到解放军那边去了……

说到伞降和气象的关系，想说几句题外话。

大家都知道，2008年汶川地震期间，解放军曾经在茂县实施过伞降。当时有报道说，15名伞兵使用"翼型伞"在茂县实施了空降，而装备"圆伞"的其他93名官兵则随机返航了——就这件事，马甲我胡乱分析一番：

"翼型伞"是新型滑翔伞的一种（现代跳伞运动都使用这种伞），它也属于手抛伞。而所谓的"圆伞"则是传统的绳拉大伞，现在都带有牵引伞。

从现场的电视画面上看，先期跳伞的15名伞兵其实都配备了两副伞包，胸前带着小伞，身后背着大伞，而且舱门处还挂了牵引钢索，伞兵出舱0.9秒，牵引伞就打开了……这说明先头分队在伞降开始时使用的也是绳拉的圆伞，只不过这些圆伞在随后的下降过程中被甩掉了，伞兵们最终还是抛出了翼型伞。

之所以出现这样的情况，我估计多半是因为遇到了强劲的气流。

茂县空降是在无地面指引的环境下实施的，伞兵对地形和气象条件在事先并没有准确的预知。因此，先期跳伞的分队就要担负两项任务，一是调查地面情况，向中央报告灾情；二是侦察空中气象，向后续部队发出行动指令。在这种情况下，如果条件许可，先头分队肯定会坚持使用主伞（圆伞）完成整个空降，而一旦他们不得不抛出抗风性能更好的翼型伞，也就意味着后面的大部队不可能再实施空降了。

翼型伞是目前各类降落伞中抗风性能最好的一种，但和其他手抛伞一样，它的伞面小、负载能力比较弱。先头分队执行的是侦察和联络任务，空降时只需要携带电台就行了，所以丢掉圆伞改用翼型伞是可以的，但后续的93人却不能够这样了。

这不是说那93人不会使用翼型伞（那也未免太小看我们的解放军了），问题的关键是这93人应该属于真正的救灾应急部队，他们必须配备相应的救援工具，这就非得使用圆伞不可。圆伞的伞面大，负载能力强，但大伞抵御风力的能力差，如果地面的风速过大，他们就没有办法了——通常情况下，从4000米高度开伞后的滞空时间大约为十五分钟。茂县空降的高度是4900米，圆伞如果遇到四级以上的侧风，在这十几分钟里会被吹出去五六公里远。这在崇山峻岭之间几乎就是一整天的路程。而如果遇上了乱流，降落伞群更会飘得七零八落，在短时间内根本无法集中起来，所以，是气象条件决定了使用主伞的后续人员只能返航。

退一步说，即便放弃救援工具，让后续的93人轻装上阵，全都使用翼型伞降落，这也是不现实的。因为翼型伞的抗风能力强、机动好，但它需要的活动空间也就特别大。大家知道，在跳伞运动中（用的全是翼型伞），十人以上的集体项目都属于世界级高手的动作，而且还必须在气象条件非常好的条件下才敢玩，持续的时间也不会超过十秒钟……大家也能注意到，茂县空降先期跳伞的15个人虽然技术绝对是全军最顶尖的，但他们也必须分成两拨出舱。这是因为翼型伞遇到强劲气流时是必须在天上"乱窜"的，如果队形密集，拉不开层次，就很容易出现搅拌、碰挂现象，在空中打起架来，这无疑是十分危险的事——15个人的先头分队尚且如此，93人的大部队就更加麻烦了。因此，上级让后续人员返航是十分明智的选择。

　　伞兵的空降行动总是与气象条件有着密切的关系，现在如此，过去就更是如此了。

第三十九章 杨围子

　　池塘里的水不深，污水的底下是厚厚的一层淤泥。蔡智诚从空中扎进泥塘，虽然保住了性命，但右手的尺骨却骨折了。当他从乌黑腥臭的泥浆里爬出来的时候，四周围已经聚满了好奇的眼神——这也难怪，"从天上掉下个大活人"的景象毕竟不是随便什么时候都能够见到的。

　　"这是什么地方？"蔡智诚问。

　　"杨围子"……"杨圩子"……"杨家庄"……池塘边的人七嘴八舌地报出了一大堆地名。

　　"你们是哪个部分的？"

　　"14军的"，这次的回答倒很干脆。

　　"咦？你们是贵州人？"蔡智诚忽然发觉这些士兵讲的是自己的家乡话。

　　"那当然，我们是85师255团。"

　　……

　　池塘所处的地方叫做杨围子（或者杨圩子、老杨家、杨庄……），这是个只有几十户人家的小村落，当时并没有确切的行政名称。在1948年的12月初，这里是黄维兵团第14军军部的所在地。

　　国民党第14军的首任军长是卫立煌，在国民党的嫡系部队中，这路人马与共产党的关系算是比较特殊的——抗战之前，他们追剿红军十分卖力，愣是把鄂豫皖根据地的首府整成了"立煌县"；抗战时又和八路军非常友好，不仅给115师提供弹药而且还跑到延安去搞慰问，害得卫立煌被戴上了"亲共"的帽子；抗战之后却再与解放军杀得你死我活，从西北、华东一直打到华中、华南，共产党的四大野战军全跟他们交过手（四野在广西打的是重建的14军）。

　　在淮海战役期间，第14军其实并不满员，他们虽然号称一个军，实际上只有四个团，是黄维兵团中人数最少、实力最弱的一支。①

区区四个团顶着一个军的大帽子，自然是很不经打的。战至12月10日，杨围子村里建制完整的部队就只剩下了85师的255团。

85师的老底子是黔军第43军，首任师长是遵义人陈铁②，官兵也大多来自于贵州。蔡智诚的表姐夫刘眉生③在抗战期间担任过这个师的团长，在忻口会战中牺牲了，所以他对这支队伍并不陌生。

255团团长李剑民上校也是遵义人，他和蔡中校交谈了几句，发现两人之间居然还有点拐弯抹角的亲戚关系（李团长是小蔡的妻子的姑父），当即十分开心，立刻就用棉被裹住蔡智诚，把他连人带电台都送到军部去了。

14军的军部设在一所民房的背后，是一个七八米深的地洞，洞口被前面的房屋遮挡着，解放军的观察哨看不见，炮火也打不进来，既隐蔽又安全。地洞里面十分宽敞，墙上挂着煤气灯，桌子和椅子上摆着军用地图和其他一些乱七八糟的东西，旁边还有几张行军床。14军副军长谷炳奎④就在这些桌子椅子和行军床之间转来转去，一边听着蔡智诚的汇报，一边不停地报以冷笑："哼哼，说得好听……风往解放军那边吹，你管不了，人往解放军那边跑，你也管不了。天上和地下一个样，你们都能找到借口……"

谷副军长的猜疑其实是有原因的——因为就在头一天的晚上（12月9日夜），据守小王庄一线的85军的五个团以及军直属部队在23师师长黄子华的带领下全体投诚，把阵地移交给了解放军。这样，连同11月27日起义的廖运周110师，

①14军原本下辖第10师、第83师和第85师，共计三个师九个战斗团零一个补充团。1948年9月，83师调往陕西榆林（后转山西，在太原战役中被全歼），国防部因此另给了一个303师的空番号，指定的编练地点在湖南耒阳县。而当时的14军驻扎在河南省驻马店，所以就派遣10师30团、85师253团和军直补充团到湖南去整训新兵，计划是"派去一个师，带回来两个师"。但到了1948年11月，14军受命紧急驰援徐州。正当部队集结的时候，"华中剿总"白崇禧长官却扣住了湖南耒阳的人马不肯放回来（这些部队后来编进桂系集群，在广西战役中被歼灭）。新上任不久的熊绶春军长无可奈何，只好带着10师的28、29团和85师的254、255团披挂上阵。

②陈铁，贵州遵义人，黄埔军校第1期毕业，历任国民党军营长、团长、第14军第85师师长、第14军军长、第5集团军副总司令、第4集团军副总司令、第19集团军副总司令、第1集团军副总司令、东北"剿总"副总司令、第8编区司令、贵州省绥靖公署副主任等职，1949年底率部起义，解放后任西南军政委员会委员、全国政协委员、民革中央委员等，1982年病逝。

③刘眉生，贵州遵义人，黄埔军校第5期毕业，参加过北伐，历任国民党军连长、营长、贵阳城防司令部参谋主任、85师253旅510团团长，1937年在忻口会战中阵亡，死后被追授为陆军少将。

④谷炳奎，湖南耒阳人，黄埔6期生，毕业后历任国民党第10师连长、营长、团长、旅长、师长、14军副军长、代军长，淮海战役中脱逃，任第10军军长，1949年底去往台湾。

第85军的三个师八个团（216师只有两个团）居然在十天之内就全部"叛变"了，只给吴绍周留下一个尽是伤兵的军医院。

部下集体叛逃，身为12兵团副司令兼85军军长的吴绍周①当然难辞其咎。吴绍周是贵州人，蔡智诚也是，但蔡贵州并不认识吴贵州，跳伞的人与85军也没有什么关系。吴军长的部下跑了属于"人祸"，蔡教官的部下飞了属于"天灾"，两者根本就不是一码子事。可谷炳奎现在非要把他们扯到一起指桑骂槐，这就难免让蔡智诚觉得十分不痛快。

于是，在军部地洞里憋了一肚子气的蔡贵州就去找自己的老乡发牢骚。他原本还觉得在私底下埋怨别人的上司有点不太合适，却没想到李剑民拍桌子摔板凳的，骂得比他更凶。

255团的团部里面除了李剑民，还有254团的团长何玉林，也是个贵州人。据这两位团长介绍：第14军是9月份才由"整编第10师"恢复军的番号的。当时，整编师的副师长熊绶春升任军长（前任师长是罗广文），副军长的职位本来拟由85师师长谭本良②接任。谭本良的资格很老、声望也够，但他却是贵州讲武学校毕业，所以这个提名到了黄维那里就没能通过，最终还是让黄埔出身的10师师长谷炳奎担任了副军长。于是乎，谭师长一气之下就跑回贵阳老家生病去了，85师只好临时由副师长吴宗远（中央军校10期生）负责指挥。

踏入淮海战场之后，10师和85师交替担任14军的前锋和后卫。刚开始的时候还算正常，但后来，部队先是在浍河南岸遭到解放军突袭，辎重和行李全部丢了，接着又在李围子吃了败仗，10师师长张用斌负重伤、29团团长郑汝弼阵亡……于是，兵团部传令："第14军军长熊绶春指挥无方、撤职查办，由副军长谷炳奎代理军长职务。"③

---

①吴绍周，苗族，贵州天柱县人，贵州讲武堂第5期毕业，历任黔军排长、连长，国民革命军第10军营长、30师第3团团长、110师师长、13军军长、85军军长、第9集团军副司令、第2兵团副司令、第12兵团副司令兼85军军长，淮海战役中与兵团司令黄维一起被俘，送华北军区教导队学习改造，1952年由华北军区资遣至湖南长沙定居，1962年经中共湖南省委统战部提名为湖南省人民委员会参事，1966年病故于长沙。

②谭本良，贵州普安人，贵州讲武堂毕业，历任85师连长、营长、团长、旅长、14军参谋长、85师师长，淮海战役中所部被歼，他却因为回家养病得以身免，后出任贵州第3区行政专员兼保安司令、黔西南绥靖司令，1949年底率部起义，1974年病逝于贵阳。

③在这个通令中还有一条："兵团副司令胡琏免兼18军军长，由副军长杨伯涛代理军长职务。"——因此，熊绶春临死的时候已经不是14军军长，而杨伯涛的18军军长也只不过才当了半个月。

谷副军长走马上任，但他的第10师已经差不多打光了。这时候14军里还能打仗的只剩下85师的两个团，其中255团负责守卫杨围子，254团随85师师部在北面的沈庄担任外围防御。12月初，254团连续顶住了解放军的多次进攻，但代理师长吴宗远也身负重伤。按道理，这时候怎么都应该让85师的人继续指挥才对，可谷炳奎却硬要让10师28团团长潘琦来接替师长。结果搞得一帮贵州兵很不服气，不仅很快丢掉了沈庄，就连刚上任没几天的潘师长也做了俘虏。[1]

实际上，刚到杨围子的蔡智诚对14军的情况并不了解。只不过当时他的身上很冷、胳膊很疼、心情也很不爽，所以很想找个机会发脾气，既然有亲戚和老乡们愿意陪着他起哄，他也就乐得跟着乱骂一通。

隆冬腊月，华中平原上寒风刺骨。255团的团部里点起了一堆火，生火的材料是从坟地里刨回来的棺材板，又硬又湿，弄得满屋子尽是呛人的浓烟。蔡智诚坐在火堆边上烘烤衣服，他那件沾满淤泥的军装已经不能穿了，李剑民给他找了一件灰色的棉袄。在当时，14军在战场上全都穿着这种"战斗服"，除了头顶上有个帽徽之外，身上就再也找不到任何军衔或者兵种标志。

按道理，国民党军的战斗服虽然不佩挂领章和肩章，却依然是有等级符号的。它的胸口部位应该缝着一个标明身份的布牌子，将官的套红边，校官套黄边，尉官套蓝边，士兵的胸牌是黑边，而且胳膊上还必须有个注明部队番号的臂章。但第14军却早已经把这些标志统统拆掉了，当官的和当兵的全是一个模样。再加上连续征战许多天之后，每个人的脸上都是胡子拉碴的，因此也就更加分不清谁是谁了——这样的做法就会导致一些意外。比如前几天，10师师长张用斌在前线督战。当时阵地上的情况十分混乱，谁也不知道他是什么人。张用斌只好一边走一边嚷："我是师长！我是师长！"结果喊着喊着就被解放军听见了，人家解放军用机关枪打了个招呼，"嘟嘟嘟"，张师长就变成了张铁拐……

---

[1]说明一下：一、丢失沈庄的责任其实并不能赖在谷炳奎的身上。最后一次"沈庄攻坚战"发生在1948年12月8日，攻击部队为中野4纵（陈赓部）第10旅的29、30团，13旅38团和22旅的66团。四个团打一个团，别说是让潘琦指挥，就是请拿破仑来当师长也照样是要完蛋的。二、有材料把潘琦说成是"10师代师长"，错了。潘琦是10师的团长，他代理的却是85师的师长——这大概是因为85师在几天之内接连被俘虏了两个"代理师长"（吴宗远和潘琦），而第10师却一个师长也没有被抓，所以才会发生这样的误会。相对于同在黄维兵团的10军、18军和85军而言，现有资料对淮海战役中有关第14军的介绍比较少也比较乱。究其原因，或许是由于其他三个军的六个正副军长统统被俘虏，所以他们有足够的精力进行反省、研究和争辩，而14军的军长一个阵亡、一个脱逃，结果就没有人撰写回忆录了。

在蔡智诚的观念中，军官对荣誉的态度在很大程度上决定了军队的品质。临离开南京的时候，方先觉将军也再三强调"困境中的军队最重要的是保持秩序和尊严"。然而，自从在14军军部看见谷炳奎军长居然也穿着和普通士兵完全一样的灰棉袄，蔡教官立刻就明白，杨围子村里的这支队伍已经完蛋了。

这时候，杨围子阵地的东面、北面和西面都受到解放军强大兵力的压迫。在西北方向，中野4纵10旅的28、30团以及11旅的32团和13旅的38团正蓄势待发；在东面则是新换上来的生力军，中野9纵（秦基伟部）27旅的79和80团。

当时，守军对攻击方的兵力部署情况十分清楚。这倒并不是因为国民党的情报工作做得好，而是由于人家解放军根本就没打算隐瞒。从早到晚，对面坑道里的铁皮喇叭一个劲地嚷："14军的弟兄们，我们是某纵某旅，你们已经被包围了……"、"优待俘虏！不杀不辱！我是某旅某某团，奉劝你们赶快缴枪投降……"、"某纵某旅宣传队，现在宣读告蒋军官兵书……"、"张老三！我是李老四啊，我现在参加某纵某旅某某团了！这边有吃的有喝的，你也快点过来吧！"……各种各样的声音不绝于耳，让人想不听都不行。

如果喊话声突然停止，那就说明解放军立马就要开炮了。4纵和9纵在东西两边各布置了一个炮兵连，八门化学炮（重迫击炮）轮流发射。炮弹在杨围子阵地上将过去将过来，一打就是个把小时。国民党兵被逼得躲在地洞里不敢动弹，解放军就趁机在外面挖战壕。等炮火停息之后再听广播宣传，那铁皮喇叭的喊话声又靠近了几十公尺。

"解放军的大炮真是厉害……"

"那有什么办法，要怪也只能怪我们自己。先丢了开封，让人家拿着开封的大炮去打济南；打下济南，又拿着济南的大炮去打徐州；现在连徐州也丢了，全部的大炮都拿来打我们，这样下去谁还能吃得消。"

确实是吃不消。14军的炮弹早就用光了，炮兵们守着废铁一样的大炮无可奈何，他们的武器早晚也要交到解放军的手里。特别滑稽的是，包围圈里的国民党兵还不敢随便破坏这些没有用处的装备。因为人家解放军已经通过铁皮喇叭叮嘱过了：凡是"破坏武器弹药及其他军用器材者"一律按战犯处置（解放军总部1948年11月1日发布的《惩处战犯命令》）。也就是说，在战场上抵抗一下倒还没有啥关系，可毁坏东西就不能原谅了——国军这边无论当官的还是当兵的个个都希望日后能够享受到"优待政策"，所以谁也不敢轻易违犯共产党的规矩，只好乖乖地把那些宝贝给解放军留着。

让蔡智诚十分纳闷的是,解放军怎么会有那么多的弹药和兵力——根据以往的规律,攻击部队所携带的弹药基数顶多也就能够使用七到十天,防守部队通常只要撑过这段时间基本上就可以过关了。而这一次,解放军是大兵团的外线作战,并且又没有铁路或者空中的运输补给条件,可是大仗打了近一个月,他们却依然显得兵员充足、物资充沛,丝毫没有懈怠的样子,这真是叫人百思不得其解。

和两位团长老乡商讨这件事情,何玉林和李剑民也觉得想不通。大家琢磨来琢磨去,总觉得解放军无论如何都应该是强弩之末了,如果再支撑两天或许就有可能出现什么转机。

按照蔡智诚的看法,战场的形势虽然十分被动,但如果弹药充足的话,第14军再坚守个两三天应该是没有问题的,因为杨围子的防御工事建造得确实非常完善。

杨围子村的东西长150米,南北宽不到100米,地势平坦,西边是一片坟地,东南角上有个水塘。14军在村子周围筑起了高度和厚度均为1.5米的寨墙,寨墙之内以四个母堡为防御核心,每个母堡又由四至六个子堡拱卫,共同组成了内线阵地;寨墙之外是3米宽、2米深的壕沟,再往外是纵深一百多米的外围阵地。那里不仅构筑了梅花地堡、暗堡和三角型堑壕,并且还在各种工事的前沿设置了鹿砦和地雷。内外防御体系由交通壕和盖沟(暗壕)密切连接,兵力运动便捷,可以相互策应,在火力配置上则采用正射、侧射和倒射打击组成交叉封锁网,使整个阵地表面没有任何射击死角。

防守阵地的除了255团,还有14军军部直属队和第10师的残余人员,总共大约一千五百人左右。以杨围子村的面积而言,这样的兵力并不算少。可问题是部队严重缺乏弹药,炮弹和手榴弹完全告罄,各种枪弹也所剩无几,步枪兵的子弹平均下来还不到二十发。以这样的军需状况,别说是坚持三两天,就是再守两个小时都有点靠不住。

仗打到这个时候,战场的补充完全依赖空中运输,整个第12兵团都缺少弹药。双堆集的空投点设在18军的地盘上,后方送来的粮食和弹药全都掌握在"土木系"的手里,分配物资的时候就显得亲疏有别——弹药和粮食首先满足18军,其次再分给由18军派生出来的第10军。而14军和85军都属于"旁门另派",只好看人家的脸色求一点施舍。先前,14军军务处的蒋汉廷处长到双堆集去讨要弹药,刚走到半路就被18军用冲锋枪顶了回来。东西没拿到还挨了一顿臭骂,蒋上校气得直跳脚,差点没把队伍拉出去搞火拼。

其实,空投场地就在杨围子的西南角,距离14军并不远。但18军却把那片区域设成了自己的禁区，根本不许其他部队靠近。这样一来，各部队与18军之间的矛盾越来越大，当解放军准备封锁空投场的时候，14军也就放任不管——自从攻克沈庄之后，解放军就不停地挖战壕，那工事从杨围子的西北逐渐延伸到了西南。本来，如果14军的弹药充足一点、或者他们多少能够发扬一点协作精神，只要主动出击一两次，解放军的战壕也就不至于挖得那么顺利。可这帮家伙却只顾着跟18军赌气，愣是眼睁睁地看着中野4纵把坑道从沈庄一直挖到了空投场上，结果是"我的退路被隔断了，你们也别想再得到粮食和弹药！"

　　战事险恶、军情危急，包围圈里的国民党部队之间不仅在地理上被分割阻断，在心理上也存在着严重的隔阂。派系的纷争加剧了内耗，绝境中的官兵的士气愈加显得低迷。

　　12月10日下午，双堆集方向的国军部队向空投场附近的华野4纵发起反击。双方在杨围子西边不到一公里的地方噼里啪啦地打了两个钟头，可14军却始终袖手旁观，就好像这近在咫尺的战斗完全不关他们什么事似的。

　　14军不愿意去配合"土木系"。不过，在蔡智诚看来，同属于"土木系"的18军和第10军之间的配合也并不默契。本来，装甲部队在进行堑壕争夺战的时候，应该由步兵在前面搜索攻击，战车在后面实施火力压制对村。可第10军的步兵们却远远地躲在坦克的背后，距离突前的先锋足有二三百米。而18军的那些战车也没有摆出攻击时应该采取的楔形阵势，他们排成纵型的侦察队列，彼此的间隔拉得很开。这样就只有一辆坦克突在最前面，根本无法冲开堑壕的防御。

　　而解放军方面却是铁了心的要守住阵地。坦克刚接近战壕，华野4纵的战士们就抱着麦秸垛子冲了出来。那些M3A3是使用汽油的，最怕火，打头的坦克几乎立刻就被"巨大的火把"包围了，其他的钢铁怪兽也被撵得到处乱跑。而跟在后面的步兵这时还远在百米开外，既冲不上来也退不下去，完全暴露在阻击阵地的火力打击之下……如此折腾了两三个回合，第10军的一个营就报销了。

　　反击部队无功而返，在杨围子"观战"的官兵们也显得无可奈何。蔡智诚问李剑民："照这样下去，你打算怎么办？"

　　"怎么办？守在这里，拼光打尽"，李剑民的回答十分简单。

　　"固守原地，拼光打尽"是12兵团的政策。在双堆集包围圈里，除了18军之外，其他部队的位置都是固定死的，谁也不许擅自移动。85师254团1营长金泽（遵义人，中央军校16期生）就是因为一不留神跑到了第10军114师的地盘上，结果被军法处抓去枪毙了。黄维司令还将他作为"典型案例"通报给全兵团，搞得85师的其他人再也不敢随便乱动——用李剑民团长的话说就是"前头没出路，后头没退路，只有坐着等死"。

事实上，虽然没有出路和退路，但活路还是有的。在那段时间里，解放军每到天黑之后都要释放一批俘虏，他们总是让俘虏带回来许多劝降信。这些信函有的是指名交给某位长官的，有的则没有写抬头，但信件的落款却都是中野的政治部主任张际春。国民党的军官只要有了这封信，能拉队伍"反水"就算作是起义。实在不行的话，自己缴枪也算是投诚。

杨围子里的255团还剩下千把号人马，团长李剑民多少还有点"起义"的资格，但他并没有打算这么做。在私底下，李团长倒是给蔡智诚预备了一封"保命信"，并且叮嘱说："我们是强盗大学毕业的，拼死了就算，你是正规文化人，打完仗还有自己的前途，不必把性命浪费在战场上。"——那意思是让蔡大学生趁着夜色跑到共产党那边去投诚。

这让蔡智诚非常犹豫。从常识上判断，他知道杨围子绝对是守不住的，能够在解放军发起总攻之前及时投诚当然是一条求生的良策。但是，经过多年的军旅生涯，特别是在伞兵部队里接受的"党化教育"又使得他难以做出临阵脱逃的举动。思想斗争了很长时间，他最终还是决定留下来听天由命。

夜幕降临了，对面的解放军停止了炮击。杨围子阵地上顿时安宁了许多，在坑道里蜷伏了一天的国民党兵们纷纷走出藏身的工事——现在是"放风"的时间。

255团团部的边上就是14军的战地医院，那是一条两米来宽、一米多深的壕沟，士兵们把挖掘出来的泥土堆积到壕沟的两侧，希望借助土墙的掩护为伤兵遮挡四下飞溅的弹片。医院里没有床位、没有绷带，也没有任何药品，伤员们全都躺在潮湿的泥地里。有的人被霜雪覆盖着，那说明他已经死了，有的人则还在大声地哀嚎："痛啊……惨啊……"军医在壕沟里跑来跑去，所能做的只是给伤员喂一点水。就如同部队守不住阵地一样，他们和死神之间的战争也是毫无胜算。几个女医助拿着纸和笔，借着马灯的光亮帮伤兵们写信，写完之后就塞在伤兵的衣兜里，不知道由谁去投递，更不知道什么时候才能交到他们亲友的手中。

空地上生起了几堆篝火，炊事队的人正在那里煮马肉。杨围子的军粮已经断绝了，14军宰杀了辎重队的军马，官兵们吃的全都是这个玩意儿。就餐的人群之中还混着一条几个月大的小狗，这小土狗胖乎乎的，模样十分可爱，无论是什么人招手，它都跑到跟前去摇屁股。据说，14军退到杨围子的时候，整座村子逃得只剩下了这只小狗，它也就理所当然地成为了"地主代表"。每次遇到炮击的时候，阵地上总有七八个地方在喊："小地主跑到哪去了？小地主藏好没有？"好像非得把这个小东西隐蔽好了，大家才能安心地躲炮弹。

吃饭的时候，熊绶春中将也来了。这位已经被撤职查办的前任军长站在篝火前面微笑着询问："怎么样，马肉的味道还可以吧？"

有的人不吭声，有的人则附和着回答："还不错，蛮好吃的。"

"不好吃也要吃啊"，军长鼓励说，"大家再坚持一下，空军很快就给我们送粮食和弹药了……"虽然这很明显是句假话，但也并没有谁去戳穿它。

李剑民团长向熊绶春介绍："这位是蔡智诚中校，今天刚刚空降下来的。"

蔡中校的右手正打着夹板，他没有办法敬礼，只好鞠了个躬："报告师长，我是在松山入伍的，是你的老部下。"

熊绶春立即握住蔡智诚的左手，亲切地招呼道："很好很好，谢谢你的帮忙。"

这一切和当年的情形是多么的相似啊。同样的动作，同样的话语，同样是在贵州人的队伍中，同样是大战之前的低沉的语调，同样是没有敬军礼而是鞠躬、握手，熊绶春的手也同样是那样软软的、湿湿的……但是，当年志气昂扬的蔡新兵如今已成了精神低迷的蔡中校，当年那个被架空的熊师长如今已成了被撤职的熊军长。战场的形势也颠倒了过来，他们所在的部队不是在攻击对手，而是被对手围在了狭小的包围圈里，既没有粮食也没有弹药、既没有前途也没有退路，成天被铺天盖地的炮弹压着打，就像当年松山上的日军一样。

熊绶春很快就离开了，从背影上看，他的步履比以前苍老了许多。但蔡智诚却发现，这个面容憔悴、外表十分虚弱的人却佩带着领章和肩章，他是第14军之中唯一戴着大盖帽、穿着常礼服的军官。

夜深了，杨围子村里燃起了堆堆篝火，寒夜中的士兵们都围坐在一起取暖。

探头望望四周，解放军那边也亮起了点点火光。那些光亮密密麻麻地连成一片，把14军的东面、西面和北面围堵得严严实实。晚风吹过，从对面的阵地上传来了阵阵笑声和欢呼声，蔡智诚不免有点儿担心："不知道解放军会不会发动夜袭？"

"放心吧"，李剑民苦笑了一下，"他们明天白天的时间足够，犯不着在晚上费这个工夫"。

是啊，明天……

对解放军而言，明天将会是他们的胜利日。而对杨围子村里的国民党兵来说，到底还会不会有另一个明天呢？

第四十章 激 战

蔡智诚的任务是给战车部队送电台,但他并没有能够完成这项差事——地空电台总共被分成了三摊,最后落到国军地面上的却只有一台发信机。这玩意儿连电源和天线都没有,当然也就不可能和天上的飞机进行"联络"。而且,电台原本应该送往双堆集,交到18军118师的手里,但现在却办不到。杨围子的北面、西面、东面,甚至西南角和东南角都被解放军围得严严实实,只剩下正南方向还有一溜狭窄的通道。而那条"通道"从早到晚都被侦察兵和狙击手的眼睛盯着,没有重兵的掩护根本就别想冲过去。

无奈之下,蔡伞兵只好把发信机交到14军军部,自己留在255团听天由命。对他而言,这样的选择其实并不算太坏,因为反正不管跑到什么地方都是被包围,还不如跟亲戚老乡们混在一起更加痛快一些。

255团的团部是一座由民房改建而成的"母堡",地面以上是堡垒,地底下挖了个三米来深的大洞。12月10日的晚上,蔡智诚就住在这团部的地洞里。

"地下室"里除了蔡智诚,还有另外一位不速之客,他是宿县职校的彭晋贤先生。

宿县职校的全称是"安徽省立第四中等职业学校",这个学校现如今已经改成了"宿城一中",高考升学率在安徽省名列前茅,但在那时候却是一所培养蚕桑人才的农校,这彭晋贤就是专门研究桑树病虫害的老师。1948年的11月份,彭先生正在乡下搞田野调查,没想到宿县战役恰巧就在这个时候爆发。国共双方在宿州城外杀得烽火连天,老彭只好带着学生往南边跑。他原本是打算逃到蚌埠去的,结果却在浍河边上遇到了第14军,然后就和黄维兵团一起被困在了包围圈里。

从宿县来到杨围子,彭晋贤的几位弟子全都死于非命,有被子弹打死的也有被炮弹炸死的,还有一个更倒霉,被飞机上丢下来的一摞报纸给砸死了。这让彭老夫子受到了很大刺激，整个晚上，他一直神经质地喋喋不休：

"各位官长，我是研究农桑的，知道么？'犊健戴星耕白水，蚕饥冲雨采青桑。'斯农桑之业，乃民衣食之源、国富强之本，所谓不待耕而食、不待蚕而衣，则无所事焉。古人云，国以民为本，民以衣食为本，衣食以农桑为本，诚如是也……诸位大人，我不想看你们打仗，我只想去看桑树，'十亩之间兮，桑者闲闲兮，十亩之外兮，桑者泄泄兮'。常言道，劝农者为善，好战者不祥，你们两军交锋，把桑树砍光了、把乡民赶跑了、把我的学生也打死了，这又是何苦来哉……夫争国家者，取其土地人民而矣，虽得土地而无民，其谁与居？呜呼！征伐连年，世无宁日，实乃吾国之大不幸也……"

寂静的夜里，只有彭老夫子始终不停地唠唠叨叨，而其他人却都默默不语。蔡智诚明白，如果可以选择的话，地洞里的每个人其实都愿意离开战场跟着彭老头去看他的桑树，但这却是根本办不到的。所以，一帮军官只好以沉默来表示自己的无奈，用这种无言的方式传达着"好战者"对"劝农者"的歉意。

那天晚上，彭先生弄得大家都没有睡好。蔡智诚在被窝里听了大半夜的"农桑辑要"，干脆爬起来看《福尔摩斯探案集》，结果这一看还就看上了瘾。

那"福尔摩斯"人概是彭先生某位弟子的课外读物，全套12册。254团何玉林团长捧着本第2集读得津津有味，蔡智诚又从行李堆里翻出了第5集——书的扉页里夹着一张宿县职校图书馆的书签，看来这培养农业人才的学堂还真是够开明，不仅实施农桑教育，还十分鼓励学生在侦探方面的兴趣。

幽深的地洞里不见天日，何上校和蔡中校在昏暗的油灯底下被柯南道尔弄得如痴如醉，等到李剑民团长喊他们上去吃东西的时候，才发觉已经是12月11日的上午9点多钟了。

俩人爬出洞口，何玉林在观察口前张望了一下，诧异地说了句："咦？解放军今天没有喊话也没有开炮哦？"然后又接着看他的福尔摩斯。蔡智诚也忙着翻书，一边看还一边颇不耐烦地责怪李剑民："你少在窗口晃来晃去的，挡光遮亮，我这里还没有找到凶手呢。"

李团长被两个福尔摩斯迷气得无可奈何，"在这个地方还用得着找凶手？我们一屋子人，除了种桑树的彭先生，个个都是杀人犯"。

"是不是凶手，自己说了不算"，何玉林虽然只读了半本书，但学问却已经提高了一大截，"看看这一段——'在当今世上，你做了什么并不重要，重要的是别人认为你做了什么。'按照小说家的观点，你老哥只晓得端起机枪嘟嘟嘟，顶

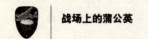

多只能算个杀手，比起书上的人物还是不够凶。"

一席话惹得满屋子哄堂大笑。但就在这个时候，外面的大炮响了。

"呜——呜——呜——"

上午10点，头一轮炮弹从北面飞来，首先打破了战场的寂静，那弹头划破空气，发出有点像是女人哭嚎般的声音。大家知道，这种奇异的尖啸属于107毫米重迫击炮（化学炮）。但紧接着，又有更多的炮弹从各个方向打了过来，周围的爆炸声很快连成了一片。从这以后，蔡智诚就再也无法分辨炮弹的型号和落点，他甚至无法估计，到底有多少门火炮对准了这块长宽不过二百来米的阵地。①

杨围子村立刻就被炮火覆盖了，阵地上的一切完全笼罩在硝烟之中。

炮弹如成串的惊雷在四周炸响，密密麻麻，让人分不清先后、分不出远近。爆炸绽起耀眼的光亮，白色的、橙色的、蓝色的、紫色的……忽明忽暗，闪烁在人们的脸上，使每个人的面孔都如同鬼魅般的怪异。灼热的气浪卷着刺鼻的烟雾从窗口扑进屋内，熏得人几乎窒息。冲击波撞击着碉堡的四壁，在255团的团部漫起了沙石的风暴。

炮击刚开始的时候，团部里的人们还显得泰然自若。这一方面是因为大家都是久经战阵的老兵油子，胆子比较大；另一方面也是由于团部所在的"母堡"十分结实，大家比较放心——杨围子原本有近百幢民宅，第14军占据这里之后就拆掉了村里的大部分房屋，只留下最牢固的几间。国民党兵在民房外墙的四周垒起了重重沙袋，又在房顶上纵横交错地加设了多层梁木，把普通的砖房改成了坚固的堡垒，除非被大口径榴弹炮直接命中，否则是无法摧毁的。在当时，解放军的炮兵水平很一般，平常开炮只能打个大概齐，想要实施精确射击几乎是办不到的。所以，碉堡里的上校中校们都觉得十分踏实，一个个挺起腰杆装模作样，谁也不往地洞里钻。

但是，渐渐的，情况就不一样了。

炮击持续了个把小时，国军的耳朵都被震聋了，可解放军那边却丝毫也没有消停一点的意思。255团的作战参谋趴在观察口的边上，隔一会儿就转过身比个手势，李剑民根据他的手势在地图上做记号。蔡智诚凑到跟前一看，只见那张布

---

① 1948年12月11日上午，解放军中野部队从西面（4纵10旅28、30团）、北面（4纵11旅32团、13旅38团）和东面（9纵27旅79、80团）同时对杨围子发起攻击。其中东面的张围子方向配备山野炮三十二门，发射炮弹约三千发，另外两个方向的火炮数量不详。

防图上划满了叉叉和杠杠。几十分钟下来，杨围子的明碉暗堡被干掉了一大半，外围阵地上的火力点更是一个也没剩下。

蔡中校的心里顿时就凉了半截，他经历过帝丘店的围攻战，当然明白这情况将会意味着什么——失去了外围火力的掩护，解放军的榴弹炮就可以推到近前实施直瞄射击了！

果然，过了没多久，大炮弹就砸了上来。"哐！"的一下，屋里桌椅板凳全部被震翻，团部的碉堡摇晃得就像是暴雨中的小船。还没等大家缓过劲来，又是一声巨响，强烈的白光闪过，母堡正面的沙袋壁垒被炮火掀开了，蔡智诚只来得及做了个转身的动作就被气浪摔到了墙角。这下子，他再也不敢领教第三发炮弹，立刻抱头扑进了地下室。

何玉林已经躲在地洞里了，这家伙逃跑的速度真是快，难怪他的254团全打光了而他这个当团长的却能够毫发无损。彭晋贤先生蜷卧在角落里，浑身上下裹了两床棉被还依然一个劲地发抖。这老头从昨天起就没有上过地面，也不知道他已经在这里哆嗦了多长时间。

地下室里猫了七八个人，其中却没有李剑民。这时候，外面的爆炸声接连不断，气浪卷着破碎的砖石不断地从洞口处砸落下来，255团团部肯定已被解放军的榴弹炮摧毁。蔡智诚心想，他妻子的姑父多半也是报销了。

上午11点半，经过一个多小时的狂轰，解放军的炮击终于停止了。震动刚刚平息，蔡智诚就从地底下钻了出来。他看见先前坚固的母堡已经变成了一堆废墟，三面的围墙都倒了。幸亏从房顶上垮塌下来的圆木正好顶住了洞口边的残壁，否则，地下室的出口被埋住，洞里的人非被闷死不可。

废墟周围血肉横飞，到处是残缺不全的躯体。砖土堆里露出了两只脚，何玉林大声喊着："那双皮鞋是老李的！"然后伸手就拖。蔡智诚也跑去帮忙，俩人一使劲，结果只拔出个屁股来，腰以上的部位还埋在土里。蔡智诚懊恼得直跺脚："坏了坏了，应该先挖头部的，我把姑父搞死了！"何玉林说："别傻了，他的脑袋早就炸烂了，从哪一头开挖都没有用。"

两个人正在那里发愣，忽然听见有人喊"团长团长"，回头一看，却见李剑明好端端地站在他们背后，一点事也没有——原来，人家李团长的经验最丰富，早就知道母堡靠不住。第一发榴弹炮打上来的时候他就从后门跑了出去，先是顺着交通壕爬进子堡，在防弹坑里躲过了炮火，然后又到各处视察部队，已经忙活了好一阵了。

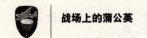

看见姑父安然无恙，蔡智诚松了一口气。

有人问："团长，你的身上全是血，是受伤了么？"

李剑明从衣服上扯下几块碎肉，气呼呼地说："三营长被轰死了，我没事。他妈的，刚开战就炸掉我一半人马，这个仗简直没办法打！"

没法打也得打。炮击停息之后，解放军就发起了进攻。

淮海战役期间，解放军的装备水平虽然有了很大提高，但在进攻的时候却依然是"炮停——开枪——冲锋号"的老一套，一时还达不到"五大主力"的那种"跟着弹幕往前走"的水平。这也难怪，步炮协同的培养需要长期的演练配合，对步兵和炮兵都有着极为严格的要求。而解放军的扩充速度快，基层官兵的养成时间比较短，虽然思想觉悟高、作战主动性强，但在战术协同方面还缺乏足够的默契，军事技术与国民党的老牌部队相比是有一定差距的。

按照蔡智诚的观点，如果单从训练水平上来讲，中野的一些主力部队甚至还比不上第85师。85师虽然是黔军底子，但在本质上却属于国民党嫡系，他们从中原大战时起就隶属于蒋介石的核心集团，十多年来一直保存着完整的编制，老兵多，防御作战的经验十分丰富。就拿先前的这一轮炮击来讲，如果换作新建队伍早就被炸垮了，可255团却没有乱。虽然表面工事被摧毁，但剩余人员依然躲在战壕里隐蔽坚持，等炮声一停再跳出来继续抵抗。

这时候，杨围子的外线阵地正处于激烈的攻防之中。

当时，解放军的攻击模式通常是"机枪在两侧掩护、步兵在中间猛冲"（即所谓的"人海战术"）。这样进攻的速度很快，也便于实现前点突破，但与之俱来的缺点是队形过于密集，进攻的线路十分容易被判断。当时，对付这种战术的办法有两个，一是尽快打掉进攻方的机枪阵地。蜂拥而上的"人海"如果失去了火力的掩护，其后果可想而知；二是尽量把攻击的队形打乱。"人海战术"在进攻的时候呈一个正梯形，梯形的两条边就是机枪射击的弹道，如果这个固定的形状被打散了，重武器就很难进行有力的掩护，攻击的效果也会遭到破坏。

但在12月11日的中午，85师255团却压制不住解放军的机枪火力。这是因为14军的迫击炮弹早就打光了，阵地上的主要据点又已经被炮火摧毁，255团的机枪和机枪手不是被炸得稀烂就是被埋在土里，只能靠步枪兵勉强支撑。反过来，解放军那边却给机枪加了"盾牌"。那盾牌是一米高、一米宽的双层木板，底下装轮子、里面填土、中间用竹筒做了个洞。解放军机枪手可以直接推着那玩意儿到开阔地上进行射击，而国民党兵却拿他们一点办法也没有。

发起首轮攻击的中野部队起码有两三个团,那些号手排成一长溜,把冲锋号吹得震天响。于是,攻击部队几乎没受到多大阻拦就杀进了外围阵地,把防御线上的士兵撵得直往后跑。在杨围子村里观战的蔡智诚们都知道这下子麻烦大了,如果不立刻制止住后退的势头,不仅外线阵地立马要丢,还会冲得内线阵地全面崩溃。

李剑明往自己头上扣了顶钢盔,骂骂咧咧地拎起一杆冲锋枪,"汉子死了卵朝天!军士队跟我上!"

255团的军士队有两三百人,它是按每个班抽三名士兵,每个连抽三名军官的比例组成的,也就是所谓的"种子"。通常情况下,这支队伍都被留在后方不投入战斗。但今天却不同了,如果顶不住解放军的突击,别说255团全部完蛋,就连85师和第14军也要一起报销。所以战事才刚开张,李团长就把这帮宝贝军士全都押了上去。

"种子"上阵,立竿见影,解放军攻击的进度明显地停滞了下来。

之所以出现这样的情况其实是有原因的——外线阵地的前沿是一片开阔地,进攻部队在那样的地方只要向前猛跑就可以。但冲进阵地之后却不一样了,地面上遍布弹坑和鹿砦,各种坑道和暗沟不仅数量众多而且全都是弯弯曲曲的,看上去毫无规律。如果事先不了解守军的布防习惯就往交通壕里乱钻,很容易东窜西走得搞错了方向。在这种复杂的地形条件下,攻击部队的建制被跑散了,而军士队又恰在这个时候冲杀进来。一帮老兵对阵地的情况很熟悉,单兵技术好、意志也比较顽固,几杆枪交叉掩护一下就能封锁一片区域,所以虽然人数不多,却不仅稳住了自己的阵脚还把解放军给打乱了。

解放军一乱,他们的轻重机枪也就失去了作用。那时候共产党的军服是灰中带黄,国民党的军服是黄中带灰,再到雪地泥浆里一滚,隔远了很难分得清楚。两边的识别标志都是在胳膊上系毛巾,而且还系的都是左手,头上的钢盔又是一样的,在战壕里你冒出来一下我露出来一下,解放军机枪手傻傻地看着,根本不知道该打哪一个才好。但这毕竟是两军交锋,如果杵得近了还是可以弄得明白——因为国军的头上顶着一颗青天白日呢——所以,战壕里的步枪、冲锋枪一直打得挺欢,搞急了还有拼刺刀的,那手榴弹的爆炸声就更是响个不停。

解放军有手榴弹,而且多得不得了,有的用篮子拎着,有的前胸后背挂着浑身都是。那玩意儿在打堑壕战的时候实在太顺手了,只要发现有什么地方情况不对,立刻铺天盖地地飞过去一大堆;而国军这边却连一颗手雷也没有,如果隔着战壕被对方发现,除了挨炸就只有逃跑。搞了没多久,就连在远处观望的机枪手也开了窍,他们瞅见哪里发生爆炸就往哪里打,简直把那手榴弹当信号弹用了。

就这么打了个把小时，李剑民让人抬了回来。他的脸部受了重伤，嘴唇和牙齿全都被炸飞了，鼻子底下只剩个窟窿，舌头还在里面乱动。看见何玉林，李团长挣扎着"咿咿哦哦"了好一阵，那意思是让254团的团长接替他指挥255团。

由何团长来指挥李团，从技术上讲是没有问题的。但问题在于目前的时机十分尴尬，眼看快要全军覆没了还请人家来负责，这几乎就和拉人陪杀场差不多。可是，何李两人毕竟是共事多年的老乡兼老友，在当前的情况下实在不好拒绝，何玉林于是只能点头答应了这个差事——他在沈庄连自己的254团都丢下了，却在杨围子把性命绑在了255团的身上。

外线阵地显然是守不住了。但经过这一个小时的阻击，255团已经重新组织起了内线防御。被砖石掩埋的轻重机枪从废墟中掏了出来，散落的沙袋也被垒成了工事，垮塌的战壕再度疏通，交叉火力又继续封锁住了阵地前沿。残存的官兵们聚集在杨围子村里，把攻击部队压制在了外壕一带。

自下午1点钟以后，解放军先后发起了两次试探性进攻，结果都被守军挡了回去。

大约两点钟的样子，从西南方向突然传来了密集的枪炮声。没过一会，何玉林就跑来对蔡智诚说："军部突围了，你也赶快走，不然就来不及了。"

蔡智诚当然愿意参加突围。谁都知道杨围子是绝对守不住的，天黑以前肯定要完蛋，与其留在这里坐以待毙，还不如冲出去求一条生路。

"那……你们呢？"

"我们没有接到撤退的指示"，何玉林说。

固守原地，拼光打尽，这是兵团部的死命令，255团看来注定要被牺牲了。

何玉林其实是可以跑的，但他现在既然接受了老友的委托，也就把自己的命运和255团捆在了一起。蔡智诚一方面很替何团长难过，另一方面也十分庆幸李团长没有给侄女婿加封个什么副团长之类的官衔，这让自己拥有了能够随时逃跑的自由。

"要想办法活下去，不要犯傻"，蔡智诚知道，何玉林这是在劝自己不要学习二哥蔡智仁，"还有，如果遇到炸药包炮一定要蹲着，千万不能卧倒"。

"炸药包炮"是个什么东西，蔡智诚当时并不清楚，他正准备打听一下，忽然看见彭晋贤先生从地洞里探出头来。想起这老头也是和255团没有什么关系的，于是就问了一句："彭先生，我要和军部一起突围，你想不想走？"

"我要走！我要走！在这个鬼地方，我一刻钟也呆不下去了。"

第四十一章 被 俘

如果不计算"军医院"里的伤兵和辎重队里的挑夫，杨围子的战斗兵员大约在一千五百人左右。由85师255团把守的村北和村东是主要的作战方向，各类防御体系比较完备，而村子西部的14军军部原本属于"后方"，只设置了内线阵地却没有外线阵地。可谁知道中野4纵在攻占沈庄之后竟然一直把坑道挖了过来，愣是把这"后方"变成了"前方"。无奈之下，军部的一帮人只好匆忙上阵、守住寨墙和解放军打来打去。

打到11日下午的两点来钟，255团的外线工事已经全部丢失，而军部这边的兵力也已是损失近半。但因为杨围子的面积实在太小，所以剩下的这些人马守在村落里不仅依然能够进行防御，甚至还可以寻找机会实施反击、组织突围。

当时，位于杨围子北面和西面的是解放军中野4纵、东面是9纵、东南面是11纵，只有南面一两公里远的杨文学村（又称前杨家、小杨家、杨文学家）还被第10军的部队控制着，因此这个方向也就成了14军突围的唯一途径。但这条通道却遭到了西南和东南两侧解放军阵地的猛烈夹击，必须在强有力的掩护之下才有可能冲得过去。

负责组织突围的是14军的代理参谋长詹璧陶中校。

说起来，14军的参谋长原本应该是梁岱少将。但梁参谋长在前些天的浍河南岸战斗中被解放军俘虏过，虽然很快就被释放了，但终究还是有点"叛变投敌"的嫌疑，没被军法处抓走就已经很不错了，当然更不可能立刻官复原职。代理军长谷炳奎于是就把第10师的参谋长詹璧陶提拔起来，让他代理梁岱的职务。詹璧陶是谷炳奎的湖南老乡，黄埔13期生，当时才三十出头，以中校的资历跃升为军一级的参谋长实在是非常破格，所以詹小弟的心里万分感激谷大哥的知遇之恩，他亲自带队冲杀在第一线，非要把军长大人送出险境不可。

詹参谋长的策略是用主动进攻的办法压制住西南侧阵地上的解放军，并借此掩护突围人员从南面冲出去。

这个策略并不容易实施。杨围子西南方向的解放军是中野4纵13旅38团（即后来的13军38师113团，现已改为武警部队），这支队伍的防守能力特别强，有个号称"钢铁营"的第一营，营长是特级战斗英雄张英才①。

头一天，人家第10军在坦克战车的帮助下都没能够啃动38团的阵地，现在仅凭着14军的这么一点力量去进行攻击，简直是自讨苦吃。但詹璧陶却不管这一套，他发起的只是"佯攻"，但求声势不求结果，所以每一轮冲锋都搞得大张旗鼓，煞有其事。

南边的杨文学村里驻扎着国军第10军的75师，还有个美式榴弹炮团。那75师原本是整编第11师的75旅，其实就是18军的老部队，所以他们的弹药比较充足、炮兵的技术也很不错，依然保持着"土木系"的气派。"佯攻"开始的时候，杨围子这边一发信号，杨文学那边就"哐哐哐"地打炮，14军立刻冒着炮火往上冲，冲到对面阵地跟前乱搞一通之后又往回跑，75师的炮兵再接着"哐哐哐"地打十几炮……而就在西边这番猛折腾的同时，突围的小分队就趁机悄悄地向南边"偷渡"了。

每一轮"偷渡"的人数都不能太多，突围的人员在事先经过了选择。第一批被抬出去的是身负重伤的第10师师长张用斌，第二批逃跑的是代军长谷炳奎等人，蔡智诚和詹璧陶一起被安排在第四批。只可惜，他们已经没有这个机会了。

正所谓事不过三，就在詹参谋长依样画葫芦地组织第三轮进攻的时候，解放军突然发起了反冲锋——这也难怪，当时杨围子的国民党军在各个方向上都处于守势，惟独这个西南角却接二连三地大举出击，这就难免会引起对方的警觉——下午4点多钟，中野4纵把10旅28团（今13军37师109团）从北面调到了西面，而9纵27旅79团（今空降兵15军45师133团）则从东南角向西穿插突进，一举切断了杨围子南边的通道。

①张英才，战斗英雄，山西万荣人，1939年参加八路军，1942年加入中国共产党，曾任太岳军区连、营长，参加了上党、睢杞、淮海、渡江等战役，1946年在吕梁战役东阳村战斗中获特等战斗英雄称号，1948年在淮海战役中被授予钢铁营长、特等战斗英雄称号，所在营被命名为"钢铁营"，1950年出席全国战斗英雄代表大会，后历任副团长、团长、副师长、师长、13副军长，是中共第九、十届中央候补委员，第一届全国人大代表——顺便八卦一句：全国十大杰出女性、解放军第一位装甲兵女团长、13军149师装甲团的张可中校就是张老英雄的女儿，真是虎父无犬女。

经过先前的几次折腾，詹璧陶的人马已经损失惨重，而解放军的力量却在这个时候得到了极大的加强。此消彼涨，胜负立判，国民党兵的"佯攻"立刻被解放军的反击冲得七零八落，不但"偷渡"的小分队没能够跑出去，就连出击的阵地也丢掉了。一帮人只好退回到杨围子的中心地带，准备和对方打堑壕战。

双堆集围歼战

⟋	解放军进攻路线
⟋	国民党军退守路线
血血血	国民党军防守阵地

　　一看见解放军的反击，蔡智诚就明白自己已经没有突围的机会了。不过，彭晋贤先生却依然对前途充满了希望。他的双手拎满了大包小包，身上还披着一件又肥又大的羊皮袄，每隔几分钟就催问一遍："蔡长官，我们可以出发了吗？应该轮到我们了吧……"

　　小蔡不知道应该如何向这位迂腐的教书先生解释局势的凶险，只好劝他把手上的那些乱七八糟的东西统统丢掉算了。但彭老师却坚决不肯答应，他反复强调包裹里的破树皮和烂树根全都是了不起的宝贝，是他和学生们的田野调查成果，意义重大、价值非凡，与国计民生有着密切的关系……蔡智诚被这老夫子聒噪得无可奈何，只好想办法找个比较安全的地方，让他和他的宝贝能够躲过即将爆发的战斗。

　　杨围子的南部有一块面积不大的洼地，这里丢弃着一些没有弹药的大炮和没有汽油的卡车，炮车的轮胎和车厢上的木板早就被士兵们拆去当燃料了，只留下几堆光秃秃的铁架子还在雪地里趴着。按照蔡智诚的估计，如果攻守双方在内线争夺村落，这里是唯一有可能不会发生激烈枪战的地方。因此，他在那些废铁之间给彭晋贤弄了个隐蔽部，并再三叮嘱他不要随便跑出来。

　　"蔡长官，你千万不要把我丢下不管啊……"，彭老头可怜分分地哀求道。

　　"不会的，到了突围的时候，我一定先来喊你"，蔡智诚一面随口敷衍着，一面朝255团走去。

　　走到军医院的附近，看见几个士兵正把85师代理师长吴宗远抬了过来。吴师长在沈庄战斗中负了重伤，他原本是被安排在第三批突围的，现在"偷渡"不成，只好又被送回到医院。

　　救护站里的男医生和女护士纷纷跑上前去迎接师长大人。但就在这个时候，村子外面响起了一连串沉闷的"雷声"。

　　那"雷声"最初是从杨围子的东边传来的。刚开始的时候，蔡智诚还以为是解放军在爆破什么工事。但很快，北边和西边也发出了同样的声音，天空中随即就出现了许许多多的炸药包。那些被油毡包裹着的像磨盘一样的东西从四面八方跃入苍穹，带着火焰和浓烟，飞舞着、翻滚着、呼啸着，在空中划出一道道恐怖的轨迹，然后又密密麻麻地坠落下来，劈头盖脑地砸向了已经被炮火摧毁成废墟的国民党阵地……

　　炸药包炮！！！

　　几乎完全是出于本能，蔡智诚立刻纵身跃入了附近的一个弹坑。而与此同时，剧烈的爆炸就发生了。

冲击波肆虐着大地，先前被重迫击炮掘出的巨大弹坑在一连串的爆炸之下仿佛变成了赌桌上不停摇晃的小小骰盅。坑里的一切都被搅得天翻地覆。地面变形了，地表的土层被炸药的强力推动着，如同波浪一样的上下起伏。坑壁相继崩塌，大大小小的石块在地震的挤压之下居然能从泥土里弹射出来，迸得老高，砸得人头破血流……蔡智诚的眉骨裂了、牙齿掉了，但他这时却没有感觉到疼痛。他在弹坑里不知被掀翻了多少回，但每次摔倒之后却又立刻挣扎着爬了起来——"遇到炸药包炮，一定要蹲着，千万不能卧倒。"何玉林的警告一直回响在脑海，蔡智诚拼命地提醒自己："不能卧倒，不要摔倒，不能让冲击波震坏了内脏，更不要被泥土活埋了。"

耳朵已经听不见了，整个人就像是潜入了深水之中，耳膜里只剩下"呜呜——咕咕"的杂音。视线也变得模糊，四周围混沌一片，天地间充斥着一团棕红，分不清哪些是弥漫的尘土，哪些是爆炸的烈焰。呼吸十分困难，空气似乎全都被烧光了，被挤走了，努力地张开嘴，随着每一次喘气吸进体内的却尽是呛人的硝烟。那些炙热的TNT烟雾在喉管之中、在肺叶之间灼烫着，火辣辣的，就好像要在人的胸膛里再一次爆炸一样。蔡智诚觉得自己仿佛是被困在了一只棕色的瓶子里，瓶子外面是血红色的炼狱，而炼狱的风暴正一遍又一遍地敲击着瓶壁，要把他的生命从这脆弱的藏身之所里拖拽出来，抛入莫名的深渊中去……

不知道过了多久，震荡的大地终于平静了。

蔡智诚揉揉眼睛，抹去脸上的血迹和泥土。他的四肢俱全、五官完好，但两只手掌却肿胀得很厉害，帽子飞了，鞋子掉了，衣服敞开着，裤管只剩下了半截，原先挎在肩上的公文包也不知丢到了什么地方。他艰难地爬出弹坑，刚一迈步就觉得双腿发软，头晕恶心，浑身一个劲地发抖，于是只好跪倒在地，大口大口地呕吐起来。

杨围子村被炸平了。寨墙完全坍塌，碉堡支离破碎，各种建筑荡然无存，阵地上的鹿砦被冲击波掀到了远远的角落里。军医院不见了，那些充当救治所的壕沟被泥土掩埋着，只在个别地方露出了伤员的脚。几个医官木然地守在"病床"的旁边，他们的任何举动都已经无济于事。战壕内满是尸体，一摞一摞地叠成一堆，有的蜷卧在土中，有的从废墟里探出了半截身子。这些人的外表都没有血迹，显然全是被冲击波震死的。地面上一片狼藉，积雪被融化了，冻土被炸得蓬松，一条冬眠中的蛇居然也被震出了地面，十分怪异地躺在残砖碎石之间。原先的弹坑被填平了，新的爆炸痕迹又重新布满了周围，有的黝黑、有的焦黄。

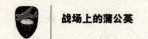

那些被犁翻的泥土之中混杂着断裂的木片和残破的军服，甚至还夹带着没有爆炸的炸药包。

　　1948年12月11日下午4点40分，围攻杨围子的中野部队各自组织了30架以上的"飞雷发射筒"。如果以每筒打三轮，每个"飞雷"装药二十公斤计算（这是当时的标准做法），六个主攻团在二十分钟之内至少向面积不过一万平米的杨围子内线阵地抛射了上万公斤的炸药——这也就是国民党兵所称的"没良心炮"。

　　显然，"没良心"的称谓是带有抱怨情绪的。但按照蔡智诚的说法，他们反感的倒不是"飞雷炮"的惊人效果，而是不满于这种武器的战场使用方式。

　　发明"飞雷"的当然是个很聪明的人，但这种"大炮"的设计思路其实是和近代武器的发展原则相违背的。因为，第一，炸药包炮的射程很小、精度很差、使用寿命很短、操作的安全性也很不可靠，无法成为固定有效的打击手段；第二，这种武器的爆破方式非常原始，弹药消耗量极大，作战效能并不合理；第三，实施"飞雷"攻击的时候，大量的炸药包都堆积在发射阵地上，一旦遇到敌方的炮火逆袭就没有生存的可能，战场风险太大。因此，如果反过来看，使用"飞雷炮"就需要具备相当多的前提条件。首先，本方的军需物资必须十分充沛，可以不考虑弹药的消耗量。而且，本方的兵力和时间也必须十分充足，可以把军事工事推进到距敌一百米以内，并建立起安全的发射场；其次，敌方的阵地必须被围困在一个狭小的区域之内，目标固定而且集中，并且敌方必须不仅无法使用炮兵进行反击、同时也必须没有能力进行步兵逆袭……

　　这场"没良心炮"对蔡智诚的肉体伤害其实并不大，但却给他的心理造成了不小的影响。这种阴冷的感觉一直积压在他的心头，从而也就困扰了他后来的人生道路。

　　爆炸刚刚平息，解放军就冲进了村子。

　　在蔡智诚的印象中，西面的防线最先被解放军突破。当时他正趴在地上吐得晕头转向，身边突然就出现了一队解放军，全是从14军军部那边冲过来的。几个小兵比比划划地说了些什么，蔡智诚一点听也不清。而人家大概觉得这小子满脸鼻涕眼泪，既没有武器也没有战斗力，并且还又聋又傻的不像是个当官的材料，于是就接着朝东边跑去了。那时候，255团的阵地上还有人在进行抵抗。蔡智诚虽然听不见枪炮的声音，却可以看见爆炸的闪光和子弹打在泥土上溅起的尘烟。

西边被占领了，东边和北边正在交火，如果不想送命的话，最好的办法就是等着当俘虏。蔡智诚忽然想起应该把自己的证件、手表、钞票和金条赶紧都埋进土里，因为这些东西是会暴露军官身份的。而在当时，国民党的宣传是解放军只优待贫苦的士兵，抓住军官统统砍头，把脑袋插在木棍上，就像处理张辉瓒一样。

伸手在衣兜里一阵乱摸，七掏八掏地就发现了一张《福尔摩斯》的图书借记卡，上面还盖着宿县职校的大印。那本小说早已经不知道丢到什么地方去了，可这张小纸片却鬼使神差地被揣进了口袋里。这东西突然给了蔡智诚一个绝妙的启发——早在豫东战役的初期，他就听说解放军对学生的态度十分宽容，不仅不杀不关不刁难，而且还允许他们穿越封锁线到国统区去。现在，如果自己可以装成学生和彭晋贤老师混在一起，说不定就能够打着田野调查的旗号溜之大吉！

可是，当蔡智诚回到那片洼地的时候，却发现彭晋贤先生已经死了。他侧卧在一辆卡车的旁边，裤子掉了，大衣飞了，脑袋上有个大洞。很显然，这老头终究还是忍不住从隐蔽的地方跑了出来，结果就被爆炸的冲击波掀翻，一头撞到了汽车的铁架子上……事已至此，蔡智诚只好独自伪装下去。他脱掉身上的军服，换上彭先生的羊皮袄，然后就坐在地上等候收容。从现在开始，他准备隐瞒自己的真实身份，按照何玉林说的那样，"想尽办法活下去"。

1948 年 12 月 11 日的下午 6 时许，杨围子战斗终于结束了。

12 月 12 日中午，蔡智诚在战场东北十来公里远的忠义集接受解放军的审查。这里是中野 9 纵的一个转运站，杨围子战斗后，被俘虏的国民党官兵全都交给 9 纵进行处理，蔡智诚也就和大家一起被押送到了这个地方。

"忠义集"这个地名今天已经不存在了，这一带如今属于宿州市的埇桥区，位置大概在蕲县镇的白庵村附近。但事实上，忠义集过去是浍河南岸的一个历史悠久的古镇，秦代以前叫大泽，当年曾经有人在这里乱喊"大楚兴，陈胜王"，结果招来了楚霸王项羽；汉代以后改叫蕲城，刘邦讨伐淮南王英布的时候把这里当作了大本营。淮海战役期间，第 10 军和 14 军在浍河两岸与中野部队激烈交火（熊绶春就是因为在这一带吃了败仗被撤职的），双方打过来打过去，没过几天就把忠义集打平了。蔡智诚在这里的时候，集镇上连一栋完好的建筑也没有，老百姓也全都跑光了，从前线下来的俘虏和伤兵只好睡在废墟上。

说到伤兵，战斗结束过后，战场上双方的负伤人员自然全都要往下抬。但两者之间的待遇却是不可能一样的。解放军的伤员送到忠义集以后要进行分选，受轻伤的留下来，重伤号则经过紧急处置之后再转送到后方的大医院去。而对国民党的伤兵则不必这么麻烦，来到忠义集就算是到了站。

战败方的伤兵通常都不敢哭，缺胳膊断腿的都咬牙忍着，实在熬不过了就破口大骂，骂长官、骂部队或者骂国民党蒋介石。这一方面是因为心里确实有怨恨，另一方面也是因为怕由于受伤被解放军给枪毙了。当然也有一些伤兵显得啥也不在乎，他们或者一个劲地呕吐，或者从早到晚地不吃不喝只睡觉。蔡智诚还看见一个家伙坐在地上猛摇头，卡住他的脖子都停不下来，这些人的脑袋都被震坏了。

寒冬腊月，躺在露天里的伤兵特别容易死掉。死掉了就埋，当时忠义集的周围布满了大大小小的坟墓，里面大多是国民党的兵。

11号的晚上，蔡智诚是和俘虏兵呆在一起的。从其他人的口中，他得知14军的前任参谋长梁岱举手投降，代理参谋长詹璧陶受伤被俘，85师代理师长吴宗远和254、255团的两个团长都被解放军活捉，而熊绶春则已经阵亡了。

说起来，熊绶春临死的时候只是个被撤职查办的罪人。但是当他死掉以后，国共双方好像立刻就忽视了这个情节，大家全都煞有其事把他当作大权在握的14军军长。这一边说他即将醒悟，正准备和参谋长一起领导起义，那一边说他英勇神武意志坚定，决定追授他为陆军上将。这么看来，老熊这个人带兵打仗的水平虽然很一般，但最后的阵亡却是够漂亮够有趣的。

不过，蔡智诚中校却不会觉得这些事情里面会有什么趣味。当时，他穿着彭晋贤先生的大衣，混在一帮军服中间冒充"披着羊皮的狼"，正战战兢兢地等待着接受解放军的审查呢。

关于熊绶春死亡的原因，目前有多种说法。

其一是解放军方面的记载，认为他是被击毙的。自称击毙他的部队也不少，个个说得有名有姓，而且时间越长，冒出来的功臣也就越多，让人莫衷一是。但不管怎么样，"击毙熊绶春"这样的事迹肯定是要记大功的，至少在1950年以前，能够在军功簿上明确记录这项功劳的人物只有两个，一位是4纵10旅28团5连的副班长杨传任，一位是13旅38团1营的营长张英才。

第二种说法则来自国民党，主张熊军长是自杀的。并且他用的是什么枪，打得是什么部位，讲得有鼻子有眼，可就是没有人知道他是什么时候采取的自裁行动。不过，有个人却知道熊绶春的死亡时间，那就是14军的参谋长梁岱。梁参谋长当时也是个被撤职查办的倒霉蛋，所以和熊绶春住在同一个地洞里，按照他的说法，熊军长是在解放军进行炮击的时候突然跑了出去，然后就被炮弹给炸死了……梁岱少将愿意这么讲，自然有他的理由。只是这样却让熊绶春显得有点蠢，好像这位黄埔军校的熊中将和宿县职校的彭先生是同一个水平，都不懂得如何躲炸弹似的。而且他也没有能够解释，为什么他们两个没有跟着军部一起突围？

于是就有了另外一种观点，说熊绶春和梁岱两人当时正准备组织起义，连计划都拟好了，只是还没来得及下命令……这其实并不大可能。熊绶春是江西人，梁岱则是粤军出身，他们到第14军任职的时间都不长，不像谷炳奎等人是从当连长时就从这支部队混起的。所以，别说是熊、梁两人已经被撤职，即便是他们正掌权的时候也很难把这帮尽是湖南人、贵州人的队伍带出去搞起义。

如果按照马甲我的推测，熊、梁二人不参加军部的突围或许是故意的。只不过梁岱留下来是打算投降，而熊绶春却是准备等死。至于熊绶春是被炮弹炸死的、长枪打死的，还是用左轮自尽的，谁也说不清楚。最简单的办法当然是把老熊的尸体刨出来看一下。但这个办法却已经行不通，上个世纪50年代，江淮地区大搞防治血吸虫，到处都在进行挖新坑填旧坑的"送瘟神"运动，结果邱清泉的坟墓被挖成了池塘，熊绶春的坟墓干脆不见了踪影。所以，这件事的"真相"究竟如何，正好可以随便我们大家乱猜。

第四十二章　在解放区

　　杨围子战斗结束后，蔡智诚被送到了忠义集。虽然很不愿意做出举手投降的动作，但此时的他已经完全没有了几个月前的那种"党国文天祥"的气概，所以也只得乖乖地听从命令，在解放军的指挥下走向了集结的地点。

　　忠义集的路口摆着几个大木盆，木盆里边有毛巾，蓬头垢面的俘虏都必须在这个地方进行"卫生清理"——也就是在卫兵的监视下洗一洗脸，并且解开自己的衣服拍打一番——这个举措当然具有勘验身份、检查随身物品的功能。但经过了如此这般的折腾，原本萎靡不振的人们也确实显得精神了许多。

　　洗去了脸上的尘土，袒露出来的不仅是清晰的五官，眉眼之间的几分羞涩也就同时显现了出来。世界上大概不会有哪个军人会对缴枪投降的行为觉得毫无愧疚，即便国民党兵也是一样。"清洁"过后的俘虏们面面相觑，一边尴尬地笑着，一边为自己的落魄下场寻找着理由。

　　"解放军的炮火太猛了，从没见过这样的。"

　　"那是，上午几万发炮弹，下午几万斤炸药，这个仗根本没办法打。我们那个班，还没有等到正规交手就被干光了，只剩下我一个……"

　　"再坚固的工事也不管用，十几天的辛苦全都是白费。我们的碉堡和战壕一下子就垮了，人被震得像喝醉了一样，解放军冲过来喊缴枪不杀，可我们的枪都被埋在土里了，哪里还找得到……"

　　据说，何玉林团长在解放军总攻刚开始时就下令放弃抵抗了。他先收拾好自己的行李，然后就坐在个石碌子上等着当俘虏。那石碌子的旁边还摆着两副担架，左边的是85师师长吴宗远，右边的是255团团长李剑民……可奇怪的是，整个阵地都投降了，只有255团第3营还在东北角的外壕附近抵抗了几十分钟。这让大家觉得十分纳闷："喂！你们可真够可以的，敬礼号吹了那么久，怎么还在打？"

"哎呀，耳朵被震聋了"，来自3营的俘虏兵立刻显出了一副特别无辜的表情，"我们趴在壕沟里放枪，一直把子弹打完了才听见军号声……"

过了没多久，解放军的代表来了，一个干部模样的人叉着腰问："这里面有当官的没有？国民党军官出列！"

俘虏堆里随即站出来几个人，很快就被带走了，蔡智诚埋着脑袋没有吭声。

那几个军官走了之后，干部模样的人立刻换了一副轻松的语气，说："好了好了，反动派已经被赶走，在这里的都是受压迫的贫苦弟兄。大家不要怕，你们是被反动派逼着上战场的，遇到解放军就是被解放了，你们翻身了，自由了！天下穷人是一家，咱们先吃饭，再拉拉家常吧。"

于是就开饭。小半斤一个的白面馒头、香气四溢的猪肉炖菜汤，用箩筐装着、用木盆子盛着，一样样地抬了上来。在杨围子饿了好些天的国民党兵们哪里经得起这个诱惑，立刻全都扑上前来，有的用手抓、有的用帽子装、有的用衣服兜，你争我夺，狼吞虎咽。那些体质弱、力气小的就被挤在了外面碰不到饭食，急得哇哇直叫唤。而解放军的代表却并不做任何干涉，他们笑嘻嘻地站成一排，在干部的指挥下齐声唱起歌儿来：

> 天下穷人是一家，不分什么你我他，
> 我们吃尽人间苦，养肥富人一大家。
> 天下穷人是一家，蒋介石害我们互相残杀，
> 要打他就打，要骂他就骂，哪有穷人说的话。
> 天下穷人是一家，穷人翻身力量大，
> 团结在共产党的领导下，地主军阀都打垮。
> ……

解放军的"心战"开始了——曾经担任过国民党政治指导员的蔡智诚老早就听说过这个战术的厉害，他立刻本能地提高了警惕，小心地戒备起来。

果然，等俘虏们差不多吃饱了以后，解放军的政工队员就坐进了人群之中，态度和蔼地跟大家聊起天来，问的无非是"你是哪里人啊？""当兵多长时间了？""在家里做些什么呀？"之类。有个解放军也来找蔡智诚套近乎，可没想到蔡指导员的回答是："家严生前致力于化学工业，鄙人目前正在钻研植物学。"那位憨厚的北方大汉顿时就懵了——这显然超出了该同志的阅历范围，他愣了老

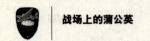

半天，然后就去找其他人说话去了。

其他人的谈话氛围还是非常融洽的，话题从"你们那里是种稻子还是种麦子？""收成怎么样？""地租征多少？"说起，然后渐渐地就骂到了地主的头上。俗话说，饱吹饿唱，一帮俘虏填饱了肚皮，放宽了心思，敞开胆子海阔天空，三两下又从骂地主变为了骂军官。在国民党的军队里，当兵的挨打受气简直是家常便饭，这些穷苦的弟兄们被共产党怂恿了几句，立刻就把所有的委屈全都想起来了。大家一个个怒不可遏，就连吃败仗的原因也从先前的"解放军炮火太猛烈"变成了"国民党太坏没良心"……骂着骂着，突然有个士兵站起来说："报告解放军，那边角落里还混着几个当官的，快去把他们抓起来！"

几个企图蒙混过关的国民党军官被逮走了。但蔡智诚却安然无事，这倒不是因为有谁有意放他一马，而是因为他刚到14军没两天，士兵们都不认识他。而且，蔡智诚自己也处处小心，他在俘虏堆里很少说话，即便张开嘴也是用南京口音——在江淮一带征战了这些年，他的南京官话早已经模仿得惟妙惟肖，轻易是不会露馅的。

但饶是如此，解放军也没有放松对这个"学生"的警惕。那个干部模样的解放军是26旅76团政治部的辛国良主任（后曾任上海市民航局副政委），他拿着蔡智诚的"借书卡"看了又看，然后问道："你的胳膊是怎么受伤的？"

"是在逃难的时候摔断的。"

辛主任觉得问不出什么门道，干脆把被俘虏的团长何玉林喊来对质："喂！你认识这个人么？他是干什么的？"

何玉林团长懵懵懂懂地望着蔡智诚，发现这小老乡的身上正穿着彭晋贤先生的羊皮袄，于是就撒谎说："他是宿县职校的老师。"

"那他手臂上的伤是怎么回事？"

"那是……是我手下人打的……"

这下子，辛主任总算是找到了破绽："你看看，没有说实话是不？你明明是个教书先生，偏要讲自己是学生。我就说嘛，哪有这么大的年纪还在学堂里念书的？再有，明明是被国民党打伤的，偏要说成是自己跌的。这些国民党反动派都被我们打败了，你还怕他们做什么？你们这些文化人，就是鬼名堂多，就是不如劳苦大众有觉悟……"

辛国良是陕北人，十四岁就参加红军了，这位从枪林弹雨中拼杀出来的老革命一辈子光明磊落，当然想不到蔡智诚这个"文化人"其实还有着更多的"鬼名堂"。但话又说回来，辛主任的看法也没有错，人家劳苦大众的思想觉悟确实是比较高——才几个钟头的功夫，那些士兵俘虏们就已经能够跟着共产党喊口号了。

"解放军在北线和南线大获全胜，我们今天抓了国民党的团长、师长和军长，明天就要活捉黄维、杜聿明！大家说，行不行？"

"行！"

"我们还要打到南京去，把反动头子蒋介石也抓起来。大家说，咱们能不能办到？"

"能办到！"

"打倒蒋介石！解放全中国！"

"消灭反动派！建立新中国！"

……

夜深了，但疲倦的人们却并没有入睡。俘虏兵们围住解放军的干部，有的打听各地战场的形势，有的询问共产党的政策，而那些干部们也都不厌其烦地进行讲解，人群里不时爆发出开怀的笑声。

这笑声让蔡智诚感到莫名的无奈。几年来，他曾经许多次在"总理纪念周"或者"精神训导课"上发表过这样那样的讲话，但却从来没有哪一回能够获得如此热烈的反响。这些外表看上去没有多少文化修养的共产党人，刚刚才用"没良心炮"毁灭了国民党军的战斗意志，却紧接着又用几句简单的言语就赢得了俘虏们的真心。如果说双方在战场上的战争物质水平还仅在伯仲之间的话，那么，这精神感召力量的差异却是国民党人难以望其项背的。在这深夜旷野里的欢笑声中，蔡智诚十分清晰地感受到——国民党的政权真的快要完蛋了。

第二天一早，俘虏营里树起了一面横幅，上面写着"解放大会"四个字。

共产党的宣传员来了不少，有做演讲的、有打快板的、有唱歌的、有喊口号的，都在动员俘虏兵参加解放军。这边有位大个子说："共产党办事最公平，不靠关系不讲金钱，只要你遵守纪律作战勇敢就能有出息。我原先是99军的，在郑州战役被解放，才不过两个月就当上了排长。咱们俘虏兵跟着老革命一起冲锋打仗，照样可以立功受奖……"那边又有位小个子在讲："先前跟着老蒋走错了路，现在就应该掉转枪口为人民立新功！让大伙回家并不难，可各位想想看，如果你的家乡在国统区，回去了又被抓壮丁，照样还要吃败仗；如果你家在解放区，那就更不应该了，乡亲们分了粮食分了地，都在一门心思地支援前线，可你却顶着个国民党的烂帽子跑回去，哪还有脸面见人呀？倒不如留下来参加解放军，等打下了红色江山，咱们再光荣自豪地回家去！"

鼓动了一阵，有人报名了。一个士兵跳上桌子说："我给老蒋卖命，从西北打到东南，天天挨骂受气。解放军对我们够仁义，体贴客气，把我当个人物看，我今天决心跟着共产党，赴汤蹈火，就是死了也不反悔！"

"对对对，我们参加解放军！"桌子底下的许多人立刻振臂响应，那表情就像是投奔了梁山的呼延灼。

"国民党每月给我军饷二十万，被长官七贪八扣，寄回家去还买不到两斤玉米。共产党的干部自己吃杂合窝头，把白面馍馍让给我们俘虏兵，咱们不为解放军卖命就太没良心了！"

"对对对，共产党是一把小米养恩人，国民党是一担麦子养仇人，那老蒋注定要完蛋！"

"各位长官，我扛枪十二年，跟过五个老总，回回都是听指挥守规矩，现在参加解放军，我也一定好好干，绝对不让共产党为难……"

"对对对，跟着共产党好好干！"

七嘴八舌地议论到中午，气氛真是很热烈。午饭照例是猪肉白菜大馒头，这时候，宣传员又跳上桌子宣读文告，那文告是刚刚发表的《刘伯承、陈毅促黄维立即投降书》——

黄维将军：

现在你所属的四个军，业已大部被歼。85军除军部少数人员外，已全部覆灭。14军所属不过两千人，10军业已被歼三分之二以上。就是你所依靠的王牌18军，亦已被歼过半。你的整个兵团全部歼灭，只是几天的事。而你所希望的援兵孙元良兵团，业已全歼，李弥、邱清泉兵团业已陷入重围，损失惨重，自身难保，必被歼灭。李延年兵团被我军阻击，尚在八十里以外，寸步难移且伤亡惨重。在这种情况下，你本人和你的部属，再作绝望的抵抗，不但没有丝毫的出路，只能在人民解放军的强烈炮火下完全毁灭。

贵官身为兵团司令，应爱惜部属与生命，立即放下武器，不再让你的官兵做无谓的牺牲。如果你接受我们这一最后的警告，请即派代表到本部谈判投降条件。时机紧迫，望即决策。

　　刘伯承　　陈毅　　　　一九四八年十二月十二日

"14军哪里还有两千人，活着的全都在这里了。"

"连黄维也要做俘虏，我们还犹豫什么，赶紧参加解放军吧……"

这敦促投降的文告就如同最后的警钟，彻底击破了彷徨者的心理防御。一时间，几乎所有的俘虏都涌向了登记台，纷纷要求反戈一击。但人家解放军也不是随便什么人都愿意接纳的，最受欢迎的当然是精干的壮丁，因为他们身体好，受过正规训练，拉上去就能用，而那些体格弱小的病号或者满脸烟气的兵痞就没人肯要了。于是有些人就焦急地哀告起来："长官，我这些天跑肚子，拉稀把脸色拉黄了，打起仗来不碍事。""长官，我身形瘦小是饿出来的，只要吃几顿饱饭，我也能扛起重机枪……"

蔡智诚发现，解放军的战场补充似乎有一个潜规则：战后的俘虏通常不会分配到曾经交锋过的单位中去。比如参与攻击杨围子的是中野9纵27旅，而来自这个战场的"解放战士"就补给了与杨围子没有关系的26旅——蔡智诚当然不会想到这个貌不出众的9纵26旅后来居然能够成为新中国空降部队的主力（15军第44师），而他如果可以及时醒悟的话，几乎有机会成为这支"土共武装"的第一位"伞兵人才"。

在当时，蔡智诚完全不曾意识到自己错过了什么。他只是冷冷地看着俘虏兵们排成了新的行列，看着他们摘掉了头顶的帽徽，领取了新的身份牌。解放战士的识别标志不过是一块小小的布片，上面写着部队番号和个人的名字。这东西本来应该是缝在衣服上的，但现在却已经来不及寻找针和线了，新战士把"身份牌"揣进兜里就踏上了战场。他们一个个激动地振臂高呼："打杨四麻子去！打杨四麻子去！"

那时候，淮北一带的村落大都没有正规的地名，通常是以当地富户的名号作为地理上的代称。蔡智诚不清楚这"杨四麻子"的具体位置，但他心里明白，那个地方距离双堆集一定很近。他知道，黄维兵团的末日已经指日可待了。

忠义集的俘虏兵们走了，就像他们来时一样的匆忙。空旷的场地上，灰溜溜的蔡智诚显得特别孤单。辛国良主任还在路口向别人询问着什么，显然他并没有完全打消对这个"文化人"的怀疑。

路口上聚着一群支前的民夫，听口音是宿县当地人。"须县斯校（宿县职校）？莫望见过，不知晓。"

辛主任立刻召唤蔡智诚过来接受审查："根本就没有宿县职校，你到底是做什么的？"

"怎么会没有职校？有的！我和彭先生出来搞田野调查，他是个老头，给桑树治病的……"

"哦——知晓知晓，彭老夫子，胡子煞白，咋呼（号召）把水塘填土改种桑叶的那个，讲做可以治大肚子病。咦哟！你跟他是一群的。"

"对对对，我跟他是一群的……"，蔡智诚这才明白，彭晋贤推行蚕桑的目的是为了防治血吸虫。

安徽北部是血吸虫病的高发区，如果彻底实施"土改旱"，把水田变成桑林，确实可以大面积地消灭钉螺。但问题是，在战事频繁的年月，这样的办法其实很难实行。因为水田种稻可以见缝插针，一季就能获收成，而桑林养蚕却需要好几年的培育时间，一旦遇到打仗就全部报销了，所谓"种水田大肚子，种桑叶饿肚子"。更何况当时的老百姓并不相信大肚子（血吸虫病）与钉螺之间有什么关系，所以大家都把这位鼓吹"毁田造林"的老头当作了瞎胡闹的"妖业蛋"，彭先生的蚕桑理想也就成了一厢情愿的空中楼阁。

乡民们对彭晋贤的评价并不太高，但这依然可以从侧面证实蔡智诚的"学者身份"。于是，辛主任很快就给"蔡先生"出具了证明信，发放了路条，并且略感歉意地说："让你受委屈了。昨天开饭的时候，别人都在抢，只有你一个人站得远远的，当时我还以为你是个吃饱了不觉得饿的国民党官僚……"

蔡智诚这才知道，矜持傲慢的本性差一点就让自己暴露了身份。

宿县解放了，当时是中原野战军的后方，根据安排，蔡智诚应该跟着支前的队伍回宿州去。但有意思的是，那帮民夫们却在跟管理员吵吵嚷嚷，一个劲地要求继续留在前线。

淮海战役期间，支前的民夫主要承担"运输"和"担架"两项任务。

运输人员分为三类，"挑夫队"随军行动，每副担子50斤；"小车"（独轮车）承载200斤，车上装的是军粮；而"大车"（畜力车）的载重量都在千斤以上，由武装押运，主要负责输送弹药。运输队的成员大多从老解放区远道而来，而担架队的队员则是新近翻身的本地民众。每副担架配备三人，每支担架队有十八副担架，大约五六十人。这些担架队也分为两拨，一拨负责把战场上的伤兵抬到转运站（前方医疗所），叫做"前线队"，另一拨再把转运站的伤员抬到后方医院，叫做"二线队"。通常情况下，这两拨任务是轮换着执行的。

可忠义集路口上的这支担架队却不愿意进行轮换,他们已经在前方忙碌了三四天,依然不肯转为二线。"按窝(很快)就捉黄维了,等捉到黄维再回去","我们吼吼地出死力,现在换别人不吱拉声摘果子,不中不中!"

管理员来来回回地做工作,说干二线和干一线都是同样的重要。但民夫却有自己的主张:"瞎迷糊喽! 谁不晓得前线立功好光荣!"闹到最后,还是转运站的站长出来说了话,保证北线围歼的时候一定请他们去收尾。民夫们这才意犹未尽地勉强点头:"也熊也熊,这边只瞎一个兵团,北边却有两个,我们蹬歪蹬歪,正好捉杜聿明去……"那口气仿佛人家蒋委员长的得意门生、国民党军的王牌战将就是他们水缸里的王八,可以手到擒来似的。

民夫们的乐观情绪是有根据的,转运站内外的热闹景象就是人民军队战无不胜的标志。

忠义集的场院里摆满了来自四面八方的大车和小车,军需物资堆积如山。镇上的建筑虽然已经被战火摧毁,但兵站人员又在废墟之上树起了各类标牌,放眼望去,有医疗所、军械股、粮秣股、运输股、保卫股、总务股……而管理人员的袖箍也是分门别类,有炮弹组、机枪组、步枪组、手榴弹组、器材组、被服组、鞋袜组、柴草组、米组、面组、菜组、会计组、协调联络组……操着各地方言的民众在各种军需物资中间穿梭奔走,山东的、河南的队伍高举红旗,"大军向前进,支前紧跟上",雪枫、萧县、宿怀、宿西、宿东(当时的县治)的人马打着横幅,"翻身做主人,拥护解放军"。兵站的内外没有呵斥、没有催促,到处是欢声笑语,到处是鼓励和祝贺。在这有条不紊的忙碌之中,源源不断的弹药和热气腾腾的饭菜随着热情高亢的歌声被一批一批地送往了前线。

——向前! 向前! 向前! 我们的队伍向太阳,脚踏着祖国的大地,背负着民族的希望,我们是一支不可战胜的力量……

有意思的是,这首豪迈的解放军战歌第一次传入蔡智诚耳中的时候居然是出自一群北方农民的嘴里。那些推着小车、挑着担子的民夫,背上驮着单薄的铺盖卷、腰间系着自家的干粮袋,衣衫褴褛,风尘仆仆,却在这远离家乡的战场上把毛泽东的军歌唱得如此嘹亮。

在这充满激情的歌声中,蔡智诚终于明白了解放军为什么会有使不完的兵力、会有打不完的炮弹。因为,这些普通的百姓其实全都是毛泽东军队的成员,是他们把解放军的兵工厂、粮食库、军医院和训练营全部搬到了战场上。在这样的民众支持下,共产党的战争根本就不会有内线和外线的区别,他们是社会的新兴势力、他们是新世界的主导。每一个战区都可以成为他们的根据地,他们随时能够以昂扬的斗志、充足的物资和充沛的人力在任何一块国土上较量厮杀,直到把所有敢于抵抗的力量消灭干净,直到让他们的旗帜高高飘扬。

从这一刻起,蔡智诚清楚地意识到,他应该离开国民党军队了。他应该离开这条即将沉没的破船,因为这场战争对于他曾经的理想而言,已经变得毫无意义。

蔡智诚的理想破灭了,可担架队的民夫们却还在兴致勃勃地开会。

会议的主题是"我们为什么支前?"这个话题看起来已经反复讨论过许多次,所以每个人都踊跃发言,并且讲得头头是道。

"支持前线作战,既是帮助解放军,也是为了我们自己。"

"咬紧牙关,倾家荡产,熬过眼前苦,幸福后代人。支援大军打胜这场战争,赶跑国民党,我们就可以过太平日子了。"

"共产党给穷人分了地,穷人做事要凭良心,不能翻身了以后又忘本。"

"北方人都来帮我们闹革命,我们自己也要争气,打败蒋介石,保卫胜利果实。"

"支援前线最光荣,拿到完工证心里才踏实,得到立功证全家有面子!"

管理员同志显得十分满意:"很好很好,小组讨论就是好,可以统一思想、步调一致。咱们共产党为什么能够老打胜仗?就是因为有小组!组长带头,组员拥护,人人有进步,谁也不掉队。"他接着又补充说:"咱们现在要把伤员送到宿州去。这批伤员都是经过医疗所救治的,不像刚下战场的时候那么急躁,所以我们可以走慢些,但一定要走稳,不能让伤员同志颠着了、摔着了,不能让他们感到痛苦难受⋯⋯"

队伍出发了,十八副担架排成纵队向北走去,与他们逆向而来的是满载着粮食和弹药的大车小车,还有许多人扛着门板、抬着木料,准备上前线去修工事。沿途的村落有的被战火焚毁了,有的还完好无损,但几乎所有房屋的门板都被拆掉了,柴草也被搬运一空,只在墙垣上留下一些告示和借记条。

一些外出避难的村民正陆陆续续地返回家园。一位中年妇女左手牵着孩子、右手扯着一头牛,运输队的民夫们想要用那头牛去拉大车,可她坚决不肯答应。工作组的干部写了保证书,再三声明"如有损伤、照价赔偿"。却没想到那位妇女居然跪了下来:"求求你们了,不要借我的牛呀。"弄得身边的小娃娃也哭嚷起来。大家只好哄笑着作罢："好大姐，别害怕，请回家吧。你现在是还没有觉悟呢，等明天开过会，准保你高高兴兴地赶着牛儿支援前线。"

村庄的上空时不时地有飞机掠过，照例是乱丢一通。支前的人们拣到了几包空投品，那包裹里的大饼子还是热乎乎的，田野上立刻就爆发出一阵欢笑："飞机嗡嗡响，给俺送干粮，慰劳解放军，谢谢蒋队长。"

一路上，所有的人都在给解放军的伤员让道。无论大车小车还是扁担挑夫，大家都把平整的路面让给了担架队。担架队员们也走得小心翼翼，生怕有一丝的颠簸震动到了伤员的痛处。

寒风凛冽，气温很低，蔡智诚看见一位脸色苍白的伤兵，因为失血过多，即便裹着棉被也还在不停地发抖。于是，他就脱下身上的羊皮袄盖在了担架上。这个"人道主义"的举动很快就被管理员发现了，他立刻十分兴奋地大声鼓动起来："喂——呀！瞧瞧教书的蔡先生，人家自己也受了伤，却把皮袄子让给咱们伤员同志取暖，真是好样的，大伙给他叫个好！"

"好——咧！蔡先生，好样的！"

一时间，就连担架上的伤号们也抬起头来，努力地给蔡先生送上了感激的微笑。这些笑容使蔡智诚不由得面红耳赤，在这一张张苍白的、亲切的、"属于敌人的"面孔跟前，他突然产生了一种羞愧的感觉。

担架队员的年龄各异，体质也参差不齐，有个五十来岁的干瘪老头显得特别孱弱。所以他在大部分的时间里都被换下来休息，和蔡智诚走在一起。

这老头儿姓秦，原本是宿县乡下一个半医半巫的"端公"，平日里只会跳跳大神或者开个草药方子什么的，从没有下田种过地，也没有干过力气活。宿县解放之后，政府规定十八岁以上，五十五岁以下的男子都必须参加支前，能够免除民夫义务的只有专业技师、作坊工匠、商铺贩子以及学堂的学生和教员。秦端公既不属于技师也不属于工匠，扒拉来扒拉去就被编进了担架队。他多少比别人多懂一点医术，临时号个脉掐个人中什么的到底要比一般人强一些。

支前的待遇很公平，每人每天补助二斤粮、四钱油、六钱盐，每个月发一条毛巾一双鞋，弄好了还可以在军队上领一件棉袄当纪念品。但问题是秦老头抬不动担架，而且他这个当"端公"的还有个"忌讳横死"的规矩，害怕"冤鬼附身"，轻易不敢招惹战场上的阵亡者，因此也就不能够参加掩埋尸体的工作。这样一来，虽然同伴们都非常体谅他，但他自己却觉得十分惭愧，认为是个人拖了集体的后腿，所以就琢磨着要换个行当，另找个门路为人民做贡献。

秦端公的计划是跑到南边去做买卖——解放军来了以后，原先的货币制度就变更了，市场上只认北海币和银毫子，国民党的钞票不能用。但老百姓的手里却还有相当多的金圆券，大家总不能让这些东西都作废了，于是就把它们集中起来，委托几个跑江湖的贩子到国统区去买粮食，实际上就是搞走私。

"解放军让去么？"蔡智诚对这个行当很感兴趣。

"让去。在解放区不允许囤积物资，但拿着金圆券到国民党那边买粮食回来，人民政权欢迎着呢。"

根据老秦的解释，由于淮海战役的战事时间长、参战人员多，淮北一带的粮食储备已经非常紧张。"11月份以来就征了三道粮草，头一道是打徐州，第二道是打宿州，第三道是打黄维，接下去又要打杜聿明了，看样子还要征第四道"，"乡下的存粮已经耗光了，现在正主张倾家荡产为前线。乡亲们都指望打了胜仗之后过平安日子，可如果不赶紧想办法弄些粮食回来，有的人家打完了仗就只能去逃荒……"

秦老头干粮食买卖的目的是为了解决乡民的吃饭问题，但这单"生意"却给蔡智诚提供了一个逃跑的捷径。这家伙灵机一动，当即表示："秦老板，我和你一起干，我在五河县有亲戚，能搞到便宜的粮食，还能帮忙运回来。"

"啊呀，那敢情好，咱们俩搞合伙、咱们俩搞合伙"，从来没做过买卖的老秦头顿时喜出望外。他哪里会知道，眼前这位精明能干的合作伙伴的葫芦里卖的是什么药。

12月13日的凌晨，天色尚未大亮，担架队就来到了宿州城。

宿县位于徐州和蚌埠之间，是津浦铁路上的重镇，素有"南徐州"之称，这里地处中原南北要冲，战略价值巨大，自古就是兵家必争之地。秦国灭楚之前，这里曾经是楚国最后的领地，而在20世纪的国共大决战中，切断国民党徐州集团与中央大本营的联系，一举确定淮海战役最终格局的关键战斗也就发生在这个地方。

这时候，宿县的西北是被重重围困的杜聿明集团，宿县的西南是行将覆灭的黄维兵团，而处于这两大战场之间的宿州城就是华野和中野的后勤补给中心。徐州解放之后，津浦铁路徐宿段被解放区的民工迅速抢通，来自徐州、郑州、洛阳，甚至济南、石家庄的军列从此可以源源不断地驶入宿县。列车带来了军械弹药、运走了伤员病号，使这座古老的淮北古镇变成了连接解放军后方和前线

354

的重要枢纽。

但蔡智诚对宿州的景观没有什么印象。还在路上的时候，就有担架队员告诉他"解放军在宿县抓住了张绩武"。这使得这位曾经和张总队长一起荣获战功勋章的国民党中校十分担心自己会在城里遇见什么豫东战役时的熟人。因此，从进入城门的那一刻起，蔡智诚就巴望着赶紧离开这到处是解放军的"麻烦地带"。他觉得，如果能够在天亮以前就溜到秦老汉的乡下村子里去，自己的逃跑计划就极有可能成功了。

在解放军医院的门口，担架队的管理员显得十分热情。他一遍遍地感谢着大家，又一次次地邀请蔡先生进医院。他想让军医再仔细给蔡先生检查一下骨折的手臂，但心怀鬼胎的蔡智诚却是百般推脱。

在当时，蔡智诚的心里烦死了这位罗里八嗦的共产党干部，而且也对解放军的战勤机构没有任何的兴趣。可他并不知道，如果他能够接受建议掀开那扇医疗室的门帘，他将可以立刻见到自己失散多年的孪生妹妹！

——命运的机会，就这样又一次和这个自作聪明的家伙擦肩而过。

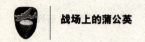

第四十三章　重归国统区

　　1949年的元旦，蔡智诚是在淮河岸边的五河口镇度过的。在那些天里，他一直忙着帮秦老汉购买粮食。

　　五河口是安徽北部一个历史悠久的小城，当时属凤阳府治（现在属于蚌埠市），因淮、浍、漴、潼、沱五条河流在此汇聚而得名。这里水运便利，航船向北可经宿县连接津浦铁路，向南可入长江抵达两百公里外的南京，是江淮地区重要的粮食集散地。在解放战争的大部分时间里，五河一带并没有受到战火的袭扰，但随着淮海战役的爆发，当地的环境也变得日益紧张起来。

　　蔡智诚是打着"为民众筹办粮食"的旗号，于1948年12月15日离开宿县解放区的。跟他一起南行的除了那位稀里糊涂的秦老头，还有十几个来自各个村庄的青壮年农民。这些憨厚淳朴的乡下汉子对外表儒雅庄重的"教书先生"深信不疑，他们成群结队地跑到区公所，豪气万丈地拍着胸脯替"蔡老师"担保作证，结果愣是帮这个国民党中校搞到了通过战区封锁线的路条。

　　在那个时候，从宿县到五河口可以沿着沱河走水路，也可以走陆路的"灵五大道"（灵璧至五河）。但这两条线路在当时都需要穿越战场，所以大家只好远走泗东和泗南（今江苏省的泗洪县），绕了个很大的圈子才又转了过来，因此也就多花了好几天的时间。

　　事实上，蔡智诚虽然在村民的面前隐瞒了自己的真实身份，但他先前对秦老头说的"在五河有亲戚，能够买到便宜粮食"的承诺倒并不全是假话——在那个他自己从没有去过的五河县里，确实有一家他从没有见过面的"拜把子亲戚"。

　　事情是这样的。蔡智诚的妻子名叫陈丽君，娘家是贵州安顺的药材大户。还是在清朝同治年间的时候，陈家的长辈在行伍之中结交了一位姓冯的拜把兄弟，两个人打"长毛"弄了一大笔银子，然后就离开淮军各自去开药行。陈家在贵州设起了门面，冯家在安徽也立起了柜台，打出的旗号全都是"自选川广云贵地道药材，密制丸散膏丹汤剂饮片"。因为是歃血为盟的结义弟兄，所以陈家的买卖有冯家的股份，冯家的生意也有陈家的权额，双方平日里从不相互盘查，只是到了年底的时候各自把账本和利润给对方送去。虽然两家的运气盛衰有所不同——陈家的药铺扩大到了贵州全省，冯家的店面却被战乱折腾得只剩下五河县的一间——但祖上的规矩还是依然保留着，几代传人亲密无间，彼此关照，就如同真正的亲戚一样。

蔡智诚以前只是听人说起过五河口药铺的事情，他自己并没有见过妻子娘家的"结义亲戚"。但冯家人却显然早已对蔡小伙子有所耳闻，个个都知道他是"陈家小姐从昆明兵营里追回来的毛脚姑爷"，所以一听说这位贵州女婿想在五河县购买粮食，立刻全都热情地张罗起来。

但这事情其实并不好办。五河口虽然是淮北粮食的集散地，可现在却紧挨着战场。镇子内外挤满了各地的难民，全都是来搞粮食的。而国民党军队也在这个时候实施了军事戒严，他们以武力控制住整个市场，强行霸占了大小粮号的水陆仓库，严格限制老百姓的粮食采购。无奈之下，大家只好在夜里划着小船到河岔深处的偏僻村落去零打碎敲，今天找回来三斗谷子，明天弄回来两筐稻米，折腾了七八天也没能把秦老汉他们的粮袋子装满。

出于安全的考虑，来自解放区的民夫白天很少出门，全都躲在药铺的厢房里避人耳目。冯家有一台美国造的卡达特牌（KADETTE）四管收音机，那话匣子白天黑夜一直开着，演完戏剧说相声，唱完歌曲念广告，叮呤咚咙、叽哩哇啦得响个不停。秦老汉和他的伙伴从早到晚呆在屋子里有吃有喝有烟抽，每天守着这稀奇古怪的洋玩意儿逗乐，倒也不会觉得特别无聊。

1949年阳历1月1日的下午，收音机里的娱乐节目忽然停止了，所有的电台全都同时播放蒋介石总统发布的《元旦文告》。老蒋在话匣子里头说：

一年以来，戡乱军事逆转，政府未能达到卫国救民的职责，而国家民族的危机反而更加严重。现在，和战祸福的关键已不在于政府，"国人对政府的片面希望"也已经难以达成。"问题的决定全在于共党，国家能否转危为安，人民能否转祸为福，乃在于共党一转念之间。"老蒋表示，只要共党有和平的诚意，政府愿意开诚相见，与之商讨停止战争、恢复和平的具体办法，并且提出"只要和议无害于国家的独立完整，而有助于人民的休养生息，只要神圣的宪法不因我而违反，民主宪政不因此而破坏，中华民国的国体能够确保，中华民国的法统不致中断，军队有确切的保障，人民能够维持其自由的生活方式与目前的最低生活水准……则个人的进退出处，绝不萦怀，而一惟国民的公意是从"。

秦老汉们听了半天也没有弄明白总统说的是什么，于是就向蔡先生请教这"文告"的意思。蔡智诚回答说："蒋介石提出停战建议，他想和共产党谈判了。"

屋里的人们立刻开心地跳了起来："老蒋认输了！这下子不用打仗了，咱们可以过太平日子了！"

"谈判好，还是谈判好啊，内战太作孽，死了那么多人，真是比打小日本还惨呀。"

……

蔡智诚当然也为眼前的"和平曙光"而感到欣喜，但他却并没有其他人那样的乐观。经过了这么多年，国民政府终于公开承认了共产党在国家事务上的领导地位，第一次交出了政治上的主导权，蒋介石也没有把共产党再称为"共匪"，这多少说明总统先生的和平倡议还是具有几分诚意的。但问题的关键是文告中提出的那几条和谈的前提——维护宪政、确保国体、继续法统、保存军队、民生自由——这些条件在一年之前或许还有商量的余地，可现在已经被人家打得没有还手之力了再发出如此呼吁，共产党恐怕是不肯答应的。

"不管怎么样，和平的信号总算是发出来了，双方应该会暂且收兵，至少象征性地停火一阵吧"，蔡智诚一厢情愿地这么想。

也许是受了"和平文告"的影响，原本谨小慎微秦老汉们也变得胆大了许多。第二天一大早，趁蔡智诚还在睡觉的时候，他们居然成群结队地跑出去买粮食，而且公然在码头上就和别人讨价还价起来，结果被国军的执法队用一根绳子全都捆了去，连累着冯家的长子也被关进了大牢。

惊闻噩耗，冯家人全都慌了神，蔡智诚急忙带着冯老掌柜赶往兵营。

说起来，蔡智诚并不愿意和驻军打交道。在五河县的这些日子里，虽然早已经知道当地的部队就是39军103师，但他却始终没有透露过自己的底细，也没有向上级报告过自己的行踪。他原本的打算是等办完了粮食的事情就悄悄溜回贵州老家去，最好不要惊动任何人。但事到如今，由于自己的一时疏忽给冯家老小惹来了这么大的麻烦，他也只好改变韬光养晦的低调做派，出头露面去找门路。

五河县的粮行大多集中在顺河街、中兴街和大中市附近，这一带属于39军兵站的管辖范围。所谓的"执法队"其实就是兵站的警卫连，但"执法官"的权力却大得不得了。按照《军事戒严法》的规定，警备部队执掌维护秩序的职能，可以对妨碍军务的人犯随行处置，想抓就抓想杀就杀，就像阎王爷一样。这时候，39军103师正在五河县实行军粮统购，各粮店的老板全都被押到兵站当人质，执法队又在大街小巷抓了不少搞"走私"的贩子。于是乎，场院内外到处是绳索、铁链和木头囚笼，搞得兵站简直成了个监狱，哭爹叫娘、鸣冤喊屈、求情告饶的声音响成了一团。

执法队长的办公室就是办案的大堂，法官老爷高坐在堂上喝酒吃螃蟹，对点头哈腰的平民百姓根本懒得瞧上一眼。五河螃蟹个头大、营养高、味道好，曾经被朱元璋赞誉为"天下极品"，冬季里的螃蟹就更加难得，不是一般人能够吃得上的。可执法队的这位上尉长官却不像个品尝美味的材料，他的嘴唇缺了半边，喝酒的时候滴汤漏水，吃肉的时候掉粉落渣，好好的一堆螃蟹被他啃得乱七八糟，完全是暴殄天物。大堂下的老百姓在这位豁嘴老爷的面前战战兢兢，但蔡智诚却觉得这家伙的相貌有些儿面熟。他试探着喊了一声："罗烟杆！"结果，那小子立刻放下酒杯抬起头："啊——是谁喊我？"

五河兵站执法队的这位队长还真是在松山战斗中给蔡智诚当助手的那个贵州老兵。

抗战胜利之后，罗烟杆就一直留在103师。说起来，黔军杂牌103师的战斗力其实很一般，但它的运气却好得出奇。解放战争期间，这支部队先后受辖于李弥兵团、侯镜如兵团和李延年兵团，隶属过华东剿总、华北剿总和东北剿总，参加过全面进攻、重点进攻、辽沈战役和淮海战役，去过胶东的烟台、锦州的葫芦岛和塘沽天津卫，甚至还搞过两栖作战，从许世友的手里抢占过渤海湾上的长山列岛……国民党"五大主力"被解放军歼灭的时候103师全都在边上，可次次都让它给逃脱了。这伙人马从北边折腾到南边，一直搞到1949年10月在广东三水举行起义，最后被编入了解放军第4兵团的14军（李成芳部），并于1950年由云南进藏——扳起指头数一数，打满内战全场却没有遭到过重创的国民党军部队，好像还真只有他们这蝎子拉屎独一份。

所谓千年的妖怪万年的精，多年的媳妇熬成婆，先前的"王牌"全部死翘翘了，二流的货色也就升格为了一流的宝贝。1949年元旦期间，103师正在安徽蚌埠一线实施"攻势防御"。这时候的他们全套美式装备，是李延年兵团的绝对主力。而当初的那个不招人待见的老兵油子罗烟杆，如今也俨然成了军需处的上尉

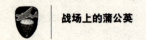

连长。

熟人见了面，事情自然好办。蔡智诚把情况给罗烟杆一说，这位执法队长立刻十分爽快地答应放人："大水冲了龙王庙，蔡四爷的朋友需要粮食，尽管从我这里拿！"并且还十分热情地建议说："程副军长也在五河口，你要不要见他一见？"

罗烟杆提到的程鹏是贵州毕节人，当时正担任39军副军长兼103师师长（后升任军长，逃往台湾）。抗战期间，程鹏是103师307团的团长，曾经与王光炜、陈永思和蔡智诚一起在松山打过仗，彼此间的关系还算是不错的。但蔡智诚在这时候却没有他乡遇故知的兴致，他一边敷衍说："军座的公务太繁忙，改天再去打扰……"一边赶紧领着冯家人和秦老汉们开溜了。

蔡智诚不愿意在战场附近接触当官的朋友，更不愿意在这个时候重返军队。五河口兵站凶神恶煞的国军官兵和那些失魂落魄的老百姓们使他想起了解放区支前军民的踊跃和热情。国共双方的巨大差距如此清晰地摆在面前，蔡智诚根本就不希望自己和这场战争再有任何的牵连。

但是，他不去招惹别人，别人却会主动上门叨扰。

第二天上午，两辆吉普车忽啦啦地开到冯家药铺的门外，前面带路的是上尉连长罗烟杆，后面跟着103师副师长曾元三（松山战役时的82师244团团长，蔡智诚的老熟人）和师参谋长牟龙光（贵州遵义人，1949年起义）。几位老乡一进屋子就大声地嚷嚷："蔡老弟啊，到五河了也不跟我们打个招呼，虽说战事很紧张，但接风酒还是应该喝一杯的嘛……"

曾副师长此番登门的目的是要带蔡中校到蚌埠的39军军部去开会。蔡智诚当然不乐意接受这样的"盛情邀请"，他连连推脱，死活也不肯去。

"走吧走吧！谷正纲部长亲自点了你的大名。我们39军的面子你可以不给，叔常（谷正纲的字）先生的话总不能不听吧……"

于是乎，蔡智诚的"回家计划"只好泡汤，他逃过了共产党的盘查，却终究没能逃出乡党的罗网，最后只得在一帮亲朋故旧的引领下悻悻然地坐上了开往蚌埠的军车——但这个场景却让躲在厢房里的秦老汉们惊得目瞪口呆，那些本分老实的乡下百姓怎么也想不明白："给桑树治病的小蔡先生怎么会和国民党的军官们混得如此亲热。"

临出发的时候，蔡智诚再三叮嘱一定要照顾好那十几位宿县的民夫，"他们是我的救命恩人"。罗烟杆当即爽快地保证："蔡四爷的恩人就是我罗某的恩人，豁出性命也是要帮忙的。"——这罗某人的誓言并没有落空。两天之后，他亲自把民夫们送过了封锁线，但就在返回的途中，该"执法队长"遇上了江淮军区的游击队（孙传家部），头一粒子弹就把这家伙给打死了。

1949年元月4日，蔡智诚跟着103师的一帮人抵达了距离五河口六十多公里远的蚌埠市。

蚌埠原本是第八绥靖区（夏威）的所在地，驻扎有桂系46军（谭何易部）。淮海战役期间，商丘的第四绥靖区（刘汝明兵团）和海州的第九绥靖区（李延年兵团）相继"转进"到这里。再加上从徐州"转进"而来的刘峙司令长官部，这座小小的城市顿时就变成了大兵营。当时，39军的军部设在蚌埠六安街（今建国路）的"汇中烟厂"，这个工厂的主打产品是"真善美"牌香烟，名字十分好听。但国民党的军官们抽着这个玩意儿的时候却显得愁眉苦脸，丝毫也感觉不出"善"和"美"的味道来。[①]

投入淮海战场的39军隶属于李延年第6兵团，下辖103师、147师和91师。其中91师和147师都是1948年以后新组建的队伍，只有103师还保存着抗战时期的基本实力。蔡智诚赶到39军军部的时候，国民党的"中央慰问团"正在蚌埠前线视察，慰问团的团长是社会部长谷正纲、副团长是南京市长滕杰，另外还有个头衔为"孔圣奉祭官"的"衍圣公"孔德成。

在国民党的官场中，"谷氏三杰"是相当有名的。老大谷正伦、老三谷正纲和老四谷正鼎，同胞三兄弟同为"中常委"，政坛上除了陈门两兄弟、蒋家两公子、宋氏三姐妹之外还没有哪一家能更出其右。这谷正纲是德国柏林大学和莫斯科中山大学的双料高材生，当年的考试成绩比周恩来、邓小平等同学厉害得太多。可如今，这位理学博士却在政治形势面前傻了眼，声嘶力竭了老半天，啥道理也讲不出来。

还真是没道理可讲。

1949年元旦，蒋介石总统提出了停战谈判的请求。呼吁发出了好几天，共产党那边没有反应，世界各国也不见表态——这也难怪，战争或者和平都是国家社会政治生活的头等大事，总要容领袖们好好地想一想。

---

①蚌埠解放后，"汇中烟厂"与解放军三野的"东海烟厂"合并，"真善美"烟卷从此改名为"渡江"牌，现在仍是安徽省的名烟之一。

想想就想想，但战场上的局势却让国军将士琢磨不透——华北那边，林彪困住了北平和天津，可他只在外面敲打却不开始攻城；华中这边，刘伯承和陈毅堵住了杜聿明，可他们只是围着喊话却没有痛下杀手；就连蚌埠这里也透着蹊跷，隔着淮河大桥，每天都能看到解放军在对面河岸上晃来晃去，可他们既不朝前冲也不往回撤，就这么对峙着——这可真让大伙犯了难。说不打吧，自己是人家砧板上的肉，谁知道解放军是不是在调整部署，养精蓄锐，万一等别人攒足了力气再剁你一刀，到时候连哭都来不及；要说开打吧，上级已经在呼吁和平了，别说是打不赢，就算是打赢了也逃脱不了"破坏和谈"的干系，弄不好国共两党全都拿你来出气，到时候跑到哪里都要挨枪毙……因此所以，如此这般，平津那边只能干耗着、陈官庄这边只能干等着、蚌埠这里只能干看着，大家都在听候解放军的消息，都在心里嘀咕着："共产党会不会放我们一马？"

共产党那边到底是什么打算还不知道，可国民党这边却已经有人发话了。华中军政长官白崇禧，副长官程潜和张轸联名呼吁蒋介石下台，河南、湖北、湖南、广西、江西、安徽各省纷纷响应。一时间，李宗仁在南京宣布政见、李济深在香港发表通电，都在抢着当总统——瞧那意思，还不必等人家共产党打过来，蒋家王朝就已然要完蛋了。

从南京来的"中央慰问团"拼命给前线官兵们打气。孔圣人的N代孙子说："仁者无敌，克己复礼。"谷正纲部长说："蒋总统才是真正的党国领袖，即便下野了也还是国民党的总裁。"南京市长滕杰说："不必计较战场上的一时胜负，我们可以和共产党比赛搞建设，看看是共产主义管用还是三民主义管用。"这位黄埔军校步兵科和明治大学经济系的双料学生心里清楚自己打起仗来肯定搞不过林彪，于是就决心放弃"武斗"，和他的同班同学比一比文的。

长官们的学识都很高深，但发表的讲话却尽是无的放矢，在蔡智诚看来，这些个"圣人"或者"博士"的号召力甚至无法与共产党的基层干部相比。但话又说回来了，即便这几位官员真的具有口吐莲花的能耐，他们也无法解决国军部队目前所面临的难题。

安徽属于国民党桂系的势力范围。自从李宗仁于1938年担任安徽省主席之后，继任的廖磊、李品仙、夏威也都是广西人，安徽各市县的管理权完全由桂系把持着，就连当地人也无法插足。淮海战役期间，桂系和蒋系正在闹内讧，蒋军所到之处，各地不提供粮草、不提供住所、不提供运输工具，甚至连政府的医院也不愿意接纳伤员。地方官员索性一走了之，害得"中央军"征集物资的时候只有自己派兵到处乱抓，用103师的话说，"就好像是在外国打仗一样"。

　　白崇禧通电"倒蒋"之后，安徽省主席夏威立刻就把省政府从合肥迁到了安庆，并且把桂系的第10兵团（辖46军和126军）也撤到了长江以南。江北的大片区域顿时全都成了共产党游击队的天下，淮北一带只剩下刘汝明和李延年兵团还孤零零地悬在蚌埠，前有虎后有狼，腹背受敌，四面楚歌。

　　"李宗仁是想和共产党搞划江而治，但守江必守淮，和谈是要靠实力说话的，像他们这样乱拆台，即便是想演南北朝也很难办到！"——国民党军官都明白这个道理，但事到如今却已是无可奈何。刘峙、滕杰等人经过商议之后，决定向南京方向靠拢，将刘、李两个兵团撤退到苏皖交界处的滁州。

　　大家在1月4日的军事会议上讨论了部队的后撤事宜，39军的意见是除了炸毁淮河大桥、防止解放军追击之外，蚌埠的电厂、烟厂、面粉厂、织布厂、航运驳船和公私建筑一律不做破坏，并且留下警察人员维持秩序，以和平的方式退出城市。这个建议得到了各个单位的支持——毕竟是在打内战，谁也不愿意在前途未卜的时候把事情做得太过分了。

　　当天晚上，39军举办了一个小型的聚会，既是为了欢迎谷正纲部长到战地视察，也是为了庆祝蔡智诚从绝境里脱险归来。出席聚会的大多是贵州老乡，有39军军长王伯勋、程鹏、曾元三、牟龙光、91师师长刘体仁（贵州安顺人，1949年10月率部投诚）、副师长裘建之（贵州遵义人，1949年投诚），唯一的"外人"是147师师长张家宝（天津人，1949年底在湛江战场上失踪）。

　　席间，大家讲起103师的老师长熊绶春，都是面色唏嘘，再想起李弥和42师（就是松山战役时的荣誉第1师）还在包围圈里生死难测，更是戚戚满怀。

　　有同乡安慰说："蔡老弟回来了就好，真是吉人自有天相。先前叔常先生说你被困在了双堆集，我们都很担心，昨天知道你终于跑出来了，大家都高兴得很。"

　　"蔡老弟，到我们39军来吧，91师还缺个参谋长，请军座和叔常先生发个话，大家聚在一起多快活。"

　　……

　　蔡智诚知道眼前的这些人对自己如此客气多半是因为谷正纲的缘故。但他同时又觉得十分纳闷："自己和谷正纲从没有打过交道，蔡家和谷家的关系也并不很熟，可为什么身居高位的谷大部长会知道自己去了双堆集，并且还会对自己这个小小的陆军中校特别关心呢？"

　　参加聚会的人们显然把蔡智诚当作了谷家的近亲，他们一边肉麻地夸奖蔡小伙的英勇，一边起劲地拉拢他加入91师。那91师原本属于廖耀湘兵团的第71军，在辽沈战役中被歼灭了，39军刚刚得到这个空番号，眼下正忙着满世界的抓壮丁。且不说蔡智诚根本不想回军队，即便是继续在行伍中混，他也不愿意跑到这支破部队来当军官。

"我的伤还没有好……而且，我不是学军事出身的，当参谋长恐怕不合适……"

正当蔡中校百般推托的时候，谷正纲走到了大家跟前："小蔡，我记得，你上面还有两个哥哥吧？"

"是的，大哥蔡智明在抗战时阵亡了，二哥蔡智仁在宿北会战时阵亡了。"

"你还有个孪生妹妹？听说是我大哥亲自批准入伍的？"

"是的，她在抗战的时候失踪了。"

"你家里还有其他男丁吗？"

"没有了，家里的男丁只剩下我一个。"

——这下子，39军的老乡们谁也不再劝小蔡入伙了。

但蔡智诚的心里却更加迷惑了，这位谷部长怎么会如此清楚自己家里的情况呢？

隔了好一阵，谷正纲才趁着没人的时候说了句："明天跟着我回去，你太太在南京等你呢。"

第四十四章　离开军队

蔡智诚妻子的娘家是贵州安顺人，与谷正纲是同乡。

谷家祖上是卖豆腐的，家道不过小康而已，直到谷正纲他爸爸谷用迁考中了举人之后才逐渐阔了起来。谷用迁和严寅亮（严寅亮也是贵州人，颐和园大门上的匾额就是他写的）一起在家乡开学馆，可他自己的三个儿子却都跑到外国去念书。老大在日本学炮兵、老三在柏林学经济、老四也在德国上学，只有二儿子谷正楷还留在家里背诵四书五经，一辈子没有做过官。

谷正楷这个人比较忠厚老实，一手毛笔字写得很不错，平常间除了收个租子算个账之外也到私塾学堂里讲讲课，蔡智诚的妻子陈丽君就是他的女学生。陈丽君的娘家在安顺街上开药铺，与谷家是近邻。谷家老爷谷用迁、老老爷谷毓寿遇上个头疼脑热什么的都要请陈家老爷或者老老爷开方子，彼此间来往很密切。特别是谷府上的三个小子在外面跑江湖混社会，经常被别人追得东奔西逃，家里的事情也就难免要请陈家多多照应帮忙。

先前，蔡智诚在上海养伤的时候给家里写了一封很长的信，这封信在路上耽误了好久才寄到遵义。他妻子看完信之后就着了急——原以为夫君是个伞兵，整日里只在天上挂着，解放军既摸不到也碰不着，却没想到这伞兵却也要落到地面真刀真枪的开干，不仅流血拼命而且内心十分痛苦。这可怎么得了！一定要想办法把老公给救出来！

陈丽君的小名叫"蛋蛋"，意思是模样白白胖胖就如同鸡蛋一样。可她的性格并不像鸡蛋，虽然受的是旧式教育，但毕竟是买卖人家的千金，见过世面，不怯场，当初敢到昆明把未婚夫从兵营里拖回家成亲，现在也能够去京城把丈夫从危险中拯救出来。于是乎，"蛋蛋"女士先从谷家老大那里讨了一张飞机票（谷正伦当时是贵州省主席兼绥靖区司令），然后就飞到南京去坐在谷家老三的家里哭。那谷正纲被这小妮子折腾得七窍生烟，只好跑到岔路口去帮忙找人。结果听说蔡智诚已经空降到双堆集，并且还是下落不明，吓得他连家也不敢回了……因此，局外人当然弄不清谷大部长为什么会跑到蚌埠前线满世界地打听一个小小的国军中校，就连蔡智诚自己也是回到南京以后才明白了事情的原委。

在谷家的客厅里，谷正纲问小两口今后有什么打算。陈丽君的宗旨是只要跟老公在一起就心满意足，对其他的一切都无所谓；而蔡智诚则表示希望能够脱离行伍，做一些经济建设方面的工作。

谷正纲说："唔……不想打仗了……以你的感觉，共产党会答应和平的建议吗？"

蔡智诚想了想，他想起了杨围子阵地上的没良心炮，于是回答道："不会的，除非我们投降，他们不会停战。"

"是的，不会有和平。在政治面前，不能存任何的侥幸"，谷正纲也同意他的看法。

第二天，也就是1949年的1月6日，解放军华东野战军对被围困在陈官庄一带的杜聿明集团发起了总攻击，沉寂了十多天的战场又再度喧闹起来。

炮声击碎了许多人几天以来的幻想，炮声又激起了刚平静了没几天的物价。这炮声使得国统区的大学生们重新涌上了街头，他们游行示威，高唱着"向着法西斯蒂开火，让一切不民主的制度死亡"；这炮声使得桂系的政治家们变得更加活跃，他们发表讲话、联名通电，宣称只有让李宗仁上台掌权才是实现和平的唯一途径。在这炮声之中，国民党的飞机一趟趟地飞往北平，把那些知名的学者和显赫的士绅接回南京；在这炮声之中，残存的国民党军队纷纷向南撤退。这时候，杜聿明集团的周围已经没有援兵，北平和天津更不可能得到任何的援救，等待他们的命运只有失败，只有投降或者死亡。

1月10日，杜聿明集团被歼灭了，淮海战役结束了，但共产党方面对蒋介石的《元旦文告》却依然没有答复。

世界列强也没有任何表态。国民党曾经接连向美、英、法、苏四国政府提出请求，希望他们能够出面主持和平调停，但最终都被拒绝了——号称"世界五强"之一的中国向联合国的其他四个常任理事国乞求干预国内事务，竟然得不到别人的理睬，中国在国际上的地位可想而知、民众对政府的失望可想而知。抗战胜利时套在国民党头上的那一圈虚幻的光环在此刻已经荡然无存，接下去，他们只能面对更多的屈辱和沉沦。

1月14日，解放军东北野战军对华北重镇天津发起了总攻。仅用一个昼夜的时间，天津的十三万守军被歼灭，主将陈长捷被俘虏，北平已经完全成为了一座孤城。也就在这一天，毛泽东代表中共中央发表了《关于时局的声明》。他针对蒋介石的元旦文告提出了实现和平的八项主张——第一、惩办战争罪犯；第二、废除伪宪法；第三、废除伪法统；第四、改编一切反动军队；第五、没收官僚资本；第六、实行土地改革；第七、废除卖国条约；第八、召开没有反动分子参加的政治协商会议，成立民主联合政府，接收南京国民党反动政府及其所属各级政府的一切权力……

看见这态度强硬的和平宣言，蔡智诚的第一个反应就是：完了。毛泽东根本不在乎老蒋的意见，他要的是无条件投降。

同样是在1949年1月14日这天，谷正纲被任命为上海市政务委员会主任，与汤恩伯配成文武搭档，蔡智诚也随之由南京到了上海。

在这时期，国统区已经乱成了一锅粥。程潜、张轸和陈明仁加入桂系集团，在白崇禧的统率下控制了广西和湖南；孙科、宋子文、张发奎、薛岳等一帮广东人也联合起来，把岭南（包括海南岛）变成了自己的独立王国，桂系和粤系为了争夺物资和钱财动辄兵戎相见。而四川的刘文辉、云南的卢汉对中央的指令也是阳奉阴违，蒋介石总统真正能够使唤得动的只剩下了京沪杭和台湾。

毛泽东《关于时局的声明》发表以后，社会上更加乱了套。老百姓在街上游行，官员们在政府吵闹，蒋介石主张"先停火，再谈判"，李宗仁则说"蒋不下野，没有和谈"，孙科在广东提出"以平等的谈判争取光荣的和平"，而民主人士则抗议"谈判不能由国共两党包揽，其他党派也应该参加"，更有些社会精英竭力地鼓吹"军队国家化"，建议共产党和国民党先解除各自的武装，然后再由议员们慢慢商量国家的前途……真是乌七八糟。

在这种情况下，1月21日，蒋介石下野了。他公开里说："既不能贯彻戡乱的主张，又何必再为和平的障碍。"私底下却骂："我不是被共产党打倒的，是被国民党打倒的。"谷正纲等人更是如丧考妣："我们再无能也和共产党斗争了这么长时间，换李宗仁执政，不出一年就要灭亡。"

蔡智诚的心情也颇为沮丧，他倒不是对蒋介石有多么眷恋，而是觉得这场不合时宜的内讧使国民党丧失了最后地争取"体面"的机会。在他看来，国军虽然在战场上已处于劣势，但毕竟还握有半壁江山。南方是国民党的发祥地，政权稳固、经济发达、人口众多，没有遭受过太大的战争破坏，与在抗战时期就奠定了雄厚基础的北方不同，共产党在华南、西南和西北各省都没有很强的政治势力。如果国民党在战败之后能够知耻后勇，团结起来痛改前非，以稳健的政绩去应对军事上的压力，或许还有可能在谈判桌上有所作为。但像现在这样的搞法，长江防线还没有被突破，自己的阵营先就已经乱了，道德沦丧、信仰丧失、军心丧失、民心丧失，党国的前途必将万劫不复，落入难以救赎的深渊……

果然，国民党的混乱使共产党人更加胸有成竹。1月25日，新华社发表广播讲话："我们老实告诉南京的先生们，你们是战争的罪犯，你们是要受审判的人，你们口中所谓'和平'、'停战'，我们是不相信的！你们必须动手逮捕一批内战罪犯，首先逮捕去年12月25日中共声明中所提的43个战犯。务必迅速逮捕，勿使逃匿，否则以纵匪论处，绝不姑宽……"并且又接着宣布了第二批内战战犯名单。

头一批的战犯名单中有贵州人何应钦，这第二次又补上了个谷正纲。在上海的办公室里，谷战犯面对着布告只有连连苦笑："各位还是少和我来往，否则下一批的名单上你们大有希望。"

蔡智诚倒不担心自己会成为战犯，他在那时候已经离开了军队，到俞季虞那里做事去了。

俞季虞是浙江绍兴人，莫斯科中山大学的毕业生，与蒋经国、谷正纲、谷正鼎是同学，当然也和王明、邓小平等人一起念过书。这俞季虞属于"太子系"的人物，长期担任蒋经国的助手。蔡智诚1946年在"南京市党部"的麾下压制学生运动的时候曾经在他手底下当过差，彼此间还算是熟人。1949年再度见面，俞季虞已经被内定为高雄市的市长，正准备押运一批黄金白银到台湾去。由于时间紧迫，俞市长只好委派蔡同志先在上海临时承担"运台物资"的筹措工作，等他到高雄就任以后再做另行安排。

蔡智诚的任务是从上海筹集十万匹花纱布运往高雄，其职务相当于社会局驻中国纺织公司的联络员。

这个差事可不好干。中纺公司是由经济部直辖的国营企业，棉布产量占全国总产的60%以上，产品主要用于出口，是世界上最大的纺织集团之一。公司董事长是经济部长孙越崎，常务副董事长是经济部次长简贯三，总经理则是"美援物资委员会"主席顾毓琇，都是在位的高官。在当时，市面上的物价飞涨，钞票失去信用，能够兑换外汇的棉毛织品就显得十分宝贵，各方巨头都希望用棉布来稳定市场。小蒋需要布匹去台湾、郭德洁（李宗仁的太太，号称广西王）需要布匹去桂林、孙科则想把布匹搬到广州去，但中纺公司的老板们却谁也不愿意给，每天都能找出无数个理由来拖延和拒绝。

说起来，孙越崎、简贯三和顾毓瑔都属于智商超群的人物，在什么情况下应该做什么事，心里明明白白。这时候的他们早已经和共产党的地下组织取得了联系，正在中共华东局统战部的领导下准备迎接解放。

老板们开了窍，员工的觉悟自然就更高。在当时，中纺公司是以实物替代工资的，每周用"龙头细布"发薪水，护厂有功则发毛呢料子。可如果物资被运走了，那大家就什么也得不到，所以工人们都玩了命似的守护库房。蔡智诚每到厂子里转一圈，起码有上万双眼睛在盯着他，想拿走一缕纱线都不可能，更别说是十万匹花布了。

倒霉的蔡联络员既惹不起中纺公司的官僚老板，也不敢招惹纺织车间的革命工人。就在他一筹莫展的时候，刘鸿生先生出面帮忙了。

刘鸿生号称上海滩的"企业大王"，经营的产业涉及火柴、水泥、纺织、煤炭、发电等各个领域。他名义上挂着国民政府的公职，兼着"中纺公司"和"招商局"的董事头衔，自己也开了一家规模很大的纺织企业，叫做"章华毛纺厂"（今上海章华毛纺织公司）。与孙越崎、简贯三、顾毓瑔等人不同，刘老板的厂子是自家的，口头喊一喊"救国救民"还可以，真的拿老本出来搞"共产"就未免觉得肉疼。所以他不可能像几位部长次长那么慷慨豪迈，总要想办法把资产转移走了才觉得放心。

对于转移资产，刘鸿生很有心得。他的钱多、厂多、子女也多，有十几个孩子可供差遣，调度起来游刃有余。抗战的时候，老刘就把财产和子女一分为三，有的留上海、有的跑香港、有的去重庆，"共荣"的"共荣"、抗日的抗日，直线曲线双救国，两边都不耽误。淮海战役之后，他照样依葫芦画瓢，有的留上海、有的跑香港、有的去台湾，岸上水里全有人，眼观六路，耳听八方。

做大买卖的人都有未雨绸缪的本事，刘鸿生也是如此。抗战之前，刘家就有留美的、留英的、留日的，遇到哪国的鬼子都有办法应付。现在这时候，刘家除了有国民党的官，还有共产党的干部——侄女嫁了新四军，儿子是个地下党——但即便是这样，刘老板的心里还是不踏实，他觉得应该把动产都转移走，于是就让章华毛纺厂的总经理程年彭来找蔡智诚。

按照程年彭的说法，章华厂库存有二十几万码精纺呢绒（薄哔叽），打包起来将近一万匹，刘鸿生愿意把这些东西运往台湾。但问题在于共产党事先打过招呼，工人护厂队又看守得很严，厂方自己不方便出面，需要蔡联络员带人"硬抢"才行。

老板既然点了头，搬运物资就是小菜一碟，这事情难不倒蔡智诚。章华毛纺厂的位置在浦东区的杨家渡，那里是37军202师（王大均部）的防区。202师属于"青年军"序列，37军军长罗泽闿也是太子系的门生。听说是帮俞季虞抢东西，他立马派出了一个团，卡车战车机关枪，三两下就把仓库给腾空了。

虽然没弄到花纱布，有"哔叽呢"充数也很不错。但问题是这些呢绒料子堆在码头上就如同在马路边上放着一大捆美钞，随时都有可能被别人拣走了，必须赶紧装船起运才行。

照规矩，所有"撤台物资"的运费都由政府来承担，付款的办法是先由公务部门出具证明，等到下一个财政季度再作结算。可事到如今，天晓得国民政府还能够支撑多长时间，到底有没有下一次财政结算谁也不知道，所以私营的航运公司一律拒绝白条，而国营的航运公司不是借口没有船只就是推脱没有船员，想弄到货运舱位比登天还难。

蔡智诚上窜下跳也找不出门路，只好去求邱秉敏。邱秉敏是中纺公司运输处的副处长，人家不仅很痛快地把这件"苦差事"承揽了下来，并且还吩咐小蔡啥也不用管，安心在屋里睡大觉。结果没过两天，事情办成了，邱副处长拿着两根"大条子"回来分红。小蔡对他佩服得五体投地，连忙讨教这其中的秘诀。

老邱启发道："你想想，这批毛呢料子的财产权是属于谁的？"

"当然属于章华厂，我只是帮他们运到台湾去。"

"那就对了。东西是刘家的，丢在码头上，刘家最关心。先前有你在外面使劲忙活，人家犯不着出头。等看见你突然撒手不管了，他们自然也就着了急。于是乎，我逼着刘鸿生自己掏钱付运费，船东还必须由我来挑选，他们怎敢不听从？"

蔡联络员这才恍然大悟，心说："发财的门道真是随处都有啊。"

滞留上海的这段时间，蔡智诚和邱秉敏同住在霞飞路（今淮海路）的"宝康里"。因为人少，所以就合在一起搭伙。虽说是搭伙过日子，其实就跟住旅馆差不多，两家合租三间屋室，每月一百五十块大洋，一间共用，两间当作各自的卧房。邱秉敏是个好吃美食的广东人，却娶了个不懂家务的德国老婆，而蔡智诚的"蛋蛋"同样也是啥都不会，所以两家的一日三餐全要依靠饭馆，清洁卫生工作也统统交给了女佣。

在那些天里，蔡智诚享受到了多年未曾有过的家庭生活。他每天跟着邱家夫妇下饭馆，不是在大来饭店啃德国猪蹄，就是在杏花楼上吃广东烧鸡，然后就陪着老婆去逛"世界花园"。上海的高楼实在是多，里面设有这个"世界"那个"花园"，蔡家的"蛋蛋"爬过了七层的先施大厦又去爬二十四层的国际饭店，站在瞭望台上大呼小叫："哎呀哎呀哎呀呀，街上的行人像蚂蚁！"

那时候，上海的居民确实就像是蚂蚁一样。三大战役期间，大批的人流从北方各地涌进上海，使这座城市的人口暴增了好几倍。流亡者的身份各异，有官有兵、有富有穷、有商人也有农民；各自境况也不同，有的浑浑噩噩随遇而安，有的咬牙切齿等待复仇，有的上下钻营谋求东山再起，有的心灰意冷准备借道跑路……然而，更多的则是被战争的浪潮席卷而来的难民，他们倾家荡产、囊中空空、妻离子散、无所适从。街头巷尾，随处可见走投无路的北方人，手里举着过去的嘉奖令，胸前挂着求助的哀告牌；车站码头贴满了"寻父"、"寻夫"、"寻子"的纸条，内容无一例外都是"某人，某年某月在某部队从军，某时某刻在某地方失踪，有知悉者请告知下落"……

在这号称"东方巴黎"的城市，每个角落都挤满了惶恐无助的人群，他们有的在求一份果腹的饭食，有的在找一片栖身的场所。那时候，上海市的"违规建筑"已经密集到见缝插针的地步，可住房依然是供不应求。"宝康里"原本是一处中西合璧、两层楼高的石库门，现在却已经不知道变成了什么结构——房顶加了又加、楼面扩了又扩，天井和客堂全都改成了卧室，甚至连楼梯上也架起了床铺。蔡智诚进出房门的时候都要在别人的被褥或者马桶之间穿行，就像滑稽戏《七十二家房客》里演的一样。

但无论如何，能在房檐底下拥有一块栖身的床板都还算是幸运的，因为有许多"瘪三"不得不露宿街头。虽然地处南方，但1月的上海依然十分寒冷，身无分文的人们被冻得受不了，只好在夜里故意打架，用违犯"戒严法"的方式让警察把自己关起来。男人可以在牢房里躲避凛冽的寒风，女人和儿童就无计可施了。霞飞路上有座法国人办的育婴堂，接受弃儿的大抽屉①每天都放满了婴儿，到最后连墙脚下都摆着孩子。

弃儿太多了，育婴堂应付不过来，修女们只好出告示招募奶妈，并且呼吁有善心的教徒们主动帮忙。蔡智诚的妻子也跑去当志愿者，忙活了一天还十分兴奋，回来说有几十个人做了义务保姆，另有一百多人应聘奶妈。

"怎么会有那么多奶妈？"蔡智诚觉得很纳闷。

"傻瓜，那些人其实就是弃婴的母亲，把孩子丢掉了又舍不得，所以再来育

---

①那抽屉是装在墙上的，在外面一拉抽斗就露出来，再一推抽斗就进屋里了。

婴堂当奶妈。这样虽然孩子不属于自己了，但至少不至于死在街头，也是没有办法的办法……我给你说，育婴堂里有好几百个婴儿，每天换四次尿片，那布条子挂得铺天盖地，啊呀，比万国旗还要复杂！"

"你又不会做家务，能在那里洗尿片吗？"蔡智诚十分怀疑妻子当保姆的本领。

"我才不做那种事，我请了一个苏州娘姨，一天给她一块钱。"

"哈！这种事要自己动手才有诚心，请人帮忙，功德减半。"

"……"，陈丽君顿时若有所悟。第二天一早，她就带上两位娘姨出发了。

1月份的最后一天，解放军接管了北平。

共产党并没有像他们所说的那样把"头等战犯"傅作义抓起来法办，而是态度客气地礼遇有加，这就给了其他战犯们极大的希望。南京、上海纷纷传言："美国人和苏联人出面说话了，共产党收敛多了！"、"老蒋帮杜威搞竞选，得罪了杜鲁门，现在换了李宗仁当总统，美国人还是要照看国民政府的……"一时间，美国大使司徒雷登成为了社会关注的焦点，他的每一个手势和每一个微笑似乎都成了时局前景的风向标。

然而，这个梦呓般的幻想很快就破灭了。2月5日，美国海军第七舰队撤退到上海，他们放弃了青岛，用实际行动证明自己不会为了国民党的利益和共产党进行抗争。于是，南京政坛的最后一点底气终于彻底丧尽。同一天，国民政府宣布将"行政院"迁往广州。消息传来，上海的市面顿时崩溃，物价在当天暴涨十倍。混乱的人群如潮水一般涌向机场和码头，人们哀告着、哭嚎着、疯狂地抛撒着钞票，千方百计地寻找任何一个远洋的座位，绝望地乞求尽快离开上海，离开这个即将成为战场的"东方巴黎"。

那一天，蔡智诚的情绪也十分低落，他没有去公司上班，也没有出门闲逛，而是躲在屋里和邱秉敏一起喝闷酒。

"餐厅"是两家共用的，所谓客厅、书房或者小孩的活动室也都是这一间。邱秉敏的女儿当时还在上小学，大人喝酒的时候她就在旁边念书——

刀兵动，战事起，
报道齐国打鲁国，鲁国人人都着急。
派遣乡兵去抵御，孩子汪踦也出力。

打退敌人回来时，点名不见小汪踦。
原来已经阵亡了，真是可敬又可惜。
……

这是根据《礼记·檀公篇》改编的课文，说的是孔子赞誉童子汪踦"执干戈以卫社稷"的故事，放在小学语文课本里原本还是很不错的。但蔡智诚这时却实在听不下去，他对小女孩说："爱伦，别念这个了，换一本吧。"

换一本就换一本，邱爱伦又捧起了另一本书——

可爱的中华，我同胞的家，
人口众多，土地广大，
气候最适宜，物产冠东亚，
有世界最长久的历史，有世界最发达的文化。
……

"别念了！"醉意朦胧的蔡智诚一把夺过课本，发现这《小学常识》其实就是儿童地理手册，每一页都有一个省的地图，旁边再用诗歌介绍相应的情况。他歇斯底里地扯掉了东北各省的地图，扯掉了北平，扯掉了河北、山东、河南、江苏……

"这个已经没有啦！不用念啦……这个也没有啦！不用念啦……"，他一面痛哭着，一面举着被他撕得支离破碎的课本，指着残留的几页问邱秉敏："请你告诉我，剩下的这些还要念吗？南京还要念吗？上海还要念吗？你们广东要念吗？我们贵州还要念吗……告诉我，谁能告诉我啊？！"

邱秉敏哭了起来，两家的女人哭了起来，就连被吓得手足无措的邱爱伦也惊恐地大哭起来。

陈丽君搂着这梨花带雨般的小姑娘，一边替她擦去脸上的泪水，一边怜惜地安慰着她——在那时，在场的人们哪里能够想到，这位漂亮伶俐的混血女孩会在八年之后嫁给蒋纬国，成为名动一时的"台湾王妃"。

在那时候，蔡智诚完全不清楚未来的中国会是什么样子，"党国"的命运又终将如何，他只知道自己即将要告别故土，去往海峡另一端的陌生的高雄。至于今后是能留在台湾当"岛民"，还是要流落海外做"白华"，一切都只能听天由命。

在那些日子里，蔡智诚整天借酒浇愁。他坐等着台湾方面给他来电报。可一直等到2月中旬，俞季虞的电报都没有来，却传来了一个令人意外的消息：蒋经国太子的得力干将俞季虞在轮船事故中淹死了，尸骨无存！

——这下子，蔡智诚去高雄做官的计划只好就此泡汤。

第四十五章　1949 年初

1949 年 1 月 27 日夜间，中联公司的两千吨级"太平"号客轮与建新公司的两千吨级"建元"号货轮在浙江舟山水域相撞后沉没，除 41 人获救外，其余近千人遇难。蔡智诚虽然在事发的第二天就听说了这个不幸的消息，但直到 2 月中旬才知道俞季虞也在那条太平轮上。

俞季虞死了，"高雄计划"就此泡汤，而谷正纲也恰好在这个时候跑到奉化陪蒋介石去了。当联络员的与"上线"失去了联系，蔡智诚前途顿时一片迷茫。

蔡智诚当时的职务类似于上海市社会局的"特派专员"，但社会局的名册上并没有这个官衔。他在中纺公司既没有部下也没有办公室，公司里每个月发给他四百块大洋的"车马费"，说穿了就是私底下的贿赂，拜托他不要无事生非，少给大家添麻烦——这样的差事临时干一干还算不错，但长期做下去就不行了。且不论人家中纺公司愿不愿意，就是这上海的局面还能够维持多久都很难说，所以蔡智诚只好另寻出路，又开始琢磨着是不是溜回贵州去算了。

不过，陈丽君的日子倒安排得十分充实。她每天去育婴堂转两圈，表示过爱心之后就拎着个布袋子满世界采购大米。当时上海市场的稻米分为好多类，有常熟的糙米、太仓的白米和泰国的暹罗米。其中泰国米是用机器烘焙过的，比较干燥耐储存，所以陈丽君就专门搜集这种进口物资，今天一袋明天一包，堆得床铺底下尽是粮食，再过几年也吃不完。

当时，市面上物价飞涨，金圆券贬值得很厉害。100 斤上等白米在 1948 年"8·19"（金圆券发行日）时的价格是 15 块钱，1949 年 1 月涨到 150，2 月涨到 1500，3 月涨到 12000（到上海解放时的 5 月底涨成 1.7 亿）；40 码一匹的"龙头细布"（纺织企业用它发工资，是比较重要的流通物），"8·19"的价格为 30 块钱，1949年1月涨到320，2月涨到2000，3月份15000（到解放时涨成1.2亿）……上海的市民原本是比较爱逛交易所的，但这时候的黄金只涨不跌，无从下手；股票只跌不涨，毫无指望；期货市场空空如也，只好关张，于是所有的人都跑到商店里疯狂采购，拼命囤积物资。

市面上的任何东西都抢手，人人都在搞收藏，有囤粮食的、囤药品的、囤棉纱的，也有囤白报纸的。"宝康里"的二房东专门收购钢材，铁丝也要、铁钉也要，到后来连床板都拆了，全家都睡在铁皮上。更多的人则是见东西就收，火柴要收、纽扣要收，油盐酱醋更要收，甚至连冥器店里的花圈也被收光了。老板卖棺材的时候都要先去顾客的家里瞧一瞧，看看到底真的有死人没有。

金圆券崩溃的根源当然是货币发行过滥、经济体制垮台，但按照蔡智诚的观点，这种状况的出现也与当时的军事政治形势有着很大的关系。一方面，三大战役之后，国民党丢失了大片的领土，东北、华北和华中的工业基地和农村税源全部落入了共产党的手中，财政收入急剧减少；而与此同时，北方的难民大量涌进南方城市，原本在"全国范围"发行的金圆券也全部聚往日益萎缩的国统区，此消彼长，政府调节金融收支的能力大大降低。另一方面，战场上的失利造成了老百姓的心理恐慌，政客间的内讧和争权夺利更使得民众丧失了信心，国民对政府的可靠性产生了怀疑，货币也就失去了储蓄的功能。于是，任何人都不愿意让钞票"砸"在自己手里，所有的金圆券全部上市流通，这就给原本就濒临破产的经济环境造成了致命打击。

在蔡智诚的印象中，1949年的这场金融灾难是从2月份开始进入高潮的。那时正值平津解放、李宗仁上台，国民党财团不支持桂系、共产党方面也不给李宗仁面子，新一届政府又没有表现出政治和军事上的过人之处，经济崩溃也就成了理所当然。但1949年的这场灾难和1944年、1945年的有所不同，抗战后期的市场混乱在很大程度上是由于物资匮乏，那时候用法币买不到的东西，用银圆同样也买不到；而1949年初的社会物资总量却并不算很少，只是都被囤积了起来，老百姓宁愿以货易货也不相信钞票。市场上的价格暴涨也仅仅是针对金圆券而言，如果用银圆购买大米或者布匹，比起1948年不但没有涨价反而还降价了。

那时候，商铺和饭馆既想囤积货物又不能不做生意，所以对顾客十分挑剔。倘若抱着金圆券进馆子，老板只肯卖一碗饭，如果把袁大头拍在桌面上，鸡鸭鱼肉立刻就端了上来。最倒霉的是那些放高利贷的，缺德人遇上了更缺德的社会，两下子就被整破产了，真是恶有恶报。

蔡智诚的薪水是现大洋，市面风波对他的影响不大。但事实上，能够像他这样"潇洒"的人物毕竟是少数，有更多的百姓在这场金融灾难中饱受痛苦。普通市民除了以货易货之外就难以维持生计，大批的学生、教师和基层工薪人员沦为饥民。最不幸的还是那些从外乡来的逃亡者，颠沛流离，无依无靠，腰包里揣着的全都是废纸，那才真的是叫天不应，叫地不灵。

1949 年 3 月，南京李宗仁政府终于派出了"和平商谈代表团"，首席代表张治中（解放后任全国人大副委员长）、团员黄绍竑(后任全国人大常委)、邵力子（后任全国人大常委)、章士钊（后任全国人大常委)、李蒸（后任全国政协常委)、刘斐（后任全国政协副主席)——这其中，张治中和邵力子是"主和派"，黄绍竑和刘斐属于桂系，章士钊和李蒸是社会贤达，连一个能够代表蒋系和粤系的人物都没有——所以别说是谈不出结果，即便能够签订个什么协议也不过是一纸空文，很难得到执行。

当时，李宗仁已经表示同意毛泽东提出的"八项主张"。因此，所谓的谈判不过是把"无条件投降"改为"有条件投降"。桂系政客期盼的无非是两条，一是把"惩治战犯"的力度降一降，二是国民党交出政权，但解放军不要过江。共产党显然不答应第二条，谈判还没开始，新华社就表明了态度：坚决粉碎国民党的"和平攻势"，并且说解放军打过长江轻而易举，夺取全国胜利的步伐不可阻拦。共产党不但政治要过江，军事也要过江，国民党不仅要交出政权还必须放下武器，可选择的出路只有两条，不是北平就是天津……

那时候，上海的广播公司多如牛毛，一两百个频道的信号互相干扰，收音机里各种声音乱七八糟，不动旋钮就能窜出四五个台来。几乎所有的电台都有"时政评论"，有的说："完蛋完蛋，没救了。"有的说："不怕不怕，我们有无敌的空军、我们有忠诚的海军。"……说着说着，海军最大的"重庆"号军舰就起义了。电台里只好又说："不急不急，陆军还有江阴要塞，海军还有第二舰队，当年八百壮士能在四行仓库坚持那么久，现在守住长江更没有问题。"

但蔡智诚知道长江是守不住的，这不仅是因为国民党的兵力不足，也是因为高层长官根本就没有守江的决心。

从历史上看，长江最重要的防御地带应该在南京上游至九江河段。这个地域一旦被突破，不仅安徽江西立告失守、江浙腹背受到包抄、湖南广东面临威胁，而且整个华南也被切成了无法顾及的两半。反之，如果守住了这一段，防守方可以保持较厚的战略纵深，攻击方在东西两端会受到较大的制约，战局就还有可期盼的余地。但现在，白崇禧把主力收缩到湖南广西，只求保住桂系大本营；汤恩伯把兵力集中在南京下游，仅图维护上海一隅；而广东方面则希望把海南岛变成台湾第二，宁愿去香港也不愿守长江……结果漫长的"江防要地"只留下几支杂牌弱旅在装腔作势，解放军岂有不"轻而易举打过长江"之理？1949年4月20日，解放军的百万雄师也正是从江阴至九江段突破了长江天险。

1949年3月，"北平和谈"拉开了序幕，但双方心里都明白这只不过是个幌子而已。共产党那边说"宜将剩勇追穷寇，不可沽名学霸王"，国民党这边喊"积极备战，周旋到底，等待第三次世界大战爆发"，大家其实都知道"长江防线"形同虚设，那道"天险"根本靠不住，于是就开始做下一步的安排。

3月中旬，谷正纲从奉化回到上海，他已经得知俞季虞遇难身亡的消息，于是就建议蔡智诚离开上海到福建去。

谷正纲的这个提议是有原因的。

李宗仁代理总统职务之后，与原本就芥蒂很深的行政院长孙科之间的矛盾越来越大，以至于到了无法共事的地步。结果老李就和老蒋商量了一个折衷的办法，由何应钦出任行政院长。何应钦内阁的时间虽然很短（才两个多月就被阎锡山取代了），但在当时却显得十分卖力。他拟订了一个庞大的军备方案，准备征召百万壮丁组建"二线兵团"，并且把整军的重点放在了福建。

福建属于黔系政客把持的地区。1926年，何应钦统率北伐军东路军由潮汕入闽打败了孙传芳的部队，成为福建军政委员会主席。后来，何应钦的弟弟何辑五、何纵炎，谷正纲和他弟弟谷正鼎，包括蔡智诚的老爸蔡式超等贵州老乡都在那里做过官，与当地政界有着千丝万缕的关系。1949年这时候，福建省主席兼绥靖公署主任是朱绍良。朱绍良祖籍江苏，从小在福州长大，考入武昌陆军中学后和同班同学何应钦、谷正伦一起被选送进日本士官学校，毕业后又一起去贵州混迹。朱绍良与何应钦先后担任过黔军参谋长，而谷正伦则做过黔军总司令，三个人在蒋介石麾下的地位虽然有所变化，但彼此的交情摆在那里，始终是一根绳上的蚂蚱。

不过，谷正纲推荐蔡智诚的原因倒不完全是为了人际关系。

福建的方言与中原语系大相径庭，可当地的军政大权却掌控在外省人的手里，官员操北腔，百姓唱南调，咿哩哇啦闹了半天谁也不知道对方说的是啥东西。长官在台上训话，台下目瞪口呆，忽然有人自告奋勇申请当翻译。长官当然很欢喜，于是就听翻译说福建话，台下鼓掌台上也鼓掌。鼓掌过后，当兵的扛起武器"呼啦"一下全跑光了。当官的愣在台上莫名其妙，问过别人才知道——原来刚才那"翻译"是在鼓动大家造反呢。

蔡智诚会说闽南语，因为他的亲生母亲是蔡式超在厦门大学时娶的姨太太，老人教育自己孩子的时候总是使用别人听不懂的家乡话，蔡智诚和蔡智兰也因此掌握了这一般人都弄不懂的奇特方言。谷正纲的妻子也是福建人，老谷曾经见过蔡智诚和她用闽南话拉家常，所以他觉得这小子是个精通"内语"的宝贵人才，派到朱绍良那里一定能够发挥所长。

那一天，谷正纲的办公室里还有一个人，他就是原国防部史政局局长，新近被委派为福建绥靖公署副主任的吴石①中将。在得知蔡智诚的情况之后，吴副主任立刻表示出十分欢迎的态度，并且提出可以让蔡中校在绥署的兵役部门负责军训业务——蔡智诚之前从没有和吴石见过面，当然不知道这位国民党的中将其实是中共的地下党。在那时，他只知道吴副主任与白崇禧的关系十分密切，虽然名为朱绍良的副手，其实是桂系与黔系之间的联络员。

从个人兴趣上讲，蔡智诚并不反感去福建，也不计较在谁的手下做什么官。但他却很不愿意在这内讧不断的时候充当政治派系之间的帮手或者润滑剂，更不愿意在这大势已去的时候再拉壮丁上战场送死。他讨厌这祸国殃民的权力纷争，更不希望这毫无意义的战争再继续拖延下去，于是就拒绝了谷正纲和吴石的建议，坦率表示自己对兵役工作既缺乏经验也缺乏热情，担当不起这军事训练的重大职责，然后称谢告辞而去。

从市政府大楼出来，蔡智诚就决定离开上海，回贵州老家另谋出路。他把这个想法告诉了妻子。出乎意料的是，陈丽君显得特别高兴，她立刻动手收拾行李，笑靥如花："太好了，太好了，我要回家喂金鱼。"

原来，自从丈夫出征后，陈丽君就在房前开辟了一个小小的花园，种桃树、栽兰草，还养了许多金鱼，每天用这些不吵不闹的玩意儿来打发独守空房的无聊和寂寞。在南京上海的这段日子，她最担心的就是自己的那些花草没有人浇水，金鱼没有人喂食，不知变成了什么模样，现在忽然听说可以回家了，如何能不欣喜若狂。

"这时候回去正好呢，园里的桃花就要开了，红红白白的可好看！"

---

①吴石，福建福州人，毕业于保定军官学校，与白崇禧为同期同学，历任国民党陆军大学教官、军政部长办公室主任、军事厅参谋长、参谋本部处长、第四战区参谋长、国防部史政局局长、福州绥署副主任、台湾国防部参谋次长，1950年在台湾被捕牺牲，1973年被追认为革命烈士。吴石是中国共产党打入国民党内部的最高情报官，代号为"密使1号"，毛主席曾有诗赠曰："惊涛拍孤岛，碧波映天晓。虎穴藏忠魂，曙光迎来早。"

"以前怎么没有听你说过花花草草的事？我还以为你满喜欢上海呢"，蔡智诚觉得很奇怪。

"你在这里求事业，还说要到台湾去，心里那么苦，我怎么能拿这种小事来烦恼你……"

接下来的日子，蔡家小两口都在忙着做行前的准备。

1949年4月4日，前往海防的船票终于办好了（当时比较安全的返程线路是由越南经云南回贵州），蔡智诚就带着妻子去向谷正纲告别。

那一天恰好是旧中国的儿童节，也是国民党在大陆的最后一个儿童节。上海市锣鼓喧天，歌声嘹亮，宋美龄、李宗仁和市长陈良都发表广播讲话，向儿童们致以节日的祝贺。原本被抢购得空空荡荡的商店柜台上也罕见地挂满了糖果，用细线串着，每个童子军都能分到几颗。大街上彩旗飘扬，五颜六色的标语横幅写上了各式各样的口号："保障儿童教育"、"丰富儿童的精神享受"、"重视儿童福利"、"营造儿童幸福生活"。

陈丽君被这节日的气氛感染得热泪盈眶："哎呀，好可爱，多么漂亮的小孩，我要能做他们的妈妈就好了。"蔡智诚的心里也在想："如果结婚的时候就离开军队，现在一定也有自己的孩子了，那将会是多么快乐。"

但就在这时，迎面开来了一队童子军，年龄各异、高矮不等的少年们穿着小号的军服、扛着木制的马枪，吹着喇叭、喊着口号走得威风凛凛，可队列前的旗帜上却写着一个特别的番号——"遗族子弟学校"。蔡智诚于是又想："幸亏还没有孩子，否则让自己的子女成为这支队列中的一员，那将是多么的心酸。"

两夫妻就在这快乐与感伤的氛围中来到了谷家的府邸。走进房门，刚说明来意，谷正纲就拿出两封电报。

头一封电报是福建后勤司令部（联勤总部第一补给区司令部）司令缪启贤发来的，他在电文中热情邀请蔡中校出任该部的参谋长。其实，蔡智诚从来就没有听说过这位不知为何方神圣的缪司令。他明白，这是吴石副主任经过利弊权衡之后的考虑。而第二封电报的态度就明确多了，方先觉中将命令"第一陆军训练处中校教官蔡智诚接电后着即前往福州，向第22兵团司令部报到"。

第22兵团是国民党在福建新组建的部队，下辖的各个单位全是战败之后重建的，其中就有原"五大主力"之一的第5军，新任军长是从辽沈战场上跑出来的原103军军长福建人沈向奎。原"南京第一陆军训练处"的教员和学员也全部编入第22兵团，军校副主任方先觉被任命为兵团的副司令，实际掌管编练工作。

先前，蔡智诚就是被方先觉打发去双堆集跳降落伞的。蔡教官一去杳无音讯，方中将还以为他肯定已经死翘翘了呢，却没想到这小子居然从俘虏堆里跑了回来，而且还攀上了谷正纲这门高枝。方先觉自己是当过俘虏又逃跑的，知道这种事情很不容易办到，第5军军长沈向奎也是从包围圈里侥幸逃生的块肉残躯，彼此顿觉惺惺相惜，当下认为决不能让这个既能在天上飘也能在地下跑的家伙去后勤部门发横财，应该把他弄到200师，给个团长团副什么的干干。所以，后勤司令部给谷正纲发电报，方先觉也照样发电报，理由很简单：你蔡智诚原本就是"第一陆军训练处"的成员，现在回来向22兵团报到是理所当然。

蔡智诚的第一个反应就是拒绝不干。但他还没有来得及开口，谷正纲却先说了话："你是个国民党员，你是革命军人，你应该回到岗位上去。"

于是，蔡中校起身立正，原本准备推脱的言辞在此刻也换成了另一个无奈的字眼——"是。"

从谷正纲的家里出来，蔡智诚的心情十分沮丧，陈丽君却依然若无其事："不要紧，先去福州看一看，以后再想办法回家。"但她同时又显得特别倔强，无论怎么劝解都不肯独自回贵州，一定要跟着丈夫到福建去——蔡智诚只好退掉了越南的船票，准备携带家眷上任新职。

去福州的船票倒用不着购买，因为有一艘轮船是现成的，很快就要出发。

还是在3月下旬的时候，蔡智诚去"铁路军运指挥部"办事，在指挥官段仲宇[①]的办公室里意外遇见了伞兵参谋长戴杰夫和3团团长刘农畯。

这段仲宇是何应钦的亲信。前两年，何应钦被老蒋打发到联合国去当"安理会代表"，段仲宇也在美国呆了好长时间。何应钦回国以后做了国防部长和行政院长，段仲宇也跟着抖了起来，荣升少将，掌管京沪铁路运输大权，还被安排进上海市的"政务委员会"，成了谷正纲与何应钦之间的邮递员。但事实上，段少将已经在此时加入了共产党，号称"蒋经国近卫军"的预备干部训练总队（贾亦斌部）和号称"蒋介石嫡系"的伞兵第3团起义，都是他参与策划的结果。

蔡智诚没有想到会在段仲宇这里遇到戴杰夫和刘农畯，在这之前，他根本不知道伞兵部队也在上海。从闲谈中得知，伞兵1、2团已经转移到福建，只剩下伞3团还没有出发。航运部门的办事效率太低，调派的轮船总是不合适，所以只

---

①段仲宇，河北蠡县人，中央军校第9期毕业，中共地下党员，1948年任国民党上海港口司令部副司令兼上海铁道西路守备司令和上海市政府政务委员，1949年5月在上海起义，解放后担任军械学校副校长、后勤工程学校训练部副部长等职，1982年离休。

好请段仲宇出面协调。

"我在这方面有几个熟人，明天帮你们问问看"，蔡智诚搞过物资转运工作，对船舶的情况比较了解，听说是老部队和老上级遇到了难处，自然就很乐意帮忙。

第二天，从段仲宇那里来了个名叫刘春华的上尉副官，蔡智诚和他一起去了港口司令部海运组的办公室。

"上海港口司令部"的正式名称其实是"联勤上海运输指挥部"，是隶属于"联合勤务总司令部"（总司令郭忏）的干线运输管理机构，与负责支线调配的"补给区司令部"是平行单位。上海港口司令部的司令是汤恩伯的亲信杨政民，另外还有好多个分管铁路、公路、仓储等各方面的副司令，段仲宇也是其中之一。然而，真正最有油水的海运组却始终掌握在杨政民自己手里，具体负责的是他的副官吴铎。

港口司令部总部设在吴淞军用码头，而海运组的办事机构则设在外滩的招商局大楼内。在办公室，蔡智诚向吴铎说明了来意。那小子立刻指着码头上一艘漂亮的客轮叫起屈来："伞兵可真是太难缠了，居然连海辽号都看不上，你叫我怎么处理？"

"他们觉得这条船不吉利……"，刘春华副官连忙解释说。

蔡智诚和吴铎一听这话都忍不住笑了起来。

"海辽"号是一艘3500吨级的美国造"大湖级"海轮，原本在招商局旗下从事上海—福州—厦门之间的客货运输，1949年3月和其他十四艘轮船一起被国民党军方接管。从吨位、设备条件和航行经验上讲，用这艘轮船运送军队去福建是再合适不过了，但它也确实存在着伞兵们指出的毛病——不吉利。

这"海辽"是美国Manitowoc船厂1920年的产品，原名SanAntonio，卖给中国后起名为"海闽"号。这"海闽"船的头一次航行就撞沉了吴淞军港的小火轮，弄死了十六个军校实习生。然后又开到厦门去撞翻了"伏波"号。"伏波"号是一艘英国建造的1400吨级驱逐舰（原名皮图尼亚号），设备很先进，可刚到国民党海军手里没两天就被撞沉了，一百多官兵只活下来了一个人。于是就改叫"海福"。结果"海福"改了名字却没改脾气，又继续去撞陆军的运兵驳船，再干掉一百多人，只好又更名为"海辽"……两年来，这倒霉家伙的航行经历就是撞船、维修、改名、再撞船、再维修、再改名，反正专跟兵舰过不去，撞掉了海军撞陆军，只剩下空军还没有碰过，所以伞兵3团当然不愿意给它这个"破记录"的机会。

蔡智诚虽然觉得刘衣峻的迷信有点可笑，但人家既然已经这么说了，他也只好要求另换一条船，并且建议起用招商局的"郡级滚装船"，把吴铎搞得啼笑皆非。①

"港口司令部海运组"组长吴铎是浙江大学的毕业生，比蔡智诚高几届，两人在学校里的交往比较少，但却有一个共同的老师——招商局航运处处长俞大纲。

俞大纲是浙江绍兴人，父亲是前清的进士，母亲是曾国藩的孙女。他在家中排行老幺，哥哥俞大维是国民党的交通部长（后任国防部长），姐姐俞大彩嫁给了北大校长傅斯年，表哥是陈寅恪（陈寅恪的母亲姓俞，是俞大纲的姑姑），表姐夫是叶剑英（叶帅的岳父姓曾，是俞大纲的舅舅），他有个侄子叫俞启威（黄敬，中共冀鲁豫区书记、天津市长），还有个侄子是蒋经国的女婿（俞扬和，蒋孝章的丈夫）……而俞大纲本人是个"新月派"诗人，泰戈尔访华时就是由徐志摩和他做陪同。

抗战期间，俞大纲是浙江大学的教授，在遵义呆了七八年。当时浙大学生排练的话剧歌剧全都由他当导演，而吴铎和蔡智诚都是艺术团的骨干。1949年这时候，吴铎是国军的特派员、蔡智诚是社会局的专员，全都和船打交道，而俞大纲又恰好是招商局的航运处长，手上管着好多船。说是管船，俞大处长其实对航运一点也不懂，招商局不过是看在他交通部长哥哥的面子上给了他一个倒卖船票的机会。老俞也乐得每天和一帮演员们聊天唱戏，时不时地还喊弟子们去捧捧场。但人家毕竟是处长，虽然不大管事，内情还是知道一些的，蔡智诚就从他那里听说了不少招商局的秘密。

解放战争期间，中国从英、美以及日本的手里得了不少军舰轮船。设备大量增加了，但会驾驶懂维护的却很难找，于是航海专业人才就变得十分抢手。在当时，商船海员的工作比较安全和自由，而且薪水比海军士官高得多，开客轮货轮的人都不愿意开兵舰。国军只好来硬拉（重庆号军舰的全套轮机人员就是从民船上征用的），而"军事征用"的主要对象是轮船招商局。

招商局是国民党唯一的国有航运企业，隶属于交通部。这家企业拥有海轮五十只，各类江轮、拖船、驳船近两百只，其中最容易被征用的就是"郡级滚装船"。

郡级滚装船原本是美军在二战时期使用的 LST 级坦克登陆舰，满载排水4000吨，当作货船时货舱容积2000吨。1946年以后连卖带送的移交给中国五十多艘，国民党海军的中字号军舰、招商局和江南造船厂的"中"字头滚装船、难

---

① 刘农晙所说的"海辽轮不吉利"当然只是借口。当时他不愿意使用这条船的真正原因是因为其客舱容量太大，在装载伞3团的同时一定还会加运其他部队，这将影响原定的起义计划。

民救济总署的"万"字头轮船、民生公司的"远"字尾轮船（宁远、平远、怀远……）都属于这同一系列的同一型号。

　　既然是军民同一型号，而且这种船原本就是按军舰设计的，所以国军征用起来特别方便，到后来海员们都被搞怕了，谁也不愿意接近这类货色。招商局只好让剩下的郡级滚装船统统报废，有的固定在码头当锚船，有的干脆拆了做零件。

　　上海十六铺金利源码头上还停靠着四艘郡级滚装船，表面上看不能动弹，其实只是轮机的大轴被拆掉了，其他机件都还是好好的。这样的轮船原先有五艘，1948年2月，"中字110"被海军司令部征用（海军懂行，招商局的办法蒙不住他们），结果船员在半道上打开了"海底凡而"（船底阀门），愣是让轮船沉在了三江营。上海的大报小报立刻宣传"国军悍然堵塞航道"，江淮商界也跟着大喊"交通受阻、经营困难"。海军被冤枉了一番，头疼得不得了，从此再也不打招商局的主意，剩下的"锚船"也就得以保存下来。

　　这时候，蔡智诚索要的正是这"中字号"的LST级"锚船"。

　　吴铎在招商局当驻厂代表，厂方送给他一部崭新的"别克"轿车，平常的"车马费"更是不少。他被胡时渊总经理哄得高高兴兴，一般情况下不愿意招惹麻烦（招商局高层此时已和地下党取得联系，胡时渊解放后担任上海市政协委员）。但吴铎也知道，蔡智诚不仅清楚"锚船"的底细，也能从航运处长俞大纲那里拿到批条，并且还有着社会局的背景（社会局兼有监察功能，有点像是现在的纪委），所以被他顶到跟前了也确实不好推脱。

　　只是，码头上除了"中字102"上有一个船长，其他什么船员都没有，这就需要花钱去招聘人手。招商局和海运组是不可能出这笔钱的，刘春华副官回去一说，段仲宇立刻就批了五千块现大洋。蔡智诚当时还奇怪这位管铁路的司令怎么会对轮船的事情如此大方，后来才知道这本来就是刘农峻供的活动经费，一万块钱只花了一半呢。

　　于是乎，"中字102号"郡级滚装船的调派单就拿到手了。这当然不能说是蔡智诚的功劳，但多少也应该算做他为伞兵的起义出了一分力——虽然在办事的时候他并不知道地下党正准备干什么，甚至当时的他也不知道自己最终也会坐上这条彻底改变命运的航船。

第四十六章　海上起义

　　从上海去福州可以坐船或者坐飞机。当时，因为蔡智诚从纺织公司那里贪污了许多布匹和呢料，乘飞机带货不太方便，而陈丽君又没有见过大海，很想尝试一下远洋的滋味，所以两口子就打算乘坐"中字102"号运兵船。得知他俩的决定之后，谷正纲很快就派人送来了一份盖着"国民政府考试院铨叙部"钢印的派司，上面标明蔡智诚的身份是"中央执行委员会社会部专员"，任务是护送"国大代表"及其家眷——这就使他的旅程突然变成了一趟官差。

　　那时候，国民政府的各大机构已经陆续迁往台湾、广州、福建和四川。但政府中的许多官员和家眷却由于这样那样的原因依然滞留在南京、上海，转移他们的任务于是就落到了社会部的头上。说起来，所谓的"护送"工作其实相当简单，无非是按照预定的安排把名单上的男男女女带到指定的地点，就如同旅行团的导游一样。不过对蔡智诚而言，这"社会部专员"的身份却显得十分微妙。

　　在当时，国民党的官员大致有三类，一是"选任官"（分"特任"和"简任"。这里的"简"通"捡"，挑选的意思），二是"派任官"（分"特派"和"简派"，蔡智诚先前在中纺公司的那个差事就属于"特派"），这两种官吏都属于"政务官"，不仅要参与政策的决定与推行，也要与政治同进退，所以动不动就需要辞职，饭碗并不十分牢靠。相对比较稳妥的是由考试院铨叙核定的"常务官"。这"常务官"也就是所谓的"公务员"（公务员的概念是国民党于1931年提出的，意指基层文官、法官和警官），它包括由首长推荐、考试院甄别同意的"荐任官"和经公务员考试产生的"委任官"，虽然级别比较低一些，但好处是只从事行政事务，不用对党务和军务负责，比起做政客或者当军官少了许多麻烦。

　　社会部里五花八门的专员很多，一般都属于"特派"，但谷正纲却绕了个圈子从考试院给蔡智诚弄来一张"六级荐任"（相当于现在的县处级）的派司。这似乎是在暗示他可以借此机会改任文职，不再回到军队中去——这样的事情当然只可意会不可言传，蔡智诚还不至于傻到再去找谷正纲问个水落石出，于是就心照不宣地接受了这"护送专员"的美差。

4月10日上午，"中字102"出航前的准备会在招商局大楼召开。主持会议的是上海港口副司令刘耀汉，这家伙是个留美的海归，抗战时期曾经担任过美军顾问团的首席翻译，经常陪着外国大鼻子到伞兵基地来视察，并且还给"留美预备班"的学员上过课，所以蔡智诚对他并不陌生。出席会议的有伞3团团长刘农畯、伞兵军械处主任陈家懋、港口司令部海运组长吴铎、招商局副总经理黄慕宗以及蔡智诚等十多个人。

刘耀汉在会上宣布："中字102"滚装轮将运载伞兵第3团、伞兵司令部军械处、第22兵团通信队以及转送福建的"国大代表"和家眷，共计四个单位三千余人和两千多吨物资，定于4月13日起程前往福州，预计航程48小时左右。行船期间由刘农畯担任军事指挥长、伞兵第3团负责纪律纠察，规定每隔八小时向招商局（港口司令部海运组）报告一次位置坐标，并划定了具体的航行线路。

有两个问题在会议上引起了争论。

首先是为了船员的安排。"中字102"除船长和报务员之外的其他水手都是通过工会组织招募的，而当时上海的海员工会有两个，一个是由招商局控制的"均安会"，另一个是成分比较复杂的"中华海员工会"。伞兵3团预先拟定的大副白力行（菲律宾华侨，解放后在上海水产学院工作）和轮机长武成迹（原"重庆舰"水兵）都来自于"中华海员工会"，这就遭到了招商局的反对。黄慕宗副总经理的意见是，LST级坦克登陆舰使用的是内燃机，与传统的蒸汽发动机有很大的区别，而"中华海员工会"的技术比较差，高级船员应该由"均安会"的人担任才合适。伞兵3团为此与招商局争吵了好久，最后才确定了船长林祥虬（原中字102号船长）、大副顾庚源、二副施君鹏、三副龚祖德、轮机长杨林坤、水手长周叶生、舵手陆兰生……白力行和武成迹都被撤换掉了。

接着又讨论舱位安排的问题。LST登陆舰的吨位不小，但由于当初的设计是专门用来运送坦克的，所以舱位并不大。伞兵3团和伞兵军械处的装备充足，第22兵团的通信器材也装了满满的十辆卡车，而蔡智诚护送的"国大代表团"虽然只有四十多个人，但不仅需要单独的床位，而且还携带了许多乱七八糟的"贵重物品"，这样碰不得那样也压不得，摆在船舱里特别占地方。因此有人就提出"以军运为重"，建议精简非军事人员和非军事物资。对此，蔡智诚的态度十分坚决：

自己团队中的一个人也不能减，私人物品一样也不能丢。他还反过来建议伞兵3团应该精简军粮，因为"中字102"在海上只航行48小时，随船携带三天的粮食就足够了，根本没必要装载那么多的大米……

会场上顿时吵得不可开交。从道理上讲，"军运为重"的理由当然更加充分一些。但由于当时正值"大撤退"的高潮，官场上的每个人都有家属或者财产需要转移，设身处地来想，谁也不愿意把事情做得太"绝"，所以港口司令部最终还是决定削减军粮的运载量，把舱位留给了蔡智诚所率领的贪官污吏们。

4月13日中午，金利源码头热闹非凡，两千多名伞兵在这里举行大会餐。饭桌上摆满了烧酒，官兵们你敬过来我敬过去，好多人都整醉了。

伞兵3团下辖三个营，每个营五个连（三个战斗连和特务连、机枪连），再加上团部直辖的团部连、通信连、卫生连和炮兵连，总兵力为两千五百多人。但这支部队自组建以后就没有上过前线，所以蔡智诚对他们的情况并不了解。看见眼前这乱七八糟的场面，他不禁有些担心地对伞3团政训处主任陈浩说："上船之前还喝这么多酒，你们搞得是什么名堂？"

可陈浩的回答却是："别扫兴，这是团长的好意。"

陈浩也是伞兵司令部直属队的老人，蔡智诚当搜索营指导员的时候他是通信营的指导员，彼此间还算是比较熟悉。按道理，政训处主任在军事行动中应该担任监督纪律的执法官，可陈浩此时的胳膊上却没有佩带督察队的袖标。原来，伞3团在"护路"期间没收了一些走私物品，这些东西存在铁路警备司令部的库房里还没有处理完毕。照规矩，"变卖非法物资"的事情通常是由军需官负责的，可刘农畯团长却把这个美差派给了政训处主任。陈浩凭空拣到一个留在上海发洋财的机会，高兴得不得了，自然也就犯不着再去节外生枝多管闲事了。

政训主任不管事，其他人就更管不着了。一帮伞兵从上午10点狂饮到下午近两点，这才摇摇晃晃地上了船。营长和连长们基本上都喝高了，还没等轮船启航就纷纷酣然入睡，安排舱位的事情只好交给督察队去完成。

"中字102"号船身长100米、宽16米、吃水4米，满载排水4000吨，装备两台柴油主机，航速11节。它的内部舱位分为三个部分，底层是暗舱（弹药舱）、中层是大舱（坦克舱）、尾部是乘员住舱，另外还有舱面的岛型建筑也可以住人。

当初作为军舰，这条船装有16门火炮并配备了140多名官兵。虽然改成滚装轮之后只需要二十多个水手就足够了，但它的乘员住舱却依然保持着LST—1

这就是 LST 坦克登陆舰，前面能打开，俗称"开口笑"。

解放后，LST 级坦克登陆舰有 17 艘留在大陆，其中 15 艘被编入人民海军，舰名为"山"字尾，舷号为 341、342、343、351、355、900、901、902、903、921、922、923、924、925、926。

从这张照片可以看得比较清楚。LST-1 型坦克登陆舰的坦克舱有两个出口，前舱门在航行期间是不可能打开的，另外还有一个向上的舱门通往甲板。这个上舱门的通道是一块活动跳板，放下来的时候可以让舱面的汽车直接开上沙滩，但如果收回去以后就隔断了中舱与甲板之间的联系——除非是经过专门训练的特务连的官兵，一般人是爬不上去的。

388

型坦克登陆舰的原样。舱内有上百张床位，是整条船中住宿条件最好的地方，蔡智诚的"国大代表团"、22兵团通讯队和伞兵的军官家眷就住在这里。除此之外，伞3团的营级军官住在舱面建筑，而基层官兵则被安排进了"中舱"，这中舱其实就是以前的坦克舱，面积大、空间也比较高（设计能装十八辆坦克）。伞兵在船舱里搭建了上下铺，两千多号人挤在一起就像是屉笼里的肉包子一样，熙熙攘攘、吵吵闹闹、热气腾腾、其乐融融。

舱面上停满了卡车、吉普车和摩托车，大大小小的汽油桶、汽车轮胎以及各种军械配件捆在一起摞得老高，伞兵的迫击炮、火箭筒、轻重机关枪，军械修理所的车床、钻床、马达发电机，官吏家眷的皮箱纸箱、大小包裹、长短家私，再加上海员们随船私运的棉纱、布匹和中西药品……各种各样的物件堆成了一座座小山，把原本还比较宽敞的甲板变成了一个漂浮在水面上的、杂乱的货场。

"货场"的四周划着警戒线，除了手持武器、臂带黄袖箍的督察队员，其他人一律不许在舱面上乱走。"中字102"的左右两舷各有两个吊架，吊架上的四艘LCVP艇(Landing Craft Vehicle Personnel)这时已经架起机枪，成为了督察队的临时岗亭。小艇上站着一位神情严肃的年轻上尉，手里拎着"汤普森"，腰间还插着两把短枪。蔡智诚忍不住提醒他："你把枪机打开了，万一轮船颠簸枪走火，打到自己怎么办？"那位显然没怎么上过战场的执法官这才赶紧关上了手枪的保险。

伞兵部队的每个营和每个连都有正副两个指导员。通常情况下，执法官的工作应该是由具备战斗经验的政工人员担任的，可这次为什么会让一个毛头小伙来领导督察队呢？蔡智诚真是百思不得其解。回到客舱，问过姜键以后才知道，原来伞3团的政工干部有的留守上海，有的被派到福州去打前站，整条船上就没剩下几个指导员了。而蔡智诚刚才遇到的那个上尉是刘农畯的弟弟、团部连的刘锦世连长。"小伙子很机灵，虽然没有打过仗，但管管纪律应该还行"，据姜键副团长说，这次航行中只有团部连的枪械里装有实弹，维护军纪的事情也就由刘锦世全面负责。

那一天，姜键明显是喝高了，不过他还记得蔡智诚的妻子陈丽君，说起"孟姜女哭长城"的事情依然觉得十分可乐，拍着胸脯自吹自擂："当年要不是有我这包龙图，蔡智诚说不定就做了陈世美。"逗得大家哈哈直笑。

船舱里除了蔡家小两口，还有姜键的母亲、妻子和三个孩子。1营长钟汉勋和2营长杨鹤立的家眷也在船上，钟、杨两位是连襟，他俩的妻子是同胞姐妹，所以实际上是一家人。

男人们闲聊了几句就无话可说了，但女性之间的沟通能力却非同寻常。轮船还没有开动，几位老婆就成了亲密无间的伙伴，唧唧呱呱地交流着彼此的喜怒哀乐，并且约着晚上一起看月亮、早晨一起看太阳。可惜好景不长。下午3点，"中字102号"启航出发，轮船还没有离开上海，女人孩子们先就晕了船。一帮人趴在床头抱着脸盆又是呻吟又是吐，什么"海上升明月"的美丽景象都顾不上了。

那天晚上大家上床都很早，有的是因为酒醉，有的是因为晕船。但蔡智诚却睡得很不安稳，也许是由于船舱太闷、马达声太响，也许是由于水兵的铺位太狭窄，他的心里总是觉得有些忐忑不安，直到天快亮的时候才勉强合上眼。

14日上午八九点钟，蔡智诚还躺在床上，船舱里突然喧闹起来，先前跑上甲板看日出的官员家眷们全都被督察队赶了回来，说是为了避免遇到风浪出事故，所有闲杂人员今后一律不许出舱。

陈丽君觉得自己很幸运，因为她一大早就溜了出去，已经瞧见了"海上的太阳"。这时候，她坐在床头比比划划，十分兴奋地向丈夫描述着黎明前的大海是什么模样、云彩是什么样、一轮红日又是如何地跃了出来……看着妻子的手势，蔡智诚感到挺好笑："你把方向都比错了，这时候的太阳应该在船的左舷，而不是右边。"

"瞎讲，我才没有搞错呢，太阳就是在这边……"旁边的几个老婆孩子也纷纷为陈丽君担保作证，那轮红日确实是从船的右舷升起来的——顿时，蔡智诚的胸口像是被什么东西猛然堵住了一样，脑袋"嗡"的一下就大了。他连衣服也来不及穿，拎起披风就冲上了甲板——果然，轮船已经掉头，没有驶往南面的福建，而是转向了北方。

舱外站着一群神情紧张的士兵，从前甲板上传来一阵阵聒杂的吵闹声。有几个军官似乎想从坦克舱里往外面爬，而督察队员又使劲地把他们往下面推，双方就在舱口那里争斗起来。一位腰间插着两支手枪、胯间吊着两支信号枪、手里一杆冲锋枪，浑身上下披挂得像是"西部牛仔"一般的中尉正声嘶力竭地狂吼着："都给我回到船舱里去！"

"回到船舱去！"船舷上的督察队员们也跟着喊叫起来。

"发生兵变了……"，蔡智诚的心里一阵慌乱。还没等他判断清楚形势，几个荷枪实弹的士兵就把他赶回了船尾的客舱。

客舱里，姜键正在给母亲削水果，老太太晕船，头疼得厉害。

蔡智诚附在他耳边报告说："团长，不对劲，轮船掉头向北了。"

姜副团长点点头："我知道，上峰有命令叫我们去青岛。"

"去青岛？美国海军都撤回来了，还去那里做什么？再说，你们去青岛，让我们这些人怎么办？"

"不知道，反正有命令叫这条船改航就是了。"

姜键的样子显得很不耐烦，可蔡智诚却无论如何也不能接受这样含混的理由。他又跑到客舱尽头的船员铺位去找报务员应书标。那时候，轮船上的报务人员都是由军统指派的，相对比较"可靠"一些。据应书标说，伞兵从昨天晚上就接管了"中字102"的驾驶舱和电台室，说是有命令要改道青岛，全船实施战备航行，并且关闭了灯光和无线电通信，正在当班的顾庚源大副和他这个报务员都被撤换掉了。

"去青岛的命令是谁下达的？核实过没有？"

"不清楚"，应书标回答道，"我正准备跟招商局联络，伞兵的通信官就把电台的真空管拔掉了……"

"现在开船的是什么人？"

"林船长在驾驶台操舵，伞兵另外派来了两个人，一个负责领航、一个管轮机舱。"

蔡智诚立刻醒悟到，"伞兵派来的那两个人"肯定就是中华海员工会的白力行和武成迹。这样看来，轮船转向的起因多半与团长刘农畯有关，但究竟还有多少人介入其中却难以判断。客舱里的姜键副团长态度暧昧，而1营长钟汉勋和2营长杨鹤立又都是刘农畯的湖南老乡，想来想去就只有住在外面甲板上的团附（参谋长）李贵田和3营长李敬宾还能够指望了。

可这时候，船尾客舱与外界已经无法进行联系，舷梯上架起了重机枪，黑洞洞的枪口正直指舱门。一个身高超过一米九的壮汉双手叉腰守在那里，怒目圆睁，威风凛凛，就像是门神一样。

舱室里的乘客此时也已经猜到外面正发生着什么不寻常的事情，陈丽君紧紧地攥住蔡智诚的衣角，丈夫走到哪里就跟到哪里，好像生怕他一时冲动惹出什么祸来。内心十分惊慌的蔡智诚此时也不得不在表面上强做镇静。22兵团通信队的吴学挺队长跑来探问"兵变了怎么办？"他还装做若无其事的样子安慰说："不要怕，船上有那么多伞兵，中字102绝对成不了重庆号。"

直到这时，蔡智诚依然对局势的"好转"心存侥幸。他觉得军舰的哗变原本就是件非常困难的事情。而伞兵部队的文化素质高、政治要求严、待遇条件好，长期以来都以"党国精锐"自居，附和叛乱的可能性更是微乎其微。甲板上负责弹压的那几个军官明显都是刚入伍不久的新人，既缺乏威望也缺少经验，只要出现合适的机会，船上的局面就极有可能发生逆转。

临近中午的时候，舱面上突然传出一阵嘈杂的声音，听得出是有人在厮打，还听见有人在喊叫："团长！我们要见团长……营长，营长在哪里？"蔡智诚连忙回头向舱内望去，却见姜键、钟汉勋和杨鹤立躺在床上一动不动，丝毫没有准备回应的迹象。没过多久，甲板上又传来一连串枪响，外面的一切就平静了下来。

下午3点，几个督察队员进入客舱搜缴武器，姜键这时也站起来要求大家交出各自的佩枪。蔡智诚这才终于确认大势已去，他看了看官员家眷们惊惶的面孔，再看着自己妻子的无助的眼神，只好像泄了气的皮球似的摸出手枪，递到了昔日的长官手里。

事已至此，轮船上原本十分紧张的气氛反而平静了下来。交出武器之后，客舱里的军官陆续被喊出去开会。下午5点左右，蔡智诚也被人带到了会议室里。

所谓会议室其实就是舰桥上的军官餐厅，餐厅门口的一边站着团部连连长刘锦世，另一边站着排长孟虎（就是那个身高一米九几的大个，他是华野敌工部的人员）。

从船尾一路走来，蔡智诚已经大概判断出兵变的内情——副团长姜键以及一些营长连长两手空空，表情木然，在督察队的监视之下显得无可奈何；而在舰桥上站着的伞兵军械处主任陈家懋和伞3团团附李贵田则是全副武装，喜形于色，分明是这次事件的组织者。

前甲板上，通往中舱的跳板已经被收了上来，几挺重机枪对准了舱门口，底下的两千多号人马别说是只有空枪没有弹药，就是装备齐全也很难冲得上来。

会议室里坐着团长刘农畯，另外还有伞3团的副官姚家铖（刘农畯的表弟）、书记官黄牧农（刘农畯的妻弟）和伞兵军械处的政训员王独慎（刘农畯的同乡同学）。而主持会议的则是那个带着两支手枪、两支信号枪和一杆冲锋枪的"西部牛仔"。蔡智诚后来才知道他叫周其昌，表面是通信连的中尉技术员，实际上是上海地下组织派来领导起义的支部书记。

餐桌上摆着一份由黄牧农起草的《起义宣言》，宣言的底下已经密密麻麻地写满了名字。刘团长说，在广大爱国士兵的强烈要求下，伞兵3团和伞兵军械处的军官已经联名宣布起义（2营副营长孙家驹、1营特务连长杨绳武、3营特务连长李国平等人在骚乱中被处置，没有在起义名单上）。"中字102号"的船员在得知喜讯之后也表示响应，现在还要看看其他人有什么态度。

这时候的吴学挺和蔡智诚还能有什么样的态度？当然是坚决拥护起义。

不过，吴队长提出他们通信队（只有二十多个技术人员）的家眷都在台湾，为避免牵连亲属，是否可以不参加公开的签名？蔡智诚也表示自己所护送的都是些平民，他这个"专员"签的字并不能代表大家的意见，希望能回去商量一下再说……好在刘农畯等人似乎并不在乎蔡智诚和吴学挺是否愿意签字画押，他们只是再三强调各单位必须严格纪律，不能发生骚动，不得向过往船只和飞机发信号，倘若出现违规情况，带队的人要负连带责任。周其昌书记并且着重申明："这条船上有五百多名共产党员，船上还安装了几十吨高爆炸药，谁敢反抗必将自取灭亡！"

于是乎，蔡智诚只好回到客舱里向大家宣讲共产党的政策，并担负起了维护秩序的重责。在那些国大代表和家眷们的眼中，他这个"专员"已经摇身一变，俨然成为了起义者的代表——可天地良心，这时候的他甚至连轮船的目的地究竟在什么地方都弄不清楚呢！

第四十七章　连云港

在"中字102"上，由蔡智诚负责护送的四十五个人来自八个家庭，他们都是国民党立法院长刘健群的幕僚。刘健群是贵州人，祖上在遵义城里开鞋帽铺，与蔡智诚家是街坊。刘院长本人当然没有卖过鞋子或者帽子，他从贵州法政学校毕业后就给何应钦当秘书，后来又帮蒋介石搞复兴社和"三青团"，虽然官越做越大，但从根子上讲还是老何的弟子，他在立法院的这帮幕僚其实也属于何应钦的门下。

四十五个人中资格最老的要属"国大代表"张志韩。张志韩是贵州贵阳人，北大毕业，曾经当过福建省政府秘书长，还是贵州大学和贵阳医学院的创始人，称得上是学问渊博、见多识广。按照他的观点，手握兵权的人临阵易帜总是有利可图的，比如抗战时的伪军将领无论投蒋还是投共都不吃亏，反正到最后受审判的全都是手无寸铁的政客文人。现在的伞兵团长有本钱去学傅作义，22兵团通信队也有军需物资可以做见面礼，惟独"国大代表"毫无价值，除了被枪毙就不会有啥好下场……听他这么一说，周围的男女老少立刻慌了神，有的嚎啕大哭、有的干脆昏厥过去，客舱里顿时乱成了一团。

蔡智诚也弄不清张志韩讲的是真是假。这时候的他反驳不是赞同也不是，只好捧着伞兵发放的《起义宣言》，一遍又一遍地念：

"我们是有着高度政治认识和热情勇敢的知识青年，对于当前的局势和今后的革命发展了解得很清楚。压迫和残害人民的国民党反动卖国政府已经走向日暮途穷，它的残暴黑暗统治就要垮台了，而中国共产党领导的人民政府在全国人民的热烈拥护下即将普遍地建立起来，全国人民马上就要沐浴到光明的阳光，呼吸到自由的空气……现在是千载难逢的机会，我们应立即投入到革命的怀抱中去。我们在中字102号登陆艇上效法肇和兵舰以及重庆号军舰，为投入革命的阵营而起义。每一个同志要拿出最大的力量来，加速革命的早日胜利，完成时代给予我们的使命。"

与此同时，伞 3 团的刘农畯团长也在喇叭里发表讲话：

"我们正向解放区前进，即日就可到达。解放区的人民已在热烈地欢迎，我们将成为新中国革命伞兵的基干……我们必须这样做，这样第一是不愿意大家做国民党反动战争的炮灰，第二是为了拯救千千万万被国民党苦坏了的同胞。我个人牺牲一切毅然地来领导大家起义，我可以用人格担保各位前程的远大……各位家眷的生活请不要顾虑，我们负责妥善地照顾，各位的私人财产和物品，我们负责保护……"

这样反复地宣传了好长时间，轮船上的情绪才逐渐平静了下来。

夜深了，但蔡智诚却还不能够有片刻的歇息。

整整一天，"中字 102 号"都没有给乘客们供应食物。饿肚子的办法对抑制士兵的过剩精力或许有所帮助，但国大代表和家眷却忍受不了。这帮家伙平时都是舒服惯了的人物，如今连饿带渴、再加上晕船和害怕，立刻就病倒了好多。原本就十分拥挤的船舱现在又变成了病房，倒霉的蔡专员只好硬着头皮充当护士，一趟接一趟地跑上甲板找开水、找食物、找医生。

甲板上的气氛非常紧张。子夜过后，"中字 102 号"与上海方面的联系已经中断了 24 小时以上，招商局和港口司令部肯定已经知道这条船出事了，极有可能派海军和空军进行搜索拦截。

晚上 12 点，船上的雷达发现一个由北向南移动的目标。作战室主任胡爱华（原伞 3 团通讯连连长，起义后被提拔为营级干部）弄不清那是个啥玩意儿，急忙找 22 兵团通信队的专家来帮忙"分析诊断"。可 22 兵团的"专家"全都是陆军，对海军的东西也不内行。他们只看出雷达上的影子应该是从青岛方向开过来的军舰，航速在 20 节左右，预计 4 小时之后将与本船发生接触，但至于是两艘小炮艇还是一艘大兵舰就不能确定了。

"中字 102 号"的舱面顿时大乱，刘农畯指挥部下把原本捆扎成一堆的迫击炮全都拖了出来，这里安一门，那里装一门，摆出准备大干一场的架势。蔡智诚虽然也帮着搬运炮弹，但他心里却觉得这样的举动其实并没有多大的意义。

当时，负责巡弋青岛至上海沿线的是国民党海军第一舰队。如果来的是两艘小快艇，他们根本不敢招惹 4000 吨级的 LST 登陆舰，所以"中字 102"装不装迫击炮都无所谓；但如果来的是艘大军舰，那就肯定是"长治"号——因为第一舰队的大船中只有"长治舰"的速度能够达到 20 节——早先在普陀岛军演的时候，扮演"炮兵司令"的蔡智诚曾经用排炮打过长治舰。虽然当时的裁判部很不公平，不仅宣布"蔡司令"的射击无效，而且还反过来让"长治"把"岸炮阵地"

掀了个底朝天，但小蔡却因此对这艘军舰多了几分关注和了解。他知道，"长治舰"的个头只有"中字102号"的一半，但马力却是LST的三倍、速度是LST的两倍，并且装有三门120MM主炮（前二后一），是第一舰队中航速最快、火力最猛的战舰，像"中字号"这样的"Large Slow Target"(慢吞吞的大靶子)，无论加装多少门迫击炮也不是它的对手。

雷达发现目标之后的那四个小时是起义人员最紧张的时候。蔡智诚不断地往返于甲板和客舱之间，一边维持着船舱里的秩序，一边暗自祈祷着从北方而来的目标只是快艇而不是"长治"。

"中字102"实施了灯火管制，客舱里的男女老少在一片漆黑中鸦雀无声，就连病号们也趴在床上竭力压抑住呻吟，仿佛每一次喘息都有可能惊动那艘遥远而可怕的军舰。

蔡智诚紧紧握住妻子的手，彼此间可以听见对方的心跳。也就在这个时候，他悄悄对自己的爱人说："等逃过这一劫，我们就回家，一起喂金鱼、养兰花，再也不出门乱跑了。"……女人的脸上立刻现出了幸福的笑颜。

凌晨4点，雷达上那个恐怖的目标从"中字102"东面约十海里处相向驶过，没有做出任何的敌对动作。甲板上响起了一阵轻快的掌声，蔡智诚也跟着鼓掌。但此时，他的心里除了如释重负的愉悦之外，却又突然生出了一丝淡淡的忧伤。

4月15日4时20分，"中字102"转头向西，驶往大陆。就在这个时候，22兵团通信队的一个姓翁的军官却突然跳了海。那家伙是广东人，蔡智诚不知道他的游泳水平到底有多高，也不清楚他跳海的目的是想追上那艘高速行驶的军舰还是想直接游到台湾去——反正船上的人都认定这小子绝对是必死无疑。轮船没有做片刻停留，径直就开走了。

事实上，直到4月18日新华社发表伞兵3团的起义通电之前，国民党军方对这支"嫡系精锐"的忠诚度始终没有产生过怀疑。在与"中字102"的联系中断之后，港口司令部的判断是"船舶遇险"，招商局花钱租了陈纳德公司的飞机在海上来回寻找，搜寻的范围也只是在上海至福州之间，根本就没想过要到北边的海面瞧一眼。

据事后分析，4月15日凌晨从青岛驶往上海的那个"可怕的目标"应该是英国的"伙伴"号（Consort）军舰，当时正在执行撤侨任务。这条1946年下水的新型护卫舰比"长治"号的吨位更大、速度更快、火力更强。只不过，它能把蔡智诚们吓得够呛，却在解放军的面前成了草鸡——仅仅5天之后，第三野战军的一通炮火就把它揍得死伤惨重（紫石英号事件），西方兵舰随意进出中国航道的历史也自此被共产党人彻底终结。

转头向西之后，"中字102"开足马力，笨重的船身在巨大的轰鸣声中被震得不停颤抖，登陆舰的速度提高到了11节。

清晨6点，一座美丽的小城透过淡淡的薄雾进入了大家的视野。虽然没有谁宣布这个港口的名字，但多数人的心里已经猜到那就是连云港，是共产党控制下的解放区。

甲板上拉响了汽笛，舰桥上也发出了旗语和灯光信号，船舶平稳地驶向目的地。起义的人们聚集在船头，好奇地眺望着远处房顶上迎风飘扬的红旗。

但就在这个时候，岸上的机关枪突然响了。曳光弹从港口的阵地上飞出，有的掠过甲板的上空，有的击打向舰舷，在钢板上撞出一串串火花。这突如其来的弹雨使"中字102"陷入了慌乱，轮船剧烈地晃动着，在海面上扭起了S形。通信兵一个劲地打旗语、闪信号灯，号手把"敬礼号"吹得震天响，可岸上的重机枪却并没有停息，依然把密集的子弹泼洒了过来。

"妈的，上解放军的当了！弟兄上炮位，跟他们打呀！"有人狂呼着奔向迫击炮。

"谁都不许反抗！谁反抗就打死谁！督察队立刻封锁住甲板和舰桥"，刘农畯团长也在扩音器里喊，"大家不要慌，这是误会，这是误会……"

很快，人们就发现了误会产生的原因：船尾的桅杆上，一个不知名的水手正在玩命似的向上悬挂国民党的国旗。一面、两面，还没等他升起第三面，督察队员就冲了上去。

于是，青天白日旗被降下了，换成了一幅白色的床单。

岸上的枪声也停了。上午7点，一只小船送来一位身穿便衣的共产党干部，甲板上的伞兵军官列队向他敬礼。至此，"中字102号"起义终于宣告完成。

连云港，当时的名称叫"新海连特区"，它由连云市（今连云港市连云区）和新海市（今连云港市新浦区和海州区）组成。"中字102号"靠港之后，武器和物资装备存放在连云，伞兵部队集中在海州，而蔡智诚和国大代表们则被安排到了新浦镇的天后宫。

天后宫原本是一座祭祀海神的大庙（现在已经拆了，改建为连云港新浦区委的办公楼），当时庙里已没了香火，天后娘娘的身体也断成了几截，供奉菩萨的殿堂就成了蔡智诚们的临时居所。

这居所的"管事"是个四十来岁黑脸的汉子，性格内向。他一声不吭地扫房间、搭地铺、烧开水，自始至终都埋着头，等到大家都洗漱完毕，安顿下来了，才又闷闷地问了一句："扯过没？"（当地人把"吃"叫做"扯"）

"还没呢，能不能麻烦老兄你煮点大米稀饭？"

"嗯呐。"

没过多久，厨房送来了面条和凉粉。

新浦凉粉的味道不错，但大家却"扯"得提心吊胆。住在这破败的大庙里，望着从来没有尝试过的地铺，国大代表和家眷们都弄不清自己的身份到底是客人还是犯人。

房门没上锁，"管事"也不再露面，庙廊外时不时有人进进出出，有的扛枪有的空手，全都衣着朴素，行色匆匆，看不出是做什么的。神殿里的男女老少围坐在地上忧心忡忡，张志韩拍着供案直叹气："哎呀哎呀，恐怕是遭软禁了。"

到底是不是受到了关押，恐怕要试一试才能知道。

蔡智诚硬着头皮走出配殿，先在院子里伸了伸懒腰，发觉没有人干涉，然后再溜到大庙的门口瞧上一瞧，看见四周围并没有岗哨，只有那位"管事"正往墙上刷标语，于是问道："老哥，我们可以出去走走么？"

"嗯呐。这边是前河，那边是后河，中间是蔷薇河"，中年管事木无表情地指示着道路，丝毫没有阻拦的意思。

——原来大家还是自由的！天后宫里的人们顿时松了口气，欢呼一声，全都涌上了街头。

新浦、海州和连云三镇的历史其实正体现了沧海桑田的过程。清朝嘉庆年间，新浦还是一个"新兴的海港"。到了民国时候，随着泥沙堆积、海岸东移，海港已经跑到了新近出现的连云一带，而逐渐"变老"的新浦则退缩成为了内河码头。

新海连三镇是未经过战斗就顺利解放的，所以城市中的设施并没有受到严重的破坏。码头上樯橹云集，来自山东半岛的粮食，来自运河两岸的木材以及出自本地的食盐和豆料堆积在货场上，一片熙熙攘攘的忙碌景象。

新浦这里属于盐碱土质，四周围连一棵树也见不到。当地除了大量产盐就只能种豆子，所以这里制造酱油的作坊特别多，安徽式、江浙式、广东式、山东式……各种风味的酱菜园应有尽有。

在新浦大街上逛一逛，开张的店铺不过三分之一，大部分商人都不晓得跑到哪儿去了。镇上最显眼的就是共产党开办的"北海银行新海连支行"，那里正在推广刚刚发行的人民币（老版人民币）。银行门口的通告上写着兑换的比例：一元人民币等价于三元"中州钞"（中原解放区中州农民银行）、一百元"冀钞"（华北解放区冀南银行）、一百元"鲁钞"（华北解放区鲁西银行）、一百元"北海钞"（华北解放区北海银行）、一百元"华中币"（华东解放区华中银行）、一千元"边币"（晋察冀边区银行）、两千元"西北币"（晋绥边区西北农民银行）、四万元"陕甘币"（陕甘宁边区银行）……

几位好事的太太小姐跑进银行里询问"金圆券对人民币怎么换？银圆又怎么换？"工作人员回答说，金圆券的限额兑换在各个解放区只开展三个月的时间，新海连特区已经停止了这项业务；但银圆却还是可以兑换的，一块银元换一百元人民币。蛋蛋女士突发奇想，用袁大头把各种式样的共产党钞票都换了好几张，钉成了一本就像连环画一样，大家看了都觉得挺好玩。

银行的布告上面有一项内容：规定国营企业、机关、部队以及合作社的现金都必须存入银行，而且限定共产党干部私人储蓄的最高限额是人民币五万元，超过的部分就必须交公。这个规定让围观的"国大代表"们十分诧异，有人认为共产党推行共产主义、废除私有制，这样的做法正是其政治奋斗的目标；也有人不大相信共产主义，觉得这只是一纸空文不可能得到实施，"有人类就会有奋斗，奋斗的结果无非是破坏旧有的不平等再创造新的不平等。均贫富的社会其实不合理，合理的社会应该有合理的生活差异……"

然而在新浦，"不平等更合理"的理论似乎很难成立，因为解放区的民众正以实际的行动证明着共产主义理想的力量。

当时，新海连特区的农业水平很低，居民的粮食全要靠外地输送，各行各业的工资薪水也经常用小麦来结算。为了减轻政府的负担，新浦的民众在共产党的领导下发起了"勤俭节约运动"，机关干部、部队战士、学校学生、码头工人纷纷从自己的嘴里省下口粮，无偿地捐献给社会。街道上贴满了倡议书、决心书，全都表示只吃粗粮不吃细粮，或者一天只吃一顿饭。"新海连建国学校"原定每个月发放一万斤粮食，师生们先是主动减掉了一半，后来又决心减到三千斤。国大家眷们围着大字报议论纷纷："哦哟，那不是只剩下半饱了么？"——可蔡智诚却从中领悟到，正是有了这后方的"半饱"，淮海战场上的解放军才能够有那么多的包子和馒头；也正是由于后方的肠肥肚满，双堆集的黄维兵团才不得不啃食马肉——战争的胜负，其实早在这远离硝烟的集镇上就已经决定了。

新浦一带不产粮食，但海产品却多得很。小贩们挑着螃蟹和鲜鱼沿街叫卖，一块银圆居然能买到三十多对对虾，这可把大家高兴坏了。一帮家眷再也顾不上逛街（本来也没什么可逛的），女人们先是疯狂地采购了一番，然后就拎着大筐小篓跑回了天后宫。

鱼虾螃蟹很快就煮好了，扑鼻的香气充满了整座大殿。这时候，天后宫的"管理人员"也在吃晚饭。陈丽君看见一帮老兵就着咸菜啃窝头的样子很可怜，于是就好心地端着一盆海鲜送了过去。可谁知道，才过了没一会，她又抱着盆子回来了，而且哭得梨花带雨，好不伤心。

原来，蛋蛋女士遇上了那位性格内向的"管事"。一瞧见菜盆里的鱼虾，原本正蹲在地上啃窝头的汉子气哼哼地站直了身子："里中么嗲（你这是要做什么）？"

蛋蛋好不容易才弄明白对方的意思，连忙笑着回答："请你们尝尝鲜。"

"喔莫要！帮特拌出切（把它拿出去），什么玩意？……"

虽然听不懂人家吼得是什么，但一看那暴跳如雷的架势就知道不会有啥好话。可怜的蛋蛋女士哪里遇见过这般阵仗，立刻被训斥得痛哭流涕，最后只得满腹委屈地落荒而逃。

俗话说，巴掌不打送礼的，你愿意啃窝头没啥关系，可也用不着这样打击送海鲜的人吧？一帮"国大家眷"顿时觉得愤愤不平，纷纷慷慨激昂地发表着各自的高见：

"那黑脸大汉肯定是来监视我们的看守，他是怕我们在菜里面下毒！"

"死牢头！好心当做驴肝肺，一辈子只能啃窝头！"

……

晚饭过后，天色渐渐黑了，可天后宫里的人不但不见少，反而越来越多。一群群身穿粗布军装的男女从外面跑进来，有的忙着啃干粮，有的忙着洗脸洗衣服，有的在院子里高唱"解放区的天是明朗的天"，有的则点亮油灯看书写东西，还有人在戏台上（天后宫内有个办社戏的木头台子）和房檐下铺麦草，显然准备在那里过夜。

蔡智诚莫名其妙地打量着这群男女，心里猜测着这天后宫究竟是什么地方？这些人又是什么身份？而就在他百思不得其解的时候，有两个人推开了配殿的房门。

来人穿着与其他人完全一样的粗布军衣，脸上也同样带着几分营养不良的清瘦和苍白，但他俩的神情举止却充满了与众不同的自信和从容，一见面就热情地拱手招呼：

"各位好！新海连的军民欢迎大家来到解放区！"

第四十八章 尾 声

随着一阵热情的寒暄，两位中年汉子微笑着出现在大家面前，前面的一个三十左右，后面一个五十出头。经自我介绍之后才知道，比较年轻的那位名叫谷牧①，是新海连地区特委书记兼军区政委，而年长一些的则是特委副书记、特区专员李云鹤②。

这两个人的突然出现让国大代表们很是吃了一惊——经过多年的宦海生涯，人们早就习惯了地方要员的颐指气使和奢侈排场。并且也知道，正以摧枯拉朽之势横扫全国的共产党人实在有太多的理由可以摆出获胜者的威风，所以大家在心理上都已经做好了"忍辱负重"的思想准备。但出乎意料的是，眼前的书记和专员却显得十分简朴平和，不仅身后没有警卫跟班，而且都穿着与普通士兵相同的粗布军服，风尘仆仆，面带倦容。如果不是言谈举止中透露出的那一种与众不同的自信和从容，真还看不出他俩就是当地的"父母官"，是这数千平方公里土地上的最高官员。

---

①谷牧，山东省荣成人，1931年加入中国共产党，曾任文登师范中共支部书记，1934年到北平参加左翼作家联盟工作，是北平左联负责人之一，1936年被派到东北军从事兵运工作，抗战爆发后担任中共山东分局秘书主任、山东军区政治部统战部长、滨海第二地委书记兼滨海军区第二军分区政委，解放战争时期任中共滨海地委书记兼滨海军分区政委、中共中央华东局秘书长、中共新海连特委书记兼新海连警备区政委，新中国成立后任中共济南市委书记、济南市市长、上海市委副书记、国家建委主任、国务院副总理、中共中央书记处书记、全国政协副主席。

②李云鹤，安徽省金寨县人，1925年加入中国共产党，曾任中共湖北省委特派员、开封特委书记、红二十七军司令员、八路军鲁东抗日游击队第十支队司令员、山东野战军联络部副部长、淄博特委副书记兼专员、新海连特区专员，建国后任中共安徽省委统战部部长、安徽省政协副主席，1969年受迫害致死，"文革"后予以平反。

乍然相见，天后宫配殿里的人们略有几分紧张。张志韩先生首先对解放区军民的宽容接待表示了感谢，然后又介绍了身边的国大代表以及家眷，并且着重强调："我们都是文人出身的参政议员，并非是挑拨内战的军阀。"

谷牧书记笑着回答："很好很好，我们也是文人出身，我们也没有挑起内战。"①

双方开怀大笑，现场的气氛顿时轻松了下来。

随后，双方的谈话就变得十分融洽。共产党的书记和专员向大家介绍了解放区的政策，国大代表也就关心的事项提出了各自的问题。

谷牧说，新海连地区解放后，人民政府没收了以聚安公司（刘峙的企业）为代表的反动官僚资本，但对其他合法的私营产业还是积极保护的。对于这样的说法，张志韩表示了怀疑："我们在街上看过，三分之二的店铺都关门了，那是怎么回事？"

李云鹤专员解释说："新浦区有上百家私营企业，由于物资匮乏，也由于群众对人民币还没有建立起足够的信心，所以在部分行业中还存在着囤积商品、哄抬物价的情况。为此，政府开办了物资交易所，事先约定物价和手续费的标准，并要求大宗的买卖必须在规定的地点公开进行，于是许多从事批发业务的商号就只好关门、转到交易所去做生意了。这样的办法虽然使市面显得冷清了一些，但正常的商业活动却并没有停止。"

"这是特殊形势下稳定市场的特殊办法，今后还会做相应的调整"，谷牧书记补充说，"你们也可以到交易所去看一看，希望能提出更好的建议"。

"共产党政府准备拿我们这些人怎么办？"有国大代表提问。

"那要看你们自己的态度"，谷牧回答，"人民政府的方针是：革命自愿，绝不强求，加强教育，广交朋友，是去是留，给予自由。不过我倒希望你们先到各处去看一看，了解情况之后再做决定"。

"你们对旧政府的工作人员是如何处置的？"

"愿意回家的悉听尊便，愿意留下的全包下来。人尽其才，物尽其用，一讲团结二讲改造，哪怕是三个人的饭五个人吃，也决不抛弃决不歧视。"书记和专员的答复非常明确。

---

①谷牧曾经是北平"左联"浪花文学社的骨干，笔名"牧风"，当时与他齐名的是《天山景物记》的作者碧野，而李云鹤则当过《黎明周刊》的主编。

就在这时候，有人敲门。一位小伙子探头进来问："刚才被气哭的是哪位女士？我们司令员要向您道歉。"

司令员？陈丽君莫名其妙地跟了出去，没过多久又回来了，依旧是一脸迷茫的神情："哎呀，刚才骂我的那个人不是牢头呀，他是新海市的警备司令。"

"哎哟，是司令哟，他都跟你说了些什么？"一群老婆们关心地问。

"他说对不起，还说了什么……没有听懂。"

"我们司令员已经在党小组会上做了自我批评，刚才又当面向这位女士赔礼道歉了"，送陈丽君回来的小伙子在旁边进行了说明。

"他的道歉我明白了。可他先前为什么要生气，难道是我做错了什么吗？"蛋蛋女士依然满腹疑惑。

"嗯……你们这些上海女士……涂口红，戴耳环，衣服露胳膊露腿，而且还洒香水，涂雪花膏"，那小伙子挺尴尬地解释说，"我们司令员看不惯，说那些是哇呜呱唧的鬼东西，鼻子里喷香心里头瓮臭，搞得人很头疼……"配殿里顿时哄堂大笑起来。

大家都笑了，但谷牧的脸上却没有露出笑容。"我们过去的工作重点在农村，但从现在（1949年3月的七届二中全会）起，工作中心就要从农村转向城市。我们的党和军队必须学会管理城市、学会团结工人阶级，也必须学会与民族资产阶级合作。但我们的一些同志，甚至包括这位司令员同志却因为生活习惯的不同就害怕麻烦，不乐于团结其他阶层的人士。这是一种不了解当前形势任务的狭隘思想，是一种束手束脚的工作作风，是必须加以克服和改进的……"

见书记说得如此严肃，在场的各位反而不好意思起来，纷纷劝解道："其实司令已经很好，很给面子了。他帮我们扫地、烧开水、准备饭食，做了不少下人才做的事情，先前我们还以为他是个招待员呢，真是失敬失礼。"

"为人民服务是共产党人的一贯宗旨，做招待员也没有什么失敬的。我们这些专员、司令员、警卫员、通讯员、勤务员都是人民的服务员。革命工作只有尽责与不尽责之分，没有高低贵贱之别……"

那天晚上，天后宫里的许多人都没有睡好，蔡智诚也是如此。这时的他已经知道谷牧书记和李云鹤专员就住在自己的隔壁，也知道眼前这座破败的大庙其实不是羁押犯人的狱所，而是共产党领导机关的"官邸"。

这场景使他想起了徐州的"花园饭店"。那也是一座官邸，但在那里面来来往往的国民党官吏却和眼前的共产党人有着天壤之别，无论是奢侈的吴化文还是节俭的王耀武，无论是傲慢的邱清泉还是内敛的高吉人，官员们的嘴里除了"总裁"就是"党国"，从来就没有人提及过"为人民服务"的概念。

听谷牧书记说，共产党的干部是人民的服务员。那"服务员"的称号与自己这个国民党考试院核准的"六级荐任公务员"相比，实在很有意思——公务员的资格来自于公权，倚仗的是权力，所以会有等级之分；而服务员的资格则来自于理想，倚仗的是信念，这样的理念原本就是最高尚的道德境界，所以没有等级之别。公务员效忠领袖、对政府负责，由法律赋予其力量，这样的力量是受制约、有限度的；而服务员效忠人民、对社会负责，在服务人民的同时从人民中间获取力量，这样的力量是源源不绝、不可抗拒的，也只有这样的力量才有可能成为改变历史的真正动力。

只是，要靠什么样的政治机制才能保证"为人民服务"的理念有效运转呢？蔡智诚觉得很好奇。于是，第二天一早，他就和其他人一起赶到新海连建国干部学校，参加了在那里举办的"新民主主义讲座"。

讲座由共产党的高级干部主持，讲授的内容主要有国际国内形势，新民主主义的政治、经济、文化以及"共同纲领"等等。蔡智诚很认真地做了笔记，国大代表们也听得十分专心。新海连特区社会部长苏羽（后任辽宁省委书记、安徽省委书记）在讲解工人阶级领导地位的时候说到"小资产阶级不能担任领导，知识分子也要改造自己，向工农学习"。一贯自视甚高的张志韩先生顿时很不服气，当即要求上台发言……从这以后，原本是"一言堂"的政治讲座就变成了他们两个人的哲学辩论会。

陈丽君没有旁听"工人阶级与资产阶级的大辩论"，她跑去参加义务劳动了。

当时，刚解放不久的新海连地区百废待兴，其中最亟待恢复的就是电厂和铁路。新浦镇早在1925年就通了铁路，但从1946年以后，陇海路东段受到国共双方军队的反复破坏，被弄得支离破碎，几乎荡然无存，整个新海连也因此变成了陆路交通的"孤岛"。解放以后，共产党号召修复铁路、发展经济、支援革命战争，解放区的军民立刻积极响应起来。由于工程浩大、缺钱少物，困难很多，新海连的群众就主动捐献工具、器材和木料，并自带家什参加义务劳动。一时间，建设工地上人声鼎沸，歌声嘹亮，修路大军挥锄扬镐，男女老少川流不息，其浩大的声势使国大家眷们也受到了感染，情不自禁地参与其中。

蛋蛋女士一大早就去了工地，到傍晚时候才收工回来。她没有穿旗袍，原本日常必备的耳环项链和口红香水雪花膏也全都没有了踪影。忙碌了一天，女人的脸上却丝毫不显得疲倦，满嘴里唱着："咱们工人有力量，嘿！咱们工人有力量……"手舞足蹈、蹦蹦跳跳，眼神中焕发出喜悦兴奋的光芒。

"今天去抬铁轨了？"蔡智诚好奇地问。

"没有，我当了宣传员！"

原来，蛋蛋先是在工地上砸了个把小时的石子。这任务对她而言显然是过于艰巨了，于是很快，她就找到了另一项工作——帮宣传队写标语。

陈丽君是谷正楷的女弟子，也就是说，为慈禧太后题写"颐和园"匾额的严寅亮就是她的师爷，因此她的楷书水平至少在修路工地上是首屈一指的。"陈书法家"自出生以来就没有正儿八经地参加过社会工作，也从没有机会展现过自己的才能。这下可好了，眼瞧着热火朝天的劳动场面、耳听着激扬豪迈的口号歌声，她运笔如飞，在纸上写完了在布上写，在布上写完了在墙上写，革命热情得到了极大的满足，内心里充满了为人民服务的成就感。

"告诉你，连谷书记都表扬我的字好呢（谷牧的字写得也很不错），行署的人还邀请我参加革命宣传队。"

"哈哈。"

"参加宣传队就算参加革命了，今后我来养活你。"

"哈哈哈。"

……

晚饭后，新海连特区工商部的许国祥部长来到天后宫，跟大家一起核对存放在"中字102号"上的私人财物，并商量相应的处理办法。

船上的货物形形色色五花八门，从古董到药品什么都有。属于蔡智诚的东西主要是120匹细布和180捆棉纱，这是他在中纺公司当特派员时搜刮到的不义之财。这类东西当然无法再转运到别处，唯一的方法是就地变卖，把体积庞大的棉布换成别的东西。

许部长提供了当地交易所的物价表。从行情上看，一匹细布在新浦相当于300斤小麦、一捆棉纱价值180斤麦子。蔡智诚可以选择把手里的布匹换成人民币，也可以兑换成粮食、油料或者其他货物，在交易所里做买卖。

"我的天，好几万斤小麦，这可怎么办？"当初在上海滩搜刮这些物资的时候，蔡智诚曾经打算把它们换成美钞或者黄金，可没曾想，搞到最后居然会变成了一大堆粮食。

"修路工地上的人，吃的都是黑豆窝头呢"，妻子在旁边幽幽地说。

"你的意思是……把这些粮食都捐献给他们？"

陈丽君认真地点点头。蔡智诚不禁乐了："这共产党还真是厉害，才一天的工夫就培养出了一个公而忘私的积极分子。"

自从在工地上写了几幅标语，蛋蛋女士的工作热情空前高涨。她从行署的那帮小青年那里借来一本《宣传员手册》，趴在油灯下认真揣摩着其中振奋人心的口号，好像真的很希望把这项革命事业进行下去似的。

只可惜，尽管陈丽君愿意留下来继续革命，但革命队伍却对她另有安排。

4月18日上午，新海连特区的领导再次会见国大代表及家眷。谷牧书记这一次没有再讲"愿去愿留"的方针，而是直截了当地表示，人民政府将在近期内安排大家返回国统区——这突如其来的决定让在场的人们都感觉十分意外。

事情是这样的：1949年的4月中旬，正是国共和谈即将水落石出的关键时刻。4月16日，国民党代表黄绍竑和顾问屈武携带着草拟完成的《国内和平协定》由北平飞往南京，国民政府签约的最后期限是4月20日。而就在这时候，七位国大代表却因为坐上了伞兵起义的轮船，被稀里糊涂地弄到了解放区。这极有可能让别有用心的人制造出莫须有的借口，从而给谈判的结局带来不必要的负面影响。

其实，国共双方早已对谈判破裂的结果有所准备，并且都做了下一步的打算。当时，国民党方面参加和谈的主要是同意"无条件投降"的张治中派以及主张"有条件投降"的李宗仁派。而在没有参加谈判的派别中，蒋介石和阎锡山等死硬派的态度是既不投降也不合作，可何应钦派则表示愿意建立联合政府，主张"有条件的合作"。这样的立场虽然与共产党的要求还相距甚远，但毕竟可以作为分化瓦解的重要目标。因此，何应钦也就成了当时统战工作的主要对象。

被伞兵带到新海连的这些个国大代表都属于何系的人物。在这样的政治背景下，与其让他们留在解放区接受革命教育，倒不如送回国统区发挥统战作用更有意义一些。于是，从4月18日这天起，蔡智诚们的身份就从"和平起义的参加者"变成了"访问解放区的客人"。当天，他们出席了伞兵起义的祝捷大会，观礼了伞3团发给毛主席和朱总司令的致敬电（毛泽东主席很快回复了贺电），并且还观看了由地区文工团表演的歌剧《白毛女》。

对陈丽君来讲，《白毛女》的剧情显然比伞兵起义的意义重大得多。她在看戏的时候就哭了个稀哩哗啦，回到住所之后又拽着几位立法院的国大代表讨说法。

"你说你说，那喜儿有多可怜呀，你们为什么要帮着黄世仁？"

"由法理而论，欠债还钱……"，张志韩被这喜儿的粉丝纠缠得无可奈何："当然，若以民情而言，地租是过重了些……这个这个，值得检讨……"

"检讨检讨，谁耐烦你们检讨。反正黄世仁祸害了喜儿，大春就要来报仇！"蛋蛋女士一副大义凛然的模样，俨然成了劳苦大众的代表。

蔡智诚当然也很同情杨白劳一家，但他却把更多的心思放到了伞兵的事情上。

在伞3团祝捷大会的会场，蔡智诚听见团部连的两位军官在谈话。一个说："在船上的时候，我以为你肯定是个共产党呢，原来不是的呀。"另一个回答："哈哈，当时我还以为你才是共产党呢。"……事实上，参加中字102号起义的中共地下党员总共还不到十个人，所谓"船上有五百名共产党"的消息完全是虚张声势的说法。

从技术上讲，伞3团起义的成功主要得益于三点：一是巧妙利用LST型坦克登陆舰的构造，把绝大多数官兵封锁在了船舱里；二是事先调走思想比较顽固的监察人员，从而顺利地掌握了甲板和舰桥的控制权；三是布设疑阵、虚张声势，摧毁了其他人的意志。当伞兵团长刘农畯、军械所长陈家懋和中校团附李贵田等高级军官突然表明自己的身份，并且宣称船上还隐蔽着大量共产党员的时候，各级部下立刻在震惊之中陷入了相互猜疑，从而无法再采取有效的抵抗措施。

在祝捷大会上，刘农畯把自己的成功经验讲得头头是道，但蔡智诚却不以为然。他觉得有些事情仅仅靠刘农畯的团长职权是难以办到的，比如把伞兵军械所和伞3团安排在同一条船上，比如把政工人员调离部队……这些举措如果没得到伞兵司令部的支持根本就不可能实现，所以这位督察官出身的前国军中校的心里总是怀疑事情的背后还另有文章。

——蔡智诚当时的怀疑其实不无道理。

中共地下组织策反国民党伞兵的计划是从1949年初开始实施的。当时，陈家懋的主要策反对象是伞兵司令张绪滋（陈与张是同乡，并且还当过他的副官），而地下党的主要力量大都集中在了伞兵第2团。所以当伞兵部队由上海转运福建的时候，起初的计划是让1、3团先走，把2团和军械所留在最后。可问题是伞2团团长赵位靖的思想十分顽固，并且对部队的控制又非常严，地下党一直没有找到合适的运作机会。而就在他们一筹莫展的时候，伞3团团长刘农畯却通过在"中法高级职校"工作的弟弟刘振武与共产党方面取得了联系。

刘农畯是湖南邵东人，他的叔父刘惊涛是湖南农民运动的领导人之一，1927年被反动地主杀害了。刘团长的这段背景在当时并不是秘密，伞3团中的邵阳籍军官全都知道，就连蔡智诚也有所耳闻。但因为那时候国民党官员与共产党有历史关系的人非常多，甚至有许多人原本就是从共产党那边来的，所以大家并没有太把它当回事。中共地下组织事先显然也没有想到刘农畯能够有反蒋起义的觉悟，等得到消息之后才匆忙往伞3团调集力量，不仅人数很少，时间也比较晚了。

好在伞3团的情况比较特殊。1948年，伞兵主力一直在前线作战，而第3团却是由刘农畯在后方新建起来的。这个团虽然没有打过仗，但人员都经过精心挑选，三个营长有两个是湖南邵阳人，团部军需、副官、文书以及直属连的军官不是团长的亲戚就是团长的同学或者同乡。这个"小圈子"力量非常稳固，事实也证明，它在中字102号的起义行动中发挥了关键作用。

祝捷大会上，"小圈子"的成员们显得比较兴奋。这原本无可厚非，但他们过于兴奋的表现却引起了其他一些官兵的反感，许多人觉得自己既得不到共产党的信任也和团长拉不上关系，因此就显得特别失落，甚至萌生了去意。不过，刘农畯本人还是十分清醒的，他知道自己的亲信几乎都不会跳伞，要想成为"新中国伞兵的基干"，就非得留住一些"圈子"外的骨干不可。

当然也有人来找过蔡智诚，希望他能重返军旅承担起传授技能的重任。但蔡专员却拒绝了，他表示："干伞兵第一要有忠诚，第二要有空军，第三才是技术。这第一个要件我没有，第二个要件共产党没有，光有技术又能起什么作用？再说了，训练伞兵比训练空军要容易得多，如果共产党有能力建立起自己的空军，那他们组建伞兵就更不成问题，所以有没有我这样的人都是无所谓的……"听了这些话，来人也就没有再做更多的劝解。

自从接到了即将返回国统区的通知，天后宫里的人们就开始收拾行装。由于不清楚具体的行程安排，许多人对如何处理随身物品感到一筹莫展。张志韩先生携带了大量的书籍和古董，这些东西想丢掉太可惜，想出售没有人要，可自己又搬不动，急得他像热锅上的蚂蚁一样在屋子里乱转。反倒是蔡智诚两口子显得十分轻松，他们的布匹棉纱都已经捐献给修铁路的群众了，这时候不仅得到了政府的表扬，而且还落得个毫无负担，悠闲自在。

从新海连解放区去到国统区的行程可以选择陆路或者海路，但这两种办法却都是困难重重——从陆路走就必须穿越战线，而当时的国共双方正在长江两岸对垒，几十个男女老少想要突破这道天堑根本就无法想象；走海路也不容易，江浙外海被国民党海军第一舰队封锁着。先前装备着机枪大炮的伞兵都被路过的军舰吓得半死，一帮国大代表若是从解放区偷渡出去，恐怕还没看到国统区的影子就被轰到海底去了。

想来想去，大家都觉得前途莫测。陈丽君索性跑去找警备司令："老黑，你准备派多少军队保护我们？"

经过"挨骂事件"之后，蛋蛋女士已经和那位黑脸司令成了十分亲热的朋友，可人家却依然不愿意透露军情秘密，只是笑着回答："莫担心，准保稳妥就是。"

司令员的态度很有把握，但大家的心里却十分忐忑。

4月20日清早，林祥虬船长带着大副、二副等一帮"中字102"的船员也来到天后宫，一个个焦头烂额，疲惫不堪。问过以后才知道，原来昨天下午，国民政府在得知伞兵3团已经起义的消息之后，立刻派空军进行报复。"中字102"在连云港码头吃了好几颗炸弹，挣扎着向新浦方向转移，最后好不容易在蔷薇河里冲滩搁浅，这才隐蔽了起来。听说此事，国大家眷们顿时更加慌乱："哎呀，地上有长江，海上有军舰，现在天上又来了飞机，这回可是寸步难行了。"

谁知道，白天还认为是"寸步难行"，可天黑之后就接到了出发的命令。

晚上，几辆卡车把蔡智诚他们拉到了连云港。特区社会部的苏羽部长给大家发放了标注有姓名、身份和携带物品的证明文书，并且还发了一张"土改证"（家乡解放后可以凭此证参加土地改革）。在码头上，苏部长对即将远行的人们发表了讲话："今天在这里送各位启程，祝大家一路顺风，也希望大家回去以后能够为结束战争多做贡献。只要各位为人民尽心尽力，我们还会见面的，人民政府必将感谢你们，但如果选择与人民作对，我们也会见面，人民军队必将消灭你们——请记住，这是确定无疑的事情！"

1949年4月20日深夜，蔡智诚等人乘坐一艘木制帆船离开了连云港。经过近五个小时的漂泊之后，终于在外海登上了由大连驶往香港的苏联"远东"号客轮——至此，原本一直被蒙在鼓里的人们这才明白了此次行程的具体安排。

"远东"号的船员显然已经在事前接到了通知，并且很清楚这几十位乘客的身份。一上船，蔡智诚们就被集中在了水手舱里，不能随意走动，周围除了一群大鼻子俄国佬就再也见不到中国人。大家对船上的情况无从了解，对外界的事情也毫无所知，只好闷闷地蜷卧在铺位上，吃了睡，睡了吃。

离开了解放区，原本浑浑噩噩的国大代表们也逐渐活跃起来，吃饱睡足之后就开始发表各自的政见，有的说："共产党推行全民动员，其战争潜力似已耗尽。"有的说："国府若能及时借鉴共党的经济高压手段，市场秩序的恢复尚有一搏。"还有的表示："在第三次世界大战未可预期之前，确有国共合作之必要，组建联合政府实为上上之选……"

讨论来讨论去，大家的结论是应该尽快到广州向行政院长何应钦进言：一要扩充军队，二要筹集物资，三要广纳人才。有人有粮有枪，才有周旋下去的本钱。

国大代表高谈阔论，蔡智诚却默默无言。张志韩先生似乎意犹未尽，非要他表态不可："老弟，你是打过仗的，讲讲对解放军的看法。"

"别的情况说不好，但我相信苏羽的那句话"，蔡智诚轻声回答，"无论如何，我们和解放军是会再见面的"。

4月24日中午，"远东"号停靠香港。

重返"自由世界"的人们欣喜若狂，张志韩等人从走下跳板的那一刻起就开始讨论应该如何为这次"逃生之旅"庆祝一番。可惜，刚没过一会儿，这喜悦的热情就被一盆冷水彻底扑灭了。

码头上人来人往，面色惊恐不安，报童们东奔西走，举着"号外"高声叫卖。随手拿过一张来，那报纸的头条赫然刊登着两段醒目的标题——

昨晚首都失守，解放军攻克南京！

今早太原城破，五百完人自焚！

……

太快了！这是蔡智诚的第一个反应——20日登船时，渡江战役尚未爆发，几天之后下船，解放军就已经占领了南京。照这个速度发展下去，上海、西安、武汉、长沙、福州、广州……还会有多少次城破，还要有多少人自焚？

此刻的国大代表们早已经顾不上庆贺什么"死里逃生"了。他们分成了几摊，各自与自己的家人讨论着今后的前途，有的打算去广州寻找出路，有的准备留在香港坐观时局。但蔡智诚这时已不再愿意理会他们，牵着妻子的手，小两口信步走上了香港的街头。

"先生，我们要去哪里呀？"

蔡智诚没有回答。

隔了好久，他才悠然说道："阳春三月，草长莺飞，这时的桃树应该开花了吧。"

"嗯，开花了。"

"那么，我们回家看桃花去，你说好不好？"

……

妻子紧搂住爱人的臂膀，高兴地笑了起来。

后 记

"蒲公英"的故事讲完了，但有些人物的命运还没有交代清楚。有朋友希望看到水落石出，恭敬不如从命，我就补个后记吧。

在得知解放军渡江的消息之后，乘坐"远东"号的四十多个人选择了不同的道路，有的留在香港，有的去了台湾，有的跑到南美洲去了。张志韩先生依然追随何应钦和刘健群，后来他以执教为业，曾经担任过台湾大学教授和东吴大学的教务长，致力研究"考试监察制度"，并发表了许多学术文章。

大约在蔡智诚他们离开香港之后的一个月，伞3团副团长姜键、2营营长杨鹤立以及十多个连营级军官也到了香江。他们是根据共产党"去留自便"的原则离开解放区的，杨鹤立等人转道去了马来亚（马来西亚和新加坡）；而姜键等人在香港住了一段时间之后，于1950年去了台湾，接着就被枪毙了。姜键被判处死刑的名义是"叛国罪"，直接原因是他1949年4月在伞兵致西柏坡的"致敬电"上签了名，更主要的原因是当时的台湾正处于"肃奸防谍"的高潮，从国防部到各基层单位的"赤色疑犯"都遭到了严厉地处分，姜键自然也就在劫难逃。

伞兵司令张绪滋也受到了牵连。他被撤了职，还被关了几天，幸亏有朋友说情才算保住了性命，然后就到美国去了。通常情况下，高级军官退伍的时候应该可以获得由政府提供的安家费和养老费，但张少将却没有享受到这个待遇。他到美国以后只能在商铺里帮人打工，日子过得非常窘迫。不过，张老先生晚年依然十分关心祖国的统一大业，时常以"宗国强"（中国强）的名字在华文报纸上发表文章，对民族的未来充满了希望。

伞兵3团约有一半人（一千二百人）加入了解放军，其中大部分改行当炮兵（参加了抗美援朝），最终能够成为伞兵的并不多。团长刘农畯先后担任过华东军区伞兵训练总队队长，解放军空军陆战第一旅（旅长王建青）参谋长，空军陆战师（师长朱云谦）参谋长、副师长，1955年授上校军衔。1961年，解放军第15军整体转建空降兵，空军陆战师编入15军第43师，刘农畯至此退役，1963年获"三级解放勋章"并担任了湖南体委副主任，1976年去世。

离开香港之后，蔡智诚没有重归国民党的阵营。他和妻子乘飞机赴昆明并辗转回到了遵义。1949年11月，第二野战军第五兵团解放川黔大地，在挺进贵州的第17军第49师（师长汪家道，政委况玉纯）的队列中有一名遵义籍的女战士，她就是蔡家的小妹妹蔡智兰……解放后，蔡智诚也参加了革命工作，投身于电力建设事业，退休时已成为颇有建树的工程技术专家。虽然在文革中屡受冲击，但他最终还是得以恢复名誉，并在安详之中度过了自己的晚年——对于自己的人生，蔡老先生的评价是："亦祸亦福，非福非祸。"

能够补充的事情就是这样了。当然，有朋友希望我能讲得再多一些，至少把蔡家的人物经历全都写清楚，并且要写到文革以后……对此，我只好请求原谅。

有些故事还没讲完，那就算了吧，
那些心情在岁月中已经难辨真假……

这是我很喜欢的一首歌，歌名叫做《那些花儿》。我想，蔡家小院里静静开放的那些兰草是花儿、桃花是花儿，而漫天飞过的蒲公英也应该是一种花吧。

当初选择"蒲公英"作为书的标题，一方面固然是因为它的形状比较像降落伞，另一方面也是由于它与主人公的命运有几分相似——虽然有过扶摇而上的际遇，但飘荡的历程却终究取决于不可抗拒的风云，从天上到地面、从理想到现实，以兴奋的开场到无奈的结束，最后归于尘埃，归于草芥。

蔡智诚曾经是个"有理想"的军人，但骨子里却仍是个旧式的知识分子。他受过现代教育，但传统观念十分顽固，他有着爱国的热情，但并没有政治的觉悟，在民众的疾苦面前，他只有居高临下的怜悯而没有设身处地的同情，所以自始至终，他都只是个"改良主义者"而不是真正的"革命战士"。

蔡智诚的人生是矛盾的，面对社会的丑恶，他既不愿同流合污也难以划清界限，总是在理想与现实之间彷徨。但蔡智诚的命运却是注定的，历史的潮流不可阻挡，无论是否愿意，任何人最终都只能随着时代的步伐踉跄向前。

岁月蹉跎，时势造人。人生可能是耀眼的黄金历经大浪淘沙的过程，也可能是落寞的草芥在风中漫舞的轨迹。灿烂的英雄伟业当然值得歌颂，但在我看来，那荒野里飘忽的伞花其实也有着可以纪念的回忆——这就是我愿意讲述蒲公英故事的原因。

王外马甲
2009 年元旦